密告者

Los informantes

フアン・ガブリエル・バスケス
服部綾乃　石川隆介 訳

作品社

密告者

目次

フランシス・ロウレンティに捧ぐ（一九二四〜二〇〇三年）

君はそのとき君自身が行なった行為から身を清く保つことなどできないのだ。どれほど言葉を尽くそうが無理なのだ。

デモステネス『冠について』

誰か発言したい人はいますか?
過去のことについて非難したい人はいますか?
将来のことについて保証したい人はいますか?

デモステネス『冠について』

第一章　不十分な人生

一九九一年四月七日の朝、親父が電話をかけてきて、俺を初めてチャピネロにある自分のマンションに誘った。その日、ボゴタはすさまじい大雨に見舞われていた。あまりの激しい降りに、オリエンタル山脈を水源とする川はいずれも氾濫を起こし、市内では、あふれ出した水が、折れた木の枝や土砂を巻き込みながら街なかを流れ下っていた。排水溝からは水が噴き出し、路地裏のような狭い通りではあたりいったいが海と化し、小型の車などは水流で車体ごと持ち上げられ流されていく始末であった。あのときの雨では死者も出ている。犠牲になったのは女のタクシードライバーで、急な増水で足を取られ車体の下から抜けられなくなったのだという。

最初、電話の主が親父だとわかったときはとにかく驚いた。そしてそれが家に来てくれという誘いの電話だとわかると、こんどは嫌な予感に襲われた。それは一つには、ずいぶん前から親父が自宅に誰も呼ばなくなっていたと知っていたからだ。それに加えてあの映像だ。その日は朝から、水浸しになったボゴタの街、身動きの取れなくなった車の列、壊れた信号機、立ち往生している救急車、放置された急病人の映像が次々にテレビから流れてきていた。普通であれば親父とて、それを見た段階で、誰にとってもこんな日に外に出るなど自殺行為だろうし、ましてや誰かに訪ねて来いと要求するなどとんでもなく思慮に欠ける行為だと、そう考えたはずだ。俺は、ボゴタの信じがたいほどの惨状に目をやりながら、親父にはよほど差し迫って俺に話したいことがあるに違いないと感じていた。

〝親父が単に好意から俺を家に招待しているわけでないことだけははっきりしているにしても、じゃあ、いったい何のために俺を呼んだのだろう？〟俺はとっさに考えを巡らせ、たぶん、本について話をしたいのだろうと、一応は頭の中で結論づけていた。といっても、なんでもいいから本について、というわけではなく、俺が出版していた唯一の本『亡命に生きたある人生』について親父は俺に話があるに違いないと、そう思ったわけだ。それにしても、『亡命に生きたある人生』とはいかにもテレビのドキュメンタリー番組に好んで使われそうなタイトルではある。

その作品はルポルタージュで、ザラ・グーターマンが一九三〇年代にコロンビアにやって来てからどういう人生を辿《たど》ったのかを描いたものだ。だがむろん、そこですべてを描き切れたわけではない、というのは言うまでもないことなのだが。

ザラは、あるユダヤ人一家の娘として生まれ、親父も俺もザラとはずっと友達づきあいをしていた。本が出たのは一九八八年。当座は、いくらかは評判になった。しかしそれはなにも、テーマが云々とか、質的にどうこうといったような理由からではない。原因は親父だ。親父は雄弁術の教授だった。普段はジャーナリズムの類《たぐい》はいっさい手に取ろうとはせず、読むものといえば古典ばかりで、おまけに「あろうことか文芸批評を新聞紙上で行なうなどとんでもない」が親父の口癖であった。にもかかわらず、俺が出した本について親父は『マガシン・ドミニカル』誌に書評を書き、しかもその書評というのが、ほとんど暴力的とも言えるほどの言葉を使っての酷評、であったのだ。

それからしばらくして親父は俺たち家族の家を叩き売り、俺はたった一人で生きていく、とでも言わんばかりにさっさとアパートを借りて移り住んでしまった。おまけにその事実を俺は、当の親父からではなく他人の口から聞かされたわけなのだが、俺にしてみれば実のところ、それもさして驚くようなことではなかったのである。もっとも、俺に教える役回りを引き受けてくれたのがザラ・グーターマンで、言ってみればそのとき俺は、血のつながりがない者たちのなかではもっとも親しい者からそれを聞かされた、ということにはなるのだが。

そうした事情があって俺はあの日、親父からの呼び出しを受けて親父の家を訪ねる道すがら、ずっと思っていたのだ。親父は俺に、〝三年遅れとなってしまったが、ほんの些細な家族同士の、だがそうかといってお前に苦しみを与えなかったとは言い難いあのときの裏切り行為を謝りたい〟と言うつもりに違いない、と。だが実際は、そんな言葉など親父からは一つも出てはこなかった。

でんと置かれた黄色の安楽椅子から、唯一残っている指、親指でテレビのチャンネルを換えながらあの男は、息を、紙凧のようにヒューヒューいわせながら俺に言った。

「実は三週間前からサン・ペドロ・クラベル病院に通っているんだ。私も六十七歳だ、体をぜんぶ調べてもらおうと思ってな。まずは糖尿病が見つかった。まあ、そうたいしたことはないらしいが。それから、血管に梗塞があることもわかった。冠動脈前下行枝とかいう心臓の動脈だ。こっちは、すぐにでも手術しなければならないのだそうだ。医者には、これでよく生きていると驚かれたよ。だからお前にもこのことを知っておいてほしいと思った」

親父は明らかに老け込んでいた。どことなく怯《おび》えた表情を見せ、体からはすえたシーツの臭いを漂わせてもいたが、その口調は相変わらずで、現役時代にデモステネスやガイタン〔ホルヘ・エリエーセル・ガイタン（一九〇三―一九四八）。コロンビアの政治家。自由党政権下で文部大臣、労働大臣を務める。自由党のカリスマ的リーダーで大統領候補になるも暗殺。この暗殺がきっかけでボゴタ暴動が発生。その後コロンビアは暴力の時代に突入〕について話をしていたときと同じような調子で喋っていた。

「お前にとっては私がただ一人の家族だ」親父は続けた。

「お前にはもうこの私しかいない。お前の母親は十五年前に死んだ。今さらお前をここに呼べた義理ではないのだが、あえてそうした。なぜだかわかるか？　それはな、私が死ぬとお前は一人きりになってしまうからだよ。お前と私の関係は、言ってみれば、空中ブランコ乗りと空中ブランコ乗りが頼りにする命綱みたいなものだ。だからこうしてお前に来てもらったんだ」

その親父もすでにこの世を去り、俺はこうして、この作品を書きはじめている。もちろん俺が、親父のことを本に書こう、そのためにはまず自分の頭の中と机の上とを整理し、手元の資料と書き溜めたノートを読み直そうと心を決めるに至ったのは、俺なりに親父の死から十分な時間を経てのことであった。そしてどこから書きはじめようかと考えたときに真先に頭に浮かんだのが、親父が俺に電話をかけてきた例の日のことだったのだ。

冬のさなかのあの日、親父は俺に電話をしてきた。だがそれは、俺とのこじれた状態をそれ以上に長引かせないようにするためではなく、自分の胸部が医療用電動のこぎりで切り開かれ悪くなっていた心臓部分が右足の静脈で補修されるときに自分が一人ぼっちだと感じずにいたいという理由からであった。

そのときの記憶の一部始終を描くところからこの物語を始める、それは俺の中ではいつしか、もはや迷うまでもないこととなっていたのである。あの年は、俺が大人になって経験したなかでももっとも寒い冬だった。

ことは、親父が通常の健康診断を受けたところから始まった。担当の医者は、声が甲高く体つきもまるで競馬のジョッキーのそれのような男で、親父に向かって、「糖尿病があるがたいしたことはない。むろん正常とは言えないが、年からすれば完全に異常とも言えないから心配しすぎることはない」と、診断結果を告げた。親父の糖尿病の数値はなんとか許容範囲内の異常といった程度にとどまっていたために、医者は、インスリン注射もクスリも処方せずに、かわりに規則的な運動と厳しい食事制限を勧めた。そこで親父はジョギングを始めることにした。このジョギングというのは、親父にしてはまあ、まともな選択だったろう。ところが、数日経つと今度は胃のあたりに痛みを覚えるようになった。いや、痛みというよりむしろ微《かす》かな違和感、消化不良になる前によく感じるようなもの。親父はそれを、飲み込んでしまった動物のぬいぐるみがひくひく動いてでもいるような感じ、と表現していた。医者は再び検査を受けるよう親父に言った。新たなその検査は、まだ一般的検査の段階のものではあったのだが、それでも前回よりはさまざまな項目が含まれていて、そこに負荷心電図検査というのがあった。親父によると、その日、身につけていたオーバーズボンのような長くてゆったりとした下着だけはそのままで、医者から命じられる通りにベルトコンベアの上を最初は歩き、次いで駆け足をして、それが終わると再び狭い更衣室に戻っていったのだそうだ。ぐるぐる回転するベルトコンベアに足を乗せたらひんやりしていたよ。親父はそう感想を漏らしていた。更衣室については、「腕を伸ばしたくなってグッとしたとたん両肘が壁に当たったものだから、なんと狭い部屋だと初めて気づいて、途端にちょっとした閉所恐怖症に襲われた」と、言っていた。

　更衣室に戻った親父は、脱いでそこに置いておいたウールのズボンをもう一度、穿き、ワイシャツの袖口のボタンに手をかけた。親父としてはてっきり、そこの部屋をいったん出るもの、秘書が呼んでくれるのを待ってから診断結果を聞かされるものとばかり思っていたのだ。ところがそのとき、医者が、ドアの向こう側からノックしてきた。

　医者は言った。

「大変残念ですが、今やっていただいた検査結果を拝見したところ、どうも思わしくありませんな。すぐにでもカテーテル検査を行なう必要がありそうです。問題があるかどうか確認しなければなりません」

もちろん、親父はそのままカテーテル検査を受け、その結果、当然ながらというべきか、問題があることが確認された。つまり、動脈の梗塞が発見されたのだ。

「九十九パーセントの確率で……」と、親父は、俺に向かって言った。

「二日後には心筋梗塞を起こすだろうと医者に言われたよ」

「じゃあ、なぜ病院は、すぐその場で父さんを入院させなかったの？」

「医者には、私がひどく神経質になっているように見えたのだろうね。あくまで私の想像だが。いちど家に帰るように勧められたよ。ご丁寧な指示をあれこれ受けて家に帰されて、おかげで今こうしているわけだ。こうだぞ。この週末は一切動くな。どんなことであれ興奮するな。とくに、性行為はだめだ、と、医者はそう言ったのだぞ。お前、どう思う？」

「それで父さんはなんて答えたの？」

「それについてはどうぞご心配なく、とな。それだけさ。私の個人的な事情をわざわざ話す必要もないだろう？」

だが親父は、カテーテル検査を済ませ病院を出た後、二十六番通りの雑踏の中でタクシーに乗り込んだそのとき、ふと、自分は本当に病気なのだろうかという疑念に襲われた。たしかに、病が急を要する状態にあると自覚させられるような症状があるわけでもなく、胃の入り口あたりが痛む以外に具合の悪いところもないまま、ただカテーテル検査の結果が結果だったというだけで入院させられるとなれば、親父としては本当に病気なのかと勘繰りたくなってしまうのも無理はなかったのかもしれない。それでも、親父は俺に言ったのだ。医者のあのいかにも偉そうな言い草がずっと頭に残っていたよ、と。「もしあなたがもう三日私のところに来るのが遅かったとしたらおそらく一週間も経たずに墓場行きだったでしょうね」医師は親父に向かって、口を開かずにはっきりしない喋り方でそう言ったのだそうだ。

検査が行なわれたのが金曜日のことで、その日のうちに、手術は翌週の木曜日の六時と決められた。

「私は一晩中、自分が死ぬことばかり考えていたよ」

親父は言った。

「だからつい、お前に電話をしてしまったんだ。いやあ、それにしてもお前に電話をするとは……、正直、自分でも驚いたよ。お前だってそうだろう？　だが今、こうしてお前が尋ねて来てくれたことにはもっと驚いている」

親父のその、驚いている、という言葉。それはおそらく、親父一流の大げさな言い方というやつだったのだろう。親父は、自分の死を真剣に受け止めてくれるのは実の息子の俺を置いて他にはいないことを、誰よりもよくわかっていたはずだ。そして事実、俺は親父と一緒にその午後いっぱいをかけて、ひたすら親父の死について考えつづけたのである。

俺は二人分のサラダを用意し、冷蔵庫にジュースと水が入っているのを確かめてから、親父と一緒に親父がいちばん最後に提出した所得税の申告書に目を通していった。親父は、暮らしていくのに必要な額以上の金を持っていた。といってもそれはなにも、財産が多いという意味ではない。親父の暮らしにはたいして金がかかっていなかったのだ。収入は最高裁から支給される年金だけだったが、資産、すなわち、俺がそこで育ちお袋が亡くなった家を叩き売って手に入れた金を親父は預金証書に変え、預金の利息で家賃と自分の暮らし、俺がそれまで見たこともないほどのその質素な暮らしとを賄《まかな》っていた。誓ってもいいが親父の生活には、レストランでの食事もコンサートも、多少でも金のかかる楽しみの類は含まれていなかったはずだ。もちろん、お前は自分の親父が金で買った愛人と一晩の恋を楽しんだかどうかまでわかっていたのかと聞かれれば、そこまではわからないと答える他はない。だが、昔の同僚の一人が親父を家から引っ張り出し女と食事に行かせようとしたときに親父が、いったん断った後で、その午後じゅう電話の受話器を上げたままにしていた、というのはどうやら事実らしい。

「私は今までの人生で、知り合うべき相手とはすでに知り合っている」

親父はそう俺に言ったものだ。

「だからもうこれ以上、新しい知り合いを作る必要はない」と。

「そうだ、確かいつだったか、商標権と特許権を専門にする女の弁護士から招待を受けたこともあったよ」親父は、そうも言った。その女はひどく若く、親父の娘といってもいいぐらいの年齢だったそうで、おそらくは、世間によくいるような、本をほとんど読まない、大きな胸を突き出したお嬢ちゃんたちの一人であったのだろう。そうした娘たちというのは、必ずあるじきに年上の男との性行為に興味を持つものなのかもしれない。

「で、父さんは断ったの？」俺は親父に聞いてみた。

「もちろん断ったさ。政治集会があるから、と言ったよ。どこの政党かと聞くから、オナニー党だと答えてやった。そうしたらおとなしく家に帰っていったよ。つべこべ言わずに。だがさて、あの娘は、俺の言葉の意味を辞書で調べてわかったのだろうかね。まあ、いずれにしろ、それ以来、私にちょっかいを出すのはやめたようだが。あれからもう、私に声をかけてはこないからね。いやいや、もしかしたら今ごろになってあの娘に訴訟を起こされるかもしれないぞ。そうしたら、さぞいいニュースになるだろうよ。堕落した教授がギリシャ語の多音節語を使って若い女に嫌がらせをした、とか」

その日は夜の六時、いや七時までだったか、親父と一緒に過ごして俺は家に戻っていった。帰る道々、ほんの少し前に起こったばかりのこと、父親の家を初めて訪ねて行った息子として興味津々で家の中を見て回ったときのあれこれを思い返していた。

〝部屋は、リビングと寝室の二つだけだったよな？　それとも、書斎が別にどこかにあったのだろうか？〟

確かにその日、三段の白い本棚が親父の部屋の四十九番通りに面した側の壁に無造作に立てかけられていたのは確認していた。窓からすぐの場所にあったその本棚には、窓の格子から差し込む光がわずかながら明るさを与えていた。だがそれ以外には、本が置かれている空間というのを見た記憶がなかったのだ。

〝本はどこにあるのだろう？　銀製の勲章や杯は？　そういうものはみんな、親父の経歴が特別なものだという証《あかし》なのに。仕事をするときはどうするのだろう？　本を読むときはどこで読んでいるのだ？　そうだ、『ニュルンベルクのマイスタージンガー』とかいうレコードのジャケットが台所のカウンターの上に置いてあったが、レコードはどこで聞いているのだろう？〟

親父のアパートの中は七〇年代といった雰囲気だった。絨毯《じゆうたん》はオレンジと茶色で、椅子はグラスファイバー製の白色のもの。俺は椅子に深々と腰をかけ、親父はその横で、カテーテル検査のときの様子をあれこれ話し、俺のために図まで描いて細くなっている動脈とその脇道の様子を説明してくれていた。

バスルームは狭くて窓がなく、明かりといえば、天井に設《しつら》えられた一対の四角い、半透明のプラスチック製のカバーがかかった照明器具だけ。しかも一つの方は、カバーが壊れ、開いた穴からのぞく二本の蛍光灯が断末魔のような点滅を繰り返していた。洗面台はグリーンで、石鹼の泡の飛び散った跡が点々とついていた。シャワー室は薄暗くて、匂いの方は、いいとはとうてい言い難く、アルミ製のカーテンレールには洗ったばかりのパンツが二枚、吊り下げられていた。

〝あれは親父が自分で洗ったものだったのだろうか？　手伝いの人は来ていないのだろうか？〟

洗面台の引き出しを開け、次いで、磁石の留め金がついた扉を開けてみた。そこに入っていたのは頭痛薬、胃薬、長い間使われないままで錆《さ》びついて汚くなった髭《ひげ》そり用ブラシ。便器は、と見ると、本体だけではなく周りの床にまで小便が飛び散っていた。

〝あんなふうに、黄色くて嫌な臭いのする滴が飛び散っているなんて、もしかしたら親父の前立腺は弱くなっているのだろうか？〟

トイレに入ると、タンクのふたの上には、俺の本が置かれてあった。それも、ティッシュの箱の下敷きになって。

〝もしかして親父は、ああすることで暗に、自分の意見は少しも変わっていないと俺に伝えようとしていたのだろうか？〟

とっさに頭に浮かんできたのは、もちろん、そのことであった。と同時に、俺には親父の声が、「新聞とか雑誌の類は腸の働きをよくするからな」「学部のときに、そう習わなかったのか？」と、そう言っている親父の声が聞こえるような気さえしていたのである。

自分の家に帰り着くとすぐに、何本か電話をかけた。もちろん俺とて、すべては遅すぎる、この期に及んではもう手術をキャンセルするのも無理だろうし、別な医者にセカンドオピニオンを求めてもすでに決まったことを動かせるわけでもないとわかってはいた。それにそもそも、電話で誰かにセカンドオピニオンを求めようにも、俺の手元には、医師の判断の助けになるような資料も検査結果もレントゲン写真もなかったのである。だがそれでもと、俺は、学校時代の友人で、シャイオ病院で心臓専門医をしているホルヘ・モールと話をしてみた。結果は案の定で、ホルヘと話をしてもそれですっかり俺の気持ちが落ち着くというところまでには至らなかった。ホルヘは、サン・ペドロ・クラベル病院の医師の言ったことに間違いはないと言い切った。

「診断は正しいよ、急いで手術をしなきゃだめだ。親父さんの詰まった心臓はそのままいけば、必ず、止まってしまう。それも何の前触れもなく、ね。だからそうなる前におかしいとわかって、親父さんは運がよかったんだよ。まあ、ゆっくり休めよ」

ホルヘは言った。

「親父さんの手術は、難しいことは難しいが、それでもその手の手術の中では一番簡単なものだ。今から木曜日のことを心配したって仕方ないじゃないか」

「でも、万が一ってことはないのか？」

俺はしつこくホルへに食い下がった。

「世の中には絶対に大丈夫と言えるようなものなど一つもないよ、ガブリエル。どんな手術にも危険はつきものだ。それでも、親父さんの手術はやらなければならないものなんだよ。それに、他の手術に比べればまだ簡単な方だ。俺がこれからそっちに行ってやってもいいぞ。もっとよく説明してやろうか？」

「いや、大丈夫だ」俺は言った。「そこまではいいよ」

それでも断言するが、もしあのときホルへの言う通りに家まで来てもらっていたとしたら、俺はおそらく、眠りにつくまでずっとホルへと喋りつづけていただろう。二人で手術について話をして、睡眠薬がわりに一、二杯引っかけて、夜中の一時頃にようやく眠りに着いたはずだ。

では、実際はどうだったか。その晩は十時にはベッドに入った。だが眠れぬままに時計を見るとすでに時刻は午前三時近くになっていて、俺はそのときようやく、自分で思っている以上に心が動揺していることに気づいたのである。

俺はベッドから出て、ズボンのポケットから膨らんだ財布を取り出し、ランプの傘の下で中身をぶちまけた。

あれは十八歳の誕生日を迎える数か月前のことだった。親父から、片面がダークブルー、もう片面が白色の厚紙でできた四角いカードを手渡された。それは、親父自身の埋葬権利書、つまり、亡くなったときに遺体をハルディネス・デ・パス墓地に眠っているお袋の隣に埋葬してもらうための権利書で、そこには、墓地のシンボルマークと、百合を連想させるような書体で墓地の名が記されていた。

これはお前が持っていてくれ。どこかにちゃんとしまっておいてくれよ。親父は俺にそう頼んできた。ところが、そのときの俺には、いかにも十代の若者らしくと言うべきか、財布にしまうよりほかにいい考えが思い浮かばなかったのだ。カードは、ほとんど死亡広告といってもいいような体裁のもので、ただ違っていたのは、親父の名前が直接そこに印刷されているのではなく、名前の書かれたラベルが接着剤で張りつけられていた、という点だ。けっきょく埋葬権利書であるカードはそのときからずっと俺の身分証明書と兵役証明書の間にしまわれたままで、親父の名前が書かれたラベルもいつの間にかボロボロになってしまっていた。

「先のことは誰にもわからんからな」

親父はあのとき、カードを手渡しながら俺に言った。

「いつ爆弾テロに遭うとも限らないし。だから、私に万が一のことがあったときにどうすればいいのか、お前に知っておいてほしいのだよ」

しかしそれはまだ、爆弾とテロの時代、すなわち、俺たちみんなが、夜道を家に戻ることができたら幸運と思えと自らに言い聞かせながら過ごしたあの十年間が始まるだいぶ前のことだったのだ。それにもしもあの十年の間に親父が実際に爆弾テロに巻き込まれていたとして、果たしてカードを持っていることが俺にとってそれほどの助けになったのであろうか？　けっきょくのところ遺体の処理の仕方についてカードで指示されている以上のことはわからないままに右往左往していたに違いないというのは、俺にも容易に想像がつくことだ。

俺はその晩、黄ばんでよれよれになったカードを眺めながら思っていた。〝これはもはや俺にとっては、新しい財布に必ずついてくる飾りみたいなものだよな。もっとも、俺以外の人間がこのラミネート加工された厚紙のカードを見ても、墓の証明書だとわかるはずはないが〟と。

そして、〝いよいよこのカードを使うときがきたのだろうか。それも、親父が言っていたような爆弾やテロに襲われたからということではなく、年数のいった心臓が引き起こす事態としては十分に考えられうることが起きて、それで使うことになるのだろうか〟と、そんなことを考えながら俺は、いつしか眠りに落ちていった。

親父は次の日の午後五時に入院した。すぐにグリーンの寝巻に着替えさせられ、それからの数時間は、麻酔科の医師の質問に答えたり、社会保障関係の書類や生命保険についての書類にサインをしたりしていた。ちなみに社会保障関係の書類は普通に白色であったが、生命保険の書類は三色使いの、それもコロンビア国旗に使われているのと同じ三色を使った書類であった。ただし色そのものはコロンビア国旗のそれよりもう少し薄いものであったが。

つづく火曜日と水曜日、親父は一日中喋りっぱなしだった。アルミ製の狭いベッドに敷かれた分厚い豪勢なマットレスの上に腰を掛け、手術は大丈夫なのかと何度も聞き、もっと詳しいことを教えろと訴え、〝自分の体のことだというのに、いったいどんな状態なのか私にはちっともわからない。この病院の中でいちばんわかっていないのは私だ〟と、こぼしていた。

三晩とも俺は親父と一緒にいた。その間、いったい何度、すべてうまくいくに決まっているよと言って親父を励ましたことか。あるときなど親父の腕の筋肉のところにグアヒラ県のような形をした血腫を見つけて、俺は思わず、ほら、これで絶対うまくいくさ、と叫んでいた。

木曜の朝、親父は胸と両足の毛を剃られたあとで、三人の男と一人の女とに連れられ二階の手術室に向かった。使い捨てガウンの下はまさに生まれたままの姿で、ストレッチャーに乗せられた親父はそれまで喋り続けていたのが嘘のようにひとことも口を利こうとはしなかった。俺も親父と一緒に二階まで下りていった。手術室の手前で女の看護婦に、ではご家族はここまで、と親父と引き離された。親父の体毛を剃ったのも同じ看護婦で、その処置の最中には何度も、ダランとした親父の一物に無遠慮な視線を送っていた。アンモニア臭い手で俺の背中を叩くと看護婦は、俺が親父に言ったのと同じことを言った。「大丈夫ですよ。すべてうまくいきますよ」そしてその後でこうつけ加えた。「神様がそうお望みになれば、ですが」。

　ところで、ここに出てくる俺の親父とはいったい何者なのかということだが、その名前を目にしたら読者の皆さんはおそらく、ああ、あの人か、とすぐにピンと来るはずだ。実は、親父の名前はこの本の作者の、つまり俺の名と同じである。世の中には、自分の人生はたいしたものだと盲信するあまりに臆面もなく子供に同じ名前をつけたがる者たちがいるものだが、俺の親父は、いわばそうしたある種わかりやすい人種の典型であったというわけだ。と、そう書いただけでなかにはすでにおわかりの方もいらっしゃるかもしれない。さらに言うと、俺の親父は、二十年以上にもわたってかの有名な最高裁の雄弁術のゼミを指導してきた人物であり、一九八八年のボゴタ創設四百五十周年記念の式典で伝説的演説を行なった男である。そう、俺の親父とは、あのガブリエル・サントーロなのである。

　親父が行なったその演説については、政府機関のある冊子が、〝ボリーバル〔シモン・ボリーバル（一七八三―一八三〇）。ラテンアメリカ諸国の独立を指導し、コロンビア、ベネズエラ、エクアドル、ボリビア、ペルーの独立を実現。「解放者」と呼ばれる〕からガイタンにいたるまでコロンビアが生んだ修辞技法の達人たちによる数々の名演説にもひけをとらない〟という論評を載せ、またその号自体にも、〈ガブリエル・サントーロ、リベラル派の偉大な指導者ホルヘ・エリエーセル・ガイタンの継承者〉というタイトルがつけられていた。確かに、政府の冊子などというのはたいがい誰も読まないものだし、大半の人はそうした冊子があることすら知らずに過ごしているのだろうが、それでも、自分の演説がそうして公の冊子で評価されたことは、親父にとっては、後半生に起きた出来事の中でももっとも誇るべきものの一つとなっていた。ガイタンの後継者。そう評されたとなればそれはもう、親父としては当然、大満足であったであろう。なぜなら、親父の場合はすべてをガイタンから学んでいたからだ。親父はよく言っていたものだ。ガイタンの講演会といえば必ず聞きに行き、その演説方法を片端から真似して自分のものにしていったのだ、と。ガイタンの真似をしたということで言えば、親父が二十歳になる少し前ごろから自分の母親のコルセットを身につけるようになったのもその一つであった。ガイタンが広い場所で演説をするときには必ずガードルを身につけていたと知り、親父は、同じようにすることで自分もガイタン並みの声を出せるようになりたいと考えたのだ。「ガードルは横隔膜を締めつける」親父はクラスでよく学生たちに言っていた。「だからこそ、しっかりとした重みのある、よく通る声が出せる。ガイタンは、マイクの類は一切使わずに話していたが、演台から二百メートル離れたところにいる人にもその言葉は完璧に届いていたぞ」と。

また、講義のときにも親父は、ガイタンそっくりの身振り手振りを忘れることはなく、それができたのもひとえに、親父にはもとから他人の真似をする特別な才能があったからに違いない。ただし、ガイタンの、右手の人差し指で天を指す仕草だけは真似ができずに、親父の場合は、指が切断された跡の黒ずんだ切り口を高く挙げていたのだったが。

「民衆よ！　共和国の精神を再び取り戻すために！　民衆よ！　あなた方の勝利のために！　民衆よ！　オリガルキー粉砕のために！」そこで親父は口をつぐみ、さも優しげな口調で学生たちにこう質問する。「これらの語句の連なりがなぜ我々の胸を打つのか、誰か言えるものは？　そうした効果を生み出す要因はなんだと思うか？」すると誰かが勢い込んで「私たちの心を動かすのはその思想の……」と話しはじめる。すかさず親父が言う。「思想？　まったく違う。思想など関係ない。これぐらいの考えならその辺の動物だって持っている。それにだいたい、これは思想と呼べるものなのかね？　単なるスローガンじゃないのか？　とにかくそんなこととは違う。これらの語句の連なりが私たちの胸を打ち私たちをその気にさせるのは、呼びかけの部分がすべて同じ言葉になっているからだよ。いいかね、そうしたやり方を行頭反復、という。よく覚えておきたまえ。さて、これだけ言ってもまだ思想云々という者がいるとしたら、そいつは万死に値するな」

このガイタンのほかにも何人か、親父が手本にしていた人物たちがいる。なかでもロハス・ピニージャ〔グスタボ・ロハス・ピニージャ（一九〇〇―一九七五）。クーデターにより第十九代コロンビア大統領に就任（一九五三―一九五七）〕とジェラス・レストレポ〔カルロス・ジェラス・レストレポ（一九〇八―一九九四）。自由党党首。第二十二代コロンビア大統領（一九六六―一九七〇）〕は、とりわけ親父のお気に入りだった。俺は、そうした人物たちになりきって講義をしている親父の姿が見たくて、しばしば親父のクラスに通っていた。おかげで、当然のことではあるが、次第に他人の真似をしている親父の姿を見てもとりわけおかしいとも思わなくなっていった。親父は、昔ボクサーをやっていたと言っても通るぐらいに体格のいい男だった。ごつい顎と張った頬骨、広くて威厳ただよう背中。背広の上からでもはっきりそれとわかるほど太くてしっかりした骨格。俺はいつも講義中の親父の姿をじっと観察していた。長い眉毛は目に届くほどで、時には、まるで細長いぼろ雑巾が瞼《まぶた》を掃除しているみたいだと、親父の顔を見ながら思ったりもしていた。そしてもちろん、親父の手。親父のどこを見るといっていちばん気になって見ていたのはやはり手、だ。左手の方はごつくて指も長く、ひょいとサッカーボールをつかんで持ち上げるにもことたりるほどだったが、右手は、四本の指がなく、しわの寄った切り口にただ親指が旗竿のように突き出ているだけであった。

　親父が十二歳ぐらいのときのことだ。トゥンハの祖父母の家に一人でいると、ズボンの裾をまくりあげマチェーテ〔中南米などで使用される山刀〕を持った三人の男たちが台所の窓から押し入ってきた。焼酎と湿ったポンチョの臭いをぷんぷんさせ、「自由党に死を！」と叫びながら男たちは俺の祖父を探し回ったが、けっきょく祖父を見つけることはできずに代わりにその息子、つまり俺の親父を見つけた。それはちょうど祖父がボジャカ県知事選挙を闘っている最中のことで、三か月後にも祖父は、こんどはソガモソでふたたび襲撃を受けている。親父は、マチェーテの男たちに襲われたそのとき、朝、すでに九時も過ぎていたというのにまだパジャマ姿でいた。三人の男たちのうちの一人が子供だった親父を追い回し、親父が隣家の牧草地の盛り上がった土につまずき伸びた草に足をとられて倒れると、親父をめがけてマチェーテを振りおろした。とっさに身を守ろうと親父は右手を上げ、マチェーテの錆びついた刃で四本の指を切り落とされてしまった。マリア・ロサという名の祖父の家の賄い婦が、昼ごはんになっても親父が姿を見せないことを不審に思って探し回り、ようやく親父は発見された。すでに襲撃を受けてから数時間が経っていて、もう少し遅かったら親父はおそらく出血多量で死んでいたはずだ。

これはすべて親父自身が俺に話してくれたことだ。そのとき親父は、〝指を切られた後のことは、私自身はなにも覚えていない。マリア・ロサが探しに来てくれたというのもすべて、後になって周りの者たちから聞かされたことだ。ひどい熱で、私は寝ている間じゅう熱に浮かされてマチェーテの男たちのことをエミリオ・サルガーリ〔イタリアの剣戟冒険小説家（一八六二―一九一一）〕の作品に出てくる海賊たちの名前で呼んでいたりしたそうだが、それも全部後から知ったことだ。そんなことがあって、私はまた、一から字を書く練習をしなくてはならなくなったよ。ただし今度は左手を使ってね。だが、いまだに左手で書くのには苦労している〟と、俺にそう言っていた。

俺はときどき口にこそ出さなかったが、思うことがあった。あの崩れて歪《ゆが》み放題に歪んだ筆跡、それがために親父は、あれほど他人の書いた本に埋もれて毎日を過ごしながらも生涯に一度も自分の本を出版しようとしなかったのではないのか、と。親父の大文字は、小さな子供のそれといい勝負といった稚拙さで、小文字の方については、稚拙な大文字を先頭に小文字たちが連なっている様がまるでダニの騎兵隊のような印象を見るものに与えていた。確かに今思い返してみても、親父が武器にしていたのは言葉の中でもあくまで自身が発した言葉かあるいはどこかの文章に書かれていた言葉であって、親父が自分自身の手で書いた言葉で勝負したことは生涯でただの一度もなかった。おそらく親父にしてみれば、ペンを持てば自分のことが鈍くさく感じられてならず、かといって手のせいでタイプを使うこともできなかったと、そういうことだったのだろう。字を書くたびに親父は、自分の障害を、あるいは自分の弱点を思い知らされ、恥ずかしさに襲われていたに違いない。親父はときに、優秀とは言い難い学生をバカにし、暴力的とも言えるほどの皮肉を浴びせかけることがあったが、それを見るたびに俺はいつも、〝父さんはそうして復讐している。これは父さんの復讐だ〟と、心の中で呟《つぶや》いていたものだ。

しかし実際のところ、手や筆跡のことが親父の人生においてなんらかの影響を及ぼしたかというと、そういう形跡はなく、親父は着々と成功をおさめていき、いっぽう、そうした親父への中傷もまた止まることはなかった。やがて親父は、ベテランの刑法学者や多国籍企業の顧問弁護士、大学院生、一線を退いた判事らからも講義をしてほしいと頼まれるまでになり、あるときのこと、老教授は、役にもたたないような知識や無意味な技術だけは持ち合わせている老教授はふと思いついた。これはもう棚を作りつけるしかない、と。選んだ場所は、自分の書斎と図書室のあいだの空間。老教授、すなわち俺の親父はさっそく工事に取り掛かり、コロニアルふうの何とも趣味の悪い棚を完成させるとさらに太めの柱で柵を取りつけた。そこに納めたのは、自分に授与された銀杯、賞状や証書、厚紙や透かし模様の入った波形に縁どられた紙あるいはまがい物の羊皮紙でできた賞状や証書の類、色とりどりのアルミ製の派手な紋章の金や銀メッキのトロフィー。そうして親父はそれからもなにかを授与されるたびにそれらを棚に積み重ねていったのである。

〝ガブリエル・サントーロ殿、二十年間にわたる貴殿の教育への献身に敬意を表し……〟。〝ガブリエル・サントーロ博士の市民としての功労に感謝の意を表し……〟。〝ボゴタ市役所より。ガブリエル・サントーロ博士に敬意を表して……〟。親父に捧げられた文言のほんの一例だ。

そう、親父は言うならば、コロンビア社会の名士であり特権階級の一員でもあったわけだ。また、世間の見方もその通りのもので、それについて親父自身が改めて自覚させられたのは、市役所から演説の依頼を受けたときのことだった。例年通りでお願いします、と市役所側は親父に言ってきた。親父はすぐに思ったそうだ、なんだ、〝つまりはこの俺に面白くもない議員たちの前での面白くもない演説をしろというわけか〟と。おそらく役人たちの方は、〝あのおとなしい教授であれば行事の際の暗黙の了解となっている諸々の決まりごとを尊重してくれるだろう〟と疑いもなく信じていたのに違いない。だが親父は、そうした期待を見事に裏切った。演説では、親父は、一五三八年の出来事〔コロンビアの現在の首都サンタ・フェ・デ・ボゴタの建設が始まった年〕にはいっさい触れなかった。ボゴタを創設した我らがゴンサロ・ヒメネス・デ・ケサーダ〔スペインの探検家（一四九六―一五七九）。南米北部を征服。植民地都市サンタ・フェ・デ・ボゴタを建設〕のことも、親父自身は喫茶店パサへにブランディー入りのコーヒーを飲みに行くたびに鳩の糞にまみれたケサーダの銅像と顔を合わせていたというのに、演説の中では持ち出さなかった。十二個の藁の家、ケベドの噴水広場〔ケサーダが最初にサンタ・フェ・デ・ボゴタの街づくりを始めたとされる場所〕についても同様で、そこがボゴタ市のまさに始まりの場所であるにもかかわらず、演説には取り入れなかった。そういえば親父は、〝ケベドの噴水広場〟と口にするたびにどうしても詩人ケベドが小便をしている姿を想像してしまうと、よく言っていたものだ。

そうして親父は、このコロンビアという、いつどんな時にでもあらゆることを記念する対象にしてしまいたがる国においては昔から記念すべきものとされている事柄をことごとく無視し、自らの演説を幼児向けの政治学入門書のようなものにすることを拒否したのである。

その演説で、親父は従来の決まりごとをなにひとつ守らなかった。おそらくそこに集まっていた二百人ほどの政治家たちはみな、はじめは、ほんのいっとき相も変わらないいつもの演説に耳を傾ければあとは無罪放免で、八月七日の祝日〔ボジャカ戦闘日。一八一九年八月七日、シモン・ボリーバル独立革命軍がこの最後の決戦で、スペイン帝国軍に勝利した〕を家族と一緒に祝えるものと、気楽に考えていたにちがいない。ところがそうは問屋がおろさなかった。俺はもちろん、演説を生で聞いていた。そして、何の変哲もないマイクを通じて親父が繰り出す言葉に耳を傾けながら聴衆の顔を眺めていた。するとある瞬間、参列者の何人かが演説者から視線を離し互いの顔を見合わせていることに気づいた。その者たちは一様に、しかめ面を隠そうともせず、首を硬直させ、両手の指でネクタイを扱《しご》いていた。

演説が終わると誰もが、親父の勇気を褒めたたえた。いわく、よくぞ言ってくれた、あれはまさに心からの悔悟を表わしたものだった、あそこまで率直に自らの思いを語るとは大胆と言う他ない、等々。だが誓ってもいいが、親父には、誰になにを褒められようともそんなことはどうでもよかったはずだ。親父としてはただ、自分の銃の埃《ほこり》を払い、特別な聴衆の前で最高の弾をぶっぱなしたかっただけ。一方聴衆側には誰ひとりとして親父の類まれなレトリックについて的確に評価できるものはいなかったと、つまりはそういうことだったのである。

親父の演説は、「私は何かを祝うためにここにこうしているわけではありません」という言葉で始まった。しかし、出だしをそうもってくれば聴衆からの好意的な反応を期待しようがないのは当然のことであり、その意味では親父も実に大胆な戦略に出たものだと思う。続く本論も、「この街は失敗続きです。あなた方が、およそ五百年にもわたってこの街を失敗へと導いてきているのです」と、そこにいた政治家らとの対決姿勢をあらわにしたものとなっていた。そして一転、最後の段落、結論部分については、まさに古典的レトリックによって書かれたその典型とも言える一文、「この街について人々が語り合うことができた時代というのも確かにあったのです」を頭に持ってきていて、優美な仕上がりとなっていた。

この最後の段落部分については、さまざまな政府系出版物のエピグラフで引用されたほか、演説後しばらくは新聞各紙でも繰り返し紹介され、それはまさに、ボリーバルの言葉である〝私は心安らかに墓のもとに眠るだろう〟や、〝大佐、祖国はあなたが救ってください〟のような取り扱われ様であった。

プラトンはこう言っています。〈野原も木も僕たちに何も教えてはくれない。しかし、町の人たちは教えてくれる〉と。市民たちよ、さあ、我々は我々の街、この街に暮らす人々から学ぼうではありませんか。市民たちよ、このボゴタの政治と精神の立て直しを始めようではありませんか。我らの勤勉さ、我らの粘り強さ、我らの意志によって再生を成し遂げようではありませんか。創設から四百五十年、ボゴタの街はいまだ未熟で、成長の余地を残しているのです。そのことを忘れるというのは、市民のみなさん、我々自身の手で自らの生き残る可能性を絶つことなのです。忘れてはいけないのです、市民のみなさん、我々は自らにそれを忘れることを許してはいけないのです。

演説の中で親父は、立て直し、道徳、粘り強さといったことを語りながらも、恥ずかしげな様子を見せることがなかった。なぜか？　それは、親父自身が、何を言うのかよりも、どういう技法を使ってどのように言うのかの方に重きを置いていたからに他ならない。「最後のフレーズは、たしかにくだらないよ。だがアレクサンドランはきれいにできたぞ。あれはうまくいった。そうは思わないかい？」親父は、演説が終わった後で、こっそり俺にそう言ったのだ。

演説は、俺の持っていたストップウォッチによると十六分二十秒続いた。ただしこれには拍手の時間は含まれていない。一九八八年八月六日土曜日、ボゴタ創設四百五十周年の日、コロンビア独立百六十九周年に一日足りない日、お袋が亡くなってから十二年七か月と二十一日が経った日、俺が生まれてから二十七年七か月と四日目のその日のそのほんのわずかな時間のなかで俺は、ある瞬間ふと、自分は絶対に大丈夫だと本気で信じている俺がいることに気づいた。そして、周りのなにもかもが自分に向かってこう言っているような気さえしていたのだ。〝お前とお前の親父はそれぞれの場所で、成功に満ちた人生を歩んでいる。物事のなりゆき、人はそれを運と呼ぶが、それがお前たちに味方をしてくれているのだからお前にもお前の親父にも悪いことなど起こるわけがない。これから先にお前たち二人を待っているのは数々の成果。お前たちの行く手にあるものを仰々しく並べてみるなら、友人たちにとっての誇りとなること、敵対する者たちから嫉妬を受けること、二人がそれぞれ天職を全《まっと》うすること。それ以外のことなど起こるはずがない〟と。

だが……、改めて言うまでもないことをあえて言うならば、俺のそうした推測はなにもかもが間違いであったのだ。俺は本を出した。何の意図もなく無邪気に出した本。その結果、何もかもが、それまでと変わってしまった。


俺はいったいいつの段階で、ザラ・グーターマンが経験してきたことこそを自分の本のテーマにすべきだと心に決めたのだろう。自分でもわからないのだが、ただ一つ確かなのは、ザラの人生を描くと思いついてからの俺は間違いなく、ジャーナリストという立派な仕事こそが自分に相応《ふさわ》しい、いや、自分こそがジャーナリストという立派な仕事にふさわしい、かもしれないが、ともかくそんなふうに考えるようになっていたということだ。もちろん今となれば、すべては間違いだったとわかる。まずジャーナリストは少しも立派な仕事などではないし、俺のことにしても、ジャーナリストとして一流になったかというとそんなことはない。つまりは、すべてが俺の思い違いだったわけだ。

とにかく俺は、ザラについて本を書くと決め、ザラの人生を一から調べることにした。するとすぐに、ザラに関してはごくわずかなことしか知らないと気づいた。だが同時に、思っていた以上に、というか、普通に知っているという範囲以上にはザラのことを知っているとも改めて感じていた。確かに俺は、ザラのことはよく知っていた。なぜなら、俺が物心ついたときからザラは我が家でよく一緒に食事をしていたし、おまけにザラは、なんでもよく喋ってくれて、ザラから聞いたいろいろな話が知らず知らずのうちに俺の記憶に刻み込まれていたからだ。もっとも、ザラの生まれ故郷、ドイツのエメリッヒという小さな村についてザラ自身の口から聞いたのは、俺が本を書こうと思い立ってからのことではあったのだが。

ザラが生まれたのは一九二四年。コロンビアにやってきたのは一九三八年。そのどちらがどうということでもないのだが、強いて言えば、ザラが一九二四年生まれ、ということの方が俺には意味があることだったかもしれない。ザラが結婚した相手はコロンビア人で、息子たちもコロンビア人、孫たちもコロンビア人。ザラ自身も五十年もの間コロンビアで暮らしている。それらのことが、ザラという人物についての情報を集めるうえでも、また、手に入れた情報を俺自身が実感を伴って理解するうえでも大いに役立っていたのは事実だ。それはたとえば、ある人物についてどんなに多くが語られようと、いつどこで、に関して具体的なことが示されない限りその人物を実在の者として感じることはできない、というのに通ずるのかもしれない。だが、ザラがコロンビアに長く暮らしていたからといってそれでザラのすべてがわかるわけでもなかった、というのは言うまでもなかろう。

ザラへのインタビューでは、日付や場所について、また他のことについても多くの情報が提供されたた。インタビューをしながら俺がいちばん感じていたのは、ザラが何でもよく話してくれるということだった。つまらないたとえ話をすることもなく、持って回った言い方もせずに、それまでずっとその話ができる日を待っていたと言わんばかりの勢いで、喋ってくれた。俺が質問する。それに対しザラが、答えるというよりはむしろ告白するかのような調子で喋る。そうした二人のやり取りは、人から見ればおそらく、インタビューというより法廷尋問に近いようなものだったのではないだろうか。

お名前はザラ・グーターマンで間違いありませんか？　一九二四年生まれで、コロンビアには一九三八年に来たのですね？

ええ、そう。

エメリッヒを出る前あたりのことでは、どんな記憶がありますか？

まず思い出すのは、エメリッヒ時代の我が家はある程度、経済的に恵まれていたということね。家は、サンドペーパーの工場を経営していたわ。生活の程度は、どうにかこうにかやっていける、というよりは、裕福と言って差し支えないぐらいのものだった。ただ、その恵まれた暮らしがサンドペーパー工場のおかげだったと理解できたのは三十年以上も経ってからのことだったけれど。それともう一つ、はっきり覚えているのは、あの頃の私はまだ子供で何も考えずにただ呑気に日々を過ごしていたということ。ところがあるとき工場でボイコット騒ぎが起こってね、うちの工場での最初のボイコット。そのとき私は初めて恐怖というものを味わったの。怖かったけれど、一方では、それまで知らなかった感情に出合ったことである種の刺激を感じていたのも確かね。ボイコット騒ぎのとき、私はまだ十歳にもなっていなかったわ。それでも、朝起きて学校に行こうという時間になってもまだ父が家にいるのを見て、これはただごとじゃないなとは思っていたわよ。

ドイツからの脱出はどんなふうだったのでしょう?

一九三七年十月のある晩のことよ。村の交換手が家に電話をかけてきて、〝あなた方一家は明日、逮捕されるそうだ〟と教えてくれたの。交換手は、他の電話をつないでいるときにそれを知ったのでしょうね。マイヤー夫人の浮気騒動のときもそうだったから。マイヤーさんの下のお名前、何て言うのだったかしら。とにかく電話交換手からの知らせを受けて、私たち一家はその晩に村を逃げ出して、オランダのゼベナールの隠れ家に向かったわ。家族はみんなそのまま数週間そこに身を隠していたのだけれど、私だけはいったん隠れ家を出てハーゲンまで戻って、祖父母に私たち家族になにが起こったのかを伝えに行ったの。家族たちは、十三歳の女の子なら周りから不審に思われずに祖父母のところまで辿り着ける確率が高いだろうと考えたのよ。行ったのはもちろん列車で、よ。当時の急行列車。あの車中で経験したことは今でも、細かなところまでよく覚えている。たとえば、何度もコンソメスープを飲んだこととか。あの頃、コンソメスープはまだ珍しくて、私ったら、熱いお湯にコンソメのキューブを入れるという作業にすっかり夢中になってしまったのよ。私が乗っていたコンパートメントでは全員がたばこを吸う人だった。いえ、全員ではないわね。だって、私の隣に座った黒人の男性が、「僕はスモーカーではないが、いつもたばこの煙がもくもくしているところに座ることにしている。なぜって、たばこを吸う人たちの方が、会話が弾んでいるからね。吸わない人というのはたいてい、列車を降りるまでまったく喋らないものだよ」と言っていたもの。

ドイツにもう一度入るのは危険ではなかったのですか？

ええ、それはもう、とても危険なことだったわ。あれはもう少しで到着するというときだった。二十歳ぐらいの若い男性が隣のコンパートメントに入ってきて、私がコンソメスープを飲みに食堂車に行くたびについてきたの。私は、ゲシュタポだったらどうしよう、と不安で仕方がなかった。当然よね。あの時代、何が怖いってゲシュタポほど怖いものはなかったもの。ハーゲン駅に着いて列車を降りると叔父が迎えにきてくれていたわ。でも私は、叔父に挨拶をする代わりに、トイレはどこですか、と聞いたの。幸い叔父も事情を察してくれて、お芝居に乗ってくれた。すぐに子供の私を駅舎の中まで連れていってくれて、二人で女性用トイレに入ったの。なかにいた二人の女の人はびっくりして文句を言っていたわ。トイレで私は叔父に、「みんな、無事よ。でもパパはね、ドイツを出ることにしたの」と言ったわ。私が自分の口から、うちの一家がすでに国を出ていることを誰かに話したのは、そのときが初めてだった。叔父は話を聞きながら、しきりに爪で壁に貼ってあったポスターを剝がそうとしていた。あれってたぶん、誰かが、おそらくは旅の人だと思うけれど、荷物が多すぎて持ちきれなくなって駅に貼っていったものだったのではないのかしら。だって、〈ムンヒエナー　ファシング　３００　クンストレーアフェステ〉と書かれていたもの。私は思わず叔父に聞いたわ、ハーゲンからミュンヘンまで行くのに途中で乗り換えなければならないのか、それとも直通列車があるのかって。でも叔父は黙ったまま、何も言わなかった。

なぜご一家の行く先がコロンビアだったのですか？

ある広告を見たからよ。そんなことになる何か月か前に、父が新聞でたまたま、コロンビアのドゥイタマのチーズ工場の売り出し広告を見つけたの。もちろんドゥイタマを知っていたわけでもなかったし、コロンビアなど未開の国だと思ってもいたのよ。それでも父は、それができるのも今のうちだと思ったのでしょうね、自分の目で工場を見に行くことにしたの。まだ法律で禁じられる前だったから。ドイツに戻ってきたとき父は言ったわ、「あれは会社としてはほとんどどうしようもないものだな。工場にはまだまだ設備も足りていないし、従業員は女の子が三人だけだが、それでもあそこに行くことを考えるべきときがやがて来るだろう」と。そうしたら父の言った通りに緊急事態が起きて、じゃあ、コロンビアに行こう、となったわけ。一九三八年一月、私と祖母がまず船でバランキージャに着いて、そこで、あとの家族が来るのを待ったわ。その頃にはもうドイツにいた友人や知人はみな迫害を受けたり逮捕されたりしていてね、すでにコロンビアに入国していた私たちのところにもそうした知らせは刻々と入ってきていた。きっと私たち家族も、もしドイツに残っていたとしたら同じような目に遭っていたはずよ。でもなんとか家族全員が無事にコロンビアに逃れることができて、もちろんそのことについてはいつも信じられないような思いでいたわけだけれど、ただとりわけ私たちが信じられないという思いを強くかみしめていたのは、この先もうずっと迫害を受けることなく暮らしていけるんだって、そう実感するときだったのよ。

コロンビアに着いた数週間後、私たちはバランキージャからテチョ空港まで飛んだわ。あとになって、そうね、十六か十七の頃だったと思うけれど、私はコロンビアに来た当時のことをちゃんと知りたくて自分からいろいろなことを家族に聞くようになっていたの。そのときに聞いた話では、テチョ空港まで乗った飛行機は、コロンビア・ドイツ航空のボーイングの双発機だったそうよ。そのあとサバナ駅まで行って、そこから列車に乗ってドゥイタマに向かったの。あの頃のドゥイタマって、ほんと、チーズ以外には何もない村だったのよ。

ドゥイタマまでの列車の旅については、どんなことを覚えていますか？

伯母のローテムのことね。ローテム伯母は年を取っていて頭にはほとんど毛がなくてね、子供の私にしてみれば、髪が薄い分だけどうしても威厳がないように感じられたものよ。ローテム伯母は、到着するまでずっと文句を言いつづけていたわ。可哀そうに、年老いた伯母には、一等車両が列車の後ろの方にあるというのがどうしても納得いかなかったの。それに私のような小さな女の子が、せっかく初めての国を列車で旅しているというのに、山やプランテーションのことを話題にするわけでもなく、川の色に歓声を上げるわけでもなく、ただ現代アートの画集に夢中になっているのが我慢ならなかったみたい。その画集には半透明の紙が使われていたわ。もともと画集は従兄弟のものだったのだけれど、間違って、私の荷物の中に紛れ込んでいたのよ。もちろん、その頃の私には、自分が見ている画集の絵が本物ではなくて複製画だということも、そのうちのいくつか、たとえばシャガールの絵などについては本物の方はすでに焼けてしまっていてこの世に存在していないということも、わかってはいなかったけれど。

ドゥイタマに到着してまずどんな印象を持ちましたか？

けっこういいな、と思ったこともたくさんあったわよ。家の門のところに泥が積まれていたこともそうだし、チーズ工場の名前がコルシカというのも好きだったわ。コルシカって、フランスの香りがするじゃない？　それに、その響きを耳にするたびに私の故郷から近いところにある海の、といっても絵葉書でしか見たことはなかったのだけれど、美しい地中海の光景が頭に浮かんできたから。あと、工場で作るゴーダチーズがうちのものとわかるように周りに特別な色がつけられていたのも、私が学校に通いはじめて最初の数か月は友人たちからほんの少しだけからかわれていたことも、悪い思い出じゃないわ。そうそう、こんなこともあったわ。ラ・プレセンタシオン女学校のシスターたちが、それはとても嬉しそうなお顔で私に、イエスさまの死や復活、聖金曜日、主の到来について話をしてくださってね、シスター方にはどうやら、そんな話をいくらしても私には理解のしようもない、ということがおわかりになっていなかったらしいの。ところがあるとき、私がバレート弁護士のお嬢さんがたにユダヤ教の割礼について話をしているところをシスター方に見つかってしまって、シスター方ったら、それはもうびっくりなさって言葉も出ないぐらいだったわ。バレートさんというのは、オラジャ・エレラ元大統領の古くからのお友達だった方よ。

そうして俺は、ザラへのインタビューを重ね、一九八七年の終わり頃には、本文を二ページほど書き進めるところまで辿り着いていた。

そんなある日のことだった。俺は、どうしてもあるカードを再び手元に置きたくなってしまった。

そんな風に思うこと自体が俺自身にも驚きではあったのだが、俺は必死で古い原稿の類を漁《あさ》り、目的のカードを引っ張り出した。〈一つ。耳で聞いて違和感がなければそれは例外なく文章としていいものである。二つ。迷いが生じたときには、一つ目の原則を思い出すべし〉。それらは、その何年か前に俺が卒業論文を書きはじめたと知った親父がとりあえずの文章作法として伝授してくれた言葉で、俺は、親父の言ったたままをカードに書きとめていたのだ。

かくしてカードは、卒論を書いていたときと同じように画鋲《がびょう》で机の前の壁に貼られ、ザラについての本を書いている間じゅう、俺にとってのお守り代わり、恐怖心に効くブードゥー教の神様のような役割を果たしてくれることとなったのである。

つまり俺は、ようやく本文の二ページ分を書き進め、そのなかで、ザラが語ってくれた人生の物語を、ほんの一部ではあったが再現させていたというわけだ。たとえば、ザラの父親ペーター・グータ－マンが兵士によって捕らわれ刑務所に入れられたときのことについては、こう描いている。「ザラの家に押し入ってきた兵士らは、壁に石膏の像を叩きつけ粉々にし、革製の安楽椅子の背を切り裂いたりしたものの、望んでいたものを手に入れることはできなかった。兵士らが探し求めていたのは一家の身分証明書。ところが、証明書は家の中のどこかに隠されていたのではなく、ザラの母親のガードルの中にくしゃくしゃになってしまわれていた。八日後、ザラの父親は釈放されたのだが、パスポートは返してはもらえなかった。それでも、身分証明書を奪われなかったおかげで、一家は国境を越え、アムステルダムから車で数分の距離にある運河港エイマイデンから、家財道具を積んだ車ごと船に乗ることができたのだった」

だが実を言うと俺は、その作業中にあることを感じるようになっていて、俺にはむしろそちらの方が、本文二ページ分を書き進められたことよりもよほど重要なことに思えていたのである。そのあることとはすなわち、すべてを語ってもかまわないという確信、語り手に自分がなるという期待感、自分の好奇心が満たされることへの予感。俺は、はっきり思っていたのだ。〝俺はひと様の人生に形を与えている、往々にして人は自分の人生に起きた出来事を整理しないまま放っておきがちだが、そうしたさまざまな人生を俺は自分のものにしそれを紙の上で整理しているのだ〟と。言ってみればそれは、俺自身の好奇心の正当化。しかも、まあまあの立派な理屈を立てての正当化。俺という人間はいつだって他人の発するものであれば考え方から習慣にいたるまですべてのものに興味津々だ。おまけにその好奇心が俺の中で一種の強迫観念と化していて、他人の秘密と見れば暴き立てたくてたまらなくなってしまう。だからこそ俺はこうして、ひと様から話を聞き出しそれを文字にして語るというのを生業《なりわい》にしているわけで、さらには、ひと様から話を聞き出す際には、本来は一ジャーナリストとしてインタビューを行なうべきところを、つい、相手に対して、まるで友達同士であるかのような関心の抱き方をしてしまうのである。

そう、俺がたいていの場合、取材相手に対してまるで友達同士であるかのような感覚を覚えてしまうというのは本当のことだ。にもかかわらず、仕事を進めていくうちに俺の意識の中で二人の関係がいつの間にか友達同士からインタビューする側とされる側に変わっていく、というのもまたいつものことなのである。

そのことについては、たとえ相手がザラであってもむろん変わることはなかった。ザラへのインタビューは、何日ぐらい続いただろうか。俺は毎日のように熱心に、というか、自分でも病気なのではないかと思うほどしつこくザラを質問攻めにし、おかげでその頃の俺は、二人の別の自分をこの体の中に抱える羽目になっていた。インタビュー相手であるザラが過ごした日々を追体験する俺と、本来の日常を生きる俺。だが……、そんなふうに自分のこの身が二分されたように感じる必要など、本当にあったのだろうか？　あのとき俺は、ザラの語る過去の物語と俺の現実の物語とを別々のものと捉えていた。しかし、その二つが互いにまったく関わりないもの、ということなどあるはずはないのだ。

むしろ、俺としては、その二つを、複雑に絡み合いながら繋がり合っているものとして理解するべきだったのだろう。

インタビューの最中にザラは、それまで大切に保管していた記録を取り出しては見せてくれて、俺はそのショーにすっかり夢中になっていた。古い書類がぎっしり詰まったいくつものフォルダ。言うならばその一つひとつが、ザラがどういう人生を辿ってきたのかを示す証拠、しかも、もしザラが生まれた土地の木材で作られた小屋というのがあるのだとしたらそれと同じぐらいに氏素性のたしかな、具体的な証拠であったわけだ。ビニール製のフォルダで口が閉じられていないもの、同じビニール製でも折り返しがついて閉じられているもの。厚紙製のフォルダで二つの角が輪ゴムで留められているもの、輪ゴムなしのもの。色はパステルカラーや、白、黒のもの。もっとも、白のフォルダについては、薄汚れていてもはや白色とはいえなくなっていたのだが。いずれのフォルダも、さして自己主張をすることもなく、だがちょっとしたパンドラの箱もどきのような役割を果たす用意を万全に整えたままそこに眠っていたものたちだ。

そして、日も暮れてその日のインタビューもそろそろ終わりという頃になるとほぼ決まってザラは、まずはフォルダをしまい、それまでザラと俺の声を録音するのに使っていたカセットをデッキから取り出して、それからおもむろに、一九三〇年代に流行《はや》ったドイツ歌曲のレコードをかけた。『ヴェロニカ、春が来た』と、『僕の小さな緑のサボテン』。黙ってザラは、俺のグラスに酒を注いでくれ、二人でその古い曲を聞いていた。そんなときふと、想像してみることがあった。外から、たとえば、向かいのマンションから誰かが好奇心に駆られて俺たちの様子を覗いていたとしたら、そいつの目にはどういう光景に映っているのだろうか、と。〝長方形の蛍光灯に二人の人影。一人は老年に限りなく近い女性で、もう一人は若い男。とすれば二人は教師と学生か、母親と息子か。とにかく男の方は聞き役で、しかも聞くことに慣れている〟。たぶん、誰が見ていたとしても感想はそんなところだっただろう。確かに俺はいつも黙ってひたすらザラの話に耳を傾けていた。ただし、ザラの息子ではなかったが。ついでに言うと、俺は話を聞きながらメモを取っていた。なぜならそれが俺の仕事だったから。そしてメモを取りながら俺は、〝この後、しかるべきときには、つまり聞くべきことをすべて聞き、取るべきメモもすべて取り、見るべき書類にもすべて目を通し、さまざまな意見についてもすべて知り尽くしたそのときには、このテーマに関わる一連の資料と、これまでさまざまな仕事をしてくるなかで集めたあらゆる文書の類が積み重なった机の前に座り、ザラの話を一から整理してまとめてやろう。それができるのがジャーナリストの役得、たった一つの役得だ〟と、秘《ひそ》かに思っていたのである。

その頃、俺はザラから、なぜ自分の人生について知りたがるのかと聞かれたことがあった。俺は瞬間的に思っていた。この質問をはぐらかすか、あるいは適当な答えでごまかすのはわけないことだよな、と。しかし一方でなぜか、本心に近いことを答えるのが自分にとってはひどく大切で、それはきっとザラにとっても同じだろうと、そう感じてもいたのだ。あのとき俺は、自分にはまだまだ理解しなければならないことがあるから、という線でザラの質問に答えることはできたはずだ。〝僕だって経験してきたことはたくさんある。この国で、たまたま生まれ落ちたこの時代に周りの人たちと一緒になっていろいろな経験をしてきたはずなのに、そのうちのある部分が、すっぽり僕の記憶から抜け落ちている。そのいちばんの理由は、僕自身が、他の、どうでもいいことにばかり関心を向けてきたから。もう、同じことを繰り返したくはない。気づくこと、それが僕の目的だよ。簡単なように思えるけれど、なかなかできることじゃないよ。過去の出来事について僕自身が考えるのも、周りの人たちに過去のことを思い起こさせるのも、気づくという僕自身の目的を果たすための手段なんだ。エントロピーとの腕相撲、つまりこれは、先に待っているのはいつもさらなる混乱だけということの世の中の無秩序ぶりをここで止め、足枷《あしかせ》をはめ、いっきにねじ伏せてしまうための僕なりの挑戦なんだ〟。

ザラにそう、いや、その一部でも、言うことはできたはずなのだ。

しかし俺は、あえて言ってしまうが、そうした心にもない大嘘をつく代わりに、よりつつましい嘘をつくことを、もっとはっきり言えば、自分の本心をすべてではなく一部だけ切り取って口にすることを選んだのである。

「あなたに褒めてもらいたいんだ、ザラ」俺は言った。「尊敬の目で見てもらいたい。それが僕の人生で一番大切なことだから」。

そして本当は、それに加えてもっと言いたいことがあったのだ。親父がいつだったかザラについてこう語ったことがあった。「ザラは、私にとっては心の姉妹も同じだ」「ザラがいてくれなかったら、一週間、いや一日たりとも、とんでもないこの世の中を生きぬくことはできなかったろう」と。その言葉を俺はザラに伝えたかったのだ。

だができなかった。というより、ザラが俺を遮《さえぎ》ったのだ。「わかったわ」ザラは言った。「よくわかったから」。もっとも俺の方も、強いて続けようとはしなかったのだが、それは、親父の心の姉妹であればさして説明をしなくても俺の言いたいことはとうぜんわかってくれるはず、そう思ったからだ。

それでも俺はその晩、メモ帳には、〈部分タイトルとして〝心の姉妹〟を使う〉と記していた。

そのタイトルについてはけっきょく使わずじまいになってしまった。というのも、ザラとのインタビューでも俺の本でも親父が登場することが一度もなかったからだ。とは言え、ザラ・グーターマンの亡命の日々に親父が大きな関わりを持っていたのはむろん事実であったし、少なくとも、俺たちはみんなそう思っていた。

俺は、一九八八年の十一月、親父が例の後世に残る演説をした三か月後に、『亡命に生きたある人生』を出版した。第一章のタイトルとしてつけたのは、「ホテル〝ヌエバ・エウロパ〟」。すべて文字は、イタリック体の太字。しかし……、今考えると、ホテル〝ヌエバ・エウロパ〟についてあの頃の俺はたいしたことなど知ってはいなかった。なのに、それが今ではどうだ。こうしてタイトルを記すだけで、書きたいことが次から次へと湧いてくる。

　俺が書いた最初の本の第一章、「ホテル〝ヌエバ・エウロパ〟」を、ここに紹介しよう。


ドゥイタマに到着したペーター・グーターマンがまっさきに手をつけたのは、ペンキの塗り替えと、二階の建て増し工事であった。階上には、狭い廊下を挟んでグーターマンの事務所と寝室とが新たに作られ、その間取りはまさにエメリッヒ時代の家の二階のそれを再現したものとなっていた。

　仕事場を家庭の近くに、それもわずか数メートルの距離に構えるというのはグーターマンが昔から習慣としてきたことで、その意味では、グーターマンが二階の建て増しを思い立ったのも当然と言えば当然のことであったろう。だが同時に、グーターマンの心の中に、使い古しの建物で自分たちの新たな暮らしをスタートさせるなどそれこそ自分の運命に対して申し訳ない、という気持ちがあったのもまた事実だ。

　というわけでグーターマンは、もっぱら家の改造工事に精を出していた。

　いっぽう他のドイツ人たち、近隣のトゥンハやソガモソに暮らすドイツ人たちはそんなグーターマンに渋い顔で忠告をした。「自分の物でもない家をそこまで手入れするのはやめた方がいいぞ」「家がきれいになった途端、持ち主は返せと要求してくるに決まっている。ここでは用心深くなるべきだ。コロンビア人というのは信用ならないからな」等々。言うことはみな同じだった。

　そして忠告は現実のものとなり、家主はグーターマン一家に家の返還を求めてきた。しかもあろうことか、家の買い手が現われたからと、嘘の言い訳をし、おまけに一家に迷惑をかけることについての詫びの言葉はほとんど口にすることはなかった。

　かくしてグーターマン一家は、コロンビアに到着して六か月も経たないうちにふたたび引っ越しを余儀なくされることになった。

ところがそのとき、一家に最初の幸運が舞い込んできた。トゥンハの街はちょうどお祝い行事の真最中で、連日のように、各界の大物が大勢、街につめかけてきていた。そんなある日のことだった。朝の十時頃、知人の実業家がとつぜん、一家を訪ねてきた。スイスのベルン出身のその人は、一家がコロンビアに来てからの新たな知り合いで、コロンビアでの製薬工場設立を目論《もくろ》んでいた。「通訳を探しています」スイス人実業家はペーター・グーターマンに言った。「この商談には我が社の命運がかかっています。ただの商談とは訳が違うのです」

〝なら、うちの娘にやらせるのがいちばんだ〟グーターマンはすぐに思った。〝なにしろ家族の中であの娘だけは、スペイン語を聞くのも喋るのも問題なくできるからな〟と。

ザラはその頼みを受け入れた。というより、ザラにとってはそれ以外の選択肢など考えられないことであったのだ。ザラには嫌というほどよくわかっていたのである。大人の、それも父親の友人である大人からそうしろと言われればそれはもはや自分のような年若いものにとっては法律も同然なのだ、と。だがそれはそれとして、ザラにとってはそうした公の場面に身を置くのは心地のいいどころか不安な思いにさせられることであったのは事実で、それについてはそのときも例外ではなかった。実を言うとザラは、コロンビアに来てからずっと、コロンビア社会の暗黙の決まりごとについては苦手意識がぬぐえずにいたのである。

とはいえ、もちろん実業家の方も、ザラと同じようにヨーロッパで生まれ育った人ではあった。〝いったいどっちなのかしら？　大西洋を渡ってこちらに来るときに、あちらでの習慣はもう捨てておしまいになったのかしら？〟〝それとも、あの方にご挨拶するときにはやはり、エメリッヒでしていたのと同じようにした方がいいのかしら？〟と、そんなことを考えていたときだった。ふと、ザラは思った。〝だけれど、もしエメリッヒにいたときに知り合っていたのだったとしたら、あの方だって、私の顔をまともに見てはくれなかったのではないかしら〟。ザラはずっと、故郷で過ごした最後の数年間にときおり周囲から侮蔑の言葉をかけられていたことも、ユダヤ人以外の人たちがザラの父親について口にするときに見せていた表情のことも忘れることができずにいたのである。

通訳の日、ザラが昼食会場に行くと、そこにいたのはエドゥアルド・サントス大統領であった。スイス人実業家が自分の話す内容をスペイン語に訳して伝えてほしかったその相手とは、ほかでもない、サントス大統領だったのだ。大統領は当時、ドイツ人コミュニティとも近しい関係にあり、ザラの父親も大統領に対しては深い敬意を抱いていた。「ご機嫌いかがかな」サントス大統領は年若い通訳者の手を握り、「あなたのスペイン語は素晴らしいですよ」と声をかけてきた。

「あれからなのよ。あんなことを大統領に言われたものだから、自由党とはどこまでも一緒よ、なんて思うようになってしまったの」とは、それから何十年も経ってザラが自嘲気味に口にした言葉だ。「私っていつもそう。褒められると、もうそれだけで参っちゃうの」

昼食会は二時間にわたって続き、ザラは二人の通訳を務めた。また、後日にもふたたび大統領とスイス人実業家との会談が行なわれ、そこでも二時間ほどザラが通訳を務めたのだが、そのときのことについては、なにが話し合われたのかは今となってはどうあっても思い出すことができないとザラは語っている。

昼食会での通訳が終わり、最後にザラはサントス大統領に、一家が引っ越す羽目になった一部始終について話をしてみた。

「家を転々とするのはもううんざりです」ザラは大統領に訴えた。私たちはあちらからこちらへと、まるで根無し草のように暮らしています」

「だったらホテルをお建てなさい」サントス大統領は言った。「そうすれば、こんどはあなた方ご家族が他の人たちを追い出す側になれるではないですか」

「ですが、ホテルを建てるなどそう簡単にできるようなことではありません。それにそもそも私たち外国人はもう、勝手に仕事を変えることはできなくなっています。入国のときに申請したのとは別の仕事に就くのであれば、事前に許可が必要なのです」

「ああ、それならご心配なく」大統領は言った。「許可するかどうかについては、私の権限ですから」

一年後、ザラの一家はチーズ工場をかなりの額で売却し、ドゥイタマにホテル・ヌエバ・エウロパを開いた。開業式には大統領も出席し、これでもうホテルの成功は約束されたも同然と、世間ではみながそう、噂をしていた。

ホテルの名前については、ザラの父親はもともと自分の苗字をそのまま使ってホテル・グーターマンにするつもりであった。ところがそれを知った出資者らから、〝このご時世にその名前で商売を始めるなど最悪と言う他ない〟と説得されたのである。

それは、ホテルを開業するまであと数か月というときのことだった。ボゴタのあるタクシー会社が運転手としてユダヤ人亡命者七人を雇い入れたところ、市内のタクシー運転手たちがこぞって反対に回り手の込んだキャンペーンを展開するという事件が起きた。そしてその結末はというと、街なかのいたるところ、たとえば中心街にある各店舗のショーウィンドーやタクシーの窓、市電の一部の窓ガラスにまでも、〈我々は反ポーランド人キャンペーンを行なっているタクシー運転手を支持します〉というスローガン入りのポスターが貼られる事態となったのである。

もちろんそのニュースはザラたちの耳にも届き、一家はコロンビアに来て初めて、〝ここでの新たな暮らしが必ずしも亡命以前の暮らしよりも容易になるというわけでもなさそうだ〟と、実感させられていたのであった。

タクシー運転手らによる抗議のことを知って、グーターマン一家の中でいちばん嘆き悲しんでいたのは父親だった。しかも、その嘆きぶりたるやあまりにも凄まじく、ザラたち家族は内心、父親がとんでもないことをするのではないかと不安に駆られていた。しかし、父親がそれほど嘆くのにはそれなりの理由があったのだ。実は、一家と親しかったある人物が一九三八年の〈水晶の夜事件〉直後にボンの自宅で首をつって自殺していたのである。

ペーター・グーターマンは、どこの国の人かと問われて法律でそうと定められたばかりの新たな自分の国籍を口にするときには、決まって戸惑いの表情を浮かべていた。ドイツ国籍を失ったことで誤って何かをなくしたかのような、たとえばポケットに入れていた鍵をうっかり落としてしまったかのような感覚に始終つきまとわれつづけ、けっきょく、グーターマン自身、自分がドイツ人ではなくなったという事実に慣れることができたのはそれから何年も経ってからのことだった。それでもグーターマンは、愚痴をこぼすことはなかった。ただその代わりに新たな習慣として、『ボゴタ新聞』の中ほどのページに定期的に掲載される表の切り抜きに精を出すようになっていた。

《港：ブエナベントゥーラ。船：ボーデグラヴェン号。ユダヤ人：四十九人。内訳：ドイツ国籍三十三人、オーストリア国籍十人、ユーゴスラビア国籍三人、チェコスロバキア国籍一人》

そうした切り抜きを集めたノートには、ヴィンドロン号のようなフィンランド船籍の船、あるいはサンタ・マリア号といったスペイン船籍の船でやってくる客たちの情報も収められていた。グーターマンはとにかくその類のニュースにはひどく敏感で、事情を知らないものがそうしたグーターマンの姿を見たとしたらおそらく、家族の誰かが船に乗ってやってくるのを待っているものと勘違いしたに違いない。しかしザラにはわかっていた。切り抜き記事が意味するのは、家族の到着を知らせる嬉しい便り、というようなものではなく、むしろ緊急事態を知らせる電報、すなわち、新たにやってくる人たちが地元住民とのあいだにまた厄介ごとを引き起こすだろうから気をつけろという警告に他ならないのだ、と。

つまりここで何が言いたいのかといえば、そうした社会状況を引き合いに出しながらグーターマンの周囲の者たちは、ホテルの名前をグーターマンではなくヌエバ・エウロパにするようグーターマンに求めてきた、ということである。ペーター・グーターマンの共同出資者らはすべてコロンビア人であった。だからこそその者たちにとっては、エウロパ〔訳註：ヨーロッパの意〕という単語、四つの文字からなるその単語はまさに万能薬のように響いていたのであろう。

ザラの父親は、このときのいきさつを一通の手紙に書き残している。どこの一族においても家の歴史というのは、一族にまつわるさまざまな逸話はもちろん、世界中の祖母、叔母、伯母たちが食卓一杯に並べる家庭料理のレシピなどによって彩られているものであり、そうした一つひとつが、まるできれいな血が子孫に伝えられていくがごとくに、語り継がれていっている。グーターマンの書いたその手紙のこともものちに、そうした一族にとっての大事な逸話の一つとしてグーターマン家の歴史に加えられ、代々、語り継がれていくこととなったのである。

「私には、あの連中がなぜ一匹の牛の名前にそれほど心を奪われるのかがさっぱりわかりません」グーターマンは手紙の中でそう書いていた。それを読み、みな、笑った。手紙はなんども読み返され、そのたびに、誰もが体を折り曲げ、何時間も、笑い転げたのだった。

ホテル・ヌエバ・エウロパの建物に使用されたのは植民地時代に建てられたお屋敷であった。当時はまだそうした古い建物が残されていて、その大半は、ホテル・ヌエバ・エウロパに変身することになったお屋敷同様に、スペインからの独立以降しばらくの間は修道院として、後には神学校だか宗教関係の団体だかに引き継がれて使われていたものの、いずれの建物も維持についてはあまり気を使われていたような形跡はなかった。また造りのことで言えば、植民地時代からの建物はどれもほぼ同じで、まず中庭があり、その真ん中にはいずれかの修道会の創始者か、あるいは誰か聖人の像が置かれていた。グーターマンが買い取ったお屋敷では、中庭の真ん中の指定席を占めていたのはバルトロメ・デ・ラス・カサスの像であったが、グーターマンは建物の権利を得るとすぐに、修道士の像を降ろし、代わりに石造りの噴水を設えた。ヌエバ・エウロパに新たに作られた噴水は大きな円形で人ひとりが横たわれるほどの面積があり、じっさい、ホテルとして営業していた間には、客が酔っぱらって噴水に寝そべってしまうことが何度かあった。噴水の壁には幾重にも苔《こけ》がへばりつき、酔客たちが水を口に含んだりすれば、まちがいなく石と苔の味がしたに違いない。

　ホテルが開業してはじめの何年間かは、噴水では、たくさんの金魚が押し合いへし合いしながら水中を泳ぎ回っていたものだ。ところがしばらくすると、金魚に代わって小銭が噴水を埋め尽くすようになり、その小銭が時とともに錆びていった。

　だがそもそも噴水を作ったばかりの頃はというと、そこにはまだ金魚すらいなかったのだ。噴水にはただ水が溜まっているだけで、朝になると決まって水飲み場には鳥たちがやってきていた。ところがその数があまりにも多くなると、グーターマンとしても鳥たちを追い払うことを考えないわけにはいかなくなった。というのも、泊まり客の全員が全員、鳥好きというわけでもなかったからだ。また加えてホテルの宿泊代が決して安くはないという事情もあり、グーターマンが、鳥好きだろうがなかろうがどんな泊まり客にも満足してもらわなければ困ると考えたのも、当然のことであったろう。

　ペーター・グーターマンは、一泊五食付〔朝食、昼食、夕食と間食二回の計五食〕で二ペソ五十セントという価格を設定していた。いっぽう同じ地区にあった別のホテル、エル・レヒスの宿泊代は、それより一ペソ安かった。それでも、ヌエバ・エウロパはいつも満室だった。客の中でもとりわけ多かったのは政治家や外国人で、常連客の中にはホルヘ・エリエーセル・ガイタンや、ミゲル・ロペス・プマレホ〔元コロンビア大統領アルフォンソ・ロペス・プマレホ（一九三四—一九三八、一九四二—一九四五）の弟（一八九二—一九七六）。一九四〇—四一年には経済大臣を務める〕も含まれていた。また、先の、必ずしも鳥を好きな客ばかりでないということに関連して言うと、ホルヘ・エリエーセル・ガイタンの鳥嫌いはつとに有名で、しかも、演説に傾けるのと同じぐらいの情熱を持って鳥を嫌っていた。同様にルカス・カバジェーロ〔ジャーナリスト（一九一三—一九八一）。「クリム」という愛称で知られ、当時の政界について、独特のユーモアを交えながら批判する記事を書いていた〕も、政治家でも外国人でもなかったもののやはりヌエバ・エウロパの常連客の一人で、そうできるときは必ずヌエバ・エウロパに泊まりに来ていた。カバジェーロの場合は、宿泊する日が決まるとホテルに電報を打つのが常で、文面はいつも同じ、〝次の木曜　着　部屋一つ　風船なし〟と、単語がぱらっと並んでいるだけのものであった。

この風船とは羽根布団のことで、クリムことルカス・カバジェーロは、実は羽根布団が好きではなかったのだ。代わりに好んだのは厚地のウールの毛布だったが、ただしそれには埃がたまりやすいという難点があり、アレルギー体質の者が使用すればくしゃみに苦しめられることになる。「とにかく毛布の埃には注意してクリム様のお部屋を準備しておいてくれ」ペーター・グーターマンはいつもそう、従業員の女の子たちに伝えていた。それもドイツ語で何度も同じことを言うものだから、ソガモソやドゥイタマで生まれ育った従業員たちもしだいにドイツ語の基本的な単語のいくつかを理解するようになっていき、やがてグーターマンのことも、ペーターさんではなく、ヘルペーター（Herr Peter）とドイツ語で呼ぶようになっていった。わかりました、ヘルペーター、はいただいま、ヘルペーター、というように。

このこと一つを取ってもわかるように、グーターマンの仕事に対するプロ意識はかなりのもので、ことに相手が大切な顧客となると、どんなに奇妙な癖や好みについても理解を示し黙ってすべてを受け入れていた。たとえば、ガイタンが来るときには必ず、せっかくのフォルクロア調の屋根の美しさが台なしになってしまうという自分の気持ちはさしおいても、ガイタンの好みに合わせて屋根瓦の間に案山子《かかし》を飾らせたりもしていたのだ。

いっぽうザラはザラで、朝から晩までホテルの中を走り回っていた。役割はもっぱら通訳か、なだめ役。なにしろザラの父親のグーターマンは、コロンビアに着いたときからスペイン語の習得には苦労しっぱなしで、その頃になってもまだ十分なスペイン語力を身につけることができずにいたのである。おまけに、ドイツ時代から、通常ではあり得ないほどの効率のよさで仕事をするのを当たり前のこととしてきたために、ホテルの従業員の仕事ぶりにいらだちしばしば癇癪《かんしゃく》を起こしていた。檻に入れられた猛獣のように吠え猛けるグーターマン。そこで登場するのがザラだ。グーターマンに怒鳴られ午後じゅう泣き止まない従業員らを、ザラはいつも必死でなだめていた。

グーターマンは決して気が小さい男というわけではなかった。それでも、目の前で大統領と大統領候補者らと、首都ボゴタでもっとも権威ある新聞記者たちとがホテルの部屋の争奪戦を繰り広げるたびにいつも、胃が痛くなるような思いに襲われていた。しかしザラは言った。「パパ、気にしなくていいわよ。気が小さいのはパパじゃなくて、むしろあの人たちの方。ここはね、権力があるというだけでその人がすべてを牛耳ることができてしまうような国なの。偉そうで、出世のことばかり気にしているあの人たちの半分ぐらいはきっと、このホテルに泊まっていると外国にいるような気分になれるのが嬉しくて、それでここに来ているのよ」。

ザラの見事な解説。すでにその頃、少しずつではあるが、ザラには新たな祖国の性格というものが感覚として理解できるようになってきていたのである。

そしてまた、グーターマン一家の経営するホテルの客室が、上流階級の見栄っ張りな泊まり客の大半にとっては世界を見る唯一の機会を提供してくれるもの、自分たちの日常という小さな舞台の中でたった一つのかけがえのない存在となっていたのも事実であった。

その理由については、まず第一に、ヌエバ・エウロパが外国人の集まる場となっていたということが挙げられる。ホテルにはアメリカ人、スペイン人、ドイツ人、イタリア人、他にもさまざまな国の人々が集まってきていた。

コロンビアは、それまでは一度として移民の国になった経験はなかったのだが、あの頃のヌエバ・エウロパに限って言えば、まさにそこは移民の国のようになっていたのではないだろうか。

当時、コロンビアにいた外国人の中には、十九世紀の初めごろ、南アメリカではすべてが金儲けの材料になるという噂を聞きつけ一獲千金を求めてやってきた者たちもいた。いっぽうで、大戦から逃れてきた者たちもいた。そうしたうちの大半はドイツ人で、祖国での暮らしが立ち行かなくなって世界に飛び出した者たちだった。同時にユダヤ人たちもまた、迫害を逃れてコロンビアにやってきていた。つまり言ってみれば、当時のコロンビアはまさしく、逃れてきた者たちの国となっていたわけだ。そして、その逃れてきた者たちの国というのがそっくりホテル・ヌエバ・エウロパにおいて再現されることとなり、ホテルはさながら亡命人社会の評議会、移民のユニバーサルミュージアムのような様相を呈していた。いや、もしかしたら時には、宿泊客たち自身も本当にそうした場にいるのではないかと錯覚してしまうようなこともあったのではないだろうか。というのも、ホテルでは毎日のように午後になると、宿泊客全員が一階のホールに集まって、一緒にラジオで戦争のニュースに耳を傾けていたからだ。もちろんそうしたときに、宿泊客同士で意見が対立することもあれば言い合いになるようなこともあった。それでも客たちはみな、節度を忘れることはなかった。それはペーター・グーターマンが、客が着くとすぐにチェックインカウンターで、政治のことは忘れるようにとくぎを刺していたからだ。「ビッテ（お願いです）、チェックインしたら、政治の話はだめ」。それは、グーターマンが当時、すらすら口にできた数少ないスペイン語のフレーズの一つで、また宿泊客の方も、そうと察しがついたものだから余計に、ホテル滞在中はなにかというとグーターマンが口にしたフレーズを頭に蘇らせないわけにはいかなかったのである。

グーターマンはその一文を、客がホテルに着くたびに、相手が宿泊手続きをしようと荷物を置くのも待たずに言った。客たちもまた、その言葉に素直に頷き、実際にもその決まりを守ろうとしていた。おそらく、客たちはみな思っていたのではないだろうか。このホテルにいる限りは、食事に下りるたびに隣のテーブルの客と殴り合いのけんかをするよりはとりあえず休戦する方が居心地よく過ごせるに決まっている、と。だがもしかしたら……、客たち同士が争わずにいた本当の理由はもっと別のものだったのかもしれない。とにかく、ひとつだけ確かなのは、そのとき、祖国から遠く離れたまさに地球の裏側の国のそのホテルでは、もしそれが祖国のどこかのホテルで同じように政治の話をするなと言われたのだったとしたら間違いなく石を投げて受付の窓ガラスをぶち壊していたに違いないような者たちばかりが一つのテーブルを囲んでいた、ということである。本当にいったいなぜホテルの客たちは反目しあうことがなかったのだろう。ヌエバ・エウロパに到着するまで抱いていたはずの激しい憎しみをなぜ、それは別の人の話だったとでもいうようにすべてなかったことにできてしまったのだろうか。

戦争が始まって最初の数年間はまだ、コロンビアの人々にとって戦争とはラジオのニュースで聞くものであり、誰もが、別の大陸で起きている悲惨な見世物ぐらいにしか思ってはいなかった。《それがやがて、ブラックリストのことが始まって、いくつかのホテルは豪華な牢屋になってしまったの》とザラは言った。牢屋とは、枢軸国出身の市民たちの強制収容所のことだ。《ええ、そういう事態になったのよ。海の向こうの戦争がいよいよ、こちら側の私たちの暮らしのなかにも入り込んできたの。でもほんと、いま考えると、なんて呑気だったのだろうと思うわよ。だって、実際にそんなことになるまではみんな、自分たちは大丈夫だと信じていたのですもの。誰に聞いても、同じことを言うはずよ。誰もあの頃のことは忘れちゃいない。ドイツ人というだけで生きるのが大変な時代だったわ》

グーターマン一家のホテルでも、ブラックリストのおかげで多くの家族が一家離散の運命を辿り、生活を滅茶苦茶にされ、未来を奪われた。しかしそうした実態についてはずいぶん長いあいだ闇に葬り去られたままで、それぞれの家族がどのように運命を変えられ、どのように暮らしを破壊されたのかが世に知られるようになったのは、かなりの年月が経ってからのことだった。

当時、コロンビア全土で同じような悲劇が繰り返され、それについては、ボゴタ、ククタ、バランキージャといった都会のみならず、サンタンデール・デ・キリチャオのような貧しい村落においてでさえも等しく同じであった。だがそれでも、まるでブラックボックスのような、とでも言ったらいいのか、すさまじい引力でわざわざ混乱をおびき寄せ、その人に用意された運命の選択肢のうちの最悪のものを引き出してしまう特別な場所、というのも確かに存在していた。そして、グーターマン一家のホテルがまさに、あの時代にあっては、そうした場所の一つだったのである。

《そのころのことを考えるだけで、今でも胸が詰まるの》ザラ・グーターマンは、四十五年が経って、当時を思い出しながら語った。《あれほど美しく、みなさんに愛されていた場所で、あんなに恐ろしいことが起こってしまうなんて》

その恐ろしいこととはなんだったのですか？

《聖書に書いてあるじゃない。子供が親に背き、親が子を裏切り、兄弟同士がいがみ合うって。その通りのことが起きたのよ》

これは今さら言うまでもないことであろうが、Auswanderer（移民）やブラックリストといった言葉を使用するには書き手側にそれなりの覚悟が必要となる。というか、本来はそうあるべきなのだ。中途半端には使ってはいけない言葉たち。それなのに、俺の書いた最初の本にはそうした類の言葉がいたるところに出てきている。今、読み返してみると、はっきりそうとわかる。ところが、書いた当時は、そんなことはつゆほども感じてはいなかったのだ。それは確かに、書き上げた原稿のどのページにも不穏な文言など出てはこないし、さっと読んだだけではおそらく誰もが、中立的な視点が保たれているという感想を抱いたに違いない。俺とて、俺の書いたものが論争を引き起こすことはあっても、誰かに不快感を与えるかもしれないなどとは思ってもいなかった。ところが、実際のところ、印刷製本されたそれはモロトフ・カクテルとも呼べるもので、すでに準備万端ととのえ、サントーロ家のど真ん中に着弾し炸裂するそのときを待っていたのである。

「先生、手術はどうだったのでしょう？」

看護婦が声をかけると、ラスコフスキー医師が振り向いた。

「ああ、サントーロさんですね」

「ガブリエル・サントーロさんでしたっけ？　ええ、我々としては非常にうまくいったと思っています。ここでお待ちください。もうしばらくしたらお部屋に入ってみましょう。面会できますよ」

「先生、それはつまり僕たち家族にとっても手術は成功だった、ということなのでしょうか？　本人は、父は、命はあるのですか？」

「命はあるか、ですって？　いやいや、命があるどころか、とてもお元気でいらっしゃいますよ」

と医師は言った。

そしてその言葉も終わらないうちにラスコフスキー医師は再び俺に背を向け歩き出し、いかにも言い慣れた口調で、「サントーロさんの心臓、今はもう、元気いっぱいに動いていますから。大きなレタスぐらいの大きさの心臓がね」とつけ加えた。

〝そうか、手術は成功したのか……〟。俺は医師の言葉を聞きながら一瞬、眩暈《めまい》のようなものに襲われていた。ところがしばらくするとこんどは、一つの疑念が頭をもたげてきた。医師が口にした、〝ガブリエル・サントーロさんでしたっけ〟を俺は、てっきり自分に向けられたものと思い込んでいたのだが、もしかしたらあれは親父のことを指していたのかもしれないと、そんな気がしてきたのだ。何とも奇妙な気分だった。

トイレに向かった。集中治療室に入る前に顔を洗っておきたかったからだ。顔を洗いながら俺は思っていた。今親父にこんなにげっそりした顔で会うわけにはいかないではないか、と。実を言うと、俺には、そこまでひどくやつれた顔を親父に見せた記憶もなければ、親父のそうした顔を見たという記憶もなかったのである。

トイレの鏡の前でジャケットを脱ぐと、両の脇の下に蝶の形の汗染みができているのに気づいた。と、次の瞬間俺は、自分でも驚いたことに、ラスコフスキー医師の脇の下にできていた汗染みのことを思い出していた。それも、近しい知人同士のような親近感を覚えながら。ただそれについては、後になって、親父が目覚めるのを待ちながら俺自身、そうした親しみの感情を医師に抱いてしまったことで自己嫌悪に陥る羽目になったとつけ加えておかなければなるまい。しかし、いったいなぜ自己嫌悪に陥ったのだろうか？　今にして思えば、だが、それはおそらく、親父から身をもって、誰に対しても、たとえ相手が命の恩人であったとしても義理を感じるなと教え込まれていたからだったのではないだろうか。

ラスコフスキー医師が俺に言った言葉、〝もうしばらくしたらお部屋に入ってみましょう〟の、みましょう、は、普通に考えれば、私もあなたと一緒に入ります、という意味であろう。だがけっきょく俺は、たった一人で、拷問部屋のような集中治療室に入っていった。周囲の壁やテーブルの上では、計測機器の類が、フクロウの目のようにチカチカした光を放っていた。ベッドは全部で六つ。それらが三つずつ嫌みなほどきっちり左右対称に置かれていて、その一つ一つが公衆トイレで使われているような透けないタイプのついたてで仕切られ、どのベッドもアルミ製の手すりのところが薄ぼんやりした明かりを受けて微かに光っていた。

計測機器はどれもそれぞれのリズムでピ、ピ、と音を刻み、人工呼吸器もまたそれぞれに呼吸を繰り返していた。親父が寝かされていたのは、左側のいちばん奥のベッド。六つあるベッドのうち唯一親父の前だけにボードが置かれ、看護婦たちの手により、赤と黒のフェルトペンでその日の注意事項が書き込まれていた。親父は、グレーがかった波型の人工呼吸器の管を口にくわえたまま息を吸って吐いて吸って吐いてしていた。俺は親父のガウンを持ち上げてみた。一物が目に飛び込んできた。その日の朝からだけですでに二度目のご対面だった。親父の一物など、それまで一度も見たことがなかったというのに。親父のそれは股のつけ根にぐったりとよりかかり、ちょうどそのあたりに、指が切断されている側の手、つまり親父の右手が置かれていた。ついでに俺は、親父の一物に割礼が施されていたということも、そのとき初めて知った。もちろん、俺のものはそんなことにはなっていないが。

一物の先、親父の尿道口には管が差し込まれていた。もっともそれは、患者である親父がわざわざトイレまで行くことなく排泄を行なうために必要な処置ではあった。

そうして親父は、何本ものプラスチック製の管によって外の世界につながれていた。いや、管によってだけでなく、まるで動物の体に広がる斑点模様のように点々と胸や額に貼られた電極によっても、だ。また点滴の針も親父と外界とをつなぐ役目を果たしていて、鎮痛剤と抗生物質を注入するための針が首の中に埋められ、左腕の静脈には一滴一滴垂れていくタイプの点滴の針が入れられていた。

俺は丸椅子に腰をおろし、親父に声をかけた。

「どうだい？　父さん。すべては終わったよ、うまくいったよ」

だが親父には、俺の声は聞こえてはいなかった。

「言っただろう？　覚えているかい？　うまくいくって僕は言ったはずだ。ほら、もう大丈夫。すべて終わった。もう、何の心配もないよ」

親父の人工呼吸器は確かに動いていて、心電図も脈を刻んでいた。それでも俺は、親父が本当にそこにいるとはどうしても感じることができずにいた。

親父の首からも何やら管が入れられていて、それが絆創膏で頬に留められ、おかげで親父の、六十七歳の老人の頬の弛《たる》みがみごとにピンと伸びていた。しかしいっぽうでそれは、肌や組織のくたびれ具合を余計に目立たせる結果ともなり、俺は思わず、目を半開きにしてみた。すると、ハイスピードカメラで撮影しているのではないかと思うほどにはっきりと、一秒ごとに親父の肌が衰えていく様をとらえることができた。いや、できたような気がしていた。俺は心の中で思っていたのだ。いったいいくつのフリー・ラジカルたちがあの親父の肌の内側を、まるで三十番街の橋を歩いて渡っているかのようにのんびりと動き回っているのだろうか、と。

そのときだった。不意にもう一つの映像が頭に浮かんできた。いや、本当は、浮かんできたのではなく、なにかの役に立つだろうと俺自身が映像を記憶の箱から引き出したのであったのだが。そこに写っていたのはプラスチック製の心臓の模型。俺が学生のときにまるまる一か月間、生物学の教授の机の上に置かれていたものだ。模型の表面には静脈と動脈の筋が浮き出すように走っていたのを、今でもよく覚えている。

午後の四時。親父とはまだ十分も一緒に過ごしていないというのに俺は、集中治療室から出るように命じられた。

翌日、朝いちばんにふたたび病院を訪ねた。まず病院の事務室に行き、面会時間外でも親父の病室に入るのに必要な許可証を請求すると、病院側は、俺の名前と身分証とが一緒になったカードを手渡してくれながら、誰にでも見えるように胸に下げておくようにと言った。次いで申告書、患者である親父にとっては自分がたった一人の身内であり、したがって病人を訪ねるのも自分一人であると申告するための書類を書かせられた。そうしたサン・ペドロ・クラベル病院の官僚主義にもつくづく困ったものだと思うが、正規の手続きを踏んだおかげでとにもかくにもその日、俺は親父の病室に入ることができた。ところが十二時を過ぎた頃、またしても、前の日の午後に俺を追い払ったのと同じ看護婦がやってきて、俺はふたたび部屋から追い出されてしまった。その看護婦については、化粧が濃くていつも額に汗を滲ませていたのを、今でも覚えている。

二回目に俺が病室を訪ねたときには、親父の意識はすでに戻りつつあった。それももちろん大ニュースではあったのだが、もう一つ大事なことを、ちょうど病室にやってきた例の女の看護婦の口から聞かされた。

「一度お父様の人工呼吸器を外そうとしたのですが、お父様はうまく対応することができませんでした。肺に水が入って、気を失われてしまいました。でも今は少し、よくなられています」

看護婦は、まるで学生が試験で質問に答えているときのような口調でそう、俺に言った。

確かに、親父の体にはまた新たな管が増えていた。血の混じった水が親父の肺から吸い取られ、管いっぱいに溜まるとそれが、目盛りのついたビニール袋へと吐き出されていく。なんとも痛々しい光景。ドレナージ、すなわち肺に入った水を抜き取る処置が行なわれていたのだ。親父はさまざまに痛みを訴えていた。だがなかでももっとも厄介な痛みの原因となっていたのもやはり、ドレナージ用の管、だった。肋骨の間に管が挿入されていれば、どうしたって横向きに寝ざるを得ない。その姿勢が、手術をしたばかりの親父の胸を圧迫し、激しい痛みをもたらしていたのである。

痛みのせいで親父は喋ることができずにいた。ただ時に、顔を歪めてすさまじい渋面をつくることがあり、そうかと思うと、自分の体に感じていることを訴えるでもなく俺の方を見るでもなく目をつむっていることもあった。

親父は一言も発しなかった。しかしそれには、痛みとは別に、口の中に管を入れられていたからという事情もあった。おまけにその管のおかげでうめき声でさえも、それが別な場面で耳にしたのであったのなら思わず笑ってしまったに違いないほど奇妙な響きになっていた。

看護婦は部屋にやってくると、酸素ボンベを取り換え、ドレナージ用の袋をチェックしては戻っていった。それでも一度だけ、正確に三分間、病室にいたことがあった。看護婦は親父の体温を計りながら、〝いったいこの手の指はどうされたのですか〟と、俺に聞いてきた。

「で、それがいったいあなたにどんな関係があるのです？」

俺は答えた。

「ご自分の仕事をしてくださいよ、詮索はけっこうですから」

看護婦はそれきり俺に何も聞いてこなくなった。その日だけでなく、それからの数日間も。その間、一日一日が、同じように過ぎていった。俺は相変わらず、親父から手術のことは誰にも言うなときつく言い渡されていたのをいいことに、病院の面会時間をいつも一人で使い切り、したがって身内の者も友人たちも親父の見舞いにやってくることがなかったのである。

だがいっぽうで俺自身、そろそろそれも考え直すべきではないかと何となく感じはじめていたのも事実であった。

「部屋の外には誰もいないのか？」それが、手術から三日目の朝、口に入れられていた管が取れてすぐに親父が言った言葉だった。

「いないよ、誰も」と俺は答えた。

ところが午後の面会時間になると、親父はふたたび戸口を指差し、誰も面会に来ていないのかと聞いてきた。そうして二度も同じ質問を繰り返したのはおそらく、薬のせいで思考力が落ちていたからだったのだろう。

「いや、誰も父さんを邪魔しにきた人はいないよ」

「じゃあ、私はずっと一人だったのか」親父は言った。「そうか、うまいこと一人きりになることができたというわけか。おお、私の努力が実を結んだぞ。こうなるために私が、どれだけのことをやってきたと思っている？　どうだ、結果は完璧だ。これは誰もが真似できることではないからな。待合室を見てみろ、かく示された、だ」

親父は口をつぐみ、しばらく沈黙が続いた。親父の体は、まだまだ、すんなりと話が続けられるような状態ではなかったのだ。

「あの人がここにいてくれたらどんなによかっただろう」

とつぜん親父が言った。俺は一瞬、ザラのことかと思ったが、すぐにお袋を指していると気づいた。

「母さんだったらうまくつき添ってくれただろうに。いい妻だった。本当に素晴らしい人だったよ、ガブリエル。母さんのこと、覚えているかい？　まあ、別に覚えていなくともいいが。それに子供にとっては、母親という存在はあくまで母親でしかないのかもしれないし。とにかく、母さんは文句なく素晴らしい人だった。そんな母さんが、私のような男を選んでくれたわけだ。人生というのはわからんものだ。私はけっして母さんに相応しい人間ではなかったさ。母さんはさっさと死んでしまって、私が母さんに相応しい人間になるまで待っていてはくれなかった。ああ、いつもそう思ってしまうのだよ。母さんのことを思い出すたびにな」

もちろん俺だって、お袋についていろいろな思い出がないわけではなかったのだ。にもかかわらず親父の言葉で俺が思い起こしていたのは、お袋が肺炎だと誤診されたこと、そのときお袋の体の中ですでにひっそりと癌が進行していたこと、そしてなんといっても、親父とお袋が医師から最終診断の結果を聞かされた日に俺が何をしたのかについてだった。いまでも、いったいなぜあの日に俺は、下着のカタログを前に自慰行為に及ぶような真似をしてしまったのかと思うことがある。お袋の病気の告知と、人生初の射精を経験したのが同じ日だったことにショックを受け、俺はその晩、熱を出した。翌日の日曜日、生まれて初めて俺は教会に足を踏み入れ、おまけに何を血迷ったのか、告解を申し出た。「ええ、その通り。君のそうしたふしだらな行為こそが、お母さんの身に起きていることの原因ですよ」と、神父は言った。だが本当はそんなことではなかったのだと、お袋の病気が天からの罰でもなければ俺の過ちに対する制裁でもなかったのだと本当に理解するようになったのはそれからかなり年月を経てから、俺が、世間が大人と呼ぶ年齢にどっぷりと足を突っ込んだ後の、しかも、それが居心地よく感じられるようになってからのことであった。

俺はけっきょくその日、お袋のことを覚えているかと問いかける親父に対して、そうしたことは何も話そうとはしなかった。なぜなら、その手の打ち明け話は、いかにも辛気臭い集中治療室などではなく、もっとそれに相応しい時と場所を選んでするべきだと思ったからだ。

「母さんの夢を見たよ」親父が俺に向かって喋っていた。

「話さなくていいから」と俺は親父を遮って言った。「少し寝たら。そんなに喋っちゃだめだよ」

だが親父を止めるのならもっと前にそうすべきだったのだ。親父にしてみれば、いくら息子に制止されたところで話しはじめたものは今さらやめられない、というところだったのだろう。

「夢の中で私は映画を見ていた」親父は続けた。

「私の座席は一階で、三列前に、母さんによく似た女の人が座っていた。かかっていたのは『人間の絆』だ。でも、映画館の雰囲気からしたら、それに客層からしても、『人間の絆』はそこには似合わない気がしていたよ。それでな、ポール・ヘンリードが一人でロンドンの貧しい地区を歩くシーン、物音一つしない夜のシーンを見ながら、私はもう我慢ができなくなってしまった。暗い通路に出て、他の観客の邪魔にならないように膝をついたままそっちを見ると、スクリーンから届く明かりではっきりと横顔が見えて、やっぱり母さんだとわかった。《どこに居たんだ?》と私は聞いたよ。《俺たちはてっきり、君は死んでしまったものと思っていたんだ》《死んでなんかいないわよ、ガブリエル。なにバカなことを言っているの》《でも俺もガブリエルも、そう思っていた。君は癌で死んだものと思っていた》《二人ともバカみたい》母さんはそう言った。《死ぬときには、二人にちゃんとそう言うわよ》すると急に、スクリーンの映像が、ひどく陰気なものに切り替わった。たぶん、黒い空か煉瓦の壁がバックになっていたような気がする。一階席も暗くなった。今度は夜明けのシーンに切り替わってスクリーンが明るくなると、母さんが、座席の間を縫って出口の方に向かっていった。それも、座っている人たちの脚に触れることもなく。外に出る前に、大理石のように真っ白な頭をくるりと向た。


　け私の方を見て、手でサヨナラをした」

「母さんは、私に何かを言おうとしたのだろうか？」

　そんなことはないさ。俺はとっさにそう答えようとした。たぶんそのまま言葉を続けていたとしたら、ついいらだたしげな口調になって親父に、こう言っていたはずだ。〝父さんだってよく知っているはずじゃないか。夢がなにかのお告げなんてことはないさ。手術をしたからといって、迷信に頭の中を占領されてしまってはだめだよ。夢なんて、ただの電気信号だ。無秩序に混乱したいくつかのニューロンのシナプスが悪さをしているだけなんだよ〟と。

　ところが、俺が口を開こうとしたその瞬間、親父が大きく息を吸い込み、目を少しだけ開けて言った。

「ザラになら、教えてもいいのではないかな」

「わかった」俺は答えた。「父さんがそうしたいのなら、いいよ」

「私としてはどっちでもいいのだが」親父は言った。「むしろザラのために、な。それに、もし教えなかったりしたら、後で何を言われるかわかったものじゃないぞ」

　だが親父にそう言われて俺が驚いたかというと、そうとばかりは言えない。

　親父と俺の二人ともが、親父の手術からほんの数日しか経っていないにもかかわらず同じようにザラのことを思い浮かべていたというその事実。俺はそれを、迷信を信じるタイプの人間が言うところの偶然の一致、というよりむしろ、ザラが俺たち二人の人生にそれなりに重要な関わりを持っていることの証だと感じていたのである。

　と、そのときだった。俺はふっと感じた。いや、そのときが初めて、というわけではなかったのだが、ともかく理屈抜きで感じたのだ。ザラ・グーターマンは表面的には、毒にも薬にもならないような女友達、人畜無害でほとんどいるかいないかわからない外国うまれの人としか見えないものの、本当のザラはそんなんじゃない。あの姿の奥には何か別なものが隠されているに違いない、と。そして俺は、親父がどんなときでもザラへの信頼を失わないでいることに、正直、感動すら覚えていた。

「今晩、ザラに電話するよ」俺は言った。「きっと喜ぶよ、間違いない」

実を言うと、俺はあのときもう少しで、〝きっとザラは、お父さんが手術から無事に生還してよかったわねって言うよ〟と口に出すところだった。しかし、すんでのところでこらえた。それは、自分が命拾いをしたと改めて意識させられるのは親父にとっては嫌なことだろう、もしかしたら、手術に失敗したと知らされるよりも我慢ならないことかもしれないと、そんな気がしたからだ。

だがそれでも、親父にはまさに生き残ったという表現がいちばん相応しいと俺が感じていたのは事実だ。

〝なにしろ親父は、手にマチェーテをにぎった男たちに襲われても、あるいは、心臓が、いや、正確には心臓の筋肉が気まぐれに引き起こす突然の病に襲われても命を奪われることなく済んだのだから。ついでに言わせてもらえば親父は、毎日のように、メメント・モリ、一寸先のことはわからない、という警句そのままの惨劇が繰り広げられるこの街で、これまで死なずに生き延びてきたのだ。なかには、誘拐されながらも無事に解放された者もいるだろうし、直前になって予定を変えて、ロス・トレス・エレファンテスで買い物をする代わりにショッピングセンター93に行って友達とランチをとることにしたおかげで爆弾テロに巻き込まれずに済んだ、という女性もいるだろう。そうした者たちと同じように親父もまた、殺されることなくこの街で無事、生き延びてきたというわけだ〟と、俺は間違いなく、あのとき、親父を前にしてそんなことを考えていたのだ。ところが不意にある疑問にとりつかれて、今度はそのことで頭が一杯になってしまった。〝いったい何のためにだ？〟〝世間では、六十七歳にもなればもう余生だろう。人生一通りのことをやり終えて、この世に思い残すことは何もないはずなのに、親父がまだ生きたいと願うのはいったい何のためなのだ？〟

つまり俺はそのとき、親父の人生について、もはやたいした意味などありはしない、少なくとも親父自身がそれまで追い求めてきたものとはすでに無縁の人生になっていると、そう思っていたのだ。

ところが、そのときすでに親父の頭の中では自己革命が始まりつつあったとは……。あれほど小さくなった親父の姿を目にしていったい誰が、実の息子である俺も含めて誰が、親父の身にそんなことが起こっていると想像できたというのであろうか。

第二章　第二の人生

こうして俺と親父の間で奇妙な倒錯、というか逆転現象が始まった。どんな親子にも必ず訪れるそのとき。子の側がいつの間にか自らの親にとっての親的な存在となり、親子の序列が入れ替わって親から子への権力の移譲が起こる。いっぽう、かつて力を持っていたはずの親側はめっきり弱くなり、子側からの命令や指示を受ける立場になる。そして子は、というか俺は、そうしたことのすべてを実は、まんざらでもない気分で受け止めていたのである。

さてザラのことだが、親父の退院許可が出る頃には、もちろん、もう、俺たちにつき添ってくれるようになっていた。おかげで、俺は、手術を受けたばかりの親父をマンションの自宅に連れ帰りベッドに寝かせるという最初の大仕事も、ザラの手助けを得てなんとかうまくやりおおせることができたのである。

それにしても、あの親父の自宅マンションの部屋の空気には正直、驚かされた。もっともそれは、親父がいた病室があまりに申し分なく快適で〝知的な空間〟であったそのせいだったのかもしれないが、とにかく俺は、親父の自宅の部屋に入った瞬間、人を寄せつけないような、攻撃的でさえあるような空気にたじろがずにはいられなかったのである。手術をしたばかりの親父に目をやりながら俺は、車を降りたときと比べてすらまた一段と小さくなってしまったと、そう心の中で思っていた。

親父が車からベッドまで辿《たど》り着くのに要した時間は十五分。脚を動かすたびに親父は息苦しさと心臓が破裂せんばかりの激しい動悸に襲われ、一度に二歩進むのがやっとというありさまだった。しきりに呼吸が苦しいと訴え、しかし、苦しいと口に出せばこんどはそのことで息が吸えなくなる始末で、それがまた親父の激しいいらいらの種となっていた。

加えて親父は、脚を痛がってもいた。というのも、手術の際に、心臓のバイパスを作るために脚の側面部分の静脈が切り取られていたからだ。もちろん、痛がっていたことでいえば、胸の方もそうだ。しかもその痛がりようたるや、見ている俺たちの方がつい、もしかして親父の胸骨を閉じているワイヤーが引きちぎれる寸前なのかもしれないと心配してしまうほどに凄まじいもので、また親父自身も同じことを思っていたとみえ、何度も俺たちに、〝ワイヤーは間違いなくきちんと縫い合わされているよな〟と、念押しをしてきていた。しかも、その、縫い合わせる、という言葉を口にするたびに親父は顔に怯《おび》えたような表情を走らせ、俺はそれを見ながら、〝なるほど、この動詞には手仕事や工芸品、素人の趣味というイメージがつきまとっているからな〟と、そう思っていたものである。

ベッドに親父を寝かせると、親父はすぐに言った。「カーテンを閉めてくれ。でも一人きりにしないでほしい」。それから、胎児かあるいは何かを怖がる子供のように、体を横向きにして丸まった。そんな寝方をした親父。いったいあれはなぜだったのだろうか。病院で何日も肋骨に管を入れられている間に体があの姿勢でいることを覚えてしまったのか。それとも、危険を察知すると自然と体を折り曲げるという人間の本能ゆえのことだったのだろうか。

親父への注射は、最初はザラが引き受けてくれていた。俺はむろん、ありがたくザラの申し出を受け入れ親父の注射をザラに任せていたのだが、実を言えば、その機を利用してザラのことをじっくり観察するのを秘《ひそ》かな楽しみとしてもいたのである。くるぶしまでとどく黒のロングスカート、膝までのブーツに長いセーター。ザラはいつも、四十代の女性が好みそうなファッションに身を固め、それがまたよく似合っていた。臀部も水泳選手のように引き締まっていたし、親父のマンションを歩き回るザラの姿は、三人の子を育て上げたあとの女性のイメージからはほど遠いものであった。あれでもし、ザラの髪の色が艶《つや》やかなグレーではなく、頭のてっぺんにナイロン玉のようなシニヨンが乗ってもいなくて、もしも後ろ姿だけが見えていたのだったとしたら、ザラの年齢を言い当てられる者はおそらく誰もいなかったであろう。

だが逆に言えば、そうしたザラの姿、その体つきのなにもかもが、親父がいかに危機的状態にあるのかを嫌というほど俺に思い知らせてくれるものでもあったのだ。

あるとき俺はザラを見ながらふと、思ったことがあった。〝ザラはこんなにエネルギーに満ちているというのに、かたや親父はかなりよぼよぼだ。親父だってもちろん、自分は突然の病を患ったのだから弱るのは仕方がないとわかってはいるのだろうが、それでも、元気なザラを目の前にしていて自分のことが嫌になってしまうのではないのか〟と。ところがすぐにあることに気づいた。親父とザラの間にもともと流れていた共犯関係を思わせるような親密な空気、それが以前にもまして明らかに濃くなっていたのだ。とはいえ、手術をして退院してきたばかりの者に対して愛情といたわりを注ごうとするのはごく当たり前のことだ。だからこそ俺もそのとき、ザラと親父とのそうした親密さについて別に不思議とも思わなかったのである。

しかし、これは後から知ったことだが、ザラには、親父に対して親身になる理由が他にもあったのである。

「私も何回か、医者とやりあったことがあるのよ。ほんと、医者って礼儀を知らない人たちよね」とは、ザラがあるとき俺に言った言葉だ。

　その十年ほど前、ザラの脳に動脈瘤が発見されたときのことだ。ザラは、いかにも頑固で猜疑心の強いザラらしくというべきか、それが息子たちの意に反することになるだろうとわかりつつも手術はしないと医師に宣言したのである。

　ザラの話によれば、〝頭を切り開くにはもう年を取りすぎていますから〟とザラが言うと医者は、〝ええ、確かに手術が絶対に成功するという保証はありません。それに手術をしたあとで体の一部が麻痺してしまうか、さもなければ、痴呆状態になってそれが生涯続くということも、まあ、可能性としてはあり得ます〟と、あっさり認めたのだそうだ。どの医者もおんなじ、みんな横柄なのよ、と、ザラは俺に言っていた。

　だが、ことはそれだけにはとどまらなかった。医師は、手術を拒否したザラに対して、「暖かい地に、できるだけ海抜の低いところに移り住んだほうがいいですよ。二千六百メートルの高地にあるボゴタにいては、どうしても血圧が高くなる。そうなれば、ただでさえ薄くなっている血管の壁がさらに圧迫されて、破裂するかもしれないですから」と、温暖な地への移住を勧めてきた。むろんザラはそれについてもきっぱり拒絶した。そのときのザラは、「あと十年は私だって生きるでしょう。そのあいだずっと、海の近くで暮らせと言うのですか？　ここには子供や孫たちもいるというのに、なぜわざわざ、一時間も飛行機に乗ってそんなところまで行かなければならないのです？　それとも先生は、この私に、ラ・メサとかヒラルドットとか、半裸の人間やらフォルクスワーゲンほどもある大きな蚊やら以外には何もいないような村にでも行けばいいと、そうおっしゃりたいのかしら？」とまあ、俺が想像するにはそんなふうな言葉で答えたのではないのだろうか。

　というわけでザラはボゴタに残った。そして、頭に時限爆弾を抱えていると十分に承知しながらも相変わらず、いつもの場所、いつもの本屋に足しげく通い、いつもの友人たちとも頻繁に会う暮らしを続けていたのである。

あの頃のことで、今でもはっきり覚えていることがある。それは、俺が、親父とザラが誰にはばかることもなく見せる親密さにどこか惹かれるものを感じていた、ということだ。

あれは退院して三日目のことだった。インターフォン越しに守衛からザラが来たと告げられると、親父はすぐに、まだ使っていなかったナプキンを皿の下から抜きとり、歓迎の文句を書きとるよう俺に命じた。そうしてザラはその日、部屋に足を踏み入れると同時に、俺が大慌てで青のボールペンで書きとった簡潔な歓迎文、どっちの動脈、どこの動脈瘤。冗談みたいな静脈、上等だぜ！　を受け取ることとなったのである。

そのあとも親父はたびたび、半諧音や頭韻といった韻を踏んだ一文をザラに送ることがあったが、記憶にいちばん残っているものといえばやはり、ナプキンに俺が書いたあの最初の一文だ。今思い返してみても、あれこそがまさに二人の老人の行儀のよい関係の象徴、という気がしてならない。

ときどき、俺が親父のマンションに行くとすでにザラが来ている、ということがあった。ふつう、女友達が病み上がりの友達を見舞っているという場合には、心配そうに容体を尋ねたり、見舞われている方がそれに感謝の言葉を返したりするものだろうが、ザラと親父のそうした場面に出くわしたことは一度もない。俺が部屋に入ると、たいていザラは椅子に座ったまま顔を下に向けてクロスワードパズルをやっていて、いっぽう親父の方は、教皇の墓の中の石像もかくやというほどにじっとおとなしく、一人でベッドに横たわっていた。その光景を前にしながら俺は、〝もしも誰かに、この二人は何世紀も前からずっとこうしていたんだよ、と言われたとしてもたぶん信じてしまうだろう〟と、そんなことを思ったりもしていた。

ザラは俺を見ても、抱きついてきたりはしなかった。いや、それどころか、椅子から立ち上がって挨拶することさえしなかった。ザラは、座ったまま俺の顔を乾いた両手で挟み、ぐいっと自分の方に引き寄せ頬っぺたにキスをした。ザラは、そういうときでも微笑《ほほえ》みはしても歯を見せて笑うということはしなかった。用心深く猜疑心が強く、はっきりとものを言わないタイプ。決して感情に溺れることのない人間、それがザラであった。

俺は、ザラにそうして迎えられるたびに、まるで自分の方が客であるかのような気分にさせられていた。〝つまりなにか？　俺は親父の息子じゃなくて客なのか？　で、日々親父の世話をしているのがザラというわけか？　今に、来てくれてありがとうね、私たちと一緒にいてくれて嬉しいわよ、とか言われたりして〟と、心の中で呟《つぶや》かずにはいられなかったのである。

いっぽう親父はといえば、薬と疲労とで相変わらず霧の中をさまよってはいたものの、波型の管を口にくわえていなくてもよくなったことで容貌がいくぶんもとに戻りはじめていた。おかげで俺も、時折ではあるが、肋骨に管が入れられ苦しんでいた親父の姿、肺にドレナージが施されたときの光景を記憶の外に追いやることができるようになっていた。

親父ももう晩年の域に入っている。そこにきて俺は初めてそう、はっきりと感じていた。誰かの助けがなければ動くどころか立ち上がることさえできず、話を始めるとすぐに息が切れてしまう親父。そんな親父の傍にいたのはザラと俺だ。俺たちは、親父がトイレに行きたいと言えば介添えをし、何か言葉を、というより単語を親父が発するたびに、そのわずか一言、二言から、つまりはこういうことだね、と親父の言いたいことを解釈してうまく会話を成立させていた。

咳、それもまた難題であった。親父が咳をするときに備えて、ザラは、タオルをくるくる巻き、左右の二か所をマスキングテープで留めて、ちょうど、旧式の寝袋のロール状に丸められたもののミニチュア版のようなものを作り、親父の胸の上に乗せていた。そうでもしていなければ、おそらく親父は、咳をするたびごとに痛みのあまり、聞き耳を立てている近隣の者たちを震え上がらせるほどのうめき声を発していたに違いない。

朝の時間帯の日課、というのもあった。毎朝、親父がパンツ姿で便器に腰を掛け、俺はその親父を手伝って脇の下を洗ってやっていた。おかげで俺は、胃の拒絶反応が怖くてずっとそれまで見ないようにしていた親父の手術の傷跡とも、毎日、対面する羽目になっていた。

そんなある日、俺はふと気づいた。どんなに思い出そうとしてももはや若い頃の親父の姿はすっかり記憶の中から消えてしまっている、と。昔の写真に写っている親父、手を後ろに組み胸を張り警官のような姿勢で立つ親父がいつの間にか記憶の奥底に沈み、代わりに空いたその場所を、一回り小さくなった弱々しげで裸のままの親父の姿が占めるようになっていた。俺にとっては、それは初めての経験だったのだが、もしかしたら人間の記憶においてはまま起こりうることなのかもしれない。

若い頃の親父は、髪の毛が黒々としていただけでなく、体のいたるところが黒い毛で覆われていた。昔の写真を見ると親父は、胸にも、当時はまだすっきりとしていた腹のあたりにも、黒い毛を生やしている。背中も、いや、さすがに背中を写した写真はないが、それでも、背中の大部分が毛で覆われていたのを俺ははっきり覚えている。

ところが手術の直前、親父の胸毛は看護婦らの手によりすっかり剃り落とされ、その部分には黄色い液体が塗られたのである。むろん数日後には、親父の胸にはまた新たな毛が生えてきてはいたのだが、それでも、全部の毛穴から正常に毛が生えてくるということにはならなかった。

とにかくあの頃の俺は、親父の脇の下を毎日のように洗い、その最中に決まって目にしていたのは、メスで切られた跡が赤くはれ上がった細長の傷口、数か所にできた赤い水疱、肋骨をつなぎ合わせるワイヤーの圧力でぷっくり盛り上がった皮膚であった。またそれに加えて、こちらの方は、実際に目に見えていたわけではないのだが、親父の砕けた肋骨、手術用電動のこぎりによって切断され砕けた胸骨も、俺が毎日のように対面していたものであった。

俺は親父の脇の下を洗いながら、そうしている間じゅう、これは嘘偽りではなく、親父の痛みをひしひしと感じていた。親父をまともに襲う痛み、傷ついた皮膚を異物であるワイヤーが内側から突き上げることで生じる鋭い痛みを、俺は、自分のことのように感じていた。だがそれでも、洗った。そうして俺は、日を追うごとにうまく洗えるようになり、毎日、親父の脇の下を洗いつづけた。片方の手で親父の体を支えつつ、肘で親父の腕を押し上げ、もう一方の手で、脇の下に生えている長くて汗臭い毛を洗う。親父にはまだ、自力で腕を持ち上げるだけの力が戻ってはいなかったのだ。

脇の下を洗うための一連の作業の中でいちばん難しかったのは、すすぎ、であった。最初の頃、すすぎをするのに両手を水汲みボウルがわりにしてやってみていた。しかしそれだと水は、親父の肌にかかる前にすべてこぼれてしまい、そのたびに俺は、経験も浅いのに天井のペンキ塗りに挑むペンキ職人というのはこういう気分なのだろうかと、そんなことを思ったりもしたものだ。そこで次に、スポンジを使うことにした。すると、時間はかかるがさほど親父に刺激を与えずにすすぐことができるようになった。

親父はいつも、俺が洗い終わるまで一言も口を利かなかった。親父は恥ずかしがっていると、俺は感じていた。だが同時に、親父が不快そうな表情を顔に浮かべていることにも気づいていた。そんなある日、ついに親父が言った。「お願いだ、これからは、デオドラントスプレーを少しかけるだけにしてくれよ。こんな下劣なことはやめようじゃないか。お願いだからベッドに連れていってくれ。勘弁してくれよ。もしもこれで下《しも》まで洗ってもらうようなことにでもなったらと思うとぞっとするよ」

その頃、ザラが毎日のように親父に聞いていたことがあった。「ねえ、腸の方はもう動いているの？」。今でも思い出すが、ザラがその言葉を親父に向かって口にするのを初めて聞いたとき、俺は妙にうろたえてしまった。あれはいったいなぜだったのだろう。思春期の少女が使うようなその婉曲な言い回しのせいだったのか、あるいは、いくら婉曲な言い方だとはいえザラが親父に対してそうした内容の質問をすること自体に二人の親密さを感じずにはいられなかったから、だったのか。

俺の役割はまだ他にもあった。その一つが、毎日忘れずに、親父にシンバスタチンとアスピリンを飲ませること。それにしても、どちらも奇妙な名前である。もっとも薬の名前とはたいていそういうものなのだろうが。

加えて、あるときからは、ザラがやっていた注射を俺が引き受けるようにもなっていた。日に一度、俺は親父のパジャマをたくし上げ、片手で親父の腰のあたりの弛《たる》んだ肉をつまみ、注射針を突き刺した。針が親父の皮膚の中に沈むやいなや親父はうめき声を上げ、俺は自分の脈が激しくなるのを感じながらも親指に力を入れて、どろりとした液体を注射器から押し出す、いや、親父の肉の中に注入した。もちろん俺とて、それが毎日やるべきことだとわかってはいた。だがそれでも正直、注射に関わる処置のなにもかもが憂鬱でたまらなかった。俺はつくづく思ったものだ。〝人に苦痛を与える作業を毎日やるというのはなんと辛いことか。それが辛くないものなど、いったいどこにいるというのだろうか〟と。

そうした注射の騒ぎは一週間続き、その間俺は、毎日のように親父の家に通った。注射を打つのはいつも朝、それも親父が目を覚ましてすぐのことで、俺は、注射をする前にはかならず三十分ほど、何でもいいから親父と話をするようにしていた。それは、親父の一日が注射針とのご対面で始まることがないようにという、俺なりの気遣いであった。

朝と言えば、一人、決まって訪ねてくる人がいた。理学療法士だ。その人は女性で、朝、といっても昼と朝の中間ぐらいの時間帯に親父のマンションにやってきて、来るとまずベッドの上に親父を腰かけさせてから自分は向かい合せに立ち、一つひとつ手本を示しながらさまざまな動作を親父に真似させていた。最初のうちは、まるで鏡遊びをしているかのような調子でそれは行なわれていた。しばらく経つともう少し本格的なリハビリへと移行をしたものの、それでも実際のところ理学療法士が親父に教えていたのは、腕はどうやって上げるのか、上半身を起こすにはどうするのか、両脚をどう動かせばバスルームまで辿り着けるのかといった、いずれも普通の人であればわざわざ朝の訓練で教わるまでもなく生まれたときから本能的にできてしまうようなことばかりであったのだ。

理学療法士の名はアンヘリーナ。メデジン出身。ボゴタにやってきたのは学校を卒業してから。年齢は四十歳以上四十九歳以下。日が経つにつれて、当然のことではあるが、理学療法士のそうした個人的なことについても俺たちは知るようになっていった。年齢のことがわかったのは、アンヘリーナが一度、「私たちの世代って、人生という階段をすでに四階まで登ってきているわけだけれど」と言ったことがあったからだ。そのとき俺は、なぜその年でまだ結婚していないの、と喉まで出かかったのだが、あえて口にしなかったのは、アンヘリーナに誤解されたら困ると思ったからだ。

それは、リハビリ初日のことだった。アンヘリーナは、闘牛場に入場する牛のごとくに脇目もふらずに部屋に入ってきて、俺たちは、そんなアンヘリーナから発せられる、〝私がここに来るのは仕事をするためよ。私にはあなたたちに目を向ける暇もないし、あなたたちから見られたいとも思っていないわ〟という無言のメッセージをひしひしと感じ取っていたのである。

しかし今でもわからないのは、じゃあなぜその初日にアンヘリーナは、あれはパールのボタンだったのか、とにかくそれらしきボタンのついた色鮮やかなブラウスを身につけていたのか、ということだ。おまけに、アンヘリーナはしばらくすると、最初の日のことなど忘れたかのように、マッサージをしているときに胸が、いや、正確にはブラウスの胸のボタンがだが、とにかくその部分が親父の背中を擦ろうが、あるいは真黒な髪、毎朝のように洗うその黒髪から大きな水滴が親父のベッドの色あせたシーツや枕に滴り落ちようがもはやたいして気にしている様子も見せなくなっていったのである。

そんなある日のこと、アンヘリーナがまた明日ね、と帰っていき、俺と親父の二人きりになった。気づくと俺たちの話題が、八月六日の例の演説以降に起こった俺たち親子間の一連の出来事へと及んでいた。

その頃にはもう、アンヘリーナが親父と親父の厄介な筋肉とを相手に仕事をする期間はすでにあと数日を残すのみとなっていた。親父は、自力で動くための訓練を毎日のように続け、同時に、話すための訓練も始めていた。その相手を務めていたのはむろん俺だ。そして親父は、俺と話す訓練を始めたことで、それまで俺に対していかに普通とは違う話し方をしてきたのかにようやく気づくようにもなっていた。つまり、自分がどれほど無遠慮で破壊的な物言いを俺にしてきたのかに、親父自身、初めて思い至っていたというわけだ。親父がそれ以前はいつも、俺に言葉をかけるときはもっぱら皮肉と省略とを旨とし、自己を防衛し内心を見せない戦略を取っていたというのは、紛れもない事実であった。だからこそ親父はおそらく、自分が息子である俺の目を見て話をすることができる、息子に対してストレートでわかりやすい、裏の意味などない〝文字通りの〟という形容詞そのままの言い方もできるとわかったときには、自分でも驚いていたのではないだろうか。いっぽう俺はといえば、そんな親父の変化を目の当たりにして、〝もしも親父が心筋梗塞一歩手前まで行くこともなく手術を受けることもなかったとしたら、俺たち親子はまだ相変わらずまともに話すこともできずにいただろう。そのことを考えれば、親父の冠動脈前下行枝に感謝をささげ、病気を発見してくれたカテーテルのために祭壇を用意すべきだろう〟と、そんなことを思っていた。

その日、アンヘリーナが帰った後いつものように俺を相手に話す訓練をしていた親父がとつぜん、何の脈絡もなく、三年前の出来事を話題に持ち出してきたのだ。

「私が言ったことは、どうか忘れてくれ」と親父は言った。

「私が書いたことも忘れてほしい。こんなことを頼めた義理でないことはわかっているが、まあ、なんだ、私が書いたあの書評のことは記憶から消してくれ。なにしろ今回のこれは、生きるか死ぬかの大変な事態だったわけなのだから。そうだ、私にとって今はいわば二度目の人生なのだよ、ガブリエル。私は二度目のチャンスを与えられた。誰でもがこんな幸運を手にできるわけじゃないぞ。この新しい人生を、私は、自分があの書評を書いたという事実をなかったものとして新しくお前とやっていきたいんだ。私がお前に対してと、私自身に対してもとんでもなく卑劣な真似をしたのは本当だが、それでも、そこまでこの私がしたということを私自身、忘れたいし、お前にも忘れてほしい」

　親父は、さも重そうにのろのろと、しかしどことなくもったいぶって体の向きを変えた。俺はその姿に思わず、軍艦が方向転換をしているシーンを思い浮かべていた。

「もちろん、修正が効くようなことではないのかもしれない。それに、二度目の人生というものがこの世に存在するなどというのもまったくの嘘なのかもしれないし、お人よしの人間たちを騙すための作り話の類《たぐい》なのかもしれない。それは私だって、そのくらいのことは考えるさ。お前にもわかっているだろうが、私はそこまでおめでたい人間ではないぞ。だがな、私はどうしても、二度目の人生がないなどというようには考えたくはないのだよ。そのことについては周りからとやかく言われる必要はないはずだ。それにな、間違いを犯すのは人間にとって譲り渡すことのできない権利の一つだというのは、今までもそうだし、これからもずっと変わることはない。いや、そうあってしかるべきだ。それだからこそ少なくとも、我々人間はまあまあ正気を保っていられるのだよ。もし万が一、人は一度口にした言葉をひっこめることができないなどと決められたりしたら、いったいどうなると思う？冗談じゃないだろう？　誰だって生きてなんかいられやしないさ。この私だってとっくに、あのデモステネス〔古代ギリシアの政治家、弁論家（三八四―三二二）。反マケドニア運動を展開するも失敗。最後はポセイドン神殿にて毒ニンジンを食べて自殺〕のように、カラウリア島の神殿でドクニンジンを食べて自殺するか、あるいは、汎ギリシア主義の戦いの殉教者たちと同じような運命を辿っていただろうさ」

　親父の顔には、ひきつったような笑みが浮かんでいた。

「ねぇ、痛いの？」と俺は思わず尋ねた。

「痛いさ、もちろん。だが痛みもいいものだ。いろいろなことに気づかせてくれるからね」

「新たな人生を生きているということにだよ、ガブリエル。それに、これからの人生で私にはまだやるべきことがあるということにもだ」

「気づくって、何に？」

「でもまずはよくならなくちゃ、父さん」俺は言った。「それからだって遅くないじゃないの。何だって好きなことをやれるよ。とにかくまずは、ベッドから出られるようになることだ。それだけだってたぶん、数か月はかかると思うよ」

「何か月だ？」

「何か月って……、かかるだけの時間はかかるわけだから。今は、焦っちゃやだめだよ」

「いや、ぜんぜん焦ってなんかいないさ」親父は言った。「だがそれにしても不思議な感じがするよ。だってそうだろ？　いまお前の口から、何だって好きなことをやれると改めて言われてみて、この現実が自分でも信じられないような気がしている。なんというか、人生丸儲けしたような気分だよ」

「何のこと？」

「本当に私は第二の人生をもらったんだ、ってことだよ」

しかし……、そのわずか半年後に、親父とのそうした日々を親父の在りし日の記憶として脳裏に蘇らせることになるとは、いったい誰がそのとき想像したであろうか。

あれから半年が経ち、親父はすでに亡くなり、遺体は、ハルディネス・デ・パス墓地の窯《かま》で火葬にされ、同じ墓地に葬られている。今、俺はいつも、リハビリ中の親父と過ごした日々を思い返しては同じことを思っている。〝あれからだ、あの後に親父の身に起きたことのすべては、あの日々からすでに始まっていたのだ〟と。

自分の人生にはまだやり残したことがあると、俺との間の過去の出来事について悔悟の言葉を口にする親父。親父は泣いていた。むろん俺とて、病床にあれば自然と人は涙もろくなるものだとわかってはいたし、医者からも、親父がそうなる可能性については十分に詳しい説明をしてもらってもいた。それでも俺は、その親父の涙にうろたえずにはいられなかった。

退院前に、ラスコフスキー医師から言われたことがあった。「お父様はおそらく、これからの人生を、これでは死んでいるのも同然だと、そう思いながら過ごされることになるでしょう」。さらに医師は、どことなくいたわりの気持ちを感じさせるような口調で続けた。「それに落ち込むこともあるでしょう。子供のように、カーテンを開けるなと駄々をこねるかもしれません。ですがすべて、当たり前のことなのです。少しも驚くようなことではないのですよ」と。

ところが、この医師の予測は当たらなかった。親父の場合、泣くことについては、医師が暗に言っていたようなものとはならなかったのである。もちろん、そのときにそうだとわかっていたわけではない。だが親父は、回復期にある間こそはたびたび涙を流していたものの、すぐに泣かなくなってしまったのだ。そしていったん泣かなくなると、そのあとの六か月間、まるで早産と死産をいっぺんで経験したかのような六か月間、心臓の手術からメデジンへの旅に出るまでの六か月間、親父の病からの復帰と第二の人生の始まりとその結末までをも含んだ六か月間、親父はもう二度と涙を見せることはなかったのである。

それでも俺の中ではいまだに、かつての自分の発言を撤回したいというあのときの親父の言葉と親父の泣いている姿とはどうしようもないほどにしっかりと結びついている。また、今になって思うのだが、もしかしたら親父はまさに俺に悔悟の言葉を口にしていたそのときに、〝これは俺にとってのチャンス〟という言葉を頭によぎらせていたのではないのだろうか。のちにふたたび、今度はもっと身につまされながら、最悪の状況の中で思い出すことになるその言葉。それを親父は、あのとき初めて思い浮かべていたに違いない。といってもむろん、この本を書くためにそれを親父に問いただすというのももはや不可能なことであり、俺にはもはや、親父以外の情報を提供してくれる者たちから話を聞くことしかできない。そう、確かに、親父に確かめたわけではないというのはその通りだ。だがそれでも、俺にはわかる。親父はあの日、悔悟の言葉を口にしながら、〝これはまさに俺にとって絶好のチャンス〟と、そう思っていたはずだ。〝これこそ過ちを帳消しにするチャンス、自分のしでかしたことの埋め合わせをするチャンス、詫びをするチャンス。俺には第二の人生が与えられたのだ。第二の人生を得た者は、これはもはや常識と言っていいだろうが、最初の人生で誤った部分があったのならばそれを正すという畏《おそ》れ多い義務を負うものなのだ〟と。

親父がそれについて俺に謝りたいと言ってきた親父の犯した過ちとは一体どんなものだったのか。その一部始終を語ることにする。

一九八八年。俺は、初めての自著『亡命に生きたある人生』が手元に届くとすぐに一冊抱えて親父のマンションに向かった。親父は留守で、俺は守衛に本を預けて帰宅し、それからじっと家の中で親父からの連絡を待ちつづけた。〝今に電話が来るに違いない。いや、手紙かもしれないぞ。いまどき流行《はや》らないが、仰々しく手紙を寄こして、素晴らしいとかなんとか言ってくるんじゃないのか〟と、毎日待った。ところが、電話はおろか手紙での連絡も一向に来る気配はなく、ついに俺は、マンションの守衛が俺の預けた包みをどこかにやってしまったに違いないと考えるに至った。そうしていよいよそれを親父のマンションまで行って確かめてみようとしていたその矢先、親父が俺の本についてとんでもないコメントを出したという噂が耳に飛び込んできた。

親父が？　嘘だろ？　青天の霹靂とはまさにこのことか……。そのときの俺は、確かにそう思っていたのだ。だがあれは本当に、それほどまでに驚くべきことだったのだろうか？　正直に言うが、俺自身、あのあと何年もの間、ときに、〝もしかしたら家族の贔屓目《ひいきめ》というやつで親父のことを甘く見ていたのか？　冷静に判断していれば、親父が俺の本にどう反応するのかはあらかじめ予測できたはずではないのか？〟と、ふと考えてしまうこともあったのだ。今、俺は改めて思っている、〝俺はすでにあの時点で、予言者になるための武器、親父がああした論評を行なうと予測しうるだけの決定的な情報を間違いなく自分の手に握っていたのではなかったのか〟と。なにしろ親父ときたらあのずっと以前から、今の時代のさまざまな問題について書いていくと俺が決めたことについて俺に向かって始終、嫌味ばかりを言っていたのだ。むろん、嫌味とはいっても当たり障りのない程度のものではあったのだが、それでも俺としては、言われればむろんいい気はしていなかった。

おまけに親父は、文学、美術、どんなものであれとにかく現代のものに携わっている者についていつも、〝何が信用ならないと言ってああした輩《やから》ほど信用ならない者はない〟と不信感をあらわにし、俺には〝現代の、という言葉が付いているとそれだけでたいしたものではないと思ってしまう〟と、口癖のように言ってもいた。親父が好んで読んでいたのはキケロやヘロドトス。いっぽう現代のものについては、なにやら胡散《うさん》くさくてほとんど未熟というに等しい、くらいにしか思っていなかったはずだ。だが親父はそのことを人前で口にしたことはない。それはおそらく、そうした感覚を抱いていることについて親父自身がある種の恥ずかしさを覚えていたからであろう。いや、親父のことだ。もしかしたら、恥ずかしさというよりもむしろ警戒感からのことだったのかもしれない。〝そんなことを人に言ってしまえば、じゃあお前は『大統領の陰謀』を読んだことがないのか、と聞かれるかもしれない。そうなると俺としては読んでいないと嘘をつくわけにもいかんだろうし〟と、気を回していたのではないのだろうか。

つまり俺は、あのときすでに、親父がどれほど現代のものを嫌っているかを十分にわかっていたのだ。にもかかわらず、いざ自分の本を手にすると、そんなことは頭からすっぽり抜けてしまい、親父が褒めてくれるものと信じて疑いもしていなかったのである。

親父が俺の本について初めて公に意見を述べたのは、かなりの人が集まっている場でのことであった。と言ってもその初めては、俺の耳に届いた限りでは、というただし書きでのことではあったのだが。そしてなぜ親父がそうした場を選んだのかと言えば、それは無論、俺を傷つけるためだ。親父は、同僚との集まりの席も、むろん廊下での立ち話も、そのための舞台には選ばなかった。じっと時を待ち、満を持して自分の授業に出席した者たち全員の前で、俺の本についての初めての論評を行なった。しかもその論評そのものについても、親父自身の警句、自分で作った毒の効いた警句を使うかわりに、十八世紀のイギリス人の警句を借用して済ませたのである。

「大部とはとても言い難いこの本は独創性にあふれていてとてもよいものだ」

「ただし、いいと思う部分には独創性が感じられず、独創的だと思う部分にはあまりよさが認められない」

親父のそのコメントはたちまち、授業に出ていたうちの一人によって周囲に伝えられた。つまり、起こるべきことが起きたわけだ。またそれはおそらく、親父が期待していたことでもあったのだろう。そうして人から人へのひそひそ話の連鎖が始まり、それからほどなくして、俺の知り合いの耳にもその話が届くことになった。ちなみにこうしたひそひそ話の連鎖というのは、コロンビアでは、誰かを葬り去るためのとっておきの手段としてよく使われるものである。

ここで言う俺の知り合い、とはすなわち『エル・シグロ』紙の法律問題担当記者のことだ。おそらく俺のことについては、さして尊敬に値する人間ではないと、端《はな》から見透かしていたのだろう。記者は、告げ口する者につきものの上面《うわつら》だけの薄っぺらな同情心を振りまきながら、優秀な俳優のごとき正確さで親父の言葉をそっくりそのまま俺に伝えてくれ、おまけに悪びれもせずに俺の顔に視線を向けこちらの反応を探っていた。

その親父の論評の言葉を記者から伝え聞いた直後に、俺が頭に思い浮かべていたもの。それは、高笑いしている親父の姿。馬がいななないてでもいるように頭を後ろにのけぞらせ、バリトンの無遠慮な笑い声をホールじゅうに、いや、それどころか建物じゅうに、建物の中のホールからいちばん離れた部屋の、木製のドアで締め切られたその中にまで轟《とどろ》かせている親父の姿であった。

高笑い、といえば、高笑いをしながら右手の指の切り落とされたその断面でポケットを探るというのはいわば親父にとっての勝利宣言のようなもので、たとえば、うまい冗談を飛ばした後などにはいつも決まってそうしていたものだ。他に、勝利宣言として親父がよくやっていたことと言えば、瞼《まぶた》をぎゅっと閉じる動作と、加えてこれはいちばんに挙げるべきなのだろうが、相手を貶《おとし》めること。それにしても、いざ勝てそうとなった時に親父が相手を貶めるやり口というのがいかに天才的なものであったことか。親父はまるでハゲタカのように、一目で競争相手の弱点を見抜き、相手のレトリックの不備、内心に抱える不安を即座に察知し、飛び掛かっていった。だが、その才能をよりにもよってこの俺に対して発揮するとは。もちろん、あの本の中には親父が常々それについて苦言を呈していたような点が含まれていたというのはまったくその通りなのだが、それでも俺は、親父のああした反応を、あのときまでは想像すらしていなかったのである。

「写真だ。写真がいちばんいらいらさせられる。テレビ小説に出演している俳優とかバジェナト〔コロンビアの伝統的民族音楽〕の歌い手だったら、そりゃあ、雑誌に顔を晒《さら》してもいいだろう」あの頃親父は、俺の本について意見を求められると決まってそう言っていた。「だがあれを書いたのは堅気のジャーナリストではないのか？　堅気のジャーナリストが大衆誌に顔を出すなど、実にけしからん。だいたい、なぜ読者に、この本の作者はこんな顔ですよと知らせなければならないのだ？　作者がメガネをかけているかどうか、年が二十歳かそれとも九十歳かなんてことを、なぜ知らせる必要がある？　若さが通行手形になっているようでは、その国は悪くなる一方だ。まあ、文学的才能がどうかということについては、ここでわざわざ言うまでもないだろう。君たちは、あの本の書評を読んだか？　青二才のジャーナリストのことがあっちでもこっちでもとり上げられている。まったくバカバカしいったらないぞ。いったいこの国には、あの男に、よく書けているかそうじゃないかをはっきり言ってやることのできる者はいないのだろうか？」

しかし俺は、そうした親父のコメントを耳にするたびになぜか思わずにはいられなかったのだ。親父を不機嫌にさせている本当の理由は写真のことなどではない、これほどまでに俺の本に難癖をつけるのにはもっと他に深い理由があるに違いない、と。

そんななかで、あれはいつだったか、〝もしかしたらこの本を書くことで俺は、親父がこれまでの人生のなかで聖域として大切にしてきたものに触れてしまったのだろうか？〟と、ふとそう感じた瞬間があった。と同時に、頭に浮かんできたのはザラのことだった。親父のトーテム的存在であるザラ。〝ザラに触れたのがいけなかったのだ。おそらくザラについて本を書くこと自体が親父には許し難い行為だったのだろう。だがどうしてそうなのかがさっぱりわからない。もしかしたら、親父にしかわからないある決まりに俺が反した、ということなのだろうが〟と、そこまで考えたときだった。ああ、なるほどと、不意に納得がいったような気がした。つまり俺はそのとき、〝言ってみればルールを説明してもらえないまま試合に臨んでいるというのが今まさに自分が置かれている状況なのだ〟と気づいたのだ。そうして俺はそれからというもの、俺の本をめぐっての親父の発言のあれこれに考えが及ぶたびに必ず、このたとえを思い浮かべるようになったのである。

「ねぇ、僕の想像は正しい？」と、親父とのごたごたの真最中のある日、思い切ってザラに尋ねたことがある。「ザラおばさんのことはタブーだったの？　トリプルエックスみたいに。でも、だったら、なんで初めに教えてくれなかったの？」

「まあ、バカバカしい」ザラは、蚊を追い払うような仕草を見せながら言った。

「お父さんがどんな人なのか、あなただってわかっているはずよ。たとえばだけれど、誰かが文章の中でアクセントをつけ忘れていた、というようなときに、あなたのお父さんだったらいったいどういう反応をする？」
むろん、ザラにそう言われたら俺に反論などできようはずもなかった。とはいえ、納得していたわけでもない。〝俺の本には至らないところが多々あるのは確かだろうが、アクセントについては完璧じゃないか〟と、俺は心の中でひそかにそう呟いていたのである。

〝親愛なるザラおばさんへ〟

俺は方眼紙を一枚取り出し、ザラに手紙を書いた。

〝今度の父さんとの件で、ザラおばさんも僕と同じようにひどく驚いていらっしゃるのであれば、このことについて二人で話をしませんか。それとも、もしかしたらそれほど驚いてはいないのでしょうか？　だとしたらなおさら、ザラおばさんと話がしたい。実は、インタビューがすべて終わった後で、本当はもう一つ聞くべきことがあったことに気がつきました。それは、おばさんは原稿用紙二百ページ分もの話を聞かせてくれたのになぜ、父さんのことには一言も触れなかったのか、ということです。三十行以内で質問に答えてください。お願いします〟

俺は、書き上げたザラ宛ての手紙を、エア・メール用の封筒に入れた。というより、手元にあったのがたまたまエア・メール用の封筒であった、というだけのことなのだが。その手紙を俺は、自分で直接届ける代わりに国内便用のポストに投函した。
三日後、一通の封書が届いた。ザラからだった。ザラは、俺の手紙を受け取るとすぐに返事を寄こしてくれたのだ。封を開けると、ザラが自分専用に作ったビジティングカードが入っていた。

〝お父さんは登場しているわよ。百一ページ、十四行目から二十三行目まで。あなたは私に三十行もくれたわね。残りの二十一行分、あなたに貸しておいてあげる〟

さっそく俺は、本を手に取り、ページをめくり読んでみた。

言葉を習得するというのは、単に言葉だけの問題ではなかった。米を買い、米を調理することができるようになるということでもあった。また同時に、家族に病人が出たときに何をどうすればいいのかがわかるようになる、あるいは、誰かに侮辱されたときにそれ相応の対処ができるようになるということでもあった。この、侮辱した相手への対処の仕方がわかるようになるということで言えばそれはつまり、結果的にはそうした目に二度と遭わなくても済むようになるということであり、自分たち自身がそれに反撃する際にもうまくそれができるようになるということをも意味していた。もしもペーター・グーターマンが「このポーランドのクソ野郎」とスペイン語で言われたとして、その言葉の意味するところがわかるかどうかというのは、とても大事なことであったはずだ。この「ポーランドのクソ野郎」については、地理学上の誤りの部分とスカトロジー的な誤りの部分とがある、とグーターマン一家のある友人はいみじくも言ったものだが、まさにこのことを理解できるようになるというのが言葉をものにするということでもあったのだ。

ザラの言葉通り、親父は確かにいた。チェシャ猫のように、いつだってにやにや笑ってばかりいる親父がそこのページに顔を覗かせていた。だがそれでも俺には、ザラが俺の質問にまともに答えようとしていないと感じられてならなかったのだ。その時だった。〝だったらいっそのこと、事の発端となった親父に当たってみようじゃないか。俺に腹を立てている当のご本人に聞いてみよう〟不意にそう思った。俺は心を決めた。〝さっそく明日、親父のクラスに出ることにしよう。もちろん、親父にはなにも知らせずに。そう言えば、学生時代にはちょくちょく親父のクラスに顔を出していたものだ。授業が終わったら、テケンダマ・ホテルで一杯飲もうと、親父を誘おう。顔をつき合わせて俺の本について話をしないか、互いに胸襟を開いてさ、と、親父には言ってみよう〟と。

次の日、俺はその決心を実行に移すべく親父の授業の教室に行き、狙った通りに、いちばんうしろの列の窓際の席に腰を下ろした。すぐ脇の曇りガラスが、大学の国際会館からの明かりで黄色く染まっていた。

だが俺は、授業が終わっても親父に話しかけることはできなかった。

翌日、もう一度、親父のクラスに出かけていった。次の日も、その次の日も。それでもけっきょく、親父と話をすることはなかった。というより、できなかったのだ。

九日間が過ぎた。親父のクラスに無断で出席を続けて九日目にどういうわけか、つまりそれは俺の意志ではなくという意味だが、永遠に続くような気さえしていたその状況がとつぜん終わりを告げた。

その頃になると、他の学生たちも俺がそこにいることに慣れたとみえて、さすがに俺のことをじろじろ眺めまわすようなことはしなくなっていた。とはいえ、受け入れてくれていたというわけでもない。学生たちにしてみれば、おそらく、プロ集団にド素人が紛れ込んできたのを我慢するといったような気分であったのだろう。あの日は、いつもよりも出席者の数が少なかった。いや、正確には、少なかったと記憶している、というべきか。しかも、これについてはおそらく間違いないことだと思うのだが、出席者の割合としては、本来の授業対象者である最終学年の学生たちよりもむしろ卒業したばかりの者たちの方が多かったのである。今でもはっきり覚えているのは、ネクタイを締めビジネス鞄《かばん》を手元に置き、とりわけ注意深い、というか世間慣れしたような視線を教壇に注いでいる者たちがかたまって座っているその中に髭《ひげ》の生えていない顔が点々と交じっているコラージュのような光景が教室のそこここに見受けられたことだ。教室内の明かりについては、普段でも十分に足りているというわけではなかったのだが、とりわけその日は、授業が始まる前からパチパチ点滅を繰り返していた蛍光灯の一本が、親父がオーバーを椅子の背にかけた途端に切れてしまうというハプニングが起きていた。おかげで白い蛍光灯の明かりがますますぼんやりとしたものになり、その薄暗がりの中で、どの顔も、授業を始めようとしている親父の顔も、生気のない病人のそれのように見えていた。また、その中のいくつかの顔は、もちろん親父の顔は違ったが、あくびをしていた。

ふと、学生の一人に目がいった。その者の首筋が俺にとって授業中の景色となる、そんな位置に学生は座っていた。だが俺自身、いったいなぜ自分の視線がそちらに向いたのかその理由について理解したのは、ほんの数秒、間を置いてからのことであった。学生の机の上に置かれていた一冊の本。俺は思わず、ウッ、と喉を詰まらせていた。なぜならそれは、俺が書いた本だったからだ。おそらく他の人にはそうと気づかれてはいなかったはずだが、俺は間違いなくあのとき喉を詰まらせていた。と同時に、思っていたのだ。〝あのタイトルはいったいなんなのだ。わかりやすいどころか不遜そのものだよ。表紙はけばけばしすぎるし。おまけに、あそこに書いてある俺自身の名前、あれがなにやら俺に向かって叫び立てているようにさえ感じられる〟と。

教室内には、チョークの粉と大勢の者たちの汗とが入り混じった臭いが漂っていた。教室ではその日一日じゅう、いくつものセミナーや授業が開かれ、そのたびに参加者たちの出入りが繰り返されていたのだ。

親父ははるか前方にいて、お得意のナポレオン的なポーズを取り、満足な方の手でボタンホールを触っていた。最初に挨拶の言葉を口にした。するとたんに教室にピリピリした沈黙の波が生まれ、椅子の動きが止まり、出席者全員の目が大きく見開かれた。

授業が始まった。親父はまず、お気に入りの弁論の一つについて語りはじめた。

「『冠について』はデモステネスの弁論の中でも最高のものだが、この作品についてはもう一つ、言うべきことがある。それは、革命的な作品でもある、ということだ。いや、革命的とはいっても、今日使われているような意味でではないぞ。つまり私が言いたいのは、この『冠について』が書かれたことで、公衆を前にして話をする弁論家たちの役割がそれまでのとはまったく違うものになった、ということだ。火薬の発明が戦争の形態を変えた、というのは諸君も知っているだろうが、言ってみれば、その火薬の役割を果たしたのが『冠について』だったわけだ」

「さて、私がこの弁論を暗記したのは、まだほんとうに若い時分のことだった」と、親父の話は、かつてそれをどうやって自分が暗記したのかへと移っていった。

　確かに、そうして講義の合間に自分語り的な短い間奏を挟むなどというのは、私生活を覗かれるのを嫌う親父にしてはおよそ珍しいことではあった。だがそれでも、あの場にいた者たちはみな、親父の話にひどく驚いたというほどではなかったはずだ。というか、少なくとも俺は、あの晩の奇妙な薄闇の中で、親父がそうした話を始めたことを何か当然のなりゆきのように感じていた。

「諸君、先人たちの残した言葉を覚えるのにいちばんいい方法は、住んでいるところから遠い場所で仕事を得ることだ。私がかつてそうしたように。あれは、私が二十歳のときだった。輸送業者と石油精製会社の労働者たちがいっせいにストライキに突入するという事態が起こった。おかげで私は、バランカにあるトロコ社の石油プラントとボゴタのバイヤーとの間をタンクローリーで石油を輸送する仕事に就くことができた。給金は、ひと月八十五ペソ。仕事は三か月続いた」

　それは俺も親父から何度も聞かされてきた話だった。少年の頃の俺にとってはまさに、ハイウェイを走る男の英雄伝説。いつも心をときめかせながら話を聞いていたものだ。ところが、そのときばかりは違った。同じ話であるのに、公の場で話している親父の言葉の端々に、俺はある種の嫌らしさ、自己顕示欲のようなものを感じ取っていた。

「そうして仕事でハイウェイを何度も往復している間に私は、重要な作品を、一つどころかいくつも暗記することができた」親父は続けた。「ハイウェイで過ごした時間は相当なものだった。おまけに、会社がつけてくれたアシスタントがとにかく喋らない男で、私は今に至るまで、あの男以上に無口な者に出会ったことはない。その男、アシスタントとはいっても、私のように金に困っている学生というわけではなかった。鉱山労働者でもなく、実は私が運転していたタンクローリーの持ち主の息子だった。いや、これがまた見事に何もしない男で、一緒に車に乗っていても、寝ているか、さもなければ黙って私が喋っているのを聞いているかのどちらかだった。そうした事情があって、私はガソリンを満載したタンクローリー車を運転しながら『冠について』の大半をこの頭に叩き込むことができたというわけだ。この『冠について』は、同じ弁論でも他のどれとも異なる特殊な弁論である。なぜならば、これは、政治家として挫折をし、人生の終盤になって自らを弁護しなければならなくなった男が行なったものだからだ。デモステネスとてむろん、そんな運命は望んでいなかったであろう。そういう意味では、デモステネスは弁論家として最悪の事態に追い込まれたと言えよう。しかも、そんなことになった理由はただ一つ。政界での同盟者だったある者がデモステネスへの授冠を提案したのに対して、政敵だったアイスキネスがそれに真っ向から反対したから。この弁論の背景を言うならば、つまりはそういうことだ。デモステネス、哀れなデモステネスは、本当は、冠を授けられることなど望んではいなかったのだ。にもかかわらず、自らに冠を授けられることを正当化せねばならないという難題に挑む羽目になった。誰一人として、もちろん真に偉大な者以外のであるが、克服することができないほどの難題。元老院議員の何人であれ、デモステネスと同じような立場に置かれたとしたらおそらく怖気《おじけ》づいたに違いない。デモステネスを追い込んだアイスキネスでさえも、肝をつぶして走って逃げ出したのではないだろうか。聴衆に対して、自分の過ちだとされていることについて、実は気高いものだったのだと主張する弁を展開し、国を襲った悲劇の責任を問われていることについては、致し方のない結末であり自らに罪はないとする論を張り、己の人生について、人々がそれを間違いであったと判断しているだろうとわかりながらも、正しいものであったと誇る弁論を行なった。それはこの世でもっとも困難なことなのではないのか。それにそもそも、デモステネスというのは、自分の過去を検証し、それを周囲の裁きに委ねようとしたというそのことだけでも、授冠に値するはずだ。そうは思わないかね？　諸君」

親父が上着の胸ポケットから、なにやら取り出した。真四角ですべすべで、遠目で見るとわずかに白く光っているもの。まるでネオンのような印象のそのハンカチを親父は額に当て、こするのではなく軽く叩いて汗をぬぐった。

その日は、授業が始まってからも絶え間なく、受講生たちが立てる物音がなにかしら聞こえていたのだが、親父は気にも留めていない様子で、俺はそのことにホッとしていた。椅子の脚をギーッといわせる音、衣服をこすれさす音、紙を抜きとる音、あるいは紙をくしゃくしゃに丸める音。だがおそらくあのとき受講生たちもまた、そうした些細な物音など耳に入れることなくひたすら、親父の声、姿に意識を集中させていたはずだ。あのときの親父はかっこよく、しかし気取っているわけではなく、凛《りん》としていながらも決して横柄ではなかった。そして、一つはっきり言えるのは、そのいずれについても、そのときの俺の程度は親父のそれにはるかに及んでいなかったということだ。

親父は俺がいることには気づいていないのだと、俺は感じていた。実際に親父は、それまでと同じように、俺の方をチラッと見ることもなく、顔を真正面に向けたまま、視線を俺の頭上の、壁か窓のどこか一点に送っていた。

授業が進んで行った。だが親父は相変わらず、《今日はお客さんが来ているみたいですね》《皆さんに紹介しておきましょう》のどちらも口にすることはなく、ただひたすら、デモステネスが弁論の冒頭部分でどういう言葉によって神々への敬意を示したのかについてを語りつづけていた。〝デモステネスが意図したのは、弁論を聞こうと集まってくる者たちの魂を揺り動かすような、ほとんど宗教的な雰囲気を作り上げることだった。それは、当時の人々はみな、人間の行なったことについて判定を下すのは人間ではなく神々だと深く信じていたからだ〟と、親父は確かそんなことを喋っていたと思う。

いっぽう俺はといえば、親父の話を聞きながら、間違いなく自分の姿は親父には見えていないのだとますます強く感じていた。〝まさにこの瞬間、俺の存在はこの世から消えている。俺、すなわち、息子の方のガブリエル・サントーロはこの歴史的な日に、ここ、七番街と二十八番通りとの交差点の角にある最高裁の講堂で、さっきから消えてなくなってしまっている〟と、そう思っていた。ただし、この歴史的な日、というのが何日のことだったのか、今となってははっきりと思い出せないのだが。

ところが不意に俺の中に、疑念が湧き起こってきた。〝本当に親父には俺が見えていないのか？　教室は暗いし、俺はこうしていちばんうしろに座っているのだから、見えていないということは十分にありうる話だ。だが……、親父が俺をわざと無視しているということはないのだろうか？〟俺はとっさに考えを巡らせた。〝もしそうだとするなら、俺としてはやはり、俺がここに居るぞと嫌でも親父に認めさせてやりたいし、そのためには、わざと変なことを言ってクラスの注目を集めるか、最悪、授業を中断させるしか方法はないのかもしれないな。ならばここで勝負に出てみるか〟と。

そうなのだ。そのときにはもう、俺の中では、親父がわざと俺のことを無視しているかどうかを知りたいという思いばかりがまさり、理性などどこかにいってしまっていたのである。〝なんでもいいから、親父に質問をしてみよう。なぜデモステネスはあれほど激しくアイスキネスを罵《ののし》り、その父親を奴隷呼ばわりしたのか？　あるいは、何のために、そこでは触れる必要のないマラトンの戦いやサラミスの海戦など古い戦いについての話を始めたのか？　とにかくなにか親父に質問をして、魔法を、俺の姿を見えなくしている魔法を、俺の存在をこの世から消している魔法を解いてやろう〟と、手を挙げようとしたまさにその瞬間だった。親父がとつぜん、話題を変えた。親父が語り出したのは、自分が若き頃に経験したある時代のこと。話すということが重要な意味を持ち、ある人が語る言葉で他人の人生が変わってしまうこともあった、そんな時代のことだった。ハッとした。俺は、それまでの親父の言葉がすべて俺に向けられていたものだったとようやく気づいたのだ。言葉は俺を探し当て、遠隔操作ミサイルのごとき執拗さで俺に迫ってきていた。

　サントーロ教授は、フィルターを通して俺に話しかけてきていた。腹話術師が人形の口を借りて言いたいことを言うように、親父は、受講生たちに語りかけるという形を借りて、自分の言いたいことを俺に伝えてきていた。むろん、受講生たちは誰ひとり、自分たちが親父の策略のために利用されているとは想像もしていなかっただろう。

「諸君の誰一人として、それを実際に肌身で感じたことがある者はいないはずだ。それとはすなわち、恐ろしい力、人を葬り去ることさえできる力のことだ。そうした力を持つと人はどのように感じるものなのだろうか。私もずっとそれを知りたいと思ってきたし、今でもそうだ。あの時代、私たちは誰もがその恐ろしい力を持っていた。だが全員が全員そのことに気づいていたというわけではなかった。実際にそれを使っていたのは、ほんの一部の者たちだけだ。誰かを告発し密告し通報した者たち。もちろん、一部とは言ってもその数は何千人かにはなっていたろう。とはいえ、その、密告者となった何千人かは、やはり少数派だった。そうしたいと思えば密告することができた人たちの中の、ほんの一部に過ぎなかった。なぜ、そうだと言えるのか？　それはつまり、ブラックリストのおかげでそうした恐ろしい力を得て密告できる立場になったのは世の中の弱者たちであり、当時の社会においては弱者たちこそが世の大半を占めていたわけだが、その中にあっての何千人かというのはけっして大きな数字ではなかったからだ。あの時代の人生について言うなら、人の弱さに支配された人生。恨みに支配された人生であった。いや、恨みに、というのが言い過ぎだとしても、ニーチェが言うところの恨み《ルサンチマン》、すなわち、本来的弱者が本来的強者に対して抱く憎しみに支配された生であった、とは言えるはずだ」

ノートをめくる音が教室のあちこちで響いていた。受講生たちが、親父の言葉をノートに書きとめていく。隣の男の手元に目をやると、ノートには、Federico Nietzsche《フェデリコ・ニーチェ》とスペイン語でニーチェの名前が書かれ、その下に二重線が引かれていた。

「あの時代、さまざまな密告が行なわれ、その中にはもちろん、密告されても当然、というケースもあるにはあった。だがさて、そうした類の第一号のニュースを聞いたのはいったいいつだったろうか。今となっては思い出すこともできない。それに引き換え、今でも私が忘れられないのはあるイタリア人のことだ。その人は、葬儀に喪服を着て参列したところ、誰からかファシスト特有の制服を着て葬儀に出ていたと密告されてブラックリストに入れられてしまったのだ。しかし、私はなにもそうした話をしたくて今諸君の前に立っているわけではない。それどころか、何も語るつもりはない。自分の経験を語りたいとは思わない。世間からとんでもない誤解を受けたことも、そのおかげで自分も家族もさんざんな目に遭ったことも、私は語らない。あの当時、私の生活はどうにもならないほど貧しかった。だが、そんなことも話すつもりはない。あの頃、私の奨学金は打ち切られるし、父親の年金の支給も、どこかで蛇口が閉められたのではないかと思いたくなるぐらいにぴたっと止められ、おかげで母親は、何か月も何十か月も生活の糧を失ったまま暮らしていかなければならなかった。しかしなぜそんなことを、諸君に話さなければならないのだ？　もし私があの当時のことを聞かれたとしたら、トラック運転手として働いていたおかげで学問を続けることができた、とは言うだろう。トラックを運転しながらデモステネスについて、偉大なるデモステネスについて勉強し、そのおかげでこれまで生きてくることができた、ということも言うだろう。だがそれ以上は、話すつもりはない。自分で決めたことは守る。安っぽい泣き言は言わない、歴史の犠牲者に自分を祀り上げることもごめんだ。このコロンビアでは誰かを葬り去ろうとするのにいったいどういう手が使われていたのか、その具体的な例を一つひとつここで言い連ねるつもりもない。

ああ、そうだ。確かに私は、それを口にすべきでないときに、しかも相手としては相応《ふさわ》しくない者たちに向かって冗談を言った。しかし、そのことについても、話そうとは思わない。私の名前が異端審問官らが作るあの書類に入れられてしまった、というのも本当だ。だがそれについても詳しく話す気はないし、そうなった経緯についてことさらに調べるつもりもない。なぜならそんなのは私の意図するところではないからだ。私は長いこと、どう話すかを人に教える、というのを生業《なりわい》にしてきた。しかし今日は諸君らに、語らないということについてを、人にとって、話をする、同じ話を繰り返す、誰かの言葉を引用するという以上に大切なのはなにかということについてを、話そうと思う。とはいえ、語るのは有効な手段であり必要なことであると信じる者たちに対しては、語るのをやめろと強制することはできない。私は、寄生虫たちを糾弾することもしない。ここで言う寄生虫とはすなわち、自分の目的のためにある人が経験したことを、その人自身がそれについて触れたがらないにもかかわらず利用する者たちのことだ。そんな二流の物書きどものことについて話すつもりはない。そうだ、二流だ。そうした者たちの多くは、世界大戦が終わったときにはまだ生まれてもいなかったくせに、戦争のことや戦争中に辛い思いをした人たちのことをあっちこっちで話して回っている。そうした者たちには、語らないことを選ぶというのがどれほど勇気のいることかがわかっていないのだ。だが私はそいつらになにかを言うつもりはない。またそいつらには、人が自分の受けた苦しみを利用しないでいるにはどれほどの強い意志が必要なのかというのもまったくわかってはいないが、それについても説明してやるつもりはない。加えて、何よりもその者たちには、他人を自分のために利用するのは人間の行為としては最低の部類に属するということが、わかっていない。だがなぜ、そんなことまでこの私が教えなければならないのだ？　そもそも人は、自分がわかっていないことについて学ぶときには自分の身を削ってそうすべきだ。今日私は、沈黙を守る。他の者たちがこれまで喋らずにきたことについては私も、喋るまい。私は語らない……」

その言葉の通りに、親父は語らなかった。本のタイトルも、作者の名前も口にはしなかった。だが、どの瞬間からかはわからないが、親父は明らかにスイッチを切り替えていた。腹話術師からサーチライトへと変身するためのスイッチ。そして俺は、そのサーチライトからすさまじい勢いで光の束が注がれてくるのを、はっきりと感じていたのである。

しかし、腹話術師ならぬ親父から、いや、サーチライトならぬ親父からか、とにかく、自分の父親からそんなふうに告発されることになるとは、いったい誰が予測できたというのだろうか。むろん、俺の動揺は半端なものではなかった。その証拠に、白状してしまうが、あのときの俺は、親父が自分自身の過去に触れていたことには気づかずにいたのだ。かつて自分は迫害されたことがあると、親父は告白していた。むかし、自分が口にしたある言葉が原因で、たわいのない冗談だか底の浅いコメントだか、あるいは、いつもながらの痛烈でしかし悪意のない皮肉だかの言葉が原因で、不当な告発を受けたことがあると暗に俺たちに伝えていた。にもかかわらず、俺の意識はそれを取りこぼしていたのである。俺はただひたすら思いつづけていたのだ。俺にはザラに聞きたいことを聞く権利があるし、もちろんザラにはそれに答えたければ答える権利があるということをどうしたって親父に納得させなければならない、と。とはいえ、その問題で親父と論争を行なうのに教室が最適の場でないというのは、俺にもわかっていた。いつしか俺は、逃げ出すことを考えはじめていた。ここから逃げ出すにはどういう方法がいちばんいいのだろうか？　どうしたらクラスの他の者たちの注目を浴びずにこっそり逃げ出すことができるか？　いや、いっそのこと堂々と出ていったらどうだろう？　他の受講生たちに素性を知られることもなく、したがってわずかに残った俺の自尊心が傷つけられることもなくここを出ていくことができるのなら、それも一案かもしれない。

と、そのときだった。親父がぎごちない動作で、椅子の背にかかっていた上着を手に取ろうとした。

袖の内側が椅子の背の角に引っかかり、椅子が床に倒れた。すさまじい音が教室に鳴り響いた。あっと思った。それまでの親父の抑えた口調も、いかにも選び抜かれたような言葉遣いもすべては、内心の動揺を押し隠すためのもの、少なくとも動揺していることを周りに気取らせないためのものだったと、ようやく気づいたのだ。俺はそのとき、生まれて初めて、自制心を失う、という表現を親父に対して使いたい衝動に駆られていた。

正面を見ると親父の姿はもう、教壇にはなかった。いつの間にか授業は終わっていた。

俺は眩暈《めまい》に襲われ、しばらくは立ち上がることもできずにいた。まさに茫然自失。もしかしたら、あのときの俺というのは、事故を起こした直後の人、それも、物陰から飛び出してくる通行人、急ブレーキ、激しい衝突という重大事故を起こしたばかりの人とまさに同じような状態になっていたのかもしれない。

そのまま両手で頭を抱え込みじっとしていると、しだいに、受講生たちの椅子から立ち上がる音がまばらになっていった。

ようやく教室を出ると俺は、親父のことを目で探した。だがそこにはもはや誰の姿もなく、俺は、歩道の薄暗い明かりをたよりに、建物の前の通りを歩きはじめた。ふと目を上げると、遠くに、七番街を大型バスやミニバスの間を縫って渡っていく親父の姿があった。寒いというのに親父は、コートを二つ折りにして腕にかけたまま、急ぎ足で国際会館の建物の方に向かっていた。父さん……。俺は親父を追って駆け出そうとした。とその瞬間、親父の姿が砕け散った。俺が見たのは幻、向こうに歩いていくその人は、親父ではなかった。ほんの数秒間の出来事。だが、俺は本能的に感じていたのだ。このほとんど一瞬の出来事こそがいま直面している事態の本質を表わすものだろう、と。また、それだからこそ俺もつい、〝ほら、これだよ、もう始まっているじゃないか〟と、心の中で呟かずにはいられなかったのだ。

俺はあのとき、親父がそこにいないというのに親父の姿を見たと勘違いをしていた。頭の中で、本物の親父の姿と俺が勝手に創り上げた親父の像とを置き換えてしまっていた。つまり、俺の中ではすでにあのとき親父の像の解体作業が始まっていて、そのことを俺自身が感じ取ってもいたのである。

しかしいったいなぜ、そんなことになったのか？　それはおそらく、無意識ながらも俺自身、やがては親父の人生についての物語を解体し、また新たに組み立て直さなければならなくなると、気づいていたからなのだろう。そして、正直に言ってしまおう。俺の頭の中での親父の像というのがいつの間にか、下品なホログラム、通りを歩き回る幽霊ぐらいのものでしかなくなってしまっていたのだ。なんとも、ひどい話ではないか。

俺はくるりと背を向け、南に向かって歩き出した。〝とにかく七番街に通じているあの通りまで行こう。あそこでなら、この時間でもまず間違いなくタクシーを捕まえられるはずだ〟そう思いながら足を速めた。前方に、学生らしき男が一人佇《たたず》んでいた。街灯の明かりが学生を背後から照らし、頭の後ろのあたりには、ちょうど、聖人と光輪の図のように光の輪が描き出されていた。たしかにその顔には見覚えがあった。だがどこで会ったのかとっさには思い出せず、〝なんだ、さっきの教室で俺の本を机に置いて座っていた学生じゃないか〟と思い当たったのは、しばらく間を置いてからのことであった。その男は、授業が始まった当初からずっと親父から視線を離そうとはせず、俺は、フェティシストばりの男のねちっこさがずっと気にかかって仕方がなかったのだ。

ふと、肌を舐めまわされているような感覚に襲われた。学生がじっとこちらを見ていた。

「ガブリエル・サントーロさん？　ジュニアの方の？」男が声をかけてきた。

「おたくのお父さん、たいしたものですよ。あんなお父さんをお持ちだなんてあなたも運がいい人だ。お父さんぐらいに立派な方がもっと他にもいてくれればいいのにと思いますね」

三十分後、俺は親父の家に到着した。〝シニアの方のガブリエル・サントーロ、ってか。たいした人物、だって？　いったい誰のことを言っているんだ？〟俺は思わず心の中で呟いていた。

ところが親父は、まだ家に戻ってきてはいなかった。おそらくは遠い方の道順を選んだのに違いなかった。俺は、親父の帰りを待とうと、道路を渡って向かいの角に置かれた里程標に腰を掛けた。

ちなみに、里程標はボゴタ市内全域に設置されていて、石造りのそれは、ルーン文字を連想させるぐらいに角張ってごつごつしている。そうした里程標というのは、かつては、行く先を示すものとして立派に存在感を示していたのだが、今やその大半においては、そこに書かれている情報は単なる伝説と化し実際とはおよそかけ離れたものになってしまっている。たとえば、里程標にはなになに街と書かれているにもかかわらず今ではそこは大通りと呼ばれるようになっていたり、各通りの番号にしても、里程標には十九番と書かれていても、今実際には三十番に変わっていたりする。それでも、なぜかはわからないが、ボゴタでは相変わらず、昔の里程標が撤去されずにそのまま残されている。

寒くてたまらなかった。俺は、薄汚れた黄色い雲が夜の空を呑み込んでいく様を眺めながら考えつづけていた。なぜ親父は、自分の身に起きたことを一度も俺に話そうとしなかったのだろう？　だいたい、どんなことがあったというのだ？　冗談を悪いタイミングで口にしたら相手に大真面目に受け取られてしまったみたいなことを言っていたが、いったいどんな冗談だったのだろう？　冗談を冗談とわからずに親父のことを告発した人物とは誰なのだ？　密告者とは？　そのことを親父はお袋に話したことがあるのだろうか？　事件を知っている者はほかに誰かいるのだろうか？

親父が帰ってきた。ワイシャツのいちばん上のボタンが外されていた。〝親父は動揺している〟瞬間的に俺はそう感じていた。親父の後をついて親父のマンションの部屋まで上がっていき、親父が腰を掛けると俺も、椅子に腰を下ろした。親父は、渋々という様子で、俺のするに任せていた。

さっそく俺は、親父の帰りを待っている間に考えていたこと、頭に浮かべていた疑問の中で、事件を知っている者はほかに誰かいるのだろうか？　というのを、まずは親父にぶつけてみた。

次いで、俺のことが見えていたのか、と聞いてみた。

「ねえ、僕のこと、見えていた？」「僕がいるって、わかっていたの？」

するとと親父は、最初の質問をすっ飛ばし、二番目の質問の方から答えてきた。

「もちろん、見えていたさ」親父は言った。

「お前は、いつも後ろの方に座っていたじゃないか。私はずっと、お前のことを見ていたよ。それに、お前がいることに気づいていると知らせようとしたことさえある。毎回ではなかったがな。一週間、お前は毎日、あそこに座っていたではないか、ガブリエル。それなのになぜ私が気づいていなかったと思うのだ？」

だが俺は、その問いかけを無視して、しつこく親父に食い下がった。

「ねえ、もっと前に教えておいてくれればよかったじゃないか」

俺は言った。

「父さんは僕に何も言ってくれなかった。事件についてはなにも話してくれなかったよ」

「ああ、そうだ、それにこれからだって話すつもりはない」

親父はそう言った。その親父の様子は、無理をして平静を装っている風でもなければ、心の動揺を押し隠しているようにも見受けられなかった。それでも俺は気づいていた。親父は、いつもの親父ではなかった。

「個人の記憶というのはその人だけのもので公のものではないのだよ、ガブリエル。そのことを、お前もザラもわかっていない。お前たちは、多くの者たちが記憶の底に封印しておきたいと願っている過去の出来事を暴き立てた。お前たちは、私を含む多くの者たちがせっかく長い時間をかけて記憶の外に追いやってきた出来事を世間の人たちにまで思い出させてしまったんだ。今やブラックリストのことはみんなの格好の話題になっている。密告者の卑劣さについて、あるいは不当に告発された者たちが味わった苦しみについてふたたび、人々の口の端にのぼるようになってしまった……。おかげで、そうした過去を受け入れて生きてきた者たち、祈ることで、あるいは自分の心を騙すことで過去とある程度の折り合いをつけて生きてきた者たちはまた、出発点にまで引き戻されてしまった。ブラックリストに、サバネタホテル、密告者。いったいだどれだけ多くの者たちがそうした言葉を自分の辞書から消し去っていたと思うのだ？　で、そこにお前のご登場、というわけだ。歴史を守る白馬の騎士か？　これまで世の圧倒的多数の者たちがずっと闇に葬っておきたいと願ってきたことをことごとく暴き立てておいて、しかもその目的が、自分の名を売るため、というのだからな。なぜそれを話してくれなかったのか、だって？　おいおい、どうせ質問をするのなら、こうだろう。僕という人間はなぜ、わざわざ話さなくてもよいことを話してしまうのだろう？　なぜ、父さんは今日みたいな話をしたのだろう？　なぜ父さんは、今日もそうだったように、事件のことを誰にも喋ろうとはしなかったのだろう？　もしかしたら今日父さんがあんな話をしたのは、僕に何かを言おうとしてのことだったのか？　父さんは、あの話をすることで、自分は意外にも気高い人間なのだと僕に気づいてほしかったのだろうか？　それとも父さんは、僕の本のことを忘れるように、こんな本など出版されなかったかのようにふるまおうじゃないかと、そう暗に学生たちに言うつもりであんな話を持ち出したのだろうか？　とな。ああ、そうだ。お前のご想像通りだ。できることなら私だって、私は立派な人間なのだとお前に納得させたかったし、お前の本のことなど忘れろと学生たちには言いたかったさ。だがそんなのは子供じみているしくだらないし、おまけに現実味のない話だ。それにそもそもそんなことをしたところで大して効果があるものじゃない。しかしこれだけは言っておく。もしもお前の存在に気づいていなかったとしても、私はあの教室で間違いなく同じことをしていたはずだ。

　ああ、私が密告されたことについては、これからもお前に話すつもりはないさ。ただこれだけは、教えておいてやろう。もしも、今とは別の平行世界《パラレル・リアリティー》があるとして、そこで私が生きていたとしたら、私はやはり同じようにお前のことと、寄生虫が生み出したようなあの本のことを、お前がひと様を食い物にして他人の領分にずかずか入り込んで書き上げたあの本のことを批判しただろうよ。とにかく、だ。はっきりしているのはただ一つ、これまで沈黙を通してきた者たちがお前の本のおかげで嫌な思いをするなど決してあってはならない、ということだ。語らないというのは楽しいことではない。それに芯が強くなければできることではないよ。だがいくらそう言っても、お前にはわからないだろうな。ジャーナリストというのはどいつもこいつも、傲慢だ。お前だって、世の中の人たちはとうぜんザラの人生について知るべきだ、くらいのことは思っているのだろう？　それが傲慢でなくて、何なのだ。お前は、この国がどんなものかわかっている、この国のことだってここに暮らす者たちのことだって自分にはわからないことなど何もないと、そう信じて疑いもしていない。そりゃあ、そうだろう。お前にとっちゃ、ザラのことが知るべきすべてで、おまけにお前は、ザラのことも世間のこともよくわかっていると思い込んでいるわけなのだから。さあ、これで、私がなぜお前のことを世間に告発するのか、その理由がわかっただろう？　そうだ、お前が嘘つきで、おまけにペテン師だからだ。ああ、もし私が教室でお前がいることに気づいていなかったとしても同じことをしただろうよ。だが、いったいぜんたい、お前は何のために私のクラスに来たのだ？　なぜ、私に断りもなく勝手に来たのだ？　いや、答えなくていい。だいたいの想像はつく。本のことについて私と話したいと思ったのだろう？　違うか？　私の意見を聞くために授業に顔を出したのではないのか？　おまけにこうして、私の住まいにまでやってきて。もしかしてお前は、この期に及んでもまだ、本音では、私からの言葉が欲しくてたまらないのか？　お前自身のことについてこの私に何か言ってほしいのか？　お前はまだ、私がお前を祝福するものと信じているのか？　私がお前のことを励まし、〝お前はザラの人生を書くために生まれてきたに違いない〟みたいなことを言うものと期待しているのか？　いや、むしろ私に期待している言葉はこっち、〝ザラがこの世に生まれてきてくれたおかげで、これまで人生を過ごしてきてくれたおかげで、ザラがナチスの迫害や亡命を経験し、あの戦争の時代を異国であるこの地で過ごし、殺人事件が日常茶飯事のこの街に四十年間暮らしてくれているおかげで、お前はテープレコーダーを傍らに置いてザラにインタビューと称して愚かな質問をし、二百ページのあの本を書き上げることができたし、その結果みんながそれぞれに自己満足の世界に浸ることができて本当によかったじゃないか〟の方なのか？　お前は本当にいい奴だなと、私に言ってほしいのか？　そうか。お前は、人からそう言われたいのだな。そのためにあの本を書いたのか？　お前は、自分がどんなにいい人間で、どんなに情け深く、人間社会が経験したあの恐ろしい出来事に対してどれほどの怒りを覚えているかというのをみんなに知ってほしくて、それであの本を書いたのだな。違うか？　僕を見てくれ、僕を尊敬してくれ、僕は正しい人間の味方だ、僕は糾弾する、僕は告発する、みんなも僕を見習えばいい、僕の同情心と優しさを褒めてよ、か。私の意見が聞きたいか？　じゃあ、聞かせてやろう。お前には、調べる権利も質問する権利も、そうだ、書く権利だってある。だが、それを公にする権利はない。お前は、自分の書いた原稿を箱にしまって鍵をかけ、その鍵を絶対に見つかりっこない場所に隠しておくべきだった。このことについてはきれいさっぱり忘れてしまうべきだったのだ。まあ、心配しなくてもじきに忘れることにはなるのだろうが。確かに遅すぎるは遅すぎるが、それでもそうなるさ。なぜかって？　それはな、世の中の全員が忘れるからだよ。誰もが、二か月もすればお前の本のことは忘れる。話はいたって明快だ。もう他に、言うべきことはない。私の意見？　それはな、お前の本は最低だ、ということだ」

それからしばらく経ってからのことだった。およそ信じがたいことが起こった。親父がミスを犯したのだ。いつもかならず文章を段落にわけ、その順番通りに話をしていた親父が、普段から清書した紙を読んでいるのかと思うほど完璧な文章で会話をしていたはずのあの親父が、言ってみれば、講演原稿のページの順序をばらばらにしてしまい、呼びかける対象者を取り違え、演説の内容を度忘れし、しかもプロンプターを持たずに舞台に上がってしまった、くらいのミスを犯した。親父は……、俺の本などじきに世間から忘れられるに決まっているとあれほどきっぱり俺に言っていたくせに、よほど理性を失っていたのか、わざわざ、俺の本がふたたび世間の注目を浴びるきっかけになるようなことを、しかも全力を挙げてやったのである。

もしもあのとき、俺の本、『亡命に生きたある人生』が、普通にそのよしあしだけで世間の評価に晒されていたのだったとしたら、本はさして評判にもならずにじきに忘れ去られていたはずだ。ところが親父のおかげで、というより、親父の、度を越した激しくかつ浅はかな反応のおかげで、本は舞台の真ん中に引きずり出され、スポットライトを浴びることになってしまった。

「お父さんは、自分の書いた書評をどこかに載せるつもりよ」ザラは言った。「ねえ、お願い。お父さんに、そんなことはしないで、って言って。そんなことはするべきじゃない、って」

俺は答えた。

「いや、僕は何も言わない。父さんは、自分がそうしたいと思うことをやればいい」

「でも、お父さんは今普通じゃないわよ。はっきり言うけれど、お父さんは気が変になっている。あれ、とんでもない書評だもの」

「べつにどうでもいいさ」

「だめ、お父さんを説得しなきゃだめよ。あなたを傷つけるつもりよ。ねえ、あの本を書いたのはなにかの意図があってのことじゃない、ってお父さんに言いなさい。そう言って、納得させなさい。それからこう言うの。父さんの書評を公開したりしたら父さんが望んでいるのと反対の結果になるよ、って。だって、書評が出れば、世間の注目を浴びるに決まっているじゃないの。そのことをお父さんに言いなさい。わかっていないのよ、お父さんは。これは避けられることなの」

俺はザラに、なぜそこまで気をもむのかと聞いた。

「それは、あなたたち二人ともが傷つくことになるからよ、ガブリエル。あなたにもお父さんにも、傷ついてほしくないの。どちらのことも大好きだから」

だが俺は、ザラのその説明に納得していたわけではなかった。いや、もっと言うなら、ザラの言葉を聞きながら、いったいなぜザラはそんな言わずもがなのことをわざわざ口にするのだろうと思った瞬間に、俺は直感的にわかってしまったのだ。ザラはぜんぶを語ってはいない、と。

「ザラおばさんは、僕の本のことを世間の人たちが話題にするのが嫌なんだね」俺は言った。

「いいえ、それは違うわ。世間の人じゃなくてあなたのお父さんが、よ。お父さんがあの本のことを話題にするのが嫌なの。お父さんには、あんなふうにあの本について言ってほしくないの。お父さんは、あなたを追い込もうとしている。でもそんなの、違うでしょ？　なにもかもが、お父さんが本当に望んでいることとは違うもの。あなただって、わかっているでしょ？」

「もちろんだよ。でも……、ザラおばさん、いったい僕に何が言いたいの？」

「つまりね、お父さんがこんなふうに、病気としか思えないような反応を見せるのは初めてだってことよ。これからいったいどうなっちゃうのかしら。いつものガブリエルじゃないもの」

「ねえ、おばさん。一つ教えて。おばさんは知っていたの？」

「知っていたって、何を？」

「とぼけないでよ。知っていたんでしょ？　知っていたのに、なんであの本に例の事件のことが出てきていないの？　なんで、おばさんにインタビューしているときに話してくれなかったの？」

論争に昔からよく使われる手段。それがなんという呼び名だったのかは覚えていないのだが、俺はザラに対して、相手に何かを要求されたときにはさらに攻撃的に要求し返すことで対抗するという、古典的なその手段に打って出た。

「ねえ、ザラおばさん。なんで隠していたの？　なんでちゃんと教えといてくれなかったの？」

書評は、それから数日後に出た。

ジャーナリストであるガブリエル・サントーロは、最初に出版する本のテーマとしてはもっとも手ごわいものの一つであり、かつもっとも手垢のついたものの一つを選んだと言えよう。一九三〇年代に移住してきたユダヤ人について、というのは、ここ何十年にもわたり、編集者養成学校に籍を置いたことのあるジャーナリストのほぼ全員がいちどは取り上げたことがあると言っても過言でないほどに、頻繁に扱われてきたテーマである。サントーロが、大胆、あるいは勇気ある、という世間からの評価を欲しがっていたであろうことは明らかだ。おそらく、勇気あることはジャーナリストの美徳の一つだとでも聞かされていたにちがいない。だが、今のこの時代にホロコーストについて本を書くのに、一体どれほどの勇気が必要だというのだろうか？　寝ているアヒルに銃を撃ち放すのになにか勇気がいるとでもいうのだろうか？

『亡命に生きたある人生』の著者は、あるいは、作品のテーマとして〃幼いときにヒトラーから逃れてきてこの国に暮らすようになった一人の女性〃を取り上げればそれだけでもう十分に読者の心に恐怖心と憐みを、もしくは恐怖心か憐みかのいずれかの感情を呼び起こすことができる、とでも考えたのかもしれない。文章はスムーズとは言い難く全体を通して一本調子であるが、それでも作者としてはおそらく、直截的《ちょくせつてき》で無駄がない文章、という評価を期待していたに違いない。つまり、この作品を書くにあたって著者は、〃読者というのはさして細かいところまでは読み込まないもの〃というのを前提にしていたと言ってもいいだろう。

また、作中ではところどころ、作者がセンチメンタリズムに走りすぎている箇所がある。例を挙げるならば、主人公の女性について〈怯えと意図的な沈黙とで成り立っている人〉と表現しているところなどがそうだ。文章がくどくなりすぎている箇所もある。たとえば、コロンビアに到着したときの父親の感想を〈距離を感じながらも歓迎されているような、受け入れられたと感じながらも異邦人のような気がしていた〉と表わしている部分などがそうだ。むろん、そうして暗喩と交差対句法を使うことで作者が自らの主張をより強く訴えようとしているその意図はよく理解できる。しかし結果、言いたいことが伝わりにくくなっているのも事実だ。他にも、そうした例は枚挙にいとまがない。

そしてこれは言うまでもないことだろうが、もしも作者が、これほどまでに露骨に自分に都合のいい論調ばかりでこの作品を仕上げようとしたのでなければ、作品の質はもう少しいいものになっていたはずだ。だが作者は、別の国に移住するというのは負の経験、亡命とは残酷なもの、亡命した者は、この場合は亡命した女性だが、そうした者は二度と昔の自分に戻ることはできないと決めつけている。加えて言うなら、この作品は、すべてのページが社会学的常識に基づいて描かれているいっぽう、人間にとって教訓となるようなさまざまな事実、人間の持っている自己を再生する能力、自らの運命を変える力についてはまったく触れられていない。作者は、そうしたことには関心を寄せていない。また、おそらくはそれだからこそ、我々読者も、この作品に対して興味を掻き立てられることがないのだ。

結論を言うなら、『亡命に生きたある人生』は完成品にはほど遠い出来、ということになろう。とはいえ中には、いまだ未完の作品にしては立派なものだと、その理由はともかく、評価をしてくれる者もいるにはいるだろう。だがその者とて、完成の域には達していないと認めている点では変わりはないのである。作中に出てくる比喩はいずれも陳腐で、作品の独自性についても疑問の余地が大いにあり感情表現も使い古されたものばかりだとは、あえて指摘しないでおこう。その代わりに、はっきり言う。この作品は、失敗作だ。その一言こそが、作品の欠点をどんなに詳細に並べ立てるよりも明確にかつ直接的に、この作品のなんたるかを言い表わしている。となればもはや、一つひとつ欠点を挙げそれについて論評するというのも、しょせん意味のない、疲れるだけの作業ということになろう。

書評の最後には、G・Sと、執筆者のサインが入っていた。むろん、そのイニシャルが誰を指すのか、読んだ者なら誰でも気づいたはずだ。

一九九一年の十二月。親父の書評が出てから三年が過ぎようとしていた。その親父はといえば、術後の経過も順調で、すっかり元の元気を取り戻していた。いっぽう俺の方も、ようやく、書評のことを謝りたいという親父の気持ちは本物だろうと感じはじめていた。だがそう思えるようになるまでに、いったいどれほどの会話を親父と重ね、あの一連の場面についてなんど二人で思い返したことか。

そしてザラは、そんな俺たちを毎週日曜日には必ず食事に呼んでくれるようになっていた。メニューはいつも同じ、コロンビアふう鶏肉のクリームシチュー〝アヒアコ〟。といってもザラが自分で料理していたわけではなく、宅配サービスに頼んで届けてもらっていた。シチューを持ち運ぶのに使われていたのは袋、それも生きた魚を入れるための袋に似た形状のもので、その一つひとつには一人分のシチューと生クリームと、ケッパーとトウモロコシの穂芯とが詰められ、それが人数分、ICOPOR社の発泡スチロールの小箱に入れられていた。

そうしたザラの好意のおかげで親父にも、週に一度決まって行くべき場所ができていたわけだ。しかもそこにはいつも、息子であるこの俺も、証人や検事としてではなく、同じ時間を過ごす仲間として参加していた。その事実は、おそらく親父にとって、俺やザラとの関係が元に戻ったことを実感させられるものだったに違いない。もしかしたら親父は、ほとんど褒美をもらったような気分に浸っていたのではないだろうか。子供の頃、よくやったと先生から優しく背中を叩かれたりすると嬉しくなったものだが、親父の気持ちというのも、まさにそんな感じのものだったのだろう。

「もしもああしてカエルのごとくに体が切り開かれることがなければ、こうして毎日曜日に君たちと会えるようにもならなかったわけだ。それを考えれば、本当に手術をしてよかったよ。いや、それどころか、倍の代償を払ったってよかったぐらいだ。四か所に冠動脈形成手術をやってもらったとしても、我慢しただろうさ。こうして君たちと一緒にこの料理を食べられるようになるためならね」というのは、親父がよく口にしていた言葉だ。

ザラはマンション住まいで、自宅は、一人暮らしには十分な広さ、というよりは広すぎるほどのものであった。たとえて言うなら、大きな鷲の巣。その鷲の巣、ではなくてザラの住まいは、二十八番通りを挟んで闘牛場の真向かいに建つマンションの十五階にあった。いったいあの建物は何階まであったのだろう。下から見上げるたびに俺などはつい、闘牛場の上にマンションが建っているのかと錯覚しそうになったものだ。

ザラの住まいでは、窓は部屋の二つの側につけられていた。一方の窓の方はモンセラーテ教会を臨むような位置にあり、晴れた日には、そこから顔を覗かせると遠くの空にテンペラ画のようなブルーの染み、モンセラーテ教会を見ることができた。もう一方の窓は闘牛場に面していて、そこから下を覗き込むと闘牛場の赤茶色でざらざらした砂場が見えていた。

さて、肝心の食堂だが、そこがすでに食事をとる場としては使われなくなっているというのは、俺も親父も最初から気づいていたことであった。というのも、いつ行っても食堂のテーブルには、三千ピースからなるアルプス風景画のジグソーパズルの台がでんと置かれていたからだ。もっとも食堂を使わないというのは、ザラのような一人暮らしの家では別に珍しいことでもないのだろうが。

もちろん、俺たちの毎週日曜日の食事会であっても食堂を使わないというのは同じで、俺たち三人は、アヒアコを深皿によそい、それをトレーでリビングまで運んで食事をしていた。昼食のお供に選ぶのは決まって、ＨＪＣＫラジオ局がそのときどきに生中継しているコンサート。

そうした日曜日をどれくらい重ねた頃からだろうか。気づくと俺たち三人は、食事をしていても無言のままでけっきょく最後まで一言も喋らずに終わる、ということが多くなり、と同時に、その黙ったままでいる状態にむしろ安心感を覚えるようにさえなっていた。三人でここに居る、そう思うだけで俺たちは十分に幸せだった。だからもはや、言葉に出して何かを言う必要もなかった。いや、それどころか、親しみを相手に伝えるお決まりの行為、たとえば、微笑みかける、あるいは好意をこめた視線を送るということすら俺たちには必要なくなっていたのだ。俺は、黙って二人の顔を眺めながらいつも思っていた。〝ああ、俺にはこの二人しかいない。これが俺の家族だ〟と。

そんなある日曜日のことだった。親父が、ザラと俺に向かって、親父の理学療法士であったアンヘリーナのこと、アンヘリーナと親父がどんな関係にあるのかを、初めて口にした。

その日はちょうど〝九日間の祈り《ノベナ》〟〔キリスト教の信心業。九日間に渡り連続して行なわれる〕の期間が始まる直前で、世の中にとっても俺たちにとっても、いつもとは違う日曜日になっていた。

ボゴタ市内のいたるところでカトリック信者らが、キリスト誕生の場面を再現した馬小屋の模型を設《しつら》え、かつてのよき時代にはスーパー・マーケット〝ロス・トレス・エレファンテス〟でも普通に配られていたお祈り用のピンクの小さな本を引っ張り出すと、〝九日間の祈り〟週間が始まったらすぐにでも馬小屋の傍らに座って祈りを始められるようにと、準備を進めていた。

そしてザラのマンションのリビングでも、「戸棚に、昔孫たちのために買ったクリスマスツリーがしまってあるのよ。あれを出してきて、あの隅に飾るわ。お願い、二人とも手伝ってね」と、ザラがしきりに俺たちに迫ってきていた。

だがそのザラもいつだったか、俺に言ったことがあったのだ。「私自身は昔からずっと、自分の宗教に捉われずに自由に生きたいと思ってきたし、もちろん今だってそう。それに子供たちのことも、どんな宗教とも関係なく育てたつもりよ。それなのにどの子も、世間の人たちと同じようにキリスト教の馬鹿げた習慣を忠実に守るようになってしまった。こんなことになるのなら、私だってユダヤ教徒としてのくだらない習慣を守っておけばよかった。そうは思わない？　母は、本当は、私にはもっと別な結婚を望んでいたの。よく母に言われていたわ。けっきょくあなたはキリスト教徒になってしまうわよ、ユダヤ教徒としてのアイデンティティーを捨てることになるわよ、って。もちろん、そのときは、そんなはずないじゃないって、心の中で言い返していたわ。でもやっぱり、お母さん、あなたの言っていた通りだった。ほんと、なんでクリスマスツリーなんか飾らなきゃならないのかしらね。嫌になっちゃう。ねえ、もしも私が、ツリーを飾るのをやめたとしたらどうなると思う？　きっと家の息子たち、散々文句を言うでしょうね。こちらが根負けするまで。母さん、クリスマスツリーを飾るのはすごく大事なことだよ、とか、カトリックの伝統だし、シンボルだからね、とか言って。だけれど、私に言わせれば、そんなのは他人にやらせるための口実。けっきょくあの子たちは、自分じゃあ面倒くさいことはやりたくないのよ」

もっとも、クリスマスに熱心ではなかったということで言えば、俺も親父もザラと似たようなものではあったのだが。二人とも、お袋が死んでからというもの、クリスマスにつきもののツリーやロバに牛、湖を模して飾られる鏡、飼い葉に見立てた苔《こけ》、まがいものの藁の上に横たわるプラスチック製の赤子、といったものとは縁遠くなる一方だったし、クリスマスシーズンにボゴタの街を彩る華やかな空気にしても、好ましく思いはするものの俺たち自身はそれとは無関係に過ごしてきていたのだ。

その俺と親父が、だ。あの日、ザラの部屋でああして二人して絨毯《じゅうたん》の上にひざまずき、ツリーの枝を大きさごとに分類しながら膝と膝との間に広げられた組立説明書とにらめっこをする羽目になるとは、いったい誰に予想できたというのであろうか。

クリスマスツリーの組み立ては意外に面倒で、おまけに俺たちの置かれた状況は客観的に見れば、皮肉な運命の悪戯《いたずら》、としか言いようのないものであった。たぶん、そのせいだったのだろう。あのとき俺と親父は、ザラに向かって当てこすりを、たとえば、こんなことをするなんて思ってもみなかった、とか、こんな姿を誰かに見られたらなにを言われるかわからないよ、というような言葉をあまり吐くこともなく、ひたすら作業に没頭していたのである。

　ザラの話が、いつの間にか孫たちのことになっていった。孫については、俺の本では触れてはいない。なぜなら、ザラにとっては、孫の話題というのが手に負えないものになっているからだ。おそらくザラには、どんなに頑張っても、自分の血を引いているはずの孫たちがなぜザラ自身のドイツで過ごした幼い日々とは何もかもが違うような暮らしを送っているのかが理解できないでいるのであろう。ザラが、自分の子供たちを異邦人のように感じているとしたら、孫たちに対してはなおさらそうのはずだ。ザラは思っているのではないだろうか。〝ほんと、エメリッヒともエメリッヒのシナゴーグとも縁遠いということで言ったら、うちの孫たちの右に出る者はいないわよね〟と。

「いちばん下のお孫さん、いくつなの？」と俺はザラに聞いてみた。

「十四か、十三」

「十四？　だったら、ザラおばさんがこの国に来たときと同じ年じゃない」

　ザラは一瞬、考え込んだ。今俺が言ったことに、ザラは本当に気づいていなかったのかもしれない。俺は何となくそう感じていた。

「ほんと、そうだわ」ザラは言った。

　だがそれきり口を利こうとはせず、緑や黄色や赤のもろいガラス製のボールを、年相応にしわの寄った手で箱から取り出し並べていた。霜降り状のガラス、透けないタイプのガラス、半透明のガラス。それらのガラス製のボールはすべて、俺と親父がツリーを組み立て終わった後でそこにつるすためのものだった。

「人って誰でも、自分の子供を見るとそこに自分自身がいると感じるものでしょ？」ザラは言った。

「ねぇ、ガブリエル。あなたのお父さんだって、あなたの中に自分自身の姿を見ているはずよ。それにもしあなたに子供が生まれれば、その子たちの中にも見ることになるでしょうね。でも私のばあいは、そうじゃない。私と子供たちとでは違うもの。でもいっぽうじゃ、だからなんなのって思わないでもないのだけれど」

「まあ、わからんでもないが。それでも、間違いなく君の遺伝子は伝わっているさ」と、親父が言った。

「なぜそう思うの？」

「あの子たちは君に似ているじゃないか。そのことが、まあ、あの子たちにしてみたらいい災難なのかもしれんが、君の血を引いている何よりの証拠だよ」

いっぽう俺はその午後、ツリーの組み立てにいそしむ親父を眺めながら、〝親父にとっては、かつての自分がどうだったのかなどもはやどうでもいいことなのかもしれない〟と、そんなことを思っていた。いや、実際の話、俺にとっては、親父が臆面もなくノベナの文句を口にするなど信じがたいことであったのだ。〝すべての国の王。栄えあるエマヌエル。憧れの地イスラエル。信徒らを導くイエス・キリスト〟。ノベナが始まると世界中の人々が口にする祈りの中の言葉。それまではそうしたものを耳にすると高笑いというに相応しい大仰な笑い声を上げるのが常であった親父が、俺たちの前で自分から率先してノベナの祈りを唱えていた。しかしもちろん、祈りを唱えるというからには、祈りの文句を覚えていることが前提となる。つまりは、親父もまた、ノベナの期間中に毎日唱える祈りの文句のすべてと、祈禱文のうちのいくつかについても暗記していたというわけだ。

親父は一連の祈りを唱え終わると、クリスマスツリーの幹に一つ枝をはめ込んだ。それからまた祈りの文句を口にし、終わるとふたたび一つ枝を手に取り、木の周りを何周かさせながら差し込むべき穴を探っていた。

親父は始終、満足そうな表情を浮かべていた。〝この調子じゃ、もしかしたら親父は本当にこのクリスマスの祝いごとを楽しんでいるのかもしれないぞ。だが、これまでずっとクリスマスとは無縁に暮らしてきたくせに、なぜ急に変わったのだろう？〟と、そう思ったときだった。ああ、やっぱり、という言葉が口をついて出そうになった。実はその前から、〝最近の親父は幼い頃のことをむやみに懐かしがってばかりいるが、それももしかしたら、第二の人生を得たことによる変化の一つなのかもしれない〟となんとなく感じることはあったのだ。その直感が間違っていなかったと、俺はそのとき、はっきりそう思っていたのである。

かつての自分を懐かしむ気持ち。人は、たとえそれが今よりももっと苦しみに満ちていたものであったのだとしても、過ぎ去ったはるか昔の時間は懐かしく思うものであり、それはまた、どんな人間にも等しく許される感情でもある。ただ同時にそれは、唐突にやってくるものでもあり、誰にしろ、いつその郷愁とやらに襲われるのか予測するなど不可能なことなのだ。俺は、人は自分の過去を懐かしむものだというのを、誰かにインタビューをするたびにいつも感じている。そして、それを感じるその瞬間には決まって、〝他人が語る言葉を記録するという、周囲からは興味本位と受け取られても仕方がないような行為に投じてきたこれまでの自分の一秒一秒もまんざら無駄ではなかった〟という思いがいつにも増して強く心に涌き上がってくるのである。

あれは、いつの日曜日だったろうか。

俺は、ザラのマンションに、国家機密を扱うがごとくに大切に保管していたテープのうちの一本を、携えていった。それがいかに考えのない行為だったのかというのは、今になってみるとよくわかるのだが、とにかく俺はその日、テープを持ってザラの家に行った。食事が終わり、それぞれが食後のコーヒーをカップに注ぎ終わると俺は、親父とザラに、カセットテープレコーダーのそばに座ってこれからかけるテープを黙って聞いてくれと頼んだ。そうして俺たち三人は、リビングとして使われている広い部屋で、ザラがかつて自分たち家族で経営していたホテルについて語るその声に耳を傾けたのである。

《戦争の影はホテルにも忍び寄ってきたわ。ううん、それどころか、私たち、ポケットの中に戦争を持って歩いていたようなものよ》ザラの声が流れてきた。

《私が見たすべてを話すことはできない。なぜなら、まだご存命の方たちもいらっしゃるから。私は密告者には決してならない。誰かの評判を落としたり、みんながそっとしておいてほしいと望んでいることをわざわざ掘り起こしたりするのは嫌なの。それでも、もし、そうね、たとえば、この世界にはもう私とあなたの二人だけしか残っていなくて、その二人が今この家の中にいるのだとしたら、あるいは、もし今が、爆弾が落とされてコロンビアという国が消えてなくなっていて、でも私とあなただけは生き残って、あなたからあのとき何があったのかと聞かれている、というような場面であったのだとしたら、すべてのことを話してあげられたのかもしれないけれど……。ただね、万が一そうなったとしたら、あなた、きっと後悔するわよ。ああ、聞かなきゃよかった、ってね。私が知っていることをあなたに話すとあなたが汚れてしまうの、ガブリエル。わかってくれるかしら？　もっと上手な言い方ができたらいいのだけれど。でもとにかく、そうなのよ。もしも私があのとき、今のこれをもっと見たいのかそれとももう見たくないのか、と神様から尋ねてもらえていたのだったとしたら、私はこう答えていたでしょうね。目を閉じます、そうしたことはいっさい見たくありません、って。でももちろん、私に聞いてくれた人なんて一人もいなかったわ。ほんと、あの頃、誰一人としてそんなふうに私のことを気遣ってくれようとはしなかった。うちの父はホテルのオーナーだったのよ。みんなのことをさんざん世話してあげていたというのにね。ねぇ、もしこの世の中に道理というものがあるとするなら、お告げの天使がうちのホテル、ヌエバ・エウロパに姿を現わして父に、こういうことがこれから起こりますよ、ああいうことが起こりますよって教えてくれたってよかったはずじゃない？　ううん、この場合は、道理、じゃなくて正義というべき、ね。そうよ、少なくとも、なにか一つぐらいは、前もって教えておいてくれてもよかったのではないのかしら。でももちろん、そんなことを望んでも無駄だというのは、わかっている。だって、神様とのお約束にもそんなのは入っていないもの。それにそもそも神様とのお約束といっても、すべてあっちで勝手に決められていて、私たち人間は文句も言わずにそれにサインをしなきゃならないのよ。そしてサインをしてしまったらもうおしまい。後からいくらおかしいと思うことが起こったって、誰に文句を言うこともできやしない……。とにかく今は、あなたにすべてを話すことはできない。だけれど、うちのホテルではどんなことが起きていたのかというのは話してあげられる。ホテルでのことと戦争のこと、あの時代が私の人生をどう変えていったのかということは、話すわ。だって、よく言うでしょう、人が自分について語るというのは、育った環境について語ることでもある、ってね》

《なにか後悔していることはあるのか、ですって？　それは、なんにもないってことはないわよ。でもみんな、そうじゃない？　そうねぇ……、あなたに改めてそう聞かれると、どうしたってレーダー夫人のことを話さないわけにいかないわね。少しお年がいっていて、モンポスのドイツ人のお一人だった方よ。うちでは、モンポスに暮らしていたナチス支持者のドイツ人たちをそう呼んでいたの。その人たちも、一九四〇年までは、うちのホテルにしょっちゅう泊まりに来ていたのよ。もちろん、全員ではないけれど。なかには、エドゥアルド・サントスと知り合いだった人もいたわ。うん、知り合い、というより、サントス大統領とはずいぶん親しかったはずよ。私なんかよりもずっと。だからね、もともと変な話なのよ、ガブリエル。私なんかを訪ねて来るなんて、誰が聞いたっておかしいと思うわよ。あれは、一九四五年の初冬だった。レーダー夫人は、ご主人のために口添えをしてほしいと頼みにいらしたの。こうおっしゃったわ。もちろんこんなことになったのは私のせいというわけではありません、って。それから続けて、どうか主人のために口添えをしていただけませんか、とおっしゃったの。レーダー氏が、その少し前に、サバネタホテルに送られてしまったのよ。ええ、わかっている。本当は強制収容所と言うべきなのよね。でも、その言葉を使いたくないの。もちろん、どんな言い方をしたって強制的に収容するための場所だったことには変わりはないというのはその通りよ。ただそれでも、ホテルと強制収容所とでは、聞こえ方がぜんぜん違うもの。

そう、それでね、レーダー夫人はご主人が連れていかれてから、モンポスの自宅でお一人で暮らしていたの。使用人たちはとっくに出ていってしまっていて、おまけに電気を切られてしまっていて、ご主人はサバネタホテルでしょ。だから夫人は私を訪ねていらしたの、助けを求めに。それなのに私は、ここから出ていって、と言ったわ。もしかしたらもっとましな言い方だったかもしれないけれど、どっちにしろ、出ていってくれと言ったことには変わりはない。するとレーダー夫人は、ヴェーアマハトの軍隊にいる息子さんのことを話しはじめたわ。息子はあなたと同じ年なのよ、とおっしゃって。〝まだほんの子供なのに、レニングラードの戦いで負傷して。私はただ、このホテルでラジオを聞かせてほしいだけなの。もしかしたら、ホテルのお客さんの中に、息子の消息を知っている方がいらっしゃるかもしれないじゃない？　レニングラードであの子が凍えたりしていないか、知りたいの。ねえ、グーターマンのお嬢さん。あちらでは兵士たちが、少しでも暖を取ろうとしてズボンの中でおしっこをしている、という話も聞くもの〟って。でも私は、だめです、とお答えした。夫人がうちのホテルでラジオを聞くことさえ、許さなかった。後になってから、レーダー夫妻が外務大臣と親しいある弁護士さんとうまく知り合いになってベルリンに帰国できたと、風の頼りに聞いたわ。私がいつも思い出すことと言えば、このことよ。私は、レーダー夫人がホテルのロビーに座って、お客さんの中に息子さんについてなにか知っている人がいるかどうか確かめることすら許さなかった。私には、若い兵士として戦っている息子さんのこともレーダー夫人のことも、どうでもよかったの。まったくひどい話よね。でもね、もっとひどいのは、今もしも同じ状況に置かれたとしても、私はレーダー夫人を助けないだろうということ。自分でも最低だと思うけれど、たぶん、助けない。何か後悔していることはあるのかと聞かれれば、それはレーダー夫人のことよ。でも、じゃあどうすれば後悔せずに済んだのかと考えると、レーダー夫人があんなことを言ってこなかったらよかったのにと、思ってしまうの。私が後悔しないで済むにはそれしかないわ。だって、また同じことをレーダー夫人から頼まれたとしたら、こちらもまた同じ答えをしてしまうもの。ええ、躊躇《ためら》うこともなくそうすると思う。とんでもないことよね。でもそうなの》

テープから流れてくるザラの言葉、それがどれほど、親父の心を動揺させていたことか。その午後、テープに耳を傾けている親父が、二十歳は老け込んで見えていた。俺は、そんな親父に心の中で語りかけた。〝父さんは今、ザラおばさんの言葉の一つひとつに自分が裏切られたときの記憶を呼び覚まされているように感じているのだろう？　そりゃあ、父さんが、ザラおばさんのどんな言葉を聞いてもすぐに自分にやられたことと結びつけてしまうのは当然だよ。一言一言が父さんには重いのだろうと思う。でも、僕やザラおばさんには、ピンとは来ないんだよ。仕方がないだろう？　だって、僕もザラおばさんも、父さんがどんな経験したのかを本当に理解することなどできないし、若いときに父さんが感じた苦しみをその通りに感じることだって、できやしないのだから〟と。

親父は一度も、カセットテープレコーダーを止めてくれとは言わなかった。別のカセットテープに替えてほしいとも言わなかった。途中で口実をみつけて椅子から立ち上がりトイレや台所に逃げ込む、といった真似もしなかった。俺は、無言のままカセットテープの声に耳を傾けている親父に目をやりながら、〝少なくとも親父は今、愉快な気分ではないはずだ〟と、親父の心の内を思いやっていた。〝いや、それどころか時に、胸がかきむしられるような思いに襲われているかもしれない。でもそれも当然だろう。なにしろこのテープを聞くというのは、親父にとっては、長い間心に秘めてきたあの当時の記憶をふたたび目の前に突きつけられるようなものなのだろうから〟と、そこまで考えたそのときだった。俺の脳裏をよぎったのは、やはりあのときのことだった。俺はどうしたって、親父が例の教室で学生たちを前に、俺の本に辛辣な批評を行なうその前段として自分の過去の秘密について間接的な言い方で語りかけ、学生たちがそれを聞きながら戸惑いの表情を、時に賞賛の表情を浮かべていたあのときの光景を、記憶に蘇らせないわけにはいかなかったのである。

親父は、テープを聞きながら大きく目を見開き、天井からつるされた照明器具に視線を向け、いかにも頼りなげな細いワイヤーと金属製の三角の笠とをにらみつけていた。ああ、きっと、カテーテル検査のときもこんなふうに耐えていたのだろうな。俺はふと、そんなことを思ってもいた。

テープの片面が終わった。

「あとの半分も聞く？」

「いや、いい。それより、音楽でも聞かないか？　それからみんなで話をしようじゃないか、ガブリエル。せっかくみんなそろっているんだ。話をする方がいい」

親父は、聞きとれるか聞きとれないかぐらいのか細い声で言った。か細くて、それでいて、風に舞う凧《たこ》のうなりにも似た恨みがましい声。それも親父の戦略だったのだろうが、おかげで俺は、親父がその声で発したほんの数行分の言葉から十分に、親父がいかに不機嫌になっているかを感じ取らされていたし、また、親父に対してまるで甘やかされた子供を相手にしてでもいるかのような気の遣い方をさせられることにもなったのである。つまり言ってみれば、親父は自分の言葉によって場の空気を不快感一色に染めていたというわけだ。そして俺はそのとき、親父が心の中で、〝私は忘れたいと思っているのに、それをお前たち二人が思い出させようとしている。まったくどういうつもりなのだ。お前たち、恥ずかしいことをしていると思わないのか〟と呟くその声が聞こえるような気さえしていたのである。

けっきょく、テープを聞くのは片面だけで終わりにしたものの、親父の機嫌が直ることはなく、親父は、午後いっぱいを、いかにもつまらなそうな表情を浮かべたまま過ごしていた。それは俺だって……、あんなふうにふて腐れていたのがどこかの知らない老人だったとしたら、さぞやうんざりしていたに違いない。だが相手は自分の親父だ。息子としては、そんな親父のことが哀れで、可哀そうでたまらなかったのである。

と同時に俺は、その午後の出来事を通じて新たな発見をしていた。親父というのが自分の人生に起こった出来事と正面から向き合えない人間であるということと、親父にとっては自分の過去につながるものはすべからく歯に挟まったイチゴの粒々のごとくに神経に触るもの、不快を催させるものでしかないということ。それらに俺はようやく気づかされていたのである。

親父はぐったりした表情を見せていた。手術室から出てきたときと同じような憔悴しきったその姿に、俺はつい思わずにはいられなかった。〝五年前にテープに録音されたザラの言葉、テープから流れてくる半世紀も昔の出来事について語るザラの言葉が体の内側から親父のことを破壊し、親父の体内に流れる血をすべて吸い取ってしまったに違いない〟と。

しかしその親父も、ノベナに入る直前のあの日曜日には、まったく違った様子を見せていた。体に力強さが戻り、頭の方も、全盛期の頃と変わらないほどの回転の良さを見せていた。親父の言う通りなのかもしれない、初めて俺はそう感じていた。〝もしかしたら親父は本当に、第二の人生を歩き出しているのではないだろうか。いや、なんだか、このリビングに馬が突然ぽんと置かれて、親父から、ほら見ろ、これでも私の言っていることが嘘だと思うのかと、そう詰め寄られてでもいるような気がするぞ。ええ、はい、父さんが正しいと認めます。確かに父さんは、第二の人生を生きていますよ……〟。

俺は、クリスマスツリーの飾りつけが終わったザラの家のリビングで、テープに録音されているザラの言葉をかたはしから思い起こしながら、頭を上げ、食事を共にしたばかりの二人を、俺の家族たちを見やっていた。そうしてまたもや、〝これは本当に父さんとザラおばさんの身に起きたことなのだよね。やっぱりまだ信じられない気がするよ〟と、俺はいつもと同じことを頭の中で考え初めていた。〝半世紀も前に起きたこれを、父さんとザラおばさんはじっさいに経験したんだよね。今二人はここにいる。二人ともちゃんとまだ生きていて、あの頃に何があったのか、どういう状況だったのかを覚えていて僕たちに話をしてくれる。でも、二人がこの世からいなくなれば、あの頃の記憶も一緒に消えてしまう。今のザラおばさんと父さんって、いってみれば、アンデス伝統のダンスの最後の継承者たちで、もはやダンスを踊ることができるのはこの世で二人だけになってしまった、というような立場にいるんじゃないのかな。あるいは、文字では残されていない歌の歌詞がザラおばさんと父さんだけに伝えられていて、もしも二人が歌詞を忘れてしまったとしたら永遠にその歌はこの世から失われてしまう、というたとえでもいいかもしれない。そうだよ、ザラおばさんと父さんは、大切な記憶の保管庫だよ〟俺はしきりにそう心の中で二人に語りかけていた。と、ふとある疑問が湧き起ってきた。〝あの頃のことを覚えていてくれるのは父さんとザラおばさんしかいないというのに、二人の体の方は大丈夫なのだろうか？　もしかしたら、もうだいぶガタがきているんじゃないのか？　俺たちが父さんとザラおばさんの記憶にあることをすべて聞き出すのに残されている時間は、あとどのくらいなのだろう〟俺は思わず二人の顔に目を向けた。

ところが、親父の仕草も発する言葉の一つひとつも、スローガンを掲げてはためく小さな旗と化して、俺に向かってこう言っていたのだ。「まあ、落ち着けよ。別に俺は大丈夫だから」と。またザラについても、その文句をそっくりそのまま言いたいのかもしれないと、俺はそう感じていた。

「ねえ、ガブリエル。あなた本当に、別人みたいよ」ザラが親父に言った。「少しでもそんなふうになれるのなら、あなたが受けたような手術、私にもやってもらえないかしら」

「いやいや、別人みたい、じゃなくて私はもう別人なんだ。人が生まれ変わるというのは、本当にあることなのだよ」親父は答えた。「因果応報の法則だって、本当にあるさ。誰が何と言っても、私の考えは変わらない。ザラ、宣言するよ、たった今から私はヒンズー教徒だ」

「まったく、いやあねぇ」ザラは言った。「あなたの隣にいると、私の方が年寄りに見えちゃうじゃないの」

だがもちろん、それについてはいささか言い過ぎだとは、ザラ自身にもわかっていたことであったろう。

ザラはその日も、リネンの幅広のパンタロンに膝までかくれる白のシャツを身につけ、相変わらず、神様がいい行ないをしてきたご褒美に年齢を半分おまけしてくれたと言っても通るほどシャキッとした姿を見せていた。

そのザラについては、俺は、ある意味で気楽な一人暮らしを楽しんできた人、というように感じている。同時に、ザラには、どんな一日が自分の頭上を通り過ぎていったとしても黙ってそれを受け入れ、しかも通り過ぎていくその一日を正面から眺めているようなところがある、とも思っている。ただこの二つ目のことで俺がわからないのは、それをザラが元来持っていたある種の従順さゆえと解釈すればいいのか、それとも、後天的なもの、つまり身についた習慣としてザラがそうしている、あるいはそうしてきたのか、ということだ。

ザラがどんな容貌かというのは、これまで自分の生活を支える以上の責任を負わずに生きてきた人生がそのまま容貌にはっきりと表われている、とでも言えば伝わるだろうか。

ザラの耳たぶにはピアス用の穴が開けられているが、そこにイヤリングがつけられているのを俺は一度も見たことがない。メガネは、ものを読むのに遠近両用のものを使用していて、それがまた、金色の地味なフレームに銅色のレンズという代物なのだ。

そしてザラの体。俺は時に、ザラは普通の人とは違うリズムで生きているのではないかと本気で思うことがある。年齢を感じさせない体つきに、くすみのない艶やかな肌。もちろん、ストレスが体に現われているというようなこともなく、顔にしても、人生との長年の苦闘が容貌に与える変化、たとえば、眉間にしわがよってくる、唇の立てじわが深くなる、首筋に鍬《くわ》でつけられたようなしわが増えていく、といったような現象とは無縁だ。加えて何年か前までは、ザラは遠近両用メガネを使用してすらいなかったのだ。

もしかしたらだが、これは記憶の問題なのかもしれない。ザラの場合、いくらザラ自身が年を重ねても、体の方がそれを記憶としてとどめようとしていないのではないのか。ザラの人生については、いろいろなところにその記憶が残されている。たとえば、箱の中、ファイルの中、写真の中、俺が保管しているテープの中にも。そうした記憶の保管場所が、ザラの過去の人生を吸い取ってくれていて、そのおかげでザラは若くいられているのではないのか。ドリアン・グーターマン、いや、ザラ・グーターマンが自分自身について語ったテープも、またザラ・グレイ、いや、ザラ・グーターマンが大切にしていたファイルも、たぶんそうして、ザラの過去を吸い取ってくれているのに違いない。

さて、親父のことだが、〝この六か月間のガブリエルの変わりようには目を見張るものがあるわね〟というザラの評価は、まったくその通りであった。心臓のバイパス手術を受けた患者は通常、手術終了と同時にそれまで酸欠状態だった心臓に突如として酸素がたっぷりと送り込まれるようになり、それに伴い、自分自身ですらそれがあることを忘れていたエネルギーというものが急激に体内に満ちることになる。むろん俺自身は、親父の身に起きている変化が心臓手術の直後に当然起きる現象の一つであることを理解していた。だがザラは？　俺は、親父をもてなしてくれているザラの目には親父がどう写っているのかを想像してみた。親父と同時代を生きたザラには親父がどう見えているのだろうか、と。すると不意に、ザラの気持ちが理解できたような気がした。本当にザラの言う通りだ、陳腐な言い回しだけれど、親父については別人になったという表現が一番相応しい、と、俺はその瞬間本当にそう思っていたのだ。

　確かに俺も、その半年ほど前からときどき、親父が手術後の体だということを、ともすると忘れそうになることがあった。あれでもし、親父の胸に残された勲章、すなわち手術の傷跡がきれいになっていて、その体から手術の痕跡がすっかり消えていたとしたら、あるいは、親父が、手術前に医師に言われて以来ずっと続けていた食事制限もしないようになっていたとしたら、俺はおそらく、親父が手術をしたということすら忘れてしまっていたに違いない。

　親父の食事制限は、その頃になってもまだ続いていた。というより、親父は自分なりの決まりを作り、それにしたがって自ら食事を制限していたのである。そうした自制への意識は、昼食や夕食のたびに発揮され、それは、ノベナ直前の例の午後、クリスマスの飾りつけを済ませたザラのマンションで、モンセラーテ教会を遠くに眺めながらいつもの〝アヒアコ〟を食べているときも例外ではなかった。

「で、今からいったい何をやるつもりなの?」ザラが言った。「新しい人生を手に入れて、何をやるの?」

「とりあえずは、勝利を自慢するつもりはないよ。いや、嘘を言っちゃいかんな。ああ、自慢するよ。でも、そーっと、だ。今のこの体を保つためには何だってするよ。食事制限はきついが、続けないわけにはいかない。だが、まさかこうしてまた、二十歳の頃のような気分になれるとはな。こんなにいいことはないよ」

「まったく嫌味な人ね。そんなふうに人に自慢ばかりしていると、今に罰が当たるわよ」

　ガブリエル・サントーロ、別人のようになった者。ガブリエル・サントーロ、より高みに達した者。新たに生まれ変わった雄弁家、がとつぜん立ち上がった。と思うとハエのように脇目も振らずに一直線にリビングを横切り、木製の本箱に辿り着くと左手で、結婚式の招待状ぐらいの大きさの、分厚い紙でできた封筒を取り上げた。そして四本の指が切り落とされたその切口の脇から突き出ている親指を、封筒の口に突っ込み、レコード盤を取り出して、それをターンテーブルに置き、速度レバーを七十八回転に合わせて針を落とした。ドイツ歌曲が流れてきた。何年か前にザラが聞かせてくれた曲だった。

ヴェロニカ、春がやって来たよ
女の子たちがトララと歌っている
世界中がうっとりと夢見心地。
ヴェロニカ、アスパラガスが育っているよ。

俺は目を閉じるとソファーに身を沈めた。食事の後というのはただでさえ眠気に襲われるものだ。ましてや日曜日の昼間〝アヒアコ〟を食べた後、となると、目を開けていられる方がおかしいぐらいのものだろう。俺はいい気持ちでうとうとしていた。
不意に、歌声が耳に入ってきた。親父が歌っている。俺はとっさにそう信じかけ、頭の中でいそいで打ち消した。だって、そんなことあるはずないじゃないか、空耳に決まっていると、もう一度、耳を澄ませてみた。親父の声、なんじゃないのか？　いかにも昔の曲という感じのするメロディーと年代物のレコードにつきもののザーザーという雑音に混じって聞こえているあの歌声は、やっぱり親父のもののような気がする。俺は目を開けた。親父だった。親父が、台所で洗い物を始めていたはずのザラを腕に抱きドイツ語で歌っていた。いま思い返してみても、俺の記憶にある限りでは、それ以前に親父の歌っている姿を見たというのはどんなに多く見積もってもせいぜい二度ぐらいのことだっただろうと思う。親父が歌を歌っているのを見て、もちろん俺は驚いていた。だが、俺がもっと驚いたのは、親父が俺には馴染《なじ》みのないよその国の言葉で歌っていると気づいたときだったのである。
と不意に、子供の頃のある事件が脳裏に蘇ってきた。

あれは俺がいくつくらいのときのことだったろうか。その頃親父は、毎日のように鬘《かつら》をかぶって仕事に出かけていっていた。メガネもいつものとは違うものを使い、ネクタイも、蝶ネクタイをしめ、そうした親父の変装はたしか数か月ほど続いたと記憶している。実は親父は、最高裁に職を得たことで、といっても判事ではなくその下のポストではあったのだが、それでも最高裁の一員になったことで世間の注目を浴びるようになり、ついでに誘拐の脅迫を受けるようになってもいたのだ。

もちろん今の時代のボゴタであれば、そうした脅迫電話を二、三度受けるぐらいは日常茶飯事であり、また実際に俺たち自身、もし身の回りでそうしたことが起こったとしても、それほどまでに大騒ぎをしないようにもなっている。しかし当時はまだ、今とは事情が異なっていたのである。

そんなある日、親父がめずらしく変装したままの姿で家に戻ってきた。親父がそうして帰宅の挨拶をするのはいつものことで、階段を上ってくる足音と、ただいま、という親父の声が聞こえた。夕方、階段を上ってくる足音と、ただいま、という親父の声が聞こえた。

俺は、なにも思わずに自分の部屋のドアを開け廊下に出ようとした。ふと顔を上げると、目の前に見たこともない人が立っていた。ギョッとして、思わず後ずさりをした。もちろんすぐに、親父が変装しているだけだと気づき、とたんに恐怖心も消え去った。それでも、俺がそのとき、たとえほんの一瞬であっても、親父のことを怖いと感じたのは、打ち消しようのない事実なのである。

レコードに合わせて唇を動かし俺には耳慣れない音の言葉を口から発している親父。俺はその親父に目をやりながら思っていた。〝今のこれというのは、変装した親父をてっきり知らない人だと思い込んでしまったあのときの状況とどこか似ているよな。ただ一つ違うのは、目の前で歌っているこの親父が本当に別の人、すなわちもう一人のガブリエル・サントーロだという点だ〟と。

ヴェロニカ、周りは緑一色だ。

さあ、森に行こう。

おじいちゃんだっておばあちゃんに言うんだ。

　春が来たよ、と。


　親父とザラがリビングに戻ってきてソファーに腰をおろした。たぶん俺は、よほど恐ろしいものでも見たような顔をしていたのだろう。俺の表情に最初に気づいたのは親父か、それともザラだったか。とにかく二人は、事情を説明しようと口々に話しはじめた。そりゃ、驚くわよね。実はな、父さんは……。そうなのよ、お父さんたら、この数か月、ずっと頑張っていたのよ。

「お前、父さんがくだらないことをしていると思っているのだろう？」親父が言った。「私だってそう思っているさ、正直言うとな。六十歳を超えてから新しく外国語を習うなんて、我ながらいったいどういう気だとも思うよ。このスペイン語でさえも持て余しているというのに、いったいなんのためにそんなことをするのだろう、とね。だが私は現役を引退した身だ。言ってみれば、私は自分の母語から引退した身なわけだ。引退したとなると、誰だって考えることは同じ。かならず次にやるべきことを探そうとする。私だって、そうだ。ましてや、私の場合は第二の人生を与えられたわけなのだからな。余計に何かやらなくてはという気になるのだよ。ところでだが……」

　突然、親父が話題を変えた。

　親父はそのノベナ間近の日の午後、まずは自分がいかに第二の人生を謳歌しているかについてひとくさり話をし、ついで習いたての外国の言葉を披露し、歌を、当時の俺にはまだ歌詞の意味がわからなかったドイツ語の歌を歌った。しかしそれらはすべて、本題に行く前の余談。親父が本当に俺とザラに話したかったのは……、アンヘリーナとのことだったのだ。

「アンヘリーナとそういう関係になったのは、数か月前ぐらいからだ。どうしてそうなったのかなんて聞くなよ。毎日のようにアンヘリーナと会って、何時間もあの子のマッサージを受けていたのだから、そりゃあ、当然そうなるさ。で、私たち二人の関係は、私の体がすっかりよくなってマッサージを受ける必要がなくなってからも続いているというわけだ」と親父は言った。手術から生還した親父。第二の人生とやらを歩きはじめた親父は、さらに続けて言った。

「アンヘリーナとは寝ているよ。この二か月は、二人でよく会っている」

「いくつなのよ」ザラが言った。

「四十四、いや、五、かな。聞いたはずだが、はて、どっちだったか」

「その人、身寄りがないでしょ。違う？」

「なんでそう思うのだ？　なぜアンヘリーナに家族がいないとわかるんだい？」

「だって、もしご家族と一緒に住んでいたなら、きっとお家で嫌味を言われているはずだもの。年とった男性とそんな関係になるなんて世間じゃ許されることじゃない、とか、年の差だってあるし、とか。ねぇ、アンヘリーナって、何かとんでもない事情を抱えているのよ、きっと」

「また君の癖が始まった」親父が言った。「あの子に特別なことなんて何もないよ」

「ううん、あるわ、隠そうとしたって無駄。だってあなた、アンヘリーナにはあなたとのつき合いをやめろと言ってくるような人はいない、と言ったじゃないの。それに、あなただって、私の質問をはぐらかそうとしているし。その子、とんでもない事情を抱えているんじゃない？　ひどく辛い目に遭った、とか？」

「わかったよ、言うよ。君の詮索好きにはかなわないな、ザラ・グーターマンさん。ああ、そうだ。アンヘリーナは辛い思いをしている。可哀そうにな。ご両親が、ロス・トレス・エレファンテス爆破事件の巻き添えになったのだよ」

「この間の事件の？」

「ああ、そうだ」

「じゃあ、ご両親はこの街に住んでいらしたってこと」

「いや、二人が住んでいたのはメデジンだ。メデジンから娘を訪ねてきて事件に巻き込まれてしまったんだよ。それでも、ご両親とアンヘリーナは、会うだけは会えたんだ。ご両親は、娘の顔を見て、それからストッキングを買いに出られたのだそうだ。お母さんがナイロンのストッキングを欲しがったからと、アンヘリーナは言っていた。ロス・トレス・エレファンテスが、アンヘリーナの家からいちばん近いショッピングセンターだったんだ。ついこの間のことだが、私とアンヘリーナと二人して、タクシーであの辺りを通ったよ。さて、あれはどこへ行ったときのことだったか。とにかく、目的地に着いたときにはアンヘリーナの手がまるで氷のように冷たくなっていたことだけは、はっきり覚えている。昼だって、かさかさに乾いていたし。後で、熱も少し出た。あの爆破事件のことは、アンヘリーナにとってはまだまだ辛い記憶なのだろうよ。兄さんだか弟さんだかが海岸の方にいるみたいだが、ほとんど音信不通らしい」

「そういう話って、どういうときにするの？」

　俺が聞くと親父は答えた。

「私はもう爺さんだ、ガブリエル。だから趣味も古くさいのかもしれないが、アンヘリーナと寝た後でそういう話をすることが多い」

「ちょっと、ちょっと、まったくなんて下品な会話なの」ザラが言った。「忘れないでよ、私がここにいるのよ。それとも、あなたには私の姿が見えなくなっちゃったのかしらね」

　俺は親父の膝をポンポンと軽く叩いた。

「今の私の言葉をお前がどう感じたのかはわからないが……」

親父の口調が、それまでとは違うものになっていた。皮肉な響きが消え、親父が素直に話をしているのが俺にもわかった。

「おい、気づいていないのか？」

「何に？」

「今みたいなことを、私がお前に向かって口にしたのは初めてだってことに、だよ」親父は言った。「実はな、今言ったことをお前に言いたかったのだよ。だからさっきわざとお前の質問にあんなふうに答えたんだ」

「そう、おかげで私は、耳をふさぐ暇もなくあんなことを聞かされちゃったのよね」

とザラは言い、親父に目を向けた。

「ねぇ、アンヘリーナはあなたの家に泊まったりするの？」

「いや、それはない。もちろん、そうすればいいとアンヘリーナに言ったことはあるよ。だが、独立心がとても強い人なんだ。それに、他人のベッドで寝るのは気が進まないらしい。まあ、俺にとってもそっちの方がありがたいわけだが。ところで、だ。アンヘリーナがとつぜん、メデジンに一緒に行こうと言い出してな」

「行くって、いつ？」

「もうまもなく。クリスマスから新年にかけて向こうで過ごそうという話だ。来週末に出かけて一月の二日か三日には戻る。いやもちろん、アンヘリーナが休みを取れれば、の話だが。いつも馬車馬のように働かされているからね。しかも今年最後の週だし、そうそう簡単には休みを取ることはできないだろう」

親父は黙り込んだ。

「私は、あの子と一緒にメデジンに行く」

ようやく親父が口を開いた。

「クリスマスと新年を二人で過ごすことにする。アンヘリーナと行くよ。だが……、本当のところ、こんなおかしな話なんてあるものじゃないよな」

「おかしい、どころか、バカバカしいの極地よ」とザラが言った。「でも、いいんじゃないの。あなた、若いんでしょ？　若い人って、みんなバカばかりやって生きているものだから」

「そこで、ひとつ相談なのだが」

親父が俺の方を向いた。

「お前の車を貸してはもらえまいか。どうしても、というわけじゃないのだが、アンヘリーナに言ってしまったのだよ。もし息子が車を貸してくれたらバスで行くなんてつまらんことをせずに済む、とな。むろん、お前のほうが大丈夫なら、だが。もしもお前に使う予定がないのなら、もしもお前が構わなければ、車を貸してくれないか？」

本当は俺にも、その頃にちょうど車を使う用事があったのだが、気づくと俺は、使う予定はないから、と答えていた。「ああ、いいさ、貸すのはかまわないよ」と。

いったいなぜそんな嘘をついてしまったのだろう？　おそらくそれは、一つには、俺自身があの時親父のすべてに、声にも仕草にも、とにかく親父の何もかもに親愛の情が込められていると気づいていたからだったに違いない。俺にとっては、あんなふうに特別な友人に特別な頼みごとをするような親しさで親父から話しかけられるなど、初めての出来事だったのだ。

「車、使ってよ。こっちは大丈夫だから」

俺は言った。

「メデジンに行ってこいよ。楽しんでくれればいい。アンヘリーナによろしく」

「本当にいいのかい？」

「ああ、僕はザラおばさんと過ごすよ。ザラおばさんが、クリスマスと大晦日に呼んでくれるさ」

「ええ、その通りよ」ザラが言った。「安心して行ってらっしゃいな。あなたがいなくても、こっちは大丈夫。私たちはここにいるわ、ここで二人だけのパーティーをやるわよ。あなたの分まで飲んで、脂っこい料理を嫌っていうほど食べて、あなたのいないところであなたの悪口を言ってあげる」

「ああ、それなら、私としてもありがたいな」親父が言った。「だが私のいないところで悪口を言っても、つまらんじゃないか」

「ところで、あなたも運転するの？」

「通しで全部、というわけにはいかないが、ああ、するつもりだ。ただ、ああした道路で運転するとなると、この手ではちょっと心配だ。たぶん、だいたいはアンヘリーナが運転することになるだろう。運転がうまいかどうかはわからんが、ともかく免許は持っているから。それにそもそも、このコロンビアでうまく運転するということ自体が無理な話だしな。だがまあ、そう心配することもないんじゃないのか。こちらとしても、運転してもらうからにはとやかくは言えないさ。与えられたものは何でもありがたく頂戴しろ、だ」

「でも、なんでまた、そういうことになったの？」俺は親父に聞いてみた。「車でメデジンまで行くって、父さんが言い出したの？」

「まったく、なにが、与えられたものは何でもありがたく頂戴しろ、よ」ザラが言った。「そんなことを考えるなんて、あなた、妄想にとりつかれているんじゃないの？　そうよ、自分が若いという妄想にとりつかれているのよ」

「おやおや、俺たちの間に嫉妬深い緑の目の怪物がいるようだね。焼きもちを焼いてくれているのかい、ザラちゃん？」

「焼きもち？　バカバカしい。でもね、これだけは言うわよ。私ももう若くないしあなたもそう。若い振りなんかしてはだめ。高速道路を八時間も運転して、娘みたいな年の子と寝るなんて。あなた、心臓発作を起こすわよ、ガブリエル」

「まあ、そうなったらそうなったで、いいじゃないか」

「ザラおばさんは、真面目に心配しているんだぜ」と俺。「ところで、アンヘリーナはどう思っているの？」

「どんな道案内役だろうが、いないよりましだって、そう言っている」

「そうじゃないよ。父さんの年のことについて何て言っているのかって聞いているんだよ」

「あの子にとっちゃあ、私ぐらいの年がちょうどいいみたいだ。まあ、あくまで私の想像だがね。改まって聞いたことはないから。法廷で尋問するときの大原則は、それに対する答えを聞きたくない場合には質問はするな、だよ。それに昔の人も言っているではないか。その答えがブーメランのように自分を刺す刃となって戻ってくるかもしれないような質問はするな、と。嫌なのだよ、私は。頭を後ろからガツンとやられるような答えは聞きたくない。だからこの右手のことについても聞いたことはない。私の手がこんなふうで嫌だと思っているのかとか、本当は手のことが気になって仕方がないのに無理して気にしていない振りをしているのか、とかは聞かない。お前がどういう答えを期待しているのかは知らんが、とにかく私は悪い人間ではないし、アンヘリーナを傷つけるようなことなどするわけがない。アンヘリーナにとっては、それだけでもう十分幸せなことなんじゃないのか？　笑われるかもしれないが、私はアンヘリーナを守ってやりたいと思っている。アンヘリーナは今四十四歳だ。守ってやりたいんだよ。あの子は、この世はどうしようもないものだと思い込んでいる。アンヘリーナははっきり言ったよ。どの人もみんな、私に不愉快な思いをさせることだけが唯一の生きがいなのよ、とな。そういうセリフは、べつに耳新しいものじゃないが、ただ、自分のすぐそばにいる者の口から聞く、というのはそれまで一度もなかったことだから。あるときなど、朝から夜中までかけて、世の中というのはアンヘリーナ自身が考えているのとは正反対のものだと、あの子にわからせようとしたことがあったよ。プラトンとか、〝人間は人間にとって神である〟というフレーズとか、ありとあらゆることを持ち出してね。なにしろ、アンヘリーナというのは、間違っても本など手にしない人だから。

まあなぁ、私もこれまで、長いこと生きてきたし、見るべきものは見てきたが、これは、今まで経験したどんなこととも違う。ぜんぜん違う。私の身に起きた出来事の中でも、想像もしていなかったようなこと、という点からいえば今回のこれがいちばんだ」

だが親父はそのとき、人生というのはどんなことであれ自身にとってのいちばんの記録を常に塗り替えようとするものだということを忘れていたのだ。そして親父の人生が、正確には第二の人生がだが、親父自身にそれを思い出させてくれたのは、それからわずか一週間後のことだった。しかも、嫌というほど懇切丁寧なやり方で思い出させてくれたのだった。

今、俺はあの一週間のことをいつも考えている。なにかにつけて思い返さずにはいられない。それは、一つには、これまでの人生であのときほど俺自身がいい人間で周りに対してもおおらかだった時期というのは他にはないと思うからだ。加えて、もう一つの理由としては、あの一週間が終わったとたんに世の中とはこういうものに違いないとそれまで俺が考えていたことのすべてが覆されてしまったから、ということがある。

あの時点ではまだ、この本はこの世には存在してはいなかった。というより、当然ながら存在していたわけがないのだ。この本は、親父の死によって生まれたもの、いわば、親父の遺産のようなものだ。生きている間は俺の仕事のことを、他人の人生について描くなんて、という言い方で蔑《さげす》んでいた親父。だが亡くなった後で、自分自身の人生を遺産として俺にプレゼントしてくれた。親父は俺に、描くべき題材を残してくれた。俺は、親父のその遺産を受け取った。と同時に、俺は親父の人生を描くという義務をこの身に負ったのだ。

この本を書きはじめて数か月が経つが、仕事机の上にはすでに、さまざまなものや書類がうず高く積み上げられている。しかしその多くは、実際に本を書き進めるためにというよりはむしろ、親父の人生が〝確かにあったと確認する〟ために、また、俺の記憶が正しいかどうかを確かめ、もしも間違いがあればその部分を訂正するために、集めたものだ。

そう、記憶。実は、人の記憶こそが問題なのだ。俺は、生まれつき疑い深い性格というわけではないが、かといって自分の記憶をすべて正しいと信じるほど単純でもない。それに仕事柄、人の記憶というのは安っぽいトリックによってその人にとって都合のいいように捻《ね》じ曲げられていくものだということも、過去は変わっていくものでありいつまでも同じであり続けることはないということも、よくわかっている。それにしても、人はなぜ資料の類を絶対視してしまうのだろうか。昔の写真や手紙、フィルムを前にするとたいていの人は、その当時に自分の目に写っていた光景、耳に入ってきていた音、あるいは記憶に残っている文面がそのままそこに再現されていることに安心する。ああ、やはりなに一つ変わっていない、と。だが本当に変わっていないと言い切れるのか？　俺は、そうは思わない。人生においては、ちょっとしたことで、まさにほんの些細なきっかけで、昔はなんてくだらないと思いながら読んだはずのある手紙がとつじょ人生の宝物だと気づくこともあれば、写真に無邪気な顔で写っている人が実は生涯の敵だと後からわかることもあるのだ。

今俺は、かつてお袋が使っていた机をそのまま仕事机として使っている。ただもしかしたら、俺が机に家具用オイルを塗ったせいで木そのものが湿り気を帯びふかふかした感じになってしまっているために、初めて俺の机を見た人には、湿った丸太を使ってつい最近に作られたものかと勘違いされてしまうかもしれない。それでも、この大きな木の塊《かたまり》を虫喰いから守るのに他の方法が思い浮かばなかったのだから仕方がない。机の上には何か所か、コップを置いた跡がそのまままるく染みになって残っていて、それはもはや、紙やすりでも使わない限り消すことはできない。おまけに机の角のところは、塗りが剝げてささくれ立っている。おかげで、うっかり角を手でこすろうものなら棘《とげ》が刺さってしまう。これまでいったい何度、そうした目に遭ってきたことか。机の上はとにかく、さまざまなものであふれかえっている。だがもちろん、とりわけ幅を利かせているのは、なにかを証言することがその主な役目となっているものたちだ。俺は、そうしたものたちの中からカセットテープの山に手を伸ばしてそのうちの一つを取り上げ、一連のカセットテープが確かに俺の手元にあることを、テープには間違いなくザラ・グーターマンの肉声が録音されていることを確認する。あるいは雑誌を手に取ることもある。たとえば、一九九五年に発行された雑誌のどれかを手に取る。そこには、〝一九四一年十二月に日本軍が真珠湾の米軍基地に攻撃を行なったことに伴い、コロンビアは、枢軸国との外交関係の断絶を決定した……〟と書かれてある。時には手に取る対象が演説集、という場合もある。俺はその演説集の中の、枢軸国との断絶を宣言する際にエドゥアルド・サントス大統領が行なった演説の文章、〝我々は我が国の友人たちと共にある、断固として友人たちの味方である。我々は、大陸の団結という大きな方針の下で我々に課せられた役割を果たす所存である。また、どんな相手をも憎むようなことはしない……〟、に目を落とす。俺は、親父からザラに宛てた手紙を、ザラから親父に宛てた手紙を、デモステネスの弁論集を、手に取ってみる。そのどれもが、俺になにかを証言してくれるものばかりだ。

　いま俺は、親父の人生という題材を親父の遺産としてもらい、実際にその題材で本を書きはじめ、親父に対して審判を下そうとしている。だがそれができるのも実は、以前からそうした古い資料を集め、それらを整理するという作業を続けてきていたからこそのことなのだ。つまり俺はずっと、過去と向き合い続けてきたわけだ。二、三年前の過去と、半世紀前の過去という二つの過去に。そうして今ようやく俺は、一つひとつの出来事について、本当はどういうことだったのかというその全体像が、ぼんやりとではあるが見えてきたような気がしている。と同時に、しみじみ思ってもいる。それぞれの出来事が持つ意味、あるいは真実というのは、自分から探し求めて初めてわかるものなのだ、と。

親父について書こうと思い立ってから、俺は嫌でも、親父が師と仰いでいた人物たちの著作に目を通さざるを得なくなっている。実を言うと、俺はこれまでは、そうした書物をまったくといっていいほど読んだことがなかったのだ。まずは、デモステネスとキケロ。この二人の著作については、俺の読むべき本のリストに入るのは当たり前、というかほとんどお約束のようなものであった。ユリウス・カエサルの著作もまた、リスト入りは至極当然であった。俺にとっては、それらの本もまた、証言者としての役目を果たしてくれるものであり、しかも、どの本にも親父自身の手で書き込みがなされていることから、俺の持っている一連の資料の中でも貴重な部類に入るものといえよう。ただし問題なのは、俺の能力では親父の書き込みの意味が理解できないということだ。たとえば、ブルトゥスの演説の脇に親父の字で、〝動詞から名詞へ？　これで君の負けだ〟と書かれてある。それはいったいどういう意味なのか。俺にはさっぱりわからない。というわけで俺はむしろ、出来事の一つひとつに向き合っているときの方が心安らかでいられる。ことに死、人生においてもっとも濃密で重大な出来事である死は、異なった解釈、あるいは相対的な見方とやらによってその事実が貶められる、もしくはなかったことにされるといったような可能性が少ない分だけより安心感をもたらしてくれる。この世の決まりでは、死は地上で起こるどんなことよりも確実な事実、そこが人生の最終結果、ということになっている。たぶん、それだからこそよけいに俺たちは、自分のことか他人のことかにかかわらず、死者本人が死後に実際とは違う人間のように周囲から思われるのが我慢ならないのであろう。伝記や回顧録が多く書かれているのも、そのあたりに原因があるのかもしれない。言ってみれば伝記も回顧録も、ある人間をミイラ化して永久保存するための一つの手段。しかも、安上がりで、誰にでも実行可能な手段なのだ。

俺の親父を、まさにそのミイラ化するための作業は、一九九一年十二月二十三日をもって開始することが可能になった。十二月二十三日。親父が事故を起こして亡くなった日だ。

俺はその日、親父が事故を起こしたとされている時刻辺りは自分の家にいて、いい気分でゆったりとくつろぎガールフレンドのTとベッドに入っていた。Tとは、俺が十五歳のときからのつきあいで、当時、Tはまだ十二歳だった。今でもTとは二、三か月に一度は会っている。会うと必ずベッドを共にし、一緒に映画を見る。Tは旦那持ちだ。結婚生活についても、俺の目からは、それほどの不満があるようには見受けられない。それでもTは会うたびに、二人ともっと別の生き方を選んでいたとしたら一緒になることもできただろうし本当はそうしたかったと決まって口にし、俺も内心では、同じことを思っている。だが実を言うと俺は、いまだにTのことをつい、昔のままの小さな女の子として見てしまう。Tにもそのことはわかっているはずだ。そんな俺たちの心の中にあるのは一種の性的倒錯への願望。たぶん、それだからこそ俺もTもよけいに、密会の数時間をみだらな欲望に身を任せようとするのだろう。二人は触れ合いベッドを共にし、映画を見て、時にはそのあともういちど愛し合うこともある。だがいつもというわけではない。すべてが終わるとTはシャワーを浴びドライヤーで髪を乾かす。ドライヤーは、俺がTのために買っておいたものでT以外に使うものはいない。そしてTは家に戻って行く。

あの晩……、親父が事故を起こしたまさにその瞬間というのは、俺は何をやっていたのだろう。Tとのいつもの過ごし方から計算してみて、一緒に映画を見ていた、というのがいちばん可能性としては高いと思う。場面で言えばちょうど、主演のマーロン・ブランドが果樹園の真ん中で孫の目前で心筋梗塞を起こすあたりか。それとも、もしかしたらすでに映画は終わっていて、親父の事故は、俺が自分の唇でTの唇を、分厚くていつもひんやりしている唇を探していたその最中のことだったのかもしれない。とにかくどちらかには違いないのだろうが、それでもときどきふと、考えてしまうことがある。もしかしたら、親父に貸していた俺の車とエクスプレソ・ボリバリアーノ社のバスとが、メデジンとラス・パルマスを結ぶ高速道路の、メデジンからわずか数キロの地点で衝突し、両方ともが崖から転落したまさにそのとき、俺の家ではTがいつものように俺の上に馬乗りになり上下運動にいそしんでいたのではなかったのか、と。後で知ったことだが、バスを運転していたのはルイス・ハビエル・ベリージャという名の者だったらしい。親父の車の方はメデジンから出発したばかりで、バスの方はもう少しでメデジンに到着するところだった。あの事故で生き残ったのは五人。なぜ、親父はその五人に入らなかったのだろう。大手術から生還した親父がなぜ事故で死ななければならなかったのか。俺はずっとそう思っているし、おそらくこれからもその思いが消えることはないだろう。

親父の事故の一報を受けた瞬間、間髪を入れずに俺の頭の中に疑問、問いが湧いてきた。ラス・パルマスに向かう道路？　ということは、親父はメデジンから戻る途中だったということか？　でもいったいなんのために？　あの道路はとにかく危ないともっぱらの噂になっているのをまさか知らなかったわけでもないだろうに、なぜ日が落ちてから運転するような真似をしたのだ？　もし何かの理由で帰ってこなければならなかったにしても、どうしてアンヘリーナに運転を任せなかったのだ？

まさに、親父が言うところのブーメランの問い、というやつだ。もしあのとき俺の傍に雄弁術の教授であった親父がいたとしたら、答えを知るのが怖いときにはあえて問いかけはしないのが鉄則だぞ、と俺を叱ったに違いない。だがそんな鉄則など、そのときの俺はすっかり忘れきっていた。

あの日、ザラからの電話で親父の事故のニュースを知り、それとほぼ同時に俺の頭は、怒濤のごとくに押し寄せてくる疑問の波に晒されることになった。疑問の波は、何の前触れもなくやってきた。まずは、客観的な、というか、事故の起きた状況についての疑問。ついで、いったい誰が悪いのかという事故の責任に関わる疑問。

ザラは、電話の向こうで親父の事故について説明していた。というより、新聞に載った事故の記事を一語一語、読み上げていた。だがザラの言葉は頭の中を素通りしていくばかりで、俺は、コロンビアでは毎日のように耳にする誰か知らない人の死亡事故や事件のニュースを聞いてでもいるような気がしてならず、ああ、それは気の毒だったなと、ただそう思っていた。

ザラは記事を最後まで読み上げると、すぐに言った。

「お父さんの名前が死亡者リストに載っているのよ」

「そんなはずないよ」俺は、ナイトテーブルの横に立ったままで答えた。

「だって親父はメデジンにいるんだよ。戻って来るのは一月になってからのはずだ」

「ううん。車のナンバーも書いてあるわ、ガブリエル。それにお父さんの名前も載っている」

ザラは、泣いてはいなかった。それでも、その鼻にかかった、ざらざらした声は明らかに、ほんの少し前まで泣いていた人のそれだった。

「私だって、このニュースが何かの間違いであってほしいと思うわよ。こんなことをあなたに伝えなくてはならないなんて、本当にたまらないわ」

「あの人は？　父さんと一緒にいたの？」

「わからない」

「もしあの人の名前がリストになかったのだとしたら、やっぱり、事故を起こしたのは父さんじゃないよ。誰か別の人だよ」

「ううん、お父さんよ。私だって信じたくはないけれど」

俺は、左手に、カリブ海をバックにしたトリック写真と我がコロンビアという文字とがプリントされた白いTシャツを、右手には、旅行用のアイロンを持っていた。アイロンは握りこぶしぐらいの大きさで、サナンドレシートの家電製品の店で安売りしていたものだ。ザラから電話がかかってきたとき、俺はちょうどTシャツにアイロンをかけ終わったばかりで、コンセントはすでに抜いてあった。

電話を切ってから、放心状態のまま俺は、くしゃくしゃのシーツの上に腰をおろした。と、なぜか手に持ったアイロンを膝に置いてしまった。強い痛みが走り、皮膚が赤く染まった。

だがとにかく着替えなくてはならない。俺は、相変わらず心の中で、親父が事故を起こすなんてことはあるはずないじゃないか、と繰り返しながら、頭がふらつくような感覚に襲われたまま、服を着て、タクシーを呼んだ。ズボンをめくってみた。アイロンが触れたところには、薄めた牛乳のような色の、卵形の水ぶくれができていた。

タクシー会社のオペレーターは、俺に二つの数字を伝えてきていた。一つは受付番号、もう一つは、俺が乗るタクシーの識別番号。ボゴタにおいては、そうしたシステムをタクシー会社が採用しているのはごく一般的なことで、それはむろん、運転手と客の双方の安全対策の為である。しかし実のところ、それで果たして強盗が防げるのかといえば、よほどのお人よしでもない限り、防げるとは誰も信じてはいないのである。

俺とてもちろん、タクシー会社から告げられた二つの数字がいかに大切なものかは、十分にわかってはいた。だが……、俺は親父を永遠に失ったばかりであったのだ。相変わらずアイロンで火傷《やけど》をした跡が痛くてたまらなかった。そして俺には、その痛みがまるで親父が死んだ証《あかし》のように感じられてならず、〝ほら、やっぱり親父は死んだのだ。二つの体、親父の体と愛人の体もおそらくは、この俺と同じように火傷を負ったに違いない。火に焼かれ体がただの袋に、白濁した水でパンパンに膨らんだ袋になってしまったに違いない〟と、ひたすらそのことばかりを思いつづけていたのである。

タクシーに乗り込んだ。運転手が例の二つの番号を聞いてきた。だが答えることができない。そのとき初めて俺は、自分がそれらの数字をまったく覚えていないことに気づいたのである。

「受付番号は？」運転手が言った。

「受付番号をお願いします」と運転手が繰り返し、同時に、その汗まみれの口髭も小ずるそうな目もまた、同じことを俺に向かって言ってきていた。

とつぜん、嫌な予感を覚えた。呼吸が苦しくなり、頭の中が真っ白になった。脚の火傷の激しい痛みはいっこうに引く気配もなく、おまけに、人生からとつぜん親父を奪われ、しかも親父が死んだこと以外には何もその事情がわからないという状況のなかで俺は、パニックの発作に襲われかけていた。

タクシーから降りて外に出た。降りしなに運転手に、申し訳ないが少しだけ待っていてくれないかと声をかけた。ところが、聞こえなかったのか、俺が歩道に身を横たえたとたん、運転手はエンジンをかけ車を発進させた。脇の塀に視線を這わせた。塀の上に置かれたゼラニウムの鉢。俺は、それに目をやりながら、当然にもと言うべきか、ごく自然に思っていたのだ。たしか、ラス・パルマス方面への道路をメデジンまで下って行く道沿いでも、民家という民家の壁がこうしてゼラニウムで飾られていたはずだな、と。その光景を思い浮かべてみた。すると急に、むかむかしたものが込み上げてきた。俺は、塀のところにひざまずき錆色《さびいろ》の液を吐いた。液は何の臭いもなく、量もわずかだった。その日は朝から何も口にしてはいなかったのだ。

吐くだけ吐き、萎えたようになっていた足がなんとか俺の体を支えられるぐらいまで回復すると、すぐに身を起こした。それは、〝今の俺にとっては、この状況を自分の足で立ったまま耐えることこそが最低限の誇りを保つことになる。それをすることで、このあとの葬儀までの時間を乗り切る自信が持てるはずだ〟と、そう思ったからだ。一瞬、周りの建物が窓も一緒にそっくりそのまま頭上に倒れ込んでくるかのような錯覚に襲われた。身につけている服さえも重く感じられてならず、服で胸が圧迫されているような気さえしていた。それはまさに、過酷な現実そのもの。俺は、のろのろ立ち上がった。

親父の葬儀については一週間後に行なうと決まり、準備段階での必要なあれこれはすべて、ザラが俺に代わって引き受けてくれていた。

ザラが人情に篤《あつ》く、俺よりもよほど決断力がある人間だというのは、それまでも俺が常々思っていたことではあったのだが、実際にもザラはそうした俺の評価を裏切ることなく、親父の葬儀までの約一週間にわたって、プロの葬儀屋といっても通るほどの決断力と手際のよさで準備を進めながらもそのいっぽうで、プロの葬儀屋がいつのまにか失ってしまったこまやかな心遣いというものを決して忘れることはなかったのである。

そんなさなか、ザラの息子が電話をかけてきた。

「自分の父親の葬儀なのになぜあなたがご自分でやらないのです？」

電話の向こうの声が言った。

「うちの母が赤の他人の葬儀の面倒を見なければならないなんて、絶対におかしいですよ」

一種の焼きもちだと、俺は感じていた。だが、息子のその気持ちもわからないではなかった。たしかに、自分の母親が父親の葬儀のときの倍の熱心さで他人の葬儀の世話をしていたとなれば、それは誰だって心から大喜びというわけにはいかなかったであろう。

ところがザラは、息子のそうした言葉を気にするふうもなく、ただひたすら、やらなければならないことをこなしつづけていたのである。

死亡広告の手配をしてくれたのもザラだ。ザラは、広告のための文面を考え、それを、ボゴタで発行されている新聞のうちの主な二紙に掲載してくれるよう依頼した。俺も含めて、ボゴタ市民はたいてい、朝にまずこの二紙を開き、一日を通して自分が出席すべき葬儀があるかどうかを確かめるのを日々の習慣としている。

それなのにザラは、自分が書いたその文面に肝心の自分の名前を入れようとはしなかった。俺はもちろん最初から、喪主のところには僕の名前と一緒にザラおばさんの名前も入れといてよ、と言いつづけていた。しかしザラは、私はいいから、と言うばかりで、俺が、なんで？　と聞いても、自分でもよくわからないけれどなんとなく嫌なの、と答えるばかりであった。

というわけで、死亡広告は、〝ガブリエル・サントーロ〟という文面とあいなった。

同じ名前に同じ苗字が二度も繰り返されている死亡広告。それは結果的には、なんとはなしのみじめさというか、もの悲しさを俺たちにもたらすこととなった。というのも、葬儀の参列者の中には、亡くなった親父が息子の俺と同じ名前とは知らなかった人も大勢いて、そうした人たちには、同じ名前が繰り返されていることを、まるで単なる印刷ミスであるかのように受け止められてしまったからだ。

ザラは何度も俺に謝った。

「喪主のあなたの名前、本当はお母さんの方の苗字もちゃんと書いておけばよかったのよね。この国ではみんな、そうしているものね。でも、父方と母方の苗字を二つ続けるのは何となく変な感じがするっていつも思っているものだからつい、二つ目の方は書かずに済ませてしまったの」

確かに、ザラの言った通り、もしも俺の名前にも親父の名前にもそれぞれ母方の苗字が入れられていれば、参列者らに余計な誤解を与えることもなかったであろう。だがザラが悪いわけではない。いや、たとえザラに非があったとしても、だ。この俺にどうしてザラを責めることなどできたというのであろうか。

ザラはまた、あの葬儀の一連の準備作業のさなかに、そうしたこととは別の、もっと世俗的な手続きについてさえも、俺に代わって引き受けてくれていた。

ことのきっかけとなったのは、俺がザラにふと漏らした一言だった。

「これからずっと、父さんの墓を訪ねたりあれこれ行事をやったり道端で花束を買ったりするたびに辛い思いをしなければならないのかって考えると、僕としては火葬の方がいいような気がする」と、俺はザラに言った。というより、つい口から出てしまったのだ。するとザラはすぐに、ハルディネス・デ・パス墓地の管理者らと交渉を始め、最終的には、墓地側に対し、埋葬場所をもともと親父が所有していた土葬用の区画から火葬専用の区画へと変更することを認めさせたのである。

そうした交渉ごとというのはまさに俗事、荘厳とか厳粛とか神への祈りといった類のことからはほど遠いものである。しかし逆に、それだからこそ、引き受ける方の身になればそれほど辛い作業もないのではないだろうか。

ついでながら、昔親父が俺に預けた、親父の埋葬権利書である墓地埋葬区画の所有証明カードはそのときもまだ、俺の財布にしまわれたままになっていた。巷ではよく、最初のガールフレンドの電話番号を書きとめた紙をくしゃくしゃになっても持ちつづけているという話を聞くが、俺の場合は、持ちつづけているのはガールフレンドの電話番号ではなく親父の墓地の所有証明カードだった、というわけだ。

葬儀が行なわれたのは、親父が亡くなった週の次の週の木曜日だった。ミサはクリスト・レイ教会に頼んだ。日の入らない薄暗い教会で、ミサもまた、ありがたみを感じさせないミサとしてはそれに並ぶものがないのではないかというほどにひどい内容のものであった。どこからどこまでもバカバカしい限りのミサ。ただそれでも、参列者の中には、神父の言葉に悲しみが癒されたような表情を顔に浮かべている者たちもいたのである。

ミサは、「われらの兄弟」という言葉で始まった。と、そこで一瞬間が空き、神父は手元の紙にチラリと視線を落としながら、ふたたび口を開いた。

「われらの兄弟、ガブリエル・サントーロさんは天に召されましたが、これからも私たちの中で生きつづけられます。そして私たちは、キリストの愛と、どこまでも深く、永遠に変わることのないキリストの慈悲のおかげで、天国のガブリエル・サントーロさんのなかで生きつづけるのです」

これは後になって知ったことだが、神父はミサが始まる前に俺のことを探していたのだそうだ。親父についてのあれこれを聞くつもりでいたのだろう。しかしけっきょくそのときも、俺に代わってザラが神父の相手をしてくれた。

「神父さまはね、黒い革の表紙のメモ帳を手に持ってやっていらしたの」とザラは言った。

「それも、ほら、新聞記者の人たちってよく、前もってメモ帳を開いておいて一方の手にペンを握って、すぐにでもメモできるように準備しているじゃない？　ちょうどあんなふうだったわ。故人はどんな方だったのですか、と神父さまに聞かれたから私は、愛情深くて、家族思いで慈悲の心を持った人でした、とお答えしたの。そういうときにはね、星座占いでよく言われているような星座ごとの性格、それをそのまま言っておけばいいのよ。神父さまは、私が言ったことをメモ帳に書き留めると、私の手を握って、聖具室の方に戻って行かれたわ」

神父の声が、マイクを通じて聞こえていた。

「……私たちの友人であったガブリエルさんはいつも愛情深く家族思いでありました。また、ガブリエルさんがご家族に深い愛情を注いでいらしたことを、広い慈悲のお心をもってご家族だけでなく周りのすべての方たちのために生きていらしたことを、私たちはよく知っております。ガブリエルさんは今、主により、その聖なる地へと召されたのです」

会葬者の頭がいっせいに頷き、誰もが神父の言葉に賛同の意を示した。確かに故人はとてもいい人だった、と。

神父の言葉は続いた。

「今日は皆さん、なぜこの教会においでになられたのでしょう。それは、私たちの兄弟ガブリエルさんをしのぶためであると同時に、故人が私たち一人一人の中に残したものをどうすれば風化させずに記憶に留めておくことができるのかを自分たちに問うためではないでしょうか。我々の失ったものの大きさを考え、復活の喜びを……」

　親父が俺たち一人一人の中に残したものをどうすれば風化させずに記憶に留めておくことができるのか、だって？　俺は思わず、神父の顔を見やった。神父が大勢の前で口にしたその問いとは、まさに俺がそれまで、自分の心の中で何度となく繰り返してきていたものでもあった。しかも俺の場合は、親父がもうこの世にいないと知って以降のことだけでなく、そのはるか前からずっとそれを、自分に問いつづけてきていたのだ。

　俺は、まるで心の中に土足で踏み込まれたかのような不快感を神父の言葉に覚えずにはいられなかった。

〝しかし本当のところ、親父は俺に何を残してくれたのだろう？〟

　ふとその疑問が頭に浮かんだ。と、次の瞬間に思ったのは、親父から受け継いだものなどこの名前と声を別にすれば何もありはしない、ということだった。ところが、気づくと俺は、こんなふうに考えはじめていた。〝いろいろ思いめぐらせてみると、俺の人生と親父の人生とではそうたいして違いがないような気がする。もしかしたら、俺の人生は単に親父の人生の延長線上にあるもの、いや、ある意味、俺の人生は親父の人生のおまけなのではないだろうか〟と。

　ミサが終わると、親父の元同僚三人と俺とで棺《ひつぎ》を担いで、教会の出入り口まで運んだ。窓の類が一つもついていない棺。そういうタイプのものにするというのもまた、ザラと俺とが相談して決めたことだった。

　出口に着くと、喪服を身につけた男たちの一団が待ち構えていた。ひらひらと無数の紙が舞い、俺たち担ぎ手はいったん棺を金色の台座の上に置いた。男の声で弔辞が始まった。その男の手、弔辞の紙を持った手には指輪がはめられていた。それも、一本の指だけではなく、三本もの指に。俺自身には面識がなかったのだが、男はボゴタ市役所のスポークスマンだった。スポークスマンは、弔辞を一行読み終わるごとに靴の踵を地面から数センチ浮き上がらせていた。おそらくあの場にいた者たちはみな、〝あれはもしかしたら、聴衆をもっとよく見ようと爪先立ちをしているのだろうか？〟と、そう思っていたに違いない。

ご会葬者のみな様、ご同胞のみな様

ガブリエル・サントーロさん、我が国の著名人であり思想家であり、教授であり私たちの友人であったサントーロさんは、お年こそ召されていらっしゃいましたが、公正さ、誠実さの象徴のような方であられました。また、市民の旗印、人々にとっての良きお手本となってもおられました。そしてそれは、サントーロさんがどんなときでも純粋で崇高な愛国心を持ちつづけていらしたからであり、道徳的にも非の打ちどころのない、人格、ご気性ともにご立派な方でいらっしゃったからであります。また、サントーロさんが、ご自分の思想をひたすら信じ、それに愛着を持ちつづけ、自分のやるべきことについては妥協せず完璧にやり遂げていらしたからであり、人間関係においては周囲の人たちに対して常に嘘偽りのない愛情を注いでいらしたからでもあります。

サントーロさんは、サンタ・フェ・デ・ボゴタでお生まれになりました。ボゴタは、名家が多く集まっている地であります。お育ちになったのは、ご先祖代々の地であるソガモソ。いわばソガモソはサントーロさんにとって、初めて知と出会い知をはぐくんだ場所、ということになるでしょう。まずはご家庭で、キリスト教徒としての徳を重んじるご家庭でサントーロさんは、政治、科学、文化的な基礎知識を身につけられ、さらにはソガモソの、確固たる信念を持ち健全な理念を実践するその社会の中で、学問をさらに磨かれ、たぐいまれな熱心さで高みを目指されました。

サントーロさんの知性においては、中心となるもの、原動力、あるいは牽引する役目を果たしていたもの、それが宗教であり理念でありました。サントーロさんの知性というのは、偉大なことに、常に先を、未来を見通す力を持ったものでありました。また言うまでもないことではありますが、ご自身の熱い信仰心によりサントーロさんのお心は、限りなく神のお近くにありました。

神を敬う心、知性、お心の穏やかさ、こうしたことはすべて、サントーロさんが神に選ばれた方、教養にあふれた素晴らしい方であったことの何よりの証なのであります。

ソガモソでのサントーロさんは、魂の不滅性の香気と共に気高い空気を胸に吸い込み、神聖で愛国的な閃《ひらめ》きをその身に得ながら、若さの喜びとともに、学校に通われていらっしゃいました。がっしりしたお体つきであったサントーロさんですが、母校のお教室でのお姿については優雅でかつ毅然としたものだったと、お聞きしております。若き日のサントーロさんにとっては、ご自分が通われていた学校は、腹黒い目論見《もくろみ》や人心を惑わす予言ばかりが渦巻くこの時代に、自らの行くべき道を照らしてくれる灯台のような存在だったのではないでしょうか。

思いやりがあり礼儀正しく勤勉で、よき人間であればこその威厳をお持ちだったガブリエル・サントーロさん。サントーロさんは、永遠の哲学に信仰を捧げていらっしゃいました。偉大な雄弁家としての落ち着いたお振る舞い、先に立つ者としての確かな視線。サントーロさんは、自らの視線を常に、愛する祖国の将来へと向けておられたのです。今、我々ボゴタ市民は、その優れた足跡に敬意を表し、ガブリエル・サントーロさんのお名前を、我が国の著名人の物故者リストにお入れすることといたします。

サントーロさんは、〝優れた法律家〟として広く世に認められるようになってからは、常に嵐の中の先導役を担われておられました。次の世代を担う者たちを、誠実に職務にあたりはっきりと自らの考えを示すことのできるような若者たちを育てることと、同時に、私たちの一番の宝であるスペイン語を、我々が毎日、敬愛の念を込めて口にしているスペイン語を広めていくことを通じて、我々を導いてくださっていました。

サントーロさんは、こうした数々のご業績により、我が国の年代記にその名を刻まれようとしております。といいますのも、実は、我らが祖国は、サントーロさんを失うというこの深い悲しみのなかでサントーロさんの業績を称え、ガブリエル・サントーロ博士に市民栄誉勲賞を授与する準備を進めているところであります。まもなく、公式な発表が行なわれ、法律にのっとり手続きが進められることになるでしょう。

著名な師であり共和国の英雄であるガブリエル・サントーロ博士、どうか安らかにお眠りください。天空は、三色国旗をはためかせ、祝福と喜びに沸き、雄弁家を、サントーロさんを、迎え入れようとしています。サントーロさんに永遠の光を。

サンタ・フェ・デ・ボゴタ。一九九一年十二月二十六日

演説が終わったとたんに、棺が霊柩車の赤紫色の絨毯の上を滑るように奥へと吸い込まれていき、運転手がドアを閉めた。

それにしても、あのときの運転手の視線の外し方は実に見事だったと思う。俺がいくら視線を向けても、運転手の方はそれを巧みにかわし、俺とは決して目を合わせようとはしなかったのである。

会葬者らが動きはじめ、俺の方に向かってきた。誰もが、このたびはとんだことで、と口の中で言い、黒い袖口から突き出した手を大きく広げて俺の方に差し伸ばしてきた。ご愁傷さまでした。お気の毒に。お力を落とさずに。どれもが、葬式の場面でのお決まりのセリフ。だが正直、俺にはそうした言葉の一つひとつに心を向ける余裕もなく、今思い返してみても、あのとき誰に何を言われたのかまったく思い出すことができない。

ただ一つ、はっきり覚えていることがある。それは、会葬者らが握手を求めてきても俺はその手を握り返そうとはしなかった、ということだ。右手にはまだ、親父の重さ、親父の棺の重さが生々しく残っていて、だからこそ俺はあのとき、〝棺の銅製の取っ手の部分が手のひらに食い込むこの感触をせめてあと何分間かは消さずに残しておきたい〟と、そう思わずにいられなかったのだ。

墓地内にある火葬場で、親父の棺が窯に入れられたその瞬間に俺が脳裏に思い浮かべていたこと。それは、棺の取っ手のことと、霊柩車の絨毯のことであった。

脳というのは実に不可解なものだ。重圧がかかると、少しでも関連のあるものとものとを結びつけてしまおうとする。今にして思えば、あの焼き場の窯のドアも銅製、親父の棺の取っ手も銅製、であったのだ。

しかし、あの火葬場の中のなんと暑かったことか。献花された花々もその腐った臭いも、棺に掛けられた白いテープもそれらに描かれた金色の文字も、すべてが暑さに埋もれてしまっていた。だがそうかと言って、火葬場の外の、葬儀場の駐車場の方が少しは涼しかったのかというと、そんなことはない。駐車場にいればいたで、容赦ない太陽の熱が俺の厚手の上着を直撃し、俺の首は汗まみれになっていたのである。

そんな暑さごときどこが問題なのだ、と言われれば、確かにその通りだろう。しかしそれでも俺は、正直参っていた。そして暑さにうんざりしながら、死んだ親父のことを考えていた。

そのときだった。〝これから先もこうして親父のことばかり考えて生きていくに違いない〟と、なぜかふとそう思った。天涯孤独の文字が頭に浮かび、俺は、自分が一人きりになってしまったという事実を、改めて突きつけられたような気がしていた。

葬儀が始まる前、親父の火葬を申請する用紙に必要事項を記入していたときのことだ。死亡者氏名の欄に、親父の戸籍上の正式な名前を書き込んでいた。それまでの数十年の人生でも、親父の名を公の書類に書くというのは俺にとって初めての経験だった。気がつくと、手が震えていた。俺の手は、幼いときからガブリエル・サントーロと書き続け、その動きを覚えている。だがそれは常に俺の名前として書いていたのであって、親父のものとして書いていたわけではない。人は誰でも、自分の名前は自分を指すものと疑いもなく信じている。もちろん、そう信じるのは習慣の力、同じ名で呼びつづけられることでそれが自分の名だと思い込んでいるだけ、ということもあるのかもしれないが、とにかく俺は、ガブリエル・サントーロという名の主は俺自身だと、ずっと信じていた。しかし、親父の名前を書き込みながら俺は、俺の名前、ガブリエル・サントーロがだんだん自分のものではなくなっていくような感覚に襲われていた。そしてつい考えずにはいられなかったのだ。人が一生のうちにその身に経験する変化、というより経験せざるを得ない数々の変化のなかで、もっとも残酷な変化とはいったいどんなものなのだろうか、と。いや、たぶんそんなことを考えていたはずだと思うのだが、さて、どうだったろうか。

親父の、棺に納められたその体はすでに窯の扉の向こう側にあった。俺にはもはや、親父がいったいどんなふうになっているのか、事故でどういう損傷を負ったのかを知る手立ては残されてはいなかった。だが……、それまで親父がどういう状況で何が直接の原因で亡くなったのかを知ろうとしていなかったのは他の誰でもない、俺自身であったのだ。

〝おそらく事故の瞬間に首の骨を折ったのが親父の直接の死因に違いない〟から始まり俺は、〝あるいは窒息死か？　それとも、車体に押しつぶされた可能性もあるかもしれない。ニュースによれば、バスの女性客もひとり、車体の下敷きになって亡くなったはずだ〟など、親父に死をもたらした直接の原因に思いを巡らせていた。ふと、一つの可能性に思いが及んだ。〝いや、親父はあのとき、胸部の骨が折れたのではなかったのか？　親父の運転する車が山かバスか木の幹かに衝突したその衝撃で親父の体が前方に投げ出されて、瞬間的にシートベルトで体が押さえつけられたか、あるいはハンドルか計器盤に体が叩きつけられたかで肋骨が折れたのかもしれない〟と、そう考えついたそのとき、俺の脳裏にぐしゃぐしゃになった親父の肋骨の像が浮かんできた。

　親父が心臓の手術を受けるとき医者は、お父さんの肋骨が元通りになるには一年はかかりますよと、俺に言った。それを聞いたときも俺は、電動のこぎりで親父の体が切られている場面が頭に浮かんできてずいぶんと苦しく辛い思いをしたものだが、事故で肋骨がはげしく折れた親父のことを想像する苦しさ、辛さといったら、そんなものの比ではなかった。

　親父の体が、あと何分かの間に、溶けてなくなろうとしていた。

〝炉の中の熱でまずは洋服と皮膚が焼け、つぎに人間の組織の中でもやわらかい部分、目、舌、睾丸、手術のおかげで復活を遂げた心臓が焼けて、最後には親父の骨だけが残る。あの炉の中は何度ぐらいなのだろう？　すべてが終わり、修辞学の教授であった親父が灰になって骨壺に収められるまでにはどのくらいの時間がかかるのか？　手術で肋骨をつなぐのに使ったあのワイヤーも融けてしまうのだろうか？〟

　そんなことを考えていると、参列者たちが俺の方に寄ってきた。わずか数人だったが、みな、火葬場までわざわざ来てくれた人たちだった。それなのに俺はやはり、誰の手をも握り返すことができず、そういうときに返すべき感謝のセリフをすんなり口にすることもできずにいた。

　またたった。俺はそこでもまた、俺自身がいつも感じていること、誰に言われるまでもなく自分がいちばんよくわかっていること、すなわち、俺は人の死を悼むのに慣れてはおらず、それはなぜかといえば、悔やみの言葉を教えてくれる人も、悼み方の手本を見せてくれる人も俺にはいなかったからなのだ、ということを嫌というほど認識させられていたのである。

　女が一人、俺の方に歩いてきていた。〝あの人も、挨拶をしにやってくるのか？　どうせまた、慰めの言葉を並べ立てて大げさに俺の肩を抱き、お決まりの仕草で同情心を見せてくれるつもりなのだろう〟と、俺はぼんやりした視線を向けていた。女が一メートルほどのところまで近づいてきた。アンヘリーナ？　俺はようやく、それがアンヘリーナだと気づいた。ということは朝からずっと俺たちと一緒にいたはずなのに声もかけてこなかったのかと、改めてアンヘリーナに目をやると、どこかおどおどした様子で、人陰に隠れたがっているようにも見えた。アンヘリーナは葬儀になど来たくなかったのだと、俺はとっさにそう思っていた。そして同時に、もしかしたらアンヘリーナは、永遠に変わることのない事実、死んだ俺の親父の最後の恋人だったという事実を恥じているのではないかと、そんな気がしてならなかったのである。

　アンヘリーナは、黒いベールを頭から垂らしていた。ベドウィンが身につけるジェラバ〔モロッコに伝わる民族衣裳〕のようにゆったりと体を覆うベール。アンヘリーナの正体を隠すのにそのベールは、見事に役に立っていた。

　ベール越しに、化粧っ気のないアンヘリーナの顔が透けて見えていた。正直に言うが、俺もあのときは、ほんの一瞬だが、思ってしまったのだ。〝こんな顔を目の前にしたら、親父じゃなくても男だったら誰でも参るかもしれないな〟と。

「あなたのお父さんがあの事故で亡くなったというニュースが間違いでないとわかって、すぐにボゴタに戻ってきたの。事故のせいでクリスマスどころじゃなくなっちゃったわよ」

　アンヘリーナの言い方はどこかそっけなかった。しかし俺はむしろ、アンヘリーナがそうして自分自身を己の悲しみの感情から守ろうとしているのだろうと感じていた。

「でも大丈夫、新年のお祝いはちゃんとやる。ええ、そうするわ。お葬式が終わったらすぐにどこかに行くわ。こんなことと全然関係のない、できるだけ遠いところに行くわよ」

　そのアンヘリーナが、墓地を出るとき、俺に大事なことを思い出させてくれた。俺は親父のマンションの鍵を持っていなかったのだ。予備の鍵を持っていたのはアンヘリーナだった。

「あなただって、お父さんの形見は欲しいわよね」アンヘリーナが言った。「だけれど、もうこれでお互いに会う機会もないわね。というか、二人で会うなんてことはできっこないし。そうだ、なんなら、これからあなたと一緒にお父さんのマンションに行って、そこで鍵を返すというのはどうかしら」

アンヘリーナは一貫して、いかにもなだめすかすかのような口調で話していた。またそのことは、次の日、俺の誘いで親父のマンションにやってきて、上着やら指輪やら女性誌やら自分の持ち物をまとめていた最中でも変わらなかった。ついでに言うと、アンヘリーナのまとめた荷物の中には、親父とのデートを重ねていた六か月の間に二人が持ち帰り部屋の中に放っておいた大量の小袋入りサッカリンまでもが詰め込まれていた。

「ごめん、本当を言うと、今日は頭の中が混乱しているんだ」俺は答えた。「でも明日ならいい。明日なら、十分に時間がある」

そして俺たちは、そうすることにした。

次の日の昼過ぎ、俺とアンヘリーナは親父のマンションの玄関に立っていた。一緒に中に入り、腰を掛け、話をした。そのときの二人の雰囲気、会話の様子については、長い間離れ離れになっていた双子がようやく再会したときのそれのようだった、というのがいちばん相応しい表現のように思う。

親父のマンションの玄関は、二重に鍵がかけられていた。俺はそれを見た瞬間、ああ、親父はあの日確かに旅行に出かけたのだと、改めてその事実を突きつけられた気がしていた。

部屋の中に入った。そこにあったのもやはり、主《あるじ》が旅に出たことを無言で語りかけてくるかのような光景。カーテンは閉じられていて、洗い終わった皿が木製の水切りラックに入れられ、皿洗い機には汚れたままのコップが入っていた。親父がそれでオレンジジュースを飲んだのだろうというのは、すぐにわかった。誰だって、朝早くに家を出るときにはたいてい、途中で朝ごはんに何を食べようかと思いを巡らせながら一杯のオレンジジュースを飲むものだ。

俺は黄色の安楽椅子に腰を掛け、アンヘリーナの方は、両手でスカートのひだを延ばしてから、つまり、スカートの上から両手を尻から腿にかけて滑らせるように動かしひだを整えてから、食堂の椅子に座った。窓から差し込む柔らかな陽の光が、アンヘリーナの顔に格子状の影を作っていた。もちろんその顔はもう、ベールで覆われてはいなかった。表の四十九番通りから、車の走る音が聞こえてきた。と、部屋の天井が明るくなった。見上げると、車のサンルーフに跳ね返された太陽の光が、車の走行に合わせて動いていた。俺はその光を目で追いながら思わず、サーチライトの光が逃げていく捕虜を追いかけ、照らしだしている光景を思い浮かべていた。

「私はね、お願いだから行かないで、って、何度も頼んだのよ」アンヘリーナは言った。「でもあの人は、ぜんぜん聞いちゃいないという感じだった。だってあの時間よ。あんな遅い時間になんで行かなきゃならないのよ。しかもあの道路では、少なくとも三度、バスの事故が起きているわ。車道からバスが飛び出して転落する事故が。ええ、もちろん、そのことだって言ったわ。私はちゃんと言ったのに、あの人は聞く耳を持たなかったの」

アンヘリーナは硬い表情を崩さなかった。俺は、そのアンヘリーナの声に親父を非難するような響きが、いや、もっと言えば、悪いのは全部あなたのお父さん、というメッセージが込められているのを感じとっていた。

「三度、じゃないわね。それこそ、数えきれないぐらいたくさんのバスの事故が起きている。ついこの間も起きたわけだし。しかも全員が死んじゃったしね」

「いや、親父の事故では、全員が死んだわけじゃないよ」俺は言った。「知らなかったの？　生存者もいたんだ」

「新聞は見たくないの、苦しくてたまらなくなっちゃうから。でもいろいろな人がいろいろなことを教えてくれる。何でも喋ってくれるわよ、こちらが聞きたくないことでも。人間というのはどうしてこうも、相手のことを考えない生き物なのかしらね」

「たとえばどんなこと？」

「つまらないことよ」

「つまらないことって？」

「バスはヘッドランプを消したまま走っていて、点いていたのは上の方のオレンジ色のランプだけだった、とか。ねえ、それがなにを意味しているのかは、あなたにもわかるわよね？　どうせ、新聞の三面記事にでも出ていたんじゃないのかしら。バスの運転手の名前も顔も知らないけれど、その豚野郎のことは憎らしいわ。事故は多分、運転手のせいよ」

「そんなふうに言わないでくださいよ。誰の責任かなんてことは……、けっきょく、そうたいした問題じゃないような気がする」

「そうね、あなたにはどうでもいいことなのかもしれない。でも、たいていの人は知りたいと思うものなんじゃない？　それに、もしかしたらガブリエルのせいで事故が起きたのかもしれないじゃない」

「親父はいつだって高速道路を使っていた。家のようにでっかいトラックを運転していたこともある。親父のせいで事故が起きたなんてあり得ないよ」

「でっかいトラックって、どんなトラック？」

「トロコ社の」

「トロコって、どういう意味？」

　実を言うと俺はそのとき、アンヘリーナと話しをしながら、まるで血のつながった姉弟で会話を交わしてでもいるような気持ちになりはじめていたのだ。アンヘリーナも親父の人生すべてについて俺と同じぐらいによく知るべきだと、そんなふうにさえ感じるようになっていたのである。

「会社の名前だよ」俺は答えた。「意味なんてないさ。名前は名前、意味なんかない」

アンヘリーナは黙って考えていた。

「嘘よ」アンヘリーナは言った。「だって、ガブリエルというのは、神々を守る戦士のことじゃないの」

「そうなの？　じゃあ、アンヘリーナはどういう意味？」

「わからない。アンヘリーナはアンヘリーナよ」

アンヘリーナは目を閉じ、指で瞼を押さえた。目が疲れているときによくやる、あの仕草だ。

「事故は、あの人が出ていってからすぐだったのよ」アンヘリーナが言った。「でもだいたい、なんであんな時間に出ていかなきゃならないのよ。男ってみんなそう。頑固で、人の言うことなんて聞きやしない」

「で、あなたは？」

「私がなに？」

「なぜ事故のときに親父と一緒じゃなかったの？」

「ああ、そのこと」アンヘリーナが言った。しばらく間が開き、ふたたびアンヘリーナが口を開いた。

「だって……、私は行かなかったからよ」

「なぜ？」

「一緒に連れていってくれなかったの。自分の用事だから、と言って」

「どんな用事だったの？」

「お父さん自身のことだって言っていたわ」

「だから、どんな？」

「本当に知らないのよ」

アンヘリーナがムッとしているのが、俺にもわかった。だが同時に俺は、アンヘリーナがどこか不安げな様子を見せていることにも気づいていた。

「ねえ、もうそれ以上、いろいろ聞かないで。そういう人って、私、我慢できないのよね。いいこと、私はあの人のことには一切首を突っ込まなかったわ。まあ、もっともそれには、互いに相手のことをよく知らなかったから、ということもあったのだけれど」

「でも恋人だったじゃないの」

確かに、あの場面においてはその言葉を使うべきでなかったというのは、その通りである。だがそれはそれとして、いったいなぜアンヘリーナはあれほどまでにむきになって、俺が口にした恋人という言葉に反応したのだろう。

「恋人、恋人、なんていい響きなの」アンヘリーナは言った。

「夜のメロドラマに出てくるような恋人たちを想像しちゃうわ。ねえ、私とあの人みたいなのも恋人の中に入るのかしら。私たちって、恋人だったの？　恋人って、いいわよね。ほんと、二人が恋人だったらどんなにかよかったのに、と思うわよ。でもまあ、今となっては、恋人だったかどうかなんて何の意味もないけれど。そのことを気にしていたのはね、むしろ、私よりもあの人の方。いつもあの人、言っていたもの。俺たちっていったい何なのだろう、って」

「で、なんだったの？」

「信じられない！　あなたもお父さんと同じね。こういうときにはほら、なんて言うんだっけ？　カエルの子はカエル？　とにかく、私にはわからないわよ。私たち、ときどき一緒に寝たし、少しはお互いに好きあっていたとは思うけれど。たった六か月じゃあ、誰だって相手のことをとことん好きになるのは無理よ。私はあの人のことが好きだった、それは本当よ。でも結局……。ええ、これが人生なのよね、きっと。それにね、あなただってもういい大人なのだからわかると思うけれど、人って、誰かと寝る関係になったからといって、はいそれじゃ今日からその人と深く関わることにしましょう、というわけにはいかないのよ。ガブリエルが一人で行きたいって言うのにいったい私に何ができたっていうの？　したいようにさせるしかしょうがないじゃないの」

「でもあんな時間に？」

「だからなんなの。ええ、それは私だってついて行きたかったわよ。ついでにあの人と一緒に死んでしまえたらよかったのにね。ほんと、そうすれば、立派な愛の物語だったでしょうね。でもあの人は一人で行きたがったの。だもの、どうしようもないじゃないの」

「おまけに、旅行先がメデジンだったじゃないですか。あんなところでいったい何をやるつもりだったのだろう？　親父、あの街のことは好きじゃなかったはずなのに。というより嫌っていたんですよ」

「行ったこともなかったのに？」

「そうなんだけれど……、とにかく親父は、メデジンのことを嫌っていた」

「行ったこともない街を毛嫌いするなんて、バカみたい。ううん、行ったこともない街、じゃなくて、今はもう、行ったこともなかった街、って言わなくちゃいけないのよね」

アンヘリーナは泣いていた。声も立てずにただ、頬に涙を伝わせながら泣いていた。俺も、アンヘリーナが人差し指で目じりを押さえたそのあとに指先に着いたマスカラを黒のパンタロンで拭っているのを見なければ、泣いているとは気づかなかったであろう。

「ほんと、バカよ」アンヘリーナは言った。

もちろん俺とて、アンヘリーナが泣くのは別に不自然なことではないとわかってはいた。近しい者が亡くなれば誰だって、しばらくの間は毎日のように涙を流すものだ。この世のすべてが空しく感じられ、大切な人を失った激しい悲しみに打ちのめされて人は涙を流す。だがそれでも俺は、喚きも取り乱しもせず、ただ静かに涙を流すアンヘリーナを見ながら、この涙はどこかが違うと感じていた。そのときだった。アンヘリーナはなにか隠しているのではないのか？　初めてその疑問が脳裏をよぎった。と次の瞬間、俺の目には見えたのだ。〝親父がアンヘリーナを傷つけた〟という一文が、真っ暗な壁にネオンサインで書かれているのかと疑いたくなるほどに、はっきりと見えていた。〝アンヘリーナの涙の中にあるのは悲しみなどではない、恨み、だ。親父はアンヘリーナのことを傷つけたに違いない〟と、俺はほとんど確信していた。しかしそれでもまだ、本当にそうなのかと疑う気持ちが心の奥にあったのも事実だ。

「ところで、二人には何か将来の計画のようなものはあったの？」俺は聞いてみた。

アンヘリーナが俺を見た。というより、全身の中でそこだけが別の生き物のような二つの鋭い目が俺を見た。不信感でもあり敵意でもあるような、何とも形容しがたいものを含んだその視線。俺はつい、自分が悪い大人で、少女のアンヘリーナを騙そうとしているんじゃないかと、そんな錯覚に陥りそうになった。

「計画ってなんの？」

「たとえば将来は二人で暮らすとかさ。親父はあのままメデジンに残るつもりだったの？　親父はあんまり話してくれなかったから。二人でメデジンに行くというのも、突然、聞かされたんだ。それにそもそも、それまで僕は、あなたと親父がそんな関係になっていることさえも知らされていなかったし。親父は、メデジンに行ってアンヘリーナと一緒にクリスマス休暇を過ごすよ、としか言ってはくれなかった」

「当然だわ。だって私たち、クリスマスとお正月を向こうで過ごすこと以外は何も決めてはいなかったのですもの」

「で、その後のことは？」

「私の言ったこと、聞こえなかったのかしら。その後のことなんて何も話してはいないわ。ねえ、なぜそんなに次から次へと質問ばかりするの？　よかったら教えてくれるかしら」

「ごめん、アンへリーナ。僕はただ親父が……」

「なんで私が、あの人の頭の中のことまでわからなくちゃならないのよ。占い師でもあるまいし」

「わかっている、君が占い師だなんて誰も思っちゃいないさ。そうじゃなくて僕が言いたいのは……」

「じゃあ、今私が何を考えているのか言ってみなさいよ。あなたは偉いんでしょ。だったら、私が今何を考えているのかわかるはずよ」

〝それなら、言うけれど〟と、俺は答えた。ただし、心の中で。〝あなたは今、親父によっていかに自分が傷つけられたのかについて考えているのではないのですか？　世の中の人はみんな自分のことを傷つけようと狙っている、そんな人たちとは違うと信じていた男も結局は自分のことを傷つけて逝ってしまったと、そう思っているのではないのですか？〟

なぜ俺が、それをそのままアンへリーナに向かって言わなかったのか。理由はいろいろあるが、一つには、俺にはその自分の想像が正しいと証明するすべがなかったからということと、もう一つには、親父がアンへリーナを傷つけることになった事情というのがどうしても俺には想像がつかなかったからだ。

「だから、私が今なにを考えているのか当ててみなさいよ」

「わかりませんよ」

「当たり前だわ、わかるわけがないもの。でも、だったらなんで、あなたのお父さんがなにを考えていたのかが私にわかるはずだって思うのかしら？　それは私だって、もし人間にそんな能力があったとしたらさぞ便利だろうとは思うわよ。だって、周りの人が何を考えているのかがわかるなんて、夢のような話だもの。でもね、思わない？　他人の頭の中がわかってしまったら怖くて家から出られなくなってしまうかもしれない、って」

言い訳をしている、俺はとっさにそう感じた。何に対してか、あるいは誰に対してなのかについては確信を持つまでにはいたらなかったが、それでも、アンヘリーナが自分自身を弁護しようとしていることだけは俺にもはっきりわかった。だが俺は、何も言うまいと決めた。俺は割り切ることにしたのだ。〝親父とアンヘリーナの間にどんな言い争い、意見の衝突があったとしても、あるいは、もしも親父がアンヘリーナの恨みを買うようなことをしでかしたのだったとしても、すべては二人の問題。親父の死というよけいな出来事が降ってわいたおかげで二人の諍《いさか》いが中途半端なままで終わってしまったというのも、二人の問題。けっきょく俺が口出しすべきことではないのだ〟と。そして同時に、〝親父が死んだという事実の前にはその死が交通事故によるものだったというのはたいした問題ではないし、事故で死んだという事実の前にはどこで事故が起きたのか、事故の責任は誰にあるのかはたいした問題ではない〟と、そう考えることにしたのである。

その午後いっぱいかけてアンヘリーナは、親父のマンションに置いてあった自分の持ち物を、親父の人生と交わった痕跡を一つずつ、バッグに詰め込んでいった。もちろん、そうするというのは、アンヘリーナと俺とであらかじめ決めてあったことだ。

別れ際、アンヘリーナは俺に手を差し出してきた。しかし、手の握り具合がいかにもおざなりで、およそ熱のこもらない握手だった。今考えれば、あの握手はおそらく、アンヘリーナ自身が墓場で俺に向かって言ったこと、すなわち、〝もう私たちが会うことはないわね、だってどこを探したってそうする理由はないもの〟という自分の言葉を意識してのことだったかもしれない。

俺はアンヘリーナが、左腕に段ボール箱を抱えながら一段一段、階段を降りていくのを見送った。

その段ボール箱はもともと親父が新聞紙を入れておくのに使っていたもので、アンヘリーナがそれで荷造りをするのにまずは俺たち二人で箱から新聞紙を取り出し、そのあとでアンヘリーナが、箱に自分の持ち物を詰めていった。サッカリン、ジャケット、雑誌、野球帽、ヘアーリンスと海藻エキス入りのクリームと生理用品とでぱんぱんになったビニール袋。野球帽を箱に入れるときアンヘリーナは、「あなたのお父さん、私がこれを被っていたらすぐに取り上げてね、それからは被るのを許してくれなかったのよ」と、俺に言った。

俺は、アンヘリーナが門番にさよならを言う声を聞いてから部屋のドアを閉めた。

アンヘリーナが帰ってからも、一時間、いや、二時間だったか、俺はしばらく親父のマンションに残っていた。そのあいだ、俺は、木箱や戸棚、箪笥《たんす》の中を引っ掻き回し、ワイシャツを振るい、片端から本をぱらぱらとめくり、なにか入っていないかと調べて回っていた。言ってみれば、宝探しのときにやるようなことをすべてしていたわけだが、むろんそれは、宝物を見つけるためなどではない。むしろ危険回避のため。もし万が一、親父が大金やら高額な証券やらをこっそりどこかに隠していたとしたら、親父のマンションを処分しなければならなくなったときにその貯金や証券をゴミと一緒に捨ててしまうかもしれないし、誰かにむざむざ取られてしまうようなことにもなりかねないと、俺としてはそちらの方を心配してのことであった。

そうしてけっきょく見つけたのは、レオナルド・ファビオ〔アルゼンチンを代表する映画監督、シンガーソングライター（一九三八―二〇一一）〕のコンサートの古いチケットで、それは、封が開けられたコンドームの箱のすぐ隣に置かれてあった。チケットはすでに表面の文字が薄くなりかけてはいたが、それでもコンサートの日付は読み取ることができた。この日付の年ってちょうどお袋が亡くなった年じゃないのか？　そう気づいたとたん、俺はようやく合点がいった。実を言えば、コンサートのチケットを見つけたときからずっと、不思議でたまらなかったのだ。親父にとっては通俗的なバラードを聞くなど堪えがたい苦行のはずなのに、なぜその苦行に自ら進んで身を晒すような真似をしたのか、と。

　レコード盤を調べていたときのことだった。親父のレコードコレクションは、枚数こそ限られてはいたが、いかにも通好みといった感のものだった。しかしそれらをすべて聞いていたというわけでもないらしく、中には、手触りのよい紙製のジャケットに入れられたままで開けられた形跡のないものもあった。俺は一枚一枚、レコード盤を手に取りながら、〝この家ではカセットテープを見かけないな〟と思っていた。だがそれもまあ、カセットテープレコーダーそのものを持っていなかったのだから当然か、そう独りごちたその瞬間、不意にあることに思いが至ったのだ。〝親父が自分の手で書いたものなら手元に一つか二つは残ってはいるが、親父の声の記録はこの世界のどこにも残されてはいないではないか……〟と。初めてだった。俺はその時初めてもう二度と親父の声を聞くことはできないと気づいたのである。

　それから何日か後、俺は、ザラの家にいた。新年をザラと一緒に迎えるためにだ。そしてそのときもまた、俺は同じことに思いを巡らせていた。親父の声をもう二度と聞くことができないという、ほんの些細な、しかし悲しい事実。それをザラにも訴えてみた。

「父さんの記憶が僕の中から少しずつ消えて行ってしまう。ザラおばさんの声の方は十二本のテープにたっぷりと録音されているけれど、父さんの声は残ってはいない。こうしたちょっとしたことに気づくたびに、ああ、父さんはもういないのだと思い知らされていくんだよ」俺はそうザラに言った。

　あのときのザラは精いっぱいの思いやりを見せてくれたと、俺も思う。だがそのザラも、そんなことはないわよ、ときっぱり否定してはくれなかった。あなたもわかっていると思うけれど、いくら私でもどうにもできないのよ。ザラの顔はそう言っていた。

　部屋のテレビは点けっぱなしだった。

　俺たちは前もって新年の迎え方を決めていた。そしてその決めごとの通りに、葡萄《ぶどう》を食べたり乾杯をしたり黄色いパンツを履いたりという世間でやるようなことはあまりせずに、世界の各都市が新年を迎える様子をテレビで見ながら、一月一日が来るのを待っていた。

とつぜん画面が切り替わった。漆黒の空、それを覆い尽くすほどの花火。まるで綿あめのように、花火は幾重にも重なり合い、色鮮やかな光を放っていた。華やかなざわめきと、抱擁を交わす市民たちの姿。

デリー、モスクワ、パリ、マドリッド、ニューヨーク、ボゴタと、中継は進んでいった。どの街でも、主役を務めていたのは時計たち。テレビの画面には、それぞれの街の人々が、新年直前のその瞬間には何をさておいてもやるべきこと、すなわちカウントダウンを始める姿が写し出されていた。しかし、そのときの中継には、ドイツの都市はどこも含まれてはいなかった。俺は一瞬ザラに、ドイツあるいはベルギーかオーストリアに新年を共に祝い合いたいと思う人はいないのかと尋ねてみたい衝動に駆られた。〝もしコロンビアではなくドイツに暮らしていたとしたら、もしあのときコロンビアに移住せずともすんでいたとしたら、今ごろドイツで一緒にどんな新年を迎えていたのだろうとザラおばさんが思いを巡らせるような相手、たとえば親戚や友人はいないのか〟と。もちろん、別の人生を歩いていたらという仮定にたってものを考えるなどまさに禁断のお遊び、というのはその通りなのだろう。にもかかわらず俺はそのとき、ザラにその質問を投げかけるつもりで二言三言、喋りはじめていた。本当はそれに続けて「大晦日を一緒に過ごしてくれてありがとう。一人でいるなんてとても耐えられなかったよ」とザラに感謝の言葉を伝えようとも思っていたのだ。ところが、ザラが、俺の言葉を遮《さえぎ》るように俺の腕に手を置いた。その瞬間、時計が十二時を指し、新年が明けた。だがそれからが長かった。いまだに、あれほど長い大晦日の夜というのはほかには経験がない。ザラは、俺の腕に手を置いたまま言った。

「あなた、噂があるのを知っている？　今週発売のボゴタの雑誌、それに新聞にも載っていたのだけれど、アンヘリーナのことよ。どうやらアンヘリーナは、ある大手の雑誌から大金を受け取ったらしいの。インタビューに応じるという条件でね。それがどの雑誌かというのはまだ、伏せられたままのようだけれど。

ガブリエル・サントーロが世間で考えられていたような人間ではない、みたいなことを言うつもりらしいのよ。たぶん、〈ガブリエル・サントーロは、葬儀の際には参列者から口々に立派な人だったと褒め称えられ、近い将来には勲章も授与されることが決まっている。また同氏は、三十年以上にもわたって、弁護士としても雄弁家としても、その才能のゆえと、同時に高いモラルを実践してきたことによって社会のなかで一目置かれる存在となっていた。しかし真実のガブリエル・サントーロは、ペテン師、嘘つき、恋人としても不誠実そのものだったとアンヘリーナは語った〉みたいな暴露記事になるんじゃないのかしら。

でも、そんな記事が出てしまったとしたら、何もかもが変わってしまうわ。だから今、私の口からあなたに、大事なことを話しておいた方がいいと思うの。あなたには、アンヘリーナの記事なんか読んでほしくないの」

第二章　人生――ザラ・グーターマンによれば……

「一九四六年のクリスマスだったわ。いいえ、正確には二十四日ではなかったわね、その二、三日前。とにかく、四十五年前の今ごろよ。あなたも知っての通り、私には、いちいちなんとか記念日みたいなものを大切にするような趣味はないの。でもクリスマスとなると話は別。いくらなんでも、それがクリスマスの日の出来事だったとなればその日付は忘れようがないわよ。というか、毎年のクリスマスになにがあったのかは誰だって覚えているものでしょ？　私だってそれは同じだわ。まあ、確かに、我が家は普通の家とは違って、キリスト教のお祝いごとには関わりなく過ごしてはいたのだけれど、それでもクリスマスとなると母は、いろいろな行事にはとても積極的だったのよ。たぶん母の中には、新しい国とうまくやっていかなければという気持ちがあったのだと思う。新参者のコンプレックス、というか。きっと、郷に入っては郷に従え、みたいなこと言われていたのね。

とにかく、あの日のことは一秒だって忘れたことはないわ。ええ、忘れるはずがないじゃないの。あの日に何が起きたのか、自分がどんな服を着ていたのか、新聞にはどんな記事が載っていたのか。

なんでもちゃんと話せるわよ。

ただね、実を言うと私が覚えているのはあの日のことだけではないの。その前の日のことも、その次の日のことも、一か月前のことも、一か月後のこともすべて覚えている。つまりは、それだけ異常な時代だったということではないのかしら。それに、私があの頃のことをよく覚えているもう一つの理由としては、今自分は人生の変わり目にいるのだと実感しながら毎日を暮らしていたから、ということもあったのだと思う。あなたわかる？　それまでの人生が完全に変わってしまう瞬間を経験しなければならないというのは、本当に辛いものなのよ。それははっきり言える。

ほんと、あの日のあのときのことは今でもはっきりと覚えているわ。いつもいつも頭の中にあるの。そう、たとえば、もう千回もテレビで同じ映画を見ているのに自分ではテレビのスイッチを切ることができずにまたそれを見ているみたいな、とでも表現すればいいのかしら。このごろ、思うことがあるのよ。この映画を消すことができたらどんなにいいだろう、永遠に記憶から葬り去ってしまいたい、って。でも前はそうではなかった。ガブリエルのためにもずっと記憶にとどめておかなければいけないと信じていたの。

ガブリエルがすべてを忘れたがっているのは、私にもわかっていた。何があろうともあの映画の中から自分の存在を抹殺してしまおうと、ガブリエルは心にそう決めていたのよ。そんなガブリエルを見ていて、あるときふと思ったの。私がガブリエルのための記憶装置になろう、って。でも考えてみたら、自分以外の誰かの過去を記憶しておくなんて、まったくバカみたいな話よね。なのに、それからというもの、その考えが頭に住みついたまま離れなくなってしまって。記憶装置、メモリーというのかしら？　今の時代は、欲しいと思えばメモリーだってその辺でいくらでも買うことができるというのにね。少なくとも、うちの孫たちは買っているわ。タクシーをつかまえてコンピュータを売っている店に行ってメモリーを買っている。あなたもそうしているはずよ。私はね、コンピュータがどんものなのかさえも知らないの。習いたいとも思わない。それに、うちの場合は孫たちにも聞けないのよ。だって、コンピュータのことを聞いたりしようものなら、それだけでいらいらされてしまうないの。

とにかく私はずっと、ガブリエルのための記憶装置の役目を果たしてきたつもり。もちろんそうだとは誰にも打ち明けることはできなかったのだけれど。私はね、それについて覚えているということすら他人には言えないような記憶を、この頭の中にずっとしまい続けてきたの。ほんと、ひどい話よね。しかも、今だってたぶん、そのひどい話は続いているのよ。でもね、私があの頃のことについて誰にも話さないというのは、息子たちがそれを許さないからでもあるのよ。息子たちからは、あの時代になにがあったのか孫たちには喋ってくれるなって、そう言われているの。

その私の記憶について最近、思ったことがあるのよ。新しく気づいたこと、と言った方がいいのかしら。私はこれまでずっと昔の記憶は封印しておいてほしいという人たちのことばかりを気にして生きてきたわけだけれど、ふと、それって本当はすごくおかしなことではないのかって思ったの。だって、自分の記憶を封印することで、私の頭の中のこの映画が永遠にお蔵入りになってしまうわけでしょ？　ねぇ、ついこの間、チャップリンの映画のフィルムが見つかったというニュースが流れたの、あなた、覚えている？　そのフィルム、ずいぶん前に行方不明になってからずっと探されもしていなかったのよね？　あなたも、どこかでニュースを聞いたと思うけれど。つまり私が言いたいのは、このままでは私の記憶も、そのチャップリンの映画のフィルム、というのかしら？　それともテープ？　ともかくぐるぐる巻いてあるやつ、それと同じ運命を辿《たど》ることになってしまうのではないのか、ということなのよ。あるべき場所からその存在が消えてしまっているというのに、上映しようとする人もいないものだから消えていることにすら誰にも気づいてもらえないような、そんな映画のフィルム。もっともそういう映画なら、万が一、誰かの手で公開されたとしても、見にきてくれる人なんか一人もいないに決まっているけれど。

映画、そう映画よ。私たち、『人間の絆』を見にいったの。あの年、クリスマス前に映画館にかかっていたのよ。あの頃の映画俳優で私が好きだったのはポール・ヘンリード。でもみんなは、ポール・ヘンリードにちょっと怒っていたのよ。ほら、だって、『カサブランカ』ではイングリット・バーグマンを連れていってしまって、リックに渡さなかったじゃない？　リックって本当にカッコよかったから。

まあ、それはともかく、私とガブリエルは『人間の絆』を見にいったの。ガブリエルは面白くなかったと言っていたけれど。でも、あの人ならとうぜん、そう言うわよね。先に小説の方を読んでいたみたいだったし。作者は誰だったかしら？」

「サマセット・モーム、じゃない？」

「ええ、そうだった。ガブリエルは、小説を読んだときから面白くないと思っていたのですって。映画を見たのは十二月の初め。その一週間後に私は、同じ映画をもう一度見にいかないかとガブリエルを誘ったの。もう一度見てやっぱり面白くないと思うかどうか確かめてみましょう、と。ガブリエルも承知して、その日は二人で行くつもりにしていたのよ。そうしたら、知らせが届いたの。コンラート・デレッサーさんが自殺したという知らせが。コンラートさんというのはエンリケのお父さん。といっても、あなた、エンリケのこと、もしかしたら知らないのかしら？」

「知っているよ。エンリケ・デレッサーさんでしょ？　父さんの友達だった人。たしか、エンリケさんと父さんとは、ザラおばさんのホテルで知り合ったのではなかった？　エンリケ・デレッサーさんのことは、父さんが話してくれたよ。二、三回ぐらい、かな。僕が十二、三歳のときだったと思う。コンラートさんが亡くなったというのもいつだったか、父さんから聞いたよ。でも、それ以降はもう、ぜんぜんだ。父さんはエンリケさんの話をしなくなってしまった。本当にとつぜん、ぷっつりと。ほら、幼子イエスやサンタのことって、子供たちが大きくなると周りの大人たちはもう話題にしなくなるでしょ？　ちょうどそんな感じだったんだ。僕はなんだか父さんから、〝幼子イエスにしろ、サンタにしろ、そうしたことを子供たちが話すのは当然だが、大人になってもまだ信じている人がいるとしたらそれこそおかしいだろう？　エンリケのこともそれと一緒だよ〟と、そう言われたような気がしていた。だからエンリケさんは、いつのまにか僕の中で架空の人になってしまったんだ」

「そう。じゃあまずは、あなたがエンリケについてどんなことを知っているのか教えてくれる？」

「エンリケさんのお父さんは倒産したんだよね？　で、自殺したのでしょ？　睡眠薬を、強いお酒に火薬粉を混ぜたもので飲んで自殺したんだよね？　何錠飲んだのかまでは知らないけれど。でも、どこで自殺したのかは知っている。十二番通りと五番街との角にある安宿、というか、下宿屋さん。あれ、五番街じゃなくて六番街との角、だった？　あの辺を父さんと通ったときに教えてもらったよ。ここでエンリケの親父さんは自殺したんだ、って。よく覚えている。父さんの車で、五番街をルイス・アンヘル・アランゴ方面に向かう途中だった。本を買いに行ったんだ。ロンギヌスの『崇高について』と、ケネディの『ギリシャの説得術』。父さんが、この二つはお前の論文には〝絶対的に必要不可欠〟なものだって、そう言い張ったんだ。きっと父さん、僕の論文のテーマについてなにか勘違いしていたんだね」

「ねえ、ちょっと、すごいじゃないの。あなた、お父さんがそのときに読めと勧めてくれた本のタイトルをちゃんと覚えているのね。信じられない。素晴らしい記憶力ね！」

「そんなことないよ、ザラおばさん。誰だって読んだ本のタイトルぐらいは覚えているものさ。母さんが死んだときに僕が読んでいたのは、イアン・フレミングの『黄金の銃を持つ男』で、大学を卒業したときには、ガルシア＝マルケスの『戒厳令下チリ潜入記』。ララ・ボニージャ〔コロンビアの政治家・弁護士（一九四六―一九八四）。法相を務めていたときに麻薬王エスコバルの放った刺客によって暗殺される〕が暗殺されたときにはジョン・ハーシーの『ヒロシマ』。人は、どの事件が起こったときになんの本を読んでいたのかは、意外に覚えているものだよ。少なくとも僕はそう。ザラおばさんは？　おばさんは、おばさんにとって重大なことが起こったときにどんな本を読んでいたのかは覚えていないの？　たとえば、ご主人が亡くなったときには何を読んでいた？」

「覚えていないわ。でも、そうねぇ、闘牛のことは覚えている。主人が亡くなった日、向かいのあの闘牛場で試合があったのよ。闘牛士はペペ・カセレス。牛の角で突かれたの。それなのにカセレスは何ともなかったのよ。私はそれを、ここから見ていたわ。闘牛は好きではないのだけれど、そのときは見ていたの」

「じゃあ、なんの本を読んでいたのかは覚えていないの？」

「覚えていない。あなたと私とでは違うのよ、たぶん」

「そうなのかなぁ。ともかく、ロンギヌスとケネディだよ。父さんがコンラート・デレッサーさんのことを話してくれたあの日に僕が買ったのは、ロンギヌスとケネディの本だった」

「でも……、ガブリエルがあなたにエンリケやコンラートさんのことを話していたなんて、ぜんぜん知らなかった。なぜ私に、あなたに話したってことを言わなかったのだろう？　まあ、いいわ。とにかく、話を先に進めましょう。

　コンラートさんの自殺の知らせが届いたその日はちょうど週末で、ガブリエルはうちのホテルに泊まりに来ていたわ。私は、戦争が終わってからもうちのホテルで働いていて、おまけに前よりももっと責任を持たされるようになっていたの。スペイン語を話すことができるというので、いつの間にか父から、ホテルにとって欠かすことのできない戦力として頼りにされるようになっていたのよ。そうなの。私ってね、欠かすことのできない戦力だったのよ。ほんと、自分でも信じられないけれど。

　あのとき、あなたのお父さんと私は二十二歳。エンリケはもう少し上で、二十四か五。私たちからすると、エンリケはもう十分に大人、という感じだった。二十二歳、か。ねぇ、わかる？　今の時代、二十二という年齢で誰かにとって欠かすことのできない戦力になっている人なんて、いると思う？　うちの孫は確か今、その年よ。ちょうどじゃないかもしれないけれどだいたいそのくらい。あの子を見ているとつい思ってしまうの。〝二十二といえばあのときの私たちと一緒じゃないの。でも私たちはこんなに子供じゃなかったわよね〟って。あなたも知っていると思うけれど、あの時代は、二十二歳にもなればもう一人前として扱われていたものよ。立派な大人。ところが今は、三十歳になってもまだ子供のままだもの。あら、どうでもいいわよね、そんな話は。つまり私が言いたいのは、みんな、とても若かったということ。本当にまだ若かったのよ。それなのになぜあんな経験をしなくてはならなかったのだろう……。やっぱり世の中には、一定の年になるまでは経験をしない方がいいことってあるのかもしれない。人がなにか、ことに人生を左右するほどの大事ななにかを経験するのには、ある程度の年齢になっていることが必要なのではないのかしら。ずっと、考えてきたのよ、何年も何年も。なぜ私たちがあんな経験を、ってね。おかげで、今はもう、結論に辿り着きたいという気持ちは薄れてしまっている。むしろ、それについては誰の意見も聞きたくないというのが本音。だってそうでしょ？　予想外の答え、自分の思考の範疇にはなかったような答えが返ってきたとしたら、どうしたって自分の人生を振り返らなくてはならなくなってしまうもの。どんな人にだって、それまで自分が辿ってきた道についてあれこれ考えるのはもううんざり、というときが来るものよ。今の私がそう。人生を振り返るようなことはしたくないの。でも、たとえばガブリエルは、そうではなかった。ガブリエルは自分の人生についてもう一度考えてみようとしていたもの。そのことについてガブリエルのお相手はいったい、どう思っていたのかしら。私としては、自分の人生について改めて考えてみるなんて、そう簡単にできるようなことでもないと思うのだけれど。

あなただってもし、自分のこれまでの人生についていろいろ考えはじめたりしたら、そうそう平常心ではいられないはずよ。ほんと、過去のことなど振り返らずに心穏やかに暮らせせと、出生証明書に必ずその一文が明記されていればいいのにね。私たち人間が守るべき規則として。そうすれば、私たちだって、ばかばかしいことで時間を無駄にせずともすむようになるじゃないの」

「あの頃、あなたのお父さんはまだ学生で、法律の勉強をしていたわ。それでも、いろいろなことをやりくりして二週間に一度は、週末にボジャカまで通ってきていた。ただときどきバスに乗れないことがあってね、そんなときには私が、その日の宿泊客の名簿の中から誰か知った人を、さもなければ知り合いの知り合いを探し出して、ガブリエルに紹介してあげたわ。お父さんはね、そうした人たちに頼んで、ホテルまで乗せてきてもらっていたのよ。まあ、いってみればお父さんは、うちのお客さまたちの車をタクシー代わりに使っていたというわけね。でも私がやってあげたのは、電話番号を教えるところまで。あとはぜんぶお父さんが自分で交渉していたわ。相手の人に電話をして、あのドン・ファンのような甘い声で切々と窮状を訴えるの。するとどんな人でも最後には、お父さんの願いを聞き入れてくれるのよ。そういうところでは、ガブリエルには才能があったから。ガブリエルになにかを頼まれると、けっきょく誰一人、嫌とは言わなかったもの。でも、それはなにも、ガブリエルの喋り方がうまいということだけが理由ではなかったのだろうと思う。みんな、ガブリエルのことを信じていたのよ。あなたのお父さんを信用していたの。うちの父もそうだった。父ったら、ガブリエルのことは格安の料金で泊めてあげていたのよ。もしも全額払わなければならなかったとしたら、ガブリエルがうちのホテルにあんなに何日も居られたわけがないもの。泊まれたとしてもせいぜい年に三回がいいところだったのではないかしら。とにかくそうやってガブリエルはうちのホテルに通ってきていたの。いつも契約法や行政訴訟の教科書を持ってきていてね、日に数時間は勉強していたわ。たいていは午前中に。そのあとはよく一緒に散歩に出かけたものよ。もっとも私の方は、ホテルの仕事で行かれないこともあったけれど。

話を元に戻すと、コンラートさんの自殺騒動のときには、ガブリエルの大学は休み期間に入っていたの。

休みといえば、ガブリエルは長い休暇のときにはいつもアルバイトをやっていたのよ。コロンビアじゅうをトラックで走り回って。ほんと、あの頃のガブリエルって、この国はもしかして農場ほどの広さしかなかったのかしらってこちらがつい錯覚しそうになるぐらいに、国じゅうをトラックで縦横無尽に走り回っていたの。あの仕事、ガブリエルだから貰えたのよね。だって、ガブリエルはものすごくスタミナがあったもの。二十四時間ぶっ通しでハンドルを握っていても平気だったの。仕事の最中は、どこかにトラックを止めて何かを食べるということもほとんどしなかったらしいわ。

あの年は確か、ガブリエルはガソリンを運んでいたわね。トラックの運転手さんたちがストに入っていて、ストが終わるまでのあいだガソリンの運搬をしてくれと頼まれたの。でも、あなただってそんなことはもう、お父さんから聞いて知っているわよね？」

「うん、父さんから聞いていたよ。トラックを運転していたって、父さんは何度も話してくれた。運転しながら、デモステネスの『冠について』を暗記したということも」

「ええ、そう。ところがね、その年の暮れも押し詰まってクリスマスの休暇の頃になると、遊んでいるトラックが一台もなくなってしまったの。ストが終わってしまったのよ。だからガブリエルのアルバイトの口もなくなってしまったの。それでもガブリエルは、自分の家にいるのがどうしても嫌だったのね。もっとも、自分の家を嫌っていた、ということについてはいっさいあなたに話していなかったと思うけれど。ガブリエルはね、自分のお母さん、つまりあなたのおばあちゃんと一緒にいるのが耐えられなかったの。でもこれだけは言っておくけれど、あのお母さんでは、あなたのお父さんが逃げ出したくなったのも無理なかったと思うわよ。お母さんのフスティーナさんって、もともと生真面目すぎるぐらいの人だったらしいのだけれど、ご主人、つまりガブリエルのお父さんが殺されてからはそれが極端にひどくなったのですって。それじゃあ、家族はたまらないわよ。しかもガブリエルは一人っ子だったからよけいに大変だったのではないのかしら。私はいつも思っていたわよ。ガブリエルがうちのホテルに避難場所を求めてやってくるのは当然も当然、そうしない方がおかしいぐらいのものだ、って。おおげさに言っているわけじゃないの。本当にガブリエルは〝避難場所〟という言葉を使っていたのよ。祝祭日を家から逃れて過ごすための避難所。

ガブリエルのお母さんは、カトリックの祝日というとかならず、ノベナの祈禱をやるからといって三人の姉妹を家に呼んで、それは熱心にロザリオのお祈りをささげていたの。姉妹たちはみな独身だったから。これはガブリエルから聞いたのだけれど、お母さんが亡くなった後でお医者さまから、お母さんの膝がしらの位置がずれていましたね、と言われたのですって。たぶんそれも、ご主人が亡くなってからは何時間ものあいだひざまずいて祈りつづけることが多かったからでしょうって、お医者さまはおっしゃったそうよ。そんなお母さんのことをガブリエルは、みんなの前でも平気で悪く言っていたの。私は、そういうガブリエルを見るのがちょっと嫌だったわ」

「僕はおばあちゃんの顔を知らないんだ」

「ええ、それはそのはずよ。ガブリエルのお母さんが亡くなったときには、あなたはまだ二つか三つだったもの。それに、ガブリエルには、母親に孫の顔を見せてやろうなどという気はさらさらなかったから。お母さんは誰かれ構わずに、〝孫に会いたい、孫の顔を見ないで死ぬのは嫌だとガブリエルに伝えてちょうだい〟、と頼んでいたわ。でもガブリエルはいっさい聞く耳を持たなかった。

そう……、今にして思えば、ガブリエルはお母さんのことをいつも非難していたのよね。もちろん、まともに言葉に出して、というわけではなかったけれど。あそこの家って、どんな問題についても二人で話し合うということがなかったから。病気になっても、たがいに誤解しあうような事態になっても、いえ、どんなことになっても、まともに話し合おうとはしなかったの。それでもガブリエルはお腹の中ではお母さんのことを非難していたのよ。今思い返せばそうだったとわかるわ。

ところで、どうしてだったと思う？　あなたのお父さんがそれほどまでに自分の母親に批判的だったのはどうしてだったと思う？　それはね、自分の母親が、そのご主人、つまりお父さんにとっては父親、あなたにしてみたらおじいちゃんが亡くなってから、死んだも同然になってしまったことが許せなかったからなの。三十五歳にしてお母さんが自分の人生を葬ってしまったことが、許せなかったのよ。いいえ、本当にお母さんがそのときに三十五歳だったかどうかは確かではないわよ。でも、どう考えても、それより上だったということはないと思う。あなたのお祖父ちゃんが殺されたのは、ガブリエルが十歳かそこらのときでしょ？　確か、十二歳のときだったと言っていたような気がする。そこから計算してみれば、その頃のお母さんはまだ三十代に入ったかどうか、というところだったのではないかしら。ともかく、お母さんは、三十代にしてすでに死者の仲間入りをして、喪に服す人生を送るようになっていたの。ガブリエルはよく言っていたわ。お袋が喪に服しているのは、親父の死を悼んでのことじゃなくて自分自身の死を悼むためだよ、って。その言葉は何度も聞かされたわ。それにこうも言っていた。〝子供の頃、通っていたミッションスクールから戻ってくると、いつも家じゅうが神父様の部屋よりももっと暗かった。おまけに家具はどれも傷がつかないようにシーツで覆われていて、どの部屋にも大きなキリストの像がかけられていたんだよ〟って。しかも、そのキリストの像というのがみんな同じものだったそうよ。ほら、盛大に血を流して目をかっと見開いたキリストが、なんと表現したらいいのかわからないけれど、表面がざらざらした木製の十字架に磔《はりつけ》にされているの、あなたも見たことあると思うけれど、それだったのですって」

「ああ、見たことあるような気がする。たぶん、どこかで見たよ。ごつごつしているやつ。ちょっと普通のと違っていて、十字架がチョコレートの編み込みパンみたいになっているんだよね？」

「お母さんのフスティーナさんは、ご主人が生きていた頃からガブリエルに、十字架の作り方を教えていたのだそうよ。トゥンハに暮らしていたときは、ガブリエルも子供でたっぷり時間があったし、それに木もたくさんあったからお母さんがそうしたのもわかるけれど、こちらに越してきてからも、お母さんは相変わらずガブリエルに十字架づくりを強制していたらしいの。十二、三歳ごろまで。それだもの、ガブリエルがお母さんのことを嫌っていたのも無理はないわよ。なにかというと子供のときに十字架を作らされたことを思い出すと、ガブリエルはよく言っていたわ。大人になってからのガブリエルは、手を使ってなにかやることに拒絶反応を示していたけれど、それだってたぶん、十字架づくりが影響しているのよ。あなた、お父さんが家でペンキを塗っているところを見たことある？　頑張ってなにかの道具を使いこなそうとしているお父さん、管や戸棚を直したり料理をしたりしているお父さん、見たことある？」

「……でもそれは、手があああだったからじゃないの？」

「そう、確かに手のせいというのもあるわね」

「あの手のせいで父さんの人生がずいぶんと制約を受けていたというのは本当だと思うよ。それがどんなことであってもできるかできないかはまず自分の手と相談、というところがあったし、そんなふうだったからとうぜん、父さんとしても興味を持つ対象も自ずと限られてきてしまったのではないのかな。父さんは、書くことすらできなかったのだよね。手のことで子供の頃にどれほど情けない思いをしたのか、子供にとって身体的に障害を負っていることがどれほど大変なことだったのか、父さんはいつも話していたよ」

「ちょっと、ちょっと……。一つひとつ話を進めていきましょうよ。まず、子供の頃に手のことで大変な思いをしていたなんてこと、あるはずないわ」

「どういうこと？」

「だって、あなたのお父さんの手がああなったのは、もっとずっと後のことだもの。あなたが思っているような話ではないわ。ガブリエルは、大人になるまではちゃんと両手の指は揃っていたのよ。あの年のクリスマスも、指は全部、揃っていた。いえ、クリスマスの数日後までは、と言うべきね。つまり、ガブリエルの指がなくなったのは、コンラートさんが亡くなった知らせがホテルに届いたあの日から間もなくのことなの。それにしてもわからないわね。あなた、今自分で、父さんがトラックを運転していたことは知っていると、そう言ったばかりではないの。そのときにもしガブリエルの手の指が切断されていたのだったとしたら、いったいどうやってトラックを運転できたというの？　無理に決まっているじゃない。

とにかくあの日、ガブリエルは、朝ごはんに降りてきた途端にコンラートさんが亡くなったと知ることになってしまったのよ。そのときはまだ、指はちゃんとしていたわ。五体満足だったの。お客さまたちもみんな、ラジオの周りに集まっていたわ。ええ、よく覚えている。でもそれは、コンラートさんのことで集まっていたわけではなくて、あの頃はなにかというとラジオの周りに集まるのが習慣になっていたの。

そういえばあのラジオ、いったいどこにいっちゃったのかしら。フィリップス製の、ほら、昔よくあったじゃない？　医者の往診用の鞄《かばん》に似ていなくもない、あれ。でも当時としては最新のものだったのよ。表側の格子の部分が籐でできていたりして。

私は、コンラートさんが亡くなったことを父から聞かされたの。そのとき父が言ったわ。このことはお前からガブリエルに伝えてやってくれ、と。父は、ガブリエルがエンリケと仲がいいと知っていたから。いいえ、父だけでなくみんな知っていた。だから、ガブリエルは当然エンリケのもとに駆けつけたいと思うはずだって、父はそう考えたのね。

ガブリエルは私から話を聞くと、腹ペコで出かけるわけにはいかないからと言って、まずちょっとしたものを食べて、それからバッグに着替えを詰めて、靴も新しいのに履き替えたの。靴はモカシンシューズよ。靴底の革が赤ちゃんの肌みたいにすべすべしていた。とにかく手早かったわね。そこまですべてやって、三十分もかからなかったのではなかったかしら。

　そうして出かける支度が整うとガブリエルは、うちのお客さまの中でその日に最初にボゴタに向けて発つ人のところに、一緒に乗せていってくれるよう頼みに行こうとしたの。それを見た父が、〝もう埋葬は済んでしまったよ。一週間ぐらい前だったそうだ〟と声をかけたわ。そのときのガブリエル、いかにも何でもないような顔をして父の言葉を聞いてはいたけれど、はたから見ていても傷ついているのがよくわかった。でもみんなも思っていたはずよ。友達のお父さんが亡くなったというのに、そのことを当の友達からさえも知らせてはもらえずに、おまけに葬儀に招いてももらえなかったのだから傷つくのも当然だろうって。ガブリエルは私に、一緒に来てくれないかと、頼んできたわ。もちろん父の前でよ。ガブリエルって、いつもそうなの。どんなことでもそういうやり方をしていたの。だからこそみんなに信用されていたのよ。あんなに若くても、一目置かれていたもの。

　いったい何のために行くのと、私は聞いたわ。〝そんなの、決まっているだろ。コンラートさんにお別れを言うためじゃないか〟とガブリエルが答えて、父がもう一度、〝コンラートさんはもうお墓の中なんだぞ〟と繰り返したわ。するとガブリエルは、〝ええ、それでもいいじゃないですか。お墓にお別れを言いに行けばいいだけの話ですから〟と父に言ったの」

「でもけっきょく、私たちはお墓には行かなかった。ボゴタに着いたのはその日の午後の四時頃だったわ。七十二番通りで市電に乗ることは乗ったのだけれど、二十六番通りに着いても、ガブリエルは席に座ったままだったの。降りるつもりなどさらさらないというのがわかったから、〝どうしたの？お墓に行くんじゃないの？〟と聞くと、後にしよう、そうガブリエルが言ったの。〝会わなきゃならない人がいるんだ、まずはその人と話をしたいんだ〟、と。そのとき初めて私は、コンラート・デレッサーさんは亡くなるまで女の人と暮らしていたのだと知ったのよ。まあ、それにも驚いたけれど、もっとショックだったのは、ガブリエルの方はその事実を知っていたのに私は知らなかった、ということだったの。ガブリエルもその人と直接会ったことはなかったのだけれど、デレッサーさんには一緒に暮らす女性が居るというのは知っていたのね。名前はホセフィーナ・サンタマリア、出身はリオアーチャ。私たちはその人に会いにいったわ。前もっては何の知らせもせずに、デレッサーさんが住んでいた下宿屋に訪ねていったの。下宿屋があったのは、十二番通りと八番街との角のところよ。ホセフィーナは肌が黒くて、ガブリエルよりもっと背が高かったわ。ホセフィーナについて私が知っているのは、コンラートさんが亡くなる半年前にボゴタに出てきたということと、ジョッキークラブの会員たちといいお金で寝ていたということぐらい。だってその午後、私たち、コンラートさんについてはもちろんホセフィーナといろいろ話をしたけれど、ホセフィーナ自身のことについては何も話はしなかったのですもの。

ホセフィーナは、コンラートさんが自殺した日のことを、時間を追って詳しく話してくれたわ。〝あの人が死ぬつもりだということは、もちろんわかっていたわよ。わからないはずがないじゃないの。あの人の顔全体が、もう俺は半分死んだようなものだって、そう訴えていたのだもの〟とホセフィーナが言って、ガブリエルは、〝じゃあ、なぜ何もしなかったのですか？〟と聞いたの。するとホセフィーナは、〝私が何もやらなかったとなぜ決めつけるの？　あの日の朝、あの人が出て行くのを見て、私もすぐに追いかけたわよ。それからお昼までずっと、こっそり後をつけていたの。ねえ、それ以上いったい何をどうすればよかったというの？〟と切り返してきて、こう続けたの。〝だけどあの人……、意外に勘がいいの。私がつけていることに気づいていたのよ〟と。

ホセフィーナの話では、その日もコンラートさんはいつものようにゆっくり下宿屋を出ていったそうよ、十時頃に。コンラートさんは毎朝、バー・モリーノを正面に見る位置に陣取ってアルコール入りのコーヒーを朝食代わりに飲むのが日課だったのね。ホセフィーナは、あの人ったら可愛い女子学生たちを眺めるのが楽しみだったのよ、と言っていたわ。それでも、ホセフィーナはなにもその女の子たちに焼きもちを焼いていたというわけでもなかったみたい。だって、毎朝、出かけていくコンラートさんに向かって、〝女の子たちによろしく。風が吹いて誰かのスカートがめくれ上がってくれればいいわね〟と声をかけたりしていたらしいもの。

ただそれにしてもその日のコンラートさんは、あまりにも長い時間、そこに座りつづけていて、ホセフィーナは、コンラートさんはもしかしたら誰かと約束しているのではないか、約束しているのにその相手がなかなか現われなくて動こうにも動けないのではないのかって、そう感じていたそうよ。

そのうちコンラートさんがようやく立ち上がって、するとこんどは広場を行ったり来たりしはじめて、ときには、黒板ニュースが出ているかどうかを確かめにエスペクタドール新聞社の建物まで歩いていったりもしていたのですって。

ホセフィーナの話では、黒板ニュースが出るようになってからはコンラートさん、新聞を買わなくなっていたそうなの。黒板ニュースって、今はもうどの新聞社もやらなくなってしまったけれど、あれがあった間は、おかげで情報に遅れずにすんでいたという人もずいぶん多かったはずよ。黒板ニュースというのはね、新聞社の人が、その日の重大なニュースをいくつか黒板に手書きにしてそれを窓からかざしてくれるサービスのこと。素晴らしいでしょ？　コンラートさんは新聞代にも事欠いていたというから、黒板ニュースのいいお客さんになっていたというのもわかるわね。

その朝、エスペクタドール社の前の通りは人でいっぱいだったそうよ。ことに主婦の人たちで。みんな、大司教様の叙階五十周年のお祝いをどこでどんなふうにやるのか知りたくて、黒板ニュースを見に集まっていたの。ホセフィーナの話では、コンラートさんはそのご婦人たちの方に近寄っていって何人かに話しかけていたそうよ。でも相手にしてはもらえなかったのですって。当然よね。髭《ひげ》はぼうぼうで、顔だってあきらかに不眠症の人のそれだっただろうし、おまけにほとんどいつも汗臭くてときどきはおしっこの臭いまでさせていたというのですもの、近くに寄られたら誰だっていい気はしなかったでしょうよ。ただ、コンラートさんはそのとき、革の鞄を持っていたらしいのよ。その鞄を見れば、昔はいい暮らしをしていただろうというのはみんなにもわかったはずよ。それに、コンラートさんのグリーンの瞳、あれはヌエバ・エウロパで働く女性たちのあいだでも噂になるほどでね、いくら何でもあの瞳までは変わっていなかったと思うの。だけれど、けっきょくのところは革の鞄も緑の瞳も効き目はなかった、ということよね。

それからコンラートさんはまた、広場を行ったり来たりしはじめたらしいの。ガルセース・デパートまで歩いて、そこから新聞社の前まで戻ってきて、またデパートまで行ってって、それをなんども、一往復、二往復じゃなくて、何往復も繰り返していたそうよ」

「そうね。もしかしたら、ホセフィーナの勘が当たっていたのかも。あの日、コンラートさんは本当に誰かと約束していたのかもしれない。そしてその人が約束を破ったのよ。ええ、きっと、そうよ。それとも……、ちゃんと待ち合わせの約束をしていたというわけではなくて、コンラートさんが勝手に広場にいればその人に会えるかもしれないと期待して待っていたのにその人がそこを通らなかった、ということなのかしら？　だって、コンラートさん、広場に戻ってからもバー・モリーノに二度も入っていったらしいもの。それも二度とも、一つひとつのテーブルに目をやりながらお店の中を歩き回って、サンチョ・パンサの絵のところまで行くとそこで一度立ち止まって、店内をぐるりと見回してから、そのままお店を出ていったのですって。

モリーノを出たコンラートさんはまた広場を突っ切って、そこからこんどは六番街を南に向かって歩きはじめたそうよ。ホセフィーナは言っていたわ。〝あの人ったら、歩道の端っこを壁に張りつくようにして歩くのよ。周り中が伝染病患者だらけとか、自分も伝染病に罹《かか》っている、とでもいうのならともかく、なぜあそこであんな歩き方をしなくてはいけなかったのかしら〟って。

ホセフィーナは、じっとコンラートさんを見ていたのね。するとコンラートさんが質屋に入っていったのですって。あの頃は、質屋は今よりももっとたくさんあったのよ。しばらくしてコンラートさんが質屋から出てきて、ホセフィーナはすぐに、コンラートさんが鞄を持っていないことに気づいたらしいの。でもまだ高をくくっていたのね。あんなに汚い鞄一つではたいしたお金にはなるはずがない、と。そのときはてっきりそう思っていたのですって。ところが、これはホセフィーナも後になって知ったのだそうだけれど、コンラートさん、鞄の中にクラシックのレコードを入れていたのよ。他にはもうお金に代えられるようなものは何も持ってはいなかったのだけれど、そのレコードだけは手放さずにいたの。でもそれだって本当はもう、あっても仕方がないものになっていたのだけれど。コンラートさん、その何日か前に、レコードのターンテーブルを質に入れてしまっていたそうよ。

たぶんコンラートさんは、そのずっと前から覚悟を決めていたのではないのかしら。その瞬間、最後に一枚だけ残ったレコードを質に入れる瞬間が自分にとって重要な意味を持つことになるはずだ、と。自殺を考えている人というのは得てしてそういうものよ。はたから見たらまったくバカバカしい話だけれど、日々の暮らしの中のあることを自分の死の象徴と思い定めて、それを実行した日に死ぬ、みたいなことをするのよ。そしてコンラートさんの場合は、そのあることというのがレコードを質に入れることだったのね。コンラートさんは、レコードを質に入れた瞬間に、自分の人生はこれで終わったと見切りをつけたのだと思う。ただもちろん、そのあと質で手に入れたお金で実際にドラッグストアのグラナダで睡眠薬を買うことができたのも自殺の決心を後押しすることになった、というのはその通りでしょうけれど」

「コンラートさんはもともと音楽家だったの。けれどこちらに来てから、音楽家としての道を諦めたのよ。でもそれだって、ちゃんと納得してそうしたのよ。コロンビアではピアノを教えて食べていくのは無理だと自分でもわかって、それで家族を養うためにガラス工房を始めたの。ガラス工房を始めたのは、コロンビアに来てすぐのことだったそうだから、たぶん、一九二〇年頃のことだったのではないのかしら。ところが、それから二、三年も経つ頃には、少しずつラジオ局に出入りをするようになっていたの。外国からの移住者の誰もが経験するような苦労を味わいながらも、コンラートさんはいろいろな伝手《つて》を頼ってラジオ局の人と知り合いになって局に入り込んだのね。そしてとうとう、ラジオ局で本格的に仕事をするようになったの。あの当時は、番組の中でどの曲をいつかけるかというのはすべてコンラートさんが決めていたのよ。たとえば、コンラートさんが、フョードル・シャリアピン〔ロシア出身のオペラ歌手（一八七三－一九三八）。オペラ史上偉大な名手の一人と評されている〕やアルノルト・シェーンベルク〔オーストリアの作曲家（一八七四－一九五一）〕についてDJたちに講義をするでしょ？　するとその二時間後には、DJたちはコンラートさんから聞いたことをそのままマイクに向かって喋っていたわ。

コンラートさん一家を知っている人たちはおそらく全員が口を揃えて言うでしょうね、あの頃が一家にとっていちばんいい時代だったって。そんないい時代の後によ、それも何年も経たないうちにとんでもない不幸が襲い掛かるなんて、ほんと、一家の誰もそんなことは想像すらしていなかったはずよ。

ええ、そう。一家にとってのよき時代は、一九四一年にサントス大統領が枢軸国との国交断絶を宣言したときに終わってしまったの。いえ、正確には、その年からよき時代の終焉に向けてのカウントダウンが始まった、と言うべきかもしれない。

国交が断絶されると、すぐにいろいろなところでいろいろなことが起きるようになったわ。ラジオ局も、真っ先に影響が現われた場所の一つ。すぐにドイツ人、イタリア人、日本人がラジオ局から追い出されたの。コンラートさんも、そうだった。ある朝ラジオ局に出勤すると、もう君のやる仕事はないと言われて、そればかりか仲間だったはずの人たちから、もちろん全員が全員というわけではなかったのでしょうけれど、敵意のこもった視線を向けられたそうよ。でもね、それだからといって一家の生活が変わるようなことはなかったの。ガラス工房はずっと続けていて、暮らしの方はそれでなんとかなっていたから。しかもまああの暮らしだったのよ。当時、ガラスはいい値で売れていたの。それにコンラートさん、ラジオ局の二人のディレクターとは連絡を取り合っていて、ときどきは会って意見をしてあげていたわ。局の中にも、コンラートさんに対してそれまでと変わらずに接してくれるような人たちもいたにはいたのよ。

とはいえ、音楽が好きだったコンラートさんにとっては、ラジオ局をクビになったのはやはり大きなことだった。それきり音楽と関わるチャンスを奪われてしまったわけですもの。

その後、つまりラジオ局をクビになった一九四一年以降は、コンラートさんが音楽を聞く回数も減っていく一方だったわ。それでも、四六年に亡くなるまで、音楽を聞くのをまったくやめてしまうということはなかったみたいだけれど。そうして最後はコンラートさんも、はっきり思うようになっていたのではないのかしら。〝自分の人生はなに一つ望んだ通りにはなっていないじゃないか。けっきょく自分の人生は、この手の中にあったはずの自分の人生は、誰か別の者によって奪われてしまったのだ〟と。

四六年の十月、ナチスの戦犯の最初の処刑がその月の半ばにニュルンベルクで行なわれるというニュースが流れたの。

コンラートさんももちろんそのニュースを聞いていて、それで真っ先に何をしたかというとね、どこからかワーグナーのレコードを手に入れてきたそうよ。ええ、そう、ワーグナー。コンラートさんが大嫌いだと言ってはばからなかったあのワーグナーよ。それからコンラートさんは、ラジオ局時代の二人の友人に電話をかけて自分の下宿に呼んだの。ホセフィーナはそのときの様子をよく覚えていて、〝二人ともこの部屋にやってきても、コンラートさんに向かっていっさい、ご家族はどうしたのか、というようなことは口にしなかったけれど、あの表情を見ていれば心を痛めているのがよくわかったわ〟と言っていた。コンラートさんは訪ねてきた二人の友人に、手に入れたばかりのワーグナーのレコードを差し出して、その曲についてそれは熱く語ったそうよ。というか、振りをしたのよ。コンラートさんもたいした役者だと思うけれど、いかにもレコードにぞっこんというふうを装いながら二人に話をしたらしいわ。そうしたらお友達の二人は、話を聞き終わるとすぐに二、三日中にレコードをかけると約束して、おまけに、〝あまり取り上げられない作曲家の、それもほとんど世に知られていない作品を紹介してくれるなんて、ほんと嬉しいよ。これからもいろいろ教えてくれよ。君の協力に感謝する〟と頭まで下げたのですって。

で、まだ続きがあるの。コンラートさんは頭を下げた二人に、もう一つ頼みごとをしたの。〝折り入ってお願いしたいことがあるのだが。このレコードをかけてくれる日を十月十五日にしてはもらえないだろうか。息子エンリケの誕生日なんだ。息子はワーグナーのこの曲が大好きなんだよ。いい誕生日プレゼントになる〟とそう言ったのですって。もちろんそんなのぜんぶデタラメ。でも二人はまったく疑うことなく、それどころかコンラートさんの話にすっかり感動して、絶対にその日にかけるからと約束して部屋を出ていったそうよ。そして二人は、約束を守った。十月十五日、ドイツで絞首刑が行なわれたその日に、レコードをかけたの。『ニュルンベルクのマイスタージンガー』のレコードをね。それを聞いていたドイツからの移民たちは、半分は激怒して局に抗議の電話をかけたらしいけれど、残りの半分は、〝いったい誰が考えたことだ？　そいつを褒めてやりたい〟と賞賛の電話をかけてきたのですって。〝けっきょくあのときが最後だったわ。あの人がそれなりに満足そうな顔を見せたのは、あれが最後だった〟と、ホセフィーナは言っていた。でも……、その事件ってつまりは、コンラートさんが、ドイツ人コミュニティーの残り半分の方の人たちを揶揄《やゆ》したってことなのよね。もちろん、ご本人たちは気づいていなかったわけだけれど」

「ええ、そう。その『マイスタージンガー』のレコードを、あの日にコンラートさんは質に入れたというわけ。きっと、お金を手にしたときにはもうコンラートさんは、何にそのお金を使うべきか決めていたのだと思う。もしそうでなければ、コンラートさんが、七番街まで下ったところでまた北の方向に戻りはじめるなんてことがあるはずないもの。コンラートさんは、観光客が散歩してでもいるようにゆっくりゆっくりと、歩いていったそうよ。

〝あの人、三十分ぐらいじっと、グラナダ薬局の前に立っていたわ〟とホセフィーナは言っていた。でも別に、薬局の真ん前に立っていたわけではなくて、通りの反対側の歩道にグラナダ薬局と向かい合うように立っていたらしいのだけれど。そのときのコンラートさんのことをホセフィーナは、まるで象を仕留める寸前の猟師がじっと自分の獲物を観察しているみたいな雰囲気を漂わせていたと、そう表現していた。

そうしてついにコンラートさんは薬局の中に入っていったの。いよいよ心が決まったのね。そうなるともう早いこと。ものの数秒で出てきたそうよ。ただそのときにコンラートさんはどうやら、ホセフィーナに後をつけられていることに気づいたらしいのよ。〝たぶん、あのときに気づいたのよ。でも私、うまく隠れていたのよ。サンタンデール公園にいたの、木の陰に身を隠しながら。いったいどうやって私がつけているとわかったのだろう。とにかく、あのとき間違いなく、あの人には、私がいるとわかったのよ〟と、ホセフィーナはしきりに言っていた。

それからコンラートさんはまた、歩きはじめたの。こんどは逆方向に向かって。七番街を北ではなく南に向かって歩いていったの、ガイタンの事務所の前ももちろん通って。ねぇ、コンラートさんがその時にガブリエルのことを考えていたという可能性はないのかしら？　ガイタンの事務所の前を通っている時になにかのきっかけでコンラートさんの頭が勝手にガブリエルのことを思い出していた、というのも絶対にないとは言えないわよね？　でもそれももう、今となってはもう知りようもないことだけれど。

とにかくコンラートさんは、ひたすらボリーバル広場の方に向かって歩きつづけていったそうよ。ただし、ゆっくりと、ではなくて、それこそ誰かと待ち合わせでもしているかのようにすたすたと。

ホセフィーナももちろんコンラートさんの後をついていって、ふと気づくと、そこはまだボリーバル広場の数ブロック手前だったらしいのだけれど、もうすでに、大勢の人たちのざわめく音が聞こえていたのですって。といっても、広場で誰かがどなっていたわけでも、歌を歌っていたわけでも、抗議の声を上げていたわけでもなくて、ただ人のざわざわする音が聞こえていただけ。

広場に着くと、その日、集まっていたのはみんなご婦人たちでね、それなのにお喋りをしている人は一人もいなかったそうよ。みんな、身なりがきちんとしている人たちばかりで、揃いも揃って顔を教会の方に向けていて、おまけに、用意よく手にロザリオを持っていた人たちもいたのですって。もっとも、ロザリオまで持って待っていたのは、だいたいがお年寄りだったのでしょうけれど。

ホセフィーナはもともと、そういったみんなが集まるような場所とはほとんど縁のない人だったの。というより、そういう所には敵意を感じてすらいたみたい。もちろん、ほとんど足を向けることもなくて、その日にボリーバル広場に行ったのも、戦争が終わった日に行っていらい初めてのことだったそうよ。自分の家からわずか数ブロックしか離れていないというのに。戦争が終わった日のことについては、ホセフィーナは、ボリーバル広場には大勢の人が集まってきていて、誰もが聖歌の『テ・デウム』〔キリスト教のカトリック教会、ルーテル教会、正教会の聖歌の一つ。冒頭の一文からこう称される〕に耳を傾けたり国旗をふったり口々に叫んだりしていて、自分だけはそんなみんなの後をただゾンビみたいにくっついて歩いていたんだって、そう言っていたわ」

「時刻が午後の三時十五分になって、すると急に、列の前の方に並んでいたご婦人たちが大統領官邸に向かって移動を始めたのですって。ええ、そう、大司教様のお祝いの行事が始まって、それでみんな動き出したのよ。でも、列の後ろの人たちは相変わらず地面にしゃがみ込んで鳩に餌をやっていて、ご婦人たちは、一方の手で帽子をおさえながらもう一方の手をぐうっと突き出しては、手のひらいっぱいに握りしめたパンくずを撒《ま》いていたそうよ。もちろんどちらの手にも手袋をはめたままで。ホセフィーナは言っていたわ。ご婦人たちのことが羨ましくてたまらなくて、ああ、いいなぁ、と思いながら見ていたんだって。ホセフィーナはね、鳩が好きなのに鳩にアレルギーを持ってたのよ。で、そうしたご婦人たちの中でもとりわけあるご婦人のことが気になって、ホセフィーナはつい見とれてしまったらしいの。それでも眺めていたのなんて一秒、たったの一秒だったそうだけれど。ピンクの花をあしらった黒い麦わら帽子を被ったそのご婦人は、鳩たちにパンくずではなくて、固くて黄色いトウモロコシの粒をやっていたのですって。ところが、一羽の鳩、太めで赤っぽい鳩が、ご婦人のやったトウモロコシの粒を一生懸命つついているのにうまく食べられなくて、そのたびに粒がぽんと跳ね上がってしまって。ご婦人はじっと、その光景を眺めていたのだそうよ。きっとホセフィーナにしてみたら、そうして平気で鳩たちに近づいていけるということでもう、ご婦人のことが羨ましくてたまらなかったのでしょうね。

だけれど、ホセフィーナも実は、ボゴタに出てきたばかりの頃に一度、鳩に餌をやろうと近寄っていったことがあったらしいの。ところがとたんに、目はかゆくなるわ、鼻はむずむずするわ、と思ったらとつぜん涙があふれてきて前が見えなくなって、とうとう国会議事堂の階段に座り込んでしまったそうよ。おまけに午後になるとこんどは首に湿疹が出てきて、それがまたひどくて大変だったのですって。もちろんカラミン・ローション〔鎮痛、鎮痒、消炎剤〕でもあればかゆみも取れて、そんなにひどく引っ掻くことにもならずに済んだのでしょうけれど、ホセフィーナはまだ、どこでその薬を買ったらいいのかがわからなかったのね。それに、相談できるような人もいなかったらしいし。けっきょく三日も経ってからだったの。自分の下宿のすぐそばに例のグラナダ薬局があると気づいたのは。そうしてやっとカラミン・ローションを買えたときにはもうかゆみも止まっていて薬の必要もなくなっていたのよ。そのときホセフィーナは、もう二度と鳩には近づいてはいけないと、肝に銘じたそうよ。

黒い帽子のご婦人の話に戻るけれど、その人を見ながらホセフィーナはつい、鳩でアレルギーを起こしたときのこと、カラミン・ローションのこと、グラナダ薬局のことを思い出してしまったらしいの。そしてハッと我に返って顔を上げたらもうコンラートさんの姿はどこにもなかったのですって。それでも、物思いにふけっていたのなんてほんの数秒だったらしいけれど」

「もちろんホセフィーナも、すぐにコンラートさんを探したそうよ。とりあえずは、広場の隅から隅まで視線を走らせてみて、それから、すでに移動を始めていた先頭グループのご婦人たちの方まで行って周りを歩いてみて、でも見つけられずに、ホセフィーナはご婦人たちの中に入っていったの。そうしたらご婦人たちからさんざん言いたいことを言われてバカにされて。それでもホセフィーナは、言い返しはしなかったそうよ。人って、集団になるとすぐに、自分たちとよそ者とを区別したがるでしょ？　よそ者のことをばかにするじゃない？　きっと、ご婦人たちの場合もそれだったのね。

とにかくそこでもホセフィーナはコンラートさんに会うことができなくて、つまりはコンラートさんを見失ってしまったわけ。

ホセフィーナは言っていたわ。〝あの人たちの中に入っていったら、どっちを向いても黒の帽子と喪服ばかりなのよ。誰かのお葬式にとつぜん紛れ込んだんじゃないかって、本気でそう信じそうになったわよ。それにあのご婦人たち、手袋までしていたの。お互いの手に直接触れるのがそんなに嫌なのかしらね。ほんと、いけすかないおばさんたち。でもとにかく、そこにもあの人はいなくてね、私の目に見えていたものといえば、顔、顔よ。恐ろしそうにこっちを見ている顔が二つか三つ。それに、二つ、三つの口が黒人、黒人って言っているのもちゃんと見えていたわ〟って。

それでもホセフィーナはまだあきらめきれなくて、ご婦人方の集団から抜け出した後、そこの一画をぐるりと回ってみたそうよ。あの有名な窓、ボリーバルが寝込みを襲われてそこからすんでのところで逃げ出したという窓、そこの前も二度も通ったのですって〔一八二八年九月、シモン・ボリーバルは政府宮殿滞在中に、ペドロ・カルホ率いる反ボリーバル派兵士らに襲われるものの、すんでのところで逃げ出し難を逃れた〕。でも、とホセフィーナは言うのよ。あの窓の前を通ったときだって、ボリーバルのことなんか思い出しもしなかった、ボリーバルどころか、あの人以外の誰のことも頭の中にはなかったって。

だけれど、コンラートさんは言ってみれば、ホセフィーナから逃げ出したわけでしょ？　コンラートさんは、ホセフィーナから身を隠したわけじゃない？　それなのにホセフィーナは、自分のことが惨めだとは一瞬たりとも思わなかったって、そう言うのよ。バカにされてたまるかとも、自分と一緒にいるのを嫌がる男のことなんか探してやるものかとも思わなかったのですって。それにホセフィーナはこうも言っていたわ。〝ふつうはそういう場合、今ごろ他の女と寝ているんじゃないのかと疑ったりするものなのかもしれないけれど、それもまったくなかったわ。だってそもそも、私たち、お互いに、相手が自分以外の人と寝てもなんとも思わないような関係だったし。あの人だって、もしそんな女がいたとしたら私に隠しているはずがないもの〟って。それからホセフィーナは、コンラートさんが変な事件に巻き込まれたかもしれないとかも、まったく考えなかったみたいなの。なぜ、と聞くと、〝あの人、自分から何かをしようとしたことなんて一度もなかったもの。とにかくいつもおとなしくて、ロバのように従順な人だったから〟と答えていたわ。でもねぇ、コンラートさんもコンラートさんの家族もこの国のせいで人生を滅茶苦茶にされたわけでしょ？　本当ならコンラートさんは、頭のおかしな連中ばかりのこの国にもっと怒りをぶつけてもよかったはずなのよね。けっきょく、コンラートさんは、おとなしすぎたの。一九四一年からのあの時代を生き抜いていくにはおとなしすぎるほどの人だったの。私、ホセフィーナがあのときに、デレッサーさんが事件に巻き込まれたかもしれないとはつゆほども考えなかった、と言ったのもわかる気がする。

とにかくホセフィーナは、しばらくご婦人たちのあいだをうろうろしたあとそこを抜け出して、こんどはカンデラリア大通り、そのあとは七番街を、コンラートさんを探して歩き回ったそうよ。その間もホセフィーナはずっと、コンラートさんのことばかりを考えていたのですってよ。たとえば、子供になにかあったとか、誰かが病気になったとかいうときには、ただもう相手のことが心配でたまらなくなるでしょ？　それと同じようだったって、そう言っていたわ。〝コンラートさんを失ったらどうしようと考えないわけではなかったけれど、そんな自分の心配よりももっとコンラートさんのことを心配する気持ちの方が強かった〟、とね。コンラートさんが今ごろ、道に迷ったことに気づいて子供のように途方に暮れているかもしれないと思うとたまらなかったと、そうも言っていたわ」

「ホセフィーナが下宿に戻ったのは、午後の五時過ぎだったそうよ。その下宿に戻る途中でのことよ。ホセフィーナは、大司教様にお祝いを言うために広場の方に向かって歩いていく男たちの集団に会ったの。何時間か前に女たちがしていたのと同じことを男たちもしようとしていたのね。ホセフィーナったら、面白いことを言うのよ。〝その男の人たちを見たとき、ボゴタの人って本当に変わっていると思ったわよ。ここではなんでもそうだけれど、男がこっち側を通れば女はあっち側というように、必ず男女、別れてやるのよね。あれでよく子孫が途絶えないものだって感心するわ〟ですって。まあ、それはともかく、なぜ男たちに会ったという話をホセフィーナがしたのかというとね、その中にフェデリコ・アルサーテさんが交じっていたからなの。アルサーテさんというのはホセフィーナのお客さんよ。ホセフィーナがその日に会う約束をしていたお客さん。

ホセフィーナは、自分のお客さんと街で会ったときにどうするかを決めていて、必ずその通りにしていたそうなの。だからそのときも、いつもそうしているように、じっと下を向いたままアルサーテさんが行き過ぎるまで、自分のサンダルや白くなった足の爪をじっと見ながら指の数を一つ、二つと数えていたのですって。ホセフィーナは私たちに言ったものよ。〝そういうときには、知らんふりをするよりもかえって、下を向いて別なことを考えながらやり過ごした方がいいの。そうすれば、相手の決まり悪そうな顔を見なくても済むし、私の方だって、こんな人は知りません、みたいな表情をわざと作るようなことをせずに済むもの〟って。

　そんなことがあってから下宿に戻ったホセフィーナは、とりあえずベッドに横になったの。もちろん、コンラートさんを待つために。本当は窓から外を眺めながら待っていたかったのでしょうけれど、そういうわけにはいかなかったのよ。だって、下宿の部屋には窓がなかったから。〝窓がない部屋に暮らす人は、誰かを待つのに普通とは違う待ち方をしなくてはならないって初めて知ったわ〟と、ホセフィーナはしみじみ言っていた。

　フェデリコ・アルサーテさんが下宿にやってきたのは六時五十分。それでもまだデレッサーさんは戻ってきてはいなかった。

　ホセフィーナは、仕事のときにはいつも、お客さんに別の場所に連れていってもらうようにしていたらしいの。それがコンラートさんとの暗黙の約束だったのよ。でも、ホセフィーナ自身だっておそらく、生活費を稼ぐために使ったその同じベッドで夜またコンラートさんと寝るようなことはできれば避けたいと、そう思っていたはずよ。

　ただその日ばかりは、どうしても下宿を離れる気にはならなくて、けっきょくそのまま部屋で自分の仕事をしたそうなの。きっとホセフィーナとしては、コンラートさんが戻ってくるまでにはまだ間があるだろうと踏んでのことだったのでしょうね。

　そうして何時間か経って、お客さんが帰っていって、ホセフィーナがシャワーを浴びていると、とつぜん、階段の下から叫び声が聞こえてきたのですって。叫んでいたのは、一階の金物屋のご主人。〝コンラートさんが倒れているぞ。三ブロック先のヒメネス大通りのところだ。自分の吐いた物にまみれて倒れているぞ〟と、オウムのように何度も叫びながらご主人は部屋まで上がってきたそうよ。ご主人、誰かが外でそう言っているのを聞いて、それですぐホセフィーナに知らせてくれたの」

「でもコンラートさんは、そのときはまだ死んではいなかったの。死んではいなかったけれど、ホセフィーナが駆けつけたときにはもう手の施しようのない状態だったのね。どっちにしたってあれは死んだ人の臭いだった、と、ホセフィーナは言っていた。でも、もちろん、臭いについては、ホセフィーナがそう感じたということだけれど。正確には、少なくともホセフィーナの記憶では、とただし書きをつけるべきかもしれないわね。

ホセフィーナったらね、駆けつける時に、自分でも気づかないまま手の中にお金を握りしめていたらしいの。その日にお客さんから貰ったばかりのお金、それを無意識のうちに持って出ていたのね。

最初ホセフィーナは、金物屋のご主人にコンラートさんを一緒に病院まで運んでくれるように頼んだのよ。手に持っていたお金の中から一ペソを差し出して。でもご主人はもう帰りかけていて、ホセフィーナが声をかけても聞こえないふりをしたのですって。それでしかたなくホセフィーナは手を上げてタクシーを停めたの。でもね、一台目も二台目も、一応は停まってくれても、どちらの運転手さんも、コンラートさんを病院に運んでくれと頼んだとたんに嫌な顔をして、ホセフィーナが手持ちの三ペソ全部を差し出してもけっきょくは引き受けてはくれなかったの。そうして二台目のタクシーが行ってしまった後のことよ。とつぜん、ホセフィーナは、脚のつけ根あたりになにか変なものを感じて、いそいでスカートをめくってみたのね。すると、なんと、パンツをはき忘れていたのですって。股の間を水と精液とが混じったものが伝ってきていて、たぶんそのせいだったのでしょうけれど、胸がムカムカしてもうどうしようもなくて、ホセフィーナはその場にひざまずいてしまったそうよ。すると男の人が近寄ってきて、それもちょうどホセフィーナがひざまずいたその瞬間に。ほんと、そんな偶然って世の中にあるものなのね。その男の人、雨が降ってもいないのに傘をさしたままでホセフィーナに、〝今さらどうこうしても仕方がないんじゃありませんか。どうやらその方はもう、あちら側に行かれてしまったようですから〟と、声をかけてくれたのですって。

それからしばらくして、辺りが暗くなるとようやく警官がやってきて、その後で司法の担当者も来てコンラートさんの遺体を運んでいったの。それに新聞記者も一人だけだけれど来ていて、現場を見ていた人から話を聞いていたと、ホセフィーナは言っていたわ。その目撃者は、〝亡くなった方はあの辺りを歩き回っていました〟と三番街を指差して言ったそうよ。〝酔っぱらっていたらしくて、自分の吐いたものにまみれていました。あと、叫んでいました。胃が痛いとずっと叫んでいました〟って。

ホセフィーナも後から知ったことらしいのだけれど、コンラートさんはどうやらずっと、チョロ・デ・ケベド広場にいたみたいなのよ。ホセフィーナは、自分がコンラートさんを見失ったときにはもうコンラートさんはチョロ・デ・ケベド広場に向かっていて、それからずっと広場に座っていたのではないのかって、薬もそこで飲んだのに違いないって、そう言っていたわ。ただ、いったい誰がコンラートさんに強いお酒と火薬粉を買い与えたのかということまでは、ホセフィーナにもわからなかったの。それについては永遠に、謎のままなのかもしれないわね。

それにしてもコンラートさんが、最後に、あのヒメネス大通りのところまで辿り着いたなんてちょっと信じられない。あそこからあと少し行ったらもうペリオディスタス公園だもの。デレッサーさん、半分眠ったような状態で、チョロ・デ・ケベド広場からあんなに離れているヒメネス大通りまで歩きながら、でもそのあいだずっとアルコールと火薬粉とで臓器が焼かれていくその痛みだけはしっかり感じていたのよね。ガブリエルが一番ショックを受けていたのもそのことだった。だけれどコンラートさん自身だって、そんなに苦しむことになるなんて思ってもいなかったのではないのかしら。それどころか、薬を飲むときにはきっと、神経が麻痺して声も立てずに死んでいけるだろうって、そう信じていたはずよ。

〝そんなふうになってしまったのはきっと、その方がひどく怖がっていたからですよ。恐怖心があると、睡眠薬が効くのに時間がかかりますからね〟と、何年か経ってからだけれど、ガブリエルは、あるお医者さまに言われたのですって。ガブリエルはお医者さまに、コンラートさんのことを聞いてみたのね。もちろん、どこの誰がとは言わずに、こういうケースがあったのだけれど、とだけ言って。〝そういうときにはかなりの痛みがあるものなのですか？〟とガブリエルが尋ねると、〝ええ、それはもう〟とお医者さまは答えたそうよ。〝おそらく、死んでしまいたいと思うくらいに痛かったろうと思いますよ〟って」

「その日、私とガブリエルがコンラートさんの下宿を出たのは、もうずいぶん遅くなってからのことだったわ。気づくと私たち、朝ご飯を食べたきりあとはなにも口にしていなかったの。もちろん、ホセフィーナは何も出してはくれなかったし。それにそもそも下宿には、私たちに出せるようなものなど置いてはいなかったのよ。

私はガブリエルに、お墓に行くにはもう遅すぎるんじゃない、と言ったわ。そんなことはガブリエルにもわかっているだろうとは思ったけれど。次の日にしましょうよ、とガブリエルに声をかけたの。でも、ガブリエルは上の空だった。私の方を見ようともしなかったし、たぶん私の言葉も聞こえていなかったと思う。とにかくずんずん歩いていくものだから、私は三歩ぐらい後をついていきながら、これじゃあまるで私の方がガブリエルの警護役じゃないのって、心の中で思っていたわ。実を言うとね、私はてっきりガブリエルが、ペリオディスタス公園に行ってみようかとか、コンラートさんが倒れていた場所まで足を運んでみようとか言い出すに違いないと思っていたの。でもガブリエルは、そのどちらも言わなかった。そのときなのよ、なにか腑に落ちないものを感じたのは。ただ私自身も、自分がなにに引っ掛かっているのかはよくわからなかった。もちろん今はわかるわよ。言葉にもできる。つまりね、私はそれまでずっと、ガブリエルが私を連れてホセフィーナに会いにいったのは、ホセフィーナの知っていることを教えてもらうためだろうと疑いもなく信じていたの。でもあの瞬間、それは違う、少なくとも、それだけが理由だったわけじゃないと直感したのよ。もちろん、今だってその直感は正しいと思っているわ。

私たちはホセフィーナに会いにいった。ホセフィーナが喋って、喋って、喋りつづけるのを午後いっぱい聞いていた。そしておそらくガブリエルは確信したのだろうと思う。自分が本当に知りたいことについてはホセフィーナも知らないのだ、とね。ホセフィーナと話していた限りでは、ホセフィーナは明らかに、コンラートさんがどこから来たのかとか、どこに行こうとしているのかとか、なぜそんなひどい状態になっているのかとか、そこからどうやって抜け出そうとしているのかとか、そういうことにはまったく関心がなさそうだったもの。何か月もコンラートさんと一緒に暮らしていたというのによ。私とガブリエルは、〝ホセフィーナの方からはコンラートさんのことについてコンラートさん自身に何か聞くようなことはいっさいなかったみたいだけれど、でもだとすればなおのこと、コンラートさんが自分からいろいろホセフィーナに説明することはなかったに違いない〟みたいなことを言い合っていたの。するとそのとき、ガブリエルがふと言ったのよ。〝コンラートさんがホセフィーナに何も言わなかったということはつまり、ホセフィーナだけじゃなくて他の誰にも何も言っていないってことだよな〟って。私はもちろん、ええそうね、と答えたわ。そんなの決まっているじゃない、と。だって、理屈から考えたら当然、そういうことになるでしょう？　それにもちろん、私が、ええ、そうね、とガブリエルに答えたのも本心からのことだったわよ。でも正直、なんでそんなことばかり気にするの、と心の中で思っていたわ。ううん、本当はね、こうガブリエルに聞きたかったの。〝なぜ友達にまっすぐ会いにいかなかったの？　あなたには、友達に会いにいくよりもホセフィーナがなにも知らないと確認することの方が大事だったみたいだけれど、いったいなぜなの？〟って。

それでも、次の日にはエンリケに会いにいったわよ。ガブリエルはエンリケの家を訪ねていったわ。だけれど、会うことができなかったの。家にはもう誰もいなかったのよ。だいぶ経ってから知ったのだけれど、エンリケは、そのときにはすでに家を出てしまっていたの。エンリケはね、家を出てしばらくしてからコロンビアを離れたのだそうよ。そのことはあなたのお父さんが調べてわかったの。でもそこまで。お父さんも、エンリケがどこに行ったのかまでは調べなかった」

「私は、エンリケの家にはついていかなかったわ。コンラートさんの身に起こったことの一部始終を知って、ひどいショックを受けていたのよ。もちろんそれまでだって、コンラートさんのような人を何人も見てきていたのよ。私の周りにも、失敗した人、瀬戸際にまで追いつめられていた人、いろいろいたから。それでもコンラートさんのことは特別だった。本当に身近な人だったし、それにそもそも私の周りで自殺した人なんて、コンラートさんが初めてだったの。ええ、もちろん、ニュースでなら、自殺の話はいくらでも耳にしていたわ。あの時代ですもの、誰にしたって、自殺の話とまったく無縁というわけにはいかなかったわよ。ドイツからのニュースでもそういう話は聞いていたしね、実際に、こちらに移住してきた人たちの中にも自殺した人はいたわ。でも、どう言ったらいいのかしら……。人間って、自分が直接知っている人、実際に喋ったことのある人、会ったことのある人、触れたことのある人の身にそういうことが起きて初めて、ああ、自殺というものが世の中にあるんだなって実感するのよ。人とは自殺するものなのだ、なにか苦しいことがあれば自殺しかねないものなのだと、初めて気づいたような気になるのよ。

コンラートさんの自殺は、私たちには特別な意味を持つものだったの。それは確かに、コンラートさんの身に起きたようなことは、当時としては別に珍しい話ではなかったのだけれど、でも、コンラートさんは私たちととても親しかったから。

何千人ものドイツ人がコンラートさんと同じような目に遭っていた。ブラックリストに名前が載って、すべての財産が没収されて一文無しになって、そのあと五年間、自分たちが築いてきた財産が燃やされ、灰になっていくのを見続けなければならなかったの。そう、何千人ものドイツ人がね。ブラックリストに名前が載ったとわかったときって、みんな、それはもう大変なショックだったと思う。だから逆に、そのあとでフサガスガ収容所に送り込まれたときにはもう、あまり動揺もしなくなっていたのではないのかしら。コンラートのおじいちゃんにしたって、あそこに入ったときには、もしかしたらホッとする気持ちの方が強かったのかもしれない。おじいちゃん、ブラックリストに名前が挙げられたことでほとんど破産状態にまで追い込まれてしまっていて、ちょうどそんなときに収容所に入れられたのよ。収容所にいれば、黙っていても三度の食事は出てくるし、電気や水やガス代のことも心配しなくていいもの。もちろん政府は、そうした生活に必要な経費は収容者の口座から徴収していたわけだけれど、でも、お金を持っていない人だって収容所にはいたはずよね？　そういう人たちに対しては、政府はどうすると思う？　飢え死にさせる？　まさか、よね。他の人と同じような扱いをするに決まっているでしょ。だからたぶん、おじいちゃんもちゃんと食べられていたと思う。まあ、なににしても、そこに入っていた人たちはまあまあ、運がよかったのよ。といってもそれも、今になってこそ言えることなのだろうけれど。

収容所には、百五十人から二百人ぐらいのドイツ人たちが入れられていたわ。そのほとんどが裕福な人たち。みんな、ナチスとつながりがあるとか、ナチスの宣伝をしたのではないかと疑われて送り込まれたの。もちろんその中には、本当にナチスと関わりがあった人もいたのよ。つまりあの収容所には、最悪の手合いの人たち、性根が腐りきった人も入っていたということ。それからもう一つ言うと、収容所に送られた人たちの中には、その時点ですでにブラックリストに名前が挙げられていた人もいたのだけれど、必ずしも全員が全員そうだったわけでもなかったの。でもコンラートのおじいちゃんは、ブラックリストに名前が挙げられてしまっていた。いまでもそのことを思うと、心が痛むわ。ブラックリストに名前が載ったドイツ人は、さっきも言ったように何千人もいたけれど、その中でも、本当に私たちに身近な人といえばエンリケのお父さん、コンラートのおじいちゃんだけだったのよ。

私たち、コンラートのおじいちゃんが落ちていく様子を、飛行機が墜落するようにというか、銃で撃たれたカモが水面に落ちるようにというか、とにかくおじいちゃんが落ちていくその様子をずっと間近で見ていたの。コンラートのおじいちゃん、か。でもね、本当はまだ、おじいちゃんというような年ではなかったのよ。ただ髪がとても薄くて、しかも毛の色そのものも薄かったから、みんなそう呼んでいたの。自殺したときだってまだ、五十五かそこらだったはずよ。世の中には、その年から新たに人生のスタートを切る人だっているというのにね」

「あの紙のことはよく覚えているわ。今手元にあのリストがあってこの目で見ているんじゃないかと錯覚しそうになるぐらいに、はっきりと思い出すことができる。というより、私、なぜあの紙を持っていないのだろう？　そうか、私がなんでも集めておくようになったのはもっと後になってからのことだったものね。

でもほんと、人って、なにかが自分の身に起きている最中というのは、それがどれほど重大な意味を持つことなのかがなかなかわからないものなのよね。もしここに願いをかなえてくれる妖精が現われたとしたら、こうお願いするわ。そのとき目の前にあるすべての物事について、後になってそれが大きな意味を持つようになるものかどうかをその場でわかるようになりたいです、って。

ただ不思議なことに、それが自分以外の人の身に起きたことととなると、そうじゃないのよ。すぐにそれがどういう意味を持つものなのかが、わかってしまう。たとえば、ガイタンのあの事件のときには世間の誰もが、これから大変なことになるぞとピンと来ていたはずよ。ガイタンが殺されて、ああ、これでもうこの国はおしまいだって、みんなそう思っていたわよ。

あら、ちょっと違うわよね、社会的な事件についてはまた別の次元の話だものね。今私が言いたいのは、一人一人の身に起きることについてよ。たとえば、親友がふと口にした言葉とか、たまたまそのとき自分が目にしたこととかが本来的に大事な意味を持つかどうかというのは、その場ではよくわからないものでしょ？　だから私は、それを判断する力が欲しいと思うのよ。
　話を元に戻すけれど、ブラックリストのことは、戦争が終わってからは、いろいろな本で取り上げられるようになったわ。それにリストの模写、というかコピーね、それも出回るようになっていた。つまりその頃にはもう、誰でもブラックリストを見ることができるようになっていたというわけ。そうしたいと思う人は誰でも、私たちのことをとことんコケにしてくれたあのクソッタレの、とんでもない紙切れがどんなものだったのか確かめることができるようになっていたのよ。あら、ごめんなさいね。つい汚い言葉を使ってしまって。あ、それから、アメリカのやつらが送ってきていた書類やら通達書の類《たぐい》だってそうよ。どんなものも、閲覧できるようになっていたのよ。
　ブラックリストというのはね、まず見出しがあって、その下に縦線が二本引かれていて、二本の線の間には国の名前と何月というのが英語とスペイン語で書かれているの。全部で三十四枚。しかもどのページにも名前がびっしり。名前、名前、名前よ、ガブリエル。何千人分もの名前。その全員が、ラテンアメリカのいずれかの国に暮らしていた人たちよ。コロンビア、のページには、数百人分の名前が載っていたわ。もちろん、そこの部分が私たちにとっては一番大事だったわけだけど
「名簿はアルファベット順だった。その点は、きちんと守られていたわ。社会的な地位の高い人が先、ということもなければ、犯した行為の重大性によって名前の順番が決まる、ということもなかった。たとえば、バランキージャのある書店の店主さん。その人のお店では年中ナチス関連の集会が開かれていたし、店主さんも『わが闘争』をお客さん全員にプレゼントしたりしていたのよ。それなのに、ブラックリストでは、ジャガイモ三つと人参三本をスペイン大使館に売ったというそれだけの理由でリストに入れられてしまったある日本人の名前の方が、店主さんの名前より先に載っていたわ。その日本人、野菜を売った相手が悪かったのね。お前たちは野菜と引き換えにフランコ派から金を受け取っただろう、と言いがかりをつけられてしまったの。

でもね、たかだか名前のリストなのよ。それが、とんでもないほどの力を持ってしまうなんて……。

ブラックリストの場合、ページの左側にずらっと、まったく同じ大きさの文字で、しかもすべて大文字で、一人一人の名前が上から順番に書かれていたわ。いいわよ、あれは。いつ見ても心がときめいたわ。

そうなのよ、私って、中身が何であれ一覧表というものが好きでたまらないのよ。別に隠すようなことでもないから言ってしまうけれど。それにそもそも、悪いことでもないでしょうし。別に非難されるようなことではないと、私は思うのだけれど。子供のときの私の一番の遊び道具といったら、電話帳だったのよ。電話帳って、どこを開いても、たとえばLとかM、Wとか、同じアルファベットの文字で始まる名前がずらっと並んでいるじゃない？　そのLとかMとかWとかを上から順になぞっていくの。あなたもやってみたらわかると思うけれど、すごく気持ちが落ち着くわよ。この世の中のことはすべてきちんと整理されているって、そう思えるの。もしそれが言い過ぎでも、少なくとも、そのうちなにやかやの整理がつくのではないかという気にはなるものよ。たとえばホテルに居るとき。ホテルってていつも周りがざわざわしているじゃない？　落ち着かないなと思ったら、なんでもいいからリストを作るの。自分がやるべきことのリストだったり、宿泊者の名簿だったり、従業員リストだったり、何でもいいのよ。リストというのは、本来あるべきものはすべてその中に含まれている、というものでしょ？　そして、そこにないものについてはそこにあるべきではないからこそないわけでしょ？　リストというのはそういうものよ。人間ってね、周りの物事すべてが本来あるべき状態になっていると心のそこから思えるときというのは、呼吸もしぜんとゆったりしたものになっているの。統制がとれているという安心感。そうなのよ、リストを作っていて感じるのって、それなの。完璧な統制。そういう意味ではリストって万能。どんなリストでも、それ自体が一つの世界。そのリストに載っていないものは、誰にとっても存在していないものということになってしまう。そうそう、いつだったか父に、〝リスト一つあればそれで安心できるということは、つまりは、神様はいないということなのではないのかしら〟と言って、頬っぺたをぶたれたことがあったわ。あのときはね、自分は他の子とは違うんだ、面白い子なんだって、父にそう思わせたかったの。それに、言ったらどうなるかちょっぴり好奇心もあったし。そしてけっきょくぶたれてしまって。でもね、今は思うのよ、私が言ったことってやっぱり事実なんじゃないのかって。

　まあ、とにかく、一九四三年の十二月に、エンリケのお父さんの名前がブラックリストに入れられてしまったの。リストの六ページ目だったわ。エンリケのお父さんの一つ前が〝デラウラ、ルチアーノ　カリ市私書箱百九十九〟、一つうしろが、〝ドロゲリア〔薬局〕・ムーニッヒ　ボゴタ市十番街十九―二十二〟。そして、デラウラ、ルチアーノとドロゲリア・ムーニッヒとの間のほれぼれするほど均整の取れたスペースに、〝デレッサー、コンラート。ガラス工房デレッサー　ボゴタ市十三番通り七―十七〟と書かれていた。ええ、たったそれだけ。一文字も上下の線からはみ出すことなく名前、会社名、住所が書かれていて、しかも一行にきれいに収まっていたわ。リストによってはときどき、一つの項目に二行も使われているようなものもあったり、おまけに無駄にスペースを空けていたりするものもあるじゃない？　でもそんなこともなくて、とにかくすっきりしていたの。私はなにが嫌って、一行で十分に書ききれるのに二行も使われているのが、本当に嫌。見苦しいもの。きっと、コンラートのおじいちゃんも、実際に自分の名前が書かれているところを見たとしたら、私と同じように感じていたと思うわよ。おじいちゃんは、とても几帳面な人だったから」

「あれは、コンラートのおじいちゃんがブラックリストに入れられてから二、三日経ったときのことだったわ。といっても、その時点ではまだ、コンラートさんの名前がリストに挙げられたとは知らなかったのだけれど。マルガリータ・デレッサーさんがホテルに電話をかけてきたの。エンリケのお母さんよ。カリ市の生まれでね、肌の色がとても白くて苗字が長くて。どういう意味かわかるわよね？

そう、マルガリータさんはいい家のお嬢さんだったのよ。

私が電話を取ると、マルガリータさんは言ったわ。〝お父様とお話をさせていただけないかしら。私たち、証人になってくれる人がどうしても必要なの〟と。マルガリータさんはそのとき、諮問委員会との面談から戻ってきたばかりだったのよ。コンラートさんはその面談を、自分から諮問委員会に申し込んでいたのね。面談が行なわれたのは、アメリカ大使館でだったそうよ。

でも私、その話を聞いたときに一瞬エッと思ったのよ。だって、最初の頃は間違いなく、ある人をブラックリストに入れるかどうかはアメリカ大使館だけで決めていたことだったから。それがいつのまにか諮問委員会というものができていたのだとわかって、それで驚いたの。

〝諮問委員会と話しても無駄だったわ〟とマルガリータさんは電話の向こうで言っていた。〝たぶん、何もしてはもらえないと思う。けっきょく国は、うちの財産が欲しいだけなのよ。こちらが諮問委員会に訴えようが訴えまいが、取るものは取るつもり。サントス博士、ロペスさん、いえ、もう誰の名前を出しても決定は覆らない。同じようなことが何千回も繰り返されているのだもの。もちろん、そういう目に遭った人たちのことを直接知っているわけではないけれど、話にはいろいろ聞いているから〟って。

マルガリータさんが言うには、お二人が面談に行くと諮問委員会の人たちは飲み物を勧めてくれたそうよ。それも、〝ティンティコ〟〔コロンビアで通常飲まれているエスプレッソ風のコーヒー〕か〝テシート〟〔お茶〕をいかがですか、という言い方で。でもねぇ、それってどちらも、ボゴタっ子たちが親しみを込めたいときに使う言葉でしょ？

面談が始まると、〝なぜデレッサー氏のお名前が資産凍結者リストから削除されるべきだとお考えなのですか〟と聞かれて、コンラートさんとマルガリータさんは訴えたそうよ。すべては誤解で、コンラート・デレッサーは仕事上でも個人的にも、コロンビアやアメリカの国益を損ないかねないようなつき合いは一切していないし、もちろんヒトラー総統の支持者でもなく、それどころかローズベルト大統領を支持している、というようなことを十五分間にもわたって綿々と訴えつづけて、諮問委員会の人たちはそれをずっと黙って聞いていたのですって。そして、コンラートさんたちが話し終わったとたんに委員の一人が、いいえ、もしかしたら委員ではなくて大使館の秘書官だったのかもしれないけれど、とにかくその人が言ったそうよ。〝コンラート・デレッサーさんが敵側と関係があるというのはすでにはっきりと証明されています。宣伝活動に熱心だということも調べはついています。まことに残念ですが、この件を検討し直すことはできません。もはや問題は我々の手を離れるでしょう。あとは国務省がどう判断するかです〟とね。けっきょくのところ、コンラートさんたちがいろいろ訴えたことはなんの役にも立たなかったのよ。もうどうしていいのかわからないわ、と、マルガリータさんは言っていた。〝よりにもよってうちの主人が、コンラートが選ばれてしまうなんて……。あの人だからこそ、私は心配でたまらないの。もしもあなたのお父様が同じようにブラックリストに名前が挙げられたのだとしても、お父様ならうまくしのげるでしょ。でも主人は弱い人だから。人生を投げているようなところがあるの。だから諮問委員の人たちにちゃんとわかってもらわなくてはならないのよ、ザラちゃん。主人はドイツとは、いいえ、それどころかあの国の誰とも関わりを持ってはいないし、興味があることといえば音楽ぐらいで、ただひっそりとガラスを作ることしかできないような人なんだって、そうアメリカ側に伝えなくてはならないの。あなたのお父様にそういうことを書いてもらいたいのよ。コンラートはこういう人で、私たち家族はこうだということを、お父様からあの人たちに言ってもらわなくてはならないの。ホテルにはこの国の偉い人たちも泊まるでしょ？　その人たちの伝手で何とかなるかもしれない。ねぇ、あなたもそう思うわよね？　主人の名前をリストから外してもらわなくちゃならないの。やるべきことはやる、なんとしてでも主人をリストから外させるわ。でも、もしそうできなかったとしたら……、この家族はもう崩壊するしかない〟マルガリータさんはそう言ったわ。

私は、エンリケはどう思っているのかと聞いてみたの。すると、マルガリータさんの答えは、〃あの子は関わり合いになりたくないのよ。母さんたちがナチスとつき合っているからこういうことになったのだろ、と言われてしまったわ〃だったのよ」

「もちろん私には、すぐに察しがついたわよ。エンリケがなぜマルガリータさんにそんな態度を取ったのかがね。実際の話、あの頃にもしも、エンリケがなにかでコンラートさんを裏切ったことがあると知らされたとしても、私はべつに驚かなかったと思う。エンリケとコンラートさんとはずっとうまくいっていなかったから。でも、あれほどの重大な問題が起きたとなればそれはもう、緊急事態じゃないの。私にはエンリケのことがさっぱり理解できなかった。だって、お父さんの名前がブラックリストに載ればエンリケ自身だって何もなしでは済まされないというのは誰にだってわかることだもの。ところが、私からその話を聞いてあなたのお父さん、ガブリエルは言ったのよ。〃エンリケのことをわかっているやつなんて誰もいない。僕も君も、エンリケのお袋さんも。誰一人、あいつのことをよくわかってなどいない。その、よくわかってもいない相手に対して、君はいったい何を期待していたんだい？　今度のことはショックだった、って？　じゃあ、これを教訓にして、他人に変な幻想を抱くべきじゃないと肝に銘じた方がいいね。誰だって、表面と内側とでは違うものだよ。表に見えている通りの人間なぞ一人もいやしない。どんなにわかりやすそうに見える人も別な顔を持っているものさ〃と。

それは、たしかに、一つの考え方としてはガブリエルが言ったようなこともあるだろうといちおうは理解できるわよ。でも、エンリケを見ている限り、あるいはエンリケの喋っていることを聞いている限り、そんなことをする人だなんて想像もできなかったから。正直に言えば、あれは父親に対する裏切りだと、私はそう感じていたわ。言い方はきついかもしれないけれど、私にしてみたら、人が自分の父親を裏切るなんて聖書の中以外では起こり得ないことだもの。ええ、エンリケに対してはそういう見方をしていたの。でも、あるときふと思ったの。あなたのお父さんの言っていた通り、ただ私たちの方が、エンリケのことをちゃんと見ていなかっただけなんじゃないのかって。

　私もガブリエルも、エンリケのことはそのずいぶん前から知っていたのよ。あれは一九四〇年だったかしら、エンリケが初めて聖週間の休暇を過ごしにうちのホテルにやってきたのは。もしかしたらもう少し前だったかもしれないけれど、とにかくその頃からエンリケは、聖週間というと毎年、うちのホテルで過ごすようになっていたの。コンラートのおじいちゃんは、ホテルを開業するときに父が頼んだ業者さんの一人だったのよ。父は、ホテルの改装でもなんでも入札で業者さんを決めることにしていて、でもまあそこは、同じ国出身同士ゆえの贔屓《ひいき》とか移民同士の連帯感とか、理由をつければいろいろあるとは思うけれど、開業前の改装工事の入札に勝ったのがコンラートさんだったというわけ。そうしてコンラートさんは、四百五十九枚のガラスをはめかえる作業を請け負うことになったの。ねえ、考えてもみて。ホテルのガラスといったら、まず鏡、窓ガラスに、長方形のガラス製のドア、それも面取り加工がしてあるものとしていないものと、化粧台用の曇りガラス、ふろ場用にはすりガラス、研磨剤で表面が削られたガラス、それに食堂にはシャンデリアもあるでしょ？

　ところがね、エンリケにとっては、うちのホテルもお父さんが作ったガラスも、どうでもよかったのよ。本当よ。あの人にとって大事だったのはもっと別なこと。たとえば……、ホテルが女性客でいっぱいかどうかとか、そんなことだったの。エンリケは、女性というのはアボカドの実のようなもの、自分の好みで選ぶその対象としてこの世の中に存在しているものだと、疑いもなく信じていたのね。もちろん、時には私だって、エンリケがそう考えるのも無理はないかも、と思うことはあったわよ。エンリケはいつも、エバーフィットのスーツ〔コロンビアの男性用服メーカー〕にパーカー51の万年筆〔パーカー社の万年筆の中でもロングラン製品〕

を胸ポケットにさしてホテルにやってきていたものよ。あと、花も忘れずに。ボレロ歌手〔十八世紀にスペインで生まれたダンスまたはダンス曲。カスタネットなどのリズムに乗った歌手の歌に合わせ、一人またはペアで踊る〕のように堂々とふるまっていたし、大公のように押し出しがよくて、女の人たちはみなエンリケにめろめろで大変な騒ぎだった。ええ、エンリケは魅力的な若者だったわ。そのことについては否定しない。エンリケは見た目がまさに外国人で、この国の人って、そういうのに弱いところがあるじゃない？　それにエンリケは、けっしてガツガツしないの。世界をどうぞと差し出されているのに遠慮してそれを断っているみたいな、ゆったりしたところがエンリケにはあったわ。髪はいつもヘアリキッドでビシッと決めていて、ちょっとした仕草にも育ちのよさがにじみ出ていて、食堂にエンリケが来るとね、従業員の女の子たちはエッチな言葉をかけるし、泊まり客のご婦人がたも、エンリケにそっと親切にしたりしていたわ。でもみんながエンリケに惹かれていたのには、もっと他にも理由があったの。それはエンリケの声。エンリケの声には、相手に嘘を嘘と思わせないような何かがあったような気がする。みんな、エンリケと喋りたがっていたというよりむしろ、エンリケの声を聞きたがっていたのよ。はっきり言ってしまうけれど、エンリケの声を聞くと誰もが、一瞬、夢見心地になってしまったものよ。なんというか、日々の現実から救い出してもらってオペラの一場面にぽんと置いてもらったような、そんな気分にさせられたの。でもこのたとえは変よね。だって、エンリケはオペラが好きではなかったもの。というよりむしろ、オペラをバカにしていたから。自分の父親が、休み時間になると必ず、いえ、時には仕事中でも聞き入ってしまうほどのオペラ好きだと知っていて、エンリケはオペラというものを軽蔑していたの。

　そうそう、それからエンリケって、誰かと話をしているときにはかならず、相手の目と口元を見ていたわね。目、口元、目、口元って、それもぴたっと視線を当てて見ているものだから、最初はみんな、つい、自分の口髭にパンくずでもついているのかと髭に手をやって払う仕草をしたり、わざわざメガネを外して、メガネのふちが汚れていないか確かめたりしてしまうの。そうしてしばらくしてからやっと、ああ、そうか、目と口元を見つめるのはエンリケのいつもの癖だったっけ、と思い出すの。エンリケと話をしているといつもそう。あれじゃあ、もしもホテルの庭で戦争が始まったとしてもエンリケは相手から視線を外そうとはしなかったでしょうね。

エンリケはね、みんなの前では決してドイツ語を話さなかったのよ。ドイツ語は家の中で覚えたそうよ。家にいるときには、ご両親とはドイツ語で話をしていたわ。でも外では、お父さんのお店に出ているときもホテルに来ているときでも、コンラートのおじいちゃんの方がシュヴァーベン訛《なま》りのドイツ語で話しかけているのにエンリケったらスペイン語で、それもボゴタっ子特有のスペイン語で答えていたの。あなたのお父さんにしてみれば、そうしたことのなにもかもが不思議で仕方がなかったのではないかしら。まったく理解できなかったのだろうと思うわ。

あるとき、ガブリエルがデレッサー家からお食事のお誘いを受けたの。初めてのお誘い。一家のお家があったのはラ・ソレダ地区。私も何度か伺ったことがあるけれど、お家の中はいかにも住み心地がよさそうで、広々していたわ。それでもそのとき、あなたのお父さんはどうにも落ち着かなかったらしいの。お父さんは言っていたわ。〝エンリケのやつ、家に着くまではいつもの、俺が知っているいつものエンリケだったのに、一歩中に入ると喋る言葉がドイツ語に変わって、するとたんに別人になってしまったよ。エンリケが話しているというのに、俺にはあいつの言っていることが理解できなかった。目の前でエンリケが喋っていても、何を言っているのかがちっともわからなかったんだ〟って。最初はとにかく驚いて、ただ呆気にとられてエンリケのことを見ていたそうよ。でもそのうちに、エンリケのことが信じられないような気になってきて、それがお宅をおいとまする頃になったら、こう思うようになっていたのですって。〝面白いじゃないか。こんな面白い見世物は生まれて初めてだ〟と。ガブリエルは、その後でもう一度コンラートさんからお食事に誘われて、そうしたらこんどは、ついてきてくれないかと私に頼んできたの。ドイツの習慣についての先生役みたいなこともしてほしいし、必要なときには通訳も頼みたいから、と言ってね。でも今考えると、あなたのお父さん、本当は、自分と一緒にその面白い見世物を見てくれる人が欲しかったのではないのかしら。

とにかくガブリエルと二人でエンリケの家に行って、そこでのことよ。食事が終わるとエンリケはコンラートのおじいちゃんに聞いたの。〝父さんは、ドイツに戻って暮らすつもりがあるの？〟って。でもコンラートさんは質問には答えずに、自分が生まれ育った国の言葉について話し出したの。それからスペイン語の話になって、スペイン語というのはとんでもなく難しいものだな、とそう言ったのよ。でね、そのときにコンラートさんは、〝移民たちが仲間内で使う独特の言い回しなど、我々が普通に口にしているまともなスペイン語にできた疣《いぼ》のようなもの〟というある詩人の言葉を引き合いに出してきたの。なにかで読んだのでしょうね。ええ、あの頃は私もまだ使っていたわよ、その疣とやらを。コンラートさんは言ったわ。〝私たち移民がどれほど努力をしても、けっきょくは、その疣を生み出す元でしかないのだよ〟と。そしてそれきり、口をつぐんだの。でもそれでよかったのよ。なぜって、エンリケのことだもの、コンラートさんがそのまま話を続けていたとしたらきっと容赦しなかったはずよ。他の話題、たとえばロマン派の作曲家のこととか、ボヘミアンガラスのこととかだったらともかく、ことコンラートさんのスペイン語やドイツ語に関わる話になるとエンリケは、コンラートさんに手厳しかったから。

エンリケは、自分の子供にはドイツ語は教えないといつも言っていて、あなたのお父さんも私も、エンリケのその言葉をよく聞かされていたものよ。私はもちろん、エンリケの言うことはもっともだと思っていたわ。あの頃父のところには知り合いやら、仕事仲間やら、遠い親戚やらからの手紙がよく来ていてね、どの手紙でも同じことを言ってきていたわ。身内同士がドイツ語で話をするようなことはやめておいた方がいい、いかにも誇らしげにドイツ語を使ったり、なにかを褒めるようなときにドイツ語で言ったりするのもとても危険だ、と。なにしろ、当時は、ドイツ語すなわちナチスの言葉、というのが世の常識になっていたから。

おそらく、その頃にはもう、エンリケの頭の中では父親やその親族たちの言葉が死んだものになりつつあったのね。もちろん、エンリケ自身もそのことに気づいていただろうと思うわよ。それに、なぜそうなっているのかその理由についてもね。エンリケが家の中以外ではドイツ語を使っていなかったというのはさっき言った通りだけれど、でも理由はそれだけではなかったの。エンリケはね、同世代のドイツ人といるときですらドイツ語で話すことを避けていたのよ。だものだから、エンリケの場合、ドイツ語といえば、慣用句にしても、あるいはことわざや決まった言い回しにしても、三十も年が上の父親世代たちが使っているようなものしか知らなかったのよ。つまりね、エンリケにとっては、ドイツ語で喋るというのは否応なく、自分自身のではなくて自分の父親の言語世界に閉じ込められてしまうことを意味していたの。エンリケにはそれが嫌でたまらなかったのね。もう耐えられない、とまで思っていたのだと思う。だからこそエンリケは、ドイツ語で喋るのをなるべく避けようとしていたし、自分の家族に対して反抗的な態度を取ってもいたのよ。

エンリケって、ほんと、変わっていたのよ。私はエンリケを見るたびに思っていたものよ。この人はこれほどまでに周りの景色すべてから自分自身のことを切り離したくてたまらないのかしらって。なんというかエンリケには、たとえば、自分の体と床の絨毯《じゅうたん》、自分の体と食堂の壁の間に何の関わりも持たせようとしない、みたいなところがあったの。お家には借りもののピアノがあってね、その上にはプロイセンの軍人の肖像画が飾られていたわ。その軍人さん、おそらくはご先祖のどなたかで、有名な方だったのでしょうね。でもエンリケはいつも、そういうこととは自分は一切無関係、みたいな顔をしていたわ。たぶんエンリケは、背景のないただの人、平坦で厚みのない二次元の自分でありたかったのだろうと思う。

あの頃、外に出ているときのエンリケを見ているといつも、別の自分になりたがっている、みたいな印象を受けたものよ。人が別の自分になるのはそうそう簡単なことではないけれど、エンリケの場合にはそれができたのね。そしてそのための方法の一つが、ドイツ語を喋らないということだったのよ。いかにもドイツ人らしい顔立ちをしていたのよ、エンリケは。あの顔立ちでコロンビアふうのスペイン語を喋るって、どんなだったのかしら？　もしかしたら、潜水服を着て水の中に入っていったときのような感覚だったのではないのかしら。気持ちがいいというか、いつもとは違う環境に身を置いているのにほんらい自分がいるべき場所でよりももっと楽に動くことができている満足感というか。まあ、エンリケが、そうした二つの異なった血を体の中に持つ者の特権をせいぜい利用してやろうと考えたのも当然だったのかもしれないわね。ましてやエンリケには、敏《さと》いところがあったから。エンリケはおそらく、生まれて初めて、あなたのお父さんがいつも言っていたのと同じことを肌で感じていたのではないのかしら。お父さんは言っていたのよ。その人が口にすることはその人そのもの、それをどう話すのかもまさにその人そのものだ、と。

ところが、コンラートのおじいちゃんの方は、エンリケとはまったく違っていたの。マルガリータさんはね、私が訪ねていくといつも、リビングに通してくれたわ。ビロード地のソファーに腰を掛けるよう勧めてくれて、お茶を出してくれるの。お菓子はビスケットか、ガレンミュラー夫人のお店で買ってきたなにか。そのお店は、十九番通りと三番街との交差点の角にあったのよ。そういうときにマルガリータさんが話すことといえば決まって、コンラートさんのことだったわね。それも、昔はよかったのに、というようなことばかり。ご主人の話題になるでしょ。すると必ず、コロンビアに来て最初の頃の主人はもっと違っていたのに、とか、本当にいろいろなことがあって主人はだんだん変わってしまったの、という話になっていくのよ。〝なにごとも時が解決するとよくいうけれど、主人の場合はそうはならなかった。主人も私もこんなはずじゃなかったといつも思っているのよ〟と、マルガリータさんは言っていたものよ。

それはもちろん人間誰しも、自分の生まれたところがいちばん居心地よく感じるのは当然よ。だけれど、もしも国を出てしまったとしても、人ってたいていは少しずつ、出た先での暮らしもまんざらではないと感じるようになるものでしょ？　マルガリータさんだって本当は、コンラートさんにそうした居心地のよさを、このコロンビアでも感じるようになってほしいと願っていたはずよ。ところがコンラートさんのばあい、コロンビアに来たばかりのときがいちばんましだった、というか、時間が経てば経つほど居心地の悪さの方をむしろ感じるようになっていったの。マルガリータさんはこうも言っていたわ。〝こちらに来てからの主人は自分を素直に出すことができなくなってしまったの。無意識になにかに反応したり、駄洒落や皮肉を言ったりというのは、今はもう無理なの。けっきょくそういうのは、自分の生まれ育った土地の言葉で暮らしている人にしかできないことなのよ〟って。

たぶん、そうしたこともあったからなのよね。コンラートのおじいちゃん、けっきょく最後までコロンビアの人たちと普通につき合うことができないままで終わってしまったわ。もちろん、言葉の問題がその理由のすべてだったとまでは言わないけれど。でも確かにコンラートさん、スペイン語で誰かと喋るときにはよく考えながらでなくてはだめだったし、だからけっきょくは当たり障りのないことしか口にできなくて、あれでは友達の作りようもなかったと思う。少なくとも、コンラートさんが、誰かと秘密を共有するみたいなことができなかったのは事実よ。二人だけの秘密って楽しいものでしよ？　でもそれは、言葉が流暢でないとできないことなのよ。エンリケは幸いにもそのことに気づいていて、どうすべきかを理解していた。まだとても若かったのにね。

それにコンラート・デレッサーさんというのはもともと、自分に自信のない人だったの。エンリケはそこに反発を感じていたのね。たぶん、子供の時分からエンリケは、自分をどうしたら父親とは逆のタイプの人間に見せられるかということばかりを考えていたのではないのかしら。自分に自信を持てる人、というイメージを作ろうと必死だったのだと思う。そして、私が知り合った頃のエンリケは、もう間違いなく、自分に自信を持つようになっていたわ。だって、もしそうでなかったとしたら、周りの人たちに対してあんなふうに喋ることはできなかったはずだもの。エンリケってね、瞬きもせずに、口ごもることもなくて、頭に浮かんだそのままを口に出すの。でも……、それって、あなたのお父さんも同じじゃない？　ねぇ、いったいどちらが先だったのかしら？　まずあなたのお父さんがそういう話し方を会得して、それをエンリケが真似したのかしら？　それとも逆？

あれは一九四二年の初めだったわ。コンラートのおじいちゃんの知り合いのドイツ人家族が、バランキージャからボゴタに引っ越してきたの。コンラートのおじいちゃんのような人にとって同じ国の人と話をするというのがどういうことなのか、あなたにわかる？　私にはわかる。だって、ずっとうちの父を見ていたから。父もコンラートのおじいちゃんと同じだったのよ。そう、まったく同じ。ドイツ出身の人と会ったとなると、父はもう、天国にでもいるような表情を浮かべていたものよ。なにが嬉しいって、父にとっては同じ国の人と一緒にいるのがいちばん嬉しいことだったの。ドイツ人が相手なら、普通のテンポでつかえることもなく話ができるし、文法が間違っていやしないか、動詞の活用を違う人称のものにしてやしないかと、いちいち相手の顔の反応をうかがう必要もないもの。自分のへたな発音が周りの人たちの爆笑を誘うのではないかと心配しいしい喋る、ということからも解放されるし。

そう、発音で言えばね、父たちにはとりわけ、スペイン語のｒとｊが鬼門だったのよ。たぶん、泥棒のことなんかよりもよほどその二つの発音の方を恐れていたのではないのかしら。でもドイツ語でなら何も気を遣わずに喋ることができる。アクセントもそう。父は、アクセントを間違えるたびに恥ずかしさのあまりパニックになっていたけれど、ドイツ語で話している限りはそんなことは起こりようもなかったから。

バランキージャからやってきたベトケさん一家は、ご主人と、とても若い奥さんとの二人暮らしで、ご主人は三十歳かもう少し上、ちょうど今のあなたぐらいだったわ。奥さんの方は二十歳ぐらいで、私たちと同世代だった。お名前はハンスさんとユリアさん。お二人が越していらしたのは、枢軸国出身者への規制が始まったからだったのよ。どんな規制が行なわれていたのかというとね、たとえば、枢軸国出身者は放送機関への出入りが禁止になっていたわね。それに新聞社からも追い出されていたし。おまけに、枢軸国出身者は海岸地帯に住むことを禁止されてしまったの。ええ、そうなのよ。だからご一家は引っ越してきたというわけ。ブエナベントゥーラ、バランキージャ、カルタヘナに住んでいたドイツ人たちはみんな、そう。内陸の方に移らなければならなかったの。カリに行くか、メデジンに行くか、さもなければボゴタに来ていた。だからボゴタにはあの頃、新顔のドイツ人たちがいっぱいいて、ホテルにとっては最高にいい時代だったわ。うちの父も満足そうだった。

まあ、そういうわけでベトケさん一家もバランキージャからボゴタにやっていらしたの。

あれは一九四三年の〝贖罪の日〟〔ユダヤ教の祭日の一つ。ユダヤ暦の七月十日に、断食と、人類の罪をあがなうための儀式が行なわれる〕のことだったわ。コンラートさん一家が食事会を開いてくれたの。といっても大げさな会ではなくて、ご馳走もたいしたものは出なかったのだけれど。あなたのお父さんと私と二人して食事会にお呼ばれをして、あなたのお父さんは、そのことにひどく驚いていたわ。私たち二人とも、二十歳になる少し前だった。でもまだまだネンネちゃんだったわね。そのことは認めなくては。その年の頃ってみんな、自分のことを世界の救世主かなんかのように思い込んでいたりするじゃない？　しかも、それが勘違いと気づくなんて、奇跡でも起きない限りまずあり得ないことだし。それでも、人って年がいけば自然と、あのときのあれは勘違いだったと気づくものなの。もちろん、そうじゃない人もいるにはいるけれど。十六、七、八で自分は世界の救世主だと思い込んで、それが人生最大の勘違いだとわからないままにその思い込みを死ぬまで引きずっていってしまう人というのも、世の中にはいるものよ。まあ、別にそれだって驚くようなことではないのだけれど。でもいっぽうでは人って、十六、七、八にもなると、それまで耳にしてきたことはすべて嘘、世の中というのは自分が信じてきたようなものとは違うとそろそろ気づいたりもするわよね。あなただってたぶん、そうだったはず。だけれどそのときに、誰か大人が、あなたが必要としているアドバイスをしてくれたりした？　そこまでではなくても、誰か大人があなたを安心させてくれたという経験はある？　たぶんどちらも、ないわよね。まったくない、でしょ？　大人たちは、自分で何とかしろという態度だったでしょ？　ねぇ、それって、残酷なことだと思わない？　よく世間では、そもそも人がこの世に生まれてくること自体が残酷なこと、みたいな言い方をするけれどそれは違うわ。精神分析を少しでもかじったことのある人なら誰でもわかるはずよ、そんなのは違う、って。それに、事故で家族の誰かが亡くなるというのも、べつに残酷というような話ではないわ。事故は事故、誰の目から見てもはっきりした事実なわけなのだから。それよりも、残酷というのならば、自分はこの世の物事についてはわからないことは一つもない、なにがどう動いているのかをすべて理解していると疑いもなく信じ込んでしまうことこそがそうなのよ。しかも、大人の仲間入りをしたからというただそれだけの理由ですっかりその気になってしまうなんて、ほんと残酷以外のなにものでもないわよ。たとえば女の子だと、たいていは、生理が来て四、五年も経つ頃にはもう、自分は知るべきことはすべて知り尽くしてしまったと心から信じるようになるものよ。ところがね、そのときなのよ。世間というものが目の前に立ちはだかって、こう言い放つの。いや、そうじゃないよ、お嬢ちゃん。ぜんぜん違う。あなたにはまだなにもわかっちゃいないよ、って。

実を言うと、コンラートさんが私とガブリエルを贖罪の日の食事に招待してくれたことについて、私には、なぜ招待をしてくれたのかその事情がすっかりわかっていたの。でもそれをガブリエルには言わなかった。どういうことかというとね、コンラート・デレッサーさんは、うちの父にとても大きな借りがあったのよ。もしも父がいなければ、父がホテルのガラスを取り換える仕事をコンラートのおじいちゃんに頼んでいなければ、おじいちゃんは食事会を開くお金にも事欠いていたはずよ。

父は、コンラートさんがラジオ局をクビになったと知って、すぐにホテルの調理場で働いていたある女性従業員の子供に一ペソやってこう頼んだの。〝ホテルのガラスの中で小さいものを二十枚か三十枚、誰にも見つからないように割ってこい〟って。そうして男の子にガラスを割らせてから、コンラートさんに代わりの新しいガラスを注文して、その代金を支払ったのよ。おまけに、ガラスを割るように頼んだその男の子が、二階のトイレの小窓を割るときに親指を二か所切ってしまったものだから、その治療費も払ったわ。だからとうぜん、コンラートさんは私を招待してくださったわけよ。なにしろ私はヘル・グーターマンの家のお嬢さんだったのですもの。もちろん肝心のヘル・グーターマンの方もご招待を受けたわよ。ところが父はそのお誘いを断ったの。ありがたいお申し出ですが伺えません、って。それなのに、私には、断ったりしたら失礼だから行ってこいと言って、それでガブリエルが私につき添ってくれることになったの。父はそのとき、自分が行かない理由については、ベトケさん一家がナチスのシンパだというのは有名な話だから、と、そう説明していたわ。ええ、確かに、それはその通りだったの。写真を見るとよくわかる。バランキージャでの集会のときの写真が残っているから。映画のスクリーンほどの大きさの鉤十字《かぎじゅうじ》の垂れ幕と、それを背に白い木製の椅子に腰を掛けている人たち。髪型はみんな同じで、一部の隙もなくビシッと髪を撫でつけている例のあれよ。演壇だかステージだかの上では、何人かが一列に並んで、手を後ろに組んで気をつけの姿勢をしているの。着ているのはみんなお揃いのカーキ色のシャツ。それもぱりっと糊の利いたやつ。それともう一枚の写真の方は、全員でテーブルを囲むように座ってビールを飲んでいるところを写したもの。そのテーブルには刺繍入りのテーブルクロスがかけられていたわ。もちろん、ベトケさんご夫妻もそこに写っているわよ。ご主人は背広姿で、ネクタイは白。腕にはハーケンクロイツの腕章。奥さんも胸にハーケンクロイツのブローチをつけているの。写真で見ただけでははっきりわからないかもしれないけれど、私はそのブローチがどんなものだったかよく覚えているわ。鷲の紋章のところが金で鉤十字の部分はオニキス。小さいけれどとてもよくできていた。そんな二人と一緒に、私とガブリエルは食事に行ったこともあるのよ。でもそれは、なにも特別なことではなかったの。あなたには信じられないことかもしれないけれど。私だって何度も、ハーケンクロイツの腕章やブローチをつけた人たちと一緒に食事をしたわよ。といってももちろん、うちのホテルではハーケンクロイツを身につけている人たちの方がむしろ当たり前だった、と言っているわけではないの。でも一九四一年までは、ナチスのシンパであっても誰もこそこそしてはいなかったし、自分がナチスであることを隠してもいなかったというのは事実。だから、私たちがベトケさんたちと食事をしたというのもそう非常識なことではなかったの。

ところで、なぜ父は私を食事会に行かせたのだと思う？　父は自分では行かなかったのよ。食事会に参加するとよろしくない人たちと同席する羽目になるからという、とてもわかりやすい理由でね。私はわけを聞いて、父が行かないのも当然だと納得したわ。でもいっぽうで、じゃあなぜ、私が行くのはかまわないのかしら、と、考えてしまったのよ。その答えがわかったのはもっと後になってからのこと。父はけっきょく、理想主義者だったのね。まあもっとも、理想主義者でもなければコロンビアのような国に来ようなんてことは思わなかったわけだけれど。世間ではよく、〝理想主義者はもう死に絶えてしまった。なぜなら、本当の理想主義者とは、物事がよくなるだろうという希望を持ってドイツに残った人たちのことだからだ〟みたいなことが言われているけれど、それは違う。私に言わせれば、ドイツに残った人たちは自ら進んで不運を選んだのよ。ただそれだけのこと。あるいは、外に出たくてもお金を持っていなかったか、ドイツを出国するための書類を手に入れられなかったか。もしかしたら中には、アメリカに行くにしろどこに行くにしろビザがもらえなかった、という人もいたのかもしれない。でもとにかく理想主義者たちは、そうできる状況にあった理想主義者たちはみんなあのとき、一晩で荷物をまとめてこう言ったの。〝知らない土地に行けばきっと今よりいい人生があるはずだ〟と。父もそう。ドイツでは裕福な暮らしをしていたけれど、ある晩、父は言ったのよ。〝ジャングルに行こう。そこでチーズを売れば間違いなく、もっとすべてがよくなる〟と。そう、ジャングルよ。父たちにとってはあの頃のコロンビアはまだ、ジャングルというイメージだったのね。私のドイツ時代の学校の友達なんか、木に登るのにエレベーターはあるのかって私に手紙で聞いてきたものよ。嘘じゃないわ。

　とにかくそれが理想主義というもの。そして父は、まさに理想主義を地で行っているような人だった。そう、だからなのよ。理想主義者だったからこそ父は、どうしたって私のことを家族の代表として、コンラートさんの食事会に行かせたかったの。父にとっては、リビングにヒトラーの肖像を飾っていると噂になっているような人と私とを同じテーブルに座らせる、というのが意味のあることだったのよ。

　父はよく言っていたものよ。〝このコロンビアに来たらもう、ドイツでのことは忘れよう。ここにいるのはみんな同じドイツ人だ〟〝このホテルでは、ユダヤ人もアーリア人もない〟ってね。そして父は、ホテルの中では実際にそうなっていると信じていたの。でも、そういう父って、お人好しすぎると思わない？　あまりにも世界のことを知らなすぎよ。今になれば、私にもそのことはよくわかるわ。だって、父の友人にはドイツの公共の広場で絞首刑になった人もいたのよ。それに、もうその頃には、洋服に黄色い三角マークを縫いつけられたまま何年も過ごしている人たちだっていたというのに〔ナチ強制収容所やドイツの占領地では、ユダヤ人には、黄色で描いた星型や三角の紋様をつけることが義務づけられていた〕。たしかに父は、しょっちゅう過ちを犯すような人ではなかったけれど、でもこのことに関しては、間違った考え方をしていた。

　というか、父は信じていたのよ。たぶん他のユダヤ人たちもそうだったと思うけれど、コロンビアのドイツ人社会でのナチズムは単なるお遊びに過ぎないと、そう思い込んでいたの。だから、ナチスのシンパと言われるような人たちが何度も集会を開いたり、さんざんナチス礼賛の宣伝をしたり、あげくにはそうした人たちが間違いなくナチスの信奉者だという証拠があがったりしても、父はずっと、祖国を離れてここまでやってくるような人たちが心の底からナチスに心酔しているはずがないと、そう言いつづけていたわ。〝私たちは今、この国の建設に力を貸しているんだ。そうじゃないかい？ ここの人たちは、私たちのことを必要としているよ。違うかい？ それに我々ドイツ人にしても、コロンビアにやってきてからは気持ちが穏やかになっているし、社会性も理性も取り戻しているではないか〟と父はいつもそう言っていたの。

でもね、そんな父にいったい誰が、あなたはお人好しすぎる、なんて言えたと思う？ それに実を言うと、父だけが特別そうだったというわけでもないのよ。なにしろユダヤ人というのは、たとえ誰かに憎まれていたとしてもそうは信じないということにかけてはベテランというか、年季が入っているというか。

まあ、確かに、うちのお客さんたちを見ていて、父が、やっぱり自分の考えは正しかったと自信を持ってしまったというのもわからないでもないのよ。だって、お客さんたちは本音なんか言わないもの。心の奥で思っていることをホテルのオーナーに言ったりはしないわよ。お客さんがホテルの部屋の壁に鉤十字を書くなんてわけはないもの。ちがう？ けっきょくのところ、父は、あの時代に生きていたわりにはお人好しすぎたということなのよね。後になっていろいろ気づくのだけれど、あの頃はまだ、みんなのことを信じ切っていたのよ。

ゼーラのおじいちゃんのことも……。ボゴタにいたドイツ人でユダヤ人排斥運動の急先鋒の一人で、とても恐ろしい人だった。そのゼーラさんが一度だけうちのホテルに泊まりに来たことがあったの。そのとき私がなぜゼーラさんを泊めるのかと聞くと、父は〝ゼーラさんは、手にホルヘ・イサークスの『マリア』〔コロンビアを代表するロマン派の作家ホルヘ・イサークス（一八三七―一八九五）の代表作〕を持っていたじゃないか〟って、そう言ったの。

父のそういう類の話なら、他にもたくさんあるわ。つまりどう言ったらいいのかしら。父はどうやら初めから、恨みつらみの感情のままに私を教育するようなことはすべきではないと考えていたらしいのよ。よく父は言っていたわ。〝こんな歴史はもう私の代で終わりにしなければならない。お前たちはまた一から始めればいい〟と。それと父は、世の中には一緒の席に着いてはいけない相手というのがいるものだ、といったような考え方を娘に植えつけたくはなかったのだと思う。あのとき父から直接そう聞かされたわけではないけれど、今になるとよくわかるの。けっきょく私たちって、普通のドイツ人とはちょっと違っていたのよ。ほんと、ドイツ人らしくないドイツ人だったのよね。だってそうでしょ？　コロンビアに来てしまえば自国で敵だった人たちのことももうそれほど敵として警戒する必要はないなんていうのは、よほどのお人好しでもなければ考えないものよ。ほんと、父には人を信用しすぎる嫌いがあったから。

もっとも、あなただって知っていると思うけれど、コロンビアではあの頃、ユダヤ人強制収容所のことも移送用の貨車のこともガス室のこともまったく話題になってはいなかったのよ。コロンビアの新聞社にとっては、そうしたことはどうでもよかったのね。私たちにしても、すべてを知ったのは戦争が終わってからよ。もちろん中には、おそろしい事態が進行している最中にその事実を摑んでいた人たちもいたけれど、それを広めようにも援軍も現われなかったし、マスコミに訴えてもまったく取り合ってはもらえなかったの。

つまり何が言いたいかというと、あの日の食事会のことは言ってみれば、理想主義者であるグーターマン氏から私が大使役を仰せつかったようなものだった、ということ。まあ、そんなわけで私は、あなたのお父さんとハンス・ベトケさんに挟まれて食事のテーブルに着くことになったわけ。正面にはエンリケ・デレッサーが座っていたわ。エンリケの一方の隣はユリア・ベトケさんで、もう一方にはマルガリータさん。上座には、一応食事会の主催者ということでコンラートのおじいちゃんが座っていたのだけれど、存在感がぜんぜんなくて、なんだかおじいちゃんの姿がいつもより小さく感じられてならなかったわ。でもそれももしかしたら、ベトケさん夫妻がいたからおじいちゃんは委縮していた、ということだったのかもしれないわね。

ハンス・ベトケさんって、いつもきれいに髭を剃る方でね、メガネは、近視用の小さなものをかけていたわ。そして、顔ももちろんだけれどあの人の体全体から、〝今こうして君に笑いかけてはいるが、私に背を向けるなよ。背を向ければ間違いなく刺すぞ〟みたいな空気が醸し出されていたの。髪は、縮れ毛でブロンズ。それをポマードで撫でつけていて、こめかみのところに小さな渦巻きができていた。というか、頭全体が一つの渦巻きみたいで、なんだか、ゴッホの絵のイトスギと一緒に食卓を囲んでいるような気分だったわ。そのイトスギさんがまあ、話すこと話すこと。一人で二十人分ぐらいは喋っていたわね。ベトケさん、自分がそれまでの人生で経験したあるちょっとしたことがもう、自慢で仕方がなくて、自分は偉いって、誰よりも偉いって、そう思っていたのよ。

食事会の日、まずはリビングで食前酒をいただいたのだけれど、その席でも専ら喋っていたのはベトケさんだったわ。ベトケさんは、二十歳の頃に初めてドイツ旅行に行って、戻ってきたときにはカエサルも顔負けのドイツ帝国主義者になっていたという話を、しきりにしていたのよ。私、それを聞きながら心の中で思っていたわよ。この調子ではベトケさん、もしもご自分のパスポートがコロンビアのではなくてドイツのものだったとしたら、今ごろはそれを背広の襟に飾って歩いたんじゃないのかしらって。

ベトケさんは手のとても小さな人でね、サラダ用のフォークがその手に握られていてもそれが、メインディッシュ用のフォークにしか見えないの。ほんとうに小さな手。その手を目にしたとき、なぜだかはわからないのだけれどとっさに、この人は信用できない、と感じたの。私だけじゃない。後から聞いたら、あなたのお父さんも同じようなことを感じていたそうよ。私なんて、あれほど手が小さければ隣に座っている人のズボンのポケットから何かをくすねるのも簡単よ、なんてこともチラッと思ってしまったけれど。でももちろん、ベトケさんはそんなことはしなかったわ。

ベトケさんってね、フォークとナイフを使うのがとても上手な方なのよ。あのときも、ハープを弾いているのではないかと勘違いしそうになるほどに優美に両手を動かしていたわ。でもそれは話をしていないときだけのこと。話をしているときは、まったく別人のようだった。実は私、ベトケさんの話を聞きながら、この人、ファシスト礼賛の新聞のコラムにでも書いてありそうなことばかり喋っている、と思っていたのよ。そうしたら、後から知ったのだけれど、ベトケさんって、ほんとうに『ラ・ヌエバ・コロンビア』紙にコラムを書いていたのですって。そう、それがあの晩に私が一緒にお食事をした方たちのうちのお一人だったというわけ。まさに喋る新聞だわね。まったく笑っちゃうでしょ？

あれはまだ、食前酒を手に持ったままのときだったと思うけれど、ベトケさんはコンラートさんに、ドイツ旅行から持ち帰ってきたあれこれについて話を始めたの。レコードや本や、二枚の木炭画のことまで。でも私は、それを描いた画家たちの名前を聞いてもぜんぜんピンとこなくて。私は言ったの。私のお気に入りはシャガールです、って。別に何か意図があったわけではないのよ。ただ会話に参加したかっただけ。するとベトケさんは、ホントに子供だね君は、とでも言いたげな顔で私を見たの。なんだかそのとき、ベトケさんから、子供はさっさと歯を磨いてまっすぐベッドに行きなさいって、そう言われたような気がしたわ。ベトケさんはそれからも、デカダン派の芸術についてなにか喋っていたようだったけれど、正直、私にはよくわからなかった。

それからベトケさん、こんどはコンラートさんに向かって演説を始めたの。ベトケさんとしては言い方には精いっぱい気を遣っているというのは私たちにもわかったけれど、それでも、コンラートさんへのいらだちを隠すということについては、うまくできていたわけでもなかったわね。ねえ、ベトケさんって本当に下手な役者だったのかしら？　それとも実はすごく上手な役者だったの？　今でもよくわからないの。

〝ヘル・デレッサー。一言申し上げていいでしょうか〟とベトケさんは言ったわ。

〝今や退廃の風潮がドイツを覆い尽くしています。もしもこんなことになると予測できていたとしたら、私も今ごろこんなところであなたとお酒など飲んではおりませんよ。ですが私は、別に心配などしていません。その理由についてはもちろん、あなたもおわかりですよね。私は安心しています。なぜならフューラー〔ドイツ語で指導者の意。第三帝国時代にヒトラーが用いたもの。国家元首と首相と党首の三つの地位の総称〕が我々を導いてくれるからです。フューラーがあなたのことを見守り、私のことを見守り、いつも私たちに、本来あるべき姿を思い出させてくれるからです。なにかを感じませんか？　ヘル・デレッサー。ほら、その気にさえなれば誰でも、この空気中にある何かを感じることができるはずです。私は、このコロンビアにいても、自分の愛国心に忠実でありたい、国に対する誇りを失わずにいたいと思っています。いえ、コロンビアにというより、どこにいてもです。どこにいようが同じことですよ。人はどこに行こうが自分の中に流れる血が変わるわけではありませんから。誰だって、もともとの自分の血を捨てられるわけなどありませんよ。でもだったらなぜ、ドイツ人だけが、この国に来たからといって、自分自身がドイツ人であることを忘れなければならないのです？　あなたは、ご自分が何者であるのかを忘れたことがありますか？　私の両親が、自分たちがドイツ人だということを忘れたことがありますか？　ありませんよ。いえ、忘れたことがないどころじゃない、ますますはっきり思い出していますよ。ところがあなたの息子さんやそのお仲間たちときたら……。ドイツ人でありながらドイツ語は話さない。名前もスペイン語ふうで、おまけに、この国の時代遅れの習慣にどっぷりつかってしまっている。もちろん、息子さんたちだけがそうだとは言いませんがね。

ところで、そうした人たちのことを私がどう思っているのかをお教えしましょうか。まず、約束の時間を守りませんよね？　この国では、約束に遅れるのが当たり前ですから。仕事には手を抜く。なにしろこの国の人たちは仕事に熱心ではありませんから。おまけに、嘘をついたり騙したり。ええ、そうするのもやはり、コロンビアではそれが当たり前だからですよ。ですが、私に言わせれば、そういうところを真似するような人たちは病気ですよ。ご本人たちは気づいていないかもしれませんが、間違いなく病気です。ハンセン病かもしれませんよ。そのうち、体がばらばらに壊れてしまうのではないですか？　それはもちろん、みなさんがこの国に馴染《なじ》もうとしてそうされているというのはわかりますよ。それでも、なにも、自分を貶《おとし》めてまで周りに合わせる必要はないのではないでしょうか。

　しかし、皮肉な話だとは思いませんか？　私は、二十歳までドイツの地を踏んだこともなかったのですよ。そんな人間がここでこうしてみなさんに、いちいち、正しい道はこうですよと、お教えしているわけですから〟って、ベトケさんはそうコンラートさんに言ったの。

　あの食事会の最中にベトケさんが喋っていたことについては、ガブリエルには、よく理解できていなかったと思う。でも、私も教えてあげるというわけにはいかなかったの。なぜって、まずは、私自身がベトケさんの言うことがあまりよくわかっていなかったから。確かに、この耳でベトケさんの話すことを聞いてはいたわよ。でも、ほら、水の中で話しかけられるとなにを言っているのかよくわからないでしょ？　ちょうどそんな感じだったの。それにだいたい、私が説明してあげようにもガブリエルは、ベトケさんの大演説の途中から二階に上がってしまったし。エンリケの部屋に行ったのよ。エンリケと一緒にラジオで『渦』〔コロンビア人作家ホセ・エウシタシオ・リベラが一九二四年に発表した作品〕を聞いていたの。あの日は、何章目のところをやっていたのだろう？　たぶん、まだ最初の方だったと思う。あの頃、あるラジオ局が『渦』を放送していたのよ。それもたんに朗読するというのではなくて、効果音の入った劇のような仕立てで。〝雷鳴も雨音も入っていたんだぜ〟とガブリエルは言っていたわ。牧草の上を歩く人の足音、サルの鳴き声、人が働いている気配、すべてが再現されていてそれは面白かったそうよ。二人は、ラジオが終わって食堂に降りてきてもまだ『渦』の話ばかりをしていたわ。だからコンラートさんはエンリケにそれとなく、ほかの人たちはそのラジオ劇を聞いていたわけではないのに行儀が悪いじゃないか、みたいなことを言ったの。そりゃあそうよね。なにしろ、二人が『渦』の話をしている間はベトケさんの方が話を中断せざるを得なかったわけだもの。ほんと、コンラートさんにしてみたら、冗談じゃないぞというところだったのでしょうね。それこそ、この世が終わったとしてもベトケさんの話を二人にもちゃんと聞かせなくては、くらいのことは思っていたはずよ。

私はそのとき、なんとなく感じていたのよ。コンラートのおじいちゃん、本当はわたしたちみんなに、君たちは自分たちがどんなに運がいいのかがわかっていないぞって言いたいのではないのかしら、と。〝このテーブルにいる者たちは誰一人自分たちがどれほどの幸運に恵まれているのかがちっともわかっちゃいない。今君たちは、エーミール・プルフェルトを、あの有名なコロンビア・ナチス党リーダーのエーミール・プルフェルト氏を直接知っている方と同席しているのだぞ〟って、おじいちゃんはたぶんそう言いたかったのだと思う。

プルフェルトさんというのも、最初の頃にドイツを出た人たちのお一人よ。私たち、ベトケさんとプルフェルトさんが知り合いだったという話は、それまで一度も聞いたことがなかったのよ。でもベトケさんは、プルフェルトさんのことを口にするときには、いかにも自分たちは同じ乳母に育てられたんだ、同じ乳を飲んでいたんだ、とでも言わんばかりの話しぶりだったの。コンラートのおじいちゃん、ベトケさんの話を聞きながら青ざめた顔をしていたわ。たぶん、プルフェルトさんと親しいと知ってベトケさんを畏《おそ》れる気持ちがますます強くなったのね。それとも、ベトケさんへの敬意からだったのかしら。だけれど、コンラートのおじいちゃんだって知っていたはずよ。プルフェルトさんは、コロンビアとドイツが国交を断絶する前に、それもかなり前にドイツを出ていたのよ。そのことについては、なにか裏があるんじゃないかと感じていた人たちも多かったし、中には、あいつの場合はそんなんじゃなくて単に臆病なだけだ、みたいな言い方をする人もいたりして。

私たち、ガブリエルも私も、あんなふうなコンラートさんを見たのは初めてだった。ちょっとショックだったわね。自分というものを完全に捨て去ってしまったみたいって、そう思っていたわ。コンラートさん、ずっとベトケさんに頭を下げげっ放しだったの。あれは、頷く、というようなものじゃなかった。そう、頭を下げていたの。礼儀だから一応というのでもなく、ホストとして招待客には失礼な真似はできないという配慮からというのでもなく、コンラートさんは本当にベトケさんに頭を下げていたのよ。それにはエンリケも驚いたような顔をしていたわ。でも……、エンリケは本当にそれまで一度も、自分の父親があんなふうにひたすらへいこらしている姿というのを見たことがなかったのかしらね。もしかしたら、あの驚きの顔は演技だったのかしら？

〝こうしているとやっと自分がドイツ人だという気分になれますよ〟と、ベトケさんは言ったわ。〝一つの食卓を囲み、我らが祖国について誰に気兼ねをすることもなく話ができる。こうでなければいけませんよ。だいたい、なんでこの国は、我々が我々の母語で話をするのを禁じようとするのですか？　すでにとんでもないことが始まっているのですよ。それなのに、我々自身がそれに異を唱えようともしていない。本来であれば、そんなのはあり得ない話ですよ。いったいなぜ、あいつらの言いなりになる必要があるのですか？　ヘル・デレッサー。この国の政府は、ドイツ系の学校をことごとく閉鎖しようとしています。ボゴタのドイツ人学校も閉鎖。バランキージャの幼稚園も閉鎖。ですが、七歳の子供がアメリカ帝国にとっていったいどんな脅威になるというのです？　あなたがたもストゥルーベ神父が書いたコメントをお読みになりましたよね？　あの共産主義者が言ってくれましたよ。〝大臣は学校を閉鎖したのではない、政治的なプロパガンダの場となっている施設を閉鎖しただけだ〟とね。そして次に、あの安っぽい大演説です。〝もうこれ以上、ナチスの教師がこの国に入り込むのは許さない。教育の場での公用語をスペイン語とすることを宣言する。校庭でナチスの宣伝材料となるものをすべて燃やしてしまおう〟ときました。

さて、その神父の言うところのナチスの宣伝材料とは、いったい何を指しているのだと思います？なんと、歴史の教科書ですよ。アルシニエガス大臣が狙っているのも、サントス大統領が目論《もくろ》んでいるのも、まさにそれです。二人は、ドイツの歴史に関する本を焼き払い、ドイツ語をこの国から抹殺しようとしているのです。それなのに、ドイツ人たちはいったい何をやっているのですか。されるがままではないですか。私には、そうとしか思えませんよ〟

と、そこまで演説が来たときよ。マルガリータさんがベトケさんを止めたの。というか、止めようとしたのね。ある協会がいいことをやっている、という話を持ち出して。ベトケさんは、マルガリータさんの話を一応は聞いていたわ。もっとも、マルガリータさんの方には目を向けてはいなかったけれど。

〝修理工のカッツさんですか？〟と、ベトケさんはすぐに切り返したわ。〝それにパン屋のプリローアさん？　それが、あなたの言うところの立派な協会、というわけですか。その人たち、〈自由主義のドイツ人〉だというではありませんか。そういうドイツ人たちの血の中には毒が流れているのですよ、ヘル・デレッサー。その毒を生み出す元を絶たなければなりません。そうです、その荒療治を、我々の命運をかけて行なうべきなのです。今ここで、そのことをはっきりと申し上げておきましょう〟

ベトケさんがその熱弁をふるっていたときだったわ。とつぜん、あなたのお父さんが私のところに来たのよ。そして耳元で、〝ベトケさんはほら吹きだよ〟と囁《ささや》いたの。〝あれはあの人が自分で考えて言っていることじゃない。有名な演説の一節だよ。ドイツ人なら誰でもが知っている有名な演説の中に出てくるんだ〟と言ったのよ。ガブリエルったらほんと、よく知っていたものよね。でも、驚きはしなかった。嘘じゃないわよ。だって、ガブリエルなら知っていても不思議じゃないもの。ただ、その話はそれきりで終わってしまったの。本当はもっといろいろガブリエルに聞いてみたいこともあったのだけれど。誰の言葉だったのか、とか、その演説では他にどんなことを言っていたのか、とか。でもできなかった。なぜって、ベトケさんがちっとも話をやめようとしなかったから。

〝勇気をもって声を挙げ、抗議をしているドイツ人はほんの数人しかいません。そして私は、その数少ないドイツ人の一人です。ヘル・デレッサー、あなたは、ドイツ人としての血を誇りには思わないのですか？　あなたの御子息の中にドイツ人としての血が流れていることを誇りには思わないのですか？〟ベトケさんがそう言って、そのときにね、エンリケが初めて口を開いたの。〝僕を話に巻き込まないでください〟って、ただそれだけ。じっさい、エンリケとしてはそこでやめるつもりだったのだろうし、そのことはみんなにもわかっていたはずよ。それなのにコンラートのおじいちゃんは、エンリケの言葉を聞いたとたんにただでさえしゃちこばっていた背中をさらにピンと伸ばして、〝エンリケ、そんな言い方はないだろう〟と始めてしまったのよ。そして〝この方をいったいどなただと……〟と言いかけたところで、ベトケさんがコンラートさんを止めたの。〝いいじゃないですか、ヘル・デレッサー。若い世代の者たちがどういう意見を持っているのか、聞かせてもらおうではありませんか。我々が戦っているのもこうした若者たちのためなのですから〟と。するとエンリケが、〝いえ、もしも僕のためだとしたら、わざわざお骨折りをいただく必要はありません。自分のことぐらい自分で守ることができますから〟と言い放ったの。コンラートのおじいちゃんはもうあわてて、二人の間に割って入ったわ。コンラートさんには、そのままだとエンリケがどこまでもエスカレートするだろうとわかっていたのよね。〝エンリケは感情の起伏の激しい子なのですよ。ラテンの血が混ざっているからでしょう。ベトケさんがご心配なさるお気持ちももっともですが……〟、ええ、もちろん、あなただっておわかりですよね、なにしろコロンビアで生まれた者たちときたら……〟と言いかけたら、そこでまたベトケさんが、〝ですが私だってコロンビア生まれですよ〟と、話を引き取ってしまったの。

〝コロンビアに生まれはしましたが、でもそれは、たまたまそうだったというだけの話です。どんな場合でも私は、自分がどこから来たのか、自分のルーツはどこにあるのかを忘れたことなどありません。

いいですか。このままいけばドイツは終わりです。戦争に負けます。しかもそれは、アメリカ人や共産主義者らによって打ち負かされてのことではなく、アウスランツドイチェ〔ドイツ以外の国に住むドイツ人の意〕一人一人の意識の欠如、それによって、我が国は負けることになるのです。

みなさん、本当にいいのですか？　このまま、自分たちの民族がこの世から消えていくのを何もせずにただ見ているだけで本当にいいのですか？

ところでみなさん、我々人類が次の世代へとうまくバトンを渡しながらこの世界に生き残っていくために何が大事なのかということについては、もう、おわかりですよね。もちろん、母親ですよ。いつの世でも母親こそが子供の教育を担っているのです。子供がどういう習慣を身につけるかという点でも、母親の果たす役割は大きい。また、言葉にしても、子供はごく自然に自分の母親が話している言葉を身につけるものです。それについては、むしろ奥様の方がよくおわかりでしょう。私のこの言葉が正しいことは、あなたの息子さんが証明してくださっている。こうして私たちの独自の血が失われていくのですよ、デレッサーさん。私たちのアイデンティティーもね。コロンビア人女性と結婚したドイツ人はその時点で、ドイツ民族としては落ちこぼれの家系になるわけです。ええ、そうです。ドイツ人らしさを保つということからいえば失格の家系になるわけです〟。

ベトケさんは滔々《とうとう》と話しつづけていて、その最後の方の言葉を口にしたあたりでちょうど、下を向いて自分のお皿に視線を向けていたの。スプーンでスープをすくおうとしていたのね。いえ、あれはスープではなくてポタージュ。トマトのポタージュ。まるでケーキみたいにこってりとしたやつ。マルガリータさんは、ポタージュの上に生クリームをくるりと垂らして出してくれたの。クリームの真ん中には小さなパセリが飾られていたわ。そのベトケさんのスープ皿にとつぜん、パンが落ちてきたのよ。それも欠片《かけら》じゃなくてまるのまんま。こぶしぐらいの大きさで、外側の皮が固いパン。どんなパンだかわかるでしょ？　それをエンリケがすごい力で投げつけたの。私なんか一瞬、ベトケさんのパセリにハエでも止まっていてそれをパンで叩き潰そうとしたのかしら、と思ったぐらいだった。とにかく、気がつくとパンがねっとりしたトマトポタージュに浸かっていて、ピンクの液体がベトケさんのワイシャツ、ネクタイ、顔、ポマードで整えられていた髪の毛にまで飛び散っていたわ。それに少しだけだけれど、私の方にまで飛んできていた。それは当然、飛ぶわよね。でも私は、怒ったりはしなかった。当たり前じゃないの。もう、コンラートのおじいちゃんなんか椅子から立ち上がってしまってね、スプリングが効いていたわけでもないのに、それこそ椅子からぴょんと立ち上がったのよ。ドイツ語でなにか叫びながら、泳いでいるときのように腕を肩のところからぐるぐる回していたわ。コンラートのおじいちゃんは、よほどのことがない限りエンリケをドイツ語の名前で呼んだりはしなかったのだけれど、そのときはまさに、よほどのときだったのね。自分の息子に向かって大声で、ハインリヒと叫んで、手にナプキンを持ってベトケさんのところに行ったの。ハインリヒ！　と、何度も怒鳴りながらベトケさんの肩に飛び散ったポタージュを拭っていた。〝いえ、そんなことなさらなくてもいいですよ。大丈夫ですから〟と、ベトケさんは言ったわ。でもね、あんなに唇をキュッと結びながら言ったのでは、聞き取れた方が不思議なぐらいのものよ。〝我々もそろそろおいとまするつもりでしたから〟とベトケさんが椅子から立ち上がって、次いで奥さんのユリアさんも立ち上がったわ。ユリアさんって、食事のときもいるのかいないのかわからないぐらいに本当に静かだったのよ。最後に立ち上がったときにも、まったく音を立てなかったの。ナイフとフォークを使っていても一度もかちかち音をさせなかったし、スプーンをお皿の底に当てるようなこともなかった。ナプキンで口元を拭うときだって静かなものだったわ。ユリアさんは音も立てずに椅子から立ち上がって、ご主人の脇に行ったの。その二秒後にはもうドアが閉まる音が響いていた。コンラートさんは、〝ヘル・ベトケ、本当に申し訳ありませんでした。こんなことになってしまって……。どうかお許しください〟と声をかけていたけれど、それに対してご夫妻がなにか答えたような気配はなかった。たぶん二人は、頭を下げているコンラートさんには構わずにさっさと背を向けて行ってしまったのでしょうね。それから鈴の音が聞こえたわ。コンラートさんのお家の入り口には鈴がつけられていたのよ。よくあるでしょ？　ドアを開けたり閉めたりするたびに揺れて音がするやつ。それが、ちりん、ちりん、と聞こえていたの。コンラートのおじいちゃん、食堂に戻ってきたときには怒りで顔が真っ赤になっていたけれど、文句や恨みの言葉はいっさい口にしようとはしなかった。マルガリータさんの額にキスをして、階段の方に歩いていったわ。エンリケの顔を見ようともしないで。いえ、エンリケだけじゃない。私たちのことだって見ようとはしなかった。というより、もしかしたらコンラ!トさんの意識の中では、ガブリエルも私ももうとっくにそこにはいない存在になっていたのかもしれない。それともコンラートのおじいちゃん、あのとき、〝どうせあの二人も私のことをバカにしているに決まっている、腹の中で私を批判しているのだろう〟とでも思っていたのかしら。

それでも私は、コンラートさんはぜったいに何かしら言ってから行くはずだって、なんとなく感じていたの。そうしたら、言ったのよ。たった一言。〝もう二度とやるなよ〟って、ただそれだけ。しかもそれを、たとえば、明日は市場の日だね、と言うのと同じような調子で言ったの。

するとエンリケはすぐに言い返したわ。〝またやるさ〟〝あいつだけじゃないぞ。あの手合いのクソ野郎を家に連れてくれれば、それが誰であろうとまた必ず同じことをやる〟って。

マルガリータさんは泣いていたわ。するとね、あなたのお父さんはそっとマルガリータさんに背を向けたの。ああ、もうマルガリータさんにそれ以上気まずい思いをさせたくないんだなって、すぐにわかったわ。私は、あなたのお父さんのそういうところを素敵だと思ったわよ。

そのときコンラートのおじいちゃんは階段をのぼりかけていたのだけれど、なぜか、一段上ったきり動かなくなってしまったの。私なんか、もしかしたらコンラートのおじいちゃんは自分の部屋にどう行けばいいのかがよくわからなくなってしまったんじゃないのかって、とっさに、そんな心配さえしてしまったのだけれど、でもすぐに思ったわ。コンラートのおじいちゃんは、わざとそうして、エンリケに言いたいことを言わせようとしているのかもしれないとね。すると案の定、エンリケが言ったの。〝父さんは、他人にいったいどこまで言われたら言い返すんだよ〟と、階段にいるコンラートのおじいちゃんに向かって叫んだの。〝エンリケ、ねえ、エンリケ〟とマルガリータさんが言って、それでもエンリケが、〝父さんはどうでもいいのか？　目の前で自分の奥さんのことを侮辱されたのに、父さんは平気なのか？〟と言い募って、マルガリータさんはとうとう〝いいかげんになさい〟と強い口調で言ったわ。コンラートのおじいちゃんがまた階段を上りはじめて、そのコンラートさんに向かってエンリケは、〝父さんは卑怯だ〟と叫んだのよ。〝卑怯者のゴマすり野郎〟と」

「あなた、ラ・ソレダ地区の家って、見たことある？　あの地区の家の中の階段がどんなふうになっていたのか、あなた知っている？　とても変わっていたのよ。なにしろあのあたりでは当時、階段に欄干をつけないのがモダンということになっていたから。もちろん、ぜんぶの家の階段がそうだったというわけではないのだけれど。ねえ、ちょっと想像してみてくれる？　もしもあなたが、階段に欄干をつけないスタイルのお家の一階にいたとするでしょ？　そこから誰かが階段を上っていくのを眺めているの。するとね、上っている人の体が、頭の方からだんだんと消えていくのよ。ねえ、そういう光景を目にしたことがない？　一段目では、まだ体全体が見えているのだけれど、四段目ぐらいになると、頭の部分がなくなっているの。天井の向こう側に行ってしまうのよ。もっと上の段に行くとその人の胴体部分が天井に飲み込まれて、さらに行くともう、一階からは二本の足しか見えなくなってしまう。そうして最後は、その人自身が消えてしまうの。

コンラートさんの家でも、そんなふうな階段だったのよ。なんでこんなことを話すのかと思うでしょ？　でもね、エンリケがコンラートのおじいちゃんに最後の言葉を投げつけたときに一階から見えていたのは、すでに二本の足だけだった、と言えばその理由がわかってもらえるかしら。そうなのよ。エンリケはね、〝卑怯者のゴマすり野郎〟というのを、二本の足に向かって叫んだのよ。

突然、階段を上っていたおじいちゃんの足が止まったの。コンラートのおじいちゃんはたぶん、一方の膝を曲げてもう一段上がろうとしていたところだったと思う。まあ、はっきりそうだとは言えないけれど、少なくとも私はそんなふうに記憶している。それからその足が階段を降りはじめたの。一段、また一段、また一段。それにつれてコンラートのおじいちゃんの体が見えるようになってきて、胴体、つぎに頭、そしていよいよ一階に戻ってきたかと思ったその瞬間、足が止まったの。つまり、最後の一段までは降りては来なかったわけ。私はとっさに思ったわ。〝コンラートのおじいちゃん、本当は何か言いたいことがあって降りてきたのにそれを飲み込んでしまったのではないのかしら。言いたいことを飲み込んで、代わりに、今日の食事会は終わりだ、会はこれで中止だ、と、そう言うつもりなのではないのかしら〟って。コンラートさんは、階段の下から何段目かのところに立って、食堂で座っている私たちに対して体を横向きにして、自分の息子を見ていたわ。卑怯者、おべっか使いと自分を罵《ののし》った息子のことをね。そのときなのよ、とつぜんコンラートのおじいちゃんの表情が変わったのは。もう我慢できないとでも言わんばかりに、コンラートさんは堰《せき》を切ったように喋りはじめたの。しかもスペイン語でよ。よほどのことだと思わない？　だってそれって、エンリケに向かって、さあ、これからお前のルールで勝負するぞと言ったようなものだもの。おじいちゃんはたぶん、思っていたのよ。〝この勝負、私が不利なのは百も承知の上だ。だが、情けは無用だ。とにかく、お前が私の思いをきっちり理解してくれればそれでいい。ああ、それだけで十分だ〟と。

エンリケはもちろん、コンラートさんの思いを理解していたわよ。その場にいた全員が、理解していた。こう言ったのよ、コンラートさんは。

〝ああ、そうだ。私は卑怯者だ。だがそれは、この国では私自身がなりたい自分になれないからなんだ。だから、ここにいるかぎり私は、卑怯者のままだ。それなのに、私はここにいる。これほど卑怯なことはないさ。毎日のように、ドイツのことが貶められている。『エル・ディアリオ・ポプラル』紙でも読めば、そんな記事をいくらでも目にすることができる。ローズベルトに媚びへつらうやつらが毎日、どんなことを言っているのかお前も知っているはずだ。あいつらはどうせ、私たちがなにも気づかないとでも思っているのだろうさ。それとも、誰も抗議しないと高をくくっているのかもしれないが。それにしてもよくも言ってくれたものだ。私たちが第五列とはな。やつらときたら、我がドイツ大使館に石を投げるわ、ドイツ人がやっている店と見れば窓ガラスをたたき割るわ、おまけにドイツ語を使うことを禁止するときた。なぁ、エンリケ。やつらは学校を閉鎖して、校長たちをこの国から追い出しているんだぞ。だがいったいなぜ、アルシニエガスはドイツ人学校を閉鎖するのだ？　政治的な問題でか？　宗教的な理由からなのか？　やつらは、ナチスのシンパがいるからドイツ人学校を閉鎖するとは、絶対に言わない。宗教に関わりのない者が学内にいるから、あるいは、学内にいる宗教関係者が揃いも揃ってプロテスタントだから閉鎖すると、そういう言い方をする。では言わせてもらうが、学校の閉鎖を決めているのはいったい誰なのだ？　この国の政府か？　バチカンなのか？　それに、国の外に目を転じれば、アーレント〔ハンナ・アーレント（一九〇六―一九七五）。ドイツ出身の哲学者、思想家。ユダヤ人であったため、ナチスドイツからアメリカに亡命〕とその仲間の裏切り者どもが〝自由主義ドイツ人〟を名乗ったりしている。そんな状況だというのに、私ときたらまったくおとなしいものだ。だがベトケさんは違う、私には考えもつかないようなことをやっている。あの人こそ、本物の愛国者だ。しかもあの人は、自分は愛国者だと公言することを恥ずかしいとも思ってはいない。だから大声で言う。ドイツ語というのは、もともとこそこそ話すようになどできてやしないのだ。たとえ間違ったことを言うにしてもドイツ人はみんな、大きな声で話す。確かにベトケさんは、言ってはいけないことを言った。だがそれは、ドイツを思っているからこそのことだ。私はずっと、自分がドイツ人であることを恥じてきた。しかし、この先ずっとそんな気持ちのまま生きていくことなど、できるわけがないのだ。どんな卑怯者にも、我慢の限界というものがある。私のようなものにさえもな。言っておくが、私はもう黙ってもいないし、おとなしくしているつもりもない。

ドイツは一人ではないぞ。友人が、世界のいたるところにいる。だがお前は、ドイツのことが好きではないし、ドイツらしさというものに愛着心を持ってもいない。そりゃあ、そうだろう。なにしろお前にはまだ、自分がどこの国の人間なのかがわかってやしないのだから。お前は、自分が何者なのかがわかっていない。お前は、根無し草なのだよ。

グーターマンのお嬢さん、あなたには、ドイツ的とはどういうことを言うのかがわかりますか？　それとも、あなたもやはり、祖国のことなどもうどうでもいいとお思いなのかな？　今この国ではドイツ語を使うことも禁じられ、ドイツ人学校からはドイツ語の本が盗み出され、おまけにあろうことか、神父が、その盗まれた本を公衆の面前で焼き払っている。しかしいっぽうじゃ、そうした流れを食い止めようと動いてくれている人たちもいる。ああ、確かにそういう人たちのことをこの国の政府は危険分子と見ているのかもしれない。だがおろか者揃いの政府がどう考えるかなど、私にはどうでもいい。まったくどうでもいいことだ。そもそも愛国者が危険分子とは、理屈に合わないではないか。ここコロンビアにも、ドイツの勝利を願っている人たちはいる。私自身はそうではないがな。だが、今のドイツが勝つとか負けるとか、そんなことはどうでもいい。なぜなら、我々にとって大事なのは、時の支配者の運命よりもドイツの運命そのものだからだ。我々ドイツ人の運命よりも、ドイツという国がこの先どうなるかこそが我々には大切なことなのだ。だからこそ私たちは、自分たちがどうなろうとも耐え忍ぶべきなのだ。人は時には、自分の意に沿わないことであってもやらなければならなかかったりもするんだ。そして、そういう私たちにとって、忘れてはいけないたった一つのこと。それはな、私たちを裁くのはいったい誰なのか？　誰々が私たちを裁くのか、ということだ。自分の人生に審判を下すのはいったい誰なのかというのは、唯一、私たちが肝に銘じておかなければならないことなのだ。ヒトラーも、やがては消え去る。暴君はみな、消え去る運命だ。それでもドイツは残る。そのとき、我々はいったいどうする？　自分たちで自分たちのことを守らなければならないんじゃないのか？　ああそうだ。我々ドイツ人は生き残っていくさ。間違いなく、生き残っていく。たとえどういうふうになったとしても、また、どんな手段を取ったとしてもな〟と、コンラートのおじいちゃんはそう言ったの。

話を元に戻すけれど、コンラートのおじいちゃんの名前がブラックリストに載っても、エンリケがまるで他人事のように知らん顔をしているとマルガリータさんから聞かされたとき、実を言うとそう驚きもしなかったのよね。なぜかというとね、この食事会での出来事があったからなの。ただそれでも、ショックはショックだったわよ。そもそも、子供が親のことをバカにするような話というのは、いつ聞いても嫌なものだし。

ともかく、マルガリータさんからエンリケの話を聞いたときにはいろいろなことが頭をよぎったわ。もしお店にお客さんからの注文が来なくなったりしたらエンリケも大変になるのではないのかしら？　もしかしてエンリケは事の重大さを理解していないのかもしれない。それとも、これからもお客さんたちはこっそり買いに来てくれるだろうと信じているとか？　でも、そんなことをすれば自分もブラックリストに入れられてしまうとわかっていながらそれでも注文してくれるお客さんなんているのかしら？　それに、電球一個でさえも仕入れることができなくなってしまったとしたらどうするの？　二、三人かもしれないけれどお店には従業員もいるというのに、その人たちにお給料が払えなくなったりしたらエンリケはいったいどうする気だろうとか、いろいろ考えたわ。

そうしたら、まさにその通りのことが起きたのよ。しかも、私たちが想像していたよりももっと速いスピードで事は進んでいったの。そういうときというのは、恐怖心がすごい威力を発揮するものなのよね。自分に害が及ぶのを恐れる気持ち、それがいちばん人間の心理には効くのよ。

まず、コンラートさんの名前がブラックリストに載って一週間も経たないうちに、トゥンハのデパートからの注文がすべてキャンセルになったわ。そのデパートからは、オフィス用品の陳列用にといって五平方メートルの大きさのショーケースの注文がきていたのよ。特殊なものだったから、コンラートさんは、パナマ経由でわざわざ新しい型のを取り寄せていたの。つぎは、クリング家が経営していたジュエリーショップ。そこからは、いちばん小さくていちばん厚みのあるショーケースが欲しいという注文がきていたのだけれど、それもけっきょくは倉庫に眠ったままになってしまった。それに、炭酸塩と石灰石の業者さんからは製品の供給を止められてしまったの。代金はすでに支払ってあったのよ。でももちろん、返してはもらえなかった。

ねぇ、なぜ私がそんなことまで知っているのだと思う？　マルガリータさんよ、マルガリータさんが話してくれたの。もしかしてマルガリータさん、私にはなにもかも知らせておくべきだとでも思っていたのかしら。私なんか、ガラス工房デレッサーの株主でもなければ、関係者でもなかったのにね。

マルガリータさんはこうも言っていたわ。〝窯のメンテナンスをしなければならなくなって、いつも頼んでいる人に電話をかけたの。そうしたらその人、面倒には巻き込まれたくありません、どうかわかってください、悪く思わないでください、すべてが終わったらまたおつき合いをさせていただきますからって、そう言ったのよ。あげくに、自分の知り合いがバイエル社で働いていたけれどクビになっていまだに職を見つけることができずにいる、なんていう話をするの。だけれど、私とその知り合いの人といったいどういう関係があるというのよ。もちろん普段なら、私だって、他人さまが大変な思いをしていると聞けば同情するわよ。でも今はもう、それどころじゃないの。あなたならわかってくれるわよね、ザラちゃん。言っておくけれど、その職人さんは、うちの会社とちゃんと契約を交わしていたのよ。主人はもう、パニックよ。私よりももっと、ショックを受けているわ。主人にとっては、何もかもが信じられないようなことばかりなの。契約というのはなにかを約束するということではないのか？　それとも、今や誰もが、契約がどうだろうとそんなことはどうでもいいと考えているのかと、主人はしきりに私に言うの〟って。

そんなことがあってマルガリータさんは、いよいよ議員さんたちに手紙を書くことにしたの。助けを求めるためによ。誰からだったのかはわからないけれど、力になってくれそうな議員さんたちの名前を教えてもらったのね。もちろん、父はマルガリータさんからの頼みを聞いてあげたわよ。レオナルド・ロサノ議員が何度かうちのホテルに泊まりにいらしていたから。ロサノ議員は常連客というわけではなかったのよ。それでもロサノ議員と父とは顔見知りだったし、それに議員さんは、父と話すのが好きだったの。ときどきドイツ語で喋るときもあったわ。でもそれがまた、でたらめなドイツ語なの。それなのにご本人は、どうやら、ちゃんと通じているものと疑いもなく信じていたみたいなのよ。

父は、マルガリータさんに頼まれた通りに、連休が終わって官庁の事務所が開くとすぐに、マルガリータさんが書いた手紙を持ってロサノ議員のところまで行ったわ。私は、手紙そのものは見てはいないの。ただね、あの何年かの間でそれこそ何十通もの同じような手紙を、この目で見たのよ。ひたすら絶望をこらえるようにして書かれた手紙。どの手紙も、書き主の感情が拘束衣でがんじがらめにされてしまっているのではないかと思うほど、とにかく、淡々とした調子で書かれていた。

そうした手紙を議員さんたちに送るときのやり方というのはたいてい決まっていたから、今から私が話すことについてもほぼ正確だと思う。

マルガリータさんがあのとき書いた手紙も、おそらくは他の嘆願書と同じような内容のものだったでしょうから、ロサノ議員を通じて手紙を手渡してもらった先というのもやはり野党の議員さんだったはずよ。一人の議員さんなのか、それとも何人かの議員さんに同時にだったのかはわからないけれど。

嘆願書の送り先でいえば、あの頃、社会的に恵まれた立場にいた人たちがブラックリストに入れられた場合には、たいていはサントス元大統領宛てに手紙を送っていたわね。でもそれは、必ずしもいい方法でもなかったの。逆に、もっと立場が下の議員さんたちに手渡した方がうまくいく場合もあったのよ。なぜってそれは、アメリカ側が、議会の場で先頭に立ってブラックリスト反対の論陣を張るような力のある議員さんたちに対しては警戒心を抱いていたからなの。つまりアメリカが何より嫌っていたのは、サントス元大統領のような有力な政治家にアメリカの政策についてあれこれ言われることだったのよ。批判的なことを言われて自国の面目を潰されでもしたら、と恐れていたのね。アメリカとしては、そんなことにでもなって外交力が落ちたら困ると心配していたのではないのかしら。

とにかく、議員さんたちの中には、世間に知られたブラックリスト反対派で、しかも実際に何人かのドイツ人をブラックリストから外させることに成功したという人たちがいたのは事実よ。マルガリータさんもおそらく、そうした議員さんたちに宛てて手紙を書いたのに違いないわ。

マルガリータさんの手紙はまず、私はコロンビア人で父親は誰それで父親の職業はこうです、といったような文章から始まっていたはずよ。他の嘆願の手紙もたいていそうだったから。嘆願する人たちはみんな、なにはともあれコロンビアという国と本人とのつながりを強調すればするほどいい結果に結びつくはずだと考えていたのよ。

それからつぎに、〝主人は確かにドイツ人ですが、コロンビアに渡ってきたのは戦争が始まるずっと前のことです。ですから主人はもう、間違いなくこの国の人間なのです。私たち夫婦にはコロンビア生まれの息子もおります。主人がすでにコロンビアに根をおろしているというのは、日曜日には必ず夫婦揃ってカトリック教会に行っていることからしてもおわかりいただけるはずです〟みたいなことを書いたのではないのかしら。他にもたとえば、〝主人は家ではスペイン語を話しています〟とか、〝主人は、母国ドイツの習慣を家族に押しつけるのではなく、むしろ自分の方からこの国の習慣に馴染もうとしてきました〟とかもね。

そうしていよいよ本題に入ってマルガリータさんは、〝主人はライヒにも、フューラーやその理念にも決して賛成などしておりません。主人は、この戦争が同盟国側の勝利に終わるものと心から信じております。主人は、世界の民主主義を守るために戦っているローズベルト大統領を心から尊敬しています。ですから、主人がブラックリストに入れられるというのは、まったくの不当な措置なのです。もしも、主人の行動や考え方でではなく国籍や名字のことだけでブラックリストに入れるのが相当とご判断なさったのなら、それは間違いです。主人は政治に関わったことなど一度もありません。そうしたことには一切興味がないのです。主人の願いはただ一つ、この戦争が一刻も早く終わり、生涯をこの国で、今や母国のように愛しているこの国で平和に暮らし続けることなのです〟というようなことを綿々と、例をこれでもかというほど挙げながら訴えたに違いないわ。

もちろん、マルガリータさんの場合はコンラートさんのために書いていたわけだから、主語は主人だったわけだけれど、嘆願書によっては、主人の代わりに息子が……、とか、兄が……、弟は……、となっていたのもあったの。とにかく、主語はそれぞれだったにしても文面はどれも似たり寄ったり。だいたい今言ったようなものだったわ。ほんと、どれもみんな同じ。

それにしても、なんで一人も考えつかなかったのだろう。もしもあの頃に、誰か商売に敏い人が、嘆願書の見本を何通りか作ってそれを印刷して売って稼ごうと思いついていたとしたら、きっと大成功していたでしょうに。

まあ、言ってみれば、そうしたどの手紙にもブラックリストに入れられた本人がどれだけコロンビア人になりきっているか、どれだけコロンビアを愛しているのかが延々と書き綴《つづ》られていたというわけ。

　でも、議員さんたちにしても、その手の手紙を読むのは辛いものだったでしょうね。ましてやそれが、仲介業者を介してではなくて、ご家族たちが直接に書いて寄こしたものとなると、読む方にとってはもう、たまらなかったと思う。

　ただいっぽうでは、ドイツ帝国の宣伝をしていたような人たちがブラックリストから外されることもあったのよ。それも、コロンビア政府からの公式の謝罪と花束の贈呈つきで。もちろんそれは、コネのおかげ。コネとか他にもいろいろ使って、リストから自分の名前を外させたのよ。

　父がマルガリータさんの手紙を持ってロサノ議員の事務所に行ってから一週間後のことだった。マルガリータさんのもとに、手紙が返されてきたの。それも封筒ごと。もちろん、送ったときのままで、というわけではなかったのだけれど。封筒の中には、先方からの手紙も一緒に入れられていたのよ。手紙を書いたのは、ロサノ議員の個人秘書さん。秘書さんは、〝どの議員さんたちもお力になることができないと言っている、申し訳ない〟と謝ってきたのですって。おそらくロサノ議員さんのところには、同じような訴えが何件も持ち込まれていたのでしょうね。みなさん、ロサノ議員さんたちを頼りにしていたもの。ええ、そう。ブラックリストに入れられた人たちはみんな、上院の中でブラックリストに反対している議員さんたちに片端から会いに行っていたわ。いっぽう、サントス元大統領の方はというと、疲れてしまっていたのね。ブラックリストに入れられた人たちのために当局に口添えをしたり、身元を保証してあげたり、その人たちがいかに間違いのない人物かを説明したりするのにもう、うんざりしていたのだと思う。それに、マルガリータさんが嘆願の手紙を送ったその頃にはもう、元大統領の威光は効かなくなっていたの。言うまでもないことだけれど、どんな人だって、いつまでも影響力を持ちつづけることはできないから。デレッサーさん夫婦は運が悪かったのよ。時期が遅すぎたの。たとえば、コンラートさんがもし一九四一年の時点でブラックリスト入れられていたとしたら、すべてがもっと違っていたと思う。あの頃はまだ、ブラックリストの制度そのものができたばかりで、政府もそれほど枢軸国の人たちに対して厳しい対応は取っていなかったの。それに社会の中にも、ドイツ人たちが不当にブラックリストに入れられるのを何とか阻止しようとする動きがあったりもしたわ。でもコンラートさんのブラックリスト入りは、一九四一年ではなくて、一九四三年だった。二年もあと。とうぜん、すべての事情は違っていたわ。

マルガリータさんは、最初の手紙の後も二通ほど手紙を書いたのよ。それなのにもう、返事も来なかった。いえ、正確に言うわね。二通のうちの一通目に返事が来なかったのは確か。ところが二通目には来たのよ。ただし、直接の返信としてではなかったけれど。つまりそのときに、コンラートのおじいちゃん宛てに、サバネタホテルに収容されることが決まったという知らせが届いたの。サバネタホテルがあった場所は、クンディナマルカ県のフサガスガ。〝デレッサー氏については、同氏が第三帝国政府のメンバーでありかつ第三帝国政府の宣伝活動に従事する者たちとの関わりがあると認められたことから、また、報告書を精査の結果、同氏にはその市民としてのふるまいおよび事業活動を通じてアメリカ大陸に害を及ぼす恐れがあるという結論に達したため、終戦時までサバネタホテルに収容することとする〟というようなことを、手紙でコンラートさんに伝えてきたの。それも、仰々しい表現をこれでもかと並べ立てて。その二日後、サンタンデール警察学校のバスがやってきて、おじいちゃんはそれに乗せられて行ってしまった」

「それでマルガリータさんは？　マルガリータさんはどうしたの？」俺は思わず口を挟んだ。

「マルガリータさんはね、決断したの。あのときのマルガリータさんには、二つの道があった。家を出るか、家に残るか。そして決断したの。マルガリータさんは家を出た。でも、マルガリータさん、いったいいつ家を出たのだったかしら？　正確な日にちが思い出せないのよ。というより、いったいいつ私たちは、マルガリータさんが家を出たと知ったのだったかしら？　なぜなのかはわからないのだけれど、いつそれを知ったのかがまったく思い出せないのよ。変よね。だって私って、なんでも物事をよく覚えている性質《たち》なのよ。一九四四年の年末？　それとも四五年になってからだったかしら？　えーと、コンラートのおじいちゃんは、サバネタホテルに何か月いたのだったかしら。半年か、それとも一年はいたのだったか……。

マルガリータさんは、会社が倒産したことも家族が崩壊してしまったことも、世間には内緒にしていたわ。当然よね。あの当時は言わないのが当たり前だったから。みんな、コンラートさんの会社が傾いているのはわかっていたし、コンラートさんが、機械やら使っていない家具やらを売っていたのをうすうす知ってはいたわよ。それでも、外からでは、家の中の詳しいことまではわからないものよ。

そうして、マルガリータさんは家を出ていった。

あれはマルガリータさんが家を出てからまだ間もない頃のことだったわね。ある週末に、父が私たちをフサガスガに連れていったの。コンラートのおじいちゃんに会いに行ったの。出かける前に、父は言ったわ。〝もしこのことで、政府が私をブラックリストに入れるべきだと考えるのなら、ああ、リストに入れればいいさ。友達を大切にすることが民主主義を裏切ることになるなど、私の知る限りではそんなことは断じてあり得ない。それに、もしも友達を持つことさえも禁じるというのなら、まずはそうはっきりと文書で告知をしてほしいものだ〟と。すると母が、〝でも、コンラートさんはナチスを支持しているそうではありませんか〟と心配そうな声を出して、その母に向かって父はこう答えたの。〝そんなこと、わからんじゃないか。それが確かだという証拠などないぞ。むろん、もし本当にそうだとなれば、我々もコンラートとは縁を切る。だがまだ、はっきりした証拠が出たわけじゃない。ということは、まだコンラートを訪ねて行ってやつと一緒に過ごしてもいいはずだ。やつのかみさんは、やつを見捨てたのだぞ。他の場合とは違う。そんなときに私たちまでがコンラートに知らん顔をしてどうするのだ〟って。もちろん私も、父の言うことはもっともだと思ったわよ。

そうそう、そういえばその頃にね、フサガスガでナチスを支持するデモが行なわれたことがあったわ。結構な数の学生たちがデモ行進をしながら〝ドイツ人収容に反対！〟とシュプレヒコールを挙げていたのだけれど、けっきょくは誰も、逮捕も何もされずに済んだの」

「私たちがコンラートのおじいちゃんを訪ねた日、エンリケは一緒には来なかったわ。当然かもしれないけれど。一緒に連れていってあげるからと声はかけたのよ。でもエンリケは家に残ったの。それに私たちの方も、どうしても行こうと強く誘うところまではしなかったわ。だってエンリケは、その頃にはもう、周りから距離を置くようになっていたから。自分の父親にたいしてもそう。口をきこうともしていなかったし、収容されてからは会いにも行かず、誰かがフサガスガに連れていってあげるからといっても絶対に一緒に行こうとはしなかった。私たちのことさえも避けていたの。メッセージを残しても返事も寄こさなくて、電話に出ようともしなかった。食事に招待しても絶対に来なかったわ。すべてはマルガリータさんが出ていってからのことなのよ。つまり、エンリケにとっては、マルガリータさんが出ていったというのは、自分のことを社会につなぎとめる役割を果たしてくれていた唯一の存在を失ってしまった、ということだったのよ。

父は言っていたわ。〝今起こっているようなことはすべて、いつかは終わるさ。ものごとはまた元の通りになるだろう。遅かれ早かれ、そういう日は必ずやってくる。それを私たちみんなわかっているというのに、いったい誰があの家族を元に戻してやれるというのか？　いったい誰がマルガリータに、家に戻れ、そうすれば今からすべてがうまくいくからと言い聞かせることができるというのだ？私たちの誰一人としてそんなことはできやしないんだ。それを思うとたまらないよ。これほどの悲劇はないいな〟と。

父の言った通りよ。でも私は、マルガリータさんを責めようとは思わない。あのときだってマルガリータさんが悪いとは思ってはいなかったけれど、今は、ますますそう。私ももう、あの頃のマルガリータさんの年を超えてしまっている。夫と子供を捨てたときのマルガリータさんよりも、もっとずっとおばあちゃんよ。今のこの年になって、思うの。もし私がマルガリータさんと同じような立場に立たされていたとしたらおそらく同じことをしただろうって。ええ、間違いなくそうしたでしょうね。だって、考えてもみてよ。すべてが片づくのがあと一年先なのか、それとも二十年かかってしまうのかまったく予測がつかないわけでしょ？　それなのになぜ、そのときを待ちつづけなければならないのかしら？　父が、〝いったい誰がマルガリータに、家に戻れと言って聞かせることができるのか〟といったとき、私は心の中で思っていたのよ。〝もしもマルガリータさんが説得されて戻ってきて、家族と一緒にご主人の帰りを待っていたとして、でも収容所があと十五年間も閉鎖されることがなくて、その間ずっとあそこのドイツ人たちがサバネタホテルに収容されたままだったとしたら、その時間を、マルガリータさんが失うことになるその十五年間を、いったい誰がマルガリータさんに弁償するのだろう。もしかしたらそのうち法律が変わるかもしれないし、いずれは戦争も終わるだろうけれど、いつそうなるかがはっきりわからないままご主人を待ちつづけるマルガリータさんは、どんどん若さを失っていってしまうのよ。その責任はいったい誰が取るのだろう〟と、そう思っていたの。もちろん、父には言わなかったけれど。

サバネタホテルにコンラートさんを訪ねて行った日のことは、なんと言ったらいいか、とにかくあれは、人生でも滅多にないような経験だったわ。

とても豪華なホテルなのよ。おそらく平常時であっても、宿泊費はうちのホテルより高かったはず。つまり言いたいのは、あの時代、収容所として使われている間はなおさら高い料金を取っていたのではないかということ。でもまあいいわ。本当のところはよくわからないし、なにか確証があるわけでもないから。でもとにかく、一流のホテルだったことは間違いない。もちろんあなたも知っているとは思うけれど、あのあたりは暑いところよ。だから、何もかもがここことは違っていたわ。たとえば、私たちのホテルでは部屋に暖炉があって、お客さま用にポンチョを用意していたのに、サバネタホテルでは、大きな庭があって、みんな、水着で日光浴をしていたわ。それに大きなプールもあったし。あれほどのプールはあまり見たことがなかったわね。いえ、それよりなにより、あんなふうに上半身裸の男の人たちがずらっと並んでいるところを見たのは、あまりないどころか、生まれて初めてのことだったのよ。フランスの避暑地のリビエラみたいって、思ったわよ。

もちろん、ホテルに収容されていたのは男の人たちばかりだったし、しかも日中はそれぞれに一人きりで過ごしていたわけだから、ほとんど裸みたいな格好で日光浴をしても別に問題は起きなかったのでしょうけれど。それでも、家族訪問の日となれば、奥さんたちが訪ねていくわけじゃない？　それなのに、みんな普段の日と変わらずに、茹でた海老みたいに真っ赤になった体を平気で晒《さら》していたわ。おまけに、熱射病になりかかったような人もいたりして。

私たちがコンラートさんを訪ねていった日は、ホテルは大勢の人でごった返していたわ。なにしろ、お客さんが五十組も入ればいっぱいになってしまうようなホテルに百組を超す家族が集まっていたのですもの。バザールに紛れ込んでしまったのかと思うほどの混雑ぶりだったわよ。

事情を知らない人が見たら、あの男の人たちが戦争捕虜だなんて絶対に思わなかったでしょうね。でも、みんな間違いなく戦争捕虜。日光浴をする戦争捕虜。敷物の上に座ってローストチキンを食べる捕虜。何ともうらやましいピクニックじゃないの。絵のように美しい石畳の小道をお嬢さんや奥さんと散歩する捕虜、それにスポーツジムで汗を流す捕虜もいたし。

もっとも、年配の人たちは違ったわね。きちんとした格好をしていたわ。明るい色のジャケットにネクタイ、フェルトの帽子まで被って。いつもそうした服装のまま、朝から晩まで過ごしていたそうよ。コンラートのおじいちゃんも、そうした一人だった。しかもおじいちゃんはあの日、あの暑さの中でもシャツのボタンをいちばん上まで閉めていたのよ。そんな人、他にはいなかったわよ。もちろん、警護の警官は別だったけれど。警官たちの格好はもっと仰々しかったわね。警帽を被って、サーベルを腰に下げて。世の中でいちばん気の毒といえばこの人たちのことかしらって、そう思ったぐらいよ。

私たちがホテルに着くと、コンラートさんが二階のバルコニーに座っているのが見えたの。バルコニーにいたのは二人。コンラートさんがいて、そこから二メートルぐらい離れたところに別の人が腰を掛けていて。すると、父がとつぜん叫んだの。〝コンラートの隣にいるのはタイクじゃないか〟って。〝くそ！　タイクのやつもここに入れられていたのか〟父はそう、はき捨てるように言ったわ。ドイツ語で、しかも、クソ、なんて下品な言葉を使って。よほどショックだったのよ。タイクさんは、バランキージャのドイツ人社会でも重鎮のお一人だったから。バイエルに勤めていらしたの。もしかしたら、なんどかはうちのホテルに泊まりに来てくれたこともあったのかもしれない。その辺のことはもう、はっきりとは覚えていないけれど。とにかく私が言いたいのは、タイクさんとコンラートさんとの距離はたかだか二メートルぐらいしかなかったのに、二人とも互いに知らん顔をしていた、ということよ。サバネタホテルみたいなところに暮らしていればふつうはみんな、嫌でも他の人たちと仲よくするようになるものでしょ？　でもコンラートさんは、タイクさんに背を向けて座っていたの。

私たちは、車から降りるとすぐにコンラートさんに向かって、これ以上できないというほどに一生懸命に手を振ったわ。でもコンラートさんは手を上げようともしなかった。確かにコンラートさん、手に新聞を持ってはいたわよ。それでも、腕を持ち上げられないほどに新聞が重たいなんてこと、あるはずないじゃないの。

その日の訪問は、ほんと散々だった。コンラートのおじいちゃんがくどくど同じことばかり言うものだから、みんなもう、嫌になってしまって。あれでは誰だって、我慢できないわよ。〃私は何も悪いことはしていない。君たちに誓うよ。私はコロンビアの味方だし、民主主義の味方だ。この世界のあらゆる独裁政権は私にとっては敵だ。暴君も敵だ。私は、私のことを受け入れてくれたこの国が好きなのに〃とか、まだほかにもいろいろ言っていたわ。それに、目の下の黒ずんでいる部分をわざわざ指差して見せたりするの。〃これはヒットラーを礼賛するようなことを言った奴と殴り合いのけんかをした証拠だ〃とでも言わんばかりにね。コンラートのおじいちゃん、とにかく一秒も休みなく喋りつづけていたわ。おまけに、知らない人を見かけると誰かれ構わずにつかまえて、自分がどれほどひどい目に遭ったのかについて話をしたり、自分は何も悪いことはしていないのにと訴えたりするの。そういうコンラートさんを見ているのは辛かったわね。

コンラートのおじいちゃんはあの日、おじいちゃんが死ぬときまで手放さずに持ちつづけていた例の鞄を持ったままベンチに座っていたわ。コンラートさんはね、ホテルの中では、どこに行くのにもいつも手にその鞄をぶら下げていたのよ。そして、それを見た誰かがうっかり中に何が入っているのかなんて聞こうものなら、もう大変。すぐにその場に座り込んで、中に入っているものを一つ残らず取り出して見せるの。まずは手紙。自分は潔白だ、すべては当局側の誤解だと訴えるためにおじいちゃん自身が書いた手紙と、奥さんが書いた嘆願書、先方からの返信。それに、ブラックリストにコンラートさんの名前が入れられたことを伝える新聞記事もよ。そういったものを何から何まで、コンラートさんは鞄の中に入れて持ち歩いていたの。〃いつどこでいい弁護士さんに出くわすかわからないからな〃と、コンラートさんは言っていたけれど。

そしてその日は、私たちが、鞄の中のもの一式を見せられる番になったというわけ。

たぶんあの頃のコンラートのおじいちゃんにとっては、私たち家族がいちばん心を許せる相手だった、というかおじいちゃんの中では、私たちは腹心の友と呼ぶのにいちばん近い存在だったのではないのかしら。

　私たちは、おじいちゃんと一緒にバルコニーのベンチに腰を掛けていたわ。バルコニーにはブーゲンビリアが蔓《つる》を絡ませていたし、庭では、プールで泳いでいる人もいれば、芝生にタオルを広げて日光浴をしている人もいた。天国よね、ただしお金を払って借りている天国。ね、言えているでしょ？

　そうして私たちが、おじいちゃんの鞄の中身を見せられていたときのことよ。父が、とつぜん椅子から立ち上がったの。知った顔を見つけたのよ。もっともその人、父の知り合いとはいっても互いに名前で呼び合うほどには親しくはなかったのだけれど。カリに暮らしていたユダヤ人で、その人もやはり、ホテルに収容されていたの。父がその知り合いのところに行ってしまうと、コンラートさんはなぜだか急に、スペイン語をやめてドイツ語で話しはじめたわ。

〝さーて、ここにはこんなにたくさんの手紙やら書類やらがあるというのに、たった一つ、本当はここにあるべきはずなのにないものがあるのだよ。お嬢さん、それは何だと思う？　当ててごらん。考えてみてよ。

　ここにはどんな情報も揃っている。私についてのあらゆる情報が。私自身が知らなかったことまでもだ。この中に書かれていることによれば、私はプラチナの密輸に関わっていたのだそうだが、お嬢さんは知っていたかね。もちろん、知らないよな。ああ、知らないはずだ。だが、間違いなくそうだと、ここに書かれているよ。ガラス工房デレッサーがハンブルクとのプラチナ密輸貿易に関わっていたことは間違いないとね。それもだ。プラチナはまず、カリからボゴタまで運ばれて、それを我々デレッサー・ガラス工房がバランキージャの密輸業者に持ち込み、そこからドイツに向けて船で運ばれて行ったのだそうだよ。なんともはや、我々の事業がそこまでたいしたものだと思われていたとは、まったくありがたい話ではないか。それにしてもなぜ私が疑われたのかということだが、どうやら、ヘル・ベトケの線かららしい。うちの取引先とかいうそのバランキージャの密輸業者らはヘル・ベトケとつき合いがあったらしくて、そのヘル・ベトケとは私も親交があったからね、どうやらそのせいらしい。だがな、外国で自分と同じ国の人と友達になっていったい何が悪いのかね？　同胞となら、生まれた国の言葉で喋ることができる。それだけでもう、我々には十分に幸せなことなのだよ。

さーて、他には何があったかな。いつも鞄の中身を探るたびに、面白い情報が出てくる。まるで底なし沼だ。そうだ、私の会社のことが公使の手紙の中にまで登場するらしいぞ。ボゴタ駐在のドイツ公使からリマ駐在のドイツ公使に宛てた手紙の中でも、この私のことがいろいろと書かれているそうだ。私もすっかり重要人物だな。それにもちろん、私自身についてではなくて私のよき友人たちについて書かれているものだって、ここに持っているさ。よき友人たち、と言えばお嬢ちゃんには、それが誰のことなのかわかるだろ？　ほら、これ、この『エル・シグロ』紙だよ。一九四三年十一月の『エル・シグロ』紙。このホテルにも新聞は来るさ。私たちが世の中の情報から遮断されているなどということはないよ。えーとそれから、ベトケの頭文字はBだから……、リストにはなんて書いてあるかな？　そうか、バランキージャも頭文字はBか。お嬢ちゃん、ベトケさんがドイツ・クラブの会員だったと知っていたかい？　あの人の住まいがエル・プラドだということは？　ほうらね。この鞄にはね、今言ったような情報がすべて入っている。何だってここにあるよ。それなのに、一つだけ、ないものがある。何だと思う？　教えてあげようか。驚きなさんなよ、なんと、別れの手紙がないのだよ〟

そこまで言ったときよ。急にコンラートさんが泣き出したの。さんざん皮肉を言っていたと思ったら、こんどはおいおい泣き出したの。あなただってあれを見たら、子供が迷子になって泣きじゃくっているみたいだって、そう思ったはずよ。〝ちゃんとした手紙でなくても、紙ナプキンに鉛筆で書かれたものでもいい。なににしろ、私は家を出ます、の一言があってしかるべきではないか。ところが、そうしたものが一切ここにはない。お嬢ちゃんにはわかるかい？　家に戻ったら連れ合いが突然いなくなっていたというのがいったいどういうことなのか、が。〈誰かと共に暮らす〉というのには、いろいろなことが含まれている。君にもいずれわかる日が来るだろうが。そして、そのうちの一つが、相手が家に帰ってくるのを待つ、ということなのだよ。帰るべき家を持っている人間はみんな、かならず家に帰る。それはもう、習慣云々という話ではない。人間はそうせざるを得ないようにできているんだ。動物の本能というやつだな。誰だって、安全な場所、そこにいればそう悪いことが起こりそうにもない場所に戻りたいと思うのは当然だろ〟と、コンラートのおじいちゃんは言ったの。マルガリータさんが家を出ていったことは、エンリケが手紙で知らせていたのよ。私たちが行く何日か前にね。

〝ある日、あいつは家にはもう戻らないと決めた。ああ、つまりはそれだけのことさ。だがいったいどうすれば、自分の家族に対してあんな真似ができるのだ。こうして目を閉じると、そのときの情景が手に取るように浮かんでくるよ。エンリケは母親の帰りを待っていた、聞き耳をたてながら。すると電話が鳴った。母親からだ。あいつは自分の息子に向かってこう言う。もう家には戻るつもりはないの、お父さんには後で手紙を書くから、と。そうだ、それですべてはおしまい。あいつは、息子に伝言を残して行ってしまった。お父さんによろしく伝えてね、というわけだ。もちろん、私に別れを言いになど来なかったさ。それどころか、手紙すらよこさなかった。今あいつがどこに居るのか、私は知らない。誰と居るのか、どんなふうに暮らしているのか、一切知ろうとは思わない。ああ、神様、このお嬢ちゃんが私と同じような目に遭いませんように。こんな目に遭うのは、もう私一人でたくさんだ〟って、おじいちゃんは延々と、私に喋っていたわ。

でもね、それでもまだコンラートさんの話は終わらなかったの。こんどは、ホテルに連れてこられたばかりの頃の話を始めたの。それは悲惨なものだったって、そう言っていたわ。マルガリータさんが家を出ていったという噂がホテルの中で広まると、まずホテルの支配人が、さも気の毒そうな顔でおじいちゃんのことを見るようになったらしいの。コンラートさんはそれでひどいショックを受けたのよ。でももっとショックだったのは、一通の手紙を受け取ったときのことだったそうよ。コンラートさんにとっては、裏に差出人の名前が書いていない手紙をもらったのはそのときが初めてだったの。ええ、そう。差出人の名が書かれていなかったの。でもコンラートさん、これは絶対にマルガリータからに違いないって、そう思ってしまったのね。ところが封を開けてみたら、スペイン大使館からの手紙だったの。あの当時、収容されたドイツ人たちの財産を管理していたのがスペイン大使館だったから。手紙は、コンラートのおじいちゃんの財産の状況を知らせるものだったの。そのときおじいちゃんがふと顔を上げてみるとね、全員がおじいちゃんのことを見ていたのですって。しかも、悪びれるふうもなく堂々と。ある人はブリッジの手を休めて、ある人は新聞を読むのを中断しておじいちゃんのことを見ていたそうよ。コンラートさんは言ったわ。〝私はとっさに思ったよ。みんなも、マルガリータが家に戻ってきたかどうかを知りたがっているんだな、と。だがすぐにそんなんじゃないと気づいたんだ。奴らは、その手紙がマルガリータからのものではないとわかっていて、それで私がどういう反応を示すのかをじっと観察していたんだよ〟と。それに、〝奴らは私のことをバカにしていた。陰で笑っていたんだ〟とも言っていたわ。

あのホテルに入れられていた人たちはほとんどがお金持ちだったの。だからみんな、ホテル近くの村に家を買って、そこに家族を住まわせるような贅沢もできたの。あの人たちにとっては何でもないことだったのよ。それに、許可さえもらえば家族と一緒に村の家で寝泊まりすることもできたのよ。しかも、許可を取るのに難しい手続きはなにもいらないの。ただそれでも、行き帰りには警官がつき添ってはいたのだけれど。みんな、ちゃんと家族がいたのよ。奥さんや、お子さんたちが。でもコンラートさんにはすでに、そのどちらもがいなくなってしまっていた。〝みんなが私のことを、可哀そうにという表情を浮かべながら見ているよ。だが心の中では笑っているに決まっている。おかしくてたまらないのだろうさ。あの手紙のときだって、私が部屋に戻ろうと食堂を出た途端にみんなで大笑いしたに違いない。ここにいる人間たちは、私が知っている中でもいちばん下衆《げす》な奴らだ。イタリア人も、だ。お嬢ちゃん、イタリア人までもが私のことを笑いやがるんだ。あいつらにとっては、そのへんの本より私の不幸話の方がよほど面白いのだろうよ。差し詰め、この私は、三文小説の主人公といったところか。つまり私はいつもあいつらのことを楽しませてやっているというわけだ。私は、ここで一人ぼっちなのだよ、お嬢ちゃん、私には誰もいない〟と、コンラートのおじいちゃんは私にそう話していた。

本当はおじいちゃん、そういうことをぜんぶ、ブラックリストの諮問委員会の人たちやアメリカ大使に向かってこそ言ってやりたかったのでしょうね。そうよ、おじいちゃんはあの日、サバネタホテルで、そうした人たちに言いたかったことをひとつ残らず私に言ったのよ。それだもの、あのとき私がもう嫌だと思ったって仕方がないでしょ？　というか、誰だってあの場にいればそう思ったはずよ。コンラートさんはね、自分の不幸話を次から次へと私にぶちまけたの。だけれど、頼んでもいないのに他人の不幸話を聞かされるほど嫌なこともないわよ。けっきょく私、我慢できなくなってコンラートさんに言ったわ。〝ごめんなさい、ヘル・コンラート。もう行かなきゃ。父を呼んできます。私たち、これからボゴタまで戻って、そこからまたドゥイタマまで帰るのですもの。いったい何時間運転したら家に着くのやら。それに仕事もありますし。ご存知のように、うちはホテルをやっていますから〟って。そして父のところに行ってしまったの。コンラートさんは何か話しかけていたのだけれどそれも振りきって、父のところに行ってしまったのよ。

もちろん、さっさと戻らなければならないなんていうのは、嘘。本当はその日、みんなでフサガスガの民宿に泊まる予定でいたの。

それにしても、ほんと、機に敏い人、というのはどんな時代にも必ずいるものなのよね。あの頃、まさにそれ専用の、つまりホテルに面会に来る人たちを泊めるための民宿がフサガスガにできていたのよ。たしかにうまいこと考えたものだわ。たくさんの家族がボゴタからホテルにいる父親たちに会いにやってきていたもの。うちもそこに一部屋予約をしていて、次の日にもう一度、帰る前にコンラートのおじいちゃんに会いにいくことにしていたの。それなのに私は父に、あそこに泊まるのは嫌、ねえ、このまままっすぐボゴタに戻ってよ、とせがんだの。〝なんだね、まったく。そんなに聞きわけのない娘に育てた覚えはないぞ〟と父は言ったわ。でも私はそのとき思っていたのよ。〝違う、私は、本当はパパが思っているよりもっとずっと悪い子なの。私は恥知らずの娘なのよ。いつの間にかそういう人間になってしまったの〟と。ほんと、あれは恥知らずという以外にはないわよね。私は何度も何度も父に帰りたい、帰ろうと言い張って、とうとうみんなで帰ってきてしまったの。コンラートさんにさよならも言わなかったのよ。けっきょく私は、それきりもうなんと言われようともコンラートさんのところに行こうとはしなかった。父は、何度かは行っていたみたい。でも私は、絶対に行かなかった。コンラートさんの話を聞くのは耐えられないと、自分ではっきりわかっていたから。〝あのときコンラートさん、大げさなことなんか一つも言っていなかった。みんな、その通りのことばかりよ。それを考えれば、本当にひどいことをしたと思う。ただねぇ、コンラートさんはすっかり生きる気力を失くしていたから、コンラートさんを見ているとこちらまで辛くなってしまったの。もちろん、コンラートさんが言っていたことはすべて事実だし、作り話をしていたわけでもないのは十分にわかっていたのだけれど。

戦争が終わると、サバネタホテルに収容されていた人たちも家に戻ることが許されたわ。でもコンラートのおじいちゃん、そのときにはもう一人ぼっちになってしまっていたの。当然、マルガリータさんはもういなかったし、エンリケだって、けっきょくはいないも同然になっていたから。エンリケはね、マルガリータさんが出ていくとすぐに自分も家を出て、一人で暮らしはじめていたの。それを見て私たち、つい思ってしまったのよ。エンリケはもしかしたら、両親から自由になる日をいまかいまかと待っていたんじゃないのか、って。

そうしてコンラートのおじいちゃんは、家族からも見放されて、ひとりだけ人生の時間が止まったまま取り残されてしまったの。それにおじいちゃんは、ホテルを出ても、家族で暮らしていた家を売ることもできなかったのよ。自宅はまだ、国の管理下に置かれたままだったから。けっきょく家は、四六年の半ばに競売にかけられたわ。でもその代金はいっさい、コンラートさんの手にはわたらなかった。まあ、その点は想像がつくと思うけれど。ええ、そうよ。お金はあの、おじいちゃんが望んでもいなかったサバネタホテルでの避暑の代金と、戦争賠償金の支払いに充てられてしまったの。政府は、すべてのドイツ人の預金口座から戦争賠償金を徴収していたのよ。

コンラートさんが、どういうきっかけでいつホセフィーナと知り合ったのかはわからない。それでも、ホセフィーナのおかげでコンラートさんが生活できていたのは間違いないわ。というより、コンラートさんが死なずにすんでいたのはホセフィーナがいたからよ。

収容されていた人の多くは、ホテルを出てから、この国を離れていったわ。ドイツに帰国した人もいれば、ベネズエラやエクアドルに行ってコロンビアでやっていたのと同じことをやろう、と考えた人たちもいた。ただ、同じことをやるにしても新しい土地でゼロから始めるわけだから、コロンビアにいたときのようにはいかないわよ。もう一度最初からやり直すようなものだものね。それに、そうしてまた新しく始めなければならない状況に置かれたら、人によってはそれが致命的な打撃になってしまうこともあるの。たとえば、コンラートさんがそう。けっきょく立ち直ることはできなかったわ。コンラートさんは一年半かけて、少しずつ、死に向かって進んでいったのよ……。私にはよくわかる。コンラートさんにとってホセフィーナは、溺れかかっている自分を助けてくれる筏《いかだ》のような存在だったのね。コンラートさんはきっと、夜になるとすがりつくような気持ちでホセフィーナと寝ていたのだろうと思う。そして昼間は、オペラのレコードを聞くか、さもなければどこかの喫茶店でブランデー入りコーヒーを飲むかで時間を潰していたに違いないわ。

　私このごろ、そうしたコンラートさんのことを思い浮かべるたびにますます強く思うのよ。やっぱりマルガリータさんがコンラートさんを捨てたのは正しかったのだって。マルガリータさんは一九八〇年にカリで亡くなったわ。確か、そうだったはずよ。マルガリータさんは再婚したの。コロンビア人の男性と。子供も二人できたと聞いているわ。男の子と女の子。二人とも、あなたより上よね。きっともう、それぞれに子供がいるのでしょうね。でもそれって、もしかしてマルガリータさんがおばあちゃんになったということ？　なんだか信じられないわよね。こんなことを言うのは酷かもしれないけれど、あんなに意気地のない旦那さんでは、マルガリータさんだってどうしようもなかったのではないのかしら。誰が考えたってわかるわ。コンラートさんには、ホテルを出た後で何とかうまく世の中を渡っていくなどとうてい無理なことだったのよ。ブラックリストは、戦争が終わった後もさらに一年間、この世に存在しつづけていたわ。コンラートさんもブラックリストがある間はずっとホテルに入れられたままで、おかげで、いろいろな意味でボロボロになってしまったの。ブラックリストがこの世からなくなるのが遅すぎたのよ。消えてなくなったときにはもう、コンラートのおじいちゃんはほとんど無一文になってしまっていたのだもの。だけれど、それはなにも、おじいちゃんだけに限った話ではなかったのよ。他にも、ブラックリストに入れられてさんざんな目に遭った人はいくらでもいたわ。私の直接の知り合いにもね。そのうちの何人かはやはり、サバネタホテルに収容されていたの。しかも、実際にナチスの党員だったという人もいたりして。そうかと思うと、中には、ブラックリストに入れられたというのにホテルに収容されずにすんだ人たちもいたのよ。ただそれでもけっきょくは、コンラートのおじいちゃんと同じようにすべての財産を失う羽目にはなったのだけれど。みんな財産を失って、そのうちの多くの人たちはもう一度やり直すことを選んだわ。もちろん、やり直したところで、ブラックリストに入れられる前と同じような生活を手に入れるなんてことは、とてもじゃないけれどできなかったけれど。ほとんどの人が、失ったお金を取り戻すことができなくて、今になってもまだ、失ったもののことばかりを考えている。

　やり直すことのできた人とできなかった人。コンラートのおじいちゃんは、やり直すことのできなかった方。おじいちゃんは、やり直すことができなかったのよ。それが世の中というもの。同じような目に遭っても、やり直すことができる人とできない人とがいるの。だから私は、コンラートさんのことはマルガリータさんのせい、みたいなことを言うのはおかしいと思う。そういう話ではないわよ。確かにマルガリータさんは家族を捨てたわ。それに、コンラートのおじいちゃんの自殺がまったくマルガリータさんのことと無関係かといったら、もちろんそんなことはないわ。でもマルガリータさんは立派に生き抜いたじゃないの。そうでしょ？　それに、結婚というのは、自分より弱い相手を守るためにするものなの？　マルガリータさんは二度目の人生を生きることを選んだのよ。あなたのお父さんが口癖のように言っていた、二度目の人生をね。そしてその選択がうまくいった。子供と、孫までできて。それって、世の中の誰もが望むことじゃない？

　コンラートさんのお葬式にはマルガリータさんは来なかったわ。仕方ないわよね。あんなにいろいろなことがあって、おまけにコンラートさんは自殺したわけだし、加えてコンラートさんには内縁の妻がいたのだもの……。

　内縁の妻、ああ、なんていい響きなのでしょう。今ではもうあまり使われなくなってしまったけれど。最近では、愛人《アマンテ》ですもの。身もふたもないわよ。内縁の妻《コンクビナ》、内縁関係《コンクビナト》……、ホントにきれいな響き。ああ、だからなのね。それだからとつぜん、この言葉が使われなくなってしまったのね。みんな、そういうのを指す言葉がそんなにきれいでは困ると思ったのよ。それに比べて、自殺《スインイーディオ》って、なんて嫌な響きなのかしら。ゼルブストモルト、ドイツ語ではそう言うのだけれど、この響きも好きじゃない。

まあ、私ったら、まるでなにもかも自分で考えたみたいな言い方をしているけれど、本当は、あなたのお父さんがそう気づかせてくれたのよ。ホセフィーナにさよならを言って家を出た途端に、待ち構えていたようにあなたのお父さんが言ったの。〝内縁《コンクビナ》の妻は愛人《アマンテ》より響きがいいね。なんでなんだろう？〟って。でもそう言いながら、悲しそうな顔をしているの。いえ、そのときだけではないわ。あなたのお父さん、その日の午後はずっとそうだった。いかにもガブリエルらしい無関心さとか、何ごとにも一歩距離を置くような態度とか冷静さとかが全然なかったのよ。それどころか、ホセフィーナとの話で知ったなにもかもがガブリエルの心に引っかかっているって、そんなふうに私には見えたわ。コンラートのおじいちゃんが可哀そうな死に方をしたこと、おじいちゃんが死に際に苦しい思いをしたに違いないこと、そうしたことのなにもかもがね。私はそんなガブリエルを見ていて、ああ、本当にそうだなって思ったわ。コンラートのおじいちゃんがそんな死に方をしていいはずがないって。そのことは今でも、そう思っている。でも……、その人にどんな死に方が相応《ふさわ》しいのかを決められる人なんて、この世にいるのかしら。それにそもそも、その死が本人にとって相応しいものかどうかの判断の基準って、いったい何？　その人が人生でどれだけいいことを、つまり功徳を積んだのか、あるいは、人生でどれほど悪いことを、つまり間違いを犯したのかによって決められるの？　それとも、その人が人生で行なった功徳と犯した間違いとの収支決算で決められるとか？

ねえ、ことこうした問題になると、あなたやあなたのお父さんのような無神論者は困ってしまうでしょ？　だからね、人は神様を信じている方がいいの。でも、私がそう言うと必ず、あなたのお父さんと言い合いになったものよ。で、けっきょく勝つのは決まってお父さん。ええ、もちろん、そうよ。お父さんはいつも、コンラートのおじいちゃんのことを引き合いに出しては言っていたわ。〝コンラートのおじいちゃんはカトリックに改宗までしたんだぜ。だけど、それで何かいいことがあったかい？　君だって知っているように、何千人というドイツ人がこの国に融け込みたい一心で、あるいは、奥さんやお姑さんに受け入れてもらいたい一心でカトリックに改宗している。でもけっきょく、どうにもなりはしなかったじゃないか〟と。私は言い返さなかったわよ。ただ黙って聞いていただけ。それはね、心の中でこう思っていたからなの。コンラートのおじいちゃんがもしカトリックに改宗していなくてプロテスタントのままだったとしたら、同じように自殺していたというだけでなくて、おそらくはもっと早くに自殺してしまったのではないのかしら、って。もちろん、本当にそうかどうか確かめることなどできないわけだけれど。つまりね、さあこのクスリを飲めよ、こんな面倒な世の中、とっととおさらばしてしまえと囁いたのは、おじいちゃんの中のプロテスタントの部分ではなかったのかと思うのよ。でも今となってはもう、誰に確かめることもできないものね。それに、そんなこと確かめても何の意味もないし。

あの晩、ホセフィーナの家を出てから私たちは、あなたのお父さんの家に行ったの。もうだいぶ遅い時間になっていたから、そのままドゥイタマまで帰るなんて考えようもないことだったのよ。あなたのおばあちゃんて、いつも黒いショールばかりを身につけていた人でね、その晩も、黒いショールで肩を覆って、私のためにお客さん用のベッドを用意してくれたわ。おばあちゃんは、私のことを歓迎してくれたし世話もしてくれた。でも、ずっと悲しそうな顔のままなの。映画によく出てくる幽霊にそっくりの顔。ガブリエルったら、そうしておばあちゃんが私のためにいろいろやってくれているというのに、自分だけさっさと二階に上がって部屋に入ってしまったのよ。ろくにおやすみの挨拶もせずに。

ガブリエルの家があったのは、チャピネロ地区。カラカス通り沿いよ。二階建てで、階段にはカーペットが敷いてあったわ。赤い、すり減ったカーペット。それを階段に固定するのには銅製の棒が使われていたの。そうよね、あなたはあの家を知らないのよね。でも、それならそれでよかったのではないのかしら。だってあの家にいると、気味が悪くてたまらなかったもの。カーペットを固定していた銅製の棒もわっかも、見ていて楽しいものではなかったわ。それに、裏庭にいたオウムも。そのオウム、しきりにロベルト、ロベルトと叫んでいたのだけれど、そのロベルトとやらが誰のことなのか、なぜオウムがロベルトという名を呼ぶのかは、ガブリエルたちにもわからなかったそうよ。

とにかくその晩は、なかなか寝つくことができなかったの。車の音がうるさかったのよ。夜になっても車がうるさいなんて、村では考えられないことだったから。ええ、私、田舎者だったのよ。だからボゴタのような都会に出てくればとうぜん何もかもが大違いで、戸惑うことばかりだったわ。

でも眠れなかったのは、それだけが理由ではないわ。あなたのおばあちゃんの家の中というのは、そこにあるもの一つひとつが人を不愉快にさせてしまうというか、なにもかもが悪意に満ちているというか、とにかくそういうところだったの。たとえば、私が寝た部屋だって、家具はすべてシーツで覆われているのに埃《ほこり》っぽい匂いがしていたし。そう、まるで家全体が喪に服しているかのように陰気な感じで、おまけに、そのほんの少し前までは私たち、ホセフィーナと話をしていたわけじゃない？　そんなことの全部が、私を眠れなくさせていたのよ。それでも最後には寝てしまったけれど。かなり遅くなってからやっと、寝つくことができたの。

次の朝、目が覚めたらあなたのお父さん、いったん出かけて戻ってきたところだった。エンリケは家にはいなかったよ、と、お父さんは言ったわ。〝それ、どういう意味？　行方不明ということ？〟と聞くとお父さんは、〝違う。エンリケは家を出たんだ。ぜんぶ置いたままで出ていったのだそうだ。どこに行ったのかはわからないらしい〟と答えたわ。私は、誰からそれを教えてもらったのかと聞いてみたの。するとお父さん、急にいらいらしはじめて、〝あの地区担当の警官だよ。警官は、骨董店のカンスィノで働いている女の子たちから聞いたのだそうだ。だけれど、誰から教えてもらったのかなんてどうでもいいことじゃないか。親父さんがほんの数日前に自殺して、お袋さんは家を出ていったきりなんだぜ。エンリケだって家を出ていくのは当然だ。自分だけあの家に残ってどうするのさ〟とそう言ったの。私は、〝でも、さよならも言わずに出ていくものかしら〟と返したのだけれど、お父さんったら、〝さよならも言わずに、だって？　カクテルパーティーじゃあるまいし。なにくだらないこと言っているんだよ〟と、強い調子で私に言ったのよ。

それでも少し経つとガブリエルの機嫌も直って、朝ご飯のときにはもう、普段どおりの二人になっていたわ。お互いに黙ったままだったけれど、とても穏やかな気持ちで食事ができたの。

サバナ駅で列車に乗ったのはお昼前。ひどい天気だったわ。とにかくその二日間は、私たちが行くところ行くところ雨が降ってばかりいたの。ボゴタでも降りっぱなしで、ボゴタを出るときにも降っていて、ドゥイタマに着いても雨だった。

私は家に戻るまでずっと考えていたわ。人が家を出ていってしまうとき、とりわけエンリケのようにすべてを残したまま友達にすら別れを告げずに行ってしまうときというのは、その人にはどんな理由があるものなのだろうかと。でも、あなたのお父さんには何も言わなかった。だって、よけいなことを言うなって怒られるに決まっているから。お父さんは、ひどく神経質になっていたわ。というか、傍からはそう見えていた。

あなたのお父さん、電車に乗るとすぐに目をつぶったの。でも本当には寝てはいなかった。瞼《まぶた》が動いていたもの、ピクピク、ピクピクって。人は、なにか心配ごとがあるとよくそうなるものじゃない？　そんなガブリエルを見ていたら、私まで暗い気持ちになってしまった。もうその頃には、ガブリエルのことを実の兄みたいに愛しく思うようになっていたのよ。ガブリエルは、私には兄みたいなものだったの。たしかにね、私たちが親しくなってからまだたったの五年しか経ってはいなかったのだけれど、それでも、あなたも知っての通り、私もガブリエルの家に行っていたし、ガブリエルもうちのホテルに泊まりに来ていたし……。もちろんいくら親しくなったとはいえ、ガブリエルは決して世間の常識に反するような真似はしなかったわよ。まあ、私だって一応はお嬢さんだったわけだし。それでも今考えるとガブリエルは、私に対しては、そういう守るべきルールを最大限まで甘くして接していたんじゃないのかって、そんな気がする。そしてそれは、私たちが兄妹みたいだったからなのだと思う。

最初は、電車に揺られながら、本当は寝ていないのに目を閉じたままでいるガブリエルのことをずっと見ていたのだけれど、だんだん眠くなってきてしまって、ガブリエルの肩にもたれかかって目をつぶったの。次に目を開けたのは、列車がドゥイタマに到着してガブリエルが起こしてくれたときだった。ガブリエルは、髪の毛にキスをして起こしてくれたわ。〝着いたよ、ザラちゃん〟と言って。その言葉を聞いて私は、泣きそうになってしまった。ものすごく心が緊張していたのだと思う。ううん、むしろ緊張と愛情と、あまりに違うものがいっぺんに来たせいだったのかも。私の心がきゅっとなっていたところに、ガブリエルったらあんなに優しくしてくれるのですもの。私はあのとき、ガブリエルのことが、一人の友達を永遠に失ってしまったガブリエルのことが可哀そうでたまらなくて、心がしめつけられるような思いでいたの。それなのにガブリエルは、まるで友達を失ったのが私の方であるかのように優しく気遣ってくれて……。私、もう少しで泣いてしまうところだった。でも、我慢したのよ。いつもそう。私って、小さいときからずっと、泣きたくても泣かないいい子だったの。そんな私のことを父は、死ぬまでずっとバカにしていろいろ言っていたわ。お前は自尊心が強すぎるから人前で嫌な顔を見せないし、ましてや絶対に泣くなどということはしないな、というのが、いつも父から言われていたことだったわ。でも私に言わせれば、人前で泣いている女ほど惨めなものはないわよ。ええそうよ、お父さん。それが私。やせ我慢をすることにかけては誰にも負けないの。

私たちがホテルに帰りついてもまだ雨は降りつづいていたわ。空が暗くて、日が暮れるまでにはまだ少し間があったのだけれど、通りの街灯にはもう、明かりがともされていた。いかにもボジャカらしい灰色の空。ほんの少し爪先立ちをしたらあそこに手が届くかもって、つい思いたくなるほどの空だった。そして雨が、まあよく降りつづいていたこと。まるで上のどこかの栓が抜けたかのように、すごい勢いで雨が落ちてきていたわ。それなのにあなたのお父さんったら、私の傘に一緒に入るのが嫌だと言ったのよ。私を先に歩かせて、自分はずぶ濡れになりながら私の後ろをついてきたわ。おそらくあの日は、ドゥイタマでも朝から雨が降っていたはずよ。だって、庭の噴水の水があふれる寸前で、もう少しで縁を越して流れ出しそうになっていたもの。でもね、噴水の水面を雨が激しく叩きつけている光景って、いいものよ。それにそのときの私たちは、雨に濡れた服を着替えたあとで、しかも食堂でホットチョコレートを飲みながら外を見ていたものだから、よけいに素敵な光景に思えたのね。

食堂にはそのとき父とお客さまが一人いらして、父は、〝こちらはホセ・マリア・ビジャレアルさん〟と、その方を私たちに紹介してくれてから、〝だがそろそろお発ちになるそうだ〟と言ったの。私は、名前を聞いてすぐに、ああ、あの人のことね、とわかったわ。父から何度か話を聞いていたから。〝要注意のスペイン人だよ〟と、父はよくそんな言い方をしていた。もちろんそれは賛辞よ。父にしては珍しいほどの敬意をこめての賛辞だったの。

父とビジャレアルさんはよく会っていたのよ。ことに、それからもっと経ってホテルを畳む少し前ぐらいになると、もうしょっちゅう会っていたわ。二人とも、シモン・ボリーバルには情熱といってもいいような熱い思いを抱いていたから、気が合ったのよ。ビジャレアルさんは、父とシモン・ボリーバルについて話をしたくて、わざわざトゥンハから通ってきていたの。びっくりでしょ。

私たち、私とあなたのお父さんは、その〝要警戒のスペイン人〟に挨拶をしてから二人で、食堂のガラスのドアに近い席に座って、チョコレートのカップで手を温めていたわ。もう暖炉には火が入っていて、外は相変わらずザーザー降りだったけれど、食堂の中は申し分なく快適だった。それに父までもが、ホテルの入り口のところでビジャレアルさんと話をしていて楽しげな様子だったの。きっと二人で、パンターノ・デ・バルガスの戦い〔シモン・ボリーバル革命軍とスペイン軍との戦いの一つ。ここでの勝利が、この後のボジャカの戦いでの勝利と共にコロンビアを独立へと導くことになった〕のことかを話していたのね。あのときの父はまるで、新しいおもちゃを買ってもらった子供みたいだったわ。

ねえ、信じられる？　その私たちにあんな悲惨な事件が待っていただなんて。それもその後すぐに……。今でも信じられない。私はね、あの事件を思い出すたびに思うのよ。なんであのときのままの世界が続いてくれなかったのだろうって。みんな、とてもうまくやっていたのよ。私は、それぞれが身に降りかかった困難を払いのけて戦争の時代をうまく生き延びてよかったと、いつも思っていたの。それなのにあんなことが起こるなんて。ねぇ、そうならないように誰かに賄賂でも送っておけばよかったのかしら？　それとも、ちゃんと運命の手綱を握っておいてと誰かに頼んでおけばよかった？　でも……、もしかしたらその手綱自体がとっくに擦り切れていたのかもしれないわね。

さて、ここからは、ガブリエルから次の日に聞いた話をするわね。次の日の午後、ガブリエルが麻酔から覚めて初めて二人きりになったときに話してくれたの。だいたいこんな内容だったわ。

あの日、二人して食堂でチョコレートを飲んだ後でガブリエルは、そのまますぐに自分の部屋に上がっていったそうよ。列車での長旅の疲れを取りながらすこし勉強するつもりだったのですって。大学の最初の試験が一週間後に迫っていたのよ。それも、民法関係の科目すべてを対象にした試験が。ガブリエルにしてみたらおそらく、目の前に生きるか死ぬかの修羅場がいつ果てるともなく続いているかのような、あるいは命を懸けた真剣勝負が一回だけじゃなくて十回も連続して用意されているかのような、そんな気分だったのでしょうね。

そんなわけでガブリエルは、自分の部屋に入ると、机の前に座って本を開いて、財産所有権の獲得方法の項についての勉強を始めたそうなの。

ちょっと話はそれるけれど、あの項の条文って、少なくとも、読んで面白いものというのは本当よ。巧みな比喩がふんだんに使われているの。いつだったか、ガブリエルが条項のどれかを読みながら大笑いをしていたことがあったもの。まあ、あれはよほど機嫌のいいときだったのだろうとは思うけれど。そんなガブリエルのことをクラスの友人たちは、変わっていると思っていたみたい。でも、そのクラスのお友達たちって可哀そうな人たちよね。だって比喩の面白さがわからないわけでしょ？　たとえばね、水の項で書かれていることなんて、まさに詩そのものなのですってよ。鳩の項も面白いのよ。鳩が勝手にある鳩小屋から別の鳩小屋に引っ越して行ったとするじゃない？　その場合には、新しい飼い主に対しては悪意が認められないとしてその鳩の所有が許される、と条項には定められているのですって。ガブリエルからそう聞いたことがある。

まあそれはともかく、ガブリエルはそのとき、自分の部屋で本を読みはじめたものの集中できなかったらしいのよ。ガブリエルは言っていたわ。〝例の鳩についての項を読みはじめたら、道路の真ん中で自分の吐瀉物にまみれて横たわっているコンラートさんの姿が頭に浮かんできてしまったよ。それで諦めて次に、指輪にはめ込まれた石の項を読みはじめたら、こんどは、サンダルをつっかけて股の間に精液を滴らせているホセフィーナが出てきたんだ。すると急に、ホセフィーナじゃないが、胸がむかむかしてきてしまって。だから俺は仕方なく椅子から立ち上がって、民法の本とノートを閉じて散歩に出かけたんだ〟って。

でも私はガブリエルが出ていく音は聞いていないの。そのときちょうど父たちの部屋にいて、ラジオでニュースを聞いていたのよ。それがまた、面白いニュースでね。ハンガリー人のある建築家の話よ。その人、戦争が始まる前に奥さんを連れてどこかに逃げて、それきり行方がわからなくなっていたの。そうしたらなんと、山の中に隠れていたのよ。戦争が終わってある日、山の中を数人の旅人が歩いていると、その建築家さんがひょっこり出てきて、今戦争はどうなっているかと旅人たちに尋ねたのですって。建築家さん、戦争中は大きな洞窟の中を家のように整えてずっとそこで暮らしていたそうよ。魚を取って食べて、川の水を飲んで。ところが通りかかった旅人たちから、戦争は一年半前に終わったと聞かされて、さっそく山を下りてブダペストに戻ったの。家族と再会してまた元の家で暮らしはじめたのよ。ところが、建築家さんはすぐに気づいたの。もうここで暮らすことはできないと。奥さんも同じ意見で、けっきょく二人は、洋服やら身の回りのものを持ってまた洞窟に帰ってしまったの。その話を聞きながら、父はにこにこしていたわ。〝この二人は間違いなくユダヤ人だ。賭けてもいいぞ。もし私の勘がはずれていたら、お前の好きなものをなんでも買ってやる〟って、そんなことも言っていた。番組が終わって私たちがラジオを消したときには、たぶんもうガブリエルは散歩に出かけた後だったはずよ。それでもガブリエルは、黙って出かけたわけではなかったの。外に出る前にいちど食堂に寄っていたのよ。散歩に持っていくのに大きなパン・デ・ユカ〔キャッサバ粉とチーズで作られているコロンビアのチーズパン〕を一つもらいに寄ったの。そしてマリア・ロサに、マリアというのはうちのホテルの料理番をやっていた人でね、一時間で戻ると言って外に出ていったそうよ。

　俺がホテルを出たときにはもう外は暗くなっていた、と、ガブリエルは言っていた。ホテルを出てからはずっとガブリエルは、バルコニーの下や軒下を選んで歩いていったのですって。バルコニーからバルコニーへ、軒下から軒下へという具合に。できるだけ雨に濡れずに済むようにね。といっても、実際にはもうその頃には雨は小止みになっていて、だからガブリエルも、外を歩くのが嫌だとは思わなかったそうよ。ガブリエルは言っていたわ。〝雨に洗われた新鮮な空気を胸いっぱい吸い込むことができて嬉しかったぐらいだ。誰もいない通りを歩くのは楽しかったさ〟と。

　〝俺はジャケットの襟を立てたよ〟とガブリエルは言ったわ。〝最初は、パン・デ・ユカを食べてしまうつもりだったんだ。大急ぎで食べてしまえば空いた手をポケットにつっこめるって、そう思って。でもやめたよ。やっぱり、パンを手に持っていた方が暖かいのではないかと思い直したんだ。ホテルを出るときから、長めの散歩をしようと決めていたから。肺炎になってもいいからそうしようってね。ほんとうにあのときは、なにもかもが平穏そのものだったよ、ザラ。それがあんなことになるなんて〟と、ガブリエルはそう言ったの。

そのときはただもうガブリエルは、気をつけて歩いていこう、石畳で滑らないようにしよう、とそのことばかりを考えていたのですって。雨が降ると石畳の道は危ないですものね。そうしてガブリエルは、足元にじっと目をやったままひたすら前に前にと進んでいったの。ねえ、そんなガブリエルの姿を想像すると、まるで目隠し革《ブリンカー》をしている競馬馬みたいって思わない？

熱々のパン・デ・ユカを上着のポケットに入れて、ガブリエルは歩き続けたのよ。

そして気づくと、広場に着いていたそうなの。だけれどそれは、別に驚くようなことじゃないわ。だって、どこの村でも、通りという通りはどれも広場に通じているわけでしょ？　村でたった一つの広場に。でも……、それならいったいなぜ、広場にわざわざ名前をつける必要があるのだろう。リベルタドーレス広場、それがドゥイタマ村の広場の正式な名前よ。もっとも、昔から誰もそんな名前で呼んではいなかったけれど。広場は、ただの広場。

その日、村の広場では、まだお祭りの飾りつけがそのままになっていたの。お祭りが終わったばかりだったから。とくにカフェテリアはどこも、幼子イエス・キリストの人形をドアやバルコニーに吊り下げたり、窓に飾ったりしていたわ。ガブリエルは、そんな華やかに飾りつけられたお店屋さんのショーウインドーやカフェテリアの窓ガラスに目をやりながら、ときどきは中を覗いたりもして、広場をゆっくり歩き回っていたそうよ。〝どのカフェテリアにもたいしてお客さんは入っていなくてね、それでも、客の大半が寒さしのぎにやってきた農家の人たちだったものだから、ドアを開けると中は湿ったポンチョの臭いが立ち込めていたよ〟とガブリエルは言っていたわ。

そんなふうに歩いていて、ふと一軒のカフェテリアが目に留まったらしいの。そのお店、他のところとは違って、中に農家の人たちの姿はなくて、席に座っていたのはネクタイを締めた役場勤めの人たちばかりだったそうよ。するとそのとき、ガブリエルを呼ぶ声が聞こえたのですって。〝やけにはっきりと聞こえたよ。大声で呼び立てられた、というわけでもなかったのにね〟とガブリエルは言っていたわ。ねぇ、その呼び止めた人って、いったい誰だったと思う？　ビジャレアルさんよ、父のお友達のビジャレアルさんだったのよ。

ビジャレアルさんは、雨が降っているのに何をしているのだ、どこかに用があるのか、と聞いてきて、車をすぐ近くの角に停めているからどこにでも送ってあげると言ってくれたそうよ。

〝とにかく丁寧なんだ。ビジャレアルさんがあまりに丁寧な話し方をしてくれるものだから、その直前に俺にとってはこれ以上ないというほどの驚くべきことを経験していたというのに、それすら頭から抜けてしまっていたよ。そうなんだよ、あれはまったく、驚いたなんてものじゃなかったよ。あの人、俺を呼び止めるときになんと、俺の名前を呼んだんだぜ。それもフルネームで。たった一回、俺の名前をちらっと君の親父さんから聞いただけだったというのに〟と、ガブリエルはそう言っていた。でもね、ビジャレアルさんって、誰に対してもそうだったのよ。ビジャレアルさんはそういう人だったの。

何か用があるのかとビジャレアルさんに聞かれて、ガブリエルはそのとき、〝ただこの辺を散歩しているだけです。夜になるとドゥイタマの通りはひと気がなくなるから、夜に散歩するのが好きなんです〟と答えたの。すると、ビジャレアルさんはすぐにその顔に、納得したような表情を浮かべたそうよ。そればかりか、あの道もいい、この道もいいと、ドゥイタマのことだけでなくて、トゥンハやソアタや、ボゴタの中心街の散歩道についての講釈を始めたのですって。ビジャレアルさんは教養人で、いろいろな街の歴史をよく知っていたから。というか、少なくとも世間では、ビジャレアルさんはそういう人だということになっていたの。

そしていつの間にか、話が新しく建てられている教会のことになって、ビジャレアルさんは言ったそうよ。〝場所は、ちょうど広場の向こう側ですよ。何日か前、ちょうど日曜日だったので、建設中の教会の中がどんな風になっているのかと思って入ってみました。あのまま工事が進めば、あれは最高に素晴らしい《ベリイスイモ》（bellísimo）ものになりますよ〟と。ガブリエルはそれを聞きながら思っていたのですって。この人のリェ（ll）の発音はいいなぁ、と。そう、たしかにビジャレアルさんが口にするリエには、流れるような響きがあったわ。そういえば、あんなリエはもう、久しく聞いていないわね。今ではもう、あんなふうにリェを発音できる人は誰もいなくなってしまったのではないのかしら。

　たぶん、ガブリエルはその響きにやられてしまったのよ。それとも、ビジャレアルさんがあまりに紳士的だったからなのかしら。とにかくガブリエルが言うには、ビジャレアルさんと別れた後でふと気づくと、ビジャレアルさんの言っていたその教会に向かって歩き出していたのですって。そしてガブリエルはそのまま、教会を目指して広場の縁を回るように歩きつづけたのよ。お店屋さんの軒下やバルコニーの下を伝って。それにもちろん、暗がりは避けてコロニアル様式の街灯の近くを通るようにしてね。といっても、あの当時は街灯の明かりもたいして明るくはなかったのだけれど。そうしてガブリエルは教会の前まで辿り着くと道路を渡って、そのときにね、なんとなく気になって辺りを見回したそうなの。見ている人が誰もいないか確かめようとして。でもね、そんなふうに感じたこと自体、おかしいと思わない？　だって、工事中の建物に入るのは別に悪いことでもなんでもないのよ。私はあの日、ガブリエルの話を聞いているときにもそう言ったの。するとガブリエルは、〝ザラの言う通りなんだ。だが、それが虫の知らせだったと気づいたときには、手遅れだったよ。もう、中に入ってしまっていたからね。でも、俺は後悔はしていないよ。ああ、後悔なんかしていない。だって、建設途中の教会の中って、それはすごいものだぜ。あまりに素晴らしくて俺なんか、背中に震えが来たよ〟と、そう答えたの。

教会の中は、もうすでにいくつか大きな壁ができあがっていたのですって。ただそれでも、外よりももっと寒いぐらいだったらしいけれど。もちろんそれは、湿気たセメントのせい。息を深く吸うと鼻からセメントの冷気が入ってきたと、ガブリエルも言っていたもの。祭壇の、いえ、正確には祭壇が作られる予定の場所のそばには、大人の男の人ぐらいの大きさの砂の山が二つと、もう少し小さめの煉瓦の山とができていて、その脇にはコンクリートミキサーが置かれていたそうよ。入り口のところには、石があって梁《はり》があって、その隣にはもっとたくさんの石があって梁があって。あとはぜんぶ足場。どこもかしこも足場だらけ。太い大きな足場がぐるりと壁に沿うように、しかも窓の高さまで組み立てられていたらしいわ。あら、窓ではなくて、窓枠よね。だって、まだ、ステンドガラスははめられていなかったわけだから。

〝あの中にいて俺は、もしかしたら自分は色覚異常になったのかと不安になってしまったよ〟とガブリエルは言っていた。当然だけれど、周りは灰色と黒ばかりで、それ以外の色なんて一つもなかったのよ。それにもちろん音もまったくなくて、それは見事なまでにしんと静まり返っていたそうよ。だからそのとき、よほどやってみようかと思ったのですって。思い切り大声を出してその自分の声が教会の中で反響するのを聞く、というあれを。

〝とてもいい気分だったんだ〟とガブリエルは言っていたわ。〝あんなに落ち着いた気持ちになれたのは久しぶりだった。それまでの数日間はいろいろあったからね。あのときは、自分がほとんど目も見えない耳も聞こえない人間になったみたいな気がしていたよ。心が安らいだとでも言ったらいいだろうか。ほら、誰かに許してもらうとホッとするだろ？　ちょうどあんな感じだったんだ〟と。

それからガブリエルはどこかに腰をかけようとしたらしいの。ところが地面は濡れていたし、しかもあっちこっちにバケツやコテが転がっていて、まだ粉のままのセメントも砂もあったし。おまけに隅の方からはおしっこの臭いがただよってきていたりして、仕方がない、座るのは諦めようと思ったそのときに、ガブリエルは思い出したの、パン・デ・ユカを持っていたんだって。ポケットからパンを取り出すと、ポケットの底の糸くずまでもがパンにくっついてきて、ガブリエルはそれを取りはらってからかじり始めたの。

おいしかったんですって。もちろん、もう温かくはなかったでしょうけれど。

〝俺はちょっとずつ小さな口で、慌てずに食べたよ。コンラートのおじいちゃんのことを思い出すまいとして、なんでもいいからそれ以外のことを片端から考えながら食べていた。たとえば、このパンはおいしいから始まって、この教会の中はセメントの匂いがするとか、教会ができあがったら椅子はどの辺に置かれるのだろうかとか、説教壇はどこにできて神父さんはどこに立つことになるのだろうかとか、教会ができあがるのにあとどのくらいかかるのだろうかとか。あとは君のホテルのこと、君のことも。君が好きなんだなぁって、俺はそう思っていたよ〟と、ガブリエルは言ったわ。

それからも、私の父のこと、ビジャレアルさんのこと、ボリーバルのこと、パンターノ・デ・バルガスの戦いのことに思いを巡らせて、そこから今度は広場の名前のことを考えはじめたそうよ。広場がなぜリベルタドーレス〔解放者たち。スペイン・ポルトガルからのラテンアメリカの独立を指導した者たちを称える際の呼称〕という名前になったのだろうかって。

でも、そこまでだった。

ちょうどガブリエルが広場の名前のことを考えはじめたときにとつぜん、男たちが教会に入ってきたの。でも教会の中は真っ暗だったものだから、ガブリエルには、男たちが帽子を被っていることだけはわかっても二人の顔までは見えなかったのね。お前がサントーロか？　ボゴタのサントーロか？　二人のうちの一人が、そうガブリエルに聞いてきて、ただガブリエルには、どちらがそれを言ったのかもわからなかったの。そうして相手はマチエーテを抜いた。ガブリエルは、最初にマチエーテを抜いたのはおそらく声をかけてきた方だろうと言っていたけれど。名前を確かめてきて、こちらがそうだと答えると次はマチエーテが出てきて。ほんと、どこでも同じね。お決まりのコース。

二人組は教会の入り口から入ってきたのですって。いえ、まだ入り口はできていなかったから正確には、入り口になるはずのぽっかり穴の空いたところ、と言うべきだけれど、とにかくそこから二人が入ってきて、それを見たガブリエルはとっさに祭壇の方に向かって駆け出したの。裏口から外に逃げられるだろうと思ったのね。ところが砂利で足を滑らせて、でもなんとか転ばずに踏みとどまって、そこからは、まだ組み立てられずに置いてあった足場用の板の上を走りつづけて。柱と砂山の間を通り抜けようとしたそのときだった。砂を踏んだとたんに足がズルッと入り込んで、靴が滑って転んでしまったの。とっさにガブリエルは右手を挙げてマチェーテから身をかばおうとして、次の瞬間にマチェーテがガブリエルめがけて振り下ろされてきて、ガブリエルはぎゅっと目を閉じた。それきり、後のことは何も覚えていないそうよ。

ガブリエルがそんなことになっているあいだ、私たち家族の方はどうしていたのかと言えばね、まず、ホテルの夕食の時間が始まったときにマリア・ロサが母に聞きに来たの。〝ガブリエルさまの分はどういたしましょう？　お帰りまでお待ちしましょうか？　それとも夕食にはおもどりにはならないのでしょうか？〟と。母はすぐに私の部屋に上がってきて、マリアが母に聞いてきたことをそっくりそのまま私に聞いてきたのよ。でも私は、ガブリエルが出かけていたことさえも知らなくて、てっきり部屋にいるものとばかり思っていたの。〝ガブリエルは二時間前に出かけたそうよ。マリアには、遅くならないからと言い置いて出ていったらしいけれど。ねえ、なにか上に羽織って、マリアと一緒に探しに行ってくれない？〟と母に言われて私が下に降りていくと、マリアはすでにポンチョを肩にかけていて、〝お父様はもう、ガブリエルさまを探しに出られました〟と言ったの。そして、〝ザラお嬢さま。まさか、ガブリエルさまは車に轢《ひ》かれたわけではないですよね〟と続けたのよ。でもそれって、まさに私が心配していたことだったの。マリアまでもがとっさに同じことを考えていたのだとわかって、私は本当に背筋が凍るような思いに襲われたわ。

家を出てから、マリア・ロサは広場に向かっていって、私は逆の方を探すことにしたの。車で湖に行くときにいつも通る道を歩いていったわ。そのあたりを一通り回ってはみたのだけれど、ほんの数人にしか行き合わなくて、その人たちに、ガブリエルを見なかったかと聞いたわ。あのときは、どこをどう探せばいいのか、どこに行ってみたらいいのかさえもわからなくてね、ああいうのは生まれて初めての経験だった。それに、恐ろしかったの。ドゥイタマの人たちはみんな顔見知りだったから、そうしたいと思えば平気で朝の四時にひとりで散歩に出かけたりもしていたのよ。でもあの夜は、なぜか怖かったの。

そんなわけで、ガブリエルを探すのを早めに切り上げてホテルに戻ってしまったわ。すると、母が中庭のベンチに座っていた。その晩はとても寒かったのに。私が門を入っていくと待っていたように母は、マリアが教会の近くでガブリエルを見つけたと言ったわ。〝ガブリエルは暴漢に襲われて怪我をしたのよ。パパがガブリエルをトゥンハに連れていったわ。今はもうパパが一緒だから、あなたは心配しないで〟と、そう言ったの。

ただ、母はそのとき、ガブリエルがマチエーテで指を四本切られたということまでは教えてくれなかった。出血多量で死ぬところだったということも。そういうことはぜんぶ、次の日になってガブリエルから直接聞いて知ったのよ。父がガブリエルをホテルに連れて帰ってきた後で、ガブリエル自身の口から聞いたの。そのときガブリエルは、敗血症にかかるとどうなるのかも詳しく説明してくれた。〝だからみんな、気をつけなきゃだめだよ〟と言ってね。

ええ、ガブリエルはすべてを話してくれたわ。もっともホテルに戻ってから最初の何時間かは、ガブリエルは昏々《こんこん》と眠りつづけていたの。話をしてくれたのは、意識が戻って、少しよくなってからのことよ。

ドゥイタマのお医者さまが来てくれて、ガブリエルの傷の具合を診てくれたわ。そのときお医者さまは、〝あなた方は本当に運がよかったですよ〟とおっしゃったの。ガブリエルさんは運がよかった、ではないのよ。あなた方は運がよかった、とおっしゃってくれたの。私、すごく嬉しかった。お医者さまはガブリエルのことを私たち家族の一員として見てくれているのだなって、そう思ったの。家族みんな、一心同体。ええ、そのときの私の気持ちはまさにそれだったわ。そして少なくともその瞬間は、本気で思っていたのよ。あの男たちは私の手も切ったのよって。

もちろん、ガブリエルの手には包帯が巻かれていたわよ。だけれど、それを見たときにはもう、なにも聞かなくてもどれほどのことがガブリエルの身に起こったのかがわかってしまったの。なぜって、包帯の形がそのまま、指を失った手の形になっていたのですもの。〝いったい誰なの、犯人は〟とガブリエルに聞いたわ。ほら、相手からの答えを期待していないけれどとりあえず質問してみる、ということがあるでしょ？　あの感じで聞いてみたの。でも、そのとたんに後悔した。どうしようと思った。だって、私にははっきりわかったのだもの。ああ、この人は犯人が誰なのかも、なぜやられたのかも知っているって。〝ううん、いいの、言わなくていいから〟と私は言ったのだけれど、ガブリエルが口を開く方が早かった。〝エンリケだよ。俺の友達のエンリケが、やつらを差し向けたんだ。だが、君が心を痛める必要はないよ。なぜなら俺はそうされて当然のことをしたのだから。いや、もっとひどいことをされたって仕方がないことを俺はしたんだ。コンラートさんを殺したのは俺なんだ、ザラ。俺は、あの家族の人生を滅茶苦茶にしたんだよ。すべては俺の責任だ〟と、ガブリエルは言ったの。

第四章　遺産としての人生

親父の遺産として俺に与えられた新たな人生、それはあの月曜日に始まった。今や俺は、世に知られた演説家にして叙勲を受けた経験もある教授の息子でもなく、自らの過去の苦しみについて沈黙を守ってきたがはじめてその苦しみを公の前で明かした男の息子ですらない。友人を裏切りその家族を売った男、人として最低の部類に属する男の息子。それが、今のこの人生での俺の役回りというわけだ。

ザラと二人で過ごした年越しの晩からすでに数週間は過ぎていたろうか。その問題の月曜日の夜、十時頃、俺はしわくちゃのシーツの上に胡坐《あぐら》をかいて座っていた。すでに夕飯は、出来合いの料理を電子レンジで温めたもので済ませていた。新聞を手に取り、とりあえずざっとでも読もうかと最初の見出しに目をやったそのときだった。電話が鳴った。ザラ・グーターマンからだ。挨拶もそこそこにザラは言った。

「ほら、あれよ、やっぱりそうだったのよ」

つまりそれは、例のことが今行なわれているという意味だった。
「私たちが想像していた通りよ。こんなことを私が言うのはおかしいかもしれないけれど、テレビを点けてあなたの人生がどう変わるのかを感じてみたらいいわ。もしビデオカメラを持っているのなら、のちのちのために自分の顔の表情がどう変わるのか撮っておくべきよ」

俺はその日も朝から、親父の過去についての記憶というか、それが真実と信じて頭の中で作り上げてきていた親父の過去にまつわる物語の書き換え作業に没頭して過ごしていた。そうした日々は、すでにまるまる一週間も続いていた。

俺にとっては二度目となるその手の書き換え作業。一度目のそれは、親父が例のでっちあげの嘘の告白をしたときのことだった。俺は親父の告白を信じ、その告白の通りに親父の過去を書き換えた。そして二度目となったわけだが、一度目と違っていたのは、そのときの俺にはすでに、本当のところ親父の過去にはいったいどんなことがあったのかを、親父の言葉の何が嘘で何が真実だったのかをわかっていたという点だ。この世においては、現実に起こったことこそがすべて。真実の力に勝るものはない。俺はその真実の力を借りて、それまでのほんの一時にせよ俺が本当のこととばかり思い込んでいたこと、さらにはあの日に親父が教室で自身の過去について頭に浮かんだ二言三言をぱらっと口にして作りあげた嘘の物語をも書き直す作業に取り掛かっていたのである。

いや、俺は今、作りあげた、という表現を使った。だが正確には、これに、一方的に、という言葉を加えるべきであろう。

それにしても……。あのとき教室で学生たちに向かって親父が口にした言葉、あれらは本当にあの場で考えついたものだったのだろうか？　確かに最初のうちは俺も、そうだと信じて疑ってもいなかった。しかし今はむしろ、あれらの言葉を親父が、演説を準備するときにはいつもそうしていたように、用意周到に事前に準備していたという方が可能性としては高いのだろうと感じている。なぜなら、あのときの親父の演説は間違いなくよく練られたものであったからだ。今俺が思っているのは、おそらく親父は、一連の事件に関わる自分自身の記憶を変えるためにあれを口にしたに違いないということだ。そうすることで親父は、自分の過去を書き換えてしまおうと考えていたのではなかったのか。いや、書き換えるところまでは無理でも違う過去を持つ人間のふりぐらいはできるようになると思っていたのだろう。というより親父は、もしかしたら演説の最中、本気で信じていたのではないのか。「これでもう自分は、すなわちガブリエル・サントーロは、友人が蒙《こうむ》ったあの不幸とはなんら関わりのない存在となることができる。このさきは、喋ることが災いをもたらしていた時代、ほんの数語を口にしただけで他人を葬り去ることのできたあの時代のたくさんの犠牲者の一人として生きていけるはずだ」と。

親父はあのとき、実に自信たっぷりに一つひとつの言葉を口にしていた。俺は思い出すたびに感動すら覚えてしまうのだが、あれももしかしたら、親父自身、自分が嘘をついていること自体を完全に忘れていたからこそのことではなかったのか。いや、きっとそれに違いない。そう考えれば、親父があして、魔術師のごとくに物語の登場人物たちそれぞれについてその役回りを交換させ、裏切った自分を裏切られた側の人間に仕立て上げ、過去を完全に変質させてしまったことについても納得がいく。

まるでボルヘス作品〔「もう一つの死」〕に登場するあの人物の如き親父。もちろんその登場人物とは、意気地なしのくせに自分は勇気があると無理やり信じることで自らの勇敢さを実際のものとしてしまった、例の人物のことだ。作品の中で語り手は言う。「『神学大全』は、神はかつて起きたことをなかったことにできるという点についてはこれを否定している」と。しかし同時に語り手は、「過去に起きたある出来事にまつわる物語を作り替えるというのは、ただ単に物語を作り替えるにとどまらず、その過去の出来事の結果として起きた事がらすべてをなかったことにすることでもある。つまり、過去の物語を作り替えるというのは、歴史を新たに作ってしまうことをも意味するのである」とも述べている。

この話を読み返すたびに俺は、今でも必ず親父のことを考えてしまう。と同時に、あの月曜の晩に抱いたある思いについても考えをめぐらさずにはいられない。俺はあのとき直感的に思っていたのだ。〝これで俺は、いずれかならず、親父がでっちあげた嘘の物語と真実の物語とをふたたび書き起こしその二つを比較するという、およそ無意味な作業に時間を割くことになるに違いない〟と。そしてもう一つ頭をよぎっていたのは、〝俺自身がどれほど嫌だろうが、これから先、親父にまつわる記憶を脳裏に蘇らせるたびにどうしても俺はそこに、つじつまの合わないところ、筋の通らないところ、明らかに事実と異なる点を探そうとしてしまうだろう〟ということだった。この、明らかに事実と異なる点とはすなわち、親父が自身の犯した過去のちょっとした出来事を隠すために俺についていた嘘のこと。すなわち、親父が、動くことよりもむしろ考えることに多くの時間を費やしていたその人生において、それでも実行に移した幾千もの行為のうちのたった一つの行為を隠すために俺についていた嘘のことだ。

俺のリビングのソファーには、ザラにインタビューしたときのカセットテープが歩兵隊の整列もかくやというほどの行儀よさで順番通りに並べられていた。といってもそれは、俺が親父の過去にまつわる物語の作り直しに取り掛かる以前からすでにそうなっていたということで、実を言えば俺は、ザラと過ごしたあの年越しの晩を境にふたたび、ザラにインタビューしたときのテープを一つひとつ聞き返しはじめていたのである。

あの晩、ザラと俺との話は延々、朝の六時半まで続いた。そのあいだ俺は、ザラの話を聞きながら俺の記憶と突き合わせては、疑問に思う点をザラに質問したり、あるいは、それは違うと抗議したり、ふたたび湧いてきた疑問について質問したりというのを繰り返していた。

そうしてようやくザラとの話が終わって家に戻ってきた俺は、もう一度、ザラとのインタビューのテープを聞き直してみることにしたのだ。一つひとつ、テープを取り出しては耳を傾け、だが、それまでのようにただ聞くというにとどまらずに俺は、ザラの声を追いながら、そこに親父が他にも何か隠しごとをしていた痕跡はないか、ザラが共犯者だったことをうかがわせるような、あるいは親父が別の密告事件に加担していたことを匂わせるような言葉が含まれていないか、親父の密告のせいで無実にもかかわらずブラックリストに入れられた者がもっと他にもいた可能性を示唆するもの、親父の密告によってある者が異端審問にかけられ、それが遠因でその家族が悲劇的な結末を迎えたような事例が他にもあったことをうかがわせるような何かが隠されていないかを探ってもいたのである。

　というわけでその問題の月曜日も俺は、ザラからの電話の前に、最後の方の巻のテープの一つを聞いていた。テープの中で俺はザラに、チャンスがあればまたドイツで暮らしたいかと尋ねていた。いえ、ぜんぜん。ザラはそう答えていた。

「でもなぜそんなふうに断言できるの？」俺が加えて聞いた。

「それは、一度ドイツに戻ったことがあるからよ。だからあそこで暮らすのがどんな感じなのかがわかるの」とザラが言った。

「一九六八年に、エメリッヒ村から招待を受けたの。エメリッヒは私の生まれたところ。そのときに、父とうちの長男と一緒にドイツに行ったの。政府主催の贖罪の式典に出席するためよ。フランクフルトまでは飛行機で、そこからエメリッヒまでは列車。あの頃ドイツでは、いくつかの政治勢力がそうした行事を行なっていたのよ。そうすることで自分たちの犯した過ちを詫びよう、傷つけた相手の痛みを癒やそうと考えたのね。でもね、人はいつの時代でもその二つをやろうとするものだけれど、ほとんどの場合はうまくいかないの」

「向こうに着いたときは、なんとも不思議な気分だった」

　テープの声が続けて言った。

「着いたのが夜でね、そのとき思ったわよ。今でさえもこんな気持ちなのだから、明日の朝、明るくなってから、昔に村を出ていってから三十年間一度も見るのが叶わなかったものたちを目にしたときには、いったいどれほど不思議な思いに捉われることになるのだろうって。でもいっぽうじゃ、昔にあったものたちがどれくらいそのまま残ってくれているのかしらという、不安な思いもあったのだけれど。なにしろエメリッヒは、戦争中にもっとも爆撃の被害が大きかった場所の一つだったから」

「村では、シュトレッカーさんが私たちを出迎えてくれたわ。私たち家族が一九三八年に村を出たときにいろいろ助けてくれた方よ。でもそのシュトレッカーさんも一九三九年にはドイツを離れて、最初はモンテビデオに数年いて、その後はブエノスアイレスで暮らしていたの」

「父とシュトレッカーさんたら、会ったとたんに固く抱き合って、そのまま離れようとしないの。でも行きの飛行機の中で、ドイツでは泣くのは厳禁だぞと言ったのは父なのよ。父がそう言ったから、私は泣かないように我慢していたのに。でもまあ、我慢するのもそう難しいことではなかったのだけれど。

ああいう式典というのはほんと、どれも型通りで似たり寄ったりのものだわね。

式典に招待された人たちには全員、村が若い子をつけてくれたわ。亡命した夫婦一組につき一人ずつ若い子をね。もっとも私の場合は夫が一緒ではなかったから、カップルとはいっても相手は父だったけれど。私が式典の最中なによりも奇異に感じていたのは、あちらの人たちの口から、亡命者とか、他にもそれと同じ意味を持つ単語がいくつもぽんぽん飛び出すことだったの。そうなのよね、ドイツ語にはね、国を出ていった人たちを指す言葉がそれこそいくらでもあるのよ。その点では、ドイツ語って豊かよね。

実は私たち、亡命者としては当然エメリッヒにある小学校、中学校、高校、あるいは大学で自分たちの体験を話すべきだろう、みたいなことまで言われたのよ。父は反論したわ。〝われわれ亡命者全員が話をするといっても、そもそもそんなにたくさんの学校がこのエメリッヒにあるのですか〟とね。たぶん他の街でも、いえ、ドイツ中の街で同じようなことが行なわれていたのでしょうね。でもね、ときどき考えることがあるの。ほんとうのところ、ああいう式典っていったいなんの役に立ったのだろう？　外に出ていった私たちのことを呼びよせて、私たちに自分はどこの出身だったのかを思い起こさせるみたいな面倒なことをなぜわざわざやったのだろうって。だってそもそもあれは、私たちの方から要求したものではないのよ。それに、あんな頃になって名誉を回復してもらったところで、こちらにしてみたらありがたくもなんともなかったもの」

「父には、あの村に暮らすお友達がいたのだけれど、その方、私たちが行く三年前に亡くなっていたの。でもそれを知らせてくれる人が誰もいなくて、私たちは、向こうに行って初めてお友達が亡くなっていたと知ったのよ。その方の奥さんが、私たちに聞いてきたの。この国を出てコロンビアで暮らすことについてどう思うかって。どうしてもどこかに移住したいと思っていると、何度も繰り返すの。私の顔を見てニコッとして、父に、いちいち国の名前を挙げながら、移住先としてどう思うかと相談するのよ。〝コロンビアはどんなところ？〟とか、〝ときどきカナダもいいなって思うのよ〟とか、〝ねえ、カナダに行くというのはどうかしら？〟とか。でも私、奥さんのお話を聞きながら、ああ可哀そうに、と思っていたの。だって、本心ではどこかに行きたいなんて少しも思っていないというのがはっきりわかったから。それにしても……、いったいなぜあのとき奥さんはあんなふうに、自分が本気でドイツを出たいと思っていると周りに信じ込ませようとしていたのだろう？　いまだによくわからないわ。

私のことで言うとね、学校時代のお友達に会うことができたのよ。でもそのときに、それ以上ないというほどの奇妙な経験をしたの。私はそのお友達に、あの人はどうしている？　この人は？　って、同級生たちの消息を尋ねたわ。とくにバーバラ・ヴォルフのことが気にかかっていてね。あの子とは、

〝聖十字女学校〟で一番の仲よしだったから。聖十字女学校、か。ほんと、大した名前だわよね。あの学校にしてあの校名あり、だわ。貴族出身のシスターたちが経営していたのよ。私はあの学校に入って初めて、世の中にはああいう世界もあるんだと知ったわ。だってなにしろ、貴族出のシスター方、ですもの。まあそれはともかく、その友達は、私がバーバラはどうしているかと聞くとしんそこ驚いたような顔をこちらに向けて、でも私が構わずに、バーバラと私がいかに仲がよかったかという話を始めるとたまりかねたように、〝だってあなた、あの子にはさんざんな目に遭わされていたじゃないの〟と遮《さえぎ》ったの。〝クラスのみんなも、バーバラがどれほどあなたにつらく当たっていたのか覚えているはずよ。バーバラはあなたのことをいいように使っていたし、おまけにあなたの悪口を言い触らしたり変な噂を立てたりもしていたわ〟って。ほら、女の子というのは、よくそういう意地悪をやるものでしょ？　でもね、不思議なことに私は、バーバラにどんな嫌なことを言われたのかまったく覚えていなかったのよ。バーバラとのことで記憶に残っていたのはいいことばかりだったから、私、とっさにどういうふうに考えればいいのかわからなくなってしまって。ちょっと悲しかったわね。ドイツ旅行でそんなことを知らされるとは思ってもいなかったもの。たとえばね、誰かがあなたに、君のお父さんは昔、君のことを虐待していたね、と言ったとするじゃない？　でもあなたはそれを覚えていないの。そのときあなたはおそらく、〝これで世の中の何もかもが信じられなくなってしまった〟みたいなことを私に言うだろうと思うのよ。私の場合はそこまで深刻なものではなかったけれど、それでもだいたいそんなような感じだったわ。お友達からバーバラとのことを言われて、なんだか、ドイツを出るより前のことについての自分の記憶をもう信用してはいけないような気になってしまったの。

　あの旅のあいだ、私はずっと父のことを考えていたわ。なぜ父はふたたびドイツにやってくることをこれほど望んだのだろうと。理由はいくつかあったのでしょうけれど、ただこのことだけは私にもわかった。父は、自分がドイツを出る決断を下したのは正しかったというのをその目で確かめたかったのね。おそらく父にしてみたら、ドイツを出て三十年目にして、あのときドイツに残る選択をした方がよほどよかったと悟る羽目になるなんて冗談じゃない、というところだったのではないのかしら。もちろん、私もよ。だからどうでもよかったの。私たちが国を出る前がどんなふうだったのかというのは、私たちにとってはどうでもよかったのよ。それよりも、あそこに残ったユダヤ人たちがどれほど悲惨な目に遭ったのかを知ることの方がもっとずっと大切だったの。

けっきょく私は、バーバラに会うことはできなかった。お友達の言っていたことが正しいかどうかを本人に確認することはできなかったわ。バーバラはもうそのときには、イギリスで暮らしていたから。生物学者になったと誰かから聞いた記憶があるわ。今でもまだ現役かどうかはわからないけれど。でも……、もしもの話だけれど、あのときバーバラの電話番号がわかっていて、あの子と話すことができていたとしたら、私、あの子にどういうふうな言い方をしたのだろう？　〝ねえ、バーバラ、子供の頃私に意地悪をしたこと覚えている？〟くらいのことは聞いていたかも。なーんてね。冗談よ。そんなこと、聞けるわけないわ。

でも、こちらの話は冗談ではないのよ。私、あの旅行のあいだ一度も泣かなかったのだけれど、もし、どうしても泣くのを我慢できないとなったら、そのときは間違いなく、車を運転してオランダまで行っていたはずよ。国境を越えて。なぜって、父にきつく言われていたから。ドイツでは絶対に泣くなよって。私はあちらにいる間ずっと、父の言いつけを守っていたわ。別にそこでは無理をしなくてもいいのに、というような場面でも絶対に泣かなかった。いちばん上の姉のミリアムのお墓に行ったときも泣かなかった。姉はたった七歳で、髄膜炎で亡くなったの。私は、姉のことはほとんど覚えていないのよ。

とまあ、いろいろなことがあったのだけれど、とにかくあの旅行の最中のどの時点かで、私は不意に、あ、わかった、と思ったの。なにがかというとね、なぜ神様が私たち家族をドゥイタマに寄こしたのか、その理由がよ。あのとき私は、神様は、私たち家族が辛い記憶から抜け出すためには必死に働くのが一番だと考えてドゥイタマという地を選んでくれたに違いないと、そう閃《ひらめ》いたのよ。それからはずっと、そう思いつづけていたわ。でも今は違う。今は、よくもまあ我ながらあんなバカげた考えを持ったものだって、そう思っている。たぶん、そんなふうに考えが変わったのには、父がもうこの世にいないということも関係しているのでしょうね。確かに、父がいたからこそ私も若い頃には宗教じみた考え方をしていた、というところがあるもの。だけどそれだけではないの。口ではうまく説明できないのだけれど、もっと他にも理由があるの。人は年を取ると、ものごとにいちいち抽象的な意味合いを探すことをバカバカしいと感じるようになるのよ。すべてを目に見えているままのものとして捉えるようになるの。これはこういうことの象徴、あれはああいったことの象徴、と考えるのがしんどくなるの。私もそう。いつの間にか、その本当の意味は何なのだろうとものごとの奥を読むことが億劫になってしまって、すると神様もどこかに行ってしまったの。というより、消えてしまったと言った方がいいのかもしれない。昔は、どんなことについてもその裏側に神様を探していたものよ。なのに今はもう、面倒くさくなっちゃったの。それこそ前は、神父様のメガネの向こうとか、オブラートの向こう側とか、どこにでも神様の姿を探していたの。たぶん、今の若い人にはこの感覚はわからないでしょうね。でも私たちのような年のいった者にとっては、神様というのはそういう存在なの。昔からずっとそのひとと隠れん坊をしてきていて、でもつかまえることのできないでいる相手とでも言ったらいいのかしら。

ねぇ、こんなことまで本に書くの？　だめ、書いちゃだめよ。こんなくだらない話、いったい誰が興味を持つのよ。そうね、今は私の身に起きたことだけを話すようにしましょう。じゃないとそのうち、もうザラおばさんのバカ話はたくさんだよ、録音ももういいから、なんて言われてしまいそうだもの。私は、話すべきことはすべて話しておきたいの。

　ドゥイタマでの歓迎の式典では、市長さんが演説をしたのよ。あれはほんとに聞いてよかったわ。あの演説のおかげで、当時は第三帝国を出ていくにはかなりのお金が必要だったと知ることができたの。やっぱり、うちの両親はお金を持っていたのよ。もしお金持ちでなかったとしたら、第三帝国出国税を払うことはできなかったはずよ。それにしても、出国税だなんて、ほんと、うまい名前をつけたものよね。とにかく、父たちがコロンビアに来るのにかなりの財産をドイツに置いてきたということが、あのとき初めてわかったの。

　私たちはあの旅行で、シナゴーグ〔ユダヤ教の会堂〕にも行ったのよ。がっちりとして大きなコンクリート製の箱に銅製の丸屋根が載っている例のやつ。ロシア正教会の建物みたいなの。あら、でも私がそんな言い方をしてはだめよね。

　私、向こうにいる間に思い知らされたことがあるの。それは、あの国がすでに自分の国ではなくなっていたということ。いつの瞬間かはわからないのだけれど、〝少なくとも、国とはそこでふつうに市民として暮らす人たちのものという前提に立つのであれば、ここはもう私の国ではない〟と、はっきり気づかされてしまったのよ。

　たぶん父にとってあの旅は、とても辛いものだったのではないのかしら。けっきょく父は、旅の最中、なにを見ても一九四一年に出された総統令〔一九四一年十二月七日、アドルフ・ヒトラーにより発せられた命令。治安妨害者に対する措置を定めたもので、通称「夜と霧の布告」といわれる〕のことばかりを思い出してしまっていたみたいだから。わたし、父に言ったのよ。もう三十年近く経つのだから、そういうことは忘れなきゃって。でも父にとって、忘れるなんて無理なことだったの」

「一九四一年の法律？」

　俺の声。確かに俺の声には違いなかった。にもかかわらず、そのときの俺はなぜかそれを自分のものとは思えずにいた。

「ええ、そう。そのとき私たちはすでにコロンビアにいたわ、大西洋を挟んで第三帝国の対岸にあるこの国にね。そしてある日、目が覚めてみたら、私たちはもうドイツ人ではなくなっていたのよ、あの総統令のおかげで。でも、それがいったいどういうことなのかを本当に実感させられたのは、パスポートが切れたときだったわ。考えてもみて。そのときの私たちって、いったいどういう状態になっていたのだと思う？　この国の人間でもない、かといってもはやドイツ国民でもない。もし自分たちの身になにか悪いことが起きたとしても、もし誰かになにかをされたとしても誰も助けてはくれないのよ。そう、私たちにはもう自分を守ってくれるべき国がなくなってしまっていたのよ。あ、ちょっと待って。いいものを見せてあげる」

　ザラの声が途切れた。紙を探しているらしい、がさがさという音がテープから聞こえていた。

「これね、あなたのお父さんがボゴタから送ってきた手紙よ。ほら、ここ、日付が五七二八年アブの月一日と書かれているでしょ？　ユダヤ暦よ。あなたのお父さん、いつもこうだったの」

「けっきょくあのとき私たちは、国だけじゃなくてもともと信じていた宗教までをも失ってしまったのよ。でもそのことは、いくら口で説明したところで他人にわかってもらえるわけがないの。あなたのお父さんにもね。ええ、そう、うちの子どもたちなんて、わたしたちの宗教とはまったく無縁の人生を生きているのよ」

「この手紙を預からせてもらってもいい？」

「ことによりけり」

「どういう意味？」

「あなた、それも本に載せるの？」

「わからないよ。載せるかもしれないし、載せないかもしれない」

「持っていってもいいわよ」ザラが言った。「ただし載せないならね」

「なぜ載せちゃダメなの？」

「ガブリエルのことはよくわかっているもの。あの人に許可を求めてからならともかく、それもしないで手紙を本に載せたりしたら、面白く思わないに決まっているじゃないの」

「そりゃあそうだけれど。でも、本のためにはどうしても手紙を載せることが必要になるかもしれないし……」

「だめ、だめ。もし載せないと約束できるのなら持っていきなさい。そうでなければ、手紙は渡さない」

けっきょく俺は、載せないと約束して手紙を渡してもらった。手紙は今も、俺の手元にある。

もし僕が君の立場だったら、そこまで深刻には悩まないと思う。自分がもっとも心地いいと感じる場所、それがその人にとっての祖国というものだ。根っこという言葉など、草や木に使うだけでいい。みんなわかっているはずだ。そうじゃないかい？　〝居心地よければ、そこが祖国〟だよ。似たようなことわざはいくらでもあるさ。とはいえ、君も知っての通り、そのどれもがローマ時代のものだ。だからまあ少なくとも、そのことわざが今や使い古されて新鮮味を欠いたものになっているという世間の評価については、その通りなのだろう。

僕は君たちとは違って、生まれてからずっとこの国に暮らしている。ときどき思うことがある。もしかしたらこのまま一生この国を出ることはないのかもしれないと。それに僕には、この先も自分が国を出たいと思う日がやってくるとはとても想像できないんだ。なぜなら、ここではいつもいろいろなことが起きているから。ここは、あらゆることが起きる場所だ。まさに、南アメリカのアテネだ。

それは僕だって、この国特有の田舎くささに嫌気がさすときもあるが、それでもよく思うのは、ここで僕たちが経験することには特別な重みがある、ということなんだ。化学的な言い方をするとしたら、濃度の高い経験、と言い換えてもいいだろう。

それに、この国では、僕が思うに、何を語るかというのが何を行なうかと同じくらいに重要視されているんじゃないかな。そしてなぜそうなのかといえば、一つには、ここではいまだすべてが発展途上だから、なのではないだろうか。いや、よく考えてみれば、それ以外に理由なんてあるはずはないよ。ここでは言葉が重んじられている。この国ではまだ、人が自分の発する言葉によって周りに変化を起こさせるということも十分に可能なのだ。言葉の力とはすごいものだよ。そうは思わないかい？


その手紙を俺は、何度となく読み返している。この本を書きはじめてからでもすでに数度は読んでいる。

あの晩も俺は、ザラが電話で親父の権威の失墜劇がはじまったことを知らせてくれるその少し前まで、親父のこの手紙を読み返していた。

この国から一度も出たことがないままに死んでしまった親父、もしももっと長く生きていたとしてもやはり死ぬまで国を出ることはなかっただろう親父。人が口にする言葉には実際の行動と同じぐらいの重みがあると信じていた親父。

あのとき……、親父がまだ生きていて俺と一緒にあの番組を見ていたとしたら、親父は自分が書いた手紙のことをやはり脳裏によぎらせたのだろうか？　ユダヤ暦の五七二八年アブの月一日に自分が手紙に記したその内容について後悔したのだろうか？　それとも、手紙のことはあえて思い出すまいとしたのだろうか？

その辺のことは今となってはわかりようもないが、ただ、あの晩に俺が、テレビを見ながら一つだけはっきり感じていたことがある。それは、親父はあれを書きながらコンラートさんのことを考えていたに違いない、ということだ。いや、本当に素直にそう感じたのだ。と同時に俺は、思っていた。

〝これから先もずっとこうして、まるでそれが宿命であるがごとくに、いったいどういうときに親父がコンラートさんについて、とりわけコンラートさんに対して自分がしでかしたことについて思いを至らせていたのかというのをザラの言葉の中から探り出し、その一覧表を作成していくことになるのだろう。そして、一覧表の中にはまず間違いなく、親父がザラ宛てのその手紙を書いていた瞬間というのも含まれることになるに違いない。だがいったいそれは、どれほどの長さの一覧表になるものやら。親父があの言葉を発したあの瞬間、親父がいかにも何気ないふうに当たり障りのないコメントを口にしたあのとき、誰かからのコメントに対して親父が反応を示したあの瞬間も、という具合に、いくらでも一覧表に挙げるべきことが出てくるはずだ〟と。

〝言葉の力とはすごいものだよ。そうは思わないかい？〟手紙にはそう書かれていた。

父さん、ほんと、その通りだよ。人が口にした言葉にはとてつもない力がある。それについては、父さんの方こそ、よくわかっていたはずだ。だって父さんはいつも、自分がやったこと、自分が口にした言葉でどんな結末が引き起こされてしまったのかを思い出していたのだろう？　ねぇ、父さん。例のそのときは、いったいどんな言葉でどんなふうに言ったの？　誰に言ったの？　なにと引き換えに？　どんな状況で？　僕の父さんはどういうふうにして密告者の役を演じたんですか？　父さんに聞いてみたいことは山ほどあるよ。でももう父さんはこの世にいないし、それに、現場には父さんしかいなかったのだろう？　だとしたらもう僕は、答えを知ることはできないのだよね。それに父さん、今父さんがこうして、父さん自身が口にした言葉によって社会的な制裁を受けているのも、人の言葉にとてつもない力がある証拠だよね……。

それはけっきょく、テレビの電波を通じて行なわれた。それとはつまり、アンヘリーナがしかけた、センセーショナルなニュースが大好きなボゴタっ子たちを味方につけて親父の評判を落とすという企みのことだ。

ザラは最初、アンヘリーナはその企みを紙媒体で、つまりどこかの雑誌のインタビューに応じることによって行なうつもりだろうとばかり思っていて、俺にもそう言っていた。ところが、アンヘリーナの情報に興味を示していたのは雑誌ではなくあるテレビ番組、それもボゴタでの出来事のみを取り上げるという極めて地域限定的な、かつ過激さが売りものの夜の報道番組だったのである。もちろん今では、そうした番組はいくらでもある。だが一九九二年ではまだ、ボゴタという都会に暮らす者たちにとってさえもそれは、物珍しい部類のものであった。

実は、俺の同僚ジャーナリストたちの中にも、まだお目見えしたばかりであったその手の過激な報道番組の誘惑にしてやられた者たちが何人もいる。キーボードに向かってきちんと仕事をこなす本物のジャーナリスト、腕のいいリサーチャー、まあまあまともな編集者たちが、いつの間にか、そうしたつまらない小芝居のために、そこに出演する役者はたったの二人でコメンテーターとゲストのみ、撮影は経費削減のために二台のカメラで行ない、しかもバックにはよりどぎつい印象を視聴者に与えるように黒色を使用、といったような小芝居のために、働くようになっていたのである。

その手の報道番組を説明するとすれば、法廷尋問と芸能雑誌を取り混ぜたようなもの、とでも表現すればいいだろうか。番組のゲストとして想定されているのは、たとえば、横領罪に問われている国会議員や未婚の母となった元ミスボゴタ、ドーピング疑惑が持たれているカーレーサー、麻薬密売組織との関わりが疑われているボゴタの地方議員たちであり、実際のところ、番組にはその類《たぐい》の人たちが次々に登場している。ただし条件は、ボゴタ市民であること。生まれたときからかどうかはともかくとして、その時点でボゴタ市民であることが出演の条件となる。つまり、ボゴタ市民であり、かつ、市を代表する立場にありながらその資格に疑いが持たれている人というのがゲストとして選ばれているわけだ。そうして番組では、ゲスト側とコメンテーターとが、ゲストについて取り沙汰されている問題を巡ってやり合い、その過程で多少なりとも神格化されているゲストたちのベールの下の素顔が明らかにされていくことになる。

今やこうした番組のことを知らない人は誰もいないはずだ。テレビの前のボゴタっ子たちの、すっかりお気に入りの娯楽番組となっている。

もし親父が生きていたとしたら、と考えることがある。親父はおそらく、アンヘリーナが出演したその番組にゲストとして呼ばれていたに違いない。道徳家として世に知られていた男に密告者の疑惑ありとなれば、ゲストとしての資格は十分にあるはずだ。

だがあの晩、ゲスト席に座っていたのは親父ではなくアンヘリーナ・フランコだった。親父の愛人にして親父の裏切りの証人役であり、親父の人間としてのだめな部分を傍らで見ていた女として、アンヘリーナがそこに座っていた。

〝一人の男の、栄光の座から世間の恥さらし者への転落の一部始終を、ラブ・ストーリーを絡ませながら見せる〟というのが番組の制作意図であるのははっきりしていた。俺はむろん、テレビ業界には関わりのない素人ではあるが、それでもすぐに思ったものだ。これは間違いなく高視聴率を稼げるぞ、と。同時に俺は、いばりくさっていた人間が不名誉にまみれ、その権威を失墜させていく予感にボゴタっ子たちはさぞや気持ちを昂ぶらせているだろうと想像をめぐらせ、さらには、そうしたボゴタっ子たちの発する電磁波を皮膚に感じるような気さえしていたのである。

アンヘリーナは、進行役の男性と向かい合うように回転いすに腰を下ろしていた。二人を隔てていたのは、モダンなオフィス用デスク。あのデスクはおそらく二層板でできたものか、さもなければ表面がコーティングされたプラスチック製のものだったのではないだろうか。

進行役を務めていたのは、ジャーナリストのラファエル・ハラミージョ・アルテアガだ。アルテアガは、取材相手には敵意むき出しの質問を浴びせかけ、またいざその人物に打撃を与えるような事実を暴露するときには一切の斟酌《しんしゃく》なしにやることで世間にその名を知られていた。もっとも本人の言によると、相手に見せる敵意とは自らの率直さの現われであり、相手に対する配慮をしないのは隠された真実を明らかにしたい一心から、ということになるようだが。

そのスタジオの設《しつら》えはというと、明らかに、威圧的効果を狙ったものとなっていた。何もかもが怪しげで胡散《うさん》くさく、地下組織の密会所を思わせるような空気に満ちたスタジオ。その中に、アンへリーナがいた。いかにも自信たっぷりで共犯者然としたアンへリーナ。身に着けていたのはブラウスとスカート。ブラウスの方は、アンへリーナ好みの細身でかなり派手目のタイプのもの。色は赤紫。そしてスカートなのだが、こちらについてはどうやら何か不具合があったとみえ、番組のあいだじゅうアンへリーナは、お尻をあげてはスカートの裾を下に引っ張ってばかりいた。

司会者の顔がアップで写し出された。

「我が国の近年の歴史の中でももっとも特異な、かつ矛盾に満ちた出来事の一つであったにもかかわらず、それがもはや国全体の記憶とはなっていないもの」と、司会者が話しはじめた。

「それはすなわち、封鎖対象国民宣言リストのことであります。このリストについてはおそらく、歴史研究者であれば誰でもがご存じのはずです。それほどに研究者のあいだでは、重要な史実として認識されているのです。ところがいっぽう、一般の人々のあいだではもはやリストのことは忘れ去られ、話題にも上らなくなっています。そのいずれにしても悲しいことであります。アメリカ国務省首導の封鎖対象国民宣言リスト、またの名をブラックリスト。これは、第二次世界大戦下で、ラテンアメリカに暮らす枢軸国の人々の資産を凍結するために考案されたものであります。しかしながら、すべてのラテンアメリカ諸国において、つまり、コロンビアだけではなくラテンアメリカ全域においてということですが、このリストが悪用されがちであったのは事実であり、実際にも、なんの咎《とが》もない者たちが罪を問われ資産を取り上げられるといったことも、一例や二例どころではありませんでした。

今日はこの場で、そうした例をひとつご紹介いたしましょう。テレビの前のみなさま、これは実際にあった裏切りのお話です」

そこでコマーシャルが入った。ふたたび番組に戻ると、親父の写真が現われた。『エル・ティエンポ』紙の死亡広告に掲載されたのと同じ写真だ。ナレーターの声が流れてきた。

「ガブリエル・サントーロ氏は弁護士であり、このボゴタが誇る学者でもありました。氏は二十年以上も前から、高等裁判所の教育プログラムの一環として、弁護士たちに表現術を教えておられましたが、ご存知のように昨年、ボゴタとメデジンとを結ぶ幹線道路での交通事故で亡くなられました。サントーロ氏は、内縁関係にあったアンヘリーナ・フランコさんとともに、クリスマスと新年の休暇を過ごすために常春の都市メデジンを訪れていらっしゃいました。メデジンはアンヘリーナさんの生まれ故郷でもあります」

画面にはアンヘリーナの顔と、白い文字で書かれたアンヘリーナのフルネームとが写し出された。ナレーターの声が続く。

「ところが、アンヘリーナ・フランコさんには、メデジンに着いた直後に気づいたことがありました。それは、サントーロさんが真実をすべて話してくれているわけではない、ということでした。ではその、サントーロさんが話していなかったこととは一体何だったのでしょうか。もちろん今はもう、アンヘリーナさんにはその答えがわかっていらっしゃいます。今日はそれを皆様にお話ししようと、こちらにいらしてくださいました」

そしてアンヘリーナはその通りにやった。アンヘリーナは語ったのだ。

アンヘリーナは言葉を途切らせることなく語った。自分の人生をそれに賭けていると言わんばかりの熱心さで語り、もしかしたら机の下で誰かに銃を突きつけられているのではないかと疑いたくなるほどに休みなく語りつづけた。

〝だがこの二つのマイクから流れてくる言葉の中には、どうでもいいことがけっこう多いのではないのか。おそらく、でっちあげの嘘がいくつも含まれているに違いない〟。それはそのとき、俺が本能的に感じていたことであった。さながら、狙撃兵と狙撃兵が手に持つライフルとでもいうような、司会者とアンヘリーナとの言葉の応酬。しかし一方で俺は思ってもいたのだ。〝このインタビューでアンヘリーナが話すことのなにもかもが結果的に、親父の愛人がいったいどんな人間だったのかを世間に知らしめることになるだろう。人がいかに己自身について嘘をつこうが作り話をしようが、けっきょくはそうした偽りの言葉たちこそがなによりも雄弁に、もしかしたら本心から出た言葉たちよりも雄弁に、その人についての貴重な真実を語ってくれるのだ〟と。

〝誰かのことを裏表がないと思うなどというのはこの世で最悪の勘違いだとは、親父もよく言っていたことだ。人間というのはその人が口にする嘘でできているものだと、そんなふうにも親父は言っていた。確かに、それは正しい。俺だけでなく、一度でも仕事でインタビューを経験した者であればみな、そのことを肌身に染みて感じているはずだ。いや、インタビュー経験者だけでなく弁護士だっておそらくは、法廷での弁護を二回もやれば嫌でもそれを思い知るようになる。となれば、演説家の場合は言わずもがな、というところであろう。公衆の前での演説をせめて二回もこなせば、どんな演説家でも気づくはずだ〟。俺はそんなことを考えつづけていた。

同時に俺は、とてつもなく長いその番組の間じゅう、コマーシャルを含んでではあるが六十分間にもわたってアンヘリーナたちが亡くなった親父にまつわる記憶の一つひとつを叩き、汚しつづけたその番組の間じゅう、それこそ一秒の休みもなく、戸惑いを感じつづけていた。なぜアンヘリーナはこんなことをするのだろうかと。番組タイトルの一文字一文字をかたどったネオン管、そこから発せられる青い光に引き寄せられるように、アンヘリーナはときおりスタジオの奥に目をやりながら喋りつづけ、そして俺はといえば、ひたすら同じ一つの疑問、なぜこの人は俺の親父にこんなことをしているのかを、心の中で繰り返していたのである。

その答えについては後になって知ることができたのだが、もしもあのときにわかっていたのならと、今でもつくづく思う。だがそうして後から悔やむというのはよくある話で、誰でもが同じような経験をしているはずだ。どんな人にでも、どんなときにでも、起こりうること。それはむろん俺とて、もっと前から親父のさまざまなことについて理解する努力をしておけばよかったと思わないでもない。もしそうであったのなら、あのテレビで行なわれた小芝居、なかば公人と言ってもいいような立場にいた人物の堕落の軌跡および、元恋人の理学療法士によるその人物にいかに幻滅させられたかについての即興の語りというあの小芝居についても、すぐにそれの意味するところを理解できたのかもしれない。しかし実際には、〝親父のさまざまなこと〟を俺が知るようになったのはずっと後になってから、つまり、もはやそうしたことを知る意味も緊急性もなくなってからのことだったのだ。世の中とは得てしてそんなものなのだろう。なにしろ人生というのは、本の中と違ってそう順序よく運ぶものではないのだから。

今の俺は、知るべきことを知っている。あのときの自分を思い返しながら、なんと無邪気な疑問を抱いたものだと、そう思っている。

アンヘリーナがなぜああしたことをやったのか、その理由について言うならば、いずれを取ってみても、他の人が同じようなことをやる場合のそれに比べてことさら違ったものだったわけでもなく、また、より優美かつ繊細でより教科書的でより洗練されたものだったわけでもない。つまり俺が言いたいのは、あのときのアンヘリーナは、人間であれば誰でもがそう考えるだろうという通りに考え、行動したに過ぎないということだ。俺たちは自分のことを、それほどあくどくも図太くもなく、泥臭くもないと思い込んでいるが、結局はアンヘリーナと似たり寄ったりの人間であるというのが本当のところなのではないのだろうか。

さらに加えて言うのなら、俺があのとき心に抱いた〝なぜこの人は俺の親父にこんなことをしているのか？〟という疑問は本来なら、〝なぜこの人は今これをしているのか？〟というもっと単純なものであるべきだったというのも、今俺が感じていることだ。

アンヘリーナは間違いなく、復讐をしたかったのだ。それも、親父にということではなく男全般に対して。アンヘリーナがああした行動をとったのは、アンヘリーナの中では、男というのが、自分の人生に起きた恐ろしいことや忌まわしいことすべての象徴となっていたからに他ならない。もしも親父がアンヘリーナの復讐のターゲットになっていなかったとしても、おそらくは、代わりに誰か別の男が別の形でアンヘリーナの復讐を受けることになったはずだ。

とはいえもちろん、直接的には、親父に復讐しつづけるためにアンヘリーナはああした行動をとったのである。だが、復讐しつづけるといっても親父はそのときすでに亡くなっていたわけで、とすればそれは、アンヘリーナがただ自分の気持ちを満足させるためだけに行なった復讐ということになろう。そしてなぜ、アンヘリーナが親父に復讐をしようと思ったのかといえば、それはおそらく、アンヘリーナにとって親父というのが、人生で経験した小さな悲劇一つひとつがそこに凝縮されているような存在になっていたからに違いない。

では俺は、どうやってそのことを知ったのか。実は……、なんのことはない、アンヘリーナ自身が俺にそう言ったのだ。アンヘリーナが自分の気持ちとしてそのことを話してくれて、俺はそれを信じることにした。そう、俺にとっては、人の話を信じるというのはいわば習性のようなものであり、そのときも、アンヘリーナの言葉を疑うという選択肢は俺にはなかったのである。

だが、そうして俺が知りたかった答えを知るに至る前に俺は、さんざん嫌なことを聞かされるという苦行に耐えなければならなかった。テレビから流れてくる司会者とアンヘリーナとのやり取り。それがどんなものだったのか、ここに再現してみる。

あなたは、ガブリエル・サントーロさんが世間に名の知られた方だというのはご存じだったのですか？

いいえ、知りませんでした。ガブリエルと初めて会ったとき、ガブリエルはそれこそ小さな子供のようにベッドに横たわっていました。そんな状況にあれば人は誰でも、冴えなく見えてしまうものです。大統領でさえも。もしあのときあのベッドに寝ていたのが大統領であったとしても、私がそうと気づくことはまずなかったでしょう。ただ単に、パジャマと毛布にくるまれて縮こまっている人、としか思わなかったはずです。

それでも、その患者さんがとても教養のある方だというのはわかりました。と言いますか、正確には、お宅に通っているうちに段々そうだとわかってきたのです。教養人、それもいい方の。教養人といってもいろいろですけれど、ガブリエルは、どんなことを聞かれても相手をバカにすることもなく根気よく説明してくれるような教養人でした。あの人は、私に対してはどんなときでもいらいらした様子は見せませんでした。必要とあれば同じことを二度でも三度でも繰り返して説明してくれて、私はそんなあの人を見ながら、先生だったときの癖がまだ抜けていないのね、と思ったものでした。きっといい教師だったのでしょうね。もちろん、私たちが知り合ったときにはもう、現役を引退していましたが、それでも、教師だった人というのは最後までずっと教師のままなのですよね。少なくとも、ガブリエルはいつもそう言っていました。

ただ、ガブリエルがいかに世間の信望を得ていたのか、あるいは、このボゴタでいかに名の知られた人だったのかといったようなことについてはすべて、ガブリエルが亡くなってから知りました。あの人は何も言ってはくれませんでしたから。それでも、たとえば午後じゅうずっとあの人のマンションで一緒に過ごすときなどには、部屋に飾ってあるいろいろな賞についてあの人に聞いたりはしていましたよ。これはどういう賞なの？　とか、あの賞はなんでもらったの？　とか。ガブリエルが国会議事堂で行なった例の演説のことも、そんなふうにして知りました。あの演説はとても評判がよかったそうですね。あの人がそう言っていましたから。それに、ガブリエルがもしかしたら偉い判事さんになっていたかもしれないということも聞きました。あちらからの申し出が何回もあったのに、すべて断ったそうじゃないですか。ええ、たしかにいろいろ聞いてはいたのですが、なぜか私の場合は、なるほど、ガブリエルはつまりこの街の重要人物なのね、というふうには頭が回らなかったのです。

そうはおっしゃいますが、サントーロさんが勲章をもらうことになったのは、あなたもご存知でしたよね？

ええ、知ってはいました。でも私には、それがどれほどのことなのかがよくわかってはいませんでした。というか元々、勲章というのがどういう人にどういう理由で送られるものなのかさえも知らなかったのです。勲章の授与とはお葬式のときに行なわれるもので、もう一つのお葬式用の儀式といったらいいのか、つまり、それが本心からのものかどうかは別にして、とりあえずはみんなして亡くなった人を褒め称えておいてあげましょうという意味で授けるものだと、そう信じていたのです。ほら、神父様が読み上げるお悔やみの言葉、あれと同じようなものだと思っていたわけです。

ところで、どうやってお二人は恋仲になったのですか？

それについては、みなさんがご想像なさっている通りです。私たちは二人とも、一人ぼっちでずいぶん寂しい思いを抱えながら毎日を過ごしていました。孤独な人間というのは、自分以外の孤独な人間に目が行くものです。孤独な誰かと一緒にいることで、自分の孤独を紛らわそうとします。それだけの話です。ガブリエルは、なんだかんだ言ってもけっきょくは、ひどく単純な人でしたから。ああ見えても、世間の人たちが普通に心の中で思うようなことは思っていましたよ。自分がやった良いことを世間から認めてもらいたい、自分のやった悪いことについては許してもらいたい、みんなから好意を持ってもらいたいと、ガブリエルはそう思っていました。とりわけ、みんなから好かれたいという気持ちは強かったのだろうと思います。

では、サントーロさんの若い頃の事件についてはどうやってお知りになられたのですか？

あの人が自分から、話してくれました。といっても、メデジンに着いてからのことですが。たぶんガブリエルはあのとき、これでもう大丈夫だろうと、つまり、昔の事件について話をしてももう二人の関係にひびが入ることはないだろうと踏んで、それで私に話をしてくれたのでしょうね。ところが、ぜんぜん大丈夫ではありませんでした。ええ、もちろん、二人の仲は悪くなりましたよ。でも、今この場でどういうふうにガブリエルとの仲が悪くなったのか説明しろと言われても、それはできません。だってそうでしょ？　ある人との関係を終わらせようと決心したとして、そこに至るまでの心の経緯を他人にいちいち説明するなんてことは、誰だって無理に決まっていますよ。

とにかくまずは、なにがどうだったのか、一連のいきさつについてお話ししましょう。

私はあの人を、メデジンに行かないかと誘いました。自分が生まれ育った街をあの人に見せたい、一緒に街を散歩したいと思ったからです。もちろん、自分が昔どんなふうに暮らしていたのかそのすべてを知っていてもらいたい、という思いもありました。私たちもいちおう、恋人同士でしたから。それに、ガブリエルがほとんどボゴタから出たことがなかったというのも、メデジンに誘った理由の一つでした。ガブリエルは、二十年ぐらい前からはもう、どこかに出かけるといってもせいぜい車で四時間以内で行かれるようなところばかりで、遠出をすることはなくなってしまっていたそうなのです。でもそんなの、絶対におかしいですよ。あれほど教養ある人がそれではいけないと、私はいつも思っていました。それである日ふと、二人で一緒にメデジンに行ったらどうだろうと思いついたのです。といってももちろん、知り合ってすぐのことではありませんよ。二人がつき合うようになって何週間か経ってからのことです。あ、今、つき合うようになって、という言葉を使いましたが、ひとこと言っておきますと、私たちの場合は普通の恋人のように外でデートをしたことはありません。会うのは決まって私のマンションかあの人のマンションかのどちらかで、お互いの家の下駄箱を行ったり来たりしていたようなものでした。まあ、それはともかくとして、メデジン行を思いついた私はさっそく、その話をしようとあの人のところに行きました。マニラ紙の封筒を持って。封筒はきれいにラッピングをして、タフタの飾りもつけました。中に入れていたのは、私なりに作った旅行の予定表。予定表には、まず黒のフェルトペンで、メデジンまでの高速道路を表わす太い線を、だいたいこんな感じという程度のものですが、描いて、その線のところどころに丸印をつけておきました。あの自転車レースのブエルタ・ア・コロンビアのマップのように、メデジンまでの道中を私なりにいくつかのステージに分けて、それぞれのステージのゴール地点に丸印をつけたわけです。たとえば、第一ステージはシベリアロータリーまでとしてそこに丸印をつけ、ついでに、〝ガソリンを入れてキスをする〟と書き込みました。最終の第二十一ステージのゴールはもちろんメデジンです。そこには、〝私が両親と暮らしていた家をあなたに見せる。そしてキスをする〟と書き込みました。

ガブリエルはすぐに承知してくれて、息子さんに車を貸してくれるよう頼んでもくれました。

十二月のある金曜日、まだ朝も早い時間に私たちは車で、メデジンに向けて出発しました。スピードは抑え気味にして、ガブリエルの体のことを考えて何度も休憩を取りました。それでも、メデジンには十時間もかからずに着くことができました。

メデジンでは何があったのですか？

最初はとてもうまく行っていました。何の問題もありませんでした。ガブリエルは、ホテルに泊まろうと言ってくれました。そんなに高くないところだったらいいよって。でも、それって当然ですよね。せっかく年金をもらっているのにその程度の贅沢もしないというのであれば、何のための年金かと思ってしまいますよ。

メデジンに着いた日は、晩御飯を食べるのに、ホテルの駐車場の前の通りを渡って向かいの旅行者向けの食堂に行きました。お店は、なんとなく雑然としていて大衆的だけれどそうひどくもなくて、道路沿いの休憩施設でよく見かけるような感じのものでした。

次の日、私たちは、メデジンを縦断して元の私の家を見に行きました。十八歳まで暮らしていた家です。建物そのものはまだちゃんと残っていました。ただ中はずいぶん変わっていて、一階部分のリビングだったところは毛糸の靴下屋さんに、二階の、私が兄と共同で使っていた部屋は古着屋さんになっていました。古着屋さんに入ってみると、アルミの長い管が三本、店内に渡されていて、古着がかけられていました。上着、オーバー、ジャケット、スパンコールのついたドレス、オーバーオール、レンタル用タキシード、それになんと変装用のマントまで。どれにもちゃんとビニール袋がかけられていたことはかけられていたのですが、それでも服についた埃《ほこり》っぽい臭いとナフタリンの臭いとが店中に漂っていました。

お店を出てから、二人してまたホテルに戻りました。帰る道々、あんな服をいったい誰が着るのだろうとか、あのブラウスは糊のつけすぎでごわごわしていたとか、オーバーもああして管に吊るされていると、なんだか肉屋の店先にぶら下げられている豚みたいに見えるわね、なんてことを喋っていました。

ホテルの部屋に入ってから、私たちは愛し合おうとしました。でも、うまくいきませんでした。私はそのとき、ガブリエルも年だし、疲れもあるだろうからと、単純にそう思っていました。男の人がそうなる場合は、たいがいそれが理由ですから。ほかに理由があるかもしれないなどとは、思ってもみませんでした。ガブリエルが、頭の中で自分自身の体や私の体とはまったく関係のないことを考えていてそれでいらいらしているなんて、ガブリエルの中で不安が、自分が計画していることへの不安が耐え難いほどに強まっていて、そのせいでたった何分かの快楽を楽しむことさえできなくなっているなんて、想像もしていなかったのです。

するとガブリエルがとつぜん、エンリケ・デレッサーさんのことを話しはじめました。といっても、エンリケ・デレッサーと名前を具体的に出したわけではなくて、若い頃のある友人、とだけ言ったのですが。さすがにあの人にもわかっていたのでしょうね。友人の名前がどうかなんてアンヘリーナにはどうでもいいことだろう、ってね。ええ、もちろん、その通りでしたよ。あの人、いくら同じベッドで私の横に裸で寝ていたといっても、六十代ですよ。そんなおじいちゃんの昔の友人の名前なんて、いったい誰が興味を持つというのです？　それにそもそも、こちらから打ち明け話をしてくださいと頼んだわけでもないですし。

ガブリエルはすべてを話してくれました。四十年以上前にいったい何があったのか、あの人がどんなことをやったのか、そのことで自分がどれほど罪の意識に苛《さいな》まれているのか、どれほど許しを欲しているのか……。それでも、いかにも冷静なあの人らしいなと思いましたよ。あの人は、まるで息をするように、といってもあの人の場合は息をするのが辛くてひと仕事でしたが、あるいは手でハエを叩くように、といってもガブリエルの手は指が欠けていましたが、とにかく、いつもと変わらないような調子で、〝俺のその友達はいまメデジンに住んでいる。二十年以上もこの街で暮らしている。それなのに俺ときたら、ほんとうに卑怯者だ、ずっと決心がつかなかったんだ。俺は、四十年間の時を飛び越えてあいつと、俺が人生をめちゃめちゃにしてしまったあの男と話をしてみようと思っている〟と、そう言ったのです。

そのときあなたはどうお感じになりましたか？

正直に言うと、好奇心を掻き立てられました。ミーハー的な好奇心を。でもおそらく、誰だってあの話を聞けばそうなったと思いますよ。私はガブリエルに言いました。そのお友達はどんなことを思っているのかしら？　なぜこれまで一度も、あなたに連絡を取ろうとはしなかったのかしら？　それほど、あなたへの憎しみと恨みが強かったということ？　もしそうだとしたら、逆に、あなたの方から会いにいけばよかったじゃないの、と。するとガブリエルは、七〇年代の初めごろに友人がメデジンにいることがわかって、よほど訪ねていこうかと思ったけれども怖さの方が先に立ってしまったんだと、そう説明をしてくれました。そのときは奥様もまだお元気で、息子さんは十歳。そのこともあってガブリエルにとっては、エンリケさんに近づくのがひどく危ないことのように思えてならなかったのだそうです。もちろん、それがいいか悪いかは別の話ですけれど。〝エンリケに会いに行けば、人生でこれ以上ないというほどの危険を冒すことになる、ブラックジャックで家族全員の命を賭けるのと同じぐらいの覚悟がないと会いに行くのは無理だと、そう思ってしまったんだよ〟と、あの人は言っていました。もっとも、家族の命を賭けるほどの覚悟というのは大げさで、せいぜいが、自分に対する世間的なイメージを賭ける覚悟、くらいの意味だったのだとは思いますが。ガブリエルはおそらく、自分自身のイメージを崩すことが怖かったのでしょう。でもそれだからといって、誰もあの人を責めることはできないと思います。人は、他人からの視線、もっと言えばその視線の中に込められているもの、自分に対する賞賛や敬意、あるいは同情や憐れみといったものに慣れてしまっています。そうした自分に対する周囲の定まった見方、それを一気に変えてしまうことになるとわかっていてあえてある行動を取るなどというのは、九十パーセントの人間にとっては無理なことなのですよ。けっきょくはガブリエルも人の子だったということです。

あの人はそんな話をしてくれて、最後に、まだ裸のままでこう言いました。〝これまで一度もあいつに会おうとはしてこなかったが、今俺は、会いに行こうとしている。やっとだよ。すべては君のおかげだ。君には感謝しなくてはいけないな。君が俺に勇気をくれた。俺は嘘偽りなくそう思っている。君がこうして一緒にいてくれなければ、俺は、あいつに会わないまま終わってしまっただろう。このときを俺は、ずっと待ち望んでいたのだよ、アンヘリーナ。君と知り合ってから俺はいつも、あいつに会いにいくのにアンヘリーナに助けてほしい、アンヘリーナにも一緒に行ってほしいと、心の中で思っていたんだ。そして実際に君はそうしてくれた。そんな人は、他には誰もいやしないよ〟と。これはすべてガブリエルが言ったことです。でも、なんというか、私もとんだ責任を負わされていたものですよね。

あなたが興味を掻き立てられていたということはわかりましたが、ほかには、どんなことを感じていらっしゃいましたか？

誇らしかったですね。でも、ちょっと、裏切られたような気もしていましたが。

確かに、あの人から、俺がとりあえずはこうして勇気を出すことができたのは君のおかげだ、みたいなことを言われて、自尊心がくすぐられたというのはあります。まんざらでもない気がしていました。あのときはまだ、あの人の言葉をすっかり信じていましたから。私が一緒でなければガブリエル・サントーロがメデジンに来ることは絶対になかっただろうと、本気で思っていたのです。

いっぽうで、裏切られたような気もしていましたが、こちらの方の理由については、もう少し俗っぽいというか、感情的というか、つまりは嫉妬ですよ。理由としては嫉妬がかなりの比重を占めていたと思います。なぜだかとつぜんその友人のことが、ガブリエルの過去の愛人、ガブリエル・サントーロが若いときにつき合っていた恋人かなにかのように思えてきてしまったのです。あの人が話すのを聞きながら私は、ガブリエルの昔の恋物語を聞いてでもいるような錯覚に陥りそうになりました。そんなにあの頃の思い出に浸りたいのかしらって、そう思ってしまったのです。もちろん、そんなことがあるはずないと頭ではわかってはいましたよ。でも私は、あのときメデジンで、何の前触れもなくとつぜんガブリエルの愛情を巡って新たな相手と競争をしなくてはならなくなってしまったような、そんな感覚に襲われていたのです。確かに……、それを裏切りとまで呼ぶのは大げさかもしれませんね。正確には、私が感じていたのは嫉妬、それも、恋人の旧《ふる》い恋物語への嫉妬のようなものだったと言うべきでしょう。恋人の過去なんて知らなければないも同じで、その方が誰だっていいに決まっています。

でも思うのですが……、裏切りの中でもひどい裏切りってそういったものなのではないでしょうか。たとえそれが他人にとってはなんということのないようなことであっても、その人には裏切りと呼ぶに相応《ふさわ》しいほどの打撃となる場合もあります。いちばん心を傷つけられる裏切りって、自分の弱みにつけ込まれることなのですよ。それも信用していた相手から。そういうときって、傍が考える以上に本人はショックを受けるものなのです。

ええ、ガブリエルのやったことはまさにそれです。あの人はみごとに私の弱みをついてきました。だからこそ思ってしまったわけです。ガブリエルは自分の目的を達成するために私をわざわざここまで連れてきたわけ？　と。それまでの私にとって、ガブリエルの存在はある意味、自分の人生を信じるための拠《よ》り所《どころ》となっていました。私はいつも、ガブリエルと会うたびに、もうすぐ五十になる女でもまだこうして幸せな出会いを持てるのね、人には定められた巡り合わせがあるというのは本当だったのね、と思っていたのです。と言いますのも、そもそも私たちの出会い、私たちが恋人になったのはまさに偶然のたまものだったからです。もちろん、リハビリをしている患者さんと理学療法士とがカップルになるというのは、可能性からしたら十分にありうる話ではあります。ですが、理学療法士の方が愛情をひどく欲している人で、患者の方が愛情を与えたくてたまらない人で、その二人が引き合わされるというのはそれこそ滅多にあることではなく、その稀なケースが私とガブリエルだったわけです。ガブリエルこそは私の浮き輪だと、そんなふうに思ったことも二度や三度ではありませんでした。ところがあのとき、メデジンのホテルでふと感じてしまったのです。この浮き輪は私のことを利用していたのかもしれないと。すると心の中が一種のパニックのような状態になってしまって。ただガブリエルにはそれを気取られないようにしていたつもりですが。

心の中がパニックになったとは、どういうことですか？

自分の思っていることと口にすることとを一致させられなくなってしまったのです。私はあのとき、本当は心の中で、〝確かに、ガブリエルの言うこととやることのすべてはいかにも私への愛情から出ているように見える。でも本心なんてわかったものじゃないわ。私のことが好きなんて嘘なのよ。きっとガブリエルは、本気で私を愛したことなど一度もなかったのよ〟と、思っていたのです。心の中で私は、〝この人は自分が弱いことも臆病なこともわかっていて、だから私に助けてほしくてそれで私のことを利用したのね〟と思っていました。心の中で私は、〝この一週間、私はずっと、あなたがメデジン訪問の計画に大喜びしているものとばかり思っていて、疑ってもみなかったわ。あなたが私にそう信じ込ませたのよ。なのに本当は、あなたはもっと別の理由でメデジンに来たかったのよね。この嘘つき。なにからなにまで嘘ばかりじゃないの〟って、そう思っていたのです。心の中で私は、〝この人は私のことを、恋人として求めていたわけではなかったのよ。単に心のお医者さんが欲しかっただけ。看護婦と心理学者を合わせたような人、自分をメデジンまで連れてきてくれて、メデジンで自分が遅まきながらも罪の許しを乞うその手助けをしてくれるような誰かを求めていたのよ。でもそれってけっきょく、ガブリエルが自分一人では謝ることもできないほどの弱虫だったってことじゃないの。つまりガブリエルは、自分が友達を訪ねていって今さらながらにお詫びをしているそのあいだホテルで待っていてくれる人、が欲しかったのよ。友達の家に行って友達に許してもらって、昔の時間を懐かしみながらすべてのわだかまりが消えたことに感謝しつつ二人して一杯飲むそのあいだホテルで自分を待っていてくれる誰か、が欲しかっただけなのよ〟と、そう思っていたのです。ええ、心の中で思っていましたよ。〝どうせ私なんて、あの人の主演映画の単なる端役、試合に出られない控え選手みたいなもの。賞をもらうにしても私なんか残念賞がいいところなのよ〟って。

そしてある瞬間、ふと気づいたのです。目の前にいるあの人が、それまでとはだんだん違ったふうに見えるようになってきているということに。それにはもう、正直参りました。私のよく知っていたガブリエルが、大人で賢くて、教養があって紳士だったはずのガブリエルがとつぜん、裏切り者の男、友人を裏切り恋人を裏切った男にしか見えなくなってしまうなんて……。私はあの人のことを、嘘つきで策士で不誠実な男だって、そう感じはじめていたのです。それでも、そんな気持ちを顔には出さずに、我慢してあの人の話を聞いていました。それに私だってなんとなくは感じていたのです。〝今の私は、感情が邪魔して理性的な判断ができなくなっているのだろう〟、と。メロドラマにもよくそういう場面が出てきますよね。

ただやはり、失望感と屈辱感、バカにされたという思いは強くありました。だって、それはそうですよ。あそこで、メデジンのあのホテルのあの部屋で私の身に起きたことを一言でいえば、人生に愚弄された、ということですもの。そう、愚弄。人生は私にわざわざ、ガブリエル・サントーロと巡り合う機会をくれて、教えてくれたのです。〝お前にはしょせん今の状態から抜け出すことなんてできやしない〟とね。〝幸せなどというものはこの世のどこにも存在しないし、ましてや相手の男の頭の中にはお前の幸せのしの字もない。幸せを手に入れようなんていうのはよほどの世間知らずの思うこと。それなのに幸せを手に入れたと信じていたなんて、はっきりいって愚かとしか言いようがない〟

と、私にそうはっきりと教えてくれましたよ。

それでも私は我慢しました。それまでもずっとそうしてきたように。私はまだガブリエルのことが好きでしたし、ガブリエルにも私のことを好きなままでいてほしいと思っていましたから。それに、自分が嫉妬ゆえに冷静な判断ができなくなっているということも、ガブリエルの過去に嫉妬しているということもちゃんと自覚していましたから。もちろん、あの人が私をホテルに残して一人で会いに行こうとしているその相手はただの男の友人で、なにも昔の恋人に会いに行こうとしているわけではないというのは十分にわかっていました。にもかかわらず、私はあの人の過去に嫉妬していたのです。

私が先ほど、自分の思っていることと口にすることとを一致させられなくなってしまったと申し上げたのは、実はこのことなのです。私はあのとき、心の中で思っていたわけです。〝私の人生はこれを教えるために私とガブリエル・サントーロとを巡り合わせたのよ。天はガブリエル・サントーロを、私に屈辱感を味わわせるためだけに私のところに遣わしたのね〟と。でも、それを表には出すまいと心に決めていました。いったい誰がそんなこと思っているの、みたいな顔をして、私にできるたった一つのことをしようと決めていたのです。そしてその通りに私は、あなたの勇気に感心するわ、よく謝るって決心したわねと、あの人を褒めてあげました。ほんと、とんでもない偽善者ですよ、私は。

その褒め言葉は心からのものでしたか？

いえいえ、いえ、まさか。そんなわけはありませんよ。ガブリエルがお友達にしたことは、決して許されるようなことではありませんもの。私ははっきりそう思っていましたし、話を聞けば誰だって同じように思ったはずです。ただ確かに、いろいろな出来事があったあの戦争の時代からは、もうずいぶんと長い時間が経ってしまっています。ブラックリストのことも、情報屋グループのことも、あるいは個人的に密告者となっていた人たちのことも、もう遠い過去の話になってしまいました。それでも、時間がすべてを解決してくれるわけではありません。時間がどんな傷をも癒してくれるというのは、まったくの嘘です。心に残ったまま消えない傷というのもあります。兄弟から縁を切られたとか、恋人から愛想を尽かされたとか、父親や母親の死、自分や自分の家族が友人から裏切られたとか、そういったことは決して人は忘れないものですし、また、忘れないのが当然のことなのです。裏切ったものは罰を受けるべきです。もし、誰かを裏切ってもうまく罰を免れている人がいたとしたら、その人にはせめて、死ぬまで裏切ったことの罪を背負って生きていくぐらいのことはしてもらわなければなりません。

でも、やっぱり思ってしまいますよ。もしもあのときこの私に、ガブリエルに言うことを聞かせるだけの力があったとしたらどんなによかったかって。もしも私に少しでも他人をどうこうできるような力があったとしたら、そしてなによりも、私があの人のことをあそこまで好きになってなどいなかったとしたら……。そうしたらガブリエルはおそらくホテルを出ることもなかったでしょうし、友達に会いに行くことも絶対になかったはずです。でも、けっきょくそんなのはあり得ない話ですよ。なぜなら、これまで私は一度として誰かに影響を及ぼすような力なんて持てたためしがないのですもの。

では、けっきょくサントーロさんはご友人に会いにいかれたわけですね？

もちろん、会いにいきましたよ。いえ、本当に会いにいったのかどうかまではわかりません。ですから正確には、その友達に会いにいくと言ってホテルを出ていった、と言うべきですね。あら、それってなんだか、カウボーイみたいじゃありません？　よく映画で、カウボーイが、〝ちょっと行ってくる。やつをやったら戻る〟と言って出ていくシーンがありますよね。

あの日は日曜日でした。確か午前中はずっとテレビでアニメを見ていましたから、ええ、間違いなく日曜日でした。

サントーロさんと、サントーロさんが会いに行かれた相手との間で何があったのでしょうか？ そんなのわかりませんよ。というか、わかるはずないじゃありませんか。あの人について行ったわけではないのですから。

あのときのことを、順を追ってお話しをしましょう。ガブリエルの告白を聞いたあとで私は、バスルームに行って鏡を見ました。ほら、テレビとかでよくあるじゃありませんか。主人公がなにかとても重大な問題に直面して鏡の前で自問自答している、みたいなシーンが。だから私もまずは鏡の前に立ってみました。そして、自分に言い聞かせたのです。〝なんでも物事はいい面から見なくては〟〝そうよ。考えようによっては、あの人が今やっていることは私にとっては喜ぶべきことなのよ。だって、あの人は助けを求めてきているのよ。それってつまり、あの人にとってこの私が大切な存在ということじゃないの〟と。するといつの間にか、私の中の感情が、心の中に抱えていたモヤモヤしたものが薄らいでいきました。バスルームから出たときにはもうだいぶ気分も落ち着いていて、私はすぐにガブリエルを抱きしめて、〝あなたは偉いわ。あなたがやろうとしているのはすごく男らしいことだと思う。きっとそのお友達はこころよくあなたを迎えてくれるわよ。だって、百年も続く恨みなんてないもの〟と言いました。するとその瞬間、最後の言葉を言い終わったと同時に、部屋の空気が変わったのです。はっきりわかりました。そこがふたたび愛情で満たされていったのです。ピリピリした空気など、もはやどこにもありませんでした。ほんの少しだけいい面に目を向けたことで、私は、それまで心の中にあったあの人を否定する感情を抑えることができたのです。そうしたら、あの人、こんどは大丈夫でした。二人でベッドに入って、ええ、うまくいきました。最高というわけにはいきませんでしたが、でもうまくいきました。私の言葉によって、二人の間に仕掛けられていた爆弾の起爆装置が外れたのです。愛情が戻ってきたのです。愛しているよ、とガブリエルは言いました。私はただ黙って聞くだけで何も答えませんでしたが、心の中で、〝私もよ〟と呟《つぶや》いていました。そしてそのまま眠ってしまいました。それきり、あの人のことは見ていません。

では、サントーロさんは、あなたにお別れも言わずに部屋を出ていかれたのですか？

お別れを言う？　ただ友達に会いに行って帰ってくるだけなのに、なぜわざわざお別れを言って出ていく必要があるのです？

あなたは、サントーロさんがもう帰って来ないかもしれないとはお考えにならなかったのですか？そうした可能性もあるとは、まったく考えもしなかったのでしょうか？

そんなことはありません。ただ、そこに思いが至るまでにあまりに時間がかかりすぎたのは事実ですが。

次の日、ガブリエルはとても早くに起きたのだろうと思います。おそらく、シャワーも浴びずに出ていったのではないでしょうか。シャワーの音は聞いていませんから。でも……、シャワーだけではありませんよね。あの朝、私は、あの人がベッドから起きる音も服を着替える音も部屋を出ていく音も聞いていない、というか、そうした音には気づかずに寝ていました。

目を覚ますと、メモが置いてありました。ガブリエルはホテルに備えつけのレターセットでメモを残していました。〝帰りは遅くなるかもしれない。どっちにしろ、今日の午後、私はまた自由の身になることができるだろう。いろいろありがとう。愛しているよ〟。そう書いてありました。レターセットといっても、ガブリエルが使ったのは便箋ではなく封筒でしたが。たぶん、封筒の方がナイトテーブルのスタンドに立てかけておいても倒れないでいいと思ったのでしょう。〝愛しているよ〟。私はその部分にもう一度目を落として、とても幸せな気持ちになりました。それでも、手紙の文面には、なんとなく心に引っかかるところもありました。それは、〝また自由の身になることができるだろう〟という箇所です。〝自由の身になるって、いったい誰から？　私から？　ねぇ、もしかして、私のことがうっとうしいの？　あなたをここまで連れてきたところで私のお役目は終わりなの？　今はもう私はあなたにとってただのお荷物なの？〟心の中で私はあの人にそう問いかけていました。そのときでした。〝もしかしたらあの人はもう帰ってこないつもりかもしれない〟ふいに、そう思ったのです。初めてその可能性に気づいた瞬間でした。〝まさか、それはないわよ。ガブリエルがこんなふうに私を捨てるなんてこと、あるわけないわ。たしかに、これまであの人がある目的のために私を利用してきていて、その目的がすでに達成されてしまっているというのはその通りなのかもしれないけれど、でもだからといって私を捨てるはずはないわ。私のことを捨てるなんてあり得ない〟と、私はそう自分に言い聞かせました。自分なりに必死で気持ちをなだめようとしました。テレビを点けて、チャンネルを換えながら、気を紛らせてくれるような番組をやっていないか探しました。チャンネルのうちのいくつかはアメリカのテレビ局のもので、他にもスペインのテレビ局のものが一つと、メキシコのテレビ局のチャンネルまでもが入っていました。でもほんと、そういうときってアニメがいちばんですね。つくづくそう思いました。アニメによく出てくる、誰かが誰かをハンマーで叩いたり、至近距離から人を銃で撃ったり、爆発が起こったり、誰かが飛び降りたりみたいな残酷なシーンを見ているとみごとに、日々の現実の暮らしの中のちょっとした残酷物語や小さな心配事などは忘れてしまいますから。

お昼時になると私は、一階まで降りてプールサイドに向かいました。そこのカフェで料理を注文したのですが、私ったら、理学療法士三人分かというぐらいの量を、それもお腹ペコペコの理学療法士三人分ぐらいの量を注文してしまって、それを部屋まで運んでくれるように頼みました。ふと目を上げると、向こう側にびしょ濡れの子供が二人立っていました。きっと海岸地方から家族と一緒に観光にやってきたのね、と思いながら見ていたのですが、急にこちらに向かって駆け出してきて、それも、体をふきもせずに鼻の上に水中メガネを乗せて赤色の浮き輪を腕にかけたままで走ってきたものだから、私の前を通り過ぎるときにはこちらにまでビシャビシャ水がかかってしまいました。ほんと、躾《しつけ》のなっていない子どもたちでした。そのときでした。ふっと、誰かに囁《ささや》かれたような気がしたのです。〝ガブリエルはもう戻らないよ〟、と。

私は反射的に思っていましたよ。〝けっきょくあの人は私に嘘をついたのね。自分のやることだけやって後は行ってしまう、つまりはそういうことだったのよ。私に居心地のいいホテルを用意してくれて、何日間の優雅な時間を過ごさせてくれて、後はさっさとさよならじゃないの〟とね。

そして、時間が経つにつれて自分のその直感が正しかったと確信を深めていったのです。だって、そうでしょ？　事実が何よりの証拠ですもの。実際に戻ってこなかったとしたら、ああ、やっぱり私の勘は正しかったのだと、嫌でも思うしかないじゃないですか。

プールサイドから部屋に戻ると、あとはもう、午後じゅう、部屋に閉じこもって過ごしていました。もしかしたらあの人から電話があるかもしれない、ベルボーイがあの人からのメッセージを持ってくるんじゃないかって、そう思ったからです。でも、なにもありませんでした。意気地なしのガブリエルは、私にメッセージを寄こすことさえしなかったのです。私はときどき、窓から外を見たりもしていました。もちろん、窓から覗いたところでホテルへの坂道が見えるわけもないとわかってはいました。でも、そうせずにはいられなかったのです。そう、あれはいったい何度目のことだったか。そのときも私は同じようにして外を見ていました。するととつぜん、気づいたのです。自分にはどこにも行くあてがないということに。自分の街、自分が生まれたところ、子供の頃からずっと暮らしていた

くて、な場所にいるというのに、私にはどこにも行くところがなかったのです。ああ、まただって、思いました。〝また男にうまくしてやられた。男が私からまた一つ、居心地のいい場所を奪っていった。あんなにやさしかったこの街が私のことを拒絶している。私はちゃんと自分の足で立って地に根を張って生きている女よ。なのに、どうして？　今の私には、私のことを知ってくれている人なんて誰もいなくて、訪ねていく場所もなくて、私って単なるよそ者じゃないの〟と、心の中で思っていました。

お知り合いの方はどなたも、メデジンには残っていらっしゃらなかったのですか？

もちろん、今でも知り合いぐらいはいますよ。でも、知り合いというだけでは、ひとばん泊めてくれとは頼めませんよ。ましてや、どういうわけで一人だけホテルに残る羽目になったかなどというのは、たいして親しくもない相手に話せるようなことではありません。それに私は、一人ぼっち、という言葉をどうしても口にするのが嫌だったのです。一人ぼっちって、痛々しい感じがするじゃないですか。痛々しい、というのが言い過ぎでも、少なくとも、あまりに哀れっぽい感じのする言葉だというのは、その通りでしょ？

私は思いました。いっそ、メデジンのダウンタウンを埋め尽くすあの光の中をさまよってみようかしらと。クリスマスの時期になるとあの辺りはいつもすごいですよ。お星さまに飼い葉桶にジングルベルがそこいら中に飾りつけられるし、あちこちの店先では、色とりどりの電球がいくつもグリーンのビニールで覆われた線に吊り下げられるし。〝そうよ、街に出てあちこち歩き回りながらウィンドーショッピングをするのもいいじゃないの。クリスマスの三日前だから市内のどのデパートも開いているはずだよね。きっとデパートは人でいっぱいよ。さぞ賑やかでしょうね。大きな花束もたくさん、それにきれいに飾りつけされたクリスマスツリーも。電球がそこかしこに飾られていて、クリスマスの聖歌が店内に流れていたりして〟と、そんなことをぼんやり思っていました。

でもけっきょく、最後はこう考えるに至ったのです。〝とにかく、いつもの暮らしに戻らなくちゃ。今ここで脱線なんかしている場合ではないわ〟と。

私は駐車場に向かいました。ガブリエルが間違いなく車で出かけたかどうかを確かめたかったからです。やっぱり車がないとわかって、とっさに思い浮かべたのは、ガブリエルが左手でハンドルを握り、右手の親指でギアを操作しながら車を運転しているその姿でした。そして私はそのとき初めて、前の晩に雨が降っていたのだと気づいたのです。舗装された駐車場の中で車が置かれていたところだけが四角く乾いていましたからね。

すぐに部屋に戻ると私は、スーツケースの中からガブリエルの持ち物だけを取り出して、ぜんぶ、ベッドの上に放り投げました。そうしてそのまま、自分を捨てた男の洋服のすぐ横で、一晩を過ごしたのです。よくは眠れませんでした。朝の六時には、フロントに電話をしてタクシーを呼ぶように頼み、十五分後にはタクシーに乗ってバスターミナルに向かっていました。

それでは、あなたもやはり書き置きはしなかったのですね？　相手にさよならを言う方法にはいろいろあると思いますが、とにかくそうしたことは何もせずにホテルを出られたというわけですね？

あの人がもう戻ってこないだろうというのは、私にははっきりわかっていました。それなのになぜ、置き手紙をする必要があるのです？　私のことをほったらかしにして一人で勝手にホテルを出ていった時点でガブリエルはもう、戻らないと決めていたはずです。そんな人に、いったいどんな手紙を書いて置いておけばよかったというのです？　でももちろん、もう二度とガブリエルに会えなくなるなどとは、そのときは想像もしていませんでしたよ。私は、ボゴタに戻ったら何としてでもあの人をつかまえて、いったいどういうつもりだったのかちゃんと説明してもらおう、説明してもらうのが無理でも、少なくともガブリエルと直接会って話をするぐらいはできるだろうと、そう思っていたのです。

それがまさか、私を捨ててボゴタに戻る途中で死んでしまうなんて……。これほど皮肉な展開はありませんよ。世の中には、なにか事故があると、あれはバチが当たったのだ、みたいなことを言う人がいますけれど、私はそういう考え方は好きではありません。事故に遭って死ぬことが罰だなんて、ひどすぎます。でもとにかくガブリエルは、私を捨てた後で死んだのです。いったいそんなことがこの世に起こり得るものなのでしょうか。

もしもですが、あの人が、バチが当たるとか当たらないとかで物事を考えるような人だったとしたら、もっと違う形で私の元を去ることを選んでいたのかもしれませんね。それにしても、去り方って人それぞれですよね。もっとも、人がどういうふうに去っていくのかというのは、それこそ数えきれないほどの条件によって変わってくるわけですけれど。たとえば、どこから去ろうとしているのかとか、なぜそこから去らなければならないのかとか、誰から去ろうとしているのかとか。

では、どのようにしてサントーロさんの死をお知りになったのですか？

新聞で知りました。いちばんショックだったのは、なんといっても、事故が起こったまさにその場所を事故の十何時間か後に私自身が通っていたという、そのことでした。しかも、なにも気づかないままに通っていたなんて。私が乗っていたのはエクスプレソ・ボリバリアーノ社のバスです。あのときガブリエルの車とぶつかったのと同じ会社のバスです。メデジンを出発したのは朝の七時で、バスがラス・パルマスに向かう高速道路を走っているときにはまだちゃんと目を覚ましていました。窓の外を見ていましたが、いつもと同じで、特別な空気みたいなものはいっさい感じられませんでした。なにか大変なことが起きたような気配もなかったですし、実際、道路も、事故が原因とはっきりわかるほどの大きな渋滞にはなっていませんでした。私にとってはなにもかもが正常で、世の中が変わってしまうほどのことが起きたとは想像すらしていなかったのです。私は本当に、また一つ自分がなにかを失ったとも、この世から消えてしまったものがあるとも、決まりきった日常の営みからなにかが欠けたとも気づかずにいました。ええ、もちろんそれは、すでにそのときにはもう、私とガブリエルとの感情的な結びつきが完全に、そして永久に断ち切られてしまっていたからなのだろうとは思いますが。

その後もしばらくは目を覚ましていたのですが、バスに揺られているうちにだんだん眠くなってきて、それでも完全に寝てしまうわけでもなく、私は頭の中でぼんやりと、あの人から聞かされた〝ある外国人の一家とその一家を裏切った友人〟にまつわる痛ましい話を思い返していました。するとだんだんに、やっぱりそんな話は信じられない、という思いが私の中で強くなっていったのです。気づくと私は、〝あれほど正直なガブリエルに、そんな卑怯な真似などできるわけがない〟と、〝あれほど賢いガブリエルがやったことなのだから、きっとそこには深いわけがあったに違いない〟と思いはじめていました。でも、ふと考えたのです。もしかしたらそのどちらの推測も間違っているのではないのか、物事をただ素直に解釈すればいいのではないだろうかって。あの人がメデジンに行くために私を利用したのは事実です。私とベッドを共にして将来の計画を語り合って私に好きだと囁いて、そのあげくにあの人は、自分の都合で私のことをホテルの部屋に置き去りにしたのです。そういうことができてしまうのがガブリエルなのですよ。ええ、そのことは、あの人が過去に何をやったのかを考えてみれば、よくわかります。けっきょくあの人は、そうして昔から、周りの人たちの信頼や愛情を踏みにじりながら、尊敬に値する人間という仮面を被りつづけていたのでしょうね。こんなことは言うまでもないのでしょうが、いちど誰かを裏切ったことのある人というのは、死ぬまで何度でも、誰かしらを裏切るものですよ。

ということは、あなたは、サントーロさんが本当に過去のことを後悔しているとは思ってはいらっしゃらなかったのですか？

そう聞かれてしまうと……、ええ、もちろん、後悔しているだろうとは思っていましたよ。ですが、私にはあの人が後悔しているということ自体がなんとなくあり得ないような気がしていたというか……。いえ、あの人が後悔していることについては、たぶんそうなのだろうとは思っていました。それでも、それを手放しで褒め称えるというような気にはなれなかったのです。だってそうじゃありませんか。たとえあの人の後悔が嘘偽りのない心からのものだったとしても、あのときガブリエルが本心から友達に許してもらいたいと望んでいたのだったとしても、それはそれ。ガブリエルが自分の意志で私との関係を断ち切ったという事実は変わりませんから。私は思っていました。〝たしかにガブリエルは後悔しているのかもしれない。でもだからと言って、身勝手なことをしてもいいということにはならないわ。私への責任はどうなるのよ。少なくとも、人間としてまずあるべき姿ってものがあるはずでしょ〟と。

もう今となっては、ガブリエルがなぜ私のことを好きでなくなってしまったのか、なぜホテルに戻らないと決めたのか、その理由を知ることはできません。それでも、とにかく、あの人が私を傷つけ、私に嘘をつき、騙したのは事実です。帰りは遅くなるかもしれない、ですって？　もともとホテルに戻ってくるつもりなどなかったくせに、よくそんなメモを残せたものです。それこそ残酷な罠でなくてなんなのでしょう。けっきょくあれがあの人の本性ってことですよ。でも私は……、あの人とつき合うようになってからずっと思っていたのですよ。ガブリエルがなにかで私に嘘をついているとわかったとしても、あの人をつなぎとめておくことができるのなら喜んで騙されてあげるわって。

あなたは、ガブリエル・サントーロさんとエンリケ・デレッサーさんとの間でどういうことがあったと想像されていますか？

今のは、二人が会ったという前提でのご質問ですよね。ですが、二人が会ったと決めつけるのはどうでしょうか。ガブリエルは確かにメデジンまで行きましたが、そこで怖気《おじけ》づいてしまった、ということだって十分にありうると思いますよ。その可能性も忘れるべきではないと思います。

私は、ガブリエルのお葬式の間じゅうずっと、そのことについて考えていました。〝もしかしたらガブリエル自身、あのときすでに友達に謝りに行こうと決めたことを後悔しはじめていたかもしれないじゃないの。ガブリエルの中でいつの間にか、昔の友達との再会を恐れる気持ちの方が許してもらいたい気持ちよりも強くなっていたということだって、まったくないとはいえない。そうよ、ガブリエルは私のことを踏み台にしておきながら最後は事故で死んでしまったわけだけれど、そのすべてがなんの意味もないことだった、というのも可能性としてはゼロではないわ〟と。

お墓で私は、ガブリエルの息子さんにお会いしました。息子さんはジャーナリストです。私は息子さんに、あの人のマンションで会いたいと言いました。すべてを話すからと。ええ、私としてはとにかく、息子さんにお父さんが本当はどんな人だったのかをお話しして、息子さんにも目を覚ましてもらいたかったのです。でもけっきょく、できませんでした。その理由は、まさに今申し上げた通りのことです。ガブリエルがお友達に会わなかったこともありうると気づいてしまったからですよ。肉親の体が火葬されるのは辛いことですし、実際お葬式というのは何から何まで悲しいことだらけです。そんなことを経験したばかりの息子さんに、〝あなたのお父さん、メデジンのホテルで恋人を捨てたところまでは計画通りだったわけだけれど、そのあと本当なら旅行の本来の目的を遂げるために友達のもとに行くはずだったのが、もしかしたら行っていないのかもしれないの。やることをやらないままメデジンからボゴタに戻ってくる途中でお父さんが事故死した可能性だってあるのよ〟と伝えるなんてとんでもないことです。残酷すぎますよ。私はそこまでひどい人間ではありませんから。

それでも、もしかしたらサントーロさんはお友達と会っていたかもしれませんよね？　その場合、どんなことが二人の間に起こったと、あなたは想像されますか？

私にはわかりません。それに正直に言うと、知りたいとも思いません。もうすべては過去のことです。ガブリエルのことは記憶から消えかかっています。私は前に進んでいきたい。新しい人生を歩いていきたいのです。あの日、半世紀も前の出来事についてくたびれ果てたおじいさん二人が何を話していたかなんて、どうでもいいじゃありませんか。ほんと、勘弁してほしいわ。私に関係ないといったらこれほど関係のないことなんて他にはありませんよ。

私には関係ない。アンヘリーナはそう言った。だが、俺にとってはむろん、関係ないどころの話ではなかった。テレビを見ながら俺はずっと、それまでの三十何年間の人生よりももっとたくさんの時間を生きているような気がしてならなかった。テレビを点けた瞬間から、そのローカル番組で流されていること以外のすべてが自分の人生から消えてしまったかのような感覚に襲われ、おまけに、数えきれないほどの新しい部屋と罠とが開け放たれたいくつもの窓の向こうにずらっと並んでいるみたいな光景が、目の前にちらついたまま消えなくなっていた。

おそらくはそのせいだったのだろう。突如逆上にも似た激しい感情が湧きおこり、気づくと俺は家を飛び出し、車を駆って七番街を闘牛場方面に向かっていた。もちろん俺とて、まずはテレビを消してザラに電話をかけ、アンヘリーナが喋っていたその内容について語り合うのが当然やるべきことだろうとわかってはいたのだ。だがけっきょく、そういうことにはならなかった。

時刻はすでに、夜の十一時になっていた。俺は思っていた。このまま何も言わずにザラの家まで行ってしまおうと。ただしそう思っていたのは俺の頭の半分で、もう半分の方は、ザラがエンリケ・デレッサーについて大事な事実を教えてくれていなかったことに腹立たしさを覚え、それをほとんど裏切り行為とすら感じていたのだ。そう、俺は確かにあのとき、裏切り行為、という単語を脳裏に思い浮かべていた。つまりそれは、その単語がすでにその時点で、ワープロソフトに新たなフォントがインストールされるように、俺の辞書に新たに特殊な文字でインストールされていたということであろう。

〝エンリケ・デレッサーさんは生きていた。いや、生きていたどころか、メデジンで暮らしていたではないか。それについてザラおばさんがなにも知らなかったなどということがあるのだろうか？　それとも、アンヘリーナが暗に仄《ほの》めかしていたように、親父はアンヘリーナ以外には、ザラも含めて誰にもいっさい事実を告げてはいなかったのだろうか？〟

俺はハンドルを握りながら考えつづけていた。

〝あのテレビ番組のせいだ。おかげで、親父の愛人がいまやこの世で誰よりも親父が信用していた相手、ということになってしまったではないか。そりゃあ、さっきのインタビューを見れば誰だって信じてしまうだろうさ。あの愛人こそがサントーロがこの世の中ですべてにおいて信用していた唯一の相手、いや少なくとも、自分の秘密の計画をうちあけ、協力してくれと頼むぐらいにはサントーロが信用していた唯一の人だったに違いないと。だが実際にあの女は、いったい何をやった？　親父に向かって、「あなたの気持ちはよくわかる」と言い、「過去の過ちを悔いて友達に謝ろうなんて立派よ。その年でしかもそんな体で、友達に謝りたいというただそのためだけに八時間もかけてここまでやってくるあなたの勇気には感動する」とさんざん褒め称えてみせて、そのあげくにあの女はいったい何をやった？　けっきょくアンヘリーナにとって大事なのは自分の気持ちのことだけではないか。親父の気持ち、親父が何を思ってアンヘリーナとの関係を終わらせようとしたのかについては考えようともしない。もっとも世間のやつらだって、親父の側の理由を考えないという点では一緒だ。もちろん俺だって、親父がやったああした二人の関係の終わらせ方というのがあまり美しいものではなかったというのは、その通りだと思う。だが言わせてもらえれば、優美さとは世間の注目を集める者にこそ必要なもの。親父はすでに引退の身で、優美さが親父の生活のスタイルとなっていたのはもはや過去の話だ。とにかく、親父が必死で自分の犯した過ちと向き合おうとしていたことだけは間違いない。それなのにアンヘリーナは親父のことを、別れも告げずに自分の人生から去っていった男、としか見ていない。そして親父を辱めることで復讐しようとしている。けっきょくアンヘリーナはああしてテレビで喋ることで、親父を告発したのだ。親父はすでに亡くなっているというのに、親父が自分で申し開きをすることはもはやできなくなっているというのに、アンヘリーナは親父のことを告発したのだ。

でもなぜ、エンリケさんは今メデジンにいるのだろう？　もしかして、エンリケさんは全員のことを騙していたのではないのか？　このボゴタを、このコロンビアを出ていくと見せかけ、その実メデジンに逃げてそのままそこでひっそりと暮らしつづけていた、というのが本当のところではないのか？　いや、違う。そんなことあるわけがない。おそらく、国を出ていくには出ていったのだろう。どこかよその国で暮らすために。行った先はエクアドルか、パナマ、ベネズエラ、キューバ、あるいはメキシコか。とにかく、いったんどこかに出て、再びコロンビアに帰ってきた。おそらくエンリケさんは今メデジンで、過去を持たない者として、異なった血が混ざりあっているがゆえに特定の国に帰属することのない者として、生きているに違いない。とすればエンリケさんは、若き日に時として自身がそうなりたいと渇望していたその姿にようやくなることができた、というわけか〟

と、俺はいつの間にか、エンリケの人生についてあれこれ思いを巡らせはじめていた。

……この四十年間でエンリケさんは、いったいどんなことを経験してきたのだろう。親父はエンリケさんに対して人としてやってはいけないことをやってしまった。だがエンリケさんだって、うちの親父と同じように、誰かに対して人の道に外れた行為に及んだという経験はあるはずだ。それも一度や二度ではないのではないか。とんでもなく大きな過ちを犯したことだってあるのかもしれない。いやそれどころか、今ごろ数えきれないほどのことについて悔いの念を抱き、許しを乞いたいと願っているかもしれないではないか。

エンリケさんのイメージか。確かに、エンリケさんが生きているとわかった瞬間から俺の中のエンリケさんに対するイメージが変わったな。いや、そもそもイメージが変わるも変わらないもないか。なぜって、俺はエンリケさんのことはザラの話でしか知らないわけだし、ザラがエンリケさんのすべてを話してくれていたわけでもないだろうから。

とにかく、俺が今、エンリケさんのことを生身の人間として見るようになっていることだけは間違いない。誰かが生死不明となると、世間はその人に、ある種の純真無垢なイメージを与えると同時に過ちを犯さない神のような存在に祭り上げてしまいがちだが、ひとたび生きているとわかったとたんに、今度は、その人に与えた神的な部分を消し去りにかかる。俺だってもう、エンリケさんのことを、罪も犯さない人というふうには思っていやしない。そう、ある人が生死不明になると、その時点で周りの者たちはなによりもまず、これでもうあいつは過ちを犯すことのない人間、裏切りもしないし嘘をつくこともできない人間になったと感じるものだ。そしてしだいに、そうした人物像がみんなの意識の中に定着していく。というよりむしろ、植えつけられていく、と言うべきか。まあ、言ってみればそれは、ネガフィルムに当たった光がハロゲン化銀を化学変化させてそこに潜像が作りあげられるのと同じようなものかもしれない。

つまり、生死不明、あるいは行方不明になるというのは、聖人君子としての像を与えられるということでもあるのだ。

俺は、ザラと大晦日に話をしていらいずっとエンリケさんについて、実在の人という感覚を持つことができずにいた。俺にとってエンリケさんは、ただ単にザラの昔話に出てくる人、一九四〇年代のあの時代に生きた過去の人でしかなかった。なのにそれがどうだ。今の俺は、エンリケさんのことを間違いなく生身の人間として感じている。俺にとっては、エンリケさんはもはや聖人君子などではない。それに今はエンリケさんのことを、単なる犠牲者というか、傷つけられただけの人というふうにも思えなくなっている。親父がエンリケさんを傷つけたのははっきりしているが、じゃあ、そのエンリケさんは誰のことをも傷つけることなく生きてきたのだろうか？　そんなことはあるまい。エンリケさんだって普通の人、すなわち誰かを傷つけることのできる存在であったのだから。ずっと、親父との出来事があってから半世紀以上ずっと、エンリケさんはそうだったのだ。というか、もしかしたらエンリケさんにとっては、天から与えられたその半世紀の時間は親父に苦しみを与えつづけるためのものに他ならなかったのではないのか。そしてエンリケさんはその時間を楽しんでいたのではないのだろうか。いや、きっとそうだったに違いない。

エンリケさんは、コロンビアを出てからどんな人生を歩いてきたのだろう。最初に向かったのは、パナマ、あるいはベネズエラあたりか。そこで結婚。しかし、結婚生活は長続きせずに妻と離婚。子供たちとも別れてしまう。おそらく原因は、ちょっとしたことでの意見の食い違いだろう。些細な意見の食い違いがいつの間にか別れ話にまで発展するというのはよくある話だ。

エンリケさんは結婚するときに名前を変えたのだろうか？　あの当時は、名前を変えるなどさして難しいことではなかったはずだ。今とは違って、どの国もまだ、個人の本人確認についてはそれほど神経をとがらせてはいなかった。当然エンリケさんも、たとえば名前をエンリケからハビエルに変えるにしても、あるいは名前はエンリケのままで苗字だけを変えるにしても、七面倒な手続きをしなくてもすんだはずだ。向こうでのエンリケさんはいったいなんと名乗っていたのだろう？　エンリケ・ロペス、とか。おそらくは目立たない名前をと考えていただろうから、この名を選んだ可能性は高いのではないか。いや……、逆にこの手のものは敬遠したかもしれないぞ。あまりにも普通すぎるとかえって怪しまれるということはあるからな。じゃあ、エンリケ・ピエドライータは？　おお、これならなにかと都合がいいではないか。そうだ、エンリケさんは考えたはずだ。エンリケ・ピエドライータは人の名前としてはそう滅多にあるものではないが、著名人の名が得てしてそうであるような二つとないほどに珍しいものというわけでもなく、一風変わっているのは確かだが、人目を惹くほどに奇怪な名というわけでもない、と。

かくして、エンリケ・デレッサー、いやエンリケ・ピエドライータさんは、ドイツ人であることをきっぱり辞めたわけだ。エンリケさんにしてみたら、ドイツ人であるというのはまさに忌むべきことに他ならないのであろう。なにしろその血のせいでコロンビアではさんざんな目に遭ったわけなのだから。そして同時にエンリケさんは父親に、というより父親の記憶に別れを告げた。それまでのエンリケさんは、自分の父親の記憶を手繰ってはいつも、〝なぜ父さんはドイツのことをあんなふうに話していたんだ？　父さんだって、皇帝なんかもうとっくにドイツにはいないのだと、ドイツはベルサイユ条約を結んでいるのだとまさか知らなかったわけじゃなかっただろうに〟と心の中で繰り返していたはずだ。ついでにエンリケさんは、父親が犯した過ちをも忘れることにした。

そうしてようやくエンリケ・ピエドライータさんは、ドイツにいつまでも未練たらたらだった家族から自由になることができた。そのときエンリケさんは、ホッと息をついて思ったに違いない。〝これでもう、俺が国益を損なう人物と関わりを持っていると世間から疑われる根拠はなくなった。となれば、今や誰も俺のことをおかみに告げ口することはできないはずだ。もちろん、俺の家族に向かってナチスのシンパだとか西半球の安全を脅かす輩《やから》だと批判することも、言葉や国籍を理由に民主主義の敵だと攻撃することも、もう誰にもできやしないのだ。俺がドイツ人を辞めたとなれば、たとえば今俺が黒い服を着て墓地から出てきたとしても、それを見た人は、ああ、葬式に参列したのかと、そう思うだけだろう。俺に向かってファシストと罵《ののし》る人など誰もいないはずだ。もしも誰かに俺がドイツ語で喋っているのを聞かれたとしても、あるいは、俺が親父の生まれた国についてさも愛しげに喋っているのを聞かれたとしても、今の俺であればもう、家まで後をつけられることも、家の中の書類を引っ掻き回されることもされずに済む。ガラスと鏡を売る店を無理やり閉めさせられることもないはずだ。といってもそれはもちろん、俺がそうした店をやっていると仮定しての話だが。もしも誰かに、俺が酔っぱらった勢いでローズベルトの悪口を書きつけたその紙が手紙の束の中に交じっているのを見つけられたとしても……。もしも誰かに……、もしも誰かに……。いや、もう、何も起こるはずはないのだ、もはや何も起こりはしない。ブラックリストに入れられることもないし、フサガスガの強制収容所に入れられることもない。周りの者たちから、お前も国内の保守的な新聞を味方につけ、ナチス党のために動いている者たちの仲間なのかとか、ラウレアノ・ゴメス元大統領のようなフランキスト〔スペインの独裁者フランシスコ・フランコの支持者〕のやり口を支持するのかと罵倒されることもない。コロンビアにいたときには、ドイツ公館やドイツ人の集会ではどうしたって熱狂的なナチス支持者たちとも話をしなくてはならなかったし、そのたびに俺は、ドイツを懐かしむような言葉を吐き、さもドイツを愛しドイツ人としての誇りを持っているかのように振る舞ってみせたりもしたものだ。だがもうそんなこともしなくていいのだ。いや、もちろんそんなことはもうしないが、万が一俺が今そういう言動をしたとしても、だ。もはや周囲の誰からも俺がナチスのシンパだと勘繰られるようなことはない。俺は自由だ。俺はエンリケ・ピエドライータ。死ぬまで俺はエンリケ・ピエドライータ、そうだ、俺はようやく自由の身になったのだ〟と。

ところが、いつの時点でなのかはわからないが、エンリケさんは過ちを犯してしまった。正直になりたいという自分の心の圧力に負けて、あるいは犯罪学者が言うところの、聞かれてもいないのに答えてしまいたくなる欲求に負けて、ある日妻に向かって告白してしまう。〝俺の苗字はピエドライータではなく、本当はデレッサーなんだ。俺がコロンビア生まれというのは嘘じゃない。俺のスペイン語のアクセントや日々の習慣、物事のやり方を見れば誰だって、俺がコロンビアで育ったとわかるはずだ。生まれ育ったのは確かにコロンビアなのだが……、実は、俺にはドイツ人の血が流れている〟と。そしてこうも。〝君には、俺の両親は、一九四七年二月に起こったエル・タブラソの飛行機事故で亡くなったと言ったがそれも違う。お袋の名前はマルガリータ。お袋は、俺と親父を捨てて出ていった。親父の名前はコンラートだ。CではなくてKで始まるほうのコンラート。意気地のない男でね。一文無しになったら、もうそれきりだ。何とか立ち直ろうと努力するわけでもなく、お袋に捨てられた痛手を引きずったまま自殺してしまったよ。けっきょく、死ぬまで親父の意気地なしは治らなかったわけだ〟。

エンリケさんの奥さんは、俺の想像としては、無口で臆病な女性だったのではないか。エンリケさんと奥さんとがどこでどう知り合ったのかはわからないが、恋するすべての女性がそうであるように、奥さんもまたごく自然に、自分でも気づかないうちにエンリケさんのことが好きになり、結ばれたのに違いない。

だがもし本当にそうだったとしたら、その奥さんが、エンリケさんの告白ごときにショックを受けたりするものだろうか？　おそらく奥さんは、告白そのものについては何とも思ってはいなかったのではないのか。ただし、告白をきっかけにある恐ろしい可能性に気づいてしまった、ということはあるかもしれない。〝一度嘘をついた人間ならまた嘘をついてもおかしくはない。何年もの間隠しごとを続けることができた人なら、これからも何かを隠しつづけることだって十分にありうる〟と奥さんはある日ふと気がつき、やがて、〝あの人がなんと言ってももう、あの人のことを信用するのは無理。エンリケと意見が合わずに言い争いをするたびに、この人はまたきっと私に嘘をついているとか、この人が今言っていることは本心じゃないのかもと疑ってしまうに決まっている。そんなの辛すぎる〟

とまで思い詰めるようになってしまった。

確かに……、そうなってしまったとしたら、それはもう奥さんだってエンリケさんと一緒にやってはいけなかっただろう。我慢しろという方が無理だ。奥さんがある日家を出ると心を決めたとしても、別に不思議なことじゃない。かくして奥さんは家を出ていった。かつてエンリケさんの母親、奥さんにとってはお姑さんがそうしたように。そのときだ。不意に奥さんにはわかってしまったのだ。お姑さんも自分と同じだったということが。稲妻のように心の中に湧き上がる姑への連帯感。互いに夫から騙された女同士ということでのなにか宗教じみた連帯感が、奥さんの胸を満たしていたに違いない。またそれは同時に、奥さんが、会ったこともない姑に対して初めて尊敬の念を抱いた瞬間でもあったのだろう。

お袋さんか……。そういえばエンリケさんは、自分の母親とは連絡を取り合っていたのだろうか？いや、その可能性は低いだろう。というか、どう考えてもそんなことはあるはずがない。それでも、手紙ぐらいは何度か書いたかもしれないな。最初は、母さんが父さんを捨てたから父さんは自殺した、みたいな母親を責める内容の手紙。次いで、母親の方に自分と再び会うつもりがあるのかないのかをそれとなく探るような手紙を。

あるいは逆に、お袋さんの方がエンリケさんを探していたのかもしれないぞ。そうだ、それに違いない。お袋さんは、ラテンアメリカ中のドイツ領事館に頼んでエンリケさんの行方を追いかけ、ついに居場所を探り当てて手紙を書いた。ところがエンリケさんはお袋さんに反発して、返事を書くことはしなかった。いや、それともエンリケさん、封筒の表の文字で母親からの手紙だと気づき、開きもせずに破り捨ててしまったのかもしれない。エンリケさんはおそらく、お袋さんのことを、意識的に記憶から消そうとしていたに違いない。そうしているうちにだんだんと、お袋さんについての記憶自体がぼんやりしたものになっていってしまったのだろう。まるで、写真が時と共にその鮮明さを失っていくのと同じように。エンリケさんはもしかしたら、マルガリータさんが亡くなったことさえ知らなかったのかもしれない。というか、誰もエンリケさんの居場所がわからなかったわけなのだから、むしろそう考える方が自然だろう。

そんなある日、エンリケさんは改めて気づくのだ。コロンビアを出てからすでに長い年月が流れていることに。そしてふと思う。〝ということは、お袋だっていい加減いい年になっているわけか。いったい今ごろどこで誰と暮らしているのか〟と。そのときだ。エンリケさんの中に一つの疑念が湧き上がる。〝お袋が元気で暮らしているとなぜ言える？　お袋の年ならむしろ、病気を患っているか死に近づいているかのどちらかと考える方が普通だろう。もしかしたら、もうすでに亡くなっているかもしれないではないか……〟

ベネズエラかあるいはエクアドルか、いずれにしろ新たな地で新たな人生を歩んでいたエンリケ・ピエドライータ。もちろんその傍には、友人、仲間たちがいたであろう。だが同時に、敵もいたに違いない。敵というのは、こちらがどんなに気をつけていたとしてもできてしまうものであり、それはもはや自分の責任ではいかんともしがたいことだ。エンリケさんは、第二の人生では、とにかくひっそりと目立たないでいたいとできるだけの努力をしていたはずだ。それでも、悪口、裏切り、根拠のない憎しみの対象になるのを免れることはできなかった。そうした中でエンリケ・ピエドライータさんは久しぶりに母親のことに思いを巡らせながら、気づくとあることを考えはじめていた。いっそのことコロンビアに帰ってしまおうかと。

エンリケさんとて、自分がそうした考えを抱くようになるとは、それまで想像すらしていなかったはずだ。とうぜん、すぐに決心を固めることはできなかったであろう。数日間、数週間、あるいはまるまる数年間か。エンリケさんは悩み続け、ある日、ようやく一つの結論に達する。コロンビアに帰るというのも決して夢物語ではない、という結論に。

おそらく、コロンビアを離れてからのエンリケさんは自分でも気づかないうちに、決断をしていく人生、さまざまな可能性を追い求め何かを常に選択していく人生には嫌悪感を抱くようになっていたのではないか。〝俺は今のように、じっと座ったまま、何も語らない人生を歩いていく方がいい。俺はどこに行くべきなのかとか、このままここに残った方がいいのかとか、もし動くとするとどんな危険が待ちうけているのかとか、動けば運命が好転するのかとか、いちいち考える必要のない人生がいい〟と、エンリケさんはそう考えるようになっていたのに違いない。とするとエンリケさんは、コロンビアに帰るかどうかについてもさぞや迷ったことだろう。それに、帰るとなると友人たちとも別れなければならず、また、せっかくの評価を、新参者、あるいは外国からの移民と言われながらもようやく手に入れたそれなりの評価をも失うことになるわけだ。そりゃあ、エンリケさんだって当然、迷ったろう。

評価。たしかにそれはたいした評価ではなかったのかもしれない。だがそれでも、その評価を得るためにエンリケさんがどれだけの努力を積み重ねていたことか。滑稽と言えば滑稽な話だが、俺が思うにエンリケさんは、同じようによそ者、移民として生きた自分の父親のことを手本としながら頑張っていたのではないのだろうか。

エンリケさんは、帰ると決めてからももう一度、あらゆることを考え合わせて本当に帰りたいのかと、自問自答したはずだ。しかし今度は、答えはすぐに出た。〝やっぱりコロンビアに帰ろう〟と。〝むろん俺にも、友達はいるにはいるが、いったいその中の誰が俺を引き留めようとするだろうか。俺にはわかる。そこまで俺のことを気にしてくれる奴など一人もいやしない。いや、いるかもしれない。だがそうした者たちはみんな、何かしらの目論見《もくろみ》があって俺に関心を寄せているのに決まっている。たとえば、命取りになるような罠を俺に仕掛けるつもりでいるとか、俺が事業で儲けた金を騙し取ってやろうと企んでいるとか、あるいは俺の新しい女房を寝取る気かもしれない。つまりは、俺をこの地に縛りつけるものはもはや何もないということではないか〟。エンリケさんはそう考えたに違いない。

ただ……、エンリケさんにしてみたら、コロンビアに帰ると周りに言うことで自分が亡命者で無国籍者だとふたたび実感させられてしまうというのが、何よりも嫌だったのではないだろうか。エンリケさんはおそらく、国を出る理由についても行く先についても、周りには適当なことを言っていたはずだ。たとえば、アメリカとか。そうだ、間違いないよ。エンリケさんは、みんなにはアメリカに行くと言っていたんだ。くどくど言い訳しないで済むように。なにしろ当時は、アメリカに行くというのは、国を出る理由としてはいちばんわかりやすいものだったのだから。たぶん、エンリケさんのもっとも近しい者たちさえも行き先がアメリカと知ると、〝そうしてみんながアメリカに、アメリカにと行きたがるが、それも無理からぬ話だろう。それに噂では、アメリカというのは誰でも、たとえば君のような故郷を追われた者ですら受け入れてくれる国だそうじゃないか〟と、すんなり納得したのではないだろうか。もちろんみんな、一抹の寂しさは感じていただろう。知り合いが一人、いなくなってしまうわけなのだから。それでも、中にはエンリケさんのことを羨《うらや》む者たちもいたのではないのか。もともと国を出るなど考えたこともない人はともかくとしても、いろいろな事情で国を出るのを諦めていた人たちにとっては、エンリケさんは羨望の対象であったのかもしれない。

そうしてエンリケさんはボゴタに帰ってきた。ところが、帰り着いたとたんエンリケさんは気づいてしまった。そこがもはや自分の街ではなくなっているということに。エンリケさんはそのとき、ああ、俺は一度ボゴタを出たときにすでにボゴタを永遠に失ってしまっていたのだと、しみじみ感じていたに違いない。それにしても、その出た先というのは果たしてどこだったのだろう。エクアドルか、はたまたペルーだったのか。

またエンリケさんは、一方では、自分の心にうずまく憎悪、忘れることのできない辛い記憶、募る一方の恨みの気持ちが巨大な壁となって自分とボゴタの街とを隔てている、ということも実感させられていたのではないだろうか。

だが、そうだったとしてもそれはある意味、当然のことだったのではないのか。なにしろエンリケさんは、二十年もボゴタを離れていたわけなのだから。エンリケさんは考えたはずだ。〝もし俺がこのままボゴタで暮らしはじめれば、本当はあいつはずっとボゴタにいたのではないのか、と疑われかねない。そうならないためのいちばんの方法はボゴタに戻らないことだ。よく、嘘を嘘にしないための最良の方法は嘘をつきとおすことだというが、それと同じ理屈だ〟と。

たぶんエンリケさんも、もともとバランキージャに暮らしていたドイツ人たちの多くが、戦争が終わり、枢軸国出身者たちが海岸沿いの街に住むのを禁じる法律が廃止された後でバランキージャに再び戻った、というのは知っていたはずだ。とはいってももちろん、エンリケさん自身がそれを知ったのは、ボゴタに戻ってきてからのことだったのだろうが。しかしエンリケさんの頭にはおそらく、バランキージャに行くという選択肢は端《はな》からなかったはずだ。なぜそう推測するのか。それは一つには、バランキージャはナチス党の街だというのがエンリケさんの考えの中に染みついていたと想像できるのと、もう一つは、バランキージャがあのベトケ夫妻が強制移住させられるまで住んでいたまさにその場所だからだ。〝夫妻はおそらく今もバランキージャで暮らしているのだろう。そして夫妻はあの食事会のことを、微妙な内容の会話がガブリエル・サントーロのいる前で交わされていたあの食事会のことをいつも記憶に蘇らせているに違いない。〝だが、ベトケさんたちだって、まさか自分たちの会話の内容が、ガブリエル・サントーロによって、そうした情報に関心を持つ者たちにこっそり伝えられてしまうとは、想像もしていなかったであろうに〟とエンリケさんは思いを巡らせていたのではないだろうか。

また加えて、エンリケさんがバランキージャに行かなかった理由としては、エンリケさんが生粋のボゴタっ子だったということもあるのではないか。エンリケさんがずっと、寒さと雨とボゴタっ子特有の憂鬱な顔とに囲まれて暮らしてきていたことを考えれば、日陰でも四十度は下らないバランキージャの気候を心地よいと感じるはずがないことぐらいは俺にもわかる。

ふたたびボゴタを後にしたエンリケさん。だがしばらく経った頃から、生まれ故郷を永遠に失ったことのあまりの重みをひしひしと感じるようになっていた。

まさにそんなときだった。エンリケ・ピエドライータ、それとも苗字は元のデレッサーに戻っていたのかもしれないが、とにかくエンリケさんは恋に落ちた。エンリケさんの年は……、四十をいくつか過ぎたくらいだったか。それでも、ヨーロッパ系ラテンアメリカ人特有の、ポール・ヘンリードばりの彫りの深い顔立ちというのは変わりようがないはずだから、エンリケさんはさぞや女たちの人気の的だったに違いない。おそらくは、エンリケさんが恋に落ちたというよりむしろ、女の方がエンリケさんに熱を上げたのだろう。いや、きっとそうだ。たぶん相手は離婚経験者か、若くて旦那に死に別れた未亡人か。そのときエンリケさんは、ある地を追われた者にとって新たな地に馴染《なじ》むための最良の方法はその女と恋に落ちることだと、新たな地への帰属意識というのは、それがなぜかはわからないが事実としてその土地の女と性的関係を持つことによって生まれるものなのだと、身に染みて感じていたに違いない。そうしてエンリケさんは、誰にも内緒で、ほとんど世間から身を隠すようにして、たまたまそのときにいたその場所を自分の街と思い定めて暮らしはじめた。おそらく、そう決心するのに、エンリケさんには何の躊躇《ためら》いもなかったはずだ。

それから三十年。つまりエンリケさんはすでに三十年間、メデジンで新しい妻と暮らしつづけているというわけか。子供もとうぜんいるだろう。おそらくは女の子か。それもひとり娘。だがそれも仕方あるまい。奥さんだってとうぜん、ある年齢以上での妊娠は危険を伴うし無責任な行為だということぐらいはわかっていたのだろうから。

その三十年の間、おそらくエンリケさんはザラおばさんのこと、俺の親父のことを何度も何度も、思い出していたに違いない。電話をかけようとして受話器に手を伸ばしかけたことも、数えきれないほどあったのではないのか。しかしそのたびにエンリケさんはぐっとこらえ、かわりに、俺の親父に裏切られたこと、そのせいで自分の父親が自殺したことを忘れてはいけないと心の中で自らに言い聞かせ、また、自分が四十ペソを渡して頼みごとをしたその相手の男たちの、あのマチェーテの男たちの顔を思い浮かべていたのだろう。エンリケさんが男たちに何をどう頼んだのかはわからないが、結果として男たちはあの通りのことを親父に対してやったわけだ。いや……、もしかしてエンリケさんは、男たちが具体的に親父に何をやったのかまでは知らされていなかったのかもしれないな。あの襲撃について、エンリケさんはただ俺の親父を襲ってくれと頼んだだけで、具体的な指示は何もしていなかったのかもしれない。だとしたらエンリケさんが、ガブリエル・サントーロの指はすべて切り落とされたのかもしれないとか、拳のような手になってしまったのだろうかとか、親指一本しか残らなかったのではないのか、などというのはチラリとも思わなかったとしても不思議はない。

俺にはわかる。この三十年の間、エンリケさんは間違いなく、手紙を書きかけてはそのたびに破り捨てるというのを幾度となく繰り返してきたはずだ。じっさいに封筒の表に〝ボジャカ県ドゥイタマ市ホテル・ヌエバ・エウロパ気付　ザラ・グーターマン様〟と書きつけたことだって、何度もあったに違いない。エンリケさんがまっさらな便箋に書き綴《つづ》ったのは、いったいどんな言葉だったのだろう。恨みの言葉、仲直りを求める言葉、愚痴、罵りの言葉。だがけっきょくどの手紙も最後まで書き上げることはなかった。もちろん、たいていの場合はザラおばさん宛ての手紙だったろうが、何度かは、うちの親父宛てに書こうとしたこともあったのではないのか。友人でありながら自分を裏切った男、密告者ガブリエル・サントーロに宛てた手紙。エンリケさんが、こなれたとは言い難いながらも皮肉だけはたっぷり効かせた文章で親父に宛てた手紙を書きかけたであろうというのは、容易に想像がつく。内容は、大方このようなものだったのではないか。

〝君に聞きたいことがある。君は今でも、コンラート・デレッサーがコロンビアの民主主義を脅かすような存在であったと思っているのか？　確かにコンラート・デレッサーは自宅に狂信的ナチス党員を招いた。反論もせずに黙ってそいつの言うことを聞いていた。ドイツを懐かしむような言葉を吐き、安っぽい愛国心を披露した。コンラート・デレッサーはドイツ人、それも卑怯なドイツ人であった。だが、そうしたことだけで、いったいなぜコンラート・デレッサーがコロンビアの民主主義にとって危険だということになってしまうのかが、俺にはさっぱりわからない。君としては、世の中のためになると考えて親父のことを密告したのだろうが、それによって親父のことを大切に思っている者たちの生活までもが壊されることになるとは考えなかったのか？

ところで君はその貴重な情報を、アメリカ大使、あるいは大使館内の直接の担当者に提供する代わりに金をもらったのか？　それとも、金はもらわなかったのか？　もしもらわなかったのだとしたらそれは、情報提供することこそが市民としての勇気ある行動であり、政治的義務と市民としての責務とを果たすことにもつながると信じていたからだったのか？〟

だが親父への手紙は一度も、送られることがなかった。いや、どんな手紙もだ。エンリケさんはそうして、暇な時間ができると便箋に向かい、でもけっきょく最後まで書くことができずにゴミ箱に捨てるというのをいったいどれほど繰り返したのだろうか。何十回か、いや、何百回か。

そんな三十年が過ぎたある日、ガブリエル・サントーロがとつぜん、エンリケさんの目の前に現われた。そのとき、エンリケさんはいったいどうだったのだろう。俺としては……、エンリケさんは、エンリケさん自身も驚くほどに平静さを失わなかったのではないかという気がする。もちろん、親父を追い返すようなこともしなかったろう。それはエンリケさんとて、心の中では多少は動揺していたのかもしれない。しかし一方でエンリケさんは、時とともに恨みは消えていくものなのだと実感していたのではないのか。親父を見ても侮蔑の言葉を投げかけてやろうという気も起きない自分に驚き、復讐心というのも休耕田の所有権と一緒で一定の時が過ぎれば自然に消滅するものなのだと気づいたのではなかったのか。だが実は、エンリケさんが気づいたのはそのことだけではなかった。エンリケさんは心の中で秘《ひそ》かに思っていたはずだ。〝俺だってこんなことは認めたくない。それでも俺には今、はっきりわかってしまったのだ。俺がどれだけこいつに会いたいと思っていたのか、どれだけこいつと話をしたかったのかを。俺は、ガブリエル・サントーロの名を思い出すたびに本当は、ガブリエルのことを懐かしんでいたのだ。そんなのは理屈に合わないしほとんど異常なことだと言われればその通りだが、事実はそうなのだ〟と。

そんな具合に俺は、頭の中でエンリケさんの人生についてさまざまに想像を巡らしながら、ザラのマンションを目指して車を走らせていた。ところが、ふと気づくといつの間にか車は、マンションから離れる方向へと進んでいた。本当なら、五番街を通って闘牛場にぶち当たったところで左に曲がらなくてはならなかったのに、考えごとに気を取られていたせいでアッと思ったときには曲がるべきところを行き過ぎ、気づくと車は二十六番通りへと下る狭く暗い路地に入り込んでしまっていた。

だがそれでも俺は、その時点ではまだ、ザラのマンションに行くつもりでいたのだ。このままもう一度七番街まで行き、そこから北に向かって何ブロックか戻ってザラのところに行こうと、そう考えていた。ところがなぜか不意に、べつにもういいか、という思いが俺の頭をよぎった。いや、はっきり言ってしまうと、そのときにはもう俺の中から、どうしてもザラに会いたいという気持ちが失せていたのである。すでに車は二十六番通りに入っていた。〝このまままっすぐに行けばカラカス通りか。

あの通りは、親父が退院してきてからしばらくの間、中心街から親父のマンションに向かうときにいつも使っていた道だ。ザラも確か、親父の見舞いに来るのにカラカス通りを使っていたはずだ。今のこの夜の時間であれば、いくらカラカス通りでも、間違いなく空いているだろう。おそらく、あっという間に親父のマンションに着けるに違いない〟。そう考えついた俺は、ザラのマンションに行くのをやめた。

今考えても、あれはまさに運命の悪戯《いたずら》というやつだったのだろうと思う。俺は、通りを相当なスピードで、おまけに完全に信号を無視して走りぬけ、数分後には親父のマンションの前に車をつけていた。まあもっとも、ボゴタっ子にとっては、信号無視はいつものことと言えばいつものことなのだが。赤信号になると一応はアクセルから足を離し、ギアを二速に入れて車が来ないか目を凝らしはするが、衝突を恐れて車を停止させるところまではしない。それがボゴタっ子の常識だ。

その道を通ったのは、親父が死んでからは初めてのことだった。久しぶりの道を、それも夜の夜中に車で走りながら俺は、あまりに快適に運転できることにひどく驚いていた。昼間の時間帯ではあり得ないほどのスムーズさ。〝これからは、昼間にここを通るときには回復期にあった親父のもとに通った日々を思い出すだろうし、夜に通るときには、あの晩は亡くなった親父のマンションを訪ねていったのだったと今のこのドライブを記憶に蘇らせるに違いない〟。そんなことを考えながら運転していたある瞬間、同じじゃないかと、俺はふとそう思った。古い方の車と新たに手に入れた車。その頃の俺は、親父の死に思いを巡らせるたびに古い方の車のことを脳裏に蘇らせ、いっぽうで、新たに手に入れた車、すなわち、親父の事故の保険金で修理工場から買い入れた中古車に乗っている時にはいつも、俺自身の人生、食べて寝て働いてという日々の繰り返しの俺の人生は、ときには俺がそれをどんなに辛いと思ったところで止まることなく先に進みつづけていくというその現実を嫌でも思い起こさないわけにはいかなかったのである。

煉瓦造りの親父のマンションに着くと、まだ明かりの灯っている窓が一つだけあった。窓の向こうを誰かが通り過ぎ、ふたたび同じシルエットが戻ってきて明かりが消えた。いや、シルエットではなく影。俺が見たそれはもしかしたら影の方だったのかもしれない。

門番が顔を上げた。俺だとわかると、すぐにホッとしたような表情を浮かべて再び椅子に腰を下ろした。

しかし俺自身にしても、そんなふうにたった一人で、それも真夜中に親父のマンションに行くなどというのは、少し前まではまったく予想もしていなかったことであった。にもかかわらず、その予想もしていなかったことが現実のものとなっていた。それもこれも元はといえば俺が闘牛場のところを左に曲がる代わりにうっかりまっすぐ行ってしまうというちょっとしたミスを犯したせい、というのはその通りではあったのだが、実はそのとき俺は、そこになにか運命的なものを感じてもいたのである。

ともかくも俺は、たった一人の家族だった親父が最後に暮らしていた場所に、足を踏み入れようとしていた。そして俺はそのときすでに、頭の中ではっきり思っていたのである。〝アンヘリーナの電話番号を探そう。アンヘリーナの電話番号を見つけられるとしたら親父の部屋しかない〟と。

とはいってもそれは、天の啓示を受けて突然思いたった、というようなことではまったくない。むしろ、どうしてもアンヘリーナの電話番号を知りたくてたまらなくなってしまった、という方が正しい。食欲とか性欲というのは待ったなしで独りよがりなものだが、それと同じぐらいに俺はそのとき、せっつかれるような衝動に突き動かされていたのである。

ザラとどうしても話さなければという気持ちはもう、消えていた。

〝あれほどいろいろな情報を俺にくれたザラを疑うなんて俺もどうかしていた。そんな恩知らずな話はないよな。とにかく今はアンヘリーナだ。あの女の電話番号を探して電話をかけて、話をつけてやる〟。俺はそう心の中で呟《つぶや》いていた。

「ガブリエルさん、このたびはお父さんのこと、お気の毒でしたね」門番が言った。

あのときの門番、本当はどっちだったのだろうか？　すっかり忘れて俺に声をかけてきたのか、それとも、覚えていてわざとそうしたのだろうか。実を言うと、門番が、悔やみの言葉をかけてくれたのは、親父の葬式の翌日を含めてその日がすでに何度目かのことだったのである。

門番が俺に、親父宛ての郵便物を渡してくれた。〝いったいなぜ親父宛ての郵便物が来るのだろう？　親父が死んだのはひと月も前のことだ。しかも、親父の場合は普通の人に比べて、その死についてはある程度は広く知られているはずではないのか〟そう思ったときだ。はたと気づいた。俺には、人が亡くなったときにはその銀行口座や新聞雑誌の購読契約をどうすればいいのか、亡くなった人宛てに送られてくるお知らせ、親父の場合なら法律学校や銀行からの送付物を止めるにはどうすればいいのかについての知識が、まったくといっていいほどなかったのである。

〝一つひとつに返事を書くべきなのか？　それとも、決まった文章の手紙を一つだけ書いてそれをコピーして一斉に送ればいいのか？　たとえば、「父、ガブリエル・サントーロは他界いたしました。つきましては契約の解除をお願いいたしたく……」とか、「父、ガブリエル・サントーロは先日、亡くなりました。そのため会には出席することができません……」とか。だがそんな文章、とてもじゃないが俺には書けない。陳腐すぎて、書いているこっちまで哀しくなってしまう。とにかく、それは無理だ。でもじゃあ、いったいどうしたらいいのか？　人が亡くなって、その生前に営んでいた日常生活のあれこれに区切りをつけなければならないというときには、なにをどうすればいいのだろう〟

〝ザラ？　そうだ、ザラならわかるのではないか？　そういうときの手続きのことなら、少なくとも俺よりは知っているに違いない。ザラぐらいの年になれば、周りの誰かが亡くなって実際にいろいろ処理をしなくてはならなくなったことも一度や二度ではないだろう。とすれば、手続きの類については手慣れていると言ってもいいぐらいに詳しいはずだ〟。

俺はそんなことを考えながら、親父のマンションのドアを開けた。中に入った。と次の瞬間、俺は思わず自分に向かってこう呟かずにはいられなかったのだ。なんでお前は今ここでそんなに浮わついたことを考えているんだ、なぜもっと真剣になれないのだ、と。実は、親父のマンションの玄関を入った途端に俺の頭にまっさきに浮かんでいたのは、何を隠そう、俺自身の性癖のことだったのである。といってもそれは、そうした状況下であれば当然そうなるだろうと俺には十分に予測できたことではあったのだが。

俺は確かに、孤独が好きな人間だ。だがいっぽうで、他人の家に一人でいることが秘かな喜び、そういうときにこそたまらない快感を覚えてしまうのが俺という人間でもある。そしておそらくは、その手の場面で俺が得る快感には、誰にも言えないような性的倒錯に溺れる楽しみと相通じるものがあるのであろう。

俺は、他人の家の洗面所の棚を開け、香水は何を使っているのか、鎮痛剤や避妊薬は何を飲んでいるのかを覗き見するような輩の一人。ついつい他人のナイトテーブルの引き出しを開け、中を覗き込んで何が入っているのかを調べたりもしてしまう。だがそれでも、他人の秘密を探るようなことはしない。机の中にバイブレータや愛人からの手紙を見つけたとしても、古い財布、あるいはアイマスクを見つけたときと同じように、ただ単に、ああそうかと思うぐらいのものだ。

俺は、他人の生活に興味がある。思う存分に調べてみたいとも思う。それでもそれを実行に移すとなれば、分別のある行動をとるべきとか、相手の信頼を裏切るようなことはするな、礼儀に反する行為は慎むべきといったいくつかの大原則を犯すことになるかもしれないとは、いや、ほぼ間違いなくそうなるだろうとは、俺とてもわかっていることなのである。

親父の死から一か月。部屋には、長いあいだ閉め切ったままになっていた場所に特有の臭いが立ち込めていた。台所の流しには、アンヘリーナとマンションで落ち合った日に俺が見つけたコップがそのままの状態で置かれていた。俺はすぐにスポンジを濡らし、親父がオレンジジュースを飲んだあと洗いもせずに置いていったそのコップをごしごしこすりながら、底にこびりついたオレンジの果肉を必死でこそぎ落とした。と言いたいところだが、実は、その作業に取り掛かるにはまず、水道の元栓を開けるところから始めなければならなかったのである。〝いったい誰が閉めたのだろう？　俺には栓を閉めた覚えがないが〟と一瞬、その疑問が頭に浮かんだ。しかし答えについてはもはや考えるまでもなかった。アンヘリーナだ。水道の元栓はアンヘリーナが閉めていったのに違いなかった。

カーテンももちろん、相変わらず閉じられた状態になっていた。だが俺は、そのままにしておくことにした。なんとなく思ってしまったのだ、カーテンを開けた途端に埃の雲があたり一面に広がるのではないのか、と。

すべてが、最後に訪れたあの日の通りで何も変わってはいなかった。そしてその中でも、哀しいまでにあの日とまったく変わっていなかったのは、部屋の主《あるじ》が相変わらずそこにはいないというその事実であった。

しかし一方で、変わっていたこともあった。それは、部屋の主自身のことだ。亡くなっているというのに、部屋の主は、しだいに別の人物へと変化を遂げはじめていたのである。俺は親父の部屋の中に佇《たたず》みながら、〝おそらくもうこの変化が止まることはないだろう。どんなに止めたいと思ったところで、こうしてひとたび親父の秘密が、二十代のときに犯した裏切り行為のことが、親父がついてきた嘘、転がせば転がすほど大きくなる雪玉と同様に膨れ上がった親父の嘘の中身が世間に暴露されてしまったとなれば、もはや誰をもってしてもそれを止められるものではない〟と、そう思っていた。

部屋をぐるりと見回してみた。もしかして親父には若い頃などなかったのではないのか？　俺はそんな錯覚に陥りそうになった。実際その部屋には、俺の書いた本を除けば、親父の若い頃に関わりのあるもの、若い日々の痕跡のようなものはなに一つ見当たらなかったのである。

次いで俺は、自分の書いた本を手に取ってみた。確かにそれは、親父が若い日々を過ごしたあの時代を描いたものではあった。だが、当時の親父そのものについて直接触れているわけではないというのもまた事実で、俺は、〝その本をもってして堂々とお前の親父に若き日があったのは間違いないと言えるのかと問われたら、やはりそうだとは言えない〟と、秘かに思っていたのである。

ページをめくってみた。

〝しかしこれって……、本当にこの本は俺が書いたものなのだろうか？〟

俺の中に浮かんだ疑問。書き出しは、「ドゥイタマに到着したペーター・グーターマンが真っ先に手をつけたのは、ペンキの塗り替えと、二階の建て増し作業であった」となっていた。また、「外国人はもう、勝手に仕事を変えることはできなくなっています。入国のときに申請したのとは別の仕事に就くのであれば、事前に許可が必要なのです」「グーターマン一家のホテルでも、ブラックリストのおかげで多くの家族が一家離散の運命を辿り、生活を滅茶苦茶にされ、未来を奪われた」といったような文章もあった。

これらの文章はもはや、俺が書いたときのままではなくなってしまっていると、俺はそう感じていた。そこにあるのはすさまじいばかりの皮肉だ。皮肉が、その数行の文章にすら溢れかえっていることに俺は気づいていた。同時に俺は、文章の単語一つひとつも変化を遂げているとも感じていた。外国人、あるいは運命という単語にしても、俺にとっては、その意味するところが以前とは違ったものになってしまっていたのだ。

その本、俺がザラ・グーターマンについて書いた本が、俺にとっては、あの時代をもっとも身近に感じさせてくれるものであり、また、〝不運にも〟親父があの時代に行き合わせてしまったという事実を思い起こさせてくれるたった一つのものだというのはその通りである。

だが、実を言うと、そのとき、俺は、もう一つの真実にも気づいてしまったのだ。親父の部屋で一人、自分の本を手にしながら俺ははっきり思っていた。〝もしも悪徳判事が、それこそ不思議の国のアリスに出てくるチェシャ猫が自在に自分の存在を消すように、親父の存在を消そうと画策するとしたら、まず間違いなくこの本を証拠として利用するに違いない〟と。

俺は、そこに並べられている古書を手に取ってみた。背の色はどれも、ブルーか茶色のどちらか。次いで、比較的最近に出版された本たちに目をやった。そちらの方は、背の色はてんでばらばらだった。いずれにしても、いちおうはタイトルぐらい耳にしたことのあるものばかりで、折り返し、見返し部分にアッと驚かされるような本というのは特には見当たらなかった。

それにしても、親父というのがいかに几帳面な人間であったことか。〝雑然とした環境は思考の乱れの原因になる〟というのがいわば、親父の持論であった。

そのことを考えるならばこれも別に驚くには値しないのだろうが、あのとき、親父の本が置かれていたその棚の一角には、実に、親父が授業のたびに用意していたメモ、〝上手な話し方について〟を学生たちに講義するにあたって作成していたメモの二十年分のすべてがきちんと整理してしまわれていたのである。

俺は、棚に並べられたいくつものホルダーの中から三つを適当に抜き取り、親父がどこかに密告したときに書いた文書が隠されているかもしれないと、ほとんど夢想ともいえるようなことを思いながら中を調べてみた。だが何も見つかりはしなかった。

〝本当にこのマンションには、親父の青春時代となにがしかの関わりのあるような文書はただの一つもないのだろうか？　ブラックリスト関連の新聞記事もないのか？　本にしても、あの時代に関わるような書き込みがなされているものは一冊もないのだろうか？　エンリケ・デレッサーさんやエンリケさんの家族について書かれたもの、あるいはデレッサーさん一家が四〇年代にいっときボゴタで暮らしていたその事実に触れられたものもまったくないのだろうか？　つまりは、一人の男の歴史が完璧に消し去られてしまったということなのか？　しかし……、そんなことができてしまっていいものなのだろうか？　もし俺たちが暮らすこの世の中がこうして勝手に操作できてしまうようなものなのだとしたら、俺たち人間や俺たちの創造主デミウルゴス〔プラトンの『ティマイオス』に登場する世界の創造者。グノーシス主義では不完全な世界の創造王とされている〕が勝手にプログラミングしなおすことができてしまうようなものなのだとしたら、すぐにでもそうでない世の中に作り直されるべきではないのか？〟

そんなことを考えながら俺は、自分の書いた本をぱらぱらめくり付録のページを開いた。次いで、密告文書を一つ、俺の記憶の引き出しの中から選び出した。俺は、その本を書くにあたっていろいろ調べている過程で俺は、本物の密告の文書もいくつか手に入れていたのである。それらは、実際に特殊任務を帯びて潜入していた者たち、あるいは危険な扇動家らを摘発する際の証拠として用いられたもので、いずれも公開されるにはされているものの例外なく検閲つきの公開、つまり、いずれかの箇所が検閲によって黒塗りにされたうえでの公開となっていた。

俺は、記憶の中から選び出した一通の密告文書を、まさにお誂《あつら》え向きに俺の本の奥付と見返しとの間に真っ白なページが、なにも印刷のされていないページがあることに感謝しつつ、そこに、一文字一文字、書き写していった。といってもむろん、文中のところどころで黒塗りになっている箇所を、自分なりのストーリーに沿って埋めつつのことではあったのだが。

陸軍省参謀本部、陸軍情報部、大使館つき陸軍武官報告書

喫茶店エル・アウトマティコで、証人ガブリエル・サントーロと会い話を聞く。ガブリエル・サントーロは、ガラス工房デレッサーの経営者コンラート・デレッサーがコロンビアのナチ党党員らと

並々ならぬ信頼関係を結んでいる、と証言した。同党の本部はバランキージャにあり、党員はコロンビア全土に散らばり潜伏している。またサントーロは、デレッサーがコロンビア市民の前で反アメリカ的な立場を表明したことも一度や二度ではないとも明言した。これらの証言については、信用に値するものと判断する。

そこまでで俺はいったんペンを置き、ページをめくり……

《コロンビアのボゴタに駐在する軍事武官からの特別令第七号を受け、サントーロ証人への聞き取りを行なった。その結果を以下に記す》

と書き、さらに続けた。

在ボゴタのアメリカ大使館内で上記証人サントーロ（サントーロすなわちNIについては、ホテル・ヌエバ・エウロパに関する一連の書類を参照されたし）に尋問を行なった。証人サントーロは、コンラート・デレッサー氏が著名な扇動家らと並々ならぬ信頼関係を結んでいると述べた（とりわけハンス・ゲオルク・ベトケとの関係の親密ぶりが際立っているとのこと。ハンス・ゲオルク・ベトケすなわちKNについては以下の、一九四三年十一月に新たに更新された枢軸国出身者リストを参照されたし）。また同証人は、デレッサー氏が一度ならずコロンビア市民および従業員らの前で反アメリカ的な見解を示したことがあったと証言するとともに、デレッサー氏は従業員らに対して常にドイツ語で挨拶していたとも述べた。同証人の供述内容は、他の証言者のものとも一致するものである。よって、証人サントーロの述べたことは信用に値すると判断する。

俺は本を元の場所に戻した。〝それでも世の中は何も変わっていやしない〟ふとそう思った。俺が本の最後の白紙だった数ページに勝手に文章を書き加えたところで、世の中はなに一つ変わってはいなかったのだ。親父のことにしても謎だらけというのは相も変わらずで、親父の記憶をどんなに探っても俺にはわからないことばかりであった。亡くなっても、なおも正体の見えない親父というのが俺には不思議でならなかった。

もちろん、親父が謎のままというのは今でもそうなのだが、それでも、親父とはこういう人間では絶対にないというその例はいくつか挙げることができる。まず、親父が他人の痕跡を消し去る技術を持ち合わせていない人間かといったら、それは違う。世の中でもっとも厳格な人間と言われながらもその厳格さに難がある人間、というのも親父には当てはまらない。またある特定の出来事を自分の記憶から消し去ることについてと、同時にエンリケさんの存在の痕跡を、たとえて言うならスターリニストが辞書や写真集からトロツキーの存在を抹殺したように、この世から完全に消し去ることについてはさして強いこだわりを持っていない人間、というのも違う。つまりありていに言えば、親父とは歴史修正主義者であり、こと自分の歴史を修正することにかけては実に巧みにそれをやってのけた人間ということになろう。

だが、その親父も、誰でもがやってしまいがちな過ちを犯していたというわけだ。親父は俺に言ったことがあった。ベッドの中で性行為に及んだ後にはつい、打ち明け話をしてしまうのだ、と。

そういうときの親父とアンヘリーナは、いったいどんなふうだったのだろう？　俺は想像を巡らせてみた。

一糸まとわぬ姿で、台所でなにか飲み物を飲んでいる親父とアンヘリーナ。トイレに行ったのは使い終わった避妊具を捨てるためか。二人がソファーに腰を下ろす。まるで少年少女のように。どちらもはにかんだ表情を見せている。アンヘリーナが裸のままで親父の膝の上に乗っているその様は、まるで腹話術師に抱かれている人形のようだ。アンヘリーナの脚が床まで届かずぶらぶら揺れている。産毛を剃ったばかりとみえ、脚がすべすべしている。向こう脛《むこうずね》には毛穴のぶちぶちがはっきり見えている。いっぽう親父の方は、どんなときでもすべての恥じらいを捨て去っていいわけじゃないとでも言わんばかりに、ひとりでガウンを羽織っている。「ねえ、あなたのことを話してよ。あなたの人生ってどんなだったの？」とアンヘリーナが言う。「俺の人生のことなんか聞いても少しも面白くないさ」親父が答える。「それは、他の人にとってはそうでしょうけれど、でも私には興味があるの」「まあ、いいじゃないか。それはまた別の日にしよう。かならずいつか、すべてのことを話してやるから」親父は答え、心の中でこう続ける。「ああ、一緒に俺とメデジンへ行ってくれたら、そのときは話してやるよ。俺は自分一人ではできないような大仕事をメデジンでやるつもりだが、もしそれに君がつき合ってくれるのだとしたら、そのときは話すから」と。

俺は、探していた電話帳をようやく見つけた。それはナイトテーブルではなく、親父の仕事机の上に置かれていた。ところが、アンヘリーナの番号はとページをめくろうとした瞬間、手が止まってしまった。苗字、アンヘリーナの肝心の苗字の方をすぐには思い出すことができなかったのである。だがそれもそう驚くようなことでもなく、名前で呼び合うのがむしろ当たり前の知り合い同士となればままあることであろう。

というわけで、アンヘリーナの電話番号を見つけるまでに少々、時間がかかってしまったのだが、それでもなんとか俺は電話番号を、親父が左手で書いたせいで蚤《のみ》が群れを成して飛んでいるようにしか見えないその数字の羅列を手に入れることができた。時刻はすでに、夜の十二時を過ぎていた。俺は、親父のベッドの縁に、それも枕のすぐ近くのところを選んで、腰を下ろした。もちろんそのときには、もはや、ふらっと親父の家を訊ねてきた者としてではなく、ある明確な目的を持った訪問者としてそこに腰を下ろしたというのは、改めて言うまでもあるまい。

　ナイトテーブルに置かれたスタンドの台の部分が埃の幕で白く覆われていた。おそらくは、埃で覆われていたのはなにもそこだけのことではなく、家じゅうの空気に触れているところすべてがそうだったはずだ。だがとりわけその台の部分については、ランプの黄色い光にまともに照らされていたおかげで埃の積もっている様がとりわけよくわかり、俺はゾッとせずにはいられなかった。

　ナイトテーブルの引き出しを開けた。ＨＢの鉛筆と二百ペソ硬貨をかき分けると、一冊の本が現れた。安価な本。よくスーパーマーケットやドラッグストアで髭剃《ひげそ》りやガムの隣にペラペラな本が売られていたりするが、あの類のものだ。あの日、アンヘリーナと一緒に親父の部屋を訪ねた日にも当然、本はあったはずなのだが、おそらくは見過ごしてしまっていたのだろう。アンヘリーナからのプレゼントだと、すぐにわかった。ラミネート加工が施されたグリーンの表紙には、「恋人たちのための一冊」というシリーズ名、および、その下に『カーマ・スートラ』というタイトル名が書かれていた。

　本をぱらぱらめくり適当なところで手を止め、文字を目で追ってみた。

「女性がリードし、恋人のリンガムを自らのヨニで締めつけ扱《しご》き上げるというヴァダヴァカの、すなわち牝馬の技である」とあった。

　アンヘリーナ、あの雌馬はここで、このベッドで、親父のリンガムを扱き上げていたのか……。そう思ったとたんに、それまで頭の奥底であれこれ練って用意していたアンヘリーナに対する罵詈雑言の数々が、その勢いを失っていった。すると俺の中で、親父の名誉失墜を象徴する存在としてのアンヘリーナ像が消えていき、代わって登場したのは弱いくせに恥知らず、感情的で気取り屋のくせに露骨なことも平気でできてしまう女の像だった。俺は思っていた。〝まあ、六十過ぎの隠遁者、しかも現役時代には大学で古典を教えていたような男にイラスト入りの性行為指南書の、それも安い版の方をプレゼントしてしまうのがアンヘリーナという女なのだろうな〟と。

躊躇いがちに番号を押した。電話の向こうで呼び出し音が鳴っている。とっさに俺は受話器を置こうとした。だが、遅かった。二、三度、鳴っただけですぐに受話器を外す音が聞こえた。

「アンヘリーナ・フランコさんはいらっしゃいますか？」最初に口を開いたのは俺の方だった。

「私ですが」

眠そうな、少しいらだった声が答えた。

「どちら様ですか？」


「今いったい何時だと思っているの。あなた、気は確かなの？　こんな時間に電話をかけたら相手がどれだけ驚くだろうとは、考えないのかしら」

反論のしようもなかった。アンヘリーナは、明らかに棘《とげ》を含んだ、それでいて眠りから覚めかかったとき特有の重ったるい声を出していた。アンヘリーナが咳をする音、息を深く吸い込む音が聞こえた。

「起こしちゃいましたか？」

「当たり前じゃないの。だって、十二時過ぎよ。いったい何の用？　もし私に文句を言うつもりなら……」

「ええ、確かにそれもあります。ですが、今ここであなたを怒鳴りつけたりはしませんから。どうか落ち着いてください」

「それはどうも。でも、怒鳴りつけるとすればそれは、私があなたにょ。図々しいにも程があるわ」

「聞いてくださいよ、アンヘリーナさん。あなたと親父の間に何があったのかはわからない。でも、あなたが親父にしたようなことは、普通の人ならやらないですよ。僕はそう思う。お金のため？」

「ちょっと、ちょっと」とアンヘリーナが俺を止めた。「私を侮辱するのは許さないから」

だが俺はかまわず続けた。

「いったいテレビ局からいくらもらったのです？　僕だって、それであなたが黙っていてくれるとわかっていたら、テレビ局が払ったのと同じだけをお支払いしていましたよ」

「なにバカなこと言っているの？　あなたが同じだけのお金を払ってくれたとして、それで私の気持ちが収まるとでも思うの？　お金さえもらえればそれで私が満足するとでも言うのかしら？　そんなわけないじゃないの。これだけは言っておくけれど、私はね、お金をもらわなかったとしても同じことをしたわよ。世間の人たちは、本当のことを知るべきなの」

「でも、みんなは大して関心なんかないと思いますけれど。とにかくあなたがやったことは……」

「ねえ、私は寝なくちゃならないの。何時だと思っているのよ。朝が早いの。二度と電話をかけて来ないでね、ガブリエル。私には、今度のことについてあなたに、というか誰に対してもだけれど、説明する義理などないはずよ」

「ちょっと待ってくださいよ、アンヘリーナさん」

「なによ？」

「切らないでくださいよ。僕が今、どこに居るのかわかります？」

「あなたがどこに居るかなんて、べつにどうでもいいわ。ちょっと、まさかそれを言うために電話をかけてきたわけ？　もう切るから。それじゃあ」

「親父のマンション、今僕は親父のマンションにいるんだ」

「へぇ、で？」

「嘘じゃありませんよ」

「そんなの信じないわよ」

「本当ですって。あなたの電話番号がわかるかと思ってここに来てみたんですよ。あなたを罵倒してやるつもりで、ね」

「私の電話番号を？」

「ええ、親父の電話帳を見ればわかるだろうと思って。僕はあなたから教えてもらっていなかったから」

「なんとまあ、面白い話だこと。でもね、今はもう寝なくちゃ。ねえ、別の日に話さない？　それじゃ」

「今夜の放送、見ましたか？　テレビを見ていましたか？」

「見ていないわよ。見なかったの」

　アンヘリーナが、吐き捨てるように言った。

「今夜の放送は見ていないの。知らせてくれなかったのよ。放送される日が決まったら知らせてくれると言っていたのにね。テレビ局の人たちにまで嘘をつかれたってわけ。ねえ、もう切ってもいいかしら」

「少しだけ教えてくれないかなぁ」

「なんなの、ガブリエル。いいかげんにしてよ。切るわよ。私だってべつに電話を切りたいわけじゃないわ。そんなことをするなんて礼儀に反するもの。でもいいこと？　あなたよ、あなたが私にそうさせるの」

「あなたが親父に対してやったのは、とんでもなくひどいことです。親父は……」

「ちょっと、ちょっと。それを言うなら、あの人が私にやったのはとんでもなくひどいことだった、でしょ？　あの人、私には何も言わずに出ていってしまったのよ。ぼろ雑巾を捨てるように私を捨てたの。そういうのって、人に対してやることじゃないわよね」

「僕にも喋らせてくださいよ。アンヘリーナさん、親父はあなたのことを信頼していたのではないですか？　親父は、僕には何も教えてくれてはいなかったのですよ。親父は、僕にさえも言わなかったことを、あなたには打ち明けた。そのことで僕は、はっきり言って傷つきました。それはそうでしょ？　親父はすべてをあなたにだけ打ち明けたのですから。あなたがテレビで喋ったようなことは、僕は一つも親父から聞かされてはいない。だから僕は、あなたの話が本当かどうか知りたい。ただそれだけのことですよ。あれには、あなたの作り話も入っているのですか？　それともすべて本当のこと？　あなたは、親父があなたに話したそのままをテレビで喋ったのですか？　僕はどうしても、そのところを知らなければならない。それはあなたにもわかりますよね」

「あら、今度は私を嘘つき呼ばわりするわけ？」

「違いますよ。本当のところはどうかと、あなたに聞いているだけです」

「何の権利があって？」

「権利？　そんなものはないですよ。電話を切りたかったらどうぞ、切ってください」

「じゃあ、切るから」

「ええ、どうぞ。ご遠慮なく」俺は言った。

「でもねぇ、アンヘリーナさん。本当は全部嘘なのではないですか？　これはあくまで僕の想像ですけれど、親父があなたのことを傷つけたんじゃないかって、そう思っているんですよ。どういうふうになのかはわからないけれど、おそらく親父は、あなたのことを傷つけたんでしょう。親父はあなたを捨てた。あなたに飽きてしまったんだ。だからこそあなたはそうやってその復讐をしているんじゃないのですか？　女性というのは、自分が飽きられたとなると絶対に相手のことを許そうとはしませんからね。必ず、しっぺ返しを食らわせる。そう、今のあなたのように。おまけに相手が死んでいるとなれば、それを利用しない手はないですよね。死んだ人は言い訳もできませんから。あなたは親父を恨んでいる、ただそれだけのことではなかったのですか？　僕にはそう見えますけれど。とにかく、あなたがいちばん卑怯な方法で親父のことを裏切ったのは事実です。そしてなぜあなたがそんなことをしたのかと言えば、おそらく原因はすべて、親父があなたとの関係を続けるのはもはや無意味だと心を決めたことにあったのでしょう。でも、どうしようもないこの世の中では、誰かとの関係を切る権利ぐらいは誰でも持っているのではないですか。アンヘリーナさん、あなたがやったことは誹謗中傷ですよ。犯罪だ、普通なら刑務所行きです。とはいえ、あなたが親父について言っていることが根も葉もない単なる悪口だと断定できる人はこの世にはもう誰もいない、というのはその通りですけれどね。そのことを思うとどんな気分になりますか？　教えてくださいよ。どんな感じ？　強くなったみたい？　権力者になったような気分？　言うまでもないと思うけれど、あなたのやったこととはつまり、匿名の手記を送ったようなもの、嘘の名前を使って誰かを攻撃したようなものですよ。卑怯者はどこでもみんな同じだ。ほんと、驚くほどみんな同じ。人を悪しざまに言うのは、そりゃあたまらないでしょうよ。しかも、死人に口なしだもの。でも、それは犯罪行為ですから。あなたが話したことを嘘だと証明できる人はこの世には誰もいないけれど、それでも、あなたがしたことが犯罪だということには変わりがない。そう、あなたはチクリ屋だ。いちばん最低のチクリ屋。逃げ足の速い泥棒猫」

アンヘリーナは泣いていた。

「そんな一方的な言い方をしなくてもいいじゃない。私がなにも嘘を言っていないというのは、あなたがいちばんよく知っているはずよ」

「いやいや、知りませんよ。そんなこと、僕にわかるはずないじゃないですか。僕が知っているのはただ、親父が死んでしまったということと、あなたが親父についてあることないことをボゴタ中に広めたということだけです。だからこそさっきから言っているではありませんか。なぜあなたがこんなことをやったのかを知りたいって」

「それは、あの人が私のことをこれ以上ないほどひどいやり方で捨てたからよ。私のことを利用したから」

「ねぇ、お願いですから自分だけいい子ぶらないでくださいよ。親父は誰かを利用できるような人じゃない。そういうことはできない性質《たち》の人間です」

「でもそれは、あなたがそう思うってだけのことでしょ？　私はね、何度聞かれても同じことを言うわよ。あなた、誰かに捨てられたことなんてないでしょ。見ていればわかるもの。メデジンで起こったことについては、私はちゃんと理解しているつもりよ。あの人が私にどんな嘘をついていたのかということもね。あの人のあんな置き手紙を見れば誰だって、ホテルに戻ってくるつもりだろうと思うわよ。なのにあの人は、戻ってはこなかった。あの人は私に、待っていてくれと言ったのよ。私はその言葉を信じて、ずっと待っていたわ。でもけっきょく、それきりよ。ええ、私には何もかもわかっているわ。あの人、最初からそのつもりだったのよ。すべてが計画通りだったというわけ。あの人としては、私の手助けがどうしても欲しかったの。だから、私からの誘いがあったときに考えたのね。そうだ、こいつにとにかくメデジンまで一緒に行ってもらって、あっちに着いてしまえばそれでもう用済みだから捨てればいい、って。人のことを信用させておいて……」

「信用させたって、なにを？」

「私はあのときてっきり、旅行に来たものとばかり思っていたのよ。私たちは恋人で、一緒にクリスマスを過ごすためにメデジンに来ているってそう信じていたの」

「でも、旅行には行ったわけじゃないですか？」

「違う。あれは旅行なんかじゃない。あの人のちょっとした仕事を片づけに行っただけ。そして私が役目を果たしたら今度は、私のことが邪魔になったのよ」

「だけど、普通、二つは別々のことですから」

「何と何が？」

「一つは、助けを頼むこと。一つは、その助けを頼んだ相手を好きだということ」

「もう、ちょっと……。よくそんなことが言えたものよね。ほんと、男ってものは……」

「ご両親はどこに居るの？　ご家族はどこに？」

「やめてよ。そのことには触れないで。ちょっとは気を遣いなさいよ」

「もうどのくらい、お兄さんとは話をしていないのですか？　何年も話をしていない、って前に言っていましたよね？　お兄さんとまた話ができるような関係になりたいとは思わないのですか？　ご両親の思い出を一緒に語り合える人がいたらいいとは思わないの？　いや、それはとうぜん思いますよね。でもそれぐらい疎遠になってしまうと、二人でご両親の思い出話をするのはもう無理かもしれないですね。昔のような関係に戻るのも難しいかもしれませんよ。あなたとしてはそうしたいのだろうけれど、実際には難しいと思いますよ。それにそもそも誰かと親しい関係になるというのは、いつだって困難を伴うことですから。遠くにいる人のことをなんとなく怖いと感じてしまうのも、しごく当然のことです。でも、どうだろうか。もしも誰かがあなたに手を貸してくれたとしたら、たとえば僕があなたと一緒にカルタヘナまで行ったとしたら、もっと話は簡単に進むのではないのかな」

「カルタヘナではなくてサンタ・マルタ」

「ええ、そう、サンタ・マルタ。そのサンタ・マルタに、僕があなたと一緒に行ったとしましょう。あなたがお兄さんと会って話をしている間、僕があなたのことを、どこかでなにかを飲んで待っていたとするじゃないですか。そして、もしも二人の話し合いがうまく行ったとしたら、あなたは僕のところに来てその報告をするでしょ？　では、もし二人の話し合いがこじれたとしたら、どうします？　もしもあなたがお兄さんに罵倒されて、もうこれ以上顔を見たくないからとっとと帰れ、みたいなことを言われたとしたら？　僕はむろん、あなたのことを待っているわけだから、あなたも僕のところに戻ってきて二人で一緒にホテルに行くかもしれない。まあ、別にホテルじゃなくてもいいけれど。そしてベッドに入ってテレビを見る。もちろんそれは、あなたの気持ちがそれで落ち着くのならの話ですが。あるいは二人で、前後不覚になるまで飲むか、一晩中、性行為に励むか。ただね、ちょっと考えてみてくださいよ。もしかしたら、あなたがそれとはまったく別の行動をとる可能性もあるのではないでしょうか。お兄さんに会った後何らかの理由で僕のところには戻らないと心に決める、ということだってありうると思いますよ。でも、それはそれです。戻ってこなかったからといって僕は、あなたの悪口を広めるようなことはしません。僕の言いたいことがわかりますか？　それとももっとわかりやすく説明しましょうか？」

「私は別に兄になんか会いたくないわよ」

「ちょっと、あんまりバカなこと言わないでくださいよ。これが単なるたとえ話だということぐらいわかるでしょ。アナロジーですよ」

「アナロジー？　なんでもいいけれど、とにかく兄には会いたくないの」

「いいですか。お兄さんに会いたいとか会いたくないとか、そんな話をしているわけじゃない。いいかげんにしてくださいよ。今は親父の話でしょ」

「兄には会うつもりはないの。そんなことはまずないでしょうけれど、万が一兄の方が私に会いたいと言ってきたとしても、私は嫌」

俺は口をつぐんだ。

「まあ、いいや」

俺は言った。

「でも……、なぜわかるのですか？　お兄さんの方もあなたに会いたくはないはずだって」

「向こうがはっきりそうだと言っているわけではないのだけれど、私がそう感じるの」

「なぜ？」

「だって、兄は、父と母の葬儀にも来なかったのよ。それが何よりの証拠よ」

「泣かないで、アンヘリーナさん」

「泣いてなんかないわよ。人の人生に首を突っ込まないで。いい？　それにもし私が泣いていたとしても、それがあなたに何の関係があるというの？　もう放っておいて。電話、切るわよ。お願いよ……」

「いいことを、教えてあげましょうか？」

「じゃあこっちは、受話器を落としてあげましょうか？」

「僕、献血に行ったのですよ。あの爆発があったときに。ロス・トレス・エレファンテスの爆破事件の犠牲者のための献血に」

アンヘリーナが黙り込んだ。

ふたたび電話の向こうからアンヘリーナの声が聞こえた。

「血液型は？」

「Oの陽性」

再び沈黙。だがアンヘリーナは、今度はすぐに口を開いた。

「父と同じよ。本当に献血をしてくれたの？」

「ええ、友達と一緒に行きましたよ。医者の友達と」

俺は言った。

「親父の手術のときも、本当はそいつに頼みたかったんですよ。でも社会保険制度の決まりごとがあるからそうもいかなくて。とにかく、その友達に言われて献血する羽目になったというわけです。僕自身は、気が進まなかったのだけれど」

「どこで献血したの？」

「けがをした人たちはたいてい、サンタ・フェ病院かシャイオ病院に運ばれていました。爆破現場から近いのがその二つでしたから。それに、設備が整っている点でも断トツだったんじゃないのかな。僕が行ったのは、サンタ・フェ病院でした」

「サンタ・フェ病院のどこで献血したの？」

「二階。いや、三階だったかもしれない。とにかく階段を上って行ったことだけは間違いない」

「上がって行って、そこはどういうふうだった？」

「もしかして、僕が本当に献血したかどうか疑っているのですか？」

「いいから。どんなだった？」

「大きな待合室になっていて、コーヒー色のソファーがあった。ソファーの周りにはカウンターが並んでいたように記憶しているけれど。僕はまず看護婦と話をして、もう一度ソファーに座って順番が来るまで待って、それから奥に通されましたよ」

「奥に入ってからは左に行った？」

「右。右に行きました。カーテンで仕切られた小さな部屋が並んでいて、僕が入っていったときにも、大勢の人たちが献血していました。みんな、脚の高い椅子に腰かけさせられて」

「脚の高い椅子……」アンヘリーナが言った。「あなた、あのときに献血してくれていたのね。ガブリエルは、そんなこと一言も言ってはくれなかったわ」

「たぶん親父は知らなかったのだと思う。それにそもそも、親父と俺はそれほど頻繁に行き来していたわけでもないし」

「そうだったの……」

アンヘリーナが言った。

「いつだったか、ガブリエルが私の両親のことを聞いてきたことがあるの。だから話したわ、どういうことで亡くなったのかを。ところが、話しているうちにすごく気分が悪くなってしまって。そうしたらあの人、私に楽しい話を聞かせてくれたわ。その日はたくさん話をしてくれたのよ。奥さんが病気だったときのことまでも。でも、あなたが献血したことについては一言も言わなかった。私、なんて言えばいいのか……。感激しているのよ」

「感激されるほどのことではないですよ。この街じゃ、献血なんてみんなやっていることだし」

「それでも、あなたと父がつながっていたなんて……。私の言っている意味、わかるでしょ？　私、言葉が出ないくらいに感動しているの。本当よ。父があのときどういう状況で亡くなったのかは、今もわからないままなの。爆破そのものが原因で亡くなったのかどうかもわからないの。もしかしたら……、いえ、もしかしたらあなたが父に……」

「落ち着いて。嫌ならそのことは喋らなくていいから」

「母の血液型はAの陽性。だからおそらく、献血をしてもらうのは父の場合よりも難しかったでしょうね」

「ご両親とは仲がよかったの？」

「普通じゃないのかしら。私としては、両親とはうまくやっていたと思っている。でもすごく、というわけじゃない。だって、二人はメデジンに居て、私はこっちだったから」

「親子の関係って、自然に遠くなってしまうものですよね」

「そうなのね。ただそれでも父と母は、私を訪ねてきてくれたわ。あのとき初めて来てくれたのよ。そして麻薬密売組織の爆弾テロに巻き込まれてしまった。ほんと、これほどひどい運命ってないわよ。私、疫病神なのかもしれない」

「そんなことを言うものではないですよ。遅かれ早かれ誰だって死ぬ運命にあるわけだし。ごめん、こんな陳腐なことしか言えなくて。それでもアンヘリーナさんは、このボゴタに来てよかったと思っているのですか？」

「そんなことは……。どこにいても同じじゃない？　メデジンでも爆弾テロはあるわ。人がいるところならどこでも爆弾テロはつきものよ」

そう言うとアンヘリーナは、フフ、と笑い声をたてた。

「あら、嫌だ。どこにでもついて来るなんて、まるで、お月さまみたい」

「でも、もしもご両親がご健在だったとしたら、メデジンに帰った？」

「ねぇ、ここに来てもう何年経つと思って？　ボゴタの生活にもすっかり慣れたわよ。生活を変えるのはいいことではないわ。楽しいことでもない。あなたはどうだか知らないけれど、私は、引っ越しばかりしている人って信用できない気がするの。そう……、不信感といったらいいかしら。ええ、まさに不信感。それ以上にふさわしい言葉はないわ。それこそ私が言いたいことよ。だってそもそも、自分の生まれた場所から出ていくというのは普通のことではないでしょ？　それなのになぜ、一度では足りずに二度も、自分の居るところから出ていかなければならないわけ？　しかも中には、自分の国から出ていく人もいたりして。ほんと、私にはわからないわ。よその国に行けば言葉も違うわけじゃない？　それなのにわざわざ今いる場所から出ていこうとするなんて、普通の人のやることじゃないと思う。根無し草の人って、碌なことをしないものよ」

「ええ、うちの親父も同じことを言っていましたよ。アンヘリーナさん、もう一つだけ、聞いてもいいですか？」

「また質問？」

「どうやって親父と愛人関係になったの？」

沈黙が流れた。

「なんでそんなことを聞くの？　つまりあなたは、私がお父さんに相応しくない相手だって、そう言いたいのかしら」

「そんなことは思っていやしませんよ。当たり前じゃないですか。そうではなくて、僕はただ……」

「お父さんはあんなにインテリだし教養もあるのにって？　おまけに相手はマッサージ嬢だしって？」

「マッサージ嬢？」

「私の元恋人がね、私を傷つけるのにわざとその言葉を使っていたのよ。〝こんなどうしようもないマッサージ嬢とくっつくなんて俺はいったい何をやっているんだ〟ってね。でも、そう言われるのも仕方がないの。本当のプロというのは患者さんとどうこうはならないものだもの」

「ところで、僕の質問の答えは？」

「それは……、私にもわからないの。あなたのお父さんはごく普通の患者さんだったわ。私だって、患者さんなら誰とでもいい関係になるというわけではないのよ。それにそういうのって、自然のなりゆきでそうなるものでしょ？　ある日とつぜん、ガブリエルが一線を越えてきたの。私の言っている意味、わかるわよね？　私はだめだって言ったのよ。私の人生には誰も入り込ませたことはないからって。でもあの人には、何を言っても無駄だった。それにあの人は患者さんだったから、私の方も、あの人が言ってくることはどんなに嫌でもぜんぶ受け入れたわ」

「じゃあ、なぜ？　なぜ親父の担当を降りなかったの？　そんなに迷惑だったのなら、担当を別の人に代わってもらえばよかったではないですか」

「それは、治療の途中だったからよ。自分で言うのもなんなのだけれど、私って真面目なの。あなたもそう思っているでしょ？　仕事はきっちりやるの。それにこの仕事が好きだし。患者さんたちをもう一度動けるようにしてあげたいって、いつもそればかりを考えているわ。こんなにわかりやすい話もないわよね。とにかく、あの人は、私にとってはただの患者さんだったの。大勢の患者さんのうちの一人。私の訪問スケジュール表のたくさんの枠のうちの一つ。私は、どの患者さんのところに何日の何時に行くのかが一目でわかるように、スケジュール表を作っているのよ。あの人は、私の訪問先の患者さんの一人に過ぎなかったの。私の人生に入り込ませようなんて、これっぽっちも思っていやしなかった。本当よ。男にはさんざんな目に遭わされてきていたから。でもね、だからといって私、経験豊富な女というわけじゃないのよ。誤解しないでね。あなたは、私がガブリエルに扉を開けてなぜ他の人には開けなかったのかってことを知りたいのでしょ？」

「なにもここで、扉を開けるみたいなたとえを使わなくてもいいのではないですか？」

「私は自分が話したいように話すわよ。それが嫌なら黙るけど。私は、あなたたちみたいに上手には話せないから」

「わかりました。どうぞ続けて」

「お父さんを看ていたあの数か月間で、他にも十人以上の患者さんを看たわ。みんな男の人よ、それも五十代か六十代の男の人。いえ、七十代も二人か三人はいたわね。心臓の手術をした後というのは、誰でももう一度最初から体の動かし方を練習しなければならないのよ。それこそ生まれたばかりの赤ちゃんみたいに、一からよ。私の仕事は、患者さんたちの脇に立って、運動させてあげること。ところが患者さんにしてみれば、体を動かすのって大変なことなの。痛いし。だから少し、遊びも混ぜてあげるの。患者さんたちに、まだ自分は生きているぞって思い出させてあげるの。でも正直、ときには、あの人たちを看ていて本当に死んでいるんじゃないかと思ってしまいそうになることもあるのよ。みんな、いつもひどく落ち込んでいるわ。可哀そうに……。そういう姿を目にすると、こちらまでたまらなくなる。それでも私は、死の淵から生還してきた人たちに接するこの仕事は神様から与えられた天職だと思っている。本当よ。そういう人たちってね、体の方がもうどうしていいかわからなくなってしまっているのよ。体の方が勝手に、自分はすでに死んでいるものと、そう判断してしまっているの。だから、そうじゃないと体にわからせてあげなくてはならないの。だって……」

「ええ、ええ、そういうことは僕も知っていますから」

「そう、それはよかったこと。とにかく、私がこの仕事をしているのはそのためでもあるのよ。私は患者さんたちに、まだ死んでなんかいないわ、ちゃんと生きているじゃないのって、教えてあげたいの。そうよ、あなたも私が仕事しているところを見てみればいいわ。同じ患者さんでも、ひどく手を焼かせられる人っているのよ。とりわけ若い患者さんにそういうケースが多いわね。ときどきそういう人に当たってしまう。四十代かそこらでバイパス手術をした患者さんとかね。そういう人って、たいてい、その事実を受け入れられずにいるのよ。なぜ自分のような若さでこんなことになるのかって思ってしまうのね。だから、私が何度も説明してあげるの」

「何を？」

「そのくらいの年齢が本当は一番危ない、ということをよ。ねえ、あなたは知っていた？　四十代、たとえば四十五ぐらいの人って、まだ自分は若いと思っているじゃない？　当然、お酒は飲むし、たばこは吸うし、フライドポテトだって好きなだけ食べるでしょ。それでいて、運動はというと、まだ若いからそんなものは必要ないと思っている。ところが心臓の方には、そんな理屈は通らないの。その年までもう何十年もお酒を飲んでたばこを吸っているわけだから、心臓としては、すでに我慢の限界に達してしまっているのよ。そうして心臓の発作が起こるというわけ。でもね、私、若い患者さんを看るのは嫌いじゃないのよ。この仕事にも少しぐらいの変化は必要だもの。時にはお年寄りでない人を看たいと思うわよ。私と同じぐらいの年齢の人の体に触れてみたいって。だってそうでしょ？私だってまだまだ若い方の部類ですもの。あら、嫌だ。つい気を許してしまったわね。あなたにこんな話をするべきではなかった。あなたのお父さんにならともかく」

「べつにかまわないじゃないですか。でもあなたがそうおっしゃるということは、親父にはそういう話をしていた、ということですか？」

「当たり前じゃない。あの人、私が仕事の話をするといつも嬉しそうに聞いてくれていたわ」

「まあとにかく、あなたは今の仕事に満足していて、そのことを他人にも言いたいと思うわけでしょ？　それって、べつにおかしなことでも何でもないと思いますけれど」

「世の中にはね、それに携わっている本人ですら好きですと大声で言うのを躊躇ってしまうような仕事というものがあるのよ。ねえ、ガブリエル君。あなただってそれくらいのことはわかっているはずよ。ましてや、世の中の常識とは違うやり方でそれをしているとなればなおさら、人は自分の仕事を好きだとはなかなか言えないものではないのかしら。たとえば産婦人科のお医者さんだってそうじゃない？　この仕事が好きです、仕事が大好きですって叫びながらそこいら中を歩き回るわけにはいかないでしょ？　産婦人科のお医者さんがそんなことをすれば、周りから変な目で見られるもの。それともあなたは、そういう場面に居合わせても自分はおかしな想像などしないしこれまでもそうだったと言いきれるわけ？」

「いやいや、だってあなたのやっていることは、産婦人科医の仕事とは違うではないですか。まったく違いますよ」

「私は、人の体に触れるのが好きなの。人を近くに感じているのが好きなのよ。でもそれって、大声で言えることじゃないでしょ？　他の理学療法士さんたちはたいてい、患者さんからは遠く離れて座るわ。そこから、ああしろ、こうしろと指示を出すの。ところが私の場合は、患者さんの近くまで寄って、じかに触れてマッサージをしてあげるのよ。でももし、私がそうして患者さんに触れていることとか、私自身がそうするのが好きなこととかをみんなの前で言ったりしたら、きっとおかしな目で見られてしまうわ。患者さんたちだってそんなことを聞けば落ち着かない気分になってしまうでしょうし、お医者さんたちも私のことをお払い箱にしようとするかもしれない。ねえ、あなたも、今私が言ったことは誰にも喋らないわよね？」

「当たり前じゃないですか」

「私は人に触れるのが好き。そういう好き嫌いは、自分ではどうしようもないことでしょ？　それに、週末はいつも家で一人きりだから、そのぶん仕事をしているときにはどうしても患者さんに触れたくなってしまうの。家に一人でいるって、すごく孤独。あなたも一人暮らしですものね。つまり言いたいのは、私には誰かと触れ合うことがどうしても必要だ、ということ。あらまあ、サン・ペドロ病院の心臓外科のお医者さまに今の言葉を聞かれでもしたらたちまち通りに放り出されてしまうわね。間違いなくそうされる」

「その人はその人。僕とそのお医者さんとは違いますから」

「もちろんそうよ。でももしこれが面と向かってのことだったとしたら、いくら相手があなたでも、こんなことは話さなかったと思う。電話でよかった」

「そう……」

「私ね、ぎゅうぎゅう詰めのエレベーターに乗り込むのが好きなのよ。ああ、みんなと一緒にいるなぁ、という気分になって落ち着くの。満員だと互いに肌を触れ合わせなくちゃならないじゃない？　女友達の中には、それが嫌だという人もいるけれど私は逆。そういうのが好きなの。こんなこと、今まで誰にも喋ったことがなかったのにね。昔、つき合っていた人で、閉所恐怖症の人がいたのよ。その人なんかはもちろん、満員のエレベーターは大嫌いだったけれど。マッサージ、か。私にとってはもうマッサージは、してもらうものじゃなくてしてあげるものなのよ。私が相手をマッサージで優しく愛撫してあげるの。みんな誰でも、私にマッサージをしてもらうのが好きなの。私にはわかる。でもきっとみんなは、そのこと自体を後ろめたく感じているのでしょうね。それでも、好きは好きなのよ。とくに男の人たちは。だって、私にもまだ魅力はあるもの」

「いつ気づいたの？」

「何に？　私にまだ魅力があるってことに？」

「じゃなくて、マッサージがあなたの天職だということにですよ」

「そうね……。あなた、いやらしいことを想像しているんじゃない？　子供のときにお人形さんでマッサージごっこをしていたんじゃないかとか。そんなことはなかったわよ。人形相手でもやらなかったくらいですもの。友達同士でやったことなんかもちろんないわ。念のために言っておくけれど。あら、笑わなくたっていいじゃないの。本当のことを言っただけなのに」

「ええ、ええ、わかりましたよ」

「もしも私に、同じぐらいの年の兄弟か姉妹がいたとしたら、私だって、一人ぼっちとは思わなかったのかもしれない。私はずっと、一人っ子みたいだったから。兄とは六つも年が違っていたの。いえ、もちろん、今だって年の差は変わらないわけだけれど。私には、兄と一緒に何かをしたという記憶がないの。そんな兄が初めて妹の私に目を向けてきたのは、私が十一歳のとき。一度ね、胸が痛くなったことがあったの。おっぱいが大きくなり始める頃って、みんなそうなるものなのよ。うちの両親は共働きで家にはいなかったから、兄に、胸が痛いって言ったの。そうしたら兄は、私のことをバスルームに連れていって洗面台の上に座らせたの。もともと力の強い人だったから、私を抱いてひょいと洗面台まで持ち上げたわ。それもたったの一度で。それから私に手を伸ばしてきたの。ここは痛い？ここは？　ここは痛くない？　そう言いながら触るの。肋骨を触るのよ。ねえ、こんなことあなたに話すの、迷惑じゃない？　兄ったら、しまいには乳首にまで触るのだもの、すごく痛かったわ。それでも私、素直に答えていたのよ。そこは痛いとか、そっちは痛くないとか、ちょっと痛いとか。

そんなことがあってしばらくして、兄は兵役につくために家を出たわ。だからそれ以上のことは起こらなかった。私はそのとき十一歳だった。

でもね、兄が兵役についてから初めて家に戻ってきたときに、それまでまったく兄に対して感じたことのなかったようなものを感じてしまったの。反感、とでも言ったらいいのかしら。ちょっとした反感。あれってもしかしたら、兄の頭のせいだったのかもしれない。兄の頭、坊主刈りになっていたから。それとも、いかにも軍隊ふうの下品な喋り方をしていたことが原因だったのかも。あれは好きじゃなかったわね。ねぇ、わかるでしょ？　おまけにその喋り方で、軍隊で新しくできた友人たちの話をするのだけれど、それがまたどれもクソ面白くもないのよ、じゃなくて、つまらないの。兄は、みんな四、五年前に朝鮮戦争から戻ってきた奴らですごく面白い話をするんだぞ、と言って、その人たちのことばかり話していたわ。でも、くだらなくて。兄一人よ、面白がっていたのなんて。兄は面白くもない話をインコみたいに、何度も何度も繰り返して。私はもううんざりって思っていたわよ。兄のことも、なんてくだらない人なのだろうって。兄が家にいるあいだは私、シャワーを浴びるときにはいつも鍵をしっかり締めて、脱衣籠を扉に立てかけておいたわ。といってもうちの場合、浴室の鍵は掛け金をかけるタイプのものだったから、もしも兄が力任せにドアを押したりしていたら簡単に開いてしまったはずよ。でもけっきょく兄は、扉を破ってまで私の裸を見ようとは思わなかったみたい。

その後で兄が家に戻ってきたのは、自分の家庭を持つことにしたと私たちに伝えにきたとき。恋人を妊娠させてしまってね、兄はその人と暮らすことにしたの。もうびっくりよ。だってそれまで家族は誰も、兄に恋人がいたことすら知らなかったのだもの。その恋人、サンタ・マルタの人で、旅行代理店だか観光案内所だかで働いていたらしいわ。兄は言ったわ。〝その子に就職口を世話してもらえそうなんだ。仕事に慣れて少しお金が貯まったらみんなを招待するよ。一緒に海に行こう〟って。私たちにそう約束したの。でも、それっきり。今でも覚えているわ。母は言ったのよ。〝お兄ちゃんは私たちを捨てたんだね〟と。母はちゃんと計算していたから。もうそろそろ赤ちゃんが生まれているはずなのにって、そう思いながら兄の連絡を待っていたのね。それなのに、兄からはなにも言ってはこなかった。〝お兄ちゃんは行ってしまった。家族を捨てた〟。母はそう言っていた。ところが、私は逆にホッとしていたのよ。ねぇ、それって悲しいでしょ？　でもそうだったの」

「別にそんなふうに思うことはないんじゃないですか？　あなたのお兄さん、とんだ奴だったみたいだし」

「ええ、とんだ奴よ。でも一応は、血を分けた兄だから。兄がそんなことになって、私も家を出ることになって、両親にそう伝えたときの二人の顔といったら……。もちろん私が家を出たのは、兄の件からずいぶん経ってからのことだったけれど。私ももうその頃には働きはじめていたのよ。それでも父と母にしてみればやっぱりショックだったのだろうと思う。その年になっても私のことは、二人にとっては、まだ小さな女の子だったのよ。父も母も、必死で働いて私を大学にやってくれたわ。おかげで私は卒業証書を手にすることができた。それなのにこうしてボゴタに出てきてしまって……。父も母も、いったい何のために苦労してきたのかって思ったでしょうね。どうしようもない親不孝者よ、私は。それでも、理学療法士としては、私、本当に優秀だったのよ。魔法の手を持っているって言われていたぐらいだもの。だから、ボゴタに来たいと思ったって仕方ないじゃないの」

「先生のお気に入りの学生だったとか？」

「違う。学生時代はいつも、人の陰に隠れてばかりいたわ。目立たないように目立たないようにってね。才能があると言われるようになったのは、仕事を始めてからよ。最初に勤めたのはレオン十三世病院。もしもボゴタに来ていなかったとしたら、今でもあそこに勤めていたと思う。レオン十三世病院の理学療法士の人なのよ、私のこの手には奇跡を起こす力があると最初に気づいてくれたのは。あるとき、その人の指示で高齢の患者さんを受け持ったことがあってね。お年は八十歳。おまけに三回もバイパス手術を経験していらして。ところが私が治療を始めたら、たった十日間で有酸素運動ができるまでに回復したの。それからしばらくしてその理学療法士さんがボゴタに転勤することになって、そうしたら、一緒に来てくれと言われてけっきょく、その人にほとんど引きずられるようにしてここまで来てしまったわ。そのときからなのよ。私たち、つき合うようになったの」

「理学療法士さんの名前は？」

「ロンバナ。旅が好きで一つ所にじっとしているのが苦手な人。アメリカで勉強したと言っていたわ。なんでもうまくこなせて、そんなロンバナのことを嫌いと言う人なんて一人もいなかった。友達は、千人はいたかも。でも私はそうじゃなかった。このひどい街で、私が知っていたのはあの人だけだった。そして私は、そういう立場に置かれたとしたらほとんどの人がそうなるはずという、まさにその典型的なコースを辿《たど》ってしまったの。そう、私はロンバナに恋をしたの。でもまさかロンバナが結婚していたなんて……。本当に、知らなかったのよ。結婚しているとわかったのは、つき合いはじめてから三年も経ってのことだった。あの人、メデジン時代にはもう結婚していたのよ。それに、あの人がボゴタに来たのは、引き抜かれたからというわけではなかったの。自分からそう頼んだの。なぜだかわかる？　あの人の奥さんがボゴタの人だったからよ。ねえ、それを聞かされた私は、いったいどうしたと思う？　とうぜんロンバナのことなんか追い払って一人になったのだろうと、誰だって想像するわよね。でも違うの。私、相変わらずあの人にすがりついていたのよ。ほんと、バカみたい。それにあの人の方だって私のマンションに入りびたりで、特別なときには、二人でラ・カレラのホテルで過ごしたりもしていたの。まあ、あの人が私をあそこに連れていってくれたのはご機嫌取りのつもりだったのでしょうけれど。あの頃の私ときたら、ときどきかんしゃくを起こしては、もうあなたとは終わりよ、って喚いたりしていたから。ラ・カレラのホテルで過ごすのは飴玉のご褒美みたいなものだったのよ。ええ、そう。私はその程度の人間なの。ほんと、バカだわよね。私ね、ラ・カレラのホテルに泊まるのが大好きだったの。雲一つないような日、空気が澄んでいてスモッグもそうひどくない日には、ネバド・デル・ルイス火山が見えるのよ。あの山を眺めるのが本当に好きでね、そんな私を見てあの人ったら、そう簡単に登れるような山じゃないがいつか連れていってやるよって、そう言ったわ。もちろん、そんな言葉は信じてやしなかったわよ。私だってそれほど初心《うぶ》ではないもの」

「そう……」

「そんなこんなで十年。十年というと、すごく長いと思うでしょうけれど、私にとってはあっという間だった。本当よ。だって、普通に結婚しているカップルはたがいに消耗し合っていくものだけれど、私たちの場合はそうではなかったから。あら、結婚したことのない私が、普通に結婚しているカップルは、なんて知ったような口を利いてはいけないわね。それでもあの人は、ロンバナはおそらく、私とよりももっと奥さんの方と喧嘩をしていたと思うわよ。断言してもいいわ。というか、当然そのはずでしょ？　だって、奥さんとは歴史を作っていたわけなのだから。歴史を作る、か。でもそれって、本当は避けるべきことなんじゃないかしら。たとえ相手が友達であっても恋人であってもね。人と人って、親しくなるとたんに相手を恨んだり憎んだりするようになってしまうものよ。気を許す相手だからこそ、言わなくてもいいことを言ってしまったり、しなくてもいいことを相手にしてしまったりもする。そういうことのすべてが、二人の間の歴史になっていくの。

ねぇ、心臓外科医と患者さんとの関係ってどういうものだか知っている？　心臓外科医ってね、患者が来ると、まずその人のカルテを取り出してすべてを調べるのよ。たばこはやめたのかとか。もしもやめているとしても四十までは吸っていたのかとか。お父さんの心臓に雑音が聞こえたことはなかったのか、誰か大伯父さんで心筋梗塞になった人はいないのかとか。もちろん、お医者さん自身だって何も好き好んで患者に根掘り葉掘り聞いているわけではないというのは、その通りなのだけれど。

いつだったか、ロンバナが言ったことがあったの。俺と女房との関係は心臓外科医と患者との関係みたいなものだよって。こうも言ったわ。〝あいつと寝るたびに、結婚してから積み重ねられてきた恨みつらみとも一緒に寝ているような気分になるんだ。だからもう最近じゃあ、やるときには後ろからしかやらないよ。そうすれば、かみさんの顔を見なくて済むからね〟と。そういうことを、あの人ったらぜんぶ私に話すのよ。これでもかというぐらいにこと細かに。

私は、ロンバナとの関係をそういうものにしてしまいたくなかったの。ええ、だからこそ、十年もの間、淡々と大変な問題を引き起こすこともなくあの人といられたのだと思う。私は、あとになって互いに恨み骨髄みたいになるのは嫌だって、ずっと思っていたから。あなたならわかるわよね、私の言いたいことが。それから私は、普通のやり方が好きなの。後ろから、じゃなくて。私はね、お嬢さんなの」

「その恋人って殺されたのですよね？　どうやって殺されたのですか？」

ふたたびアンヘリーナが黙り込んだ。

「ねぇ、ガブリエルが私の人生についてあなたに話さなかったことなんてあるのかしら？　あなたのお父さんって、ほんと、なんでも喋っちゃう人だったのね。でも申し訳ないけれど、それについては話したくないの」

「だけれど、アンヘリーナさん。あなたがお兄さんに悪戯されたことだって話してくれたじゃないですか。それにどういう体位が好みなのかも」

「それとこれとは違うわ」

「中心街でですか」

俺はしつこく聞いた。

「それともディスコでとか？」

「そんなこと、あなたにどういう関係があるの？」

「別に関係なんかないですよ。ただの好奇心からです」

「あなた、おかしいわよ」

「ええ、そうかもしれません。ただの好奇心からと言ったのは訂正します。病的な好奇心からと言うべきでした。ロンバナさんは、変な商売に手を出していたのですか？　麻薬組織に関わっていたとか」

「そんなこと、あるわけないじゃないの。喧嘩よ。互いにピストルを抜いて、向こうがあの人を撃ったの。それ以上のことではないわ。どこにでもある話よ」

「あなたはそのとき一緒にいたの？」

「いいえ、一緒ではなかった。自分のマンションでぬくぬくしていたわ。私はあの人と一緒にはいなかった。その後、両親が爆破に巻き込まれたときだってそう。私は父たちとは一緒にはいなかったのよ。ねぇ、これで満足した？　あのクソッタレの爆破事件のときに私も一緒にやられてしまえばよかったのにね。あの人が撃たれたその銃弾で、私も一緒に殺されてしまえばよかったのにね。でも私は、あの人の傍にはいなかった。それに、あの人が死んだことを知らせにきてくれる人もいなかったの。もっともそれには、そもそもあの人の知り合いで私たち二人のことを知っている人がほとんどいなかったということもあるのだけれど。もちろん中には知っていた人もいるにはいたわよ。それでもやはり、ああいう場合には奥さんのことを一番に考えるものでしょ？　それに誰だって、奥さんには言えやしないわよ。あなたのご主人が殺されましたよ、おまけにご主人には十年越しの愛人がいますよ、なんて言えっこない。いいえ、正確には十年ではなくて十三年越し、だけれど。

　とにかく、誰も何も教えてくれなくて、私は一人で調べて回ってやっと知ったの。あの人からは、自宅には電話をかけるなと言われていたものだから、直接あの人の家の前まで行ってみたのよ。あの人に会って、私たちの関係を終わりにしたいの？　なんで急に私の前から消えてしまったの？　と聞くつもりだったの。でもけっきょく一日中待っていてもあの人は姿を見せてくれなくて、それから街なかでいろいろ聞いてみて、そうしたらあの人が殺されたってわかったの。ええ、そう、誰もなにも言ってはくれなかったわ。世間なんてみんな、同じ穴のムジナよ。誰もかれもが偽善者。というわけで、はい、私はあの人と一緒にはいませんでした。さあ、これでいいかしら？　ねえ、話題を変えない？」

「そんなにいきり立たないでくださいよ。こういう話をするのはあなたにとってもいいことだと思いますけれど。心の治療にもなるんじゃない？」

「おやおや、あなたまでそんなことを言うの？　あなたのお父さんもそれとそっくり同じことを私に言ったのよ。あなたたち親子って、なぜそんなに偉そうなのかしら。もしかして家系？　ねえ、あなたたちがお互いに隠しごとなしに何でも話し合っていて、それで二人とも心の平安が保たれていたというのなら、それはもちろん喜ばしいことこの上ないけれど、でもね、一つだけ聞いていいかしら？もしそうだったとしても、なぜ私まで同じようにしなくちゃならないの？」

「誰もそんなふうに思っていやしませんよ。落ち着いてくださいよ」

「自分たちにとっていい方法が他人である私にとってもいい方法だって、なぜ断言できるの？」

「落ち着いて。誰もそんなこと言っていないじゃありませんか」

沈黙。

「独りよがりはやめなさいよ、ガブリエル」

「それはどういう意味ですか？」

「人はみんなそれぞれなの、同じじゃないのよ」

「ええ、僕たちみんな、一人ひとりが違う人間ですよ」

再び沈黙。

「それにね、人を治す仕事をしているのは私の方なのよ」

「ええ、そうでした」

「いいこと、私に向かってバカな口を利かないで」

「もう言いませんから」

　沈黙。

「とにかく、ここで二人の意見が一致したのはよかったわ。ちょっと待って。ちょっと、あ、待って、待ってね……。あ、ＯＫ。さあ、続きをどうぞ」

「どうかしました？」

「今、マリファナを巻いたのよ」

「こんな時間に？」

「ええ、そう、こんな時間に。父たちのあの事件があってからは、眠れないときにはいつもこれ。ほかの方法ではだめなの」

「どこで巻いたの？　ベッドの中？　受話器を手で持ったまま？　やっぱりあなたが言った通りだ、あなたは魔法の手を持っているというわけですね」

「魔法の手って……。受話器を首と肩で挟めば両手が空くじゃないの。それほど難しいことじゃないわ。あなた、眠りは深い方？」

「自分ではそうだと思っていますけれど。ただ、今のところは、目が覚めるのは早いですよ。朝の五時には目が覚めて、二度寝はしません。目が覚めたとたんに脳がパッと目覚めてくれる。そのあとはもう、一日中眠くなることもありません。この、二度寝ができないというのは、夜中にトイレに起きたときでもそうなんですよ。普通は、トイレに行ってもまたすぐに眠れるものでしょ？　ところが今の僕はだめなんです。トイレで用を足しているとつい、親父のことを考えてしまう。そうなると、あとはもうどうやっても眠ることができない。きっと、しばらくはこういう状態が続くのでしょうね。それでもいつかはまた、何ごともなかったかのように暮らす日々が戻ってくるはずです。だってこの世の中、元の通りにならないものなんてありませんから」

「ええ、そう。だから心配することはないわ。どんなことでもいつかは元に戻るわ。ねえ、今マリファナの煙をフー、ってしてあげるわね」

「ああ、こっちまで匂いが来る。僕もマリファナ、やりたいですよ……」

沈黙。

「あなた今、お父さんのマンションにいるのよね？　お父さんのベッドに腰掛けているの？　なんだか変よ。ほんと、あなたには、どこか変わっているところがある」

「ねえ、アンへリーナさん、今何を着ているの？」

「ちょっと、ガブリエルったら。変わっているにも程があるわよ」

「ちゃんとベッドの中にもぐっていますか？」

「いいえ、ベッドカバーの上に真っ裸で寝そべっているわよ。で、赤いスポットライトに照らされているの。なんてわけ、ないでしょ。もちろん、ベッドに入っているわよ。このクソ寒い街では、そうする以外にないじゃないの。ええ、いつものように毛布の中よ。あなたは？　あなたももう、ベッドに入ったの？」

「僕も今、ズボンを脱いでいるところですよ。はい、ベッドの中に潜り込みました。ほんと、寒いですよ。たぶん今晩は、このままここにいることになるのだろうな。今まで一度も、このベッドで寝たことはなかったけれど」

「怖くないの？」

「何が？」

「何がって……、決まっているじゃないの。死に神に足を引っ張られるかもしれないってことがよ」

「アンへリーナさん、学のある人がなにバカなことを言っているんですか」

「学があるとかないとか、関係ないわよ。私、本当に足を引っ張られたことがあるのよ。大学時代の女友達が三年前に亡くなったの。腎不全で。ある日急に具合が悪くなって、その三日後よ、亡くなったのは。もう、手の施しようもなかったそうよ。可哀そうにね。みんなにお別れを言うこともできなかったの。その子が亡くなった日、私はこの自分の部屋でぐっすり眠っていたの。そうしたらとつぜん、誰かに足を引っ張られて、それで目が覚めたの。嘘じゃないわ。私の知っている人で亡くなった人たちはみんな、そうやってお別れを言いに来てくれたわ」

「そうなんですか。僕の場合は、お別れを言いに来てくれた人なんて一人もいませんよ。僕の足を引っ張りに来た人だって誰もいないし」

「でもそこって、死んだ人が使っていたベッドなわけでしょ？　私だったら、やっぱり少しはゾッとしてしまうでしょうね。私はだめ。あなたは強いわね。ねぇ、ベッドの上掛けシーツと敷布はどんなのなの？」

「白い、チェック柄のやつ」

「それ、私がプレゼントしたのよ。だってあの人、もう十年も新しいのを買っていないって言うものだから」

「なんか、そういうのっていかにも親父らしいな」

「亡くなる前にあの人が最後に使っていた上掛けシーツと敷布じゃないの」

「へぇ。あなたは幽霊とかを信じているわけですか。僕が今晩ここに泊まったとしても、親父は出てきやしませんよ。僕のことを驚かせにわざわざ出てくるなんてことはあり得ませんよ。親父だって、そんなことをするほど暇ではないでしょうし」

「一つだけ言ってもいい？」

「ええ、どうぞ」

「あなたは大丈夫よ、ガブリエル。あのときの私よりずっとしっかりしているもの。きっとすぐに立ち直るわ」

「さあ、どうかな。僕という人間は、いつだって大丈夫そうなふりをしてしまうのですよ。自分を守るための手段として。そのことにかけては、僕はベテランですから。周りのみんなも、僕がそういう人間だってことはわかっていると思いますよ。感情を顔に出さないのも自衛のため。皮肉屋なのもね」

「そうは言っても、何があっても平気そうな顔をするって、簡単なことじゃないわよね？」

「ええ。だから空いている時間にポーカーをやって訓練しています」

「また、冗談ばかり言って。でもまじめな話、あなたのことが羨ましいわ。私も、ほんのちょっとでもポーカーフェースができるといいのだけれど。ねぇ、ポーカーフェースって、訓練すればできるようになるものなの？　あなたは、どこでそのやり方を教えてもらったの？　本当のことを言うわね。私、一人でいるのがとても辛かったの。あの爆破事件があってから、一人で寝るのが嫌でたまらなかった。そんなときにあなたのお父さんが現われたのよ。私は思ったわ、この人は救世主じゃないのかしらって。だからあの人に必死にしがみついていたの。だけど、たぶん、すべては私の勘違い。だってけっきょくはあの人も、私のことを捨てたのですもの。そうよ。私にひどいことをしても平気でいられるということでは、あの人もみんなと一緒だったのよ。そうとわかったときには、辛かったわ。嘘なんかじゃない。もちろん、私が悪いのよ。私が勝手に幻想を抱いたりしていたから。私がバカ正直にあの人を信じたりしていたから。でもね、本当に辛かったの」

「ええ、ええ、そうでしょうとも。でなければ、あんなふうに、親父を背中から刺すような真似はできませんよね。しかもテレビでですものね」

「何とでも言えばいいわよ。私はぜんぜん平気だから。だって良心に恥じるようなことは何一つしていないもの。今私にわかっているのは、ただ一つ。ガブリエルにはもう一つの別の顔があったということ。あの人には、世間に見せていたのとは違う顔があったのよ」

「でもそれは、みんなに言えることじゃないのかなぁ」

「まあ、とにかく、私がテレビで話をしたのは、あの人のことではなくて、もう一人のあの人のこと」

「詭弁家」

「それ、どういう意味？」

「あなたみたいな人のことですよ。厚顔無恥な詭弁家」

「それって、侮辱の言葉よね？　また私のことを侮辱するの？」

「まあ、そんなようなところだ。でも、あなたと喧嘩する気はない」

沈黙。

「私もよ。もう電気を消したわ。なんだかいい気分。ベッドにこうしてもぐっていると、すべてがどうってことないのかもしれないという気がしてくる。本当は私が思っているよりも世の中はもっと平和でなんの問題もないんじゃないのかって、そんなふうに思えてくるわ。今だって、体の方は、本当は寒いと感じているはずなのに、ちっとも寒くないし。というより、寒いには寒いけれど気にならないのよ。私も、私だって喧嘩なんかしたくない。一日のうちで初めて、いい気分になっているのですもの。でもやっぱり、寒い……」

「何かもっと着たらどうです？　あなたのパジャマって、どんななのだろう」

「ネグリジェよ。とても長いの。膝まであるの。綿で、色は明るいブルー。袖には紺色の刺繍があって、すごくきれいよ」

「いやいや、それだけでは寒いですよ。靴下ぐらいはいたらどうです？」

「靴下ははいている」

「ところで、マリファナは吸い終わりました？」

「ええ、ちょっと前に」

「眠いのはどう？」

「眠いかって？　いいえ、眠くはない。ただ少し疲れたわ。あなたは？」

「僕はしっかり目が覚めている。なんといったって、親父がやってくるのを待っていなくてはなりませんからね」

沈黙。

「やめてよ、ガブリエル。そんなこと言わないでよ。ほら、鳥肌がたっちゃったじゃないの」

「腕にも首にもよ」

沈黙。

「あの人のことが大好きだったの」

「アンヘリーナさん、僕だって親父のことが好きだったんですよ」

「みんな、あの人のことが好きだった。あの人のことが嫌いな人なんていないわ」

「ええ」

「ドイツ人のお友達も、きっと、あの人のことが好きだったのよ」

「僕もそう思う」

「それなのになぜあの人は、そのドイツ人のお友達にあんなことをしたのだろう？　そして、なぜ自分のしたことを誰にも、あなたにすら言わないでいたの？　なぜあのときあの人は私に、戻ってくるからって言ったの？　私に飽き飽きしていてもう私とは会いたくないと思っていたくせにね……。なぜあの人は、私たちに嘘ばかり言っていたの？」

「誰だって嘘はつくんじゃないのかな、アンヘリーナさん」

俺は言った。

「ただ問題は、ばれるかどうか。嘘を誰かに見抜かれるなんて、最悪ですから。そんなことは、絶対にあってはいけないことですよ。嘘をつくのであれば一部の隙もない完璧な嘘を目指さなければ」

「完璧な嘘を目指す、か。あの人の場合はどうだったのだろう？　でもやっぱり私は、なにも知りたくはなかった。ずっと、なにも知らないままでいたかったの。それまでと同じように。あなたは？」

「よくわからない」

俺の声がそう言っていた。

「いつも僕の中で自問していますよ」


それから何日か経って俺は、ザラの家を訪ねた。事前に連絡もしないでの、突然の訪問だった。ほとんどさらうようにして俺はザラを連れ出し、五番街を十四番通りまで歩き、そこから、ガイタンが暗殺された場所まで下っていった。ガイタンの暗殺事件が起こったのは午後の一時。一九四八年四月九日の午後一時。その時間と場所は今や俺にとって、人生の一部とも言えるほどに大切なものとなっている。といってももちろん、俺の人生が始まったのはガイタン暗殺よりも十年以上も後のことではあるのだが。

実は俺の親父は、ガイタンが自身の殺害される十二時間前に人生最後となる演説を行なっていたまさにそのとき、演説を直接自分の耳で聞いていたのである。ガイタンの演説は、コルテス中尉を擁護する立場からの弁論であった。その中尉とは、嫉妬から殺人を犯した人物。言うなればコルテス中尉とは、もう一人のオセロ、ラテンアメリカ版の、しかも軍服を着たオセロだったのだ。いつだったか、親父は言っていたことがあった。「弁論を終えたガイタンが肩車をされて法廷から出てきたんだ。それまで私はずっと外で待っていて、その瞬間にすかさず近づいていこうとした。ガイタンに向かって、素晴らしかったですと一言、言いたかったからね。声を震わせずに言ってみせるつもりだった。ところが、周りにいた取りまき連中に抑えられてしまったよ。そのあとでガイタンが殺されて、私はそれからまるまる一年間、暗殺現場に足を向けることができずにいた。でもそれからは、そうしょっちゅうというほどではないがなにかにつけて暗殺現場を訪れるようになって、今でも行けば必ず足を止めては数秒、黙禱をささげているよ」と。

七番街の歩道の、ちょうど市電のレールと交わるところでガイタンは、殺害された。暗殺現場には今でも、当時のレールの一部がそのまま残されている。だが、レールはそこだけで完結していて、もはやどこにもつながってはいない。というのも、市電自体がすでに何年も前に廃止され、それにともないレールも暗殺現場に残されている部分を除いてすべてが歩道の下に埋められてしまったからだ。市電については、窓ガラスがブルーだったという話を親父からはよく聞かされていた。

俺は、アグスティン・ニエト〔コロンビアの教育者、作家、思想家、弁護士（一八八九—一九七五）〕・ビルの前に立ち、黒い大理石のプレートに彫りつけられた文に目をやった。ガイタン暗殺を伝えるその文は、なぜか必要以上に長たらしいといつも思わずにはいられないのだが、そのときも同じことを心の中で思いながら俺は、碑に書かれた一文字一文字を目で追っていた。

ザラの方に顔を向けてみた。おそらくザラは、俺に見られているとは想像もしていなかったのだろう。歩道の隅にしゃがみこみ、二本の指でレールを触っていた。もしかして瀕死の犬の脈を診るときってあんな具合なのかもしれないと、そんなことが俺の頭をよぎっていた。このままザラのことが見えていないふりをしていよう、俺はそう決めた。ザラの一人きりのその儀式の邪魔をしたくないと思ったからだ。ザラは明らかに、人の通行の障害になっていた。中には、ザラを口汚く罵る者や、押しのけようとする者もいた。それでもザラは、数分ぐらいはそこにじっとしていたであろうか。頃合いを見計らい、俺はザラに声をかけた。

「ねえ、グラナダ薬局ってどこにあったの？　正確な場所を教えてよ。コンラートさん、そこで、自殺する前に九十錠以上もの睡眠薬を買ったんだよね」

そのグラナダ薬局とは、コンラート・デレッサーさんの自殺した一年半後、ガイタンの暗殺事件が起こったときに、誰かが無理やりその犯人を押し込んだところでもある。あのとき、怒り狂った群衆によるリンチから犯人を守ろうとしたのであろう。だがけっきょく、その同じ群衆によって犯人は引きずり出され、撲殺された。そして衣服をはぎ取られ、遺体は大統領宮殿まで引っ張っていかれた。当時の事件の様子を写した写真が残されている。引っ張られていく犯人の遺体と、遺体のうしろに点々と打ち捨てられている犯人の衣服。俺はそれを見るたびに必ずと言っていいほど、蛇の脱皮のシーンを思い出してしまう。写真はピントが微妙にずれていて、犯人フアン・ロア・シエラの遺体も、単なる白っぽい塊《かたまり》、それもほとんどエクトプラズムのようなぼんやりした塊にしか見えない。ただし、エクトプラズムと違うのは、塊の真ん中あたりに黒っぽい染みのようなものがついていること。その染みのようなものとはもちろん、犯人の性器である。

俺とザラとは、ホセフィーナがあの日コンラートさんのことをじっと待っていたその場所に、大通りを、エクトプラズムのごとき暗殺犯の遺体と暗殺犯をリンチにかけた群衆とが一九四八年四月九日に通っていった大通りを正面に見るようにして立っていた。

「知らなかったのよ……。私は、エンリケが生きていたなんて知らなかったの」

ザラは言った。

「もしもあなたのお父さんが亡くなるようなことになっていなかったとしたら、アンヘリーナに何を言われたところで、エンリケが生きているとはいまだに信じてはいなかったでしょうね。〝そんなのはあの小娘の嘘に決まっている。テレビ番組に自分を売り込むなんておよそとんでもないことよ。きっと自分でもそうだとわかっているのよ。だからこそ、あんな小賢しい嘘をついてまで自分を正当化しようとしているの〟って、それくらいのことは思っていたはずよ。もちろん今だって本当は、エンリケが生きているとは信じたくはないわよ。こういう場面でみんながよくやるように、いっそのこと自分の方が正しいに決まっていると自分で自分を納得させてしまいたい。ほんと、あの人の言っていることは嘘だと心から信じてしまうことができたらどんなにいいか。あれはすべてアンヘリーナの作り話だったと信じてしまいたいわよ。でもできない、私にはできないの。だってそうでしょ？　あなたのお父さんは亡くなったのよ。それに言ってしまうけれど、お父さんはエンリケに会いに行ったから、エンリケを訪ねていったからこそ亡くなってしまったというのも、一つの事実でしょ？　ねえ、もしかしたら、あなたも私と同じことを考えていたのではないの？〝もしもエンリケさんが本当は亡くなっていたなどということになったりしたら、父さんの死自体が無意味なものになってしまう〟と」

ザラの言う通りだった。だが俺はあえて、そうだよとは言わなかった。なぜなら、ザラにはいつも俺の心がお見通しだとわかっていたからだ。俺にとっては、ザラの前では言う必要のないことは言わないというのがいつものことで、そしてそれは、俺が最初の本を書くために、インタビューも含めてザラといろいろ話すようになってからいつの間にか身に着いた習慣なのだ。俺はいつも思っている。ザラはすべてをわかってくれている。それだからこそザラなのだ、と。

ザラは言葉を続けた。

「もちろん、ガブリエルの死を巡っての哲学的な思考ならいくらでもできるわよ。たとえば、なぜガブリエルの死には何か意味があるということになるのか？　それはおそらく、誰の死にも何らかの意味があると世間では信じられているからだろう、みたいな。私たちは、ガブリエルの死については極端なニヒリストになることもできるし、逆に、楽観主義者になるという、ある意味とても高尚な選択をすることもできる。でもね、そもそもそんなことに頭を使う必要などないのよ。なぜって、肝心のエンリケはもう死んじゃっているのですもの。ええ、そう。死んだ人なの。少なくとも私たちにとってはね。だって、エンリケは私に電話をかけてきたことすらないのよ。ガブリエルの葬儀にも来なかったの。私たちにしてももう、エンリケは死んだものと思うしかないじゃないの。それにね、本当のことを言うと、エンリケが生きていようが死んでいようが、エンリケがメデジンにいようが天国にいようが、私には、どっちだっていいの。なぜって、エンリケの方が自分を死んだことにしておきたかったという事実は変わらないわけですもの。エンリケは、自分の意志で五十年近くも頑《かたく》なに連絡を絶っていたのよ。私だって、今ごろになってエンリケの気持ちに反することはしたくないわよ。招かれてもいないのにエンリケの人生に踏み込むようなことはしたくないの。ましてや、あなたのお父さんがもうこの世にいないのだもの。なおさらそんな真似はできないわ」

薬局から、いや正確にはかつて薬局があった場所から、俺とザラは、ボリーバル広場を目指して歩きはじめた。だが、ただ単に広場まで歩いていく、というのではなく、あのときにコンラートさんが辿った道順の通りに歩いていってみるというのが俺たちの目論見であった。といっても、それはなにも、変態趣味的な感覚や過去を懐かしむ気持ちからというわけではなく、しいて理由を言うならばそれは、俺たち二人はともに口にこそ出さなかったが、〝この現実世界の、形あるものからなるこの世界の、こうして人と人とがほとんど肌を触れ合わんばかりにして行き交い、あるいはぶつかり合っているこの世界の、壁にひっかけられた小便の臭いや人々の汗まみれのシャツから発せられる臭い。物乞いが汗だくの服に漏らした小便の臭いがそこかしこに漂っているこの現実世界の持つ力には何をもってしても、たとえどんなによくできた物語をもってしてもその代わりとはなり得ないほどのものがある〟と信じていたから、ということになろう。

民事裁判所の前に差し掛かった。その建築は昔、弁護士事務所の合同ビルとして使われていたもので、親父も一時期、つまりそれは、才能と運のよさ半々のおかげで親父が弁護士から教授への転身を果たすまでの間ということだが、建物内の事務所のいくつかで働いていたことがあった。

それにしても今さらながらに思うのは、教授職というのがいかに親父にとってうってつけの職業であったのかということである。

建物の中に入っていった。廊下には、いつものように大勢の物売りがたむろしていた。キャンディーやビニール製の人形を売る者、中には、中古の帽子を売り歩く者すらいた。ザラは、小さな方の孫に何でもいいからお土産をと物色し、歯の抜けた年配の物売りからマッチ箱大のおもちゃのトラックを買った。色はグリーン。ドアが開けたり閉めたりできるようになっていて、後部にはスプリングの利いたサスペンションがついていた。そのサスペンションについては年配の物売りもよほど自慢だったらしく、土産物を物色していた俺たちに向かって、わざわざタイル張りの廊下でトラックを走らせてみせてもくれたのである。

ふたたび俺とザラは歩きはじめた。

大聖堂の階段に腰を下ろした。ザラは、バッグから買ったばかりのおもちゃのトラックを取り出し、サスペンションの具合を試すように手で転がしながら言った。

「あのときは私も、このボゴタの街の様子を目にして、世界はもう終わるんじゃないかと本気で思ったものよ。私がまだ若かった頃の話だけれど。このボリーバル広場の鳩が次々に死んでいったの。みんな、昼間に広場の真ん中を突っ切らなければならないときにはいつも、飛んでいる鳩がいつ心臓発作を起こして頭の上に落ちてくるんじゃないかとひやひやしながら歩いていたものよ。後になってわかったのだけれど、広場で女の人たちが売っていたトウモロコシの粒、子供やお年寄りが鳩にあげるためのエサ用に紙袋に入れて売っているあれね、あの一トン入り袋の中に毒が入れられていたの。なぜそんなことになったのかはけっきょく誰にもわからずじまいよ。それに犯人も見つかっていないし。というか、そもそも犯人が誰なのかもわからなかったから、警察だって犯人を追いかけることすらできなかったのよ」

「ボゴタという街は……」

ザラは言葉を続けた。

「いつだってまともだったことはないけれど、とりわけあの時代のボゴタは本当におかしくなっていた。毒入りのエサを食べて鳩が死ぬなんて、この世の終わり以外の何ものでもないわよ。それだけじゃないわ。あるときなど、闘牛を見ていた人たちが、牛のふがいなさと、おそらくは闘牛士のやる気のなさにも腹を立てたのでしょうね、こんな試合はうんざりだと言いながら闘牛場に乱入して、自分たちの手で牛を始末してしまったの。まだある。殺人事件が起こって、それに抗議しようと集まった人たちが互いに殺し合うというようなことまであったの。それから、四月九日の事件も。父ったら、その事件の三日あとに、私たち家族を連れてボゴタまで来たのよ。たぶん父は、思っていたはずよ。〝娘にはぜひとも事件の跡を見せておかなければなるまい。粉々になったガラスに自分の手で触れ、火が放たれて焼け焦げた建物の中に入り、もしできるのであれば、家々の屋根まで上って狙撃兵たちが群衆に向けて発砲したその現場に身を置き、狙撃兵らが負傷したときについた血の跡を見ておくことは、娘のためになるはずだ。娘には、私たちが出た後のドイツでどんなことが起こっていたのかを、もしもう一歩ドイツを逃げ出すのが遅れていたとしたら私たち家族がどんな光景を目の当たりにすることになったのかを、このボゴタの街の惨状を見ることで、せめて想像するぐらいはしてほしい〟と。でもね、その父だって実を言えば、ドイツが本当のところどんなことになっていたのかは、戦争が終わってから初めて知ったわけなのだけれど。

あのときの父は父なりの教育理念に従ってああしたことをやったのだと思う。そのこと自体は別に否定はしない。ただ何年も経ってからなのだけれど、わたし、やっとわかったのよ。父が事件の後で私をボゴタに連れてこようと思った本当の理由が。あのときの父にはおそらく、自分を正当化したいという強い思いがあったのね。つまり父としては、ドイツを捨てた自分の決断が間違いではなかったと改めて確認したかったのよ。新しく自分の国となったコロンビアで起きた激しい暴動の痕跡を自分の目で見てみることで父は、〝自分たち家族がもともとの国であるドイツを逃れてきたのは当然のことだった、これと同じぐらい、いや、もっとひどいことが起きていたはずのあのドイツから逃げ出してきたのは仕方がないことだった〟と、自分を納得させたかったのよ。

そのときはボゴタじゅうのお店が軒並み略奪に遭ってね、それは凄まじいものだったわ。そうしたらあなたのお父さん、事件の後でどこからか定価の四分の一で黒のアルパカの生地二十メートル分を手に入れてきて、私のために プリーツスカートと、丈の短い、前ボタンがついている上着とを作ってくれたの。お誕生日のプレゼントにって。でも私はそのことを父には言えなくて。もちろんそれは、どこかのショーウィンドーから盗まれた生地、それも暴動のさなかに盗み出された生地で作った洋服を自分の娘が着て歩いていると知ったら父だって嫌がるに違いないって、そう思ったからよ。だけど、今考えると、別の意味で、父に知られなくて本当によかったと思う。だって、もし知られていたとしたら、父はきっと、私の洋服のことをきっかけにドイツのことやらなにやら、必要以上のことにまで考えを巡らせて思い悩む羽目になったに違いないもの。

実は私、秘かに思っていたの。〝よくみんなは、〈ボゴタじゅうのお店のショーウィンドーが滅茶滅茶にされてしまったあの光景にはどうしたって、戦中のベルリンのことを想像しないわけにはいかない。もちろん規模の違いはあるのだろうが、ボゴタのあれと当時のベルリンの悲惨な状況とは間違いなく似ている〉とか言っているけれど、なんかそれってバカみたいじゃない？ ちょっと大げさじゃないの？〟って。でも後になって、略奪に遭ったボゴタのお店の写真を見ていたときに、やっぱりみんなの言う通りかもしれないと考え直したの。クリング宝石店、ヴァッサーマン宝石店、グラウザー社。どこのショーウィンドーも滅茶苦茶に割られていて、中には、看板の文字すら読みとれないほどに被害を受けているお店もあったわ。それでもね、どれがどのお店なのかがちゃんとわかるのよ。グラウザー社なんか、わずかに残ったガラスの部分にスイスの時計メーカーの名前が見えていたりして。ああ、あのよく知っているお店がこうなっちゃったんだなあって、写真を見ながら思っていたの。

とまあ、そんなわけで私は、父の前では決してその服を着なかったのよ」とザラは言った。

俺たちは大聖堂を後にすると次に、コンラート・デレッサーさんが人生最後の日々を過ごした下宿屋を探してみることにした。もちろん建物自体が残っているかどうかもわからないままにそちらの方に足を向けたわけなのだが、意外にもそれは容易に見つけることができた。ボゴタというのは、そこを半年ほど留守にしていただけで見慣れたはずの建物が消え、代わりに新しいものが建てられているような、そういう類の街だ。そのボゴタで半世紀もの間ある建物が壊されもせずに存在しつづけているというのは、まったくないとまでは言わないがきわめて稀なことだとは言える。にもかかわらず、俺たちが探していた建物は、当時と同じ場所にまだ存在しつづけていた。しかも、外見がほとんど当時と変わっておらず、おかげでザラも迷うことなくそれとわかったのである。とはいえそれはもはや下宿屋としてそこにあったわけではない。四階建ての事務所専用ビル、それも、落ちぶれた商売人や後ろ暗い商いをしている者たち相手のものと一目で見て取れるような事務所専用ビルへ変身を遂げていた。

建物正面の白い壁にはさまざまなチラシが貼られていた。闘牛シーズン開幕のお知らせ、映画のシナリオ講座の生徒募集要項、マルクス主義の集会やメレンゲフェスティバルや詩の朗読会、初心者向けロシア語講座等々へのお誘い、オラジャ・エレーラ・スタジアムでのサッカーの試合の予定表。どのチラシも、文字の色は赤か青で、紙自体はすでに黄色く変色していた。

階段を上がり、俺たちは、昔コンラートさんとホセフィーナが暮らしていた部屋の前に立った。ドアをノックすると、どうぞ、という女性の声が聞こえた。ドアを開けると、髪を結い上げ明らかに遠近両用とわかるメガネをかけた女性が、製図用の机を前にして回転式の椅子に腰を掛けていた。その人は、自分は書家でそこは仕事場として使っているのだと、俺たちに言った。机の上には、あれはおそらく部屋で唯一の贅沢品だったのだろう、一本のハロゲンランプが置かれ、ランプの明かりが女性の手元を照らしていた。

「私の仕事は、大学を卒業する見込みの人たちの名前をゴチックで書くことなの。ボゴタ中心部にある大学のうち四校か五校分を毎年、引き受けているわ。ええ、そう。この半透明の紙に見も知らない人たちの名前を書いて、それで生計を立てているのよ。私ね、この仕事を個人で引き受けてやっているのよ。へぇ、そう……。ここが昔は下宿屋さんだったなんてねぇ。じゃあ、建物自体は、外も中もその頃と変わっていないのね。もちろん、下宿時代の部屋はそれぞれもう、事務所に代わってはいるわけだけれど。ええ、この仕事には満足しているわよ。でもね、正式にこれを勉強したというわけではないの。通信教育で技術を身につけたのよ。半期ごとに何千人分もの名前を書くの。いえ、描くだわね。でもそれで小さな子供を二人養っているのだから、文句は言えないわ。私、主人より稼ぎがいいのよ。主人はタクシーの運転手。車はシボレー、しかも新しい型の。すごいと思わない？」

女性の話はおおよそそんな感じで、俺たちが暇《いとま》を告げるとその人は手を差し出してきた。女性の右手の中指にはペンだこができていた。インクでペンだこの部分が黒くなっていて、俺は、そのまん丸い黒ずみを見た瞬間、ついメラノーマを連想せずにはいられなかった。

建物を出ると俺たちは、ペリオディスタ公園に足を向けた。俺とザラは歩きながら、当時のコンラートさんの部屋の中がどうなっていたのかについて語り合った。「コンラートさんとホセフィーナのベッドはどこにあったの？」「レコードプレイヤーは？」「浴室とトイレのドア、あれは当時のまま？」「そうだよね、そんなこと、あるわけないよな」というような調子で。

今考えてみると、そんなことを話題にすること自体がバカげているし単なる自己満足に過ぎないと、俺にもわかる。しかし、そのときの俺たちにはそこに何か意味があるような気がしていて、しばらくの間はそうしたことばかりを話しつづけていた。

話が途切れると二人とも押し黙り、数ブロックを、無言のまま歩きつづけた。そしてさあ帰ろうかという、そのときだった。

「あの頃ね、ガブリエルとはすっかり疎遠になっていたのよ」

あまりにも唐突な言葉だった。ザラは続けて言った。

「私、どうしてもガブリエルの顔を見る気になれなかったの。ガブリエルのことを軽蔑していたの。だって、そんなことができる人だなんて考えたこともなかったから。ただいっぽうでは、ガブリエルがああしたことをやったのは当然だ、とも思っていた。当時はおそらく、どんな人でも、ガブリエルがやったことを知ったとしても別に驚かなかったと思う。ガブリエルを軽蔑する気持ちと肯定する気持ち、その両方が私の中で綯《な》い交《ま》ぜになって、自分でももうどうしていいかわからなくなっていたの。恐ろしくてたまらなかった。なにがどう恐ろしかったのかと言われるとわからないのだけれど。その恐ろしさがどういう類のものだったのかというのも、うまく説明することはできないのよ。でもそれってもしかしたら、ガブリエルがしたのと同じことを自分もやったとある日気づいてしまったら、という恐怖心だったのかもしれない。それとも、自分はするべきことをしていないんじゃないかという不安感に苛まれていたのかも。けっきょくのところ、密告する人なんてどこにでもいるということなのよね。戦争中であろうがなかろうが、人はいつだって、自分の置かれた状況次第では、平気で誰かを密告してしまうものなのよ。とにかく私は、ガブリエルとは距離を置くようになっていたの。ええ、そう、ガブリエルのことを遠ざけていたの。それって、よく考えてみたら、今あの人の身に起きていることと一緒よね。もっとも今は、この街全体がガブリエルのことを邪魔者扱いしているわけだけれど。あの人がもう、反論もできなくなっているというのに。私ね、ガブリエルのことをうっとうしげな眼で見るようになっていたのよ。でも、あるとき不意に感じたの。やっぱりガブリエルと私は似ている、他の誰とよりも似ているって。ただ単純にそう感じたの。そしてそのときからこう思うようになったの。相手がガブリエルであるならば、私が自分の人生についてあれこれ説明したとしてもそのすべてを理解してくれるに違いない、と。たぶん……、そういうことを考えてしまうところが外から来た人間のいちばん厄介な点なのかもしれないわね」

ザラはそう言うと、ふたたび黙り込んだ。

あれは……、ザラとそうして散歩をした何日前のことだったろう。俺は、ロサリオ大学が、卒業生の著名人リストからの親父の名前の削除と、親父の名誉博士号の剝奪を検討していると初めて知った。とはいっても、誰かがそのことで直接電話をかけてきてくれたわけでも、大学側が何らかの方法でこちらに報せを送ってきてくれたわけでもなかったのだが。ちなみにこの大学からの名誉博士号授与について言えば、八〇年代の終わりにも一度大学側から親父に対して同様の申し出が行なわれたことがあり、しかしそのときには、大学がスペインのソフィア王妃にも同じ名誉博士号を与えると知った親父がそれを拒否したのである。

そして俺が、このロサリオ大学の件の他にもう一つ知ったこと、それは、市民栄誉勲章の授与がキャンセルされるだろうということだった。いや、もしかしたらこういう場合にはキャンセルではなく、白紙に戻すという言い方をすべきなのだろうか？　いったいどれが適切な言葉なのだろう？

事の次第はこうだ。政府が親父に市民栄誉勲章を与えることについては親父の葬儀の場で告知され、またすでに、政府の決定事項として公表もされていた。とはいえ、まだ、正式に授与が行なわれていたわけではなかった。そこで、政府側は考えた。〝今ならこの計画を考え直しても大丈夫なはずだろう〟と。そうして政府側は、親父への市民栄誉勲章の授与は行なわないと決めたのである。

だが俺はそれを聞いても、裁判所に電話をかけることはしなかった。それどころか、このことについて誰と話をすればいいのか、立法や政治を担う複雑な官僚組織の中のいったい誰に会いに行けばいいのか、もし提訴が法的に可能だとしていったい誰を相手に訴えを起こせばいいのか、提訴を引き受けてくれそうな弁護士はいるのか、もう少し駆け引きをするつもりで誰かに説明を求めるとしたらいったい誰に電話をすればいいのか等々を自分なりに調べるということすらしなかった。また、この件に関する公式の通達や決議文の閲覧の請求、あるいは、親父への市民栄誉勲章授与の政令の撤回を定めた政令の写しを請求するということもしなかった。俺は、たとえそれがどんなものであれ、〝ガブリエル・サントーロは社会のつまはじきものだ〟と、〝ガブリエル・サントーロは特別な存在などではなく世間並みのただの人だった〟と政府が公言しているに等しいような文書の類を自分から進んで手に入れるような真似だけはしたくはなかったのだ。そう、俺はひたすら思っていたのである。親父の晩年の日々の記憶を汚されてたまるか、と。

それでも、新聞の記事となると話は別だ。俺は、親父の市民栄誉勲章授与計画の白紙撤回事件が新聞に載ると、記事を切りぬきファイルにしまい込んだ。当然ながら、親父のこの話は、世間ではかなりのニュースになっていたのである。

記事には、〝恥ずべき行ないにより市民栄誉勲章授与は見送り〟とタイトルがつけられ、本文では、「内幕を知る者が、匿名を条件に、政権内部からの圧力があったことを本紙に明らかにした。その者は、サントーロ氏に同勲章が授与されるようなことになれば叙勲に対するイメージそのものが揺らぎかねず、同時に、今回のような騒動とは無縁の、まさにそれに相応しいと広く世間からも認められるというごく当たり前の状況の中で過去に叙勲を受けられた方たちの名誉を損なうことにもなりかねないとも述べた」と書かれていた。

しかし意外にもというか、俺は、それを読んでもさほどひどいショックは感じてはいなかった。おそらくは麻酔効果のおかげだったのだろう。視聴者からの手紙による麻酔効果。アンヘリーナのインタビュー番組が放映されてからの一週間で、番組の女性プロデューサーのところには視聴者からさまざまな手紙が寄せられてきていて、それをまたご丁寧にもプロデューサーは、片端から親父のもとへと転送してきていたのである。

確かにそれらは、本来であれば親父が読むべきものであったのだろう。だが俺がいまだに不思議で仕方がないのは、そのプロデューサーは肝心の親父がもはやこの世にいないという事実についてはいったいどう思っていたのかということだ。おまけに、そうした手紙の中には、親父を念頭において書かれたものではなくただ内容が番組のテーマに関連しているだけというものも交ざっていたのである。

手紙の数はたいして多くはなかったが、内容についてはそれぞれが個性的というか、どれ一つとして同じ意見のものはなかった。俺は、手紙を読ませてもらったおかげでいくつか、思わぬ発見をすることができた。一つは、世間の人々が、こと誰かが社会的に糾弾されるとなるといかにそれに高い関心を示すものなのかということ。もう一つは、その同じ世間の人たちが、被害者の立場に自らの身を置くのが実に上手くて、同時に、いわゆるご立派な社会においてはそれが模範的とされている通りの反応を示す術《すべ》にも長《た》けている、ということだ。礼儀正しいコロンビア人、結束が固いコロンビア人、まっすぐで悪に対して怒るコロンビア人、カトリック教徒のコロンビア人。そういうコロンビアの人たちにとっては、たった一度だろうが裏切りは裏切り。親父の件についても、道徳心を共有するよき兵士たちとして非難すべきときに非難したという、ただそれだけのことだったのだろう。

〝番組ご担当者のみなさま。インタビューに応じられた女性の方の勇気には感動いたしました。真実をお話しくださったことについて、その方に感謝の言葉をお伝えいただければと思います。この世界が悪人たちであふれているのは事実です。そのものたちの仮面を剥がなければなりません〟

〝サントーロ博士。あんたのことは直接には知らないが、あんたのようなやつらのことならよく知っているぞ。偽善家のクソ野郎。地獄でくたばりやがれ〟

もちろん、すべてがすべてこうした調子のものばかりというわけではなかった。

〝番組ご担当者さま。これは戦時下に起きた些細な出来事であるということを忘れてはなりません。六百万人の命が失われたことを考えれば、大騒ぎするほどのことではないはずです〟

まことに落ち着いたトーンの手紙。ところが同時にそれらは、いかにも物わかりよく事を収める方向に結論を持っていくと見せかけて、その実は徹底的に相手をバカにした内容の手紙でもあったのだ。

中には俺宛てのものもあった。

〝サントーロさん。そのまま平気な顔をしてものを書きつづければいい。くだらないものを世に出しつづければいい。どうぞ、大物作家のふりを続けなさい。だが世間はみな、あなたが誰なのか、あなたが誰の子なのかを知っています。あなたの父親は単なる凡人でペテン師だった。あなたも同じ。カエルの子はカエルでしかない。次の本はいつ出るのですか？　あなたのファンクラブより〟

親父の叙勲取り消しの件については、ザラには言わないでおくことにした。心配をかけたくなかったからだ。むろんザラの方も、その件については知っていたはずなのだが、おそらくそのことでは俺と話をしないと決めていたのだと思う。あの午後、俺とザラとが、物見遊山半分と何かがわかるかもしれないという淡い期待半分とで一九四〇年代の一連の出来事の主な舞台となったボゴタの中心街を少しばかり歩き回ったあの午後、どちらかがこの話題を持ち出そうと思えば持ち出せたはずだし、また本来ならばそうすべきだったのだろう。しかし二人とも、それに関わることはいっさい口にはしなかった。俺もザラも、親父に対して行なわれている数々の侮辱的な仕打ちについて、親父が世間のつまはじきに遭っていることについて、親父が社会的に恥ずかしい存在とされてしまうことで息子である俺が受けるだろうさまざまな影響についても、あえて触れようとはしなかった。

また俺たちは散歩の間じゅう、親父の例の過去のことも話題にはしなかった。俺にしても、〝あのとき親父は、雄弁術のクラスの学生を前にして自分の過去を事実とは異なる話に仕立て上げてみせたのだよね。それも、俺が書いたあの本によって自分の秘密が暴かれたら困るという、ただそれだけの理由で〟みたいな話を持ち出すことはしなかった。そして親父や、他のすでに亡くなっている人たちのこと、俺たちが心の中でその瞬間にともにいてくれたならと思っていたようなすでにこの世を去った人たちのことも、俺たちは、話題にしようとはしなかった。いや、亡くなった人たちのことばかりではない。エンリケのこともだ。ザラも、エンリケは自分を死んだことにしておきたかったに違いないと、そう言ったのを最後に、あとはもうエンリケのことには触れようとはしなかった。

あの日、散歩を終えザラのマンションに帰りつくと、ザラが、お昼を食べていかないかと誘ってくれた。キッチンに入るとザラは、朝のうちに作っておいたグヤーシュ〔ハンガリー起源のシチュー料理〕の鍋を火にかけ、バナナを数切れ揚げ油に入れた。ああ、またこうしてザラの家にいる。俺はしみじみそう思いながらザラの顔を見やった。

と不意に、俺は気づいたのだ。〝俺とザラの二人きりになってしまったというのはその通りだが、それでもこうして、俺にはザラが、ザラには俺がいるではないか……〟。胸に熱いものが込み上げてきた。言葉に表わすことができないほどの深い感謝の気持ち。俺はたまらずに、ソファーに腰を下ろした。おそらく、そうでもしなかったらあのときの俺は間違いなく、あまりの強い感情に耐え切れずに眩暈《めまい》を起こすか、床に倒れ込むかしていたに違いない。

「ご飯を食べるのが遅くなってしまったものだから頭が痛くなったわよ」と、ザラが言った。俺は、二人で昼ご飯を食べながら、この人やっぱりいいなぁ、ザラには俺の気持ちがちゃんとわかっていると、ずっとそう思っていた。ザラは、半ば微笑《ほほえ》みながら俺の顔を見ていた。しかもその視線は、世を忍ぶ恋人同士が偶然にもレストランですれ違ったときにこっそり交し合うそれのような、明らかな共犯者意識に満ちたものだったのである。

ザラと俺とが共犯者という感覚は、少なくとも俺にとっては、そのとき初めて抱いたものであった。〝俺とザラとは、同じことに関心を持ち、同じことを心配し、同じ人を心から大事に思ってきたことでこうして互いに強く結びつき、つながり合っている〟俺はそう感じていた。

だから、だったのだ。そうだったからこそよけいに俺はあのとき、ザラが過去の恐ろしい出来事の真実を俺に告げる役回りを演じたことに、強いショックを覚えずにはいられなかったのだ。預言者カッサンドラ。もっともザラの場合はカッサンドラとは違って、未来の悲劇ではなく過去の悲劇を、預言する、ではなく暴露したわけだが。

俺は本当に、そんな展開になるとは、それまでまったく想像すらしていなかったのだ。だが、その想像もしていなかったことが実際に起き、そしてそれは俺に狼狽と戸惑いをもたらす結果となった。そう、つまり俺は、ザラのその告白のおかげで気づかされる羽目になったのである。育つ過程で俺が本当はどれほど母親の存在を欲していたのかを。あるいは、無意識のうちにどれほど母親を恋しがっていたのかを。

「ねえ、あの日のことだけれど……」

ふと気づくとザラが、俺が親父に俺の本を渡しに行った日のことを喋っていた。

「あなたがお父さんに本を届けに行った日のことよ。実はね、あなたが行ったすぐあとで、あなたのお父さんから電話がかかってきたの」

ザラは言った。

「家に来てほしいと言うものだから、てっきり、どこか具合が悪くなったのかと思ったわよ。たとえば発作が起きそうとか。だって、あなたのお母さんが亡くなってからはお父さんとは会っていなかったから」

親父があの晩、俺の本を受け取るとすぐにそれを読んでいたとは、俺には初めて聞く話であった。

「お父さんたらね、それこそ一字も漏らさずに、でものすごいスピードであなたの本を読み上げたのよ。どこかに自分が過去に犯した罪のことに触れるような箇所があるんじゃないのかって、そればかりを気にしながら。とにかく一刻も早くすべてに目を通して、まずいところがあるのかないのか確かめたかったのよ。でもねぇ、いくらそんなことをしたところでどうにもしようがないじゃないの。だって、ガブリエルがたまたままずいところを見つけたとして、じゃあ、そこの箇所をその時点で本から消せるのかといったら、そんなのむりに決まっているもの。私、ガブリエルに言ったのよ。今あなたがその手に持っているのは、もう出版されている本なのよ。まだ校正する前の原稿というわけじゃないのよって」

「お父さんも、本を読んでみて、その中にとりたててまずいような箇所はないとわかったはずよ。それでもお父さんはきっと、すべてがそこにあるって感じてしまったのね」

そう言うと、ザラはなおも言葉を続けた。

「あなたのお父さん、あの本を読んでいる間じゅう、まるで自分の罪の証拠が目の前に突きつけられているみたいな気分でいたんじゃないのかしら。おそらくお父さんは、サバネタホテルの名前が出てくるたびに、お前がやったんだろ、ちゃんと証拠は挙がっているぞって、そう言われているような気がしてならなかったのだろうと思う。それに、ブラックリストのことや、そのリストのおかげで人生を狂わされた人のこと、そこまで直接にではなくてもリストで何らかの影響を受けた人の話が出てくると、やっぱりお父さんは同じように感じていたのではないのかしら。〝ああ、そうさ。俺は確かに、こういうことをやったのさ〟と、お父さんはあのとき言ったわ。〝俺が何をしたのかが、これで世間に知られることになる。君たちのこの本のおかげで、みんなに知られてしまう。俺の人生もここまでというわけか。君たちのせいだ、君たちが俺の人生を滅茶苦茶にした〟って。私は、大丈夫だから、と言ってガブリエルをなだめようとしたわ。でもだめだった。何をどう言っても、あの人の頭に取りついた恐ろしい疑念を取り去ることはできなかった。〝コンラートさん一家に起こったことを覚えている者なら、すぐにピンと来るはずだ。あの頃の人たちだって、全部が全部亡くなっているわけではないからね。俺たちのように、まだ生きている者はいる。そういう人たちには、絶対にわかってしまう。気づかれてしまうよ、ザラ。俺が犯人だってことを、あれをしたのは俺だってことを、知られてしまう。なんで俺のことを裏切るような真似をしたんだ？〟そう言うとガブリエルは、私のことを罵倒しはじめたの。あのガブリエルがよ。それまでずっとガブリエルは、お兄さんのように私のことを守ってきてくれていたというのに……。〝思っていた通りだ。君がいつかこういうことをするんじゃないかとずっと思っていたよ〟とガブリエルは言ったわ。〝これから俺がどうなろうと、君にとっちゃあ、たいした問題じゃあないんだ。君はいつも心の中で俺に対して、コンラートのおじいちゃんにしたことの罰を受けるべきだって、そう思っていたんだろ？〟って。それは違う、と私は言ったわ。〝人は誰だって間違いを犯すものよ。ねぇ、けっきょくあの事件を忘れきれていないのはあなたの方じゃないの？〟と。それでもガブリエルはやめようとはしなかった。〝どうせ君は、俺に罰を与えてくれるように天に祈っていたのだろうさ。でもまあ、君のことはいい。だがあいつは俺の実の息子だぞ。それなのにどうしてこんなことができるんだ？〟って。もうこちらがどんなになだめても聞く耳を持たなくて、その意固地ぶりは恐ろしいほどだったわ。私だっていろいろガブリエルに言ってはみたのよ。けれど、無駄だった。〝あの子は何もしていない。あなたに対して何もしていないわ。だってあの子は、何も知らないのだもの。あなたの息子は何も知らないし、それにそもそも、いったい誰があなたのことをあの子に喋るというの？　少なくとも私は喋らないわよ。ええ、私は喋らない。これはあなたの過去であって、私の過去ではないもの。あなたの過去は、私が口出しすべきことじゃない。私はあの子には言うつもりはないし、これまでだって何も喋ってはいない。この本の中には何も書かれてはいないじゃないの。あなたが何をしたか、はっきり示すような文章は一行もないわ〟って、そう言うとね、ガブリエルはこう答えたの。〝この本すべてが俺のことを語っているようなものだよ。だってそうだろ？　これは、あの戦争の時代にドイツ人たちがどういうふうに暮らしていたのか、どういう苦しみを味わったのかを描いた本だ。とすれば、俺だって間違いなくこの本の主人公の一人だよ。だがザラ、問題はそれだけじゃないぞ。この本は明らかに、俺を攻撃するものだ。俺に対する殺人行為そのものだよ〟〝でも、じゃあ、どうするのよ？〟と私は聞いたわ。だけれど、私もほんと、そんなこと聞くなんてバカよね。答えなんて決まっているというのに。〝もちろん、いつもやってきたことをやるだけさ。俺の武器は喋ることだ。ただし今回は、文字で喋るよ。目的が目的だからね、教室で喋るよりももっと大勢の人に伝えられるような方法を取らなければだめだ〟と、お父さんはそう答えたの。でも、あなたも知っているわよね、ガブリエル。あなたのお父さんが、新聞や報道番組について日頃どんなふうに思っていたのかを。ええ、そう。いつもバカにしていたわ。あの人、よく言っていたもの。〝ニュースが人の口から口へと伝えられていくような世の中に暮らす方がよほどいいよ。通りに出ては、ハイメ・パルド〔コロンビアの政治家・弁護士（一九四一―一九八七）。愛国同盟から大統領選に立候補するも、後に暗殺〕が殺されたことを知っているか？　とか、ガブリエル・サントーロがすごくいい演説をしたらしいとか、お互いにニュースを伝え合うような世の中ならいいのになぁ〟って。それなのにあの人は、自分がバカにしていたそのマスコミの力を借りることを選んだの。軽蔑していたはずの新聞に頼ったの、マスコミを利用したのよ。おそらくお父さん、思い込んでしまっていたはずよ。〝この本は俺へのテロ行為そのものだ。だとしたら、俺が自分のことを守るための権利を行使するのは当然だろう。まさに正当防衛だ〟と。そしてその方法はと考えたときに、まっ先に頭に浮かんだのが、あなたの名前を貶め、世間の笑いものにすることだったのよ。お父さんにしてみたら、他の方法などあり得ない、というところだったのでしょうね。ただ、お父さんがいくらあなたの名前を貶め、世間の笑いものにするような発言をしたとしても、その発言自体が世間に広く知られない限りはなんの効果ももたらさないわ。噂話と同じに。それは、あなたにもわかるわよね。誰かのことを笑いものにするといっても、みんながその人の噂話をするようにならなければ、面白くもなんともないもの。それこそその噂の主が通りを歩いていて、実際にはそんなこともないのに、みんなに見られているように感じてオドオドしていたりすれば、笑いものにしている方としては、してやったり、と思うわけでしょ？

だけれど問題は、もし実際にそんなことをしたらお父さん自身がどうなるのか、ということよ。私は言ったわ。あなたが考えているようなことをしたら、ガブリエルの本がさんざんな評価を受けるだけじゃなくて、あなただって世間の注目を浴びてしまうのよと。だってそうでしょ？　そんなのは、誰が考えてもわかる話だもの。

それでも、精神がおかしくなっている人には何を言っても無駄。ガブリエルは強迫観念にとりつかれていたのよ。天才と狂人は紙一重と言うけれど、それってまさにガブリエルのことね。あの書評をどうやって書いたのかについては、あなたに話してはいなかったの？」

「いや、そのことでは互いに話はしていない。とにかく俺と親父は、元の親子関係に戻ろうとしていたからね。細かいことはどうでもいいと思っていたんだ」

「なるほどね。実を言うとね、私もそのとき一緒にいたのよ。あれは、お父さんがあなたの本を読んだ次の日のことだったわ。つまり私がお父さんに呼び出されて二人でいろいろ喋った次の日ということにもなるけれど。お父さんと私は最高裁に行ったの。お父さんは判事さんたちに、秘書をひとり貸してほしいと頼んで、その秘書をお父さんは、いつも自分が講義をしている教室に連れていったわ。そして、学生さんたちが座る椅子の一つを指差して、そこに腰かけてくれと頼んだの。それからお父さん、その秘書に、例の書評の文章を口述筆記させたの。私、ガブリエルが秘書に向かって喋っているのを見ながら、きっとこの人はいつもこうやって講義をしているのだろうなって思っていたわ。ほんと、面白かったわよ、あれは。ごめんなさいね、こんなことを言って。あなたがあの書評でどれほど傷ついたのかよくわかっているはずなのにね。だけれど、私にしたらほんとうに面白いショーだったの。バリシニコフのバレエを見ているのと同じぐらいに面白かった。お父さん、秘書の人に文章を書きとらせている間、一度も言い直しをしなかったのよ。いったん口にした言葉を別の言葉に差し替える、ということもしなかった。あれを見たら誰だって、ガブリエルは文章を書いた紙をあらかじめ用意していて、それを読み上げて秘書に清書させているって、そう思うわよ。句読点も、ダッシュやカッコも含めて、新聞に載った書評のあのままを、ガブリエルは口述したのよ、それもたったの一度で。ガブリエルはね、あのとき、一度だって言い淀むようなこともなかったの。途中でそれまでの理屈とは合わない話をしだすということもなかったし、自分の意見をいったん口にした後でつまりそれはと説明しなおすようなこともなかった。書評の論旨も完璧だった。ユーモア、皮肉。あの正確さ。正確さというのはもちろん、残酷さについての正確さという意味よ。そうした言葉の使い方については、あの人、すごい技を持っていたわよね。ほんと、見事なものだったわ」

「知っているよ」

俺は言った。

「親父のそういうところ、何度か見ているから。親父は、頭の中にコンピュータを持っているんだ」

「でもね、これだけは言うけれど、ガブリエルが過ちを犯したことの証拠となるような言葉も文章もあの本の中にはなかったのよ。あなたのあの本を読んで何かに気づいた人なんて誰もいなかったの。ガブリエルが心配していたようなことは起こらなかったの。ガブリエルが誰かから何かのことで糾弾されるという事態にはならずに済んだのよ。みんなはただ、ああ、そういう本が出たのだな、と思って、父親が息子の本をけなすことについてあれこれ取り沙汰して、ちょっと笑って……。もちろん今になっていろいろなことが起こってはいるけれど、あのときには、お父さんの身には何も起こってはいなかった。それなのにガブリエルは、後で言ったの。〝わかったかい、ザラ。俺のあの戦略は正解だった。あんなことをするなんてえげつないさ。でも、やって正解だった。おかげで今回は救われた。かろうじて助かったよ〟って。狂っているわよ、病気よ。ドイツの笑い話に出てくる、一日中指を鳴らしている男の人みたいだって思ったわ。こういう話よ。ある人がね、一日中指を鳴らしてばかりいて、だから家族がその人を精神科に連れていったの。お医者さんが、なぜそんなに指を鳴らすのかと聞くとその人、象を近寄らせないためだと答えたものだからお医者さんが、失礼だがドイツには象はいないと思うがと言うと、頭のおかしな人は、〝ほら、ほうらね、やっぱり。それは僕のこの指鳴らしが効いている証拠じゃないですか〟って、そう言ったの。ね？　別に自分が何かやったからそうなったというわけではまったくないのに、自分の行為が成果をもたらしたと信じてしまうなんて、あなたのお父さんと一緒でしょ？　この笑い話の頭のおかしな人はまさに、あなたのお父さんだわよ」

俺は、喋っているザラの顔に視線を向けた。そのときだった。俺には確かに見えた。ザラの顔に重なるように現われた、幼い女の子の顔が。三〇年代の終わりにコロンビアにやってきた一人の少女の顔。それがぱっと現われ、消えていった。その間、十億分の一秒ぐらいのものか。ちょうど、フラッシュに晒《さら》されたとたん被写体が闇の中に浮かび上がりすぐにまた闇に沈む、あの感じと一緒だった。その少女の顔には、ザラの顔に刻まれた笑いじわはどこにも見当たらなかった。〝ああ、この人がいてくれて本当によかった。この目の前の女性は俺にとって、俺が考えていた以上に大切な存在だったのだ〟と俺はしみじみ思っていた。そしてこうも。〝俺がこれほどザラのことを大切だと感じているのは、ザラもまた俺のことを大事に思ってくれているからだろう。ザラは若い頃からずっと、男友達だった俺の親父にはまるで家族に対するかのような親しみの気持ちを抱いていた。親父のことを、心の兄と慕っていた。時を経て俺が生まれると、ザラはその親しみの感情を俺にも向けてくれるようになった。だからこそ俺は親父にあんなことをされても、血相を変えて親父に手紙を書くことも、虫に変身することも、お城に住む許可を求めることもせずに〔フランツ・カフカ『変身』の主人公グレゴール・ザムザ、同『城』の主人公K〕済んだのではないのか〟と。

「ほら、ほうらね、やっぱり。それは僕のこの指鳴らしが効いている証拠じゃないですか、ですって」

　ザラはまた、笑い話のそのセリフを口にしていた。

「ね？　絶対にそうでしょ？　あなたのお父さんのことを考えて、笑い話に出てくる頭のおかしな人のことを考えてみると、やっぱりこのおかしな人ってお父さんのことだわよ。それに実際の話、ガブリエルもときどき、狂気じみた表情を見せることがあったし」

　俺はそのとき、心の中で思っていたのだ。〝今のこのザラとの時間、これを俺は生涯忘れることはないだろう、今日は、俺とザラ二人だけの記念日だ〟と。そして、そこを満たす独特な空気に押されるように、気づくと俺はザラに向かってこう口にしていた。「ねぇ、ドイツ歌曲のレコードをかけてよ。親父が大好きだったあの曲のことを教えてよ。僕にもわかるように歌詞を訳して、詳しく説明してほしいんだ」

「春は来る。乙女たちは歌う。書いたのは詩人のオットー・リヒト。〝リヒト、ゲディヒト〟」

　ザラが突然、笑い出した。

「韻よ、韻。作者の名がリヒトで、ゲディヒトはドイツ語で詩。これを続けて言うと、リヒト、ゲディヒト」あまりに笑い過ぎてザラは目に涙をためていた。悲しい笑いだった。

「それだもの、ガブリエルがこの詩を嫌いなわけがないじゃないの」

「ねぇ、歌詞をそっくりコピーしてくれる？」俺はザラに言った。

　おそらくだが、俺はそのときすでに、今書いているこの本にその歌詞を載せようと考えていたのだろうと思う。そうして俺は、それを行動に移したというわけだ。

　すべては、ザラとのその一日があったからこそだ。あの日、ザラと一緒に七番街を歩いて、コンラートさんが暮らしていた建物まで行ってみたから。コンラートさんが自殺する日にそこで睡眠薬を買い求めた薬局の前を、もちろんすでにこの世から消えてはいるが俺にとってはいまだに確かに存在しているその薬局の前を通ってみたから。ザラと二人でボリーバル広場まで行き、かつて第二次世界大戦が何千キロも離れた地で終わりを告げた日にはそこに『テ・デウム』が響き渡っていたという大聖堂の階段に腰をかけてみたから。俺自身が、何千回も訪れたことがあるはずのそうしたいくつもの場所に立ちながらそのたびに、そこを初めて知ったような、初めてそこを見たような感覚に襲われ、ああ、これはまさに親父ガブリエル・サントーロの人生そのもの、俺にとって親父の人生とはかくもベールに包まれた謎だらけのものだったのかと痛切に感じていたから。そうしたすべてがあったからだったのだろう。俺は、どの瞬間かに不意に思ってしまったのだ。そうだ、これを本に書こうと。

　夜になって俺はさっそく、いくつか気づいたことをメモし、本の目次立てを何通りか作ってみた。日頃の習慣というやつだ。ジャーナリストとして仕事をするようになってからは俺も、数は少ないながらも自分なりの流儀というものを持つようになっていて、それらを俺は、験《げん》を担ぐ以上の意味はないとわかりつつも忠実に守ってきている。

それから数か月経ったある日、用意したノートはすでにびっしりとメモ書きで埋まり、俺の机も、いくつもの資料の山でその表面が覆い尽くされるまでになっていた。俺は、ノートに書かれたメモ書きの一つに目を落とした。〝もしも親父が手術をしていなかったとしたら、すべては違う結果になっていただろう〟。二度、三度と、そのメモ書きを読み直した。すでにコンピュータのスイッチはオンになっている。それまでのことをつらつら思い返してみた。〝確かにこの通りかもしれない。このメモに書かれていることはある部分、当たっている〟と、そう思った。〝親父がもし第二の人生を天から与えられていなかったとしたら、当然、それを享受しなければならないという義務感に駆られることも、自分自身を救いたいと思いつめることもなかっただろう。そうすれば、親父は死ぬこともなかったはずだ〟〝俺が今書きたいと思っていること。それは、若き日に罪を犯した一人の男が、老境に入ってから自らの過ちを償おうとするに至ったその理由について。男の取ったその行動が本人自身にどういう結末をもたらし、周囲の者たちにどういう影響を与えることになったのかについて。その中でもとりわけ大切なのは、というよりなによりも大切なのは、俺の身にどんな影響が及んだのかだろう。俺は、親父の実の息子だ。この世の中で俺こそが、親父の犯した過ちと、同時にその罪から解放されたいという親父の思いを引き継ぐ立場にいるたった一人の人間なのだ。おそらくは、俺がそれをしていくなかで、すなわち親父の犯した過ちとその罪からの解放への思いについて本に書いていくなかで、親父は、親父自身が演じてきた偽りの姿の代わりに本物の姿を俺に見せてくるようになるのだろう。また同時に、先に逝った近しい者たちが皆そうであるように親父も、俺に向かってその存在を主張するようになるに違いない。つまり親父は、自分の遺産として俺に、親父についての真実を追い求め、親父という人間を俺なりに解釈し、親父とは本当はどういう人間だったのかを調べるという仕事を残していったのだ〟と、そう思ったそのときだった。すべてが見えた。いったい何を書けばいいのか、どう書いていけばいいのか、そのすべてがはっきりと見えたのだ。ノートを閉じた。まだ書きはじめてもいないというのに俺は、すでにすべての文章が頭の中に入っているかのような感覚に襲われていた。まずは親父が心臓病と診断されたところから書きはじめようと、そう思い定めた俺は、最初の一文字をコンピュータに打ち込んだ。

ボゴタ　一九九四年二月

一九九五年　補遺

俺の親父をテーマにしたこの本、読者の皆さんがいま読み終わったばかりのこの作品が出版されたのは、俺が原稿を書き上げてから一年後のことであった。

その一年の間には、実にさまざまなことがあった。だが、一番の重大事件はなんといっても、ザラ・グーターマンの死、であろう。ザラは、自分がまたしても主要人物として登場する俺の二作目の本で自分のことがどう描かれているのかをその目で確かめることなく、逝ってしまった。本当は俺としても、ザラに伝えておきたいことはあったのだ。〝この本のタイトルの『密告者』には親父だけではなくザラのことも含まれている、親父が漏らした情報とザラが漏らした情報とでは質が違うというのはその通りだが、ザラもまたある意味密告者ではないのか〟と、ザラが生きているうちに伝えることができたらどんなによかったことか。

ザラの死は突然のことで、〝その瞬間には痛みも苦しみもなかったはずだ〟と医者は言った。血管が破裂し、血が脳内にあふれて、ほとんど即死状態だったそうだ。ベッドに横になったままの姿勢でザラは亡くなっていた。ほんの少しだけ休む、くらいのつもりだったに違いない。聞くところによるとザラは、亡くなった日の午前中は街なかに出かけていたらしい。おそらくザラは、その日もまたコロンビアのドイツ文化センターとドイツ大使館の文化担当官と面談をし、それぞれに対して、第二次世界大戦が終わって五十年の節目となる一九九五年の五月に記念行事を催すにあたっては両者が協力し合ってそれ相応の時間をかけ準備をし、ぜひ行事を盛大なものにしてほしいと説得を試みていたのではないのだろうか。もっとも、もし本当にそうであったとしてもおそらくその日もザラは、どちらからも望むような答えを引き出すことはできなかったはずだが。

実は、その記念行事の主催をどちらが引き受けるべきかを巡っては、両者間で話し合いがつかないのみならず、ドイツ人コミュニティが二分されるような事態にまでなっていたのである。ドイツ人のある者たちは〝記念行事はドイツ大使館に音頭を取ってやってもらいたい。厄払い、罪滅ぼしの意味を込めて、いや、そこまでではなくても、少なくともドイツのイメージアップ戦略のためにはそうすべきだろう〟と主張し、それに対し、〝どういう行事をどういう規模でやるのかなどの決定はコロンビア政府に委ねられるべきである。もしもドイツ大使館が前面に出るようなことになれば、ドイツ人もコロンビア人もすべての者たちが時の流れの中で意識的に意図的に忘れようとしてきた過去の記憶にふたたび光が当てられることになり、人々に不快な思いをさせてしまう〟として、ドイツ文化センターによる主催を推す者たちもいた。

だがそうした対立は対立として、実際問題、ドイツ人コミュニティでも、戦争を直接経験している人の数は年々減る一方で、いまやコミュニティの主役は戦争体験者らの子や孫たちになっている。そして、そうした子や孫たちの大半が、頂く姓は別としても、日常的には自分たちにとってのもう一つの国ドイツとはまったく関わりのない暮らしを送る者たち、祖先の国を訪れたこともなければ訪れたいと望むこともなく、ドイツ語についても下手をすれば祖父母たちが感極まって、あるいは激怒して発する間投詞ぐらいしか耳にしたことがない者たちであるのだ。

そんな状況の中でザラは、かねてより計画していたいくつかのことを、終戦五十周年に合わせて実行に移そうと動きはじめていた。その一つが、順番にいくつかの施設、たとえば会館、文化協会、大学、ドイツ人学校、ユダヤ人学校などを回って講演会を開くことであった。俺たちは、講演会では『亡命に生きたある人生』でも取り上げたさまざまな出来事についてと、同時に、あえて本では書かなかったことがらについても話をしようと考えていた。むろん、その二つのうちのどちらが聴衆にとってより価値のある話であったはずかと言えば、それは後者の方であったに違いない。

俺とザラは、俺が本を書きはじめるにあたって、いくつかのことがらについては触れないでおくことを約束し合っていた。ザラは言ったのだ。「私の人生を描くのであれば、私自身の名誉の回復を訴えるようなものにはしないでほしいの」と。だが、終戦記念の行事の一環として講演をするとなると話は別だ。本では触れずじまいであったことをそうした場で語るというのは、おそらくザラにとっては、やってもかまわない、というよりはむしろぜひともやるべきことであったのだろう。俺もザラも、当たり前のことだが、講演会の実現に向けて準備をするための時間はまだあるものと思っていた。ところが、なんの前触れもなく死がやってきて、ザラは病むこともなく逝ってしまった。おかげで準備の方も、ようやく必要な資料の一部を選び出したところで終わることとなった。

あれはいつだったか、ザラが、パンドラの箱を探り、一冊のファイルを取り出し見せてくれたことがあった。そこには、ザラ自身がこれはと選び抜いた文章がいくつも保管されていて、しかも、そうした文章のいずれにも、ところどころ目立つように下線が引かれていた。「このファイルはね、本当は問題なはずなのにどういうわけかこれまで取り上げられてこなかった文章ばかりを集めたものなの。できれば、これを私のコメントつきでどこかに発表してみたいわ。たとえばほら、ロペス・デ・メサ元外相の例の一文もあるわよ。一字一句の抜けもなくちゃんと書かれている。〝ユダヤ人には、《何かに寄生して人生を送る傾向》があり、また、《ラテンアメリカには多くの好ましからざる人々が存在しており、その大半はユダヤ人である》〟とね」とザラは言った。しかし、頭にできた動脈瘤が、ザラの望みを打ち砕いた。

その日、ザラは疲れ果ててマンションに帰り着くと、冷凍してあった鶏の胸肉を蛇口の下に置いて湯をひねり、一休みしようとベッドに横になった。そしてそれきり、目覚めることはなかったのである。

最初に異変に気づいたのは、階下の住人だった。その人の話では、半日経ってもなお、明らかにザラの部屋からのものとわかる蛇口から水の流れ出る音がやまないことを不審に思い、ザラの身になにかあったのではないか、部屋が水浸しになっているのではないか確かめようと階段を上って部屋の前まで行ってはみたものの中には入れず、けっきょく、ザラの子供たちに電話をして合鍵でザラの部屋を開けてほしいと頼んだのだそうだ。

翌日、つまり最短の時間でということだが、ザラは中央墓地のユダヤ人専用区域に埋葬された。その葬儀でのことだった。カッディシュの祈り〔ユダヤ教徒が唱える「死者のための祈り」〕が終わると、頭の禿げあがった男性が言った。「ザラさんの人生は煉瓦でできた壁のようなものだったのではないでしょうか。職人がよく使っている水平器、あれをもしもザラさんの上に載せたとすると、泡が二本の線のちょうど中間に来たまま動かなかったのではなかろうかとつい想像してしまうのです」ああ、こんな言葉を聞きたかったんだ。俺は素直にそう感じていた。そして心の中でこう答えていた。〝その通りだよ。それこそがザラだ。ザラとは、混じりけのない煉瓦でできた、完璧に平らにならされた壁なんだ〟。

確かに、あの頭の禿げあがった男のアクセントは一種独特なものではあった。とはいえそれは、俺の専門領域と言ってもいいほどに慣れ親しんだものであり、ゆえに俺は、そのアクセントの意味することについて、すぐに察しがついたのだ。〝この人はまず間違いなく、コロンビア人とではなくドイツ人女性と結婚しているはずだ。普段は、自分の子供たちとはスペイン語ではなくドイツ語で話しているに違いない〟と。

〝なんと的確な評価なのだろう。ザラについてこの男の言っていることとの方が、俺の書いたあの二百ページもの本よりもよほど生前のザラについて的確に語っている〟。それは、本当に俺がそのときに感じていたことであった。俺は、そのことを男に直接伝えても別に悪いことはないだろうと思い立ったのであるが、結局、伝えるまでには至らなかった。事情はこうだ。俺はいったん、男のいる方に向かって歩き出していた。どういうふうに自分を紹介しようか、男が口にしたあの数行のエレジーをなぜ好ましく思うのかをどう説明したら男にわかってもらえるだろうか、そんなことを考えながら、ザラの長男の前を行き過ぎようとしたそのとき、長男が、お悔みを言う弔問客たちをかき分けるようにして俺の方に寄ってきた。思いもかけないことであった。そしてそれにより、俺の目論見《もくろみ》は見事に崩されたのである。

俺を抱きしめて長男は言った。

「お父さん、本当にとんだことでした。うちの母も、あなたのお父さんのことが大好きでしたから。あ、いや、これは、あなたにはわざわざ言うまでもないことでした」

ご丁寧にお悔やみをありがとうございます。俺はとっさにそう返そうとした。だが幸い、口に出す前に気づいた。長男の言葉は親父の死についてではなく、親父の名声が地に落ちたことについてのものだったのだと。今考えれば、あのときすでに親父の死からずいぶん経っていたというのになぜあんなふうに勘違いしてしまったのか、自分でも不思議でならない。

ザラの葬儀の参列者の中に、セントラル書店オーナーのハンス・ウンガーと奥さんのリリーがいた。俺は二人と挨拶を交わし、近いうちに必ず書店に寄りますからと言った。だがちょうどその頃、『密告者』の仕上げの作業に追われていて、二人との約束を果たすことができないままに日が過ぎていった。

五月に入って本も出版されたある日のことだった。帰宅すると留守電にリリーからの伝言が入っていた。書店に来てほしいと告げるリリーの声は妙によそよそしく、喋り方もほとんど命令口調と言ってもいいようなものであった。俺はすぐに思った。〝二人が俺を呼ぶからには、ザラ・グーターマンのことで何か話があるに違いない。もしそうでなかったとしても、少なくとも、まだ一度も開けずにいる例のコロンビアの歴代政権内部に潜む反ユダヤ主義についての講演会をどうするか、くらいの話はされるのだろう〟と。

なぜ俺がそんなふうに気を回したのかといえば、それは、ハンス・ウンガーが、ユダヤ人に対する入国禁止政策の被害をもっともまともに蒙《こうむ》ったうちの一人であるからだ。その政策は、ロペス・デ・メサが自らの外相時代に、あまりにも多くのユダヤ人がコロンビアに入国してくるような事態は避けたいという思惑のもとで実施したものである。

そのハンスのことについては、世間では誰もが知るところとなっている。というのもハンス自身が、インタビューを受けるたびに、〝私の両親はドイツの強制収容所で亡くなりました。私の場合はコロンビアのビザを取得することができて一九三八年に入国を果たしましたが、両親のビザは、取ってあげることができませんでした。それこそが、両親を死に追いやった一番の原因なのです〟と繰り返し語り、また、普段の会話の中でもなにかというと、両親の話を持ち出しているからだ。

というわけで俺は、ハンスとリリーを訪ねて二人の書店に足を運んだ。二人とも、グレーのがっしりしたデスクの脇の椅子に腰を掛けていた。

ちなみにそのデスクとは、ボゴタに暮らすドイツ人たちにとってのいわゆるたまり場とも呼ぶべき場所であり、いっぽう店にとっては、司令塔のような場所となっていて、店の者たちはいつもそのデスクから、ダイヤル式電話と旧式のタイプライター、レミントン製で小型コロシアムのような背の高いずっしりしたタイプライターとの助けをかりて店を切り盛りしている。

店内の真ん中にある書棚には、俺の新刊が三冊並べられていた。リリーは、ワインレッドのタートルネックのセーターを身につけ、ハンスは、ワイシャツにネクタイ、アーガイル柄のセーターと背広というういでたちだった。デスクの上には、氷なしの水が入った背の高いグラスと、コーヒーのカップ。カップには口紅の跡がついていた。そのすぐ脇に置かれていたのが『セマナ』誌の最新号。ザラが生前に言っていた通りだった。『セマナ』誌は、ザラの予想通りに、終戦五十周年記念の特集を組み、しかもそれは、スルアメリカ保険会社の広告ページも含めてではあるが、六ページにも及ぶものとなっていた。ところが、日々のニュースに事欠かないこの国としては当然のことながら、雑誌にはさまざまな事件の記事が満載で、あれではあの地味な特集記事が読者に見過ごされていたとしても仕方のないことであったろう。

『セマナ』誌は読みかけの状態のまま置かれていて、開かれたそのページには、図版が二つと、図版の左側には手紙を写した写真が一枚、掲載されていた。手紙はフリッツ・モーシェルという人物に宛てて書かれたもので、一九三四年七月十六日と日付が記されていた。また手紙についての説明として写真の下側には、《当時の文書の一例：当時は、ドイツ人の手による文書の類《たぐい》はすべて疑惑の対象とされていた》との一文も添えられていた。図版二つと、手紙を写した写真。それに加えてもう一つ、同じページに載っていたのは、爆撃を受けた後のブランデンブルグ門を写した一枚の写真であった。そちらの写真の方は、そのページの、二つの図版と手紙の写真以外のスペースをほとんど覆うほどに大きく、説明文には、《破壊されたベルリン：いっぽう当時のコロンビアでは、戦争の影響をほとんど感じることなく人々は日々の生活を営んでいた》と書かれていた。

〝なんだ、これが今回の〈呼び出し〉の本当の目的だったのか……〟と、俺は、思わずそう呟いていた。

リリーが、俺のためにコーヒーを注文してくれた。ハンスは、俺とリリーが話をしているすぐ横に腰掛けていたが、俺たちの会話を聞いているのかいないのか、書店の入り口に目をやりながら店に出入りする客、何かを聞いてくる客、支払いをする客たちをじっと見ていた。リリーはコーヒーを飲み終わると、一枚の紙を取り出してきた。「これから、この雑誌を出している出版社宛てに手紙を書こうと思うの。あなた、手伝ってくれない？　私の書く文章を直してほしいの」リリーは俺に言った。

《五月九日発売号の貴誌に掲載された『中南米諸国にとっての大戦』という記事の中に、〝第二次世界大戦下でのロペス・デ・メサ元外相による、おそらくは反ユダヤ主義に基づくものと思われる政策は、ただいたずらに事態を悪化させる結果に終わった〟という一文があります。

コロンビア外務省は一九三九年に、各国コロンビア領事館に対してある通達を出しています。それは、〝ユダヤ人から新たにパスポートを提示され人道的措置として査証の印を押すことを求められたとしてもそれを拒むよう命じる〟という内容のものでした。私どもは、そうした通達が行なわれたというのを事実として知っております。また、そこに書かれていた文章を実際に目にしたこともあります。その立場から申し上げますと、ロペス・デ・メサ元外相が反ユダヤ主義であったことについてはもはや単なる推測にはとどまらないと考えざるを得ません。

もちろん私も、この問題については、コロンビア市民の間での話題としては取り上げられにくいものだと承知をしております。ですが、メディアにおいてはまた違った対応が取られるべきではないかと考える次第であります。私はこの手紙で、なぜそう考えるのかということについて、少々、説明をさせていただきたく存じます……》

これはほんのさわりの部分だ。手紙は、リリーが文章を書き俺がそれを手直しし、を繰り返しながら二人で書きすすめていき、一応、書き終わったところでもう一度、文字の間違いがないかチェックをしながら読み直しを行ない、最後にリリーが手紙を二つに折って自分の机の引き出しに入れた。ところがその入れ方があまりにも無造作、というよりむしろ投げやりに近いぐらいの印象を抱かせるもので、俺はそれを見た瞬間、どうしたって思わないわけにはいかなかったのだ。〝もしかしたら、手紙を書くための助っ人を俺に頼むというのは、単なる口実ではなかったのか？　本当は、このささやかな抵抗の行為のことなどどうでもよく、リリーたちはただ俺と会って亡くなった友人のザラを身近に感じたかっただけなのではないのか？〟と。

実を言えば、ザラについて書いた俺の最初の本『亡命に生きたある人生』を、そのときすでに発売から七年が過ぎていたにもかかわらずまだ棚に置いておいてくれていたのは、セントラル書店の一軒のみだったのである。もちろん、ウンガー夫妻も俺の本を読んでくれていて、あの本には当時の状況が忠実に描かれていると、感想を伝えてくれてもいた。また夫のハンスに至っては、自分がときどき出演しているＨＪＣＫの番組の中で俺の本について触れるという労まで取ってくれていたのである。

だがすぐに、別の俺の声が言った。〝いやいや、そんなことを考える方がおかしいよ。二人が俺を呼んだ目的がザラ絡みのことだったなんて、あるわけないさ。そもそも、こんなふうに勘ぐること自体が馬鹿げている。よく考えれば、必要もないのにリリーがこんな手紙をわざわざ書くわけがないではないか……〟。俺は雑誌に目をやってみた。たしかに雑誌もそこにあり、ウンガー夫妻もいて、手紙の原稿も存在していた。〝ほら、やっぱり。これだもの、二人が俺を呼んだのが手紙を書くのを手伝わせるためだったというのは、何をどうやったって疑いようもないことだろう。現にこの俺も確かに今、二人のご要望通りに手紙を書くお手伝いをしたわけだし〟俺はそう結論づけていた。

書店が昼の休憩に入るまでには、もうあと数分を残すのみとなっていた。俺は帰り支度を始めた。エステラが寄ってきた。見るからに真面目そうな顔つきと威圧的な声の持ち主のその女性はレジの担当で、俺の前に立つとデスクの上に、『密告者』をまとめてどんと置いた。数は十冊、あるいは十五冊だったろうか。

リリーが言った。

「それにサインをしてくれないかしら。私はまだ読んではいないのだけれど、なるべく早く、週末の落ち着いた時間がとれるときに読むつもりよ」

エステラが、店内の電気を半分だけ消して外に出て、扉を閉めた。書店の中は、車のクラクションもエンジン音も表の騒音はいっさい聞こえず、しんと静まり返り薄気味悪いほどだった。ハンスは、ドイツ語の本ばかりが置かれている机の前で足を止めていた。メガネ越しに一冊一冊に視線を送るハンス。おそらく通りすがりの人があのハンスの姿を目にしたとしたら、一介の客だと勘違いしたに違いない。ハンスは緑色のレンズのメガネをかけていた。いったいハンスはあのメガネをいつから使いつづけているのだろう。少なくとも、俺が知っている限りの昔から、ハンスはいつもそのメガネばかりをかけている。

「主人はあなたの本を読んだのよ」リリーが低い声で言った。

「でも、まだどう考えていいのかが整理できていなくて、だから、読んだことをあなたには言えずにいるの。主人の友達のひとりがブラックリストに入れられてね、それも戦争の終わる頃に、くだらない理由で。たしか、セルバンテス書店に本を注文したからとか、そんなようなことだったと思う。あなた自身は、この本を書いたことをどう思っているの？　他の人にはどんなことを言われた？」

俺は肩をすくめて見せた。そのことについては話す気がないという意思表示だった。するとリリーが言った。

「ハンスはあの人たちのことを知っていたのよ」

「あの人たちって？」

「デレッサーさん一家よ」

むろん俺とて、それを聞いて一瞬、驚きはした。なぜなら、当時のコロンビアにおいてはドイツからの移民とオーストリアからの移民との交流がまったくと言っていいほど行なわれていなかったというのは、歴史上の事実であるからだ。両者それぞれが抱えていた相手へのライバル意識。だがそれも、移民同士の話としては別に珍しいものでもないだろう。互いが新たに移り住んだ土地への権利を奪い合うような状況になると、というか、自分たちがそういう状況にあると思い込んでしまうと対抗心を募らせ合うようになる、というのもわからないことではない。

確かに俺はあのとき、リリーの言葉に驚きはした。しかし、ひどく驚いたかというと、実のところ、それほどでもなかったのである。

だがそれがもし、リリーとハンスがほんとうはうちの親父と知り合いで、それを知らなかったのは俺だけだったとリリーの口から聞かされたのだったとしたら、それはもう、驚いたなどというものではなかったであろう。

「いいえ、私たち、あなたのお父さんのことは知らなかったわ」

俺の質問にリリーは、レミントン製タイプライターのキーボードの部分に目を落としながら答えた。

「私もハンスもよ。嘘じゃないわ。だって主人は何度も私に、あなたのお父さんとは会ったこともないと言っているもの」

〝リリーは嘘をついている。リリーはきっと俺の親父のことを知っていたに違いない……〟

妄想。俺は、その日二回目となる妄想、ただし前回のとは異なる妄想に襲われていた。

〝親父のことも、親父の秘密、親父が犯した過ちのことも、おそらくリリーは知っていたはずだ。ただ、時が経つにつれてその記憶がリリーの中でだんだん薄れてきてしまったのだろう。そして今やリリーはすっかり、自分が俺の親父をかつて知っていたということさえも忘れている。そうだ、きっとそうだよ。だからこそこうしてリリーは俺に対してずっと、顔をしかめることもなく普通の客として接してくれているのだ。だからこそリリーは、俺の最初の本を話題にするときにも普段と変わらない調子で俺と喋っているのだ。そういえば、あの本、リリーの友人でもあるザラの人生を描いた俺の本を親父が酷評したときもリリーは、なぜあなたのお父さんはあそこまで怒るのかしらと、訝《いぶか》しそうな表情を見せていたではないか。いや……、もしかしたらリリーのあれも、そう装っていただけなのか？　そんなことがありうるのだろうか？〟

俺は思わず、頭を振った。

〝なんてことだ……。俺はこれからもこうしてずっと、誰のことをも信用できないまま一生を終わらなければならないのだろうか。俺は、親父の裏切りの事実を知ってしまったことで、おまけに、あろうことか、親父のその罪の一部始終をこの俺自身が書き記し、それを三百ページにも及ぶ一冊の本として出版してしまったことで、いらぬ想像を働かせては疑心暗鬼に駆られて人を疑うような、そんな人間になってしまったのではないのか？　リリー・ウンガーは裏表のない女性だ。そのリリーが愛情を示してくれているというのに真意を疑うなんて……。そんな俺が哀れでなくてなんなのだ。もしかしたらこれが俺の運命というやつなのだろうか？　俺はこうやって永遠に、他の人間の言うことについていちいち裏があるんじゃないかと疑いつづけるのだろうか？　もしそうだとしたら、その原因は親父に表と裏があったと知ったことなのか？　それとも、親父の二面性について俺自身が本の中で語ってしまったこと、なのだろうか？　けっきょく、俺がこの『密告者』を出したのは間違いだったのだろうか？〟

『密告者』の出版後にさっそく出た書評の中に、それが本自体を指したものなのか作者である俺を指したものなのかははっきりしないのだが、「自惚《うぬぼ》れと自己顕示欲が入り混じって痛ましいほどだ」というのがあった。

それを書いた批評家について言えば、俺自身はもともとその人物をあまり評価はしていない。使う言葉は洗練されているとは言い難く、批評家の読書量が足りていないのは誰もが認めるところだ。展開される論理は独自性に欠け、文章も、リズム感に乏しいだけでなく、書き手が文法あるいは読者をひきつける仕掛けにも気を配っていないことをはっきり示すものとなっている。それに、俺はつねづね思ってもいるのだ。その批評家の書く文学批評そのものが、実は批評家自身のコンプレックスや文学の道での挫折を披露する場になっているのではないかと。いや、正直に言ってしまうと俺は、批評家が心に抱えているものをコンプレックスと言うのもほめ過ぎ、作家の挫折についても〝文学の道での〟という形容詞を使うのはもったいないとすら感じている。また、批評自体についても、批判する際のそれは仲間内の噂話の域を出ないものでしかなく、肯定的評価をする際のそれについてはよくあるような意見の組み合わせ以上のものではないというのが世間の専らの評価となっている。

にもかかわらず俺は、その書評が出てからというものしばらくの間、「自惚れと自己顕示欲が入り混じって痛ましいほどだ」の一文をいっときも頭から追い払えないまま、日々を過ごさなければならなかったのである。

だが、確かに、個人の秘密に属するような話を公のものにしてしまうのが人の道に外れた行為、というのはその通りなのかもしれない。もちろん、今の時代、詮索好きでおせっかいで噂話が大好きで考えなしの人たちが大手をふるっているこの時代においては、そうしたことを許す風潮があるのは事実だが、それでもその行為が邪道であることに変わりはあるまい。また、それがどんな類《たぐい》のものであれ何かを暴露するための本を出版するというのはやはり、基本的には病的な行為と呼ぶべきものなのであろう。言ってみればそれは、男が、自分の卑猥な一物を衆目に晒《さら》しながら通りを練り歩き、女たちがそれを見て眉をひそめるのを眺めて喜ぶのと同じぐらいにおかしなことなのに違いない。そしてだからこそ、ホルヘ・モールも俺に電話をかけてきたのだ。友達のホルヘは、俺の本を読んでその中に自分も登場することを知り、電話でこう言ってきた。

「もちろん、お前には権利があるさ、ガブリエル。自分が考えたことを語る権利はお前にもある。でもな、俺は妙な気分になってしまったよ。お前の部屋に入っていってお前が女と寝ているところを見てしまったような、とでも言ったらいいだろうか。そんなつもりじゃなかったのにたまたま見てしまった、みたいな。本を読みながら、俺は恥ずかしくてたまらなかった。恥ずかしがらなくてはならないようなことは何もやっていないのに。お前は、みんなが知りたいと思っていないようなことまで無理やりに世間の人たちに知らせようとしている。いったいなぜなんだ？」

「じゃあ、読まなければいいじゃないか。俺は、誰にもこの本を読めと強制した覚えはないよ。誰かの思い出を、あるいは誰かの人生についてを書くとなれば、それがどんなものであれ個人的な部分にも触れることになるわけだし、読者もそれはわかっているはずだ」と俺は答えた。

「そこだよ、俺が言いたいのは」ホルへは言った。「なんで、親父さんがずっと秘密にしてきたことを世間に公表しようなんて考えたの？　つまり、何だな。お前は、この本を書くことで親父さんの恋人がやったのと同じことをやったわけだよな。まあたしかに、お前のやり方の方がもう少しスマートだったというのはその通りだろうが」

完全な不意打ちだった。俺は思わず声を荒らげ、二つ三つ、ひどい言葉を、というより単語を投げつけ、力任せに受話器を置いた。

〝アンヘリーナのやったことと俺のやったことが同じ？　よくもそんなことが言えたものだな。この本を書くについては、俺だって自分の裸を晒している。自分だけこそこそ安全な場所に身を隠していようなどとは考えてやしない。俺はな、親父のしでかした過ちをみんなの記憶に残しておかなければならないと思うからこそ、この本を書いたのだ。俺だってこうして、あらゆる方法できちんと親父の犯した罪の責任を取ろうとしているんだ。親の犯した過ちもまた、子にとっては受け継ぐべき遺産。罪とは、受け継がれるもの。人は、前の世代の者たちがやったことであってもその償いをすべきなのだ。みんなだってそのことはわかっているはずだよ。だけれど、それを実際にやれるかどうかはまた別の話だ。そこにいくと、俺はこうして親父の罪を自分でも償おうとしている。たいしたものではないか。少なくとも、褒められていいのではないのか？〃

そこまで思いを巡らせたそのときだった。親父が口にした一文が不意に脳裏に蘇ってきて、と同時に、その一言ひとことが頭の中いっぱいに広がっていった。あるとき、親父も俺に言ったことがあったのだ。「黙ったままでいることと公にしてしまうことについてどう思うかって？　黙っていることを選ぶ者には品性があるが、なんでも世間に言ってしまおうとする者には、品性どころか、あるのは寄生虫のようなさもしい根性だけだよ」と。

だがそれで終わりではなかった。

突然、親父の声が耳に響いてきた。

「お前がこの本を書いたのもそれが目的か？　みんなに自分はいい人だと知ってもらいたいから、それで書いたのか？」

親父が、死者たちの中から蘇ってきて、俺を糾弾していた。

「ねぇ、僕を見てよ、僕のことを褒めてくれよ、僕はよき者たちの仲間だ、僕は糾弾するよ、僕は告発するよ、ってか？」

〃……俺は親父のことを利用したんだ。自己顕示欲と己自身の利益のためだけに、親父の人生で最悪のあの出来事を利用したんだ〃

「僕の本を読んでよ。僕のことを好きになってよ。他人の痛みをわかろうとする僕の優しさと僕の善良さにご褒美を頂戴よってか？」

〃けっきょく、俺という人間はナルシスト以外の何ものでもないんだ。俺が、活字の持つ権威、といってても見せかけの権威ではあるけれど、とにかくそのおかげで世間からは本物よりもましな人間のように思われているのは事実かもしれない。それでも、俺はしょせん、ナルシストでしかないのだろう。

親父の不名誉な過去を世間に広めるなんて、やっぱり裏切り行為だ。本に書くという、いかにももっともらしい新手のやり方でやったとしても、裏切りは裏切りだ。ホルへよ、お前の言ったことは正しいよ〝

〝じゃあ、もしもだけれど、親父があのラス・パルマスの事故で死なずに命拾いをしていたとしても、俺はこの本を出していたのだろうか？〟

俺は、自分にそう問いかけてみた。しかし本当は、自問するまでもなくわかっていたことだったのだ。情けなくも答えは否だ、と。

目の前のリリーに目をやった。俺はここには来てはいけなかったのだと、そう思った途端に、やりきれなさがこみ上げてきた。昼の休憩中の本屋でリリーと話をしながら俺は、自分の未熟さ加減を嫌というほど思い知らされていたのだ。

「本を書いたのは、いいことではなかったのかもしれない」俺は、本を閉じながら言った。ちょうど、リリーから頼まれた十数冊の最後の一冊にサインをしおわったところだった。

「この本を出すべきじゃなかったんだよ、たぶん」

俺はリリーに、その週に俺が経験したある出来事について語りはじめた。

「まったくおかしな話なんだよ。その日も僕は、本を宣伝するためのイベントに出席していたんだ。本を出してからはよく、サイン会やらなんやらに引っ張り出されているよ。あれは、イベントが終わって会場を出ようとしていたときだった。参加者の一人が僕の方に寄ってきた。ネクタイ姿の男でね、会場のお客さんたちの中では、そうした格好をしていたのはその男ただ一人だった。男は僕に、ザラさんの具合はどうなのですか、と聞いてきた。〝無理にでも手術を受けさせた方がいいとはお考えにならないのですか？　そうでなかったら、せめて、暖かい土地で療養するように説得するとか。ザラさんのお子さん方ときたら、お母さんの命を守るためには何かしなければとはまったくお考えにならないようですな〟って、そう言うんだ。僕はよほど、いったい何様のつもりですかね、あなたは、と言ってやろうかと思ったよ。でも言葉を飲み込んで、数秒間を置いてから男に向かってこう声をかけた。〝ザラは亡くなりました。葬式もすでに済んでいます。ザラのことは本当に残念でなりません〟とね。いや、あのとき僕はすっかり勘違いしていたんだ。男のことをなぜか、ただの読者ではなくてザラの知り合い、ザラの親戚か友人とばかり思い込んでしまっていた。もちろんその後すぐに、そうではないと気づいたさ。だが遅かった。一度口にしてしまった言葉はひっこめられないからね。それに僕だって本当はわかっていたんだ。そもそも、そうして男が内輪の話に首を突っ込むようなことを言ってきたのは、僕があの本を書いたからなんだってね。それにまあ、見ず知らずのその男のことを僕やザラの知り合いかなにかのように思い込んでしまったのも、男がザラのことを知っていたに違いないと信じ込んでしまったのもこの僕自身なわけだし」

「つまり僕が言いたいのは、そうして見ず知らずの者が僕やザラの暮らしにまで踏み込むようなことを言ってくるのは、僕があの本を書いたせいなんじゃないかということなんだ。確かにあそこまで書いてしまえば、プライバシーも何もあったものじゃないからね。やっぱり僕は、自分の気持ちを満足させることしか考えていなかったのだろうか？　それに……、あろうことか僕自身、いつの間にか、この本に書いてあることこそが真実、自分自身の記憶よりもこちらの方が正しいとまで思うようになってしまっている。けっきょく僕は、ひと様の人生をいいように利用しているだけなのかもしれない。親父の人生でさえも。でもね、僕はただ、親父の犯した罪を告白しただけだよ。それなのに、今こうして、嫌なことばかりが起こっている。本当は、もっといい方にことが動いていくだろうと期待もしていたのだけれど、すべてが期待外れに終わってしまった。いや、もともとそんな期待をする方が間違っていたのかもしれないけれど」

リリーが手で俺を遮《さえぎ》った。

「実はね、あの手紙を書いてもらうためにあなたを呼んだわけではないの。もちろん、サインを頼むためでもないわ」

リリーは言った。

「ただ、本題に入る前にちょっと探りを入れてみたの。あなたの話を聞いてみたかったのよ。あなたがどんなふうに考えているのか知るために。でもわかってね。意味もなくこんなことをやったわけではないのよ」

リリーは、デスクの上の封筒を手に取り、表に返した。むろん封筒はずっとそこにあったに違いないのだろうが、『セマナ』誌と大きなタイプライターとで半ば隠されるように置かれていたために俺は、封筒があることに気づかずにいたのだ。リリーは、rrを喉で発音する独特のアクセントで、スタンプの下に書かれている宛名を読み上げた。〝ガブリエル・サントーロ様　ハンス&リリー・ウンガー様気付〟。差出人の名はエンリケ・デレッサー。

「エンリケはあなたの本を読んだの。あなたに会いに来てほしいと、手紙で言ってきたの」とリリーは言った。

翌朝、俺は車でメデジンに向かっていた。例のシベリアロータリーからメデジンに向かう高速道路に乗ったのは朝の八時。しかしそれにしても、あのシベリアという名称はいったいどこから来たものなのだろうか……

シベリアロータリーを通過した約四時間後、俺は、ラ・ドラーダに到着した。ラ・ドラーダは、ボゴタからメデジンまでの道程のちょうど真ん中の地点だ。メデジンに向かう高速道路については、ここ数年コロンビア国内でももっとも荒れて危険な道路の一つだという話をよく耳にするようになっている。だからこそ俺はあのとき、とにかく止まらずにメデジンまで行く方法をと考え、中間のラ・ドラーダでの昼食をはさんで前半後半に分けて走る計画を立てたのだ。自分で言うのもなんだが、俺の運転は、難所続きの道路であるにもかかわらずかなり巧みなものだったろうと思う。

それにそもそも、どこに行くにしろ車でボゴタを出るというのはそれ自体がすでに、なにはともあれアンデスの山越えという難事業に挑まなければならない、ということでもあるのだ。親父も、お袋と俺を車に乗せて遊びに出かけるときにはよく、「さあ、みんな。今日もまた、〝ボリバールはアンデスを越える〟を一度も口ずさむこともなく最後まで行くことになるかどうか見ていてくれよ」と言っていたものだ。コロンビア国歌の一節の〝ボリーバルはアンデスを越える〟。親父にとってのその部分は、国歌の歌詞の中でも腹を立てずに聞くことのできる数少ないフレーズの一つだったのである。

もちろん俺にとっても、ボゴタを出るのが常に一大事業であるというのはその通りだ。いや、一大事業というにとどまらず、苦行、難行ですらある。それなのにいったいなぜなのだろう。俺は、七面倒くさいこの街、ボゴタにいるとただただホッとする。たとえそれがどんなところだろうがボゴタ以外の土地に二週間もいると、もう帰りたくてたまらなくなってしまう。俺自身、いまだにその〝なぜ〟にうまい説明をつけられずにいるが、ただ言えるのは、俺にとって必要なすべてがここにはあるということと、ここにはないなにかについては別に必要とは思っていないということだ。俺の中にある、人を追い出すことに長けているこの街にどこまでも執着してやろうという強い思い。それもまた、おそらくは、親父から譲り受けたもう一つの遺産なのであろう。

その道中は我慢の連続だった。牧畜の群れが放つ異臭。荒れ野地帯に入ると冷たい霧があたり一面を覆い、そこを抜けると厳しいくだり坂。と思ったら、なにやら正体不明の強烈な臭いがとつぜん鼻の奥で炸裂し、しばらくすると今度はセクロピア〔南アメリカ原産で、アマゾンのジャングルで最も目立つ樹木〕の一群が現われた。どこまでも続く銀色のセクロピアの波。うるさく鳴きたてるカナリア、ショウジョウコウカンチョウ〔南北アメリカ熱帯地域に生息するスズメ科の鳥〕。

マグダレーナ川まで辿《たど》り着いた。橋の上はくらくらするほど暑く、おまけにまったくの無風状態。だがそれもなんとかしのいだ。川には、漁師の姿も魚の網も見当たらなかった。これは後でわかったことだが、そこはとっくに魚たちの棲まない川になっていたのだ。二つ目の橋が現われた。欄干部分に直射日光が反射して橋全体がきらきら輝き、その様は、巨大な金属の入れ歯を連想させた。ところが、橋に差し掛かるとたんに車の重みで橋桁《はしげた》がぎしぎしと猥雑な音を立てはじめ、それはつまり、橋が見た目以上に、年代物の木材のごとくにもろくなっているという何よりの証《あかし》であった。

マグダレーナ川の最初の橋に入る手前でのことだった。俺は兵士に呼び止められた。おそらくは空軍基地に配属されていたうちの一人だったのだろう。兵士の被っていたヘルメットは、明らかに大きすぎるサイズのもので、兵士がひとこと喋るたびにヘルメットの中からも声が反響して聞こえていた。俺の車を停止させると兵士は、身分証明書の提示を求めてきた。そして、手にしたそれを外国語で書かれているわけでもあるまいしと毒づきたくなるほどにしげしげと眺め、ようやく返してくれた。と思ったら、返ってきたその証明書には、兵士の、いかにも闘いの臭いをぷんぷん漂わせていそうな手のひらの汗と、ヘルメットの中の額からしたたり落ちた数滴の汗とで染みが作られていた。もちろん俺は、兵士に向かって〝なぜ空軍基地からこんなに離れているにもかかわらずこの橋を通る車をいちいち止めているのだ〟と問いただすような真似はしなかった。兵士はまだ若そうで、怯《おび》えているような様子を見せていた。おそらく兵士は、オンダやココルナーはもちろん他の不吉さの代名詞のようないくつかの場所からも非常に近いところにいるというだけでもう恐ろしくてたまらなかったのであろう。また実際にも銃撃音がすぐ近くに聞こえることもあっただろうし、あるいは、ちょっとした物音を銃撃音と聞き違えたり、なんでもないことをゲリラからの攻撃と勘違いしたりというのも日常茶飯事だったはずだ。そうした、ゲリラにいつ襲われてもおかしくない状況に身を置いていること、それが兵士に恐怖心をもたらしていたに違いない。

これは、その道を通ったことのある人なら誰でも身に覚えがあることだろうが、マグダレーナ川を渡りきるととたんにドライバーたちは一気にスピードをあげにかかる。橋を抜けた瞬間に、みな、待っていましたとばかりにアクセルをいっぱいに踏み込む。それがなぜなのか、本当のところはよくわからないのだが、もしかしたらそれも、あの兵士が抱いていたのと同じ恐怖心がなせる業《わざ》、つまり、突然のゲリラの襲撃、ゲリラに車を止められ行く手を阻《はば》まれて無理やり車から引きずりおろされるような目に遭うのを恐れてのことなのかもしれない。あるいは、橋から続く長い直線道路がその理由なのだろうか。ドライバーたちは、橋を抜けるとすぐに二十分間にわたってひたすらまっすぐな一本道を走ることになる。道は、多少はでこぼこしてはいるものの舗装状態はかなりよく、となれば運転する者としてはついスピードを出したくなってしまうのも仕方がないことであろう。

俺の車のスピードメーターの針が、激しい勢いで右に振れていた。強烈な臭いが鼻をついた。明らかに、木の下で寝そべる牛たちの糞のものとは違う臭い。ゴムの焼け焦げる臭いだ。確かに、あれほどのスピードを出せばタイヤとしてもたまったものではなかったろう。タイヤにしてみれば、もはや酷使という以上に、拷問にも等しいくらいの使われようだったに違いない。

そう、つまりは俺もあのとき、ドライバーたちの習慣に違《たが》うことなく猛スピードでその直線道路を走り抜けたのである。

そうしてなんとか十二時より前にラ・ドラーダに辿り着き、安食堂の前のマンゴーの木の下に車を着けることができた。店に入ると、天井に備えつけられた二台の扇風機が、箍《たが》が外れたかのような勢いで空気をぐるぐる引っ掻き回し、ひと回転ごとに、狭くて真っ平らな天井のすぐ下あたりに白い円が描き出されていた。というより正確には、描き出されていたはず、というべきか。つまり、あまりの羽の回転の速さに、そこに描き出されているはずの白い円すら俺の目にはほとんど見えていなかったのである。

店内の椅子やテーブルは、いずれも四つの細い棒の上にカラフルな板を打ちつけたタイプのもので、それを見たとき俺は、なるほど、この店のなにもかもがこうして少しでも風通しがいいように、ただでさえ少ない風の動きをなるべく妨げないようにというのを一番に考えて作られているのかと感心したものである。とにかく大事なのは空気を滞留させずに循環させること。店にとっては熱い空気が最大の敵。事実、店に入った瞬間から、そこら中が湿気でべとべとしているのを俺は肌で感じとっていた。つまりそれは、そこでは水分が蒸発しないのが当たり前の状態であるということだ。おそらくは、あの村の人たちにとっては、湿気をどうするのかというのがいつも頭から離れない問題になっているに違いない。

四十五分後、食事を終えた俺はふたたび車に乗り込んでいた。といってもむろん、エンリケに何時きっかりに行くからと約束をしていたわけでも、ましてや、エンリケが面接官で俺は仕事をもらうためにメデジンに向かっていたというわけでもまったくなかったのだが、なぜか急がずにはいられない気分だったのである。

〝俺の体は今、時速八十キロから百キロで走るこの車と一緒に、アンヘリーナと親父が三年、いやそれ以上も前に通ったのと同じ道程を辿っている〟ハンドルを握りながら俺は、そのことばかりを思い続けていた。だがそれも、あのときの俺にしてみたら当然、というか、致し方のないことであったろう。俺はそんな自分のことが、サンタンデール公園で無防備な姿を晒してくつろぐ人たちのもの真似をしながら後ろをひたすらついて回っている大道芸人のように思えてならなかった。

二階建ての橋、そんな言葉が頭に浮かんでいた。二階建ての橋のように上と下とで並行して流れている二つの異なった時間。下の時間を行くのが親父とアンヘリーナ。俺はその真上を、俺の時間の中で、下を行く二人と同じ速度で進んでいた。

そうして過去の親父たちと並行して走っていた俺のその道行で、あれはいつの瞬間だったろうか。

ああ懐かしいと、ふとそう感じた。もちろんそこを通るのは初めてのことだったのだが、にもかかわらず俺は、目の前に広がる景色を眺めながら、絶対にどこかで見たことがあるはず、という思いをぬぐえずにいた。俺は考えた。〝もしかしたらこれは、本を書いている間じゅう、親父がメデジンへ旅したときのことを考えてはまた考え、というのを繰り返していたそのおかげで、見てもいない景色が俺の頭の中に記憶として植えつけられてしまったということではないのか〟と。しかしどうも腑に落ちない。それからしばらく俺は、その記憶の謎について考えつづけた。そしてはたと気づいた。テレビだった。俺は間違いなく、そのあたりの景色をテレビで見て知っていたのである。

　そのおよそ一年前のある日曜日、ザラと俺は朝から晩まで、ニュースの時間になるとテレビの前に釘づけになっていた。お昼のニュース、夕方の六時と夜の九時半のニュース。次から次へと登場するコメンテーターたち。男性陣は口髭《くちひげ》をたくわえているもの、あごの鋭いもの、いっぽう女性陣はみな一様にくすんだ色の口紅をつけていた。コメンテーターたちはそれぞれに、あるものはあくまで自分の意見として、あるものは断定的に、あるものは噂を紹介しつつ、またあるものは目撃証言を引き合いに出しながら、エスコバル〔アンドレス・エスコバル（一九六七―一九九四）。サッカーのコロンビア代表チームでセンターバックとして活躍。一九九四年アメリカでのワールドカップでオウンゴールを入れ、コロンビアは一次予選敗退。同年七月にメデジンで殺害される〕はどういうふうになぜ殺されたのか？　本当にオウンゴールが殺害の原因なのか？　駐車場での口論が直接の原因だったのではないのか？　三八口径のピストルで六発撃たれてから出血死するまでどれくらい間があったのか？　といった疑問点を取り上げては、それについて語っていた。いや、語るという表現は相応《ふさわ》しくない。むしろあれは、解説を試みようとしていたというべきか。とにかく俺とザラはあの日、そうしたコメンテーターたちの喋っていることにぼんやりと耳を傾けながら、無言のまま、そして震えながら一日中、画面を見つめつづけていた。

　そうしながら俺は、一方では思ってもいた。〝そのうち、といってもずっと後になってからのことではあろうが、みんなのあいだでは、エスコバルが殺されたあのとき君はどこにいたの、といった会話が当たり前に交わされるようになるのだろう。これまでは、ガラン〔ルイス・カルロス・ガラン（一九四三―一九八九）。コロンビアの政治家。一九八二年に自由党から大統領選に立候補するも保守党ベタンクール候補に破れる。一九八九年に暗殺される〕が殺されたときはどこにいたの？　ピサロ〔カルロス・ピサロ・レオンゴメス（一九五一―一九九〇）。コロンビアのゲリラ組織「四月一九日運動」（M―一九）の重要な指導者の一人。同組織が合法化された後に大統領候補となるものの、一九九〇年に暗殺〕が殺されたときは？　の二つだったのに……。この調子でいくなら、誰かが暗殺されたときにどこに居たのかを辿るだけで、俺の人生のすべてを語ることができるようになるかもしれない。いや、間違いなくそうなる。とはいえ、それは何も俺だけのことではなく、他の人たちだってみな同じだろう〟と。

俺はメデジンに向けて車を走らせながら、その日のこと、すなわち七月四日のことを思い返していた。

俺とザラはテレビの前で、ニュース番組にチャンネルを合わせ、長い車列を写す中継映像を見ていた。窓のないバスとキャンパス地の幌がかけられたトラックとが、十五台から二十台ぐらいだったろうか、縦に連なって殺されたサッカー選手の葬儀へと向かっていた。テレビ画面からは、ひっきりなしに戦闘機の轟音が響いていた。パランケロ空軍基地から戦闘機が飛び立つときの、すさまじい音。いっぽうそれとは対照的だったのが、参列者らの沈黙具合だ。人の声が、まったくといっていいほど聞こえてきてはいなかった。また中継映像では、戦闘機のエンジンがわずかながらも空気を動かしマグダレーナ川の水面に小波《さざなみ》を立てているその様までもが映し出されていた。もっともこれについては、テレビを見ていたもの全員が気づいていたというわけではなかったろうが、それでも少なくとも、俺のようにいつも丹念に画面の映像を眺める習慣がある者であればそうとわかったはずだ。

人々がエスコバルの葬儀に行ったのは同情心からか、歪《ゆが》んだ好奇心からだったのか。あるいは純粋に怒りに駆られてなのか、ただのミーハー趣味からだったのか。理由はさまざまであったろうが、一つだけ確かなのは、実際に葬儀に参加するというのには、なにがしかの実質的な意味があったはずだ、ということだ。その点は俺も認めるところだ。おそらく親父にしても、もし生きていたとしたら、葬儀への参列については理解を示していただろうと思う。というより、親父の場合はまず間違いなく、葬儀に参列して自分の目で確かめようという人たちに対しては積極的に賞賛の言葉を送っていたはずだ。だがもちろん、親父自身がサッカーに興味を持っていたのかと言えばそんなことはない。少なくとも、俺ほどの関心を示したことはただの一度もなかったはずだ。とはいえ、これはぜひとも言うべきことだが、親父は、親父が若かりし頃にサンタ・フェ・チームで活躍していたイレブンたちの名をすべて挙げることができたのである。ペラッツォ、パンスート、レスニック、カンパーナ。親父に言わせると、それらの名前を口にしたときの響きがたまらなく心地よかったのだそうだ。親父はよく言っていたものだ。「これはまさに詩だよ。太鼓一つでメロディーを奏でているような、素朴な詩だ」と。

突然のことだった。俺は、テレビの前で、葬式の隊列を真似たようなその車列が動いていく様を眺めていて不意に、〝今自分が目にしているこのことについて、もっとしっかりした情報が欲しい〟と、そう思ってしまったのだ。

俺の場合、そういうことがままある。なにかを面白いと感じるとすぐに、具体的な情報が欲しくなる。それは、そうすることでより自分の理解が深まると思うからだ。ところが、どうやっても詳しい情報が手に入らない場合もあるわけで、そうなると関心がたちまち冷めていくというのがいつものことである。たとえば、ある作家を面白いと思うと、俺は、その作家がどこでいつ生まれたかを知りたくなる。初めての相手とベッドに入るときには、その人の乳首の大きさや、臍《へそ》から体毛までの距離などを測りたくなってしまう。いっぽう相手の女たちはというと、たいていは、それをゲーム、それもロマンチックなゲームと思うらしく、嫌がりもせずに測らせてくれるのである。

というわけで、そのときも俺は、テレビに映る光景についての詳しい情報が欲しくてたまらなくなってしまった。もうそうなると、待ったは効かない。俺はすぐにザラのマンションの電話に手を伸ばし、アンヘリーナ・フランコの家の番号を押した。アンヘリーナに俺が知りたい情報を教えてもらおう、そう考えついたのである。

アンヘリーナは最初、俺の頼みについてまったく聞くに値しないといった反応を見せていた。「冗談にも程があるわ。ねえ、わかってる？　エスコバルは暗殺されたのよ。それなのによくそれをネタにして私に冗談なんか言えるわよね」アンヘリーナは、強い口調で俺をなじった。俺としても、アンヘリーナが怒ったその気持ちがわからないではなかった。おそらくアンヘリーナにとっては、エスコバルが殺された事件というのは、ろくでもないことばかりが続く日々の中で改めて〝これでもうこの国も終わりだ〟と宣告されたにも等しいものであったのだろう。コロンビアではこの数十年、いや、俺たちが大人になってからはずっとろくでもない事件ばかりが起きている。しかも事件のたびに、そのろくでもなさの度合いが、下衆《げす》で理解不能で絶望的な度合いが、ますます増してきている。

だがそれでもアンヘリーナは、俺の声の調子に何かを感じ取ったのだろう。それとも……、むしろ理由はこっちの方だったのかもしれない。俺は思うのだ。もしかしたら俺はあのとき、言葉の端々に、〝俺もアンヘリーナさんも、この世の中についてよくわからないと思っているということでは一緒なのですね。ただ、それをどう表現するのかはそれぞれだけれど〟という俺の本音をにじませてしまっていたのではないだろうかと。実を言えば、アンヘリーナと電話をしているときにはあえて口に出して言わなかったのだが、エスコバルの事件のことでは俺もまた、国から最後通牒を突きつけられたようなものだと、国から、「お前にコロンビアを理解するなど絶対に無理だ。そもそも本を書くことで、それも、読んでくれる人がほとんどいないうえにそれを書いた本人には問題しかもたらさないような本を書くことでこのコロンビアを理解しようとするなどというのは、甘いにもほどがある。なんと能天気な奴め」と引導を渡されたに等しいと、そう感じていたのである。最後通牒。あのときはその言葉を頭に浮かべていたのだが、確かに少しばかり強すぎる。代わりに、後になって思いついた単語が、イエローカード。今俺は思っている。あのエスコバルの事件は俺にとって、国からイエローカードを突きつけられたようなものだったのではないのか、と。

ともかく、いずれの理由によるものかはわからないのだが、アンヘリーナは、最後には俺の頼みにうんと言ってくれた。そしてようやく、葬式に向かう車列が通過していく場所についていちいち説明するという役割を引き受けてくれたのである。しかしそれにしても、アンヘリーナの説明ぶりは見事としか言いようがなかった。その地域の地図作成のプロがやっているといっても通るほどに詳細な場所場所についての描写。〝アンヘリーナはもしかしたら、車列が無事に目的地に到着できるもできないも自分の説明の正確さにかかっていると本気で信じているのではないのか〟と、俺はそんなことすら思わずにはいられなかったのである。

「今、車列はプエルト・トリウンフォを通過中よ」アンヘリーナは言った。

「ほら、エスコバル〔パブロ・エミリオ・エスコバル・カビリア（一九四九―一九九三）。コロンビアの麻薬密売組織のリーダー〕の動物園の前を通って……、いま、ラ・パニュエラに入ったわ。この辺りから、空気にセメントの臭いが混じるようになるの」

ザラが、アンヘリーナと話している俺のためにルロ〔南米原産のフルーツ。爽やかな酸味が特徴〕のジュースをコップに入れて持ってきてくれた。いまでもそのときのことははっきり覚えている。ザラは、俺がアンヘリーナと電話をしているとわかっているというのに、あなた、気がおかしいんじゃないの、というような目で俺を見ることもなく、黙ってジュースを持ってきてくれた。それはザラの特異な才能とでもいうべきもので、他人がどんなに好き放題に突拍子もない行動をとっていたとしても、ザラはいつも平然と受け止めていた。しかし一方で、そうしたザラの態度というのが時に周りを戸惑わせることがあったのもまた、事実であった。

俺はおそらくそのとき、ザラがくれたルロジュースをありがたく飲んだのだろうと思う。何となくそういう記憶があるにはある。だがいま考えると、そのとき、俺の意識の中ではラ・パニュエラの工場で生産されているセメントだけが唯一、現実感を伴った存在となっていたのに違いない。というのも、あのジュースのことを思い返すたびに今でも俺の舌には、ルロではなくセメントの味が蘇ってきてしまうからだ。

「今、コンドルの洞窟の辺りまで来たわ」アンヘリーナが言った。

「あの鍾乳洞の床にはタケノコ状のものがいくつもできていてね、そのタケノコ状のものに霜がついているの。パンヤとかヒマラヤスギなんかにもときどき霜が積もっていることがあるのよ。道路は注意してゆっくり運転しなければだめなの。とても滑りやすいから」

〝ええ、ええ、知っていますよ〟〝あの道は滑りやすくて、おまけにそこから先もずっと滑りやすい状態が続くのですよね？〟とっさに俺はアンヘリーナに切り返さずにはいられなかった。もちろん声には出さずに。そして思っていた。〝なぜアンヘリーナはこともなげにそんなことを口にできるのか。道路が滑りやすくなかったとしたら親父は死なずに済んだかもしれないというのは、アンヘリーナにだってよくわかっているはずのことではないのか〟と。

「もうラス・パルマスよ。道は下りに入ったわ」アンヘリーナの解説は続いていた。

「この辺りはいつもちょっとだけ、霧がかかっているの。それにほら、どの家も塀の上に、おまるやクッキーの空き箱にゼラニウムを植えて飾っているでしょ。この地方の人たちって、空になったビスケットの四角い缶で草を育てたりするのよ。うちの両親もそうだったし、おばあちゃんたちもそうだった。これを人が見たら、ここ辺りの人たちはみんなプランターというものがこの世にあることを知らないんじゃないのかって、そう思う人も中にはいるかもしれないわね」

そのときだった。葬儀に向かう車列の映像がとつぜん、俺の意識から消えた。代わりに目前に浮かんできたのは……、霧と滑りやすい道路と不自由な手とのせいでハンドルさばきに苦慮している親父の姿。緊急事態だというのになんの役にも立たない手。ハンドルをしっかり握りギアをセカンドに入れるという、当然やるべきことにさえも対応不可能な手。次第に制御を失っていく車。俺は思わず頭を左右に振った。よく漫画の中に出てくるあの動作だ。いや、たぶん振ったと思うのだが、どうだったろうか。とにかく、俺がその瞬間、〝この親父の映像を頭の中から追い払って、もう一度赤の他人の死を悼む方に神経を集中させなければ〟と考えていた、というのだけは間違いないことであった。

画面には、カンポス・デ・パス墓地に到着した車から次々に人々が降り立つ光景が映し出されていた。そこにはためいていたのは、コロンビアの三色国旗にエスコバルの所属チームの緑と白の旗、シーツとスプレーで即席に設《しつら》えられた横断幕。聞こえていたのは、愛国的スローガンを叫ぶいくつもの声。ああ、またなのか。あのときテレビの前にいた者たちはみな一様に、そう思っていたはずだ。ボゴタ市内で爆弾テロや有名人の暗殺があるたびに、必ずこの街を支配する独特の空気。それがまたもや、葬儀を中継するアナウンサーたちの口調、いや、隣近所の人たちや門番たちの表情やボゴタの街を走る車の流れにさえも漂いはじめていることに、俺たちは嫌でも気づかないわけにはいかなかったのである。

その日の電話を最後に、アンヘリーナとは一度も話をしていない。ただ、同じ年のクリスマスに、アンヘリーナからカードをもらっている。きらきら輝く霜柱に囲まれたサンタクロースに英語の添え書きのついたなんとも趣味の悪いもので、中には〝ご多幸をお祈りします。よきクリスマスを〟の一文と、アンヘリーナのサインとが記されていた。それにしてもあのサインは、幼稚と言えばいいのか、あるいは、バロック調のサイン、という言い方もできるのかもしれないが。そして、そのカードと一緒に入っていたのは二つに折られた紙切れ。いや、正確には新聞の切り抜きで、しかもそれは、紙切り専用の鋏《はさみ》を使ったとみえてとても丁寧に切り取られていた。二つ折りにされた新聞の切り抜きを開くとそこには、花で飾られた椅子を写した一枚のカラー写真が載っていた。写真の中の椅子は、背もたれの部分がカーネーション、マーガレット、アストロメリアで華やかに彩られ、見た瞬間に花々が人の姿を描き出しているらしいところまではわかったのだが、それが誰なのかに気づいたのは、ひと呼吸おいてからのことであった。殺されたサッカー選手、その姿が花で描かれていたのである。選手の頭上には花で編んだ三本のアーチが飾られ、そこには〝天は、アンドレス・エスコバルのような、この地が生んだ謙虚で勇敢なすべての者のためにある〟という一文が記されていた。

また新聞記事の余白部分には、

〝私たちが電話で話したあのときの思い出に。一九九四年十二月十九日。

追伸：いつかまた会えますように。電話や手紙ではなくてね。〟

というアンヘリーナのメッセージが添えられていた。

〝アンヘリーナは新聞に載った写真を見て俺を思い出してくれたのだ。アンヘリーナは、わざわざ鋏を用意して新聞に掲載された写真を切り抜き、クリスマスカードを買い、そこに切り抜いた写真をはさみ、そのカードごと封筒に入れてポストに放り込んでくれた。俺がいつも嫌々やっているような作業を、アンヘリーナは俺のためにやってくれたのだ……〟俺は胸にこみ上げるものを感じていた。本当に俺はあの瞬間、心から、アンヘリーナの好意をありがたいと思っていたのだ。それなのに俺は、アンヘリーナに電話をかけて礼を言うこともしなかった。アンヘリーナに会うために自分から行動を起こすこともしなかった。またアンヘリーナもうそれきり、俺の人生に二度と入ってくることはなかったのである。いや、アンヘリーナだけではない。これまでにいったいどれほどの者たちが、そうして俺の人生から姿を消していったことか。けっきょくのところ俺には、人とつながりを持つための、あるいは人とのつながりを続けていくための能力が欠如しているということなのであろう。それに俺という人間はもともと、ある一つのことに興味を持ちつづけることには決定的に向いていないし、もしかしたら、俺自身は意識はしていないのだが、そうしたことを厭《いと》う気持ちというのも心のどこかにあるのかもしれない。俺は、たとえ相手が俺のことを評価してくれていて、かつ、俺自身もその人を評価しているというような場合であっても、その相手に対して興味を持ちつづけることがどうしてもできない。情報を交換し、相手に質問をし、それに対して期待していたような答えを相手からもらい、答えを書きならべて一覧表を作るという作業を一通りすると、それでもう十分という気になってしまう。けっきょくのところ、相手に近づきすぎるとその人に対する興味を失ってしまうのが、俺という人間なのだ。もしザラが生きていたとしたらどうだったろうと、ときどき考えてみることがある。おそらく、今頃はもう、ザラとも疎遠になりかけていたのではないだろうか。民法に出てくる〝水が引いていくように〟というあの文言のまさにその通りに、少しずつ少しずつ、俺たちは互いに離れていっていたに違いない。その、水が引いていくように、というのは親父のお気に入りの一節で、親父によると、学生時代にはすでにその箇所をすべて暗記していたらしい。確かに親父は、なにかというとそれを口にしていた。しかも、暗唱などという大仰なものではなく、ただ口ずさむふうにして。そんな親父の姿に俺は、ときに思っていたものだ。〝親父はもしかして本気で、十九世紀に民法を編み出した文学者、アンドレス・ベジョの手になるあの格式ばった法律文が、スペイン語で書かれた散文としては最高だと思っているのかもしれないぞ〟と。

〝水がゆっくり目に見えないほどの速度で引いてゆく〟。この一文をあらためて思い返してみると、まるで俺の人生のことを言われているみたいな気がしてならない。文中の水とはすなわち、俺の人生に寄せてくれている人々の気持ち。みんなの気持ちが水同様にだんだん俺から離れていき、俺の人生はやがて殺伐とした何もない土地のようになっていってしまうのだろうと、今俺はそう、はっきり感じている。しかも、民法の条項では、水が引いた後に現われた土地についても元々のその場所の所有者の持ち物となるとあるが、俺の場合にはそんな大層なものなど得られるはずもない。水が、いや、人々の気持ちがゆっくりと目に見えないほどの速度で俺の人生から引いていき、それがやがて洪水のような流れとなる。俺はそうして一人ぼっちになっていく。いや本当は、もうとっくに一人きりになっているのかもしれない。

午後の四時頃だった。プエルト・トリウンフォもラ・パニュエラも、セメントの匂いもコンドルの洞窟も通り抜け、俺はメデジン市内に入った。エンリケは、自宅までの道順を詳しく書いてよこしていた。エコペトロル社のガソリンスタンド、フライドチキンを食べさせるレストラン、角にある店の三カ所が目印として書き込まれた地図。にもかかわらず俺はすんなり行きつくことができずに、道行く人に何度か尋ねてようやく、エンリケ・デレッサーが暮らす団地を探し当てたのである。

団地の入り口には扉があり、その向こうに三、四棟の共同住宅が建っていた。どの建物も色はグレーでおよそ装飾と呼べるようなものもなく、俺などそれを見た瞬間、〝ここを手がけた建築家らは、入居してくるのは禁欲を好む者かさもなければ日頃は最低限の時間しか自宅では過ごさない者たちだと勝手に決めていたに違いない〟とついそんな想像を働かせてしまったほどだ。とまあ、冗談はともかくとして、その建物群を目にして俺が思わずプレハブという言葉を連想したのは事実だ。そう、どの建物にも、表側の壁には無機質の同じ型の窓がこれでもかというほどにずらりと並んでいたのである。だがそれでも、そこに人の姿がある窓、そこから女性が顔を覗かせている窓というのも、ほんのいくつかだがあるにはあった。女性たちが眺めていたのは中庭だ。中庭というよりも、建物と建物との間のコンクリートで固められた一画。そこでは数人の少女たちが、ピンクのチョークで描かれた枠と白いチョークで書かれた数字とで石蹴り遊びに興じていた。

〝いったいどの建物にエンリケは住んでいるのだろう？　もしかして、エンリケの家の窓から俺の車が見えたりするのだろうか？〟俺は探るように建物群に目をやりながら通りに車を停め、団地の入り口の扉を開けて中に入っていった。

しかし扉といってもそれは腰の高さまでしかないもので、しかもそこに警備員や門番がいるわけでもなく、当然ながら俺は、誰かに行き先を尋ねられることも、訪問用の書類を書けと言われることも、インターフォン越しに名前を尋ねられることもなく団地内に入ることができた。脇に小屋のようなものが建っていた。だが、そのブリキ小屋の中にも人影はなく、おまけに、窓ガラスのうちの一枚は角が割れていて、そこの部分には新聞紙とガムテープによる補修がなされていた。ドアについてはもはや、影も形もなくなっていた。

中庭で石蹴り遊びをしていた女の子たちが足を止め、俺のことを見ていた。それも、横目でこっそりとではなく、真正面からひたっと俺に焦点を当てて。そして俺はといえば、その少女たちの視線を受けながら心の中で、〝はい、はい、君たちの思っている通り。どうせ俺はここには悪いことをしようと思ってやって来ましたよ〟と思わず毒づかずにはいられなかったのである。少女たちと、それに加えて団地の部屋の窓から下を眺めている女性たちもまた、いっせいに俺のことを見ていた。といっても、わざわざ見上げてそうと確かめたわけではなかったのだが、誰かに見られているときというのは気配でわかるものなのである。

目指す建物を見つけた。いや、建物ではなく、正式に言えば棟か。エンリケからの手紙には、差出人住所のところにB棟五〇一号と書かれていた。

階段を上りながら俺は、いかに自分が日ごろ階段を歩いて上っていないかを痛切に思い知らされていた。あれほどの階段を自分の足で上ったのは、いったい何年ぶりのことであったろう。四階の踊り場に辿り着いたところで俺は、たまらずに足を止めた。背中を壁にもたせ掛けた。体を二つに折り曲げ、膝に両手を当てながら息が整うのを待った。このまま息をゼイゼイ言わせながらエンリケに挨拶したり、汗ばんだ手で握手をしたりするのは嫌だと、そう思ったからだ。

と、不意に俺は、まるで試験に臨む直前のような、それも準備が十分にできていないとわかっていながら試験を受けなければならないときのような気分に襲われた。あれはいったいなぜだったのだろう。とにかくその瞬間、俺は思ってしまったのだ。〝エンリケの家に行けばありとあらゆることを聞かれるはずだ。ということは、当然、この俺のすべてが試されるわけではないか〟と。俺は、例のファイルを置いてきたことを後悔しはじめていた。例のファイルとは、他でもない、『密告者』を書くときに使った資料を入れたファイルのことだ。だが、そのファイルを車の後部座席に積んできていないというのは、他の誰でもない俺自身が一番わかっていたことであった。

心細かった。〝どんなに答えに窮してしまうような質問をされたとしても、もはやザラに答えを耳元で囁《ささや》いてくれと頼むわけにはいかない〟そう思うと俺は、余計に不安でたまらなくなった。なぜこの本を書こうと思い立ったのかね？　なにを根拠にこんなことを書いたのか？　誰に取材したのだ？　自分でちゃんと調べたのかね？　エンリケからの鋭い質問の予感に怯え、俺は思っていた。〝答えられるわけがないではないか。俺はただ事件の資料をまとめて一冊の本にしただけの人間で、かたやエンリケさんは、あの現実を生きた張本人なのだから〟と。

俺はまたしても、生き証人にはとてもではないがかなわない、という思いに捉われはじめていた。口先だけで商売をしている俺、ほら吹き屋、評論家である俺。それに比べて生き証人の何と強いことか。〝けっきょくのところ俺たちは、他人を食い物にするような卑怯な仕事をして生きている輩《やから》なのだ。自分以外の者、それも父親とか親しい友人とか、これ以上ないというほど自分にとって身近なものたちの人生を描くなんて卑怯者のすることだ〟俺ははっきりそう思っていた。

あれは子供の頃、といっても十歳ぐらいのときだったろうか。学校の作文コンクールに短い物語を書いて応募したことがあった。何について書いたのかはもう覚えていない。ただ、その前の数日間は国語の授業のために『落葉』を読んでいたということと、『落葉』のおかげで文学的表現手法の一つにリーダーなるものがあると知って、自分でもそのコンクール用の作文で段落の終わりにごとに〝……〟とリーダーをつけてみた、ということだけははっきり覚えている。そうするのがなにかカッコいいことのように俺には思えていたのだ。いってみれば、俺は、リーダーを単なる飾りとしてしか考えていなかったのである。ところが俺の作文を見た女の教師は、コンクールに大人の書いたものを出すとは卑怯だ、ずるい、と糾弾の言葉を浴びせてきた。いったいなぜ女の教師はそうした反応を示したのか？　それについて俺自身、自分の書いた作文がリーダーのおかげでプロっぽい仕上がりになっていて、それが教師の不信を招き俺への糾弾につながったと理解できるようになったのは、もうずいぶん経ってからのことであった。つまりあのときのことは、俺がリーダーという文学的手法を意味もわからずにただ真似て使ったことが期せずして俺の作文を本来以上に力のある洗練されたもののように見せることになり、そこに女教師の僻《ひが》みっぽい性格という要素も加わって、結果として教師から俺への糾弾が行なわれたというのが実際のところだったのである。むろん俺とて、教師から糾弾されてなにも思わなかったわけではない。だが、糾弾されたこと自体よりももっとひどく俺を打ちのめしていたのは、無力感。無力感とはなんと使い古された言葉なのだろうか。とにかく俺は、教師から糾弾の言葉を浴びせかけられた瞬間に否が応でも思い知らされざるを得なかったのである。〝この物語を書いたのは僕だと証明することはできない。なぜなら、このすべてを僕は、自分自身の体験を元にしてではなく、単に想像力を働かせて書いたにすぎないのだから〟と。

また、あの作文のときと同じことが起こったらどうしよう……。ふたたび階段を上りはじめながら俺はふと、怖くなった。するとたんに頭の中が真っ白になり、瞬間的に、『密告者』を書くために調べものをしたこと自体の記憶がすっぽり消えてしまった。と同時に、俺は本当にきちんとしたことをあの本に書いたのだろうかと、不安でたまらなくなった。〝もしかしたらあれはすべて俺のでっちあげなんじゃないのだろうか？　誇張して書いたのではないのか？　都合のいいところだけをつなぎ合わせて書いたということはないのか？　事実を、他人の人生の話を俺が勝手に作り変えてしまったのではないのか。もしそうだとしたら、なんのためにそんなことをやったのだろう？　もちろん、俺自身のためでないのははっきりしている。それについては、この本を出したことで親父の不名誉がいよいよもって決定的なものになり、息子である俺の名前まですっかり地に落ちてしまったというのが何よりの証拠だろう。いや、そうは言っても、俺が実際にこの告白本によって受けている影響など親父のそれに比べたら別物、比べようもないほど些細なものというのは言うまでもないことだが。「あなたは卑怯な方ですね、ガブリエルさん。不誠実な人ですよ」か。いや、それにしても、嘘っぱちを本に書いたとなると俺はいったいどんな罪に問われることになるのだろう？　どういうふうに俺は罰せられるのだろうか？　このまま白《しら》を切り通した方がいいのか？　俺の心の中をエンリケさんは読んでしまうのだろうか？　ドアを開けて俺の顔を見ただけでエンリケさんは、俺が自分のやましい行為を気に病んでいることに気づくのだろうか〟

　だが、ドアを開けてくれたのはエンリケではなく、若い男だった。俺が男のことを若いと、少なくとも俺よりは若いはずだと思ったのは、ティーンエージャーが好むようなその服装のせいだ。Tシャツにジャージのズボン、テニスシューズ。それでも、男がジョギングに出かけようとしているわけでもスポーツをして帰ってきたばかりというわけでもないのは、ひとめ見ればわかることであった。男が手を差し出してきた。握手を交わすと、さあどうぞとばかりに男はくるりと背を向け、俺も後を追って部屋に入っていった。しかし普通は、見も知らない訪問者に対してはそんなふうにしたりしないものではないだろうか。〝世の中には、世間のしきたりをすっ飛ばしものの数秒で相手と打ち解けてしまうものの、それだからといって親切そうに見えるわけでもないというタイプの人間がままいるものだが、この男もそんな一人なのだろうか〟と、そう思いながらも実を言うと俺は、男が妙によそよそしいことと、年の割には愛想がなさすぎること、というよりむしろ男がほとんど敵意に近いような感情をむき出しにしていることがひどく気にかかっていたのである。

　男は言った。

「さあ、どうぞ。お座りください。みんなであなたをお待ちしていました。今コーラを持ってきますから。氷を切らしていますが。申し訳ないですね。僕はセルヒオ。正式には、セルヒオ・アンドレス・フェリペ・ラサロ。みんなからは、セルヒオと呼ばれています。本当だったら、セルヒオ・アンドレスのはずなのですがね。メデジンでは、二つの名前をつなげて呼ぶ方が普通ですから。まあとにかく、セルヒオが僕の名前というわけです。ですからあなたも、セルヒオと呼んでくれていいですよ」

順序よくそこまで喋ると男は、そうそう大事なことを言い忘れていた、とでもいうように続けた。

「僕はエンリケ・デレッサーの息子です。よろしく。お目にかかれてうれしいです」

だが、俺ははっきり感じていた。この男は俺の訪問をうれしがってなどいないし、それどころか俺と会うことすらありがたいとは思ってやしないと。

エンリケ・デレッサーの息子、コンラートのおじいちゃんの孫であるセルヒオが俺のためにコカコーラを取りにキッチンに入っていった。と途端に、俺の頭が知る限りの遺伝学の法則を総動員してフル回転しはじめた。セルヒオの場合は、瞳の色は黒、髪も黒で、眉毛も黒くて濃い方だった。ただそれでも、水泳選手のようにがっちりした肩、小さな口に薄い唇、文句のつけようのないくらいに形が整った鼻はいずれも、俺がいつも心に思い描いていたエンリケのイメージ、ホテル・ヌエバ・エウロパ一のもて男、ドゥイタマのドン・ファンとしてのエンリケのイメージにぴったり当てはまるものではあった。そのいっぽうで、セルヒオが受け継いでいないもの、父親のエンリケからも祖父のコンラートからも受け継いでいなかったものがあるとすればそれは上品さだろうと俺は想像していた。セルヒオの言葉づかいも動作も、その辺のボクサー並みにがさつで野暮で、あけっぴろげというと聞こえはいいが、俺はむしろ下品という印象を受けていた。いや、下品な印象というのはその通りだったのだが、さりとてセルヒオに教養がないというわけでもなく、そのことは遠目から見ていてもすぐにわかった。つまり、俺の感じた下品というのはたんに教養がないということではなく、よく考えずに行動してしまうという意味での下品であったと言ったらいいか、とにかく俺にはセルヒオのすべてが、そのちょっとした仕草をも含めてセルヒオのなにもかもが、〝自分は立ち止まって考えたりはしない、自分は行動する〟とでも言っているように思えてならなかったのだ。そして俺は、セルヒオがキッチンに行き、コカコーラを注いだコップを運んできて、それをテーブルの上に置いて椅子に腰を掛けるその一連の様子を眺めながらも、自分がセルヒオに対して感じていたことはやはり間違ってはいなかったと、改めて確信していたのである。

「あなた、サントーロさんの息子さんですよね？　物書きでしょ？」セルヒオが言った。

俺とセルヒオは、中庭に面した方の窓のそばに腰掛けていた。窓は開いていたものの、薄手の白いカーテン、正確に言えば、新品の時には白かっただろうカーテンに覆われていて、おかげで、外の強い日差しも部屋の中では、半透明のプラスチックで光線が遮られているのではないかと思うほどに柔らかいものに感じられていた。ただ、ときおり風でカーテンが揺らぐことがあった。すると一瞬開いた隙間から灰色の建物群が姿を現わし、その建物の窓々に映る青い空が俺の視線を捉えた。

セルヒオが腰を掛けている椅子には白いカバーがかけられていた。あれはおそらくセルヒオがいつも決まって座る椅子だったのだろう。ところが、俺が腰を掛けるように勧められたソファーには、カバーはかけられてはいなかった。もしかしたら、俺の到着する前にカバーを取った、ということだったのだろうか。

「ええ、そうです。サントーロの息子です」俺は言った。「君のお父さんにはずっと会いたいと思っていたよ」

「親父も、あなたに会いたがっていました」

「お父さんから手紙をもらって本当によかった」

「そうですか。でも僕は、親父があなたに手紙を送ってよかったとは、あまり思ってはいませんが」

俺は一瞬、何と答えていいかわからず言葉を詰まらせた。するとセルヒオは言った。

「正直に言ってしまいますが、もしも僕が出すように頼まれたのだったとしたら、あんな手紙は破り捨てていたでしょうね。でも親父は、僕たちに内緒であなたに手紙を送ってしまいました」

あのときのセルヒオの声に込められていたもの、あれは俺への憎しみだったのだろうか？ それとも、たんに不遜さだけが、こいつになら礼儀を無視してもかまわないというような俺を下に見る不遜な気持ちだけがそこに込められていたにすぎなかったのだろうか？

セルヒオのジャージのズボンは、くるぶしのところにチャックがついているタイプのもので、半開きのチャックの隙間からは薄手のグレーのビジネス用ソックスが見えていた。

「エンリケさんはいるの？」俺は言った。「お父さんは家にいるのかい？」

セルヒオは、いないと言う代わりに首を横に振って見せた。

「親父は朝早く出かけました。あなたがいつ来るのか、わからなかったものですから。いえね、本当は僕が親父に言ったのですよ。たぶんガブリエルさんは来ないと思うよ、って」

「なぜそんなことを言ったの？」

「それはだって、あなたが来ると思っていなかったからに決まっているじゃありませんか。それ以外に理由なんてありませんよ」

非の打ちどころのない理屈だった。

「ところで、お父さんは今晩、戻ってくるの？」

するとセルヒオは言った。

「いえ、今日はどこか橋の下ででも眠るつもりなのではないですか。なんて、そんなわけないですよ。もちろん、そのうち戻ってきます」

セルヒオがいったん言葉を切り、ふたたび口を開いた。

「実は僕、あなたの本を二冊とも読みました」

「そうか」

俺はつい、優しげな口調になった。

「で、どう思った？」

「最初の本の方は、親父に勧められて読みました。親父は、本を渡してくれるときに、ちょっと読んでみろよ、あの時代のすべてがわかるから、と言いました。でも、あそこに出てくる女の人が親父の友達だったことは教えてはくれなかった。というか、何も教えてはくれなかったのですよ。もっとも、後になってすべてを教えてはくれましたけれど。親父にしてみたら、最初から先入観を与えてしまうのが嫌だったのでしょう。とにかくまずは自分とはまったく関わりのない話として息子には読んでほしいと、そう親父は考えていたのだと思いますよ。僕の言っていること、わかりますか？」

「ごめん、わからない。もっとよく説明して」

「うちの親父は正義感の強い人です。それに、何をやるにしてもじっくり判断してからやるような人間です。あなたにもそれはわかるでしょ？　だからこそ親父は、あの本を僕が読むにあたっても、まずは僕が何も知らないまっさらな状態のまま読んだ方がいいと判断したわけです。そして僕が読み終わった後で、すべてを教えてくれたのですよ」

「じゃあ、ブラックリストのことも？」

「ええ、全部ね。あの頃のひどいことをすべて、なに一つ省かずに教えてくれました。ところで、あなたが今度の本で書いているあれは、本当ですか？」

「どこのこと？」

「最初の本を書いたときにはあなたはまだ何も知らなかった、ということについてですよ。それって、本当のことですか？　それとも単なる嘘？」

「本当だよ」俺は言った。「すべて本当だ。本当でないことなどあの本にはなに一つ書いてはいないよ」

「またそんな出まかせを……。本当でないことはなに一つ書いていない、とは、いくらなんでも言い過ぎでしょ」

「いや、本当だ。あの本に、嘘の部分は一つもない」

「へえ。じゃあ聞きますけれど、親父がキューバとかパナマとか、あとはどこでしたっけ？　とにかくそういうところに住んでいたというくだり、あれはいったいなんなのでしょうかねぇ。それこそ、でたらめもいいところではないですか。それとも、僕たちが今ここにこうして座っているのも、あなたにしてみたらパナマにいるってことになるとか？」

「それは……、あそこのところは俺の想像として書いたのだと読んでいてわかるはずじゃないか。べつに断定的に書いているわけではないのだから、嘘を書いた、というのとは違うよ」

「どんなにうまいことを言っても、だめですよ。あそこで書かれていること、うちの親父に奥さんと娘がいて、その娘が親父と喧嘩して、なんて、すべてでたらめじゃないですか。さあ、どうなのです？　はいかいいえ、で答えてくださいよ。ほんとうにあなたという人間は、いったい何のために、いったいなんでそんなことをするのだろう。人は、わからないことがあればふつう、確かめようとするものでしょう？　自分勝手に話を作ったりはしませんよね？」

セルヒオは、口を半ば開けたまま俺をじっと見ていた。相手を値踏みするかのような視線。ボクサーかチンピラ同士が戦いを前にして相手の力を推しはかろうとするときに交わすそれと同じような視線を俺に向け、セルヒオが言った。

「やっぱり、僕のことを覚えていないのですね？」

「君とはどこかで会っているのか？」

「信じられませんよ。僕の方は、あなたのことをちゃんと覚えているというのに。たぶん、僕とあなたとでは違うタイプの人間なのでしょうね」

「まあ、そうなのだろうね」俺は言った。

「僕はね、いつもしっかりと他の人たちのことを見ていますよ」セルヒオが言った。「でもあなたの場合は、自分のことしか見えていないんじゃありませんか？」

そこに、俺の目の前にいたのは、セルヒオ・デレッサー。エンリケの息子にしてコンラートの孫。俺には、セルヒオの声、姿、いや、テニスシューズ、ジャージのズボンにまでも、セルヒオのその血筋を示す証明書が貼りつけられているような気がしてならなかった。

「あれからもう七年になりますかね」セルヒオが言った。

「あの前に僕は親父から、一冊の本を読んでみろと言って手渡されました。『亡命に生きたある人生』という本をね。そのとき親父は言いましたよ。〝この本は父さんのことを描いたものだよ。父さんの名前はただの一度も出てこないが、それでもそうなんだ〟と。でも親父も考えなしというか、なにもあんなふうに突然、あの本を僕に勧めなくても良かったのにとつくづく思いますよ。まあ、それはともかくとして、僕が本を読み終わると親父は、自分の一家に起きたあの残酷な出来事を話してくれました。ねぇ、ガブリエルさん。お父さんのガブリエル・サントーロさんがやったことって、とんでもなく卑怯でこれ以上ないほどのひどい裏切り行為ってやつですよね？　なにしろサントーロさんは、一番の親友を、いや、もっと正確に言えば、親友も含めて自分を大切にしてくれていた一家全員を裏切ったわけですから。しかもサントーロさんは、親友の家に何度も泊まりにいったり一家と共に食事をしたりしていたというではありませんか。それって、裏切られた方にしてみたら、まさに残酷物語そのものですよ。僕なぞ、親父からその話を聞かされたとたんに、自分自身の苗字をすんなり口にすることができなくなってしまいましたよ。でもようやく、親父一家に起きたことが事実だと受け止められるようになって、すると今度は、親父の人生についてそれまでとは違った見方をするようになってしまって、とまあ、いろいろなことがあって、そんなある日、僕はボゴタに行ってみることにしました。始発のバスに乗って。ボゴタに着くと、バスターミナルにたった一つしかない公衆電話の前に立ちました。三か所に、電話をかけましたよ。たった三か所に電話をかけただけだったのに、新しい最高裁判所がどこにあるのかも、サントーロ教授の授業が何時に始まるのかも調べがつきました。僕は、教授の授業を聞きに行くことにしました。相手がどんな男なのか、どうしても知りたかったですからね。そいつは裏切り者の顔をしているのか。親父が言っていたように、男の片方の手には指がないのか。僕が誰なのかわかっても、その男は声を震わせたりはしないのか。僕がもし男のことをこの国のエリートたちの前で罵倒したとしても、男は相変わらず、自分は世間で言われているような偉大な市民なのだと自信たっぷりでいられるのか。そうしたことを、僕としてはどうしても知りたかったわけです。だから僕は最高裁判所に行きました。ええ、行きましたよ。でもそこにいたのは、よぼよぼの爺さんでした。過去の権威を振りかざして、できもしないようなことをほざいて、いかにもペテン師らしい図太さを見せて動き回る姿に、僕は思わず哀れを催しましたね。そして思いましたよ。本当にこれが、あの、親父一家全員を地獄に突き落としたのと同じ人物なのだろうか、って。そうしたらその爺さんがとつぜん、自分の過去について都合のいいように脚色して喋りはじめたではないですか。あれほど人をばかにした話ってありますか？　僕にとっては、最大の侮辱でしたよ。ほんと、あれには参りました」

セルヒオは言った。

「もう、すべておわかりですよね？　それともまだ、思い出せませんか？」

いや、俺ははっきり思い出していた。

九日間、あるいはもっとだったかもしれない。俺はあの頃連日のように、親父が授業をしている教室に通いつづけ、その教室の中ではいつも、俺の方は必死で親父の姿を目で追っているのに親父の方は俺のことをいっさい無視するという状況が展開されていた。

〝ああ、あの日のあれがお前だったのか。あの日、お前はメデジンからやってきて、親父の教室で、俺の席からいくつも離れていないあの席に座っていたということか。お前はきっと、俺のことを眺めながら、腹の中で俺のことをせせら笑っていたのだろうな。そしてそのときからずっと俺の顔を思い浮かべては、あいつに対するこの侮蔑の気持ちをいつか本人にも知らせてやりたい、気づかせてやりたいと、そう思いつづけていたのだろう。おお、なんともわかりやすい話ではないか〟

〝セルヒオ・アンドレス・フェリペ・ラサロよ。確かに俺は今、おまえのことをとっさには思い出すことができなかった。だが、忘れていたという言い方は正しくない。なぜならこれは、俺の記憶が時とともに変化したその結果というに過ぎないからだ。俺のように過去を掘り起こすのを生活の糧としている者にとっては、人間の記憶が変化するのを計算に入れて仕事をするのは常識だ。記憶というやつは留まることを知らない。自分より背の高い人の隣を歩いているとその人の歩みの方が早くていつの間にかこちらが置いてきぼりを喰ってしまうものだが、記憶もまた俺たちを置いて先へ先へと歩いていってしまうんだよ〟俺はそう心の中でセルヒオに向かって語りかけていた。

「そもそも君は、あのときどうやって俺のことがわかったんだ？」

「別に最初からあなたのことがわかっていたわけじゃありませんよ。あなたの本には、著者の写真は載っていませんしね。ただもちろん、あなたのことは調べていましたよ。ちゃんと調べていました。でも、まさかあの日にあなたが教室にいるとは想像もしていませんでしたよ。あなたのお父さんが走って教室を出ていったときに初めて、あなたのことがわかったのです。あなたのお父さん、あのとき、なにをそんなに怖がっているのかというぐらいに慌てて教室を出ていってしまいましたよね。僕はね、それを見ながら思っていたのですよ。この人はきっと、クラスの中に、今にも席を立って自分に向かって〝その話はすべてでたらめであなた自身もそのことはご存じのはずですよね〟と言おうとしている者がいることに気づいたに違いない、とね。いや、実際の話、僕自身があなたのお父さんにそうするつもりでいたのですから。僕は本当に、立ち上がって、〝この老いぼれの嘘つき野郎、裏切り者〟と叫ぶつもりでいたのです。だからあのとき僕は、お父さんに心の中を読まれたような気がしていました。お父さん、もしかしてそういう能力があったのですか？」

「そういうって？」

「テレパシーとか、まあそういう能力ですよ。お父さん、テレパシーの能力はなかったのですか？いや、あなたにだってそんなことはわからないですよね。というか、そもそもテレパシーなんてものがこの世に存在しているわけないか。だって、もしテレパシーがあるのだとしたら、あなたにも本当のことがわかっていたはずでしょ？ いくら本を書くためといっても、あんなバカげた嘘をでっちあげたりせずにすんだはずですよね？ あなたのお父さんにしても、僕が〝この裏切り親父〟と叫びたくてうずうずしながらお父さんを見ていることに気づいていてもよかったわけじゃないですか。そうですよ、人が他人の頭の中を読むなど、無理に決まっています。それにそもそも、もしもあなたのお父さんにそんな能力があったとしたら、あの日は授業を取りやめていたはずです。でもあの日、お父さんは授業をやった。おまけに、あなたもよくご存知のように、お父さんは走って教室を出ていきました。ほんと、あの慌てぶりにはてっきり僕の心を読まれたかと思ってしまいましたよ。ええ、そのときでした。あなたを指して誰かが、〝あれが先生の息子さんだよ。あんなことを言われては恥ずかしくてたまらないだろうね。可哀そうに〟と言ったのです。僕はあなたの後を追って出ることにしました。それはそうでしょ？ せっかくの機会にこの僕があなたの顔を見ないでいられるなんてこと、あるはずないじゃありませんか」

「で、俺の顔を見たわけか？」

「もちろん、見ました。あなたもやっぱり、怯えていましたね。言ってよければ、ちょうど今のあなたみたいでした」

「君はそのことを、エンリケさんには話したの？」

「いえ。だって何のために話すのです？　親父が嫌がるとわかっているのに。でももし話をしていたとしたら、たぶんそのときは、いつもと同じようなお説教を僕にしただろうと思いますよ。本物の男なら絶対にしてはいけないことが世の中にはある、というのが親父の口癖ですから」

　絶対にしてはいけないこと。それがなんなのかには触れずにセルヒオは先を続けた。

「親父と喧嘩するのが嫌だったんです。そういうのは、僕には似合わない。そうは思いませんか？　親父と言い争うなんてことしたくはありませんから。念のために言いますけれど、僕は自分の父親を尊敬しています。あなたとは違って」

「もう一杯、コーラをもらえないだろうか？」

「もちろん。遠慮なく言ってくださいよ。そのために僕はいるわけですから。まあ、ボーイとでも思ってくださいよ」

　セルヒオがふたたびキッチンに入っていった。四角い窓のついたスイング式のドア。その窓の奥に、セルヒオの姿が見えた。セルヒオが、フォーマイカ製〔家具の表面仕上げなどに用いられる強化合成樹脂メラミン化粧板〕のテーブルの上にコップを置き、オレンジ色の、見るからに年季の入った冷蔵庫のドアを開けた。中から白い光が漏れ出てきた。その光をかき分けるようにペットボトルを取り出すセルヒオ。それはほとんど不思議ともいえる光景で、一瞬セルヒオが、物語に出てくる魔法使いと重なって見えた。

　セルヒオには、億劫がっているような様子はまるで見受けられなかった。〝やつは楽しんでいる〟俺はそう感じていた。〝お前は俺を相手に遊んでいるのか？　そんなに嬉しいのか？　そりゃあそうだよな。お前はずっとこのときを待っていたのだからな〟俺はそう心の中でセルヒオに問いかけながら、思っていたのである。〝今もしあいつの傍まで行って顔を覗き込んだとしたら、俺は間違いなく薄ら笑いを浮かべているあいつの顔を目にするのだろう。もし今あいつの心の声を聴くことができたとしたら、「もう少しこのままいたぶってやろう。あと十分、あと三十分、もう少しこのままで」という声が俺にも聞こえるに違いない〟と。

つまりは、あのときの俺はセルヒオのいいカモにされていたと、そういうことなのだろう。だがそれは、当たり前といえば当たり前の話なのだ。なぜなら、俺にはもともと自分を守ろうという気などなかったのだから。いや、たとえ俺に防衛の意志があったとしても、あのセルヒオを前にしては、いったい何ができたというのであろうか。おまけに、セルヒオの領土の中に囲い込まれていたとなれば、俺が手も足も出ないような状況に追い込まれていたのも当然であったろう。

俺はキッチンのセルヒオに向かって、声には出さずに語りつづけていた。〝俺はすべてお見通しだよ。お前はそうやっていつまでも怒りを俺にぶつけていたいのだろ？　誰にもそれを邪魔されたくないのだろ？　それでも、俺がお前の親父さんと話をすれば、お前だってそうそう、それが当然みたいな顔をして俺に怒るなんてことはできなくなるはずだ。俺とお前の親父さんとが友達にでもなってしまったとしたら、いったいどうする気なのだ？　親父さんが俺のことを気にいったとしたら？　それはもちろん、お前としては困る話だよな。俺に対して怒りを爆発させるのは、お前の人生にとって大切なことなのだろうから。誰かにこの楽しみを邪魔されるなんて冗談じゃないよ、だろ？　まあ、そうでなかったとしたら、俺にこんな態度を取るわけもないが。それにしても、怒りというのも遺伝するものなのだろうか？　自分の親の身に起きた出来事だというのに、これほどまでにお前が怒るとはな〟

セルヒオがコップを手に戻ってきた。コップの縁からあふれんばかりに注がれた液体。表面には無数の泡がひろがり、シュワシュワ音を立てていた。セルヒオは俺を正面に見るように座り、脚を組み、コーラを勧めてきた。

「どうしたんですか？　そんなに驚いたような顔をして。あなたが今どんな人間を相手にしているのか、もうおわかりですよね。僕はその辺のぼんくらとは違いますから。正面から行きます。逃げませんよ。僕の言っている意味、わかりますよね？　ことはもう、親父だけの問題じゃない、僕の問題でもあるのですよ。親父はあなたに、家に訪ねてくるように頼んだ。でもそれは、あなたにまた別の嘘っぱちを書かせるためなんかじゃない。親父はただ、いくつかの真実を伝えたかったのです。あなたに対しては、もうこれ以上知ってもいないことを知ったかぶりで語るのをやめてほしいと、親父はそう思っているんですよ」

「俺は嘘など書いていない」

「そうでした。訂正しましょう」セルヒオは言った。「推測。今は嘘とは言わずに推測と呼ぶのですよね」

「でもいったいなぜ君は、それほどあの部分にこだわるんだ？　俺はただ、君の親父さんがキューバかベネズエラか、とにかく五つか六つの国のうちのどれかに住んでいたのだろうと想像してみただけだよ。どこの国を取り上げようと別に問題ないじゃないか。あくまで君の親父さんの状況はこうだったのではないかと俺が勝手に思ったことを書いただけで、なにかを断定したというわけではない。それにああいうふうに書くということはつまり、俺が君の親父さんに対していかに興味を抱いているかの表われだとも言えるのではないのか。あれは、あの事件のせいでその後の君の親父さんの人生がどう変わらざるを得なかったのかをもっと知りたいという、俺の気持ちの表われだよ。それのどこがそんなに問題なのだ？」

「どこが問題って……。だって、本当のことを書いてはいないじゃないですか。それに、あなたのお父さんが犠牲者だというのも、事実とは違う。お父さんは英雄でもないし、ましてや殉教者などであるわけがない」

「うん？　そんなことは一つも、本に書いていないが」

「いや、あの本では、あなたのお父さんは犠牲者として書かれている」

「それは違う」俺は言った。「もし君がそう解釈したのなら、それは君の方の問題だよ。俺が書いたのは、百八十度逆のことだ」

「クソ汚い野郎ですよ」セルヒオは、俺の言葉が聞こえなかったかのように続けた。「若いときもですけれど、年を取ってからも汚い野郎だった。死ぬまでずっと、嘘ばかりついていたわけだ」

「おい、殴られたいのか？」

「まあ、落ち着いてくださいよ、サントーロさん。だって、あなたのお父さんはそういう人だったではありませんか。そのことは、僕を殴ろうが変わりませんよ」

セルヒオはもはや、躊躇《ためら》うことなく侮蔑の言葉を投げつけてきていた。なにもかもがとんだ間違いだったのだ……。不意にその思いが込み上げてきた。〝本当のところ、エンリケさんと会うことで俺にはなにか得るものがあるのだろうか？　確かに会えばいろいろいいこともあるに違いない。とは言え、そのいろいろとは具体的にどういうことかといえばまったくはっきりしないし、そもそも今の段階では、いいことがあるかもしれないと俺が勝手に期待している、というに過ぎないわけだ。となれば、もはやこの家にいる必要もないではないか。外には車もあるし〟俺は思わず首を伸ばし、窓の外に視線を向けた。そこには確かに、俺の車が見えていた。〝このまま椅子から立ち上がって、もう帰ると言おう。それともなにも言わずに出ていこうか。そうすればセルヒオは、自分が暴言を吐き、個人攻撃をしたせいでサントーロさんは帰ってしまったと、エンリケさんに告げざるを得なくなる。今回の訪問はここで見切りをつけることにして、家に戻ってからエンリケさんに事の次第を伝える手紙を書こう。後はセルヒオが、自分の親父に対して釈明するなりなんなり、自分のしでかしたことの始末をつければいいさ……〟。俺はあのとき本当に、そう思っていたのだ。だがいっぽうで、そんなことはできっこないと、どこかでわかってもいた。いや、もっと言えば、実のところ、あの時点で逃げ帰るなどというのは俺としてはあり得ない話だったのである。なぜかということについては、何年も何年もこの仕事を続けているうちにいつしか俺は、自分の取りかかっている本にとって必要なものを手に入れるためにはどんな我慢もするのが習性になってしまっているから、といえば理解してもらえるだろうか。そして事実、俺はこれまで、資料や情報、誰かの告白、いや、それがたった一言か二言の言葉、たった一行の文章であったとしても、そこに人間らしさが滲むもの、あるいはたんなる色の片鱗程度であってもなにがしかが漂っているもので、どうしても自分の本を書くのに必要と思うものを見つけるとそのたびに、どんな我慢をしてでもそれらを手に入れてきているのである。

とはいえ、そのときの俺にエンリケ・デレッサーの息子との一部始終を、俺とエンリケの息子との対決の模様を作品に描くつもりがあったのかと言ったら、むろん答えは否だ。だがそれでも俺は、帰ろうとはせずに、セルヒオが俺に向かって限度を超えた暴言を吐くことにも、つまらないことをネタに威張り散らすことにもひたすら耐えていた。そんな中の、あれはいつの瞬間だったろう。〝だがそれにしてもセルヒオは、いったいなぜこれほどまでに怒るのだ？　親父がエンリケさんを裏切ったのがつい先週のことだったとでもいうのならともかく……〟と、疑問が頭をよぎった。すると、せん？しゅう？　と俺の思考が反応した。〝いや、そもそも、この裏切り行為を時間の範疇で考えることなど可能なのだろうか？　俺たちの場合、時が経ったと本当に言えるのだろうか？　俺とセルヒオにとって、それが過去の出来事なのかどうかはもはや関係ないことなのではないのか。いつ俺の親父が過ちを犯し裏切りを働いたのか、いつ親父が手の指を切られたのかがそれほど重要なことなのだろうか？　すべてのことが、俺たちにとっては現在進行形だ。現にそれらは、たった今起きたばかりの出来事であるかのようにこうして俺たちの人生に深く関わってきているではないか。けっきょく、俺とセルヒオは、親父たちの問題から逃れることはできないのだ。そうか、セルヒオはそのことに気づいていたのか。俺よりも早くに。確かに、こいつの喋り方も考え方も、世間をよく知っている人間のそれだ。セルヒオが世慣れているのは間違いない。その点では、こいつは俺の上を行っている。いやいや、その点ではじゃなくて、その点でもか〞。俺の思考は巡り、そしていつの間にかこう思いはじめていた。〝これは、つい先週に起きたばかりのこと。親父の人生のすべてがいまだ過去の話などにはなっていない〞〝親父の人生は俺に残された遺産。親父の人生のすべてを俺は受け継いだのだ〞と。

俺は呆けたように、自分の右手に目を落とした。そこにあったのは、いつもと同じ自分の右手。拳を握り、開き、指を思いきり伸ばしてみた。なんだかまるで病院の献血ルームに座って看護婦に血を抜かれているみたいだなと、そんなことを思っていた。

不意に俺の中に、なんと時間を無駄にしてしまったのか、という思いが込み上げてきた。〝俺はここを出ていくべきだ。なぜこれほどまでに緊張を強いられ、敵意や暴言に晒されなければならないのだ。こいつのやっていることを絶対に許してはだめだ〞。

そのときだった。エンリケ・デレッサーが妻とともに姿を現わした。

「家内と知り合ったことで私が救われたというのは、たぶん、その通りなのだろう。でもな、家内はもともとそういう性質なのだよ、ガブリエル。あいつは、自分では気づいていないのだろうが、どこに行っても誰かしらに救いを与えている。あいつのような人間はまずいないだろうね。なにしろ、頭の中にはひとかけらの悪意もないのだから。むろん、ベッドの中でもいい女だがね。そうでなかったら、とっくに飽きていただろうよ」

俺とエンリケは、部屋を出て、団地の敷地内の広い中庭にいた。目の前の地面には、少女たちが石蹴り遊び用にチョークで描いた枠がそのまま残されていた。二人が腰を掛けていたのは緑色のベンチ。両端が鉄製でその間に細長い木の板がはめ込まれているタイプのもので、四本の脚は地表を覆うコンクリートにしっかり食い込んでいた。ベンチは、エンリケが暮らす棟を背にするように置かれていて、俺が想像するにセルヒオはおそらくあのとき、俺とエンリケが話をしている間じゅう部屋の窓から、双眼鏡とコーラ割りラム酒のコップをそれぞれの手に持ち、俺たち二人の唇の動きと仕草を観察しながら、何を話しているのかを探ろうとしていたに違いない。まだ夕暮れの明るさが多少残ってはいたものの、すでに団地内の外灯にも通りの街灯にも明かりが灯されていた。空の色は、青色でこそなくなっていたが真っ黒でもなく、辺りの暗さ加減も、街灯の明るさが際立つほどではないにしろ街灯が灯っていなければ何も見えないというくらいにはなっていた。

そんな暮れそうで暮れないどっちつかずの時間帯というのは、世の中すべてがなんとなく落ち着かないものである。だがそれでも、エンリケは外に出ようと俺を誘った。

「過去の話をするときは、外の方がうまくいくものだよ」

エンリケは言った。

「それに今の時期、雨の心配もないし。夕方の空気は気持ちがいいよ」

いかにもとってつけたような言い方だった。

「中庭は静かなものだぞ。外で遊んでいた子供たちはもう家に帰っただろうし、大人たちが繰り出すにはまだ早いからな」

レベカ、エンリケの連れ合いが、「はじめまして。よろしく」と言って俺の頰にキスをした。ふだんの俺なら、会ったばかりの相手にそうした親しげな態度を取られるとうっとうしく感じるのに、なぜかそのときは違った。しかしそれよりももっと俺が好ましく感じたのは、レベカの詫びの言葉だった。

「ごめんなさいね、馴れ馴れしいと思ったでしょ？　でも手がふさがってしまっていて」

レベカは、いかにも気取りのない田舎の人らしい独特のアクセントで言った。たしかにレベカの左手にはビニール袋が二つ、右手にはオレンジを入れた網の袋が握られていて、レベカは俺に挨拶をするとほとんど足も止めず台所に入っていった。

気づくと、エンリケが俺の肘を取って歩きかけていた。俺はエンリケに続いて玄関を出た。階段を降りはじめようとしたそのとき、エンリケが俺の腕にすがるようにわずかに体重をかけてきた。はて、エンリケの体のどこにも不自由なところなどないはずだが、と訝しく思いながら俺は、頭の中で素早く引き算をしてみた。〝エンリケはいま、七十五歳になるかならないかだろう〟と、そう結論づけた。

エンリケは背中を丸めながら歩いていた。〝本当はもっと、背が高いのだろうに〟と、俺は思わずエンリケの顔を見やった。エンリケが身につけていたのは、細身のウールのズボンと、胸ポケットつきの半袖のシャツ。左のポケットからは安物のシャープペンシルが頭をのぞかせ、右のポケットはといえば妙にぷっくり膨らんでいて、あそこにはいったい何が入っているのだろうかと、俺は興味をそそられていた。靴は、靴底がゴム製のセーム革のショートブーツで、靴ひもの先端がほどけてばらばらになりかけていた。

ふと動物の臭いが鼻を突いた。靴が臭うのかそれとも洋服がなのかははっきりしなかったが、それでも臭いがエンリケから発せられていることは間違いなかった。それは強烈というほどでもなく不快感を催させるようなものでもなかったものの、妙に自己主張の強い臭いではあった。だが俺は何となく気が引けて、臭いのことは口に出せずにいた。それが、馬の汗と馬小屋のおがくずと乗馬用の鞍の臭いとが混ざったものだとわかったのは、エンリケとしばらく話をしてからのことだった。

エンリケは言った。

「このメデジンに辿り着いたときからずっと私は、乗馬馬のパソ・フィノ〔スペインの馬が品種改良されたもの。プエルトリコ産とコロンビア産の二系統がある。パソ・フィノ（繊細な歩調）の名の通り独特な歩き方が特徴〕と一緒に仕事をしてきたんだ。最初は、何でもやる雑用係だったよ。ドイツのシュヴァルツヴァルトの牧場主にドイツ語で手紙を書いたり、馬のたてがみや尻尾を梳《す》いたり、種馬との交配の介添えもやった。そして、最終的に、調教師になる道を選んだというわけだ」

「でももう、仕事はしていない」

エンリケは続けた。

「背中がずいぶん曲がってしまったからね。それに、もし今馬に乗ったりしたら、あるいは若い雌馬の前に立ってそいつにポストの周りをぐるぐる回らせたりしたら、まず一週間は、肩や腰の筋肉痛に苦しむことになるだろうさ」

「それでもな、やっぱり乗馬学校には行きたくなってしまうのだよ」と、エンリケは言った。「新人の作業員と言葉を交わして、馬たちに砂糖をやるのが楽しみなんだ。このポケットに入っているのは砂糖だ。金持ちの友人たちが上等なレストランから砂糖をくすねてきてくれる。袋を破って中の砂糖を手のひらに載せるだろ？　すると馬たちがピンクの舌でペロッとそれを舐めるんだ」

それを聞きながら俺は、砂糖を馬にやるためのそうした儀式のすべてがエンリケにとってはこの世の中で最高の暇つぶしなのだろうと、そう思っていた。

「レベカだ、レベカが、俺が馬の仕事に入るきっかけを作ってくれたんだ」エンリケは言った。「さっき私が、すべてあいつのおかげだと言ったのは、大げさでもなんでもないんだ。レベカの親父さんは馬の調教師でね、金持ち連中を相手に仕事をしていた。もちろん、今の世の中じゃあ、金持ちといえば必ず麻薬に関わっているものと相場が決まっているがね。だが親父さんはさいわい、そんな世の中になる前に亡くなったから、嫌なことも目にしなくて済んだんだ。事実、今の馬主のほとんどが、麻薬密売に手を染めているよ。それでも、俺たち調教師は、そういうことは見ないようにして自分たちの仕事をし、馬の世話をしている」

「じゃあ、一度もコロンビアを出たことはないのですか？　うちの親父はずっと、エンリケさんは外国に行ったと信じていたのですよ」

「それはたぶん……」とエンリケが言った。「そう信じておくのがガブリエルにとっては一番楽だったからだよ。とにかく、その方が私を探し出すよりは楽だったというのは間違いないだろうさ。私と直接話をするよりもそう信じている方が楽に決まっているからね」

エンリケは口をつぐんだ。

「いや、一方的な言い方はやめよう。もしもガブリエルが私のことを探したとしても、見つけることはできなかっただろうね。まあもっとも、実際には探そうともしていなかったわけだが。私は、一九四六年の終わりにボゴタを出た。だってそうだろう？　あの街で私に残されていたものなどなにかあったのかね？　ガラス工房も閉鎖していた、というより、すでに廃業に追い込まれていたし。うちの全財産ももう、小銭程度になっていたよ。なにしろ、うちの会社は三年間もブラックリストに入れられたままで、おまけに親父がサバネタホテルに収容されていたのだから、当然そうなるさ。おかげで私も、親を二人とも失ったも同然の状況に置かれてしまったわけだ。それに友人たちも……。そのことはもう、君も知っているだろうが。いや、実際問題、あのときの私にはボゴタに残りたい理由というのが一つもなかったんだ。頭にあったのは、どこに行こうかということばかりだった。なぜなら、あのときの私にはもはやボゴタを出ていくしか道は残されていなかったからね。ボゴタという街に対して私は憎しみを抱いていたのだよ。どういう憎しみか、と言われてもうまく説明できないのだが。ボゴタがすべての元凶だって、そう思っていたんだ。そうだ、一つ言ってもいいかい？　あるとき、君の親父さんの演説の原稿を手に入れた。八八年に国会でやったあの演説の原稿だ。もちろん君も演説のことは知っているよな？　私はそれを読んだ瞬間にはっきり思ったよ。あれは私のことを考えながら書いたのに違いないとね。それからしばらくは、そのことばかりを考えつづけていたよ。実は、あの演説に書かれていたことはすべて前々から私が感じていたことでもあったんだ。すべてというのが言い過ぎならば、少なくとも、この国の負の部分について触れられたところはと言い換えてもいいが」

「その演説の原稿は、セルヒオさんにもお見せになったのですか？」

「ところで、君はなぜ私に敬語を使うのかね？」

俺は一瞬、言葉に詰まった。言い訳のしようもなかった。おそらくエンリケはあのとき、〝そんな他人行儀な話し方をしてお前はいったい誰を騙そうとしているのだ？　私たちは確かに初対面かもしれないが、ずっと前から互いによく知っている仲ではないのか〟と、暗にそう言いたかったのだろう。

実際、エンリケは最初からごく自然に俺に対して砕けた物言いで話をしていた。とはいえ、そうした喋り方の中にもボゴタ育ちの者特有の言い方が出てきてしまうのは仕方がないことで、俺に対しても、ときに、いかにもボゴタっ子らしく君、と言うこともあれば、ときに自分の妻と同様のざっくばらんな調子でお前、あんたと言うこともあったのである。

「ああ、あいつにも読ませた。しかし、そう簡単なことじゃないよ。自分の息子に私があの頃なにを感じていたかを伝えるのは、どんなことをするのよりも難しいね。私は、息子に私のことをわかってもらおうとして、あの頃の私の気持ちをそのまま息子自身の心で感じてもらおうとして、あらゆることをやったさ。いくら口で説明してもそれだけでは伝わらないからね。お前にだってわかるだろう？五十年も前に起きたことをその本人の立場に立って理解してもらうのがどれほど大変なことなのかが。ああ、確かに大変だよ。ふつうは、そんなのは無理だろうと諦めるだろうな。ところが、私は違った。諦めずにいろいろ試したさ。お前の書いた本をあいつにやったり、お前の親父の演説を読ませたりしてね。息子に対しては、親父である私が直接何を言おうが何をやろうが、たいした効き目などありはしない。どこの息子も自分の親父のことは信じてやしないからな。親父のどんな言葉も信じないものだし、それは大いに結構なことだ。となれば、逆から攻めるしかない。別の扉から入って、息子に不意打ちを食らわせる作戦だ。ほんと、子供を教育するのは容易なことじゃないよ。だがそれにもまして、息子に親である自分がいったいどんな人間なのかを、親がいったいどういう人生を歩んできたのかをわかってもらうというのはもっとずっと大変なことなんだ。この世で最大の厄介ごとかもしれない。それにまあ、どう言っていいのかわからないが、この問題のすべてについて私の方があいつよりもずっと深く飲み込んでいるというか、自分の血肉にしているというか……。それも当然だがな。なにしろ私の方は半世紀もの間この問題とつき合ってきていて、あいつの方は、つき合いがまだ始まったばかりなのだから。あいつはたぶん、これをほんのおとといに起きたことのように感じているのだと思う。君にひどい態度を取ったこと、君にとっては災難だったろうが、どうかわかってやってくれ」

エンリケの話はいつしか、メデジンに辿り着いたそのいきさつへと移っていった。

「あれは一九四六年の十月のことだった。私は、なんとかして自由ドイツ人協会から金を借りようとしていた。ところが、みんなもわかっていたんだよ。私に金を貸したりしたらもう二度と戻ってはこないということをね。私はなんども協会に掛け合いに行き、そのたびに断られていた。そんなある日、協会メンバーの一人ディタッーリヒさんから呼び出されて、喫茶店ウィンソルで会うことになった。たぶんディタッーリヒさんにしてみたら、あんなしようもないコンラート・デレッサーなんかの息子に親切にして、みたいなことを言われるのが嫌だったのだろう。だからみんなの前では話をしたくなかったんだね。それでもディタッーリヒさんは言ってくれたよ。〝君が今どんなに大変な状況に置かれているかは僕にも理解できるよ。なんだかんだ言っても、この国ではしょせん、僕たちみんな、よそ者だからね。そうじゃないかい？　それに若者同士は助け合わなければならない。ことに今は、若い者たちこそが祖国ドイツの再建を担わなければならないのだからなおさらだ〟とね。そして私に、この乗馬学校のこの人を訪ねていけ、と推薦書を渡してくれたんだ。その二週間後に私は、メデジンにやってきた」

「学校は、ドイツ人と直接話のできる人間が欲しかったんだ。ただそれだけだ。私を雇ってくれたのはたんにビジネス上の理由からだ。そこでレベカとも知り合った。

あの日、レベカの親父さんが、七頭のパソ・フィノと一頭のルシタニア産種馬の試し乗りをしてみせて、そのあとで士官学校の大佐が七頭パソ・フィノのうちの五頭と種馬とを選び出した。商談がまとまって、みんな、満足そうな顔をしていたよ。今でも思い出すが、レベカの親父さんは革のジャケットを羽織っていただけなのに、大佐の方は、日曜日だというのに一部の隙もなくビシッと軍服を着こんでいた。

大佐とは三言、ドイツ語で喋って、それでその日の私の仕事はおしまいだった。大佐はまだ若くてね、ラテンアメリカに来たのは初めてだと言っていた。それに、私に立ち会いを頼んだといっても、なにも大佐が疑り深い性格だったからというわけではないのだよ。大佐はただ、母語で話のできる相手が欲しかっただけなんだ。そして私はその日、この世で一番大切なものに出会った。レベカだ。まだ十七歳で、マッチ棒のような、真っ赤な髪のひょろりとした女の子だった。私はレベカを一目見て、ああ、天使が来たと思ったね。しかしまあ、これが、人をからかうのが好きな、生意気な天使でな。レベカは、昼飯の間じゅうえんえんと私に向かって、バイキングだった祖先のことを喋りつづけていたよ。それも、五歳の子を相手に話すような調子でね。そうかと思うと今度はテーブルの下で、自分の膝で私に触れてきたりしてな。いやいや、あれは触れる、なんてものじゃない、擦ったというべきだな。まるでさかりのついた猫みたいだった」

ドゥイタマ一のもて男だったエンリケ。だが俺はそのとき、エンリケ自身ももはやそうした自分の過去を信じていないかもしれないと、ふとそんな気がしていた。〝とにかく、ザラおばさんがエンリケさんについて言っていたことは口にしないでおこう〟俺はそう決めた。

「私はその天使さんに聞いたよ。仕事を見つけてくれるかいと。で、俺はその後、いったんボゴタに戻って、身の回りのものを持って再びメデジンに来たんだ」

　同じ職場で働く人の娘と結婚するのは決して歓迎されることではなかったと、エンリケは言った。

「それでも一年後に、私たちは一緒になった。一九四七年の十一月だった。おかげで、今もここにこうして二人でいるというわけだ。互いに自己紹介をしあったのがつい昨日のような気がするよ。経った年月を考えるとゾッとするが、まあ、事実は事実だ」

「そんなに結婚生活が長いのに、お子さんは一人だけ？」

「いや、子供はできなかったんだ。セルヒオは養子だ」

「そうだったんだ」

「原因は私の方にある。詳しくは言いたくないが」

　常識的すぎるほど常識的な暮らし。俺は、エンリケのその声の響きと穏やかな手の動きとが、まさにエンリケのこれ以上ないほどの常識的な暮らしぶりを表わしていると、そんな気がしてならなかった。とはいえ、むろんのこと、輸入馬の交配の介添えとバンブーコのリズム〔コロンビアを代表するフォークミュージックの一つ。ワルツのリズムに似ている〕で馬にギャロップを教え込むのが生活の手段というエンリケのようなケースが世の中においてごく一般的かといったら、決してそんなことはない。それでも俺はなぜか確信していたのだ。〝エンリケはこの半世紀の間、世間のあらゆるしきたりに従ってごく普通の暮らしを営んできたのに決まっている。俺の親父が日々の暮らしを営んでいた場所、子供をもうけ妻の早すぎる死に打ちのめされながらも親父が暮らし続けたその場所から陸路で八時間のこの街で、この人もまた、親父がそうしていたように、あの戦争のさなかに起きた出来事など忘れたような顔をして、そんなことなどなかったと本気で信じている振りをして暮らしてきたのだろう〟と。

「もちろんレベカには、親父のことはすべて話したよ」とエンリケは言った。「まだあの頃は、社会全体に戦争の記憶が生々しく残っていたからね。このメデジンにもドイツ人、イタリア人、それに日本人までもがいて、その誰もが、多かれ少なかれ、あの戦争の被害者だった。もっとも、ブラックリストにどのくらいの期間入れられていたのかは人それぞれだったが。とにかくみんな、出身国が出身国だったというだけの理由で大変な思いをさせられていたんだ。一つ、いい例を教えてあげよう。スパダフォーラさんという人のことだ。この話、当時はけっこうな話題になったものだよ。スパダフォーラさんは飛行機の操縦士をしていたのだが、もともとは軍の出で、ペルーとの戦争〔一九三二―一九三三のコロンビア・ペルー戦争。小規模な戦闘ののち国連の仲介で解決〕のときには戦闘機に乗っていたのだそうだ。そのスパダフォーラさんが、勤務に就くときにはいつもヒンズー教徒がよく持つような小さな箱を必ずポケットに入れていたんだ。サフランの粉がいっぱい詰まった箱。新聞には、叔母さんがどこかのバザールで買ってきたものを形見としてもらった、みたいなことが書いてあったから、おそらくスパダフォーラさんにとってはお守りのようなものだったのだろう。操縦士というのは、よくそういうことをするから。ところがあるとき、その箱を目にした誰かがふと思った。あれはどう見てもヒトラーのハーケンクロイツに違いないと。そしてその、違いないという話がまたたくまに広まっていき、けっきょく行きつくべきところに行った。スパダフォーラさんはすぐに弁護士たちを雇い、莫大な金を弁護費用に注ぎ込んで、ようやくブラックリストから自分の名前を外させるのに成功した。だがな、スパダフォーラさんというのは、コロンビアとペルーとの戦いのときにはコロンビアのためにペルーと戦った人なのだよ。私の言いたいことがわかるかい？」

「ええ、わかります」

「レベカには、親父のことはすべて話をしている。それでも、あいつの俺に対する態度はまったく変わらなかった。それどころか、私と暮らしはじめてからずっと、解決できることがあれば解決してと言いつづけているよ。少なくともお袋とは会うべきだとね。でも私は、言うまでもないだろうが、お袋の居場所を探そうとはしなかった。レベカもけっきょく探すことはしなかったが、それは純粋に、私の気持ちを考えてのことだったのだろう。そう、みんなの言う通りだよ。私は、自分からドアに鍵をかけてその鍵を捨てたのだ。しかし、そうする以外に、この私にいったい何ができたというのだ？　自分を主張するのはもともと得意な方ではないからね。たぶんそこが私の悪いところでもあるのだろうが、まあ、よくわからんな」

「じゃあ、僕の父さんのこともレベカさんには話をしていたのですか？」

「ああ、レベカにはな。だがセルヒオに話したのはもっと後になってからのことだ。君のあの、ザラの生涯について書いた本が出たときだ。私は、本を読むことはほとんどないのだが、君がザラと仕上げたあの本は気にいったよ。ザラが亡くなったと知ったときは、ショックだった。ボゴタを出てからというものザラとは一度も会ってはいなかったが、それでも悲しくてたまらなかった。年を取ってからのザラはどんなだったかい？　いつだったか、ザラの親父さんがやっていたホテルでザラと喧嘩をしたことがあってね。原因はよく覚えていないのだが、とにかく、私が口にしたたった一言でザラの表情が変わったんだ。ザラのあんな顔、初めてだった。怒りとうんざり感と、それにほんの少しだけザラの性格、争いごとを避けたがるあの性格とが混じったような、そんな顔だった。そのときふと、思ったよ。年を取ったらザラはこんなふうになるのかもしれないとね。そのことをザラにも言ったよ。だから今君に、年を取ったザラはどんなだったのかと聞いたのだ。この数年間は、私の頭の中でのザラはいつも、喧嘩をしたあのときの顔のままだった。私に対する怒りとうんざり感とがにじみ出た顔。それでいながらそのどこかに、いつもあなたの言うことには賛成よ、とでも言いたげな表情を覗かせてもいる顔。だがな、あの時代のドイツ人はみんな、そんなようなものだった。Bloss nicht auffallen《ブロス・ニヒト・アウファーレン》、よくこのフレーズが使われていたよ。意味はわかるかい？」

「いえ、ドイツ語はわからないんです」

「そうか、そりゃあ残念だな。目立つな、人目を引くようなことはするな、人と同じことをしていろ。その全部をまとめて言っているのがこれだ。まあ、当時のドイツ人にとっては戒律みたいなものだったのだろうね。親父もいつも、この言葉を口にしていたよ。だが私は違った。きかん気が強くて、ときには周りから横柄だと思われるようなこともあったかもしれない。誰かと争うのは嫌いじゃなかったから、自分自身の考えを相手に言うだけでは済まないことも多かった。もちろん、自分はこう思っていると相手に口で説明することはやったさ。だが、もしそれが必要と判断すれば、そのあとで机を叩いたり相手の鼻にパンチを食らわせたりもした。とにかくだ。人との対立を避けたがるという点では、ザラはまさにあの頃の移民の典型だったよ。いや、それを言うなら、ザラは今やボゴタ社会の典型だ、だろうな。それにしても、ボゴタの人たちがこんなふうになったのは、いったいいつの頃からのことなのだろう。俺など時に、もしかしたら本当にボゴタの人たちもBloss nicht auffallenを知っていて、それを座右の銘にしているのかもしれないと本気で信じたくなることもあるよ。とはいえ、ボゴタっ子というのは表と裏がある奴らだからな。そんなこととは素振りにも見せずに相手の足をすくう、というのも平気でできてしまう。つまり、なんだ、私が何を言いたいのかといえば、ザラの写真を見たいということなのだよ。それも、最近のやつをだ。私の想像が当たっているかどうか確かめるためにもな。君は、ザラの若いときの写真を見たことがあるかい？」

「ええ、何枚か」

「それで？　写真に写る昔のザラと年を取ってからのザラとではどうだ？　若い頃とは随分と変わっていたかね？」

「あの頃の写真を見て、それがザラおばさんだとはわかりましたよ。でも、そのザラおばさんと年取ってからのおばさんとが似ていたかどうかと言われても」

「確かにそうだな。いや、たぶん間違いないよ。ザラは、私の想像していた通りの顔になっていただろうと思うな」

「エンリケさんは、どうやってザラおばさんが亡くなったことを知ったのですか？」

「おい、まだそんな馬鹿丁寧な喋り方を続けるつもりなのか。だったらお前にはもう、なにも話してやらんぞ。ウンガー夫妻だよ、あの人たちが知らせてくれた。夫妻がセントラル書店を開いてからずっと、年に四、五冊は頼んでいるんだ。ドイツ語の本を。いつも馬の本ばかりだが。ドイツ語を忘れたくないからな。ほかの本は読まない。私が読むのはあの書店で買う馬の本だけだ。とにかく、ウンガーさん夫妻が教えてくれたんだ。あの人たちは、ザラが亡くなったと知るとすぐに電話を寄こしたよ。亡くなったその晩に。最初は私も、ボゴタに行こう、ザラの葬式に出ようと考えてはいたんだ。でもふと思ってしまったのだよ。そんなことをしても今さらどうにもなるものではないとね」

「じゃあ、うちの親父のときは？　親父の葬式に出ようとは思わなかったの？」

「知ったのが遅かったんだ。それにそもそも、私と会ったほんの数時間後にガブリエルが死んでしまったと言われたところで、ああそうですかとすぐに納得できるわけもないだろう。親父さんが死んだことは、葬式の二日後に知った。だがな、亡くなったと聞かされても、それを完全には信じられずにいたんだよ。〝死んだのは違う人、同姓同名の別人に違いない。そのどこかのもう一人のガブリエル・サントーロさんがたまたま、私があいつと会ったのと同じ日十二月二十三日に亡くなったのだろう〟と、半分ぐらいは本気で思っていた。私には、あのガブリエルが死んだとはどうしても信じられなかった。本当のことを言うとな、最初は、死んだのは息子の方、つまりお前が死んだものと思っていたんだ。すまんな、こんな縁起でもないことを言って。それでも実際、そうだったのだよ。ところが違うとわかって、今度は、このコロンビアにあいつと同姓同名の人間が息子の他にもいるのは当然のことだろうと、そう考えることにしたわけだ。人は、なにか信じたくないことがあると、信じなくても済むような都合のいい想像を働かせるものだ。別に珍しいことじゃないさ。つまり私としては、ガブリエルにはぜひとも生きていてもらいたかったわけなんだよ。少なくとも、私とガブリエルとで話をした後で、ふたりで語り合ったあとでガブリエルが死んだなどというのだけは絶対に勘弁してほしいと思っていた。いや、もっとはっきり言ってしまうと、私があいつにいろいろ言ったことが原因で、違うな、むしろあいつになにも言ってやらなかったために、というより、あえてあいつにはなにも言うまいとしたがためにガブリエルが自殺した、なんてことになったら困るというのが俺の本音だった。それにしても、ガブリエルが私と会った三時間後にメデジンを出て、死んでしまうとはな。セルヒオは私に言ったよ。〝人の人生なんてそんなものだよ。父さんもいいかげん、あの人が死んだって認めろよ〟とね。私は思わず、息子の頰を叩いてしまった。それまで一度も手を上げたことがなかったのに、初めてあいつを叩いたよ」

「本当は親父はここに来なかったんじゃないのかって、僕はどこかでそう思っていた」

「もちろん、来たさ」

エンリケが言った。

「この同じ場所に、私とガブリエルは座っていた。今、お前と座っているこのベンチに。あの日は日曜日で、時間はちょうど昼頃だった。どうしようもなく蒸し暑い日でね。その前の晩は、すさまじい雨だったんだ。今でもよく覚えている。朝になって起きてみたら、この中庭のあちこちに水たまりができていた。私とお前の親父さんが喋っているときだって、まだあたりは水たまりだらけで、ベンチも完全には乾いていなかった。それでも私は、ガブリエルと家の中で会うのは嫌だったんだ。はっきり言うよ。私はあいつを、家の中には入れたくなかったんだ。家の床を踏ませるのも、椅子に座らせるのも、ましてや我が家の飯を食わせるなんて絶対に嫌だった。おとなげないだろ？　お前のような学のある者にしてみたら、そんな幼稚な人間のするような真似をして、というところなのだろうがね。

ああ、おそらくその通りなのだろう。それでも私にしてみたら……、だって考えてもみてくれよ。ガブリエルが私の家に入ってきて、本棚の上に飾ってある写真を見たり、本棚の本を手に取ってぱらぱらめくってまた棚に返してみたり、家中の部屋を見て回って、私のベッドを、女房と寝るベッドを見たりするわけだよ。私は思ったね。〝そんなことを許したりしたら私自身が、いや、私たち家族が汚されてしまう。この五十年間、私の人生を、私たち家族の人生を誰にも汚されることなく守ってきたというのに、それをこの年になってすべて滅茶苦茶にされるなんてたまったものじゃない。ガブリエル・サントーロとしては、死ぬ前に私に会ってそれまでの心の重荷を降ろすつもりなのだろうが、それだけのためにこっちが振り回されるのはごめんだ〟と。いや、実を言うと、あいつがここにやって来たときに私の頭に真っ先に浮かんだのは、ガブリエルは死の病にかかっているのではないか、ということだったんだ。癌か、最悪はエイズか、とにかくもうすぐ自分は死ぬとわかっていてそれですべての始末をつけようとしているのだろうと、そう思ったんだ。正直、なんて奴だとひどく軽蔑したよ。今となっては、あいつのことをそんなふうにしか見ようとしなかったことを後悔しているがね。ガブリエルのしたことを、ちゃんと認めてやればよかった。私に会いにここに来てくれたんだよな、あいつは。誰にでもできることじゃないさ。ただあのときはまだ、私とガブリエルとの関係は今とは正反対のものだったから。ガブリエルの方がこの私のことをひどく気にしていたんだ。もちろんそれだって本当かどうかわからないと言えばそうなのだろうが、少なくともガブリエル自身はそう言っていた。そして私はと言えば、それまではガブリエルのことをすっかり記憶から消してしまっていたというわけだ。しかし得てして、人とはそういうものなんじゃないのか？　つまり、傷つけた側の方が傷つけられた側よりもむしろそのことをよく覚えているということだよ。けっきょくのところ、私たち二人の関係を考えるならば、私がガブリエルに侮蔑の念を抱いたのも、仕方がないことだったのではないだろうか。あのときの私にとっては、ガブリエルがどれほどたいしたことをやっているのかを理解するなど、およそ無理な話だったのだよ。それに……、ガブリエルを見下すのは快感だった。ああ、否定なんかしない。人がいい気分になるとはこういうことかと思ったね。すごくいい気分だった。とつぜん楽しみが降ってわいたような、思いがけないプレゼントをもらったような気がしていた」

「とは言っても、私は、あのときはまだ、ガブリエルが手術をしたことは知らなかったんだよ。ガブリエルはなにも話さなかったからね。なぜあいつは、話そうとしなかったのだろう？　とにかく私は、自分で勝手にガブリエルは病気に違いないと思い込んでしまっていたんだ。二人で話をしている間じゅう、首のあたりにポッコリしたものがないか、腹のあたりが人工肛門の袋のせいでシャツごと盛り上がっているのではないかと、あいつの様子をじっと観察していたよ。もっとも、ある年齢以上になると人は誰でも、そういうことを互いに気にしあうようになるものだが。それに、俺ぐらいの年にでもなれば、誰か友達と会ってそれがけっきょくそいつと会った最後になってしまった、ということも十分にありうるわけだし。そうそう、それから私は、ガブリエルの目をじっと覗き込んでみたりもしたよ。黄色くなっているかどうか確かめようとしてね。おそらくガブリエルの方は、そんな私を見ながら、心の中で思っていたはずだ。〝やっぱりエンリケはこうして、俺のことに全神経を傾けてくれているじゃないか〟とな。ああ、確かに私はあのとき、ガブリエルのことをじっと見ていたよ。いや、じっとというより、じろじろとだな。上から下まで隈なく、じろじろ見ていた。そして、とりわけ私がガブリエルのどこをいちばん気にして見ていたのかといえば、それはやはり右手だ。ガブリエルは私を訪ねてきてすぐに、挨拶の言葉は口にしたが、握手を求めてはこなかった。むろん私にだって、その理由はよくわかっていたさ。あいつの右手をまともに見ないようにするぐらいの気の使い方はしたよ。それでも正直に言うと、心の奥の奥で私は、あいつが手を伸ばしてこないのをけしからんと感じていたんだ。右手がだめならそれなりのやり方で親愛の情を示せよと、そう思っていた。たとえば左手を差し出すとか、俺のことを抱きしめるとか。とはいっても、抱きしめるのはまずあり得ないことだったろうが。とにかく、そうしたことを私としては秘かに望んでいたのに、ガブリエルときたら、いっさいなにもしようとはしなかったんだ。ガブリエルは私と会っても直接触れ合おうともせず、それが私には不満だった。つまりは、出だしがよくなかったってことだな。私たちのあの再会は、そもそも最初のところがまずかったんだよ。私の言っていることがわかるかい？　これは私にも意外な発見だったのだが、握手というのは互いの気持ちを解きほぐすのにたいした効果のあるものなのだよ。たとえ私とガブリエルのような間柄であっても、握手は有効だったはずだ。相手の起爆装置を外すような役割を果たすとでもいったらいいだろうか。実を言えば、俺はそれまではずっとこんなふうに思っていたんだ。〝握手ほど奇妙な儀式はない。こんなものはもう時代遅れの代物だ。昔は挨拶といえば、男であれば会釈、女の場合は、ドレスの裾をちょっと持ち上げてひざを折り曲げて、というのが普通だったが、そういう習慣も今はもう廃《すた》れてしまった。握手の習慣もそれと一緒だ〟とね。ところが、それは間違いだった。握手はいまだに廃れてなんかいやしない。みんな、どこに行っても手と手をぎゅっと握りしめ合っている。なぜなら、握手というのは相手に対するメッセージそのものだからだよ。握手というのはもうそれだけで、あなたに危害を加えるつもりはありませんと相手にメッセージを発しているようなものなのだ。そして同時に、握手には、あなたもこちらに危害を加えるつもりはないですよねと、相手に念押しするような意味合いも込められている。それはもちろん、人は誰かと握手をしたとしてもその相手に危害を加えることもあれば、相手から加えられることもあるだろう。そんなことは誰の身にも起こりうることだし、それにそもそも、どんな人だっていつも誰かしらを裏切っているものだよ。しかしそれはまた、別の話だ。私たちはみんな、最初はとにかく握手をすることで、危害は加えません、と互いに意思表示をするんだ。そういう意味では、握手には間違いなく効果がある。だがけっきょく、ガブリエルはそうはしなかった。最初にするべき、仲直りの儀式がなかった。起爆の装置は外されないままだったのだよ」

「ここに腰を下ろして、私とガブリエルは互いに、それまでどんな人生を歩いてきたのかを語り合った。私の方はまず、今お前に話したのと同じことをガブリエルに話した。ガブリエルの方は最初、お前のお袋さんの話をしていた。ガブリエルは、そこから話を始めたんだ。なぜそうしたのかはわからんが。〝女房にはすべてを打ち明けた〟とガブリエルは言ったよ。〝結婚を申し込んだとき、俺のしたことを打ち明けて許してくれと頼んだ。ついでのお願い、というやつだ〟とね。ガブリエルは、私とのことは誰にも、もちろん神父にも話さなかったみたいだし、私の名前をどこかに書きつけるということもしなかったらしいが、それでも奥さんにだけは違ったんだな。奥さんには、すぐに話をしたそうだよ。〝しかしまあそれにしても、告解という制度もたいした発明だと思うよ〟お前の親父さんはそう、半ば真顔で半ばおどけて言っていたよ。〝それに神父らも食えない奴らばかりだし。あいつらって、ほんとひどいよな〟ともね。

ところで、もしお前になにか後ろめたい秘密の過去があったとして、その秘密を知っている者が亡くなったとすると、そのときお前自身はどう感じると思うか？　おそらくは解放されたように感じるんじゃないのか？　殺人犯というのも、目撃者が亡くなるとたんに自由になったと感じるものらしいからな。ところがガブリエルの場合は、奥さんが亡くなったときに、解放されたと感じるどころか正反対の気持ちになったのだそうだ。〝せっかくの恩赦が取り消されてしまったみたいな気がした〟と、そんな言い方をしていた。そう言ったときのガブリエルは、昔のままだったな。どこか冷淡で、世を拗《す》ねているようで、若い頃のガブリエルと同じだった。まるで他人事のような調子で話をするものだから、聞いているこちらもつい、もしかしたらこれはガブリエルのことではないんじゃないか、ガブリエルは誰か別の人のことを話しているんじゃないのかと勘違いしそうになったよ。

ガブリエルが口にするとどんな言葉も中身の伴ったものになったというのは、その通りだと思う。だが同時に言葉は、ガブリエルにとって、自分が一段上に立って相手を見下すための手段にもなっていた。あるいは、どうしても相手と同じ位置に立たなければならない場合には、その相手との距離を保っておくための道具に。私が今言ったことについては、私よりもむしろお前の方がよくわかっているだろう？　私が、ザラについてお前の息子が書いた本を読んだよとガブリエルに言うと、〝あれはいい本だ。独自性にあふれている。しかし、独自性にあふれているのが必ずしもいいものとは限らないし、いいものが必ずしも独自性にあふれているとも限らない〟と答えたよ。それと同じフレーズが『密告者』にも出てきていたよな？　まあ、いい。お前になにか喋るとどうなるのか、みんなもよくわかっているだろうからね。どうせお前は、人がなにを言ってもその人に不利になるような書き方しかしないのだろう？　私がもう少し若かったら、こう言ったはずだ。用心しなければとね。でも、言わないよ。今さらいったい何に用心するというのだ？　お前に知られたら困るような大事なことは口にしないよう用心しなければ、か？　この年になったら、そんなのは無用の心配だよ。年寄りが口にすることなどどうせたいしたことではないからね。それに万が一、私がなにか重大な秘密を知っていてそれをお前に漏らしてしまったとしても、私の身は無事だよ。人は年を取ると、なにをしても許されるようになるものだ。自分が望もうと望むまいとな。

ああ、私は言ったさ。お前の親父さんに向かって、〝何のためだ？　人生も終わりの頃になって俺を訪ねてきてひざまずいて、いったい誰が喜ぶのだ？〟と、そう言ったよ。だって、事実は事実だからね。私の親父が、もう四十年以上も前に土に帰ったうちの親父がそんなことで喜ぶと思うか？　それにお袋もだ。四十を過ぎて人生をやり直す羽目になって、子供まで生んだお袋が喜ぶと思うか？　四十過ぎといったら、出産で死んでもおかしくない年だぞ。人生をやり直すというのがどれだけしんどいことか、お前にわかるか？　外科手術を受けるようなものだよ。手術に成功した患者というのは、麻酔が切れて意識が戻った瞬間は難関を突破したことで誇らしい気持ちになるだろうが、やがて激しい痛みに晒されるようになる。そして、ああ、俺は脚を切ったのだったと思い出す。いや、切ったのは盲腸なのかもしれないが、とにかく皮膚を開き、肉を切ったのだと思い出す。むろん中には、手術をしてみたら癌ではなかった、みたいな喜ばしいケースもあるのかもしれないが、それでも、痛いことには変わりはないさ。なぜそんなことがわかるのかだって？　それは、私も同じ経験をしたからだよ。私も人生を立て直したからね。どの道を選ぶのかではさんざん悩み苦しんだよ。まずは、自分がどうなりたいのか、何になりたいのかを選ぶ。次に過去の自分についてどういう設定にするのかを決める。それが、人生立て直しの一連の流れだ。確かに、これほど心躍る作業も滅多にあるものではないよな。なにしろ別の人間になるのだからね。といっても私の場合は、別の人間になるのではなく、別の地に来てそこで元のままの自分でいるという道を選んだのだが。仕事は変えたが、名前は本名のままにしたよ。

〝ここに来たのはお前のためだ〟と、ガブリエルはそう言ったよ。〝俺がこの何十年間、ずっと重荷を背負ってきたと知るのは、お前にとっていいことなんじゃないのか？　そう望めば忘れることもできたのに俺がそれをしなかったとわかれば、お前の気も少しは晴れるんじゃないのか？　俺はいつも思い出していたよ、エンリケ。忘れないでいるのは地獄の苦しみだった。だが俺は、その地獄に身を置いてきた〟とね。〝殉教者気取りはやめろ〟〝お前のたった一言で、俺たち家族全員が地獄に突き落とされたんだ。ひょっとして、自分の記憶力はたいしたものだと、この俺に自慢しに来たのか？〟私はそう言ってやった。するとガブリエルは、〝違う。知りたいことがあるんだ〟と、私に目を向けてきた。〝俺は運がよかったのか？　悪かったのか？　お前はあのときあいつらに、俺のことを殺せと頼んだのか？　それともただ脅してくれればいいと金を渡したのか？〟ガブリエルはそう聞いてきたんだ」

「ガブリエルがその話を始めたとき、私たちはもう、ベンチから立ち上がって角の店に向かって歩き出していた。別に何か飲みたかったわけでもなかったのだが、ほら、誰かと話をしていて思わず立ち上がって歩き出してしまうことってあるだろう？　歩いていれば、相手の顔をずっと見ていなくても済むからね。ただそうなると、どこに行くかを考えなきゃならんという問題はあるが。そして私たちの場合は、行き先が角の店屋だったというわけだ。ここからだと、あそこがいちばん近いから。あの店まで行くぐらいでは、襲われる心配はまずないよ。ましてやガブリエルと二人だったし、日曜日の昼間となればなおさらだ。それにあの店は、私たちが話をするにはちょうどよかったんだ。メデジンのど真ん中にはああした大衆的な飲み屋が結構ある。店の前の歩道にプラスチック製のテーブルが置かれていて、テーブルの上には酔っ払いが焼酎の小瓶を何本も趣味のように並べ立てている、そんな飲み屋が。

〝お前には死んでほしいと思っていた〟私はガブリエルに言ったよ。〝ただそれでも、お前を殺してくれとあいつらに金を払って頼んだということはない。いや、あいつらがお前をマチェーテで襲うつもりでいたということさえも知らなかったんだ〟と。私はそれきり口をつぐんでしまった。あいつももう、なにも聞いてこようとはしなかった。だが実を言えば、私はそのとき、あいつに向かって心の中で、〝それにしてもまさかお前とこんな話をする日がこようとはな。しかも昔のように俺、お前で呼び合いながら心にあることをすべて吐き出す日がこようとは想像もしていなかったよ〟と語りかけていたんだ。ところがそのときだった。もしかしたら、ガブリエルが私に会いに来た本当の目的はこれだったのかもしれない。ふとそんなふうに感じたんだ。ガブリエルは、私との会話の中から私の犯罪の証拠を引き出したくて、自分に対していかに犯罪まがいのひどいことをやったのかを私自身の口から言わせたくて、それで私を訪ねてきたんじゃないのかと、そう思ってしまったわけだ。店でのガブリエルは、私の真正面に座ってビールを飲んでいた。その姿を見ているうちに、私はだんだん、嫌な気分になっていった。まるでこちらが脅迫されているような気がして仕方がなかったんだ。私の言いたいこと、わかるだろう？

いや、私だって本当は、ガブリエルが訪ねてきたときからというか、まああれを会談と呼ぶのであればその会談とやらが始まったときからずっと、〝ガブリエルは何かが欲しくて会いにきたのに違いない。だったらそれを渡してさっさと帰ってもらおう〟と心の中で思いつづけてはいたんだ。ところが、ガブリエルと喋っていて、ある瞬間、不意に気づいたんだ。こいつとは同じ過去を背負っているんだ、とね。むろんそれが、清らかで純粋な過去などでないのは言うまでもないことだし、むしろ私たちの場合はこれ以上ないというぐらいに複雑なものではあるさ。それでも二人が同じ過去と向き合って生きてきたのは確かなことだからね。せっかくそんなふうに思うようになっていたというのに、だ。あのとき、店でガブリエルと向かい合わせに座りながら私は、こんなのは時間の無駄だと、いつの間にかそう感じはじめていたんだ。客は十人、十五人はいただろうか。周りは酔っ払いだらけだった。みんな同じようにシャツをだらしなくはだけさせ、口髭をはやして、しかも揃いも揃って全員がピストルを持っていた。もちろん、外から見ただけではそうとはわからない者たちもいたが、それでもあの場にいた者たちはまず間違いなく、ピストルを持っていたはずだ。

〝俺たち二人とも愚か者だ〟私は心の中で吐き捨てていた。〝これはすべて茶番だ。ここ、この場所で、今日、十二月二十三日、クリスマス前の最後の日曜日のこの日に起きていることは猿芝居そのもの。それが何の解決にもならないとわかっていながら後悔の言葉を口にするなど、まやかしでなくてなんなのだ。今さら何をどうしようもないことぐらい二人ともわかっているはずじゃないか。そうだよ、脚を骨折した馬にモルヒネを打つという、あれと一緒だ。大猿芝居。いや、大なんてつけるのももったいないか。そこら辺にある陳腐な猿芝居だ〟とね。

ああ、確かに言ったさ。私はガブリエルに向かって、お前が死んでくれたらいいと思っていた、と言ったよ。だが、私がそう言うからにはそれなりの理由があるはずだろ？　ガブリエルにもおそらくそのことはわかっていたと思う。それに実際ガブリエルだって、生きているあいだはそれこそ何度となく、誰彼に対して、私があいつに向かって口にしたのと同じぐらいのきつい言葉を、相手が立ち上がれなくなるほどのきつい言葉を吐いていたのだろうし」

「俺は店で、ピエルロハ〔コロンビアのたばこ〕を何箱かと、マッチを一箱買った。たばこを一本取り出して火を点けてから、店を出たよ。二人でもう一度ここに、この団地の入り口まで戻ってきたときにはもう、たばこは吸い終わっていた。ピエルロハは、長くはもたないからね。ガブリエルにも一本差し出すと、〝たばこはやめたんだ。お前もやめた方がいい〟と、非難めいた口調で言われた。そのときだよ、ガブリエルの口から心臓のこと、バイパス手術を受けたことを聞いたのは。〝あんな感動は、まず味わえるものじゃないぞ。おかげで、三十代に戻ったみたいな気分だ〟とあいつは言った。ほら、あそこ。見えるだろ？　あのブリキ小屋のところに私とガブリエルは立っていたんだ。私はもう一本、たばこを取り出して火を点けようとしていた。ところで、今どきのマッチというのはほんと、使いづらいもんだな。軸のところが木ではないから。そうかといってむろん、紙というわけでもない。あれはプラスチックかなんかでできているんじゃないのか？　擦ったとたんにマッチの頭が抜け落ちるし、軸は折れるし。私はガブリエルに言ってやったよ。〝だがな、俺たちが三十代じゃないというのは変えようのない事実なんだぜ〟と。

なかなかマッチが点かなくてね、最初の二本はせっかく火が点いたのに風で消されて、後の二本は軸が折れて、それでもあいつと話をしながら私はなんとかマッチを点けようと必死になっていた。するとガブリエルが、〝とんだ習慣だな。そんなものを吸っていたら自分の命を縮めることになるぞ。おまけに、ボーイ・スカウト並みの腕を持っていなければ火も点けられないわけだし。とにかくお前の家に行こうじゃないか。そうすればたばこに火が点けられるだろ？〟と、そう言ったんだ。

しかし私の気持ちははっきりしていた。ガブリエルと一緒に、ガブリエルと私が一緒に家の中に入ったりすれば、二人の込み入った過去も家の中に入れてしまうことになる。そんなことをこの私が許すはずないではないか。ああ、私はやることをやったよ。自分と自分の家族を守るためにはそれしかないからね。確かに、品がないといえば品がなかったとは思う。猫が小便をかけて縄張りを主張するのといい勝負だろう。いや、こう言ったからといって私のしたことについて謝っているというわけではないよ、もちろん。それだけははっきり言っておくが」

「〝ここで別れた方がよさそうだ〟と、私はガブリエルに言った。〝すべては無駄だった。最初から最後まで、すべてが無駄だったんだ。こんなことを言うのは酷だろうが、そもそもお前が車に乗ってボゴタからここにやってくることからして間違いだったんだよ〟。そしてこうも。〝だいたい、なにもかもが間違いだったんだ。お前がここにいるのも間違い、こんなふうに俺たちが話をしているのも間違い。おまけに俺の家に入りたいだって？　そんなことを考えるのも間違い、いや、間違いどころか、俺に言わせれば悪意そのものだ〟とね。するとガブリエルの表情が変わった。顔がこわばり、目が険しくなった。俺は一瞬、ひるんだ。だがいっぽうで、ああ、可哀そうに、と、そう思ってもいた。どう言ったらいいのだろう……、ガブリエルは、明らかに敵意をむき出しにしていたのに、怯えてもいたんだ。でももう、後に引くことはできなかった。〝すべて現実だよ。すべて俺たちの人生に起きたことなのだよ。お前としては、なにもかもが幻だったということにでもしてしまいたいのかもしれないが、それは無理というものだ。いいか、本当のことを言ってやる。俺は、すべてを今のままにしておきたいんだ〟私がそう言うとガブリエルは、いったいお前は何が言いたいのだと返してきた。私は、団地の入り口の扉から入ったすぐのところで足を止めていた。監視小屋とは名ばかりの、あのぼろい建物の脇のところに立っていたんだ。それでも、あそこも団地の敷地内は敷地内だ。言ってみれば、私はすでに、自分の領土の中にいたわけだ。私は中からドアに鍵をかけた。チラッと上に目をやって、家の窓から誰も見ていないのを確かめると、ガブリエルに向かってはっきりと、これ以上ないというほどはっきり言ってやった。〝もうここへは来るな、電話もかけるなと、俺はそう言っているんだ。

こじれたものを元に戻そうなんて考えるなよ。世の中には、そんなことなど望んでいない人間というのもいるからな。世界は、お前の犯した罪を中心に回っているわけじゃない。え、どうした？　夜、ぐっすり眠れないのか？　だったら睡眠薬を買ったらいいじゃないか。幽霊に起こされるって？　なら、天にましますわれらの父に祈れよ。おい、ガブリエル、ことはそう簡単じゃないんだぜ。この俺から心の平安がそんなに安く買えると思っているのか？　冗談じゃあない、安売り屋じゃあるまいし。もう二度と来るな、電話もするな。俺が言いたいのはこれだけだ。頼むよ、お願いだ、お願いしますよ、ガブリエルさん。お前はここには来なかった、お互いそう思って生きていこうや。今さらどう手当てしようと、もう遅い。それでも何とかしたいと思うのなら、俺を巻き込まずにお前ひとりでやってくれ〟私はガブリエルに向かってそう言いながらも、ほら、今にガブリエルは何か言ってくるぞと内心、構えていた。怖かった。ガブリエルがいったん口を開くと誰にも太刀打ちできないことはよくわかっていたからね。ところがあいつは何も言わなかった。言い返そうとも、私のことを言葉でやっつけようともしなかった。人生で初めてガブリエルは、沈黙を選んだんだ。自分の計画が失敗に終わったと認めたんだ。おそらくガブリエルはそのとき、人の世の法則なんてあてにならないと、つくづく思っていたのだろうね。人は他人の過ちを許し忘れるものだという法則。だがそんな法則が当てにならないのは当然のことではないか。ある独裁者が政治の舞台から退いたあとに自分がそれまでにしてきたことを許してくれと人々に訴えたとして、みんなが許すわけがないさ。とにかくそのとき、ガブリエルの目論見のすべてが一瞬にして打ち砕かれたというわけだ。そして、ガブリエルがその事実を見事に受け止めていたというのは、まあ、お前には言っておかねばなるまい。

ガブリエル、お前の本を読んだおかげでいろいろなことがわかったよ。しかしとりわけ、このことはなぁ……。ああ、そうだったのか、とわかった瞬間にもちろん、いい気はしなかったが、今でもまだそのことを考えると嫌な気持ちになるんだ。その、なんだな。お前の本によると、お前の親父さんが私を探し出したのもメデジンまで会いに来たのも私と話そうとしたのも、すべては自分を作り直すという一大プロジェクトを完成させたいがためのことだったそうじゃないか。ということはつまり、この私がガブリエルのその計画をぶち壊してしまったわけなのか？　少なくとも私はそう理解したよ。それは確かに、私がもしお前の本を読んだ後にガブリエルに会っていたとしたらと考えないでもないよ。あいつがなにを思って俺に会いに来たのか、その真意をわかってやっていたとしたら、私だっておそらくあんなことは言わなかっただろうさ。だがもちろん、そんなのは現実にはあり得ない話だ。そういう仮定の話をすること自体がバカげている。それにそもそも、ものごとがそう順序よくいくなどというのは物語の中ぐらいのものだ。普通はみんな、まずなにかの実体験があって、それでようやくかつて読んだ本の大切さに気づくものだよ。お前にしてみたら、なにくだらないことを言っているというところなのかもしれない。しかしそれが世の常というものだ。いつの時代もそれだけは変わらない。人は、なにかを体験してみて初めて、ああ、あの本には大切なことが書いてあったなと気づくんだ。ところが、そう気づいたときにはもはやすべては後の祭りで、けっきょく本などなんの役にも立たずにことは終わってしまっているというわけだ。悪いな、ガブリエル。こんなあからさまな言い方をして。でもしょせん、本なんてその程度のものだ」

あの日のなりゆきから言えば、俺がエンリケの家に上がって食事をしたこと自体は、これ以上ないというほどに自然な流れだったとは思う。だが夜のあの時間にとなれば、とんだ非常識なことをしてしまったのかもしれない。

ご飯よ、とレベカがエンリケを呼ぶ声が聞こえた。見上げると、レベカが窓から顔を覗かせていた。少し威張った感じと物柔らかさとを含んだようなその口調。ああ、俺の分も用意をしてくれたのかと、俺は自分の名前を呼ばれたわけでもないのにごく自然にそう感じていた。

エンリケはすぐに立ち上がり、さあと俺の腕を取った。一瞬、おがくずと動物の汗の臭いが俺の顔を包んだ。

いや、俺とてこのまま招待を受けてしまってもいいものだろうかと、思い迷わないでもなかったのだ。夕飯をごちそうになってからではボゴタまで戻るのは時間的に難しくなるというのははっきりしていたし、おまけにメデジンでホテルを探すにしてもその時間ではすでにどこも満杯になっている可能性があるとわかってもいたからだ。だが俺の頭はまたもや、それまで何度もやってきたのと同じことをやるという決断を下していた。つまり俺は、心の中の声についてては聞こえなかったことにすると決めたのだ。俺の中の好奇心と、好奇心を満足させたいという思いは、さも分別くさく〝夜の高速道路は危険だ、それにホテルを見つけられないかもしれないぞ〟と囁く声を寄せつけはしなかったのである。

〝このままもっと見ていたいし、聞いてもいたい。もちろん俺だって、そうたいしたことを期待しているわけではない。この食事が終わるまでの間に目にするもの、耳にするものすべてがものの見事に普通のことばかりだった、という結果になるだろうとはなんとなく予測はつく。ただそれでも俺はここにいたい〟と、そう思ったそのときだった。〝普通？　この男のいったいどこが普通だというのだ？〟もう一つの声が頭の中に響いた。〝よほど鈍感な人間でない限り、誰だってわかる話ではないか。一見、どこにでもあるようなごく平凡な人生。老境に差し掛かった今、エンリケはこうして、地味で面白味にはかけるだろうがそれでも幸せな日々を送っている。だがその人生だって、一皮むけばとてもきれいとは言い難いものなのだ〟と。いや、本当のことを言ってしまおう。最後の、〝一皮むけばとてもきれいとは言い難いものなのだ〟の部分。あのときの声が俺に言ったそのままを再現すると、〝だがその人生だって、一皮むけばとんでもなく悲惨なものなのだ〟と、こうなる。

そして俺はそのとき感じてもいたのだ。〝すべての事実、エンリケにしてみれば忘れてしまいたいに違いない事実、何が変わろうともそれだけは変わることのない過去の事実が、レースのテーブルクロスがかけられたダイニングテーブルの下に、目の前に並べられた食器皿の上に顔を覗かせている〟と。ちなみに、それらの皿は割れないタイプのもので、俺は、そこに料理が盛られているのを見た瞬間、まるで蠟でできた料理サンプルみたいだと、そう思わずにはいられなかったのだ。

確かに……、エンリケがメデジンの生まれでないというのはその通りだった。ボゴタから逃れてメデジンにやってきたエンリケ。おまけに、国籍はコロンビアではあっても、苗字からしても性格からしてもまぎれもなくよそ者であるエンリケ。そのエンリケが、自らの過去をふりかざしながら動作の一つひとつで訴えかけてきているのを、俺ははっきり感じとっていた。〝私たち家族にやさしくしてくれよ、たしかにここでの暮らしは見ての通りつつましやかで平凡そのものだが、それのいったい何が悪いというのだ〟と。俺があのとき、エンリケがフォークを口に運ぶさまから目を離すことができずにいたのも、エンリケのその心の声に気づいたからだ。エンリケは、細かく裂かれた乾燥肉をフォークの上に山盛りにしてそれを口に運び、玉ねぎを一切れ口に放り込むと、噛みながらそれをルロのジュースで流し込んでいた。レベカに笑いかけ、レベカの手を取り、ありきたりのことを言い、レベカもまたありきたりの言葉で答えていた。この二人は今『地獄の黙示録』を口述筆記していて、俺はそれを聞いているんじゃないのか。ふとそんな気がした。俺は、一言も聞き漏らすまいと瞬きもせずにじっと二人の顔を見やりながら耳を傾け、もしまるまる一章分ぐらいの話を聞き逃しでもしてしまったらと思うと、おちおちトイレに立つことさえもできずにいた。

食卓にセルヒオの姿はなかった。俺に対しては一貫して見下すような態度を取っていたセルヒオだったが、おそらく、セルヒオが本当にそうしたかった相手というのは、俺と同じ名前を持つ親父、セルヒオが言うところの〝デタラメ本〟に出てくる俺の親父の方だったに違いない。とにかく、セルヒオがあそこまで露骨に俺に対する蔑《さげす》みの念をあらわにしていたとなれば、セルヒオが出かけてくるからと声をかけたときにエンリケもレベカもあえて引き止めようとしなかったのも当然のことだったろう。またセルヒオの方も、出かける理由を言いつくろうわけでもなく、さっとジャージの上着を羽織ると玄関を出ていったのである。

「あの子の恋人は芸術家なのよ、あなたと同じね」

レベカが言った。

「絵を描いているの。果物とか景色の絵。そういうの、なんて言ったかしら。あなたの方がよく知っているわよね。日曜日になるとセルヒオと二人で、ウニセントロに絵を売りに行くの。セルヒオったら、それが自慢でしようがないのよ」

食事が終わり、レベカがハーブティーを入れにキッチンに立つと、エンリケは一人、たばこを吸いに外に出ていった。あれが三十年間ずっと変わらない習慣なのよと、レベカが教えてくれた。

「あの人にとっては、規則正しく暮らすのがいちばん大事なことなの。もしも、いつもの時間にいつものことをやらなかったりすると、それだけでもう、今日は嫌な一日だったということになるの。あなたのお父さんみたいでしょ？」とレベカが、俺の目に視線を当ててきた。もちろんレベカが俺を睨みつけるような真似をするはずがないとわかってはいたのだが、それでも俺はその瞬間、レベカの視線の中になにか鋭いものを感じずにはいられなかったのである。

「ねえ、ガブリエル。まさかと思うでしょうけれど、エンリケは毎晩、あなたの本を読んでいたのよ。でね、本を閉じるたびに言うの。俺に似ているよ、ガブリエルは俺にそっくりだ、面白い奴だよって。そうかと思うとたまに、まったく逆のことを言ったりして。ほら、これだよ。ほんと、相変わらず嫌味な奴だ。よくこんな真似ができるものだ、とかね」

「あなたが親父とは一度も会ったことがないって、本当ですか？」

答えはわかっていたが、それでも俺は、レベカの口から直接確かめたかったのだ。

「会ってはいないの。あの人が会わせてくれなかったのよ」とレベカは唇をすぼめ、その唇で表にいる夫のことを指して見せた。

「私のこと、あなたのお父さんには見せたくなかったのね。べつに水疱瘡にかかっていたわけでもないのに。私って、箱入り奥さんなのよ」

沈黙が流れ、ふたたびレベカが口を開いた。

「お父さんのしたことを背負おうとしてはだめ。そんなの、間違っている。忘れなさい、あなたはあなたの人生を生きればいいの」

レベカはエプロンで指についた滴を拭い、俺の頬を優しく撫でた。初めてレベカの手が俺に触れていた。そのときの感触、それは今でもはっきり覚えている。

「余計なこと言ったかしら？」

「いえ、そんなことありません」

「そう、よかった。私っていつもこうなの。昔からずっと」

エンリケが戻ってきた。

俺はすでにハーブティーを飲み終え、レベカが渡してくれたイエローページを膝に乗せてぱらぱらとページをめくっていた。本体部分が新聞用紙で、表と裏が厚紙でできている四角い電話帳。よほど使い込んだとみえ、その背の部分にはいく筋もの線が入り、どのページも角が丸くめくれていた。

「何をやっているんだ？」エンリケが部屋に入ってくるなり言った。

「ホテルを探しているのよ」レベカが答えた。

「え？」とエンリケが声をたてた。そのいかにも意外そうな声音に、俺は思わず思ったものだ。もしかしたらエンリケは、俺が帰るなんてことは端《はな》から考えていなかったのではなかったのかと。

「ああ、ホテル、そりゃあそうだ」エンリケがあわてたように言った。

俺はインターコンチネンタルホテルの電話番号をプッシュした。値段のことでいえば、あのホテルが多少ではあっても他に比べて高いというのはその通りではあった。だが、高ければそのぶん夜遅くであっても部屋が取れる可能性が増すというのもまた事実である。俺はインターコンチネンタルホテルの部屋を予約し、ホテル側にクレジットカードの番号を伝えた。受話器を置き、エンリケたちにホテルまでの道順を教えてくれと頼んだ。

「地図を描いてあげるわね」レベカが言った。

「ここから行くとなると街を横切らなくちゃならないの」

方眼紙に向かうと、レベカは無言になった。通りや街を示す線を引き、それぞれに番号を書き入れ、道順用の矢印を記していく。手に持ったフェルトペンのペン先が、レベカの全体重を受けているがごとくに傾《かし》いでいた。

「そうだ、お前にいいものを見せてやろう。レベカに地図を描かせると、いつもとんでもなく時間がかかるのでね」

俺はエンリケについて寝室に入っていった。部屋は狭く、ナイトテーブルも一つだけ。本来、ナイトテーブルといえばダブルベッドの両側に一つずつ置かれてあるものなのだが、おそらくは部屋の狭さゆえにもう一つのナイトテーブルまでは入れようがなかったのであろう。いや、もしかしたら、入れようと思えば入れられたのかもしれないが、ただそのときは間違いなく、クローゼットの扉をテーブルでふさぐことになっていたはずだ。クローゼットの扉、木肌の色そのままの飾りもない簡素なその扉に俺は、難破船、それも漫画によく出てくるような難破船を思い浮かべずにはいられなかった。

部屋の隅に目をやると、ドリンクカートのような台が置かれ、上にテレビが載せられていた。むろんそれは、ベッドとテレビの間の距離を、見る側の視力の差、ないしは年齢から来る視力や聴力の衰えの程度に応じて自在に変えられるようにと考えてのことだったのだろう。テレビのスイッチは入っていなかった。木目調の年代物のテレビ。テレビの上には、パソ・フィノのイラスト入りの卓上カレンダーが置かれていた。

部屋に一つしかないナイトテーブルがレベカの領分だとは、俺にもすぐに察しのついたことであった。とはいえ、テーブルの上のランプの足元に飾られた写真には、夫であるエンリケの姿はなかったのだが。世間では、夫婦はそれぞれのナイトテーブルに相手の写真を飾りあうというのが暗黙のルールとなっている。ところがレベカの場合、それに反して、机の写真に写っていたのはレベカ自身であったのだ。

そこにいたのは、何年か前の、少しだけ若い頃のレベカ。だがそのレベカにしても、髪の色が、すでにもともとの赤色とは程遠いものになっていた。写真はおそらく十年から十五年ぐらい前に撮られたものだったのだろう。レベカの隣には、そうきれいともいえないプールが写っていた。

「それは、サンタ・フェ・デ・アンティオキアだよ」

エンリケが、箱からなにやら取り出しながら言った。その取り出したものを目にした瞬間、俺はてっきりアルバムかと思ったのだが、実はそれは、ファイルフォルダであった。

「毎年十二月になると、サンタ・フェ・デ・アンティオキアに行くんだ。友人が家を貸してくれてね」

エンリケは、フォルダの留め具を外し、中の一枚を抜き取った。いや、一枚という言い方は紛らわしい。抜き取ったそれは、紙そのものではなく紙を挟んだクリアファイル。そのファイルフォルダでは、紙類はすべてクリアファイルに入れられ、人の手の汗や空中の湿気に触れることのない状態で綴《と》じられていたのである。俺はそのとき、このフォルダには切り抜きや写真なんかも当然入っているんだろうなと、そう思っていた。

「ほら、これ。お前にももう、馴染《なじ》みのもののはずだよ。もちろん実際に見るのは初めてだろうが、間違いなくこれは、お前がよく知っているものだ」

エンリケがクリアファイルから取り出したのは手紙だった。タイプで打たれたその手紙は、書き出し部分からして公式的な言い回しが並び、おまけに、ざっと見た限りでは打ち損じのような箇所は一つもなかった。俺は、人差し指の腹でファイルの表面を押しつけるようにして一字一字、読み取っていきながら、ふと、子供じゃあるまいしとおかしくなった。昔先生から、本を読むときには一行ごとにちゃんと指で辿って意味を理解しながら読み進めていきなさいよと、よく言われていたことを思い出したのだ。

ボゴタ　一九四四年一月六日

拝啓

ペドロ・J・ナバロ議員閣下、レオナルド・ロサノ・パルド議員閣下、並びにホセ・デ・ラ・ベガ議員閣下

私はマルガリータ・ジョレダ・デ・デレッサーと申します。バジエ・デル・カウカ県カリ市に生まれ、自由主義の伝統を重んじる家庭で育ちました。父の名前は、フリオ・アルベルト・ジョレダ・ドゥケであります。すでに亡くなっておりますが、職業はエンジニアでした。故オラジャ・エレーラ大統領の時代には公共工事のアドバイザー役を務めていたこともあります。

ここにこうして議員の諸先生方にお手紙を差し上げますのは、私ども一家のために、おとりなしの労をお願いいたしたいからにほかなりません。事情をご説明させていただきます。

私は一九一九年にドイツ人のコンラート・デレッサーと結婚いたしました。神の御前で夫婦の契りを交わし、息子を儲けました。息子エンリケは、二十三歳になりました。品行方正な青年に育っております。

いま、主人コンラート・デレッサーは、その国籍が理由で、アメリカ政府主導の〝ブラックリスト〟に入れられております。これは諸先生方には申し上げるまでもないこととは存じますが、ブラックリストに入れられるというのは、いかなる個人、あるいは企業にとっても悲惨な結末を迎えることを意味しております。もちろん、そのことにおいては私どもとて例外ではありません。不当にも主人が〝ブラックリスト〟に入れられてからまだ数週間しか経っておりませんが、私どもはすでに回復が不可能なほどの危機的状況に陥っており、このままでは近いうちに破産に追い込まれることになるでしょう。

しかし主人は、これまで一度も、いまのドイツ政権を支持したことなどございません。もちろんこれからも支持することはないでしょう。ですから、主人をブラックリストに入れるというのは正当な理由のない、噂だけを根拠とした間違ったご判断であると申し上げざるを得ません。

主人は家族経営の小さな会社、ガラス工房デレッサーをやっております。会社は

「ここで終わりなの？　続きは？」

するとエンリケはふたたびファイルフォルダを開け、別のクリアファイルを取り出した。

「焦るなって」

エンリケの声には、明らかに皮肉な響きが込められていた。

「世界が今この瞬間に終わるというわけじゃあるまいし」

あらゆる種類のガラス製品と窓ガラスの製造販売を手掛けております。会社の資産はすべてを合わせても八千ペソにも届かず、また、従業員もわずかに三人で、全員がコロンビア人です。

今世紀初頭に、大勢のドイツ人がこのコロンビアにやってまいりました。主人もその一人であります。コロンビアの地を踏んでからは、主人は一貫して、我が国の法律に従って生きてまいりました。道徳あるいはこの国の習慣を守ることにかけてはどのボゴタ市民にも負けないほどの厳しさと実直さでそれを実行してまいりました。そしてその点については、主人のみならず、この地に暮らすドイツ人のなかでも優れた者たちすべてに当てはまることなのであります。もちろん主人も、ドイツ出身であることを誇りに思う気持ちはいまでも変わらずに持っておりますが、それでも、私が息子を、祖国コロンビアの宗教的価値観とこの国に暮らす市民として持つべき価値観とに従い、また、カトリック教会の教えと我が国のこの上なく尊い民主主義のもとで教育することを禁じはしませんでした。しかしその民主主義がいま、皆様方もよくご存知の出来事によって脅かされようとしております。そのことを主人は、コロンビアの国民と同じように憂えております。主人は、いまではもう、自分を、このコロンビアの一員だと思っているのです。

議員の諸先生方、私どものために、また、この国で私どもと同様の苦しみを味わっているすべてのドイツ人家族たちのためにどうか、〝ブラックリスト〟に入れられた者たちの同リストからの削除と、私どもの市民としての権利・経済的権利の回復とを政府へのお働きかけにより実現させていただきたく、切にお願いをする次第でございます。主人を含めて多くのドイツ人が、自らが実際にやったことや自らの取った行動の結果としてではなく、神様のご意志でたまたまドイツに生まれたというそのことの結果としていま、苦しみを味わっております。ですが、主人も他のドイツ人の方たちも、自分たちを快く受け入れてきてくれたこの新たな祖国コロンビアの法律、習慣に背くようなことは何ひとつしてはおりません。

どうか、私どもの願いを聞き入れてくださいますよう、心よりお願い申し上げます。いいお返事をお待ちいたしております。

敬具

マルガリータ・ジョレダ・デ・デレッサー

「どうやってこれを手に入れたの？」

「もちろん、請求したんだよ」エンリケは答えた。「簡単だったさ。あまりに簡単で拍子抜けしたぐらいだ。しかし、よく考えてみれば当然だよな。こんな紙切れにいったい誰が興味を持つというのだ。同じような手紙は何百通、何千通とある。そのどれにしたって、他に代わるもののない貴重な一通というわけではまったくないからね。数年前だったか、火事があってね、何通ものこうした手紙が焼けてしまったんだ。それでも、いったい誰がそれを問題にしたかね？　単なるごみ屑だよ。この類の手紙なんてそんなものだ。私に手紙を渡してくれた役人は教えてくれたよ。こうした手紙はみんな細い短冊切りにして手続き用カウンターに吊るしておいて、指紋を押しに来た人たちに指を拭くのに使ってもらっています、とね」

「ということは、エンリケさんはボゴタまで行ったの？　ボゴタで役所に請求して、そこで受け取ったの？」

「そうさ。驚いたか？　蒐集癖《しゅうしゅうへき》があるのはザラ・グーターマンだけだとでも思っていたのか？　いやいや、とんでもないぞ。ザラの蒐集なぞ、私のそれに比べれば素人同然だ。私は本気で集めて回っていたからな。私の場合は趣味なんかじゃないぞ。もしも資料蒐集家の集まり、とでもいうのがあったなら私は会長になっていただろうよ。ああ、間違いない」

「あら、例のものを見せていたのね」

レベカが部屋に入ってきた。手に持っていたのは、通りや街を示す幾筋もの線と矢印とが描き込まれたホテルへの地図だ。だが、これはもう言うまでもないことだろうが、そのとき俺の中ではすでに、ホテルに行こうという気持ちはすっかり失せていたのである。

「この人ね、おもちゃを見せたくてたまらないのよ。でも誰も見たがらないの。ほんと、可哀そうでしょ」

「見たがる奴はいるさ」エンリケは言った。「だが俺が見せたくないんだ。これは、特別な人にしか見せないんだよ」

「これ、ホテルに持っていっちゃだめですよね……。明日の朝にここに持ってくるにしても、たぶん無理ですよね」

「ああ、いい勘をしているな。その通りだ。俺の目の黒いうちは、このファイルフォルダはどこにも持ち出させはしない」

俺はすぐに、わかりましたと答えた。そのときは心の底から、本当にそう思っていたのだ。だがそこにあったのは、ザラ・グーターマンの話に出てきていた例の手紙。それを現にエンリケが持っていた。エンリケは手紙を俺に見せてくれた。そして俺は、手紙を見てしまったのだ。

それはまさに、エンリケの家族の歴史を追体験する旅。そのただなかに身を置きながら俺は、とてもじゃないがかなわないと、そう感じていた。マルガリータが書いた嘆願書について、いかにもなんでもないことのように話をしているエンリケと妻のレベカ。おそらくそれが夫婦にとっての暗黙の了解だったのだろう。だが俺は一方で思ってもいたのだ。そうしていかに軽い調子で話そうとも、手紙がとてつもなく深刻なものだという事実は変わらないのにと。

いっぽう俺はといえば、今はまだこのゲームに加わることはできないと、そう感じていた。俺が手にしていたのは、マルガリータの嘆願書。そこに記されていたのはマルガリータ・デレッサー自身のサイン、手紙の日付。俺はただじっと黙ったまま、エンリケとレベカの顔に視線を当てていた。

「もしお前がこの中の一枚でもどこかにやってしまうか、あるいはなくさないまでも破いたりしたら、私はもうお前を殺すしかないだろうな」

　エンリケが言った。

「映画に出てくるスパイみたいにだ。だが私はお前を殺したくはないぞ。お前はいい奴だからな」

「僕だって殺されたくはないですよ」

　手紙の二枚目をエンリケに戻すと俺は椅子から立ち上がり、レベカの頬にキスした。

「いろいろとありがとうご……」

　礼を言いかけるとエンリケが、「おい、ガブリエル」と、俺を遮った。

「もしよかったら今晩、泊まっていかないか」

「いえ、そんな、いいですよ。ホテルだって予約してしまったし」

「キャンセルすればいいじゃないか」

「でも二人に迷惑をかけるわけにはいかないから」

「私たちはいいのよ。でもあなたが大変」

　レベカが言った。

「我が家のソファーはとても硬いの」

「実はな、頼みたいことがあるんだ」

　エンリケが俺の目を見た。

「一緒にやってほしいことがある。私一人では無理だ。一緒に行ってもらうには、お前がいちばんいい。ラス・パルマスに向かうあの高速道路、あそこを車で走るときに私は決まって思うのだよ。ガブリエルの事故現場をこの目で見なければ、とな。ときには、道路の脇に車を停めて、観光客の振りをして山の斜面を下ってみようかと思うこともある。といっても、斜面を下ることについては、実際にやってみなければできるかどうかはわからないわけだが。だめなのだよ。私は、今まで一度も実行できたためしがないんだ。いつも事故現場をそのまま通り過ぎてしまう。おまけにひどいときなど、車を停めろとせっつく自分の心の声を聞きたくなくて、カーラジオのボリュームを上げてしまったりもする。もちろん、そんなことをしたのはほんの数回だがね。自分でも、いったい何やっているのだろうと思うよ。ああ、まったく私はおろか者だ。そんなことは自分がいちばんよくわかっている」

エンリケは言った。

「そこでだ。ガブリエル。明日、私と一緒に現場に行ってみないか。どうせあの道を通ってボゴタに帰るわけだろ？　とすれば、どのみちあの場所を通過しなければならないわけだし」

「どうしよう……」

「朝早く出ればいい。現場を見るのもさっさと終わらせるよ。約束する。むろん、お前がもっと居たいと言えばそれでもかまわんが」

「わからないんですよ、エンリケさん。自分があそこに行きたいのかどうかがわからないんだ」

「だって、終わった後はそのままボゴタに向かえばいいじゃないか。あそこまで行って、現場を見て、それだけだ。そうすれば私は、一気に解放される。そう、完全にね」

「解放されるって、何から？」

「それはもちろん、今の疑心暗鬼の状態からだよ。他に何があるというのだ、ガブリエル。私が今心に抱いているこの忌々しい疑いが、単なる私の思い込みによるものなのかどうなのか……」

エンリケとレベカがおやすみを言い、寝室に引き上げていった。リビングのソファーから二人の寝室までは、おそらく四メートルも離れていなかったろう。俺はその夜、ソファーで一晩を過ごすことになっていた。寝室のドアの閉まる音が聞こえた。

いっぽう一人残された俺の方は、その音を聞きながら、ああ、今晩は眠れないなと覚悟を決めていた。

眠ることについては、俺はもうずいぶん前から、夜になるとまず眠れそうかどうかを早い段階で見極めて、もし眠れそうにないとなったらもうその晩は無理に眠ろうとはしない、というように自分を慣らしてきている。そしてそのおかげで、眠れずに何時間もベッドの中で悶々とするという実に無駄な時間の過ごし方をせずに済むようにもなっている。

リビングの電気を消した。だがライトスタンドの明かりは消さずにおいたために、部屋の中は、暗いながらも真っ暗闇というほどではなかった。クッションの上に腰を掛けた。クッションは、枕がわりにとレベカがカバーを掛けて置いていってくれたものだった。じっとしたまましばらくのあいだ俺は、親父のことに思いを巡らせていた。エンリケに謝ってもそれを拒絶された親父、拒絶されたその後でボゴタに向けて車を走らせ、けっきょくボゴタまで戻ってくることのできなかった親父。そして俺は、どうしたって思わないわけにはいかなかったのだ。エンリケ・デレッサーさんの家でこうして一晩を過ごすなど、まさに運命の悪戯《いたずら》というやつだと。そう、運命の悪戯。親父にとってはエンリケからの赦《ゆる》しこそが自身が救われるためのたった一つの方法だったにもかかわらず、エンリケがそれを拒絶したのも、また、息子の俺が当然の権利として亡くなった親父のために引き続き赦しを乞うことすらエンリケには受け入れてもらえなかったのも、すべては運命が決めたこと。その同じ運命に導かれて俺は、親父の相続人としては認めてもらえないままに、親父のことも俺のことも赦そうとしない当のエンリケの家に厄介になろうとしていたのである。

ライトランプの光が笠の中から床に向かってまっすぐに降り注ぎ、光の当たっている先だけが円形状に明るく浮かび上がっていた。視線を奥に向けた。相変わらずの闇の空間。そこに微《かす》かに浮かび上がる影たち。食堂のテーブル、乱雑に置かれた椅子、入り口に置かれた棚、壁に飾られた額入りの写真、絵、いや、ポスターたち。壁は、その薄暗闇の中ではもともとの白色ではなくグレーに見えていた。

だがそれでも俺は、気づくといつのまにかソファーから立ち上がり、狭い暗闇の奥へと歩き出していた。目も手足もまさに電気のスイッチが入った如くの状態で、その刺激が俺に眠ることを許してはくれず、俺としては、どうあってもじっとしているわけにはいかなかったのである。

窓辺に寄った。外はまさに無の世界。向かいの建物の窓という窓は黒一色に染まり、表の通りも中庭も静まり返っていた。俺は、通りに自分の車が無事に置かれているのを目で確認した。ひと気のない中庭では、チョークで描かれた石蹴り遊び用の四角い枠が外灯から放たれる光線、それも埃混《ほこり》じりの光線に照らされて闇に浮かび上がっていた。

俺はさっさと窓辺を離れて、整理簞笥《せいりだんす》の方に移動した。簞笥の上には家族写真が飾られていた。ポニーの鼻の頭を撫でながらいかにも嫌そうな顔をしているセルヒオ。レベカとエンリケが橋の欄干に寄りかかっている写真もあった。サンタ・フェ・デ・アンティオキアの近くに有名な橋があるというのは俺も前から知っていたことで、それがこの橋なのだろうかと、俺は目をこらして写真を眺めてみた。別の写真では、なにかのパーティーだったのか、エンリケやレベカよりは若い、しかしセルヒオの恋人というには明らかに年が上過ぎる女性がレベカと抱擁しあい、空いた方の手でアルコールの小瓶を抱えていた。

しかし、あの暗闇の中でそれらの写真を見るのがいかに大変な作業であったことか。

整理簞笥のいちばん上の引き出しを開けてみた。ドライバーのセット、接着剤、小袋入りのコーヒーシュガー、未使用の注射器が数本、錆《さ》びたバックルが二つ三つ、それらに紛れるようにしてポケット版の本十数冊が放り込まれていた。実際の話、暗闇の中で本のタイトルを読み取るというのもまた、写真を見るのと同様になかなか骨の折れることであった。目を近づけてみるとどの本もタイトルがドイツ語であることはわかったが、むろん、俺に理解できたのはそこまでだ。

キッチンに入ると、食器棚の扉を、音をさせないよう注意しながら開けてみた。もちろん閉めるときにもそっと閉めたのは言うまでもない。ビスケットの詰まったガラス瓶を見つけ、一枚、失敬した。冷蔵庫から瓶入りミネラルウォーターを取り出しコップに注いだ。といっても、コップもそう簡単に見つけられたわけでもなく、缶詰やらティーバッグの箱やらをどけてみてようやくのことだったのである。

冷蔵庫のドアにはマグネットが二つ貼られていた。一つは馬蹄型のもので、もう一つはアトレティコ・ナシオナル・クラブの盾形の紋章が描かれたもの。マグネットとは普通、紙なりなんなりを張りつけておくために使われるものだが、その冷蔵庫には二つのマグネットが貼られているだけで、それらの下には、名前が書かれた紙も何かのリストもメッセージカードも挟まれてはいなかった。

俺は、冷たい水の入ったコップを手に持ち、ライトスタンドの明かりを受けてそこだけがぼうっと闇に浮き出ているソファーの一角に腰を下ろした。おそらく時刻は、十二時を回っていたはずだ。エンリケから借りたファイルフォルダをクッションの上に置いた。なぜフォルダを置く場所が膝の上ではなくクッションの上だったのか？　それは、光が横から当たるようにするためだ。俺は、ランプの光がファイルフォルダに綴じられているビニール製のクリアファイルを直撃し、その反射光によってファイルの中の文書の文字が見えなくなるという事態を避けるために、あえて、横から光を受けるような位置にフォルダを置いたのである。そうして俺は、その日もまたいつものように、他人様《ひとさま》の書いたものをじっくり読み込む作業にのめり込んでいった。いったい俺は、それまでに何度、そうした作業を繰り返してきていたことか。にもかかわらず、そのときばかりは明らかに勝手が違っていた。普段にはないことなのに、俺の心臓は異様に高鳴り、手が震え、だがそれでいて、ひどく酔っ払った次の日のような虚脱感に襲われていた。

「あした、必ず返してくれよ」

寝る前にエンリケは俺に言った。

「でも今晩は、好きなだけ、ゆっくり見たらいいさ」

「ねえ、エンリケさん、これをみんなコピーしてはだめかな？」

それは、俺がずっと心の中で考えていたことであった。しかし、あのマルガリータの手紙を実際に手にしたとなったら、そう考えてしまうのも当然のことではなかったろうか。俺は、もしも競《せ》りでデモステネスの式服を見つけたとしたらやっぱりこんなふうな気持ちになるのだろうかとつい思ってしまうほどに、いつの間にか手紙のすべてが欲しくてたまらなくなっていたのだ。

「朝早く起きて、どこかドラッグストアにでも行ってコピーしてくるから」

「いいや、手紙はみんな私と、私の家族のものだ」

俺はエンリケの声に咎《とが》めるような響きがあることを感じ取っていた。初めてのことだった。

「私たちの他にいったい誰がこんなものに興味を示すんだね」

「僕です、僕は興味があるよ。みんな欲しいくらいだ」

「ほんとにわからない奴だなぁ」

エンリケが俺を遮った。

「いいかい、これはお前が持つべきものではないんだよ」

気まずい沈黙が流れ、ふたたびエンリケが口を開いた。

「ここにある手紙をまとめて一冊の本を書く、みたいなことをされたら困るからな」

明らかにエンリケの口調が変わっていた。そして俺はその瞬間、〝自分の領分を守るためなんだ、悪く思うなよ〟というエンリケの心の声が聞こえるような気さえしていたのである。

「それが節度をわきまえるということだろう？　あるいは、プライバシーを大事にすることだと言い換えてもいいが。まあ、言い方はお前に任せるよ。とにかくこの手紙はどれも私の宝物だ。絶対に手放したくないさ。なぜ私がこれほどまでに手紙に対して強い気持ちを持つのかだって？　それは一つには、私自身がわかっているからだよ。手紙を持っているのはこの世で私ただ一人だと、手紙はすべて私のもので他に誰もこれらを持っているものはいないと、はっきりわかっているからなんだ。それなのにもし、世間に公表されてしまったとしたら、なにかが変わってしまう。おそらく、私にとってものすごく大きななにかをなくすことになると思うんだ。うまく言えないが」

「いえ、わかります」と俺は言った。もちろん、その言葉に嘘があったわけではない。本当だ。俺はあのとき、エンリケさんの言うことはもっともだと、心からそう思っていたのだ。

俺は、ソファーの片隅に座ったまま、クッションの上のファイルフォルダを開き、一枚、二枚とクリアファイルをめくってみた。もうそれだけで十分だった。たった数ページを見ただけで俺にも、手紙に対するエンリケの愛着心と、同時に、誰かの不注意な手で傷つけられでもしたら困るというエンリケの心配する気持ちとが痛いほどに伝わってきていた。最初のクリアファイルに入っていたのは、マルガリータが国会議員たちに出した嘆願書。続いて、コンラートのおじいちゃんがサバネタホテルの収容所から家族に宛てて書いた手紙が一枚一枚クリアファイルに入れられていた。ぱらっと見ただけで、それらはぜんぶで八通から十通くらいだろうと、俺はおおよその見当をつけていた。最初の方は妻宛ての手紙、後の方のものは息子のエンリケに宛てたもの。フォルダに綴じられていたのはただそれだけで、他のものは何も入ってはいなかった。

だが……、エンリケ一家にとって、あれらの手紙以外になにかフォルダに綴じられるべきものなどあったのだろうか？　手紙があれば、それだけでもう一家は十分に満足だったのではないのか？　これはお前が持っているべきものではない、エンリケは俺にそう言った。しかし今になるとよくわかる。

エンリケは、本当はこう言いたかったに違いないのだ。〃お前がこの手紙を持つことは許さんぞ。お前はいつも他人のものを盗んでばかりいるが、これだけは絶対に盗ませないぞ〃と。

エンリケはあの晩、俺に宿を提供してくれ、俺はエンリケの家の客になった。エンリケは、その夜だけという条件つきとはいえ、俺にファイルフォルダを渡してくれて、そこに大切に保管している手紙を読むことを許してくれた。あのときのエンリケは、間違いなく俺のことを信頼してくれていたのだ。

エンリケははっきり、手紙をコピーしてほしくはないと言った。むろん俺も、エンリケの言う通りにしたいと思ってはいたのだ。しかし、何ごとであれものごとはそうそう思い通りにいくものではないというのもまた真実であろう。

俺は、コンラートさんが書いた手紙のうちの一通目を読みながらすでに、エンリケの信頼を裏切ることになるなと、感じはじめていた。二通目の途中に差し掛かったあたりで、心は決まった。そして俺はいよいよ、裏切りにむけての行動を開始したのである。

セルヒオがいつ戻ってくるかとひやひやしながら靴を履き、入り口の椅子に掛けてあった上着を手に取った。上着を身につけ靴を履いた状態で俺は、エンリケとレベカの寝室の前に立ち、息を止めた。微かな音を聞き分けるには、自分の呼吸音さえ邪魔になるものだ。十秒、二十秒。ようやく、ドアの向こうの寝息を確認することができた。でももしこの寝息を立てているのがどちらか一人だけだったとしたら？　もう一人の方はひょっとして俺と同じようにひどい夜を過ごしているのではないのだろうか？　不安でなかったと言ったら嘘になる。だがそれらの懸念について確かめる手立てがあるわけでもなく、俺は、確かめようのないことについては絶対にあれこれ思い悩むべきではないと割り切ることにした。

玄関の外に出た。ゆっくりドアを閉め、最後にカチャっという音を確認した。表から見て鍵がしまっていないと気づかれないためには、中途半端な閉め方だけは禁物であった。明かり一つない階段を下りていった。建物の出入り口から俺の車のドアまで歩いていく途中、ふと視線を下に向けると、俺の足がチョークで描かれた石蹴り遊び用の四角い枠を踏んでいた。枠を消してしまったのかもしれないと、思わず歩を緩めた。それでも俺は、足を止めて確かめることはせず、そのまま車の方に向かって行った。

ようやく車に辿り着き、ドアを開けて体を滑り込ませた。ただし、運転手席にではなく助手席に。グローブボックスからメモ用ノートを、上着からボールペンを取り出し、俺は車内灯をつけ作業に取り掛かった。改めてファイルフォルダを調べてみると、コンラートさんが書いた一連の手紙については、書かれた順にではなく書かれたのが遅い順に整理がなされていて、最初の方のクリアファイルには遅くに書かれた手紙が、最後の方には早くに書かれた手紙が保管されていた。なぜわざわざ、普通とは逆の並べ方をしたのか。その順番で読んでいくことになにか特別な意味があるのか。それがようやくわかったのは、最後のクリアファイルに保管された手紙に辿り着いたときのことだった。

俺が書き写した手紙をここに紹介する。

一九四四年八月六日
フサにて

息子よ
今日は、ホテルから三人が姿を消したよ。ハインリヒ・シュトック、ハイダー・フォッケとマックス・フォッケだ。シュトックは、強硬派のナチス支持者で宣伝活動も行なっていたそうだ。みんながそう言っている。

先週の日曜日には、それぞれの家族が訪ねてきていた。いつもの日曜日と同じように家族が来て、みんなで過ごしていた。火曜日に命令が下りて、今日、三人がホテルから連れ出された。おそらくみんな、ブエナベントゥラまで行くのだろう。そこから船でアメリカに向かうらしい。噂では、アメリカからドイツに強制送還させられる者と別の収容所に連れていかれる者とにわかれるみたいだ。

私は、ドイツに戻るのだけは嫌だ。ドイツにはもう、勝ち目はない。

検閲官のみなさんへ
念のため申し上げておきますが、今この手紙に書いていることはなにかの暗号などではありませんから。

息子よ、どうやらここにボウリングのセットを持ってきてくれるらしい。だが日によって、ころころ話が変わるからな。

前には、毎日ビールを四本以上くれると言っていたこともあるし。

ここにいる者たちは誰もが出ていきたいと思っているよ。もちろん、そう思うだけの理由があるからだが。ところが私の場合は、もはや、ここを出ていきたい理由など一つもないというわけだ。

パパより

一九四四年六月二十五日
フサガスガにて

愛する息子よ
今は午後の五時。全員で食堂に集まって手紙を書いている。日曜日は私にとって一番つらい日だ。ミサだって何の慰めにもならない。いや、それどころか、神は私から遠く離れたところにいると実感させられてしまう。もう私には、何が何やらさっぱりわからないよ。いったいどれが私の宗教なのだろう？　どこが私の祖国なのだ？　宗教も祖国も、人間なら誰でもが頼りにするものだ。それなのに今の私には、すがることのできる宗教も国もない。これでは頼みごとの一つもできやしない。こういうのを、完全に見捨てられた人間というのではないのだろうか。

朝から晩まで、自分の母語で、おなじ国の者たちと会話を交わしている。しかしここは異国の地なのだぞ。なにつまらないことを言っているんだって、そう思うかい？　もし気分を悪くさせたなら、謝るよ。日曜日というと、こうしてつまらない愚痴ばかりを書いてしまう。月曜から土曜までは、私たちはコーヒー農場に行ったり庭の手入れをしたりしている。だが日曜日は、作業は休みだ。農作業をやっていると気がまぎれるからな。日曜日は時間を持て余してしまう。今日はベランダに座って、ここにやってくる車を眺めていたよ。ボゴタから、家族たちを乗せてやってくる車をね。奥さんや子供らが、旦那に、お父さんたちに会いに来ていた。家族みんなでプールの傍に座っていた。うちの家族は……、永遠に元に戻ることはできないのだろうか？　ああ、考えたくもない。おまえたちもいなくてこんなところで一人ぼっちにされて、私とはいったい何なのだろうと思ってしまうよ。けっきょく誰にとっても何ものでもない人間。この世にいないも同然の人間なのだ。気晴らしに、ここにいる人たちの中の何人にこれまでガラスを売ったのか数えてみた。二十三人だった。クラウスにはまだ代金を払ってもらっていない。まったくなんてことなのだろう。

このところ、よく眠れていない。あまり愚痴を言うまいとは思うが、嘘をついても仕方がないからな。明日は、六時に起床ラッパが鳴る。断言してもいいが、おそらくその二時間前にはもう目が覚めているだろうよ。いつも、どんなにうまく眠れたとしても四時間がせいぜいだ。夜の九時半以降は物音をたててはいけないことになっている。しんとして真っ暗で、夜の時間は最悪だ。ところで、家の中の様子はどうなんだい？　母さんのこと、なにかわかったかい？　母さんのことはなんでも正直に教えてほしい。たのむ、お前まで私を見捨てるようなことはしないでくれ。
お前のパパ、コンラートより
一九四四年五月二十六日
フサガスガにて

愛する息子よ
母さんはそのうち帰ってくる。なかなか返事が書けなかったのは、お前にはいいかげんなことを言いたくなかったからだ。心が動揺しているかぎり、人は自分に都合のいいようにしか考えられないものだ。確かにお前の手紙を読んで、私は、奈落の底に突き落とされたような気がしたよ。そのことは否定しない。なにしろ、これほどのことだからな。もし私がショックで廃人同然になってしまったとしても、おかしくはなかったろう。ところが私は、しゃんとしている。なぜだと思う？　私はまず、いろいろな可能性の中でどれがいちばんありうることかを冷静に考えてみた。すると、気持ちが落ち着いてきたんだ。私の結論はこうだ。母さんは帰ってくる。なぜなら母さんにとっての家族は、私とお前以外にはいないからだ。間違いない。私が誰かのことをこうと判断したら、その判断はまず正しい。焦るな。神のお助けで、しかるべきときが来たらすべては元通りになる。
母さんは辛い日々を過ごしていたと、お前は手紙に書いてよこしたよな。私も、毎日が辛いよ。家族が離れ離れになるというのは、並大抵のことではないから。もちろん、家を出ていくなどというのはおよそ身勝手極まりないことだ。でも、だからこそ思わないかい？　母さんのようにどこまでも心の優しい人がそんなことをするわけがないと。私は、母さんはきっと考え直してくれると確信している。時がすべてを解決してくれる。いつかきっとまた、三人で暮らせる日が来るはずだ。誓ってもいい。

お前のパパより。

コンラート

一九四四年四月二十一日

サバネタホテルにて

愛する妻、マルガリータへ

マルガリータ、君もフサガスガに引っ越してきてはくれないだろうか。このホテルの収容者の中にも、家族をフサガスガに住まわせている者たちがいるよ。そうすれば毎日のように家族に会いに行かれるし、泊まれば一緒に眠ることもできるからね。行きは警官が見張り役として家まで一緒に行き、帰りも迎えに来る。それでも、妻と一緒に眠ることができるし、子供たちの顔を見ることもできる。たしかにフサガスガでは、家賃はとても高い。ホテルに入っている者たちはみんな家を借りたがっているし、ここにはとんでもないお金持ちだって少なくないからね。それでも、努力すれば安いところが見つけられるんじゃないのか。二人で住むだけなら小さなところでいいのだから。エンリケは、残りたければボゴタに残ればいい。君とまた一緒に眠ることができたらどんなにいいかと思うよ。我が家にお金がないのはわかっている。それでも何かやりようはあるはずだ。よく言うではないか。希望を捨てるのは最後の最後だ、と。

ここでの暮らしは、そうひどいものでもないよ。だから私のことは心配しなくていい。ただやることがなくて困っている。ラジオの持ち込みは禁止されているから手持ち無沙汰だ。音楽を聞くことも許してもらえない。音楽を聞くことができれば、私の気持ちも少しは楽になるのだろうが。音楽はいろいろなことを忘れさせてくれるからね。ホテルの従業員の中に一人、気の合うものがいる。手紙を出したいと言うといつも、手伝ってくれるよ。こんど、ラジオを貸してもらえないか相談してみよう。いや、貸してもらえないまでも、ときどき従業員の部屋に入れてもらって音楽を聞かせてもらうだけでもいい。

いつも愛しているよ。君の夫、コンラートより。

一九四四年四月九日
フサガスガ　サバネタホテルにて

愛しいマルガリータ
君は最初からずっと、私がドイツ語で君に手紙を書くのを嫌がっていたよね。よかったじゃないか。このホテルでは、手紙を書くのにドイツ語を使うことが禁止されているからね。手紙はすべてスペイン語でなければだめなのだそうだ。おまけに厳しい検閲もある。検閲係には封をせずに手紙を渡して、係が、これはなんだ、こっちはと聞いてくる。私たちのなかにスパイがいるんじゃないかと疑っているのだろう。だがもちろん、スパイといえばここにいる私たち全員がスパイなわけだが。ああ、そうだ。あいつらに発音できないような苗字を持っているだけでもう私たち全員が立派なスパイだよ。この間など、あろうことか健康診断を受けさせられた。私たちは伝染病患者なのか？　ドイツ人であること自体がすでに伝染病に罹《かか》っているようなものだと、そういうことなのか？　それでもまだ、喋ることについては大丈夫だ。少なくとも禁止されてはいないからな。
先週、カトリックのミサがあったらしいが、私は、今日になって初めてミサのことを知ったよ。とり行なったのはバウマン神父だそうだ。ここでミサ、か。ということは、ここではすべてがそうひどいことにはならないのかもしれないぞ。まあ、なにはともあれ、神は神だ。カトリックだろうがプロテスタントだろうが。バウマン神父を見ているとなぜかすぐに、ガブリエルのことを思い出してしまう。私はガブリエルに手紙で言ってやったんだ。グーターマンのところにばかり行かないで、もしよかったら、私のところに習いに来ないか、と。ガブリエルが来てくれれば退屈しのぎにはちょうどいいだろ？　それにガブリエルだってバウマン神父の話を聞けるじゃないか。ガブリエルはカトリックだからな。忘れずにガブリエルに伝えてくれ。でも、もしいやそうなそぶりを見せたら無理強いはしないでくれ。

諦めずに、私のために嘆願を続けてほしい。すべては間違いで私がなにひとつ悪いことをしていないと、かならず誰かがわかってくれるはずだ。私はこの国を愛してきたし、いまも愛している。なのに、その代償がこれだ。コロンビアは、神がこの地上に作り給うた国の中でもいちばん恥知らずだ。そう言っているのは私一人ではないよ。ここでの食事の最中、話題はそのことばかりだ。とはいえ、この国に羊の皮を被ったオオカミたちがいるのは本当だ。そいつらのせいで私たちは今、この収容所に入れられているというわけだ。だが私は、そうしたオオカミたちとは違う、無実だ。そのことを世間がわかってくれるといいのだが。愛しいマルガリータ、君が私を信じてくれるかどうかが、私には何よりも大事なことなんだ。他の人たちのことは、どうでもいいとまでは言わないが、私にはそれほどたいした問題ではないよ。エンリケがどう思うのかも、君さえ私を信じてくれていたら、あまり気にはならない。

これからも、ここの事情が許せばできる限り手紙を書くようにするよ。飽きたなんて言わないでくれよ。

君の夫、コンラートより。

ファイルフォルダに入っていたのはここまでだった。

フォルダの最後の手紙、すなわちコンラート・デレッサーがサバネタホテルから家族に宛てて初めて書いた手紙もすでにノートに書き写し終わっていた。ふと我に返ったのは、数分も経った頃だったろうか。ショックだった。俺は、コンラートさんにとってあの頃の日常がどんなものだったのかを突きつけられ、どうしようもないほどにショックを受けていた。それらの手紙は、一人のごく普通の市民が異常な時代に異常な場所で、それでもそこでの暮らしを耐え難いほどに代わり映えのしない日常のものとして日々を送らなければならなかったという事実を、他のどんなものにもましてはっきり浮かび上がらせていた。そしてだからこそ俺は、その手紙たちが親父の犯した罪の重さをもっとも雄弁に物語るものだと、嫌でもそう感じないわけにはいかなかったのである。こうなったら手紙をすべて盗んでしまうしかない。俺は正直そんな気になっていた。だが実は、盗んでしまいたいと思ったのにはもう一つ、理由があった。その理由とは、最後の手紙の中のある段落の存在であった。

最後に書いた手紙の中でコンラートさんは二度、マルガリータ、と呼びかけていた。愛しいマルガリータ……。何とも切ない話ではないか。おそらくそのときにはもうマルガリータさんとしては、夫と別れたいと思っていたに違いないのだ。

一度目と二度目のマルガリータさんへの呼びかけのあいだにその段落はあった。テニスコートを左右に仕切っているネットもかくやというほどに無邪気な、悪意の欠片《かけら》も感じさせない筆致で綴られた段落。そこにコンラートさんは親父の名前を登場させていた。もちろん、そのことだけでも俺にとってはその段落が特別なもの、価値あるものに思えていたというのは、言うまでもないことであろう。ところがそれだけにとどまらず、コンラートさんはそこで、うちの親父に対して、〝もしよかったら、私のところに習いに来ないか〟と誘ったことを明らかにしているのだ。だが……、親父が、コンラートさんを裏切った親父が、いったいどうやってコンラートさんに会いに行けたというのだろうか。

〝習う〟という単語が、長くどこまでも薄く伸びるゴムのように俺につきまとい、焼け焦げたゴムのような異臭を放ち俺に迫ってきていた。そして俺はそのとき、なぜかはわからないのだが、例の話を、コンラートさんが終戦直後にラジオ局の友達を使って『ニュルンベルクのマイスタージンガー』をラジオで流させたというあの話を、記憶から蘇らせていた。でも〝あのレコードジャケットは確か行方不明になったと言っていたよな〟そう独りごちた瞬間、アッと思った。俺の中で初めて、その話と、あの日、親父のアパートに『ニュルンベルクのマイスタージンガー』のレコードジャケットが置かれているのに気づいたことが一つの線でつながったのだ。突然、首にバイオリンをはさんでいる親父の姿が脳裏に浮かんできた。バイオリンを練習する親父。〝いや、もしかしたらコンラートのおじいちゃんは、バイオリンよりもむしろ歌の方を教えたがったかもしれないな。なにしろそっちの方の専門家だもの。親父も、テノールを歌うためにいかに横隔膜をうまく震わせるかを習う羽目になっていたかもしれないぞ〟と、そんなことを思いながら俺は、親父がバイオリンのケースを肩にかけてコンラートさんに会いにいくためにバスだか誰かの車だかに乗り込もうとしているその光景を頭に思い描いてみた。……だが、もし親父がバイオリンを習っていたのだとすると、親父はあの事件のせいでバイオリンを諦めなくてはならなかったということになるが。そこまで考えたときだった。不意に俺は、すべてがわかった気がした。コンラートさんは何も、バイオリンや呼吸法のことなど言っていやしない、習いに来いというのはドイツ語を練習しに来いという意味ではなかったのかと。

　しかし本当にそうなのだろうか？　親父はそれほど若いときからドイツ語を勉強していたのか？　俺は脳をフル回転させ、その可能性をうかがわせるような出来事がなにかなかったものかと、俺が知ってからのガブリエル・サントーロの人生を思い返してみた。〝いやいや、この年になって、俺が小さかった頃の親父のことなどいちいち思い出せるはずがないではないか。それに、頭の中の引き出しを探るのは容易なことじゃない。しかも何かを思い出したところで、その内容が記憶として正確なものかどうかは、実際には保証の限りではない。となればいちばんいいのは、今の俺にとっての情報提供者、すなわちエンリケさんに聞いて確かめることだろう。そのためには翌日まで待たなければならないが、それでもそれがいちばんいい〟俺はそう心に決めた。

ノートをグローブボックスにしまい込んだ。通りの角一つひとつに視線を向けてセルヒオの姿がないことを確認すると、車から降りた。そして再び、歩いてエンリケの家へと戻っていったのだが、あのときにもし俺のことを見ていた者がいたとしたらおそらく、誰かに追われてでもいるのかと、そう思ったに違いない。エンリケの家に辿り着いたのは朝の五時頃だったと思う。俺は、服を着たまま、リビングのソファーに身を横たえ、それから数時間、夢も見ずに眠った。いや、見ていたのかもしれないが、少なくとも起きたときには夢を見たことさえも覚えてはいなかった。だが今俺は、秘かに思っている。あのとき俺は、親父とドイツ語で喋る夢を見ていたに違いない、と。

コーヒーメーカのゴボゴボいう音で目が覚めた。といっても、それが、ただちにパッチリ目を開けたという意味でないのは言うまでもないだろう。その証拠に、俺がようやく目を開けると、エンリケ・デレッサーがなにやらもの言いたげな様子で、俺の真正面にじっと立っていた。なんだかリードをくわえた犬にさあ早く散歩に連れていけとせがまれているみたいだな、と俺はぼんやりした頭で思っていた。だがそんなわけがあるはずもなく、よく見るとエンリケは、口ではなく手に、リードではなくコーヒーの入ったカップを、くわえていたのではなく、持って立っていた。また当然のことながら、エンリケがそうして俺を待っていたのはなにも散歩に行きたいからなどではなく、若いときの友人が事故死した現場、正確には、交通局の情報によればそこで事故が起きたとされているその現場に、俺に一緒に行ってほしかったからだ。

　さて手紙の入ったファイルフォルダはと目で探ると、寝る前にソファーの脇に置いたはずなのにどこにも見当たらない。すでに安全な場所にしまわれていたのだ。もはや、どんな泥棒でも手の出しようのないところに。

　エンリケは俺に、熱いコーヒーが入ったカップを渡してくれた。

「下で待っているから」

　エンリケが言った。

「俺はブニュエロス〔揚げドーナツ〕を買うが、お前にも買っておこうか？」

「ブニュエロス？」

「車の中で食べるんだよ。朝飯を食べていたりしたら、遅くなるからな」

　そしてその言葉通りにエンリケは、どうしても必要なこと以外には、俺が一秒でも無駄にするのを許そうとはしなかった。俺は、左手でハンドルを握り、右手の二本の指で温かいブニュエロスを持ち、エンリケの指示通りに住宅街の中の、傾斜のきつい、舗装されてはいるものの表面が多少でこぼこしている道路を上り、市内を抜け、さらに山の上の方へと車を走らせていった。メデジンでは、道路を舗装するのに、何枚もの四角いコンクリートの板をコールタールによってつなげていくという方法が取られていて、そのために道路の表面がまったく平らというわけにはいかないのである。

　助手席に座るエンリケの膝がときおり、グローブボックスを叩いていた。エンリケはこんなに背が高かったのか、脚も長かったのかと、俺はちらとエンリケを見た。だが話しかけはしなかった。ひょんなことから会話があらぬ方にそれて、エンリケがとつぜんグローブボックスを開けるような事態にでもなったらと思うと、恐ろしくて声をかけることができなかったのだ。もしもグローブボックスを開ければエンリケは例のメモ用ノートを見つけることになるだろうし、それを手に取りぱらぱらページをめくったりしたら、俺がエンリケとエンリケの家族から盗みとって書きつけた言葉の数々も目にすることになってしまうと、俺の想像は、悪い方へと膨らんでいった。

だがその心配はまずないのかもしれないと、すぐに思い返した。

エンリケはじっとなにかを考えている様子で、視線はひたと、行き交うトラックと次から次へと現われるカーブに向けられていた。くねくね伸びるコンクリート製の帯。まさにカーブの連続。わずか数メートル先を走る車さえ視界から消えてしまう。バックミラーを覗いても、やはり視界がカーブに遮られて後続車を認めることはできなかった。

とつぜんエンリケが人差し指を突き立て、とんとんと、フロントガラス叩いた。

「ほら、サルティナスの箱」

「え？」

「ゼラニウムが植えられているだろ？　お前の本に書いてあったじゃないか」

ふたたびエンリケが黙り込んだ。おそらくエンリケとしては、頭に思い浮かんだままを無意識に口にしただけのことだったのだろう。だが俺はそのときはっきり思っていたのだ。エンリケは今や、俺の書いた本の一行一行を思い返しながら自分の世界に没頭しているに違いない、と。

エンリケが、欠伸をするように口を大きく開けた。一回、もう一回。耳の詰まりを払うときによくする、あの仕草だ。俺も真似をしてみた。すると、少しだけ耳が詰まっていたのがわかった。すでにだいぶ高いところまで到達していたのだろう。車で坂道を上がって行くときには、本当は耳が詰まって聞こえが悪くなっているのにそれを自分では気づいていない、というのはよくあることだ。登りであってもそれほどの急坂ではない場合には当然ながら、耳の聞こえが悪くなっていく速度も緩やかであり、それは、年を取っていつの間にか耳が遠くなっていくその過程と似ているのかもしれない。だが、メデジンからボゴタに向かう道路を走るとなると、事情は異なる。その勾配のきつさゆえに、聞こえの悪さは唐突にやってくる。よく子供が何かの病気に罹ったせいでとつぜん耳の聞こえが悪くなることがあるが、ちょうどあんな感じだ。いっぽう、ラス・パルマスからメデジンに車で向かう場合には、加齢という自然現象によって知らず知らずのうちに聴力が衰えていく方の、聞こえが悪くなりかたをする。

ふたたびエンリケがフロントガラスを叩いた。

「車を脇に寄せろ。着いたぞ」

俺はブレーキを踏みながら、路肩めがけてハンドルを切った。タイヤが、石ころだらけの地面を滑っていった。ハザードランプのスイッチを入れると、心をざわつかせるような音を立てながら点滅を始めた。左脇を、車がすごいスピードで走り抜けていき、俺は思わず身をすくめた。当たり前といえば当たり前のことなのだろうが、高速道路で車を停めたままじっと動かずにいるときというのは、走っているときに比べてよけいに恐怖を感じてしまうものだ。

右脇に目を向けると、背の低い木が数本、緑の塊《かたまり》を作っていた。だがどの木も茂り具合はお粗末極まりなく、谷底の光景も、山の斜面の厳しい落ち込み具合も葉と葉の隙間からすっかり見通すことができた。

それにしても、あれはいったいなぜだったのだろう。エンジンを切った車にああして他人と乗っていたことで、俺自身がなんとはなしに恋人に別れを告げるときのようなセンチメンタルな気分に陥っていたからだったのだろうか。それとも、とても普通とは言い難い状況のなかでエンリケと一緒に同じ景色を眺めながら、二人の間に流れる仲間意識というか、共犯者意識を感じ取っていたからなのか。とにかく俺は気づいたら、その前の晩からエンリケに聞きたくてたまらなかったことを口にしていた。

「もちろん、あいつはあの頃からドイツ語を喋っていたさ」

エンリケは答え、さらに続けて言った。

「ときどきあいつが喋っているのを聞いて、ひょっとしてドイツ語が母語じゃないのかと疑いたくなることがあったよ。ドイツ語は、ヌエバ・エウロパで習ったんだ。あそこがガブリエルの学校だった。ペーターやザラが先生だ。だからドイツ語のアクセントも、あの一家のアクセントと一緒だ。耳がいいものにとっては、言葉を覚えるのは造作もないことだ。ガブリエルは、モーツァルトよりも耳がよかったからね。お前の本には大事なことも書いてあるが、どうでもいいことも書いてある。これもまあ、どうでもいいことの部類に入るのだろうが、なんでもガブリエルはドイツ語を忘れてしまっていたそうではないか。いやぁ、そのくだりを読んだときには驚いたね。私にとってはそれ以上ないというほどの驚きだったよ。それはまあ、確かにあいつとしてはドイツ語を忘れたかったのだろうが。お前の本には確か、ガブリエルはベロニカを歌うと決めてから初めてドイツ語の勉強を始めた、とか書いてあったよな？　あの歌は、ザラのお気に入りだったのだよ。はっきり覚えている。ああ、そうだ。ガブリエルが年を取って初めてドイツ語の勉強を始めたというのは嘘だ。ドイツ語を勉強したのは老齢に入ってからのたったの数か月間だけだったというのも嘘だ。お前はその二つのことを、さも真実のようにあの本に書いている。俺も読んだよ。だが俺としては、はいそうですかと信じるわけにはいかないね。なぜって、ガブリエルは私たちと一緒にいた頃にはすでに、ライヒスターク〔ドイツの国会〕での演説をとうとうと真似していたんだぜ。それなのにドイツ語を知らなかったってか？　そんなことはとうていありえんだろう」

「もっと詳しく話してよ。そんな大事なこと、ザラおばさんはぜんぜん教えてくれなかった」

「たぶんそれは、ザラとしてはそれほどたいしたことだとは思ってはいなかったからじゃないのかな」

　エンリケは言った。

「今でもあのときのことはよく覚えている。ガブリエルとうちの親父が話をしていたんだ。ああして二人が言葉を交わしている光景というのは、あの後はもうほとんど見かけなかった気がする。ガブリエルはうちの親父に、ドイツ国会での演説でわからなかったところを聞いていたよ。親父の方も嬉しそうに教えてやっていた。親父の奴、まるで本物の先生のようだった。あのときの二人はおそらく、それまで以上の信頼感を相手に抱くようになっていたのだろうと思う。そう、信頼感。友情というのとは違う。だからガブリエルは、親父との友情を裏切ったわけではない。とはいえ、親父を裏切ったのは間違いない。じゃあ親父とのなにを裏切ったのかと言われると、どう説明していいかわからないのだが。それでも、そのなにかを指す言葉はあるはずだ。ガブリエルがいったい何の真ん中にグサッとナイフを突き刺したのか、それについてはきちんと言葉で表わすべきだろう。ドイツ国会の演説、お前は聞いたことがあるかい？　いや、私はなにも、ガブリエルが演説を聞くためにわざわざドイツ語を勉強していたとまでは言ってやしないよ。それでも、ガブリエルにとって、ドイツ語を勉強した成果の一つがドイツ語の演説を理解できるようになったことだったというのは、よほどのお人よしでもない限り誰も否定はしないはずだ。まあ、いずれにせよ、ザラがお前に何も言わなかったのは別に不思議なことじゃないと私は思うよ。なぜって、ヌエバ・エウロパにいるときのガブリエルは、心の中に暗い熱情を抱えているなどとは素振りにも見せやしなかったからね。まあ、けっきょく奴は大人だったんだよ。常に冷静さを失わなかった。とにかく、あの頃のガブリエルにドイツ国会での演説を聞いて自分なりに分析するだけの力があったというのは本当だよ。そしてガブリエルは、その分析を世間に知られないようにこそこそやっていた。おそらく、そういうことをする自分を、内心では恥じていたんだろうね。たぶんうちの親父に対してもガブリエルは、もっと自分自身を恥じるべきだ、みたいなことを思っていたに違いないよ。もちろん、私も同じことを感じていたさ。あの頃の私ときたら、いったいどれほど親父のことを軽蔑していたことか。ああ、そうだ。私は、あの頃にはもう、親父のことをひどく軽蔑するようになっていたんだ。卑怯者だよ。私もガブリエルも、とんでもない卑怯者だ」

もうそこまで聞けば十分だった。気づくと俺は、ごく当然のように思っていたのだ〝あの日の朝、親父が訪ねてきたあのときも、その直前までエンリケさんはコンラートさんが書いたあれらの手紙を読み返していたに違いない〟と。

〝だが、もし本当にそうだったとすると、エンリケさんはやはり、親父を目の前にした途端に親父への恨み辛みを爆発させてしまったのではなかったか？　親父に対する軽蔑の念を、日ごろにもまして募らせてしまったのではなかったか？　もしかしたらエンリケさんはあの日、親父がエンリケさんへの後悔の言葉を口にしているのを聞きながらも、手紙の一文一文を心の中で反芻していたのではなかったのか？〟俺はなおも考えつづけていた。しかし実を言えば、そうしたことよりももっと俺の心の中の比重を占めていたのは、エンリケの人生のことであったのだ。〝自分以外の者の人生のあらゆる場面を残された文書や記録から再現することに明け暮れる日々。その積み重ねこそがエンリケさんの人生なのだ。だから当然、エンリケさんにとっては、自分が集めた文書や記録こそがまさに自分がこの世に存在している証そのものなのに違いない〟と、そこに考えが及んだまさにその瞬間であった。俺は、すべてが腑に落ちたような気がした。〝エンリケさんが俺にすべての手紙をほとんどそのままポンと寄こしたというのは、つまりはそういうことだったのか。エンリケさんはおそらく、自分が感じているのと同じような心の平安を俺も得られるに違いないと信じて、俺に手紙を読ませたのだろう。エンリケさんとしては、ちょっとした救世主のような気分に浸っていたのかもしれない。アドホックなキリストといってもいいかもしれない。そしてもちろん、そのキリストにとっての福音書があの一連の手紙というわけだ……〟

「ああ、ガブリエルはヌエバ・エウロパに行くと必ずドイツ語を練習していたよ」

エンリケはそう言うと、目を細めた。

「ときどきふと思ってしまうのだよ。あそこでのことだったんじゃないのかとね。ひどい話だと思わないかい？　いや、ひどいというのはなにも、あのホテルが密告現場だったかもしれないということについてだけじゃないぞ。つまりだ、お前にも俺にも、ガブリエルがどこで密告したのかについてはどうあっても知りようがないということがひどいと言っているんだ。そのときがどんなふうだったのかというのは、私にしてもお前にしても、これから先ずっと考えつづけていかなければならないことなのだろうな。まあ、宿命みたいなものだ。なにしろ、私たちにはもう、どこでどんなふうに例のことが行なわれたのかを確かめるすべはないのだから。うちの親父の書いた手紙を私がどれだけたくさん手元に持っていようが、お前がザラからどれだけいろいろ教えてもらっていようが、そのことについてだけは私もお前もわかっていないわけだ。一つ聞いていいか？　そのときの光景を想像したことはあるのか？」

「そうしようとしたことはあるよ」俺は言った。

「でも、あの頃の建物はもうほとんど残っていないから。たとえばヌエバ・エウロパだって僕は知らないわけだし」

「私なんかしょっちゅう、頭の中でその場面を思い浮かべているよ。というより、勝手に浮かんでくるんだ。ときどき自分でも、あれは本当にこの目で見たことなんじゃないのかと、つい信じてしまいそうになる。私が二階の廊下を歩いているんだ。で、ふと下を見るとガブリエルがいて、大使館の人間か警察か、とにかくそういう風体の者と一緒に座っている。それでも私は立ち止まりもせずに、そのまま自分の部屋に向かって歩きつづけている。ああ、もちろん、立ち止まるわけがないさ。それが密告現場だなんてことは、私には想像しようもないわけなのだから。それに私は、ガブリエルが話している相手の顔を見ようともしていない。いや、それ以前に、あの相手は誰なのだろうと関心を持つ、ということすらないんだ。それでもある瞬間に、ガブリエルが喋っている相手の顔が偶然目に入る。だがやはり私は、あれはいったい誰なのだろう？　とか、ガブリエルはあの人とドイツ語の練習をしているのだろうか？　とか思うでもなく、ただ歩いていく。あの頃のガブリエルはな、しょっちゅう、ホテルの中のどこかに腰を掛けてはドイツ人たちとお喋りをしていたものだよ。自分がスペイン語を教える代わりに相手からドイツ語を教えてもらっていたんだ。ドイツ人たちの方はたいてい、簡単なスペイン語の会話を四つぐらい覚えて、満足そうな笑顔を浮かべていた。そういう光景を私はいつも見ていたさ。だからまあ、本当だったら、想像の中の密告場面で私が、〝ああ、ガブリエルはまた誰かとドイツ語とスペイン語の教え合いっこをしているのか〟みたいなことを何気なく思ったって、別におかしくはないはずだ。ところがそんなこともいっさいなく、私はただぼうっと、ガブリエルの頭上に視線を這わせているだけなんだ。ガブリエルたちがいるのは、中庭を隔てたちょうど向かい側。中庭へ出るためのガラス戸は閉められていて、しかも、中庭では噴水が音を立てて水を噴き上げている。とくると、一般的な筋書きとしては、〝耳をそばだててガブリエルたちが何を話しているのか聞こうとしましたが、やっぱりだめでした〟みたいなものもありうるわけだ。しかし、そうはならない。そこにいる私は、二人の会話を聞こうともしていない。そう、もちろん、私は聞こうとなんかしやしないさ。当然ではないか。もしも、だ。お前が、いつも通る場所を通りかかったらたまたま友達がそこに座って誰かとお喋りをしていて、でもその友達というのがいつも誰かしらとお喋りをしているような人だったとしたら、お前ならどうだ？　その友達が密告しているかもしれないと考えるか？」

「いや、そんなことは想像すらしないだろうと思うよ」俺は答えた。

「お前はいつだって、どんなことについても、もっと詳しいことを知りたいと思っている。違うか？　だがな、私が想像する密告場面に関しては、今言った以上のことはない。それだけは言っておく。ただ、細かい部分が時によって変わることはあるが。たとえば、庭の噴水の貯水池に雨が降り注いで水面からしぶきが上がっているようなときもあれば、そうではないときもある。その貯水池に小さい魚たちが泳いでいるときもあれば、魚はいなくてただ客が投げ込んだコインだけが底に見えていたりするときもある。そうだ、ときどきザラも出てきたりするぞ。受付で客の対応に追われているザラに向かって私が、なぜ君までなにも気づかないんだよと悪態をついているんだ。とにかく、私はもう何十年も、この密告場面を想像するという作業とつき合ってきたんだ。

ところでお前は、そうそうやわな人間ではないよな？　ここでお前が俺のことを少しだけ助けたとしても、それでお前が精神的にどうにかなるというわけでもあるまい。それになんといってもお前は、ガブリエルの密告のことを本に書いた張本人だ。そのことを追いかけてきたのもお前だ。どんなことにしたって、それにずっと関わっているものが一番それに詳しいのは当然のことだよ。持っている情報の量からいってもお前にかなうものは誰もいないだろうし。むろん、ザラが生きていればまた話は違ったのだろうが。ザラは最後の生き証人だったわけだから。しかしもう今となってはザラに聞くこともできやしない。

なあ、ガブリエル。一つお願いがあるのだが。お前の今持っている情報を総動員して、ガブリエルの密告がどんなふうだったのかを考えてみてはくれないか。そして十年経って、そのときにまだ私が生きていたとしたら、また訪ねてきてはくれないか。二人で、その場面について最終的にこう考えるようになったというのをそれぞれ披露しあって、意見をたたかわせようじゃないか。お前の想像するガブリエルの密告場面を、私にも聞かせてほしい。お前の親父は自分から密告する場所を指定したのか、それとも、相手から指定された場所で密告をしたのか。喜んで情報を提供したのか。それとも、まったく逆の気持ちに苛《さいな》まれながらだったのか。密告する際には自分がドイツ語を話せることを隠していたのか。あるいは、まさにそれが理由で、つまりガブリエルがドイツ語を話せることはみんなも知る事実だったからこそ、相手もガブリエルの言うことを信用したのだろうか。ガブリエルは、ザラを思ってあんなことをしたのか？　だとしたら、ガブリエルは、その瞬間にはザラを守ってでもいるような気になっていたのだろうか？　ガブリエルは、いったい何からザラを守りたかったのだろう？

私には、わからないことだらけだ。それでも、私は私なりに、こうじゃないかと考えていることはある。しかし今は言わないでおこう。お前に先入観を与えたくはないからな」

またただ、と、俺は思わず呟《つぶや》いた。エンリケは、さもなんでもないことを言うように軽い口調でそれを言っていた。その前の晩に俺が見たエンリケと同様に、そのときのエンリケもまた、明らかに深刻さを避けようとしていた。〝おそらくこれはエンリケさんなりの戦略なのだ。こうしてすべてをお遊びにしてしまうことでエンリケさんは、過去のすべてと向き合う苦しさから自分を守ろうとしているのだろう。だがそれも無理はないよ。友から裏切られたという事実を抱えて、エンリケさんは五十年の月日を生きてきたわけなのだから。それに比べれば俺なんかまだまだ新参者だ〟と、そう思ったそのとき、ふとある疑念が頭をよぎった。エンリケとの道行が単なるエンリケの思いつきなどではなかったのかもしれない、という疑念。〝もしかしてエンリケさんは、前から秘かに計画を練りつづけていたのではないのか。それもかなり前、そう、たとえば俺が本を出したときから。エンリケさんが自分に会いに来るようにと俺を誘ったのも、親父が訪ねてきたときの一部始終を俺に語ったのも、自分が手元に持っているたくさんの資料を俺に読ませたのもすべて、この瞬間を俺と二人で迎えるための地ならしのつもりだったのだ。そうだ、エンリケさんはおそらくずっとこのときを、自分がその人生で背負ってきた重荷の半分を降ろしてそれを誰か別の者へと渡すこの瞬間を待ちつづけてきたのに違いない。そしてついに、あの年になってほとんど偶然のようにして、心の負担を軽くするチャンスをつかんだというわけだ……〟

「なあ、ガブリエル」

エンリケの声が響いた。

「私が言いたいのはだな、今度はお前が考えてみてくれということだ。私は、嫌というほどの年月をかけてようやく、自分なりの考えに辿り着いた。だから今度はお前の番だ。ただし今から言っておくが、どんなに早く起きようがそれで朝が来るのが早くなるわけではないからな。どんなにその場面について考えたところで、時が来なければ、その光景が自然に脳裏に浮かんでくるところまではならないんだ。そのうち、私が言ったことの意味がわかるよ。まあけっきよくどうやろうとも、密告の場面を完璧に再現するのは無理なことではあるのだが」

エンリケは一瞬間を置き、続けて言った。「他にもっと、聞きたいことはあるかい？」

今エンリケさんが確実にわかっていることってなにかある？　親父の生涯で、これについては裏も表もないと断言できることって、なにかあるの？　俺はそう、エンリケに聞いてみたかった。だがその質問を飲み込み、言った。

「ううん、今のところはない。もしまた聞きたいことが出てきたら、連絡するよ」

「ああ、そうしてくれ。じゃあ、行くとするか」

「ええ」

「昔のことを喋っていたらいつの間にか午後になっていた、では困るからな」エンリケは言った。「現実を見なければ、だな。お前と俺以外、他にはもう誰もいないんだ。こんな話に関心を払う奴なんて誰もいやしない」

俺とエンリケは車を降りた。とたんに騒音の中に放り込まれた。外は陽の光が眩しすぎるぐらいだった。路肩を進行方向へ歩いていった。脇を見ると、一歩向こうはもう谷底。ガードレールのようなものは何もなく、そこを歩くとなると、石や丸太、煉瓦の家々の壁にすがりながら、どうぞ道から転げ落ちませんようにと祈りながら行くしかなかった。ねっとりと湿り気を帯びた空気、おまけに植物の腐った臭いが辺り一面を覆い、俺は、まるで水が満々と湛《たた》えられた洗面器の中に顔を突っ込んでいるかのような息苦しさを覚えていた。汗が噴き出てきた。手のひらも首筋も汗で濡れ、時計のバンドが手首にぴったり張りついていた。三、四十メートル歩いたところで、エンリケが立ち止まった。両手を腰に当て、息をゼイゼイ言わせている。エンリケの眉が吊り上がり、口角が左右に大きく開き、俺はその口元を見ながら思わず、瀕死の鱒がえらをパクパクさせている様を思い浮かべていた。

エンリケは息を深く吸い、言った。

「ここだ」

ここ……。ここから親父の車は転落したんだ。これが、親父がその生涯で最後に見た景色か。いや、本当の最後に親父が目にしたのはおそらく、自分の上に降り注ぐライトの光か、高速道路から自分の車を押し出したバスの車体だったのだろう。俺はそんなことを考えながら、崖側のギリギリ端まで寄ってみた。灌木は一つ残らずなぎ倒され、根っこはむき出しのまま。小枝がそこら中に散らばり、地面も何かで掘り返された跡のような状態になっていた。そうして、事故から数年経っても元の姿に戻ることを拒みつづけている自然たち。俺は目の前の光景に、じっと視線を注ぎつづけていた。

エンリケは道路の方に顔を向けていた。そこに見えていたのは、ボゴタに向かう険しい道中にあっても比較的緩やかなカーブ。それほどには曲がりくねっていない道。〝ああ、エンリケさんも同じだ〟とエンリケと同じ方に目をやりながら俺は心の中で呟いていた。エンリケさんもまた、本当は、これが単なる目の錯覚、じっと立っているせいできついカーブが緩やかに見えているだけだと信じたいのだと。

俺はそのままエンリケの思考を追っていった。

〝……路肩に立って眺めていると道路の曲がり具合が実際よりも緩やかに見えるということは間違いなくあるし、ましてや、こうしてしばらく眺めつづけているとより一層そう見えてしまうものだ。だがそれを差し引いて考えたとして、これが果たして、運転している者が先を見通すことができないほどの急カーブと言えるのだろうか。いや、この程度のカーブであれば、対向車が来るのはもちろん、万が一路肩を人が裸足で歩いていたとしても、あるいは犬が吠え立てていたとしても、運転している者たちはそれらを見落とすはずがない。これくらいのカーブならば、バスが向こうから来ていたとしても運転席からはそうと確認できるはずだ。もし見落とすようなことがあるとすればそれは、夜間で道路が深い闇に包まれていたか、あるいは運転手の注意力が散漫になっていたかのどちらかだろう。たとえば、直前に何か哀しいことがあったり、あるいはがっくりするような悪い知らせを聞いたりで運転に集中できずにいたとか。とにかく、ここのカーブの急さ加減に関して言うなら、まともな精神状態にある人であればまず間違いなく普通のハンドル操作で向こうから来るバスを避けられる程度のものだ。それにこの道路の道幅は、バスとすれ違うのにも十分に広い。しかも、こちらの車線は上り坂なのだから、どの車もそれほどたいしたスピードを出せるはずがない。

あのときエンリケは、おそらくそう考えていたはずだ。そしてこう結論づけていたのだろうと思う。〝やはり、どう考えてもここじゃあ事故の起こりようがない〟と。

というより、エンリケは間違いなくそう考え、そう結論づけていたのだ。そのことについては、俺には百パーセントの自信がある。人は他人の心の中を読めないものだなどと、いったい誰が決めたというのだろうか。

その前の日に俺は、エンリケの息子から、〝うちの親父の人生を勝手にあれこれ想像するなよ。ましてや、お前の親父の裏切り行為を弁明するために書いたあの本の中で自分の勝手な推測を披露するなど、冗談じゃないぞ〟と非難、というかほとんど罵倒されるという目に遭っていた。だが、少なくとも高速道路に二人で立っていたあの時点のことに限って言えば、俺が勝手にエンリケの頭の中を推測していたに過ぎない、という批判は当たらない。俺は、間違いなくエンリケの心の中を読むことができていた。あのとき、もしかしたらエンリケはなにかを思うたびにそれを目の前のアスファルトの道路に吐き捨てているのではないのかと勘違いしそうになるほど、エンリケの思っていることの一つひとつが俺には手に取るようにわかっていたのだ。

エンリケは、運命のカーブへ視線を向けたまま立ちつくしていた。俺はエンリケに視線を向けながら、なおもエンリケの思考を追いつづけた。

〝それでも……、もしもガブリエルがちょうどラジオの周波数を合わせようとつまみを動かしているときに向こうからバスが来たのだったとしたらどうだ？　そのときにバスがライトを点けずに走っていたのだったとしたら？　バッテリーを節約するためにバスはよくそういうことをするからな。バスに気づいたガブリエルは、むろん何とかしようとするだろう。だが手があれでは、うまいこといくわけがない。それに、あっと思った瞬間に心臓が驚きのあまりに止まってしまった、ということも考えられる。となると、ガブリエルは、車が道路から飛び出したときにはすでに死亡していたということになるが……。いや、あるいはすべてはバスの運転手の方がわざと事故を起こしたとか？　運転手が自殺を図ろうとしたとは考えられないだろうか？　なにかに絶望していたのはガブリエルではなくてバスの運転手の方だったのではないのか？　それで世をはかなんで命を絶つことを選んだとか。そうだ、もしかしたらバスの運転手は過去に過ちを犯していて、その罪の許しを得て新しい人生を歩き出したいと考えていたのに誰かにそれを阻止されたのかもしれないぞ。おお、その可能性だって十分に考えられるじゃないか。そういう可能性があることについては、誰だって否定はできないはずだ〟

〝ガブリエルの息子か。こいつにはもうわかっているみたいだな。なぜ俺がここに連れてきたのか、なんのためにこいつを誘って一緒にこの場所を見にきたのかを、こいつ自身も理解している。ここからこいつの親父は宙に落ちていったのだ。ここでこいつの親父、ガブリエルは、すべてが茶番だったからという理由で自分のそれまでの人生を終わらせることを選んだのだ。そうだ、自分の人生のすべてが茶番だったからという理由でな。だがな、すべてが茶番だったなどというのは、ガブリエルの勝手な感傷に過ぎない。だいたいガブリエルのしでかしたことは、茶番でしたと言ってすむようなことじゃないぞ。ああ、確かにあのとき俺は、心にもないことをガブリエルに言ってやってもよかったのかもしれない。あるいは、ガブリエルに言ったようなことを言わないでおくという選択肢もあったのかもしれない。だが俺はもう一度あらためて言うぞ。ガブリエルよ、自分を特別な人間などと思うなよ。密告したからと言って、おまえのいったいどこが特別だというのだ。過去について赦されたい？　新しい人生を歩みたいだって？　なに勝手なことを言っているんだ。それこそ傲慢というものだぞ。そんなことを口にするとは三文芝居もいいところだ。お前に新しい人生などというのはあり得ない話だよ。それはまあ、まだお前の人生にたっぷりと時間が残されていたというのであればそういうこともあり得たのかもしれないが。いや、それだって結局は同じことの繰り返しになるだろうさ。お前だけじゃない、みんなそうだよ。十分に時間が与えられたところで、何度でも同じことを繰り返すはずだ。過ちを犯して、そのつど悔い改めて、またけっきょく過ちを犯してとな。そうだ、お前もこんど、誰かに悔い改める機会をやる方の立場になってみろよ。そうしたらわかるから。きっとその相手も、つまらない失敗をしてまた失敗して、そのたびに悔い改めてまた悔い改めて、そうして失敗と悔い改めとを延々と繰り返しているうちに人生の幕切れを迎えてしまうだろうさ。つまり俺たちには学習能力がないのだな。みんな同じだ。何度失敗してもけっして学ぶことはない。よく、人は学習する生き物だといわれるが、あれほど罪な嘘はないよ。それでもみんな、その嘘を信じている。そして、ガブリエル・サントーロよ、誰よりも強くその嘘を信じていたのがお前だ。自分は経験からちゃんと学んだと、一度過ちを犯したことで自分にはもう免疫ができておかげで過ちを犯さなくなったと、そう思っていたのだろう？　だが悪いが、現実を見れば、そうではなかったというのは一目瞭然だよ。弁護士さんよ、お前の行動のすべてが物語っているではないか。人間、免疫ができるなどということはない、とな。現にお前だって、いまだに過ちを犯しているではないか。これからもお前のクソみたいな生涯が終わるまで、いや、クソみたいな死を迎えるときですら、お前のその、間違いを犯すという病が治ることはないだろうさ。それに、おまえが死んだところで、これまで犯した罪から逃れられるわけでもないよ。それなのにお前は今そうして車をわざわざ崖から転落させようとしている。おまけに、乗客でいっぱいのバスを、何人乗っているのかは知らないが、その満員のバスまで道連れにして。いったいどうする気なのだ？　そんなことをしてもお前の罪が消えるわけじゃないぞ。それどころか、バスの乗客たちまで死なせることでまた罪を背負うことになる。俺の親父だけでは足りずに、まだ他にも人を死なせるのか？　それが、お前の望んでいたことなのか？　長距離バスに乗っている人たちを事故に巻き込んで人生を滅茶苦茶にすることが、お前のいう償いなのか？　もし本当にそうだと思っているのだとしたら、俺にはもう、お前を助けてやることはできない。ガブリエル・サントーロ、お前の気持ちがそれほど固いのなら、自分の人生を終わらせるにはこのやり方しかないと本気で信じているのなら、己を破滅させるためなら人を巻き込んでもかまわないと考えているのなら、もはや俺がなにを言ったところで無駄だろう〟。

エンリケは相変わらず視線を前に向けていた。視線の先にあるのは、運転手にとってそれほど難しいともいえない道と、さほどきつくもないカーブ。

〝まあ、確かにこのカーブだからな。だが、それでも、あのときいくつもの出来事が偶然にも重なって事故が起きてしまったという可能性だってゼロじゃあないだろう。いったいどんな出来事が一度に起きたとしたら、あれはやっぱり事故であったと、あのガブリエル・サントーロが、巨大な知恵の輪のごとくに複雑に入り組んだ人生、それでいながらもなぜか分不相応な栄誉に満ちたものとなっていたその人生を己の手でひっそり閉じたわけではない、ということになるのだろうか？〟

とそこでひとしきり、あくまでも仮定のその可能性について考えを巡らせるエンリケ。思考はいよいよ最終結論へと向かいはじめ、俺もまたそれを逃すまいと追いつづけていた。

〝ガブリエル・サントーロの息子。俺の後ろにいるあいつはおそらく、判決が下るのを待っているような気分に違いない。息子の奴には、今のこれがいわば裁判所での審理のようなものだとわかっているはずだからな〟

〝そうだ、あいつには間違いなくわかっている。自分の親父の死の真相についての最終判決が下される最後の法廷が今、山中を走る高速道路の脇の狭い空間で、土がむき出しのままのこの路肩の上で開かれているということを。あたりには熱帯特有のフルーツの腐った臭いが立ち込めていて、俺たちのすぐそばを車が、ゴボゴボ音をたて、空気を震わせて通り過ぎていく。あの排気音、あれはまるで、結核患者のラッセルのようだぞ。下り坂車線を走る車は、行き先はとうぜんメデジンだ。どれも無謀なほどのスピードで、ひたすら坂を下っていく。だが上り坂車線の車の方は、行き先はまちまちだ。なにしろこの高速道路はこの先、千本もの道とつながっているのだから。それでもボゴタに向かうのは、その中のたった一本の道。ああ、もしもあのとき車が転落してさえいなかったのなら、ガブリエル・サントーロはたった一本のその道を行っていたはずなのに。あいつの息子、あいつと同じ名前のガブリエルも、俺、すなわちエンリケ・デレッサーがガブリエル・サントーロの事故にはなんの責任もないのだと納得したらすぐに、その同じ道を通ってボゴタへと帰っていくのだろう。確かにこの法廷では、俺、エンリケ・デレッサーも被告席に立たされている。だが俺ははっきり自分の意見を主張してやる。すぐに俺の言うことが正しいと証明されるはずだ。ああ、俺は言ってやるさ。「ここらあたりは間違いなく、運転手にとっては危険極まりない場所だ。あの事故は、月明かりもない真っ暗な闇の中で起きたものに違いない。このカーブは角度が急で、視界は限りなくゼロに等しい。右手の不自由なガブリエルには、突発事故にうまく対処することなどできるはずもない。ガブリエルの心臓は、手術を受けたばかりで万全とは言い難く、激しい感情に耐えることができるような状態ではなかった。そして、くたびれ果てた老年の男の反射神経がいいわけがないのだ。ましてや、その日に自分の愛人と若い頃の友人とを、生きる希望を与えてくれるはずだったその二人を同時に失ったとなれば、なおさら緊急時の反応が鈍くなるのも当然だろう」と〟。

訳者あとがき

1　本書について

本書は、コロンビア人作家フアン・ガブリエル・バスケス（一九七三年、ボゴタ生まれ）の小説としては三作目にあたる *Los informantes* の邦訳である。原著は、アルファグアラ社より二〇〇四年に出版された。

バスケスは、スペイン語圏の比較的若い世代の作家たちのまさに代表格といえるうちの一人であり、バスケスにとって *Los informantes* は、初めて文学的成功をおさめた作品であると同時に作家としての評価を高めるきっかけとなった作品でもある。イギリス『インデペンデント』紙の外国語文学賞最終候補作として残ったほか、二〇〇九年にはアメリカのアマゾンの年間最優秀小説トップテンに、英語以外の言語で書かれた作品としては唯一選ばれている。

物語は、主人公ガブリエル・サントーロの一人称の語りを主にして進められていく。ところはコロンビアの首都ボゴタ。時は、一九九〇年代初め。若きジャーナリスト、ガブリエルはある大雨の朝、父親から突然の電話をもらう。父の名も同じガブリエル。すでに定年退職して気ままな一人暮らしをしているが、現役時代には、最初は弁護士として、のちには最高裁の雄弁術の教授として活躍していた、いわばボゴタの名士である。その父親のもとにガブリエルが、自分が呼ばれた理由に思いを巡らせながらたどりつくと、父親は、心臓に疾患が見つかり手術を受けることになったと告げて、不安そうな様子を見せる。

そしてそれは、ガブリエルと父親とが三年ぶりに再会した日でもあった。実は二人の関係は、三年前、ガブリエルが初の著書『亡命に生きたある人生』を出版したときに父親がその作品を酷評する記事を発表したことで、断絶状態に陥っていたのである。『亡命に生きたある人生』は、父親の旧《ふる》い女友達である、ユダヤ系ドイツ人ザラ・グーターマンの生涯を描いた作品で、そのザラには、ナチスの迫害を逃れて家族と共にコロンビアに亡命してきたという過去があった。

しかしいったいなぜ父親は、ザラの本を出した息子ガブリエルに対してその名を貶《おとし》めるような行動に出たのか？　ガブリエルが父親の行為の真の理由を知るのは、手術からしばらく時を経て、自動車事故で父親が亡くなってからのことであった。

心臓の手術は無事に終わり、父親は、息子ガブリエルや女友達ザラとも良好な関係を取り戻して、自らが第二の人生と呼ぶ日々を過ごしていた。ところがその年の暮れ、愛人と二人で年末年始を過ごすためにメデジンに向かい、なぜか父親だけが一人でボゴタに戻る途中に自動車事故で亡くなってしまう。果たしてそれは本当に事故死なのか、それとも自殺だったのか。父親の死のあとに近しい者たちに残されたのは、永遠に解けることのないその問いであった。

ザラの口から明かされる、第二次世界大戦下で父親が行なった友人一家への裏切り行為と、それによりもたらされた一家の悲惨な末路。

それこそが、父親がガブリエルの名を貶めてまでも守りたかった自らの過去にまつわる秘密であったのだが、父親の愛人がテレビのインタビュー番組ですべてを暴露したことでその秘密も世間に知られるところとなり、父ガブリエルは、すでに亡くなっているにもかかわらず世間からの厳しい批判にさらされることになる。

いっぽう息子ガブリエルは、そうした父の死後に訪れた過酷な現実に向き合いながらも、父親のすべてを受け継ぐ者として、また一人のジャーナリストとして、父親の過去に向きあい、真実を作品に描く決意を固める。

以上が本作品の粗筋である。だが物語は、こうして順序よく時間を追って語り進められていくわけではない。本作品においては主に、主人公ガブリエルが語っている時点という意味での現在と、そこからみた近い過去と、第二次世界大戦下の遠い過去という三つの異なる時を背景にしたいくつもの物語が同時並行的に語られ、全体としては、それらを包括する大きな物語がその三つの時の間を行ったり来たりしながら進んでいく構成になっている。

例えば第一章では、冒頭、ガブリエルの父親の心臓手術という、ガブリエルが語っている時点から見てほぼ現在とも言える近い過去の話で始まり、途中、時を半世紀遡《さかのぼ》ってザラ一家のナチスドイツからコロンビアへの亡命のいきさつとその時代状況とが、ザラへのインタビューの再現と『亡命に生きたある人生』の第一章部分の再現という手法で語られ、最後にふたたび近い過去へと時は戻り、手術後の父親の病室での様子が描かれている。

では、こうした本作品における時の頻繁な移動とは、読み手にとってどのような意味を持つものなのだろうか。

まず挙げるべきは、謎解きのような意味があるという点であろう。つまり、読者にとっては、本作品において時が移動するたびに新たな小さな物語が明らかにされて、それと同時に物語の空白だった部分がまるでジグソーパズルのピースが埋まるように一つずつ埋められていくというそのことが、物語の全容に近づくためのプロセスになっているのである。

次いで、過去と現在との境目が取り除かれることを意味している、というのも大事な点であろう。頻繁な時の移動とは、いわば過去と現在とを混在させながら物語を展開させていく手法である。読者はそうした手法のおかげで、作中で描かれる遠い過去の出来事、あるいは過去の時代そのものについても単なる過去としてではなく、現在にまでつながる流れの一部として身近なものに感じながら本作品を読み進めることができるのである。

またこの二点目に関連して言うべきは、バスケスが本作品において、過去と現在とがいかに複雑に関わりあっているのかを大きなテーマの一つに取り上げ、それを描き出そうとしているということである。つまり、そうしたバスケスの目論見こそが、時の頻繁な移動の根底にあるものなのであり、その意味では、読者が過去と現在とを一続きのものとして感じるということはまさに、バスケスの目論見の成果であると言えよう。

本作品『密告者』に背景として登場する三つの異なる時の中の遠い過去とは、既に述べた通り、第二次世界大戦をはさんだ一九三〇年代末から一九四〇年代半ばまでを指し、その時代のコロンビアを象徴する出来事として作中では主に二つのことが取り上げられている。一つは、枢軸国出身者を対象にしたブラックリストとその者たちを隔離するための収容所の存在、もう一つは、自由主義者でありカリスマ的政治指導者であったガイタンの暗殺である。

ガイタンの暗殺については、作中でも触れられているように、直後に民衆の怒りの爆発により引き起こされたボゴタ騒動を皮切りに、現在に至るコロンビアの暴力の歴史の扉を開くこととなった事件として広く知られている。

だが、ブラックリストおよび収容所の存在については、コロンビア国内においてさえも人々の記憶から忘れ去られたものになっている。バスケスもこの点について、「その当時にそうしたことがあったとは、まったく知らなかった。だが、それを知らないことに関しては、コロンビアで私だけが特別というわけでもないことに気づいた。また、その知らなかったということが、この小説を私に書かせた最大の要因である」(*El último pasillo*、二〇一二年一月十五日)と述べている。

この、ブラックリストと収容所の存在という、コロンビアの歴史にとって重要な意味を持ちながらも人々の記憶から遠いものになってしまった過去の出来事。本作品においては、それが過去と現在とをつなぐ柱の役割を担うものとして取り上げられ、その時代に行きあわせてそうした過去の出来事となんらかの関わりを持ったことで運命を狂わされていった者たちと、一方で、時を遠く隔てた現在に生きながらも過去の出来事の結末をいまだに引きずる者たちそれぞれの物語が描かれている。そしてそこから浮かび上がってくるのは、過去と現在との関わり合い、すなわち、過去も現在もそれぞれが単独で存在しているわけではなく、大きな切れ目のない時の流れのなかで二つは常に関わりあい、相互に作用しあうというそのことなのである。

ここで、本作品における主要な題材となっている封鎖対象国民リスト、いわゆるブラックリストについてと、コロンビアが同リストを採用した経緯及び結末について簡単に触れておく。

このブラックリストは、一九四一年にアメリカが提唱したものであり、その直接の目的は、枢軸国との関わりがあると疑われる者たちを経済活動から遠ざけて、アメリカからラテンアメリカ諸国に流れる資金がそうした者たちの手に渡るのを阻止することにあった。

一九四四年、連合国陣営の一員として第二次世界大戦に加わっていたコロンビアでは、時の大統領エドゥアルド・サントスにより法令第三十九号が発布され、枢軸国側への協力が疑われる者たちの収容が可能になった。これはつまり、コロンビアがアメリカの同盟国として、アメリカの利益を守るためにドイツや日本との関わりが疑われる者たちのスパイ・妨害活動を封じる対策をとったことを意味している。

一九四四年三月、コロンビア国内の主要紙にブラックリストが発表され、当該者に出頭が呼びかけられた。ブラックリストに名前が入れられた者、つまり国家の安全を脅かす危険性が高いと判断された者は最終的に、ドイツ出身でコロンビアに帰化していた者に限っても二百二十人にも上り、そのうちの百五十人が、収容施設として使用されていたフサガスガのサバネタホテルに送られるに至った。また、サバネタホテルへの収容対象となった者の中には、コロンビアに移住した日本人も含まれていた。

だが実際のところ、そうした者たち全員が、それ相当の理由があってブラックリストに入れられたというわけではない。当時のコロンビアにおいては、ドイツ系の名前や苗字、あるいはコロンビアに到着した日付だけでも、敵国との関係を疑われるに十分な理由とされていたのである。しかしその一方で、作中でも触れられているように、明らかにナチスとの関わりが強いと推測されるにもかかわらず、政府高官とのつながりのお陰で収容を免れた者たちがいたというのも、また事実なのである。

話を元に戻そう。

本作品においては、過去と現在との関わり合いが大きなテーマの一つであるというのは前述したとおりであるが、加えて、大きな歴史の動きと個人の関わり合い、あるいは、世界や国を単位としての歴史が個人の、さらには家族の歴史にいかに影響を与えるものなのかという点もまた、本作品の全編を通しての大きなテーマの一つとなっている。

バスケスはあるインタビューの中で、次のように述べている。「この作品は、個人を描いた小説である。本書では、歴史上の大きな動きが個人の人生にどのように入り込んでくるものなのかを描いた」（*EL PAÍS*紙、二〇〇四年十月十四日）

そしてこの二つ目の大きなテーマにおいても、それを描きだすための柱の役割を果たしているのは、一つ目の大きなテーマである現在と過去の関わり合いと同様に、ブラックリストと収容所の存在という半世紀前のコロンビアを象徴する出来事であり、作中で語られる、ブラックリストに名前を入れられたデレッサー一家の悲劇的な物語と、その悲劇の発端となった父ガブリエルによる密告行為を巡る物語とはまさに、国を単位とした大きな動きが個人あるいは家族にいかに深い影響を与えるかを象徴するものとなっているのである。

二つ目のテーマについてさらに加えると、上記の〝大きな動きによって個人あるいは家族が蒙《こうむ》る深い影響〟については、物理的なものだけでなく内面的なものも含まれることを象徴するような一例が、本作品には描かれている。

ザラが、父ガブリエルが密告を行なったと知らされた後の心境について息子ガブリエルに告白するシーン。そこで作者バスケスはザラに、〝ガブリエルを軽蔑する気持ちと肯定する気持ち、その両方が私のなかで綯《な》い交《ま》ぜになって、自分でももうどうしていいかわからなくなっていたの。恐ろしくてたまらなかった。（…）でもそれってもしかしたら、ガブリエルがしたのと同じことを自分もやったとある日気づいてしまったら、という恐怖心だったのかもしれない。それとも、自分はするべきことをしていないんじゃないかという不安感に苛まれていたのかも〟と語らせているのである。

このザラの告白とはまさに、戦時下の異常事態に置かれた者たちの、密告という行為を巡る心の葛藤をあぶりだしたものと言えよう。言い方を変えれば、ザラの言葉はまさに、戦争という歴史上の大きな動きが、いかに社会全体の価値観を、ひいては人々の本来あるべき心の持ちようをも歪《ゆが》めてしまうものなのかを描き出したものなのである。

「我々がいま歴史として認識しているものについては、そのときにそれを語る力のある者が作り上げようとした物語である場合が多い」とは、作者バスケスが*Los informantes*について述べた言葉である（http://www.lehman.cuny.edu/ciberletras/v23/demaeseneer.html）。

続けてバスケスは言う。「小説家として可能な作業の一つが、従来とは異なる歴史、我々に届かなかった歴史を語ろうとすることであり、また実際に起こったことだけではなく、起こり得たかもしれないことをも語ろうとすることである」と。

これらのバスケスの発言から明らかになるのは、バスケスがこの作品において本質的に何を試みようとしているのかについてである。その試みとはすなわち、もう一つの歴史を描きだすこと。つまりバスケスは本作品を通じて、一般にそれが歴史として認められているストーリーには含まれてはいない、しかし現実に起きたさまざまな出来事にも光を当てて、立体的に一つの歴史を浮かび上がらせると同時に、もしも別の歴史が作られていたとしたらそれはどんなものだったのかを想像するための道筋を読者に与えようと試みているのである。

そしてそのことは、バスケスが本作品において大きなテーマとして、過去と現在の密接な関わり合いと、大きな歴史の動きが個人あるいは家族に及ぼす影響とを取り上げていることとも重なっている。つまり、この二つのテーマを取り上げ、それに基づいて作中で歴史の教科書には載らないような類《たぐい》のさまざまな物語を描き出すことこそが、作者バスケスによる歴史の実像に迫ろうとする試みそのものなのであり、読者の側は、そうしたいくつもの物語を通じて歴史の持つ多重性と複雑性、また、歴史とは決して唯一のものではないという事実に気づかされることになるのである。

ところが、本作品においてバスケスは、結論めいたものは一切示していない。補遺の最後でエンリケが、一家を不幸に追いやった張本人の父ガブリエルの死が自殺であったのか事故死であったのか自問する場面においても、作者バスケスは答えを読者に委ねている。

それはいったいなぜなのか。以下は、バスケスがあるインタビューで述べた言葉である。

「私が関心を寄せる小説とは、作者がその題材についてすでによく知っていて書いているものではなく、ある物事を探究する手順そのものとして書かれているものなのである」(http://www.lehman.cuny.edu/ciberletras/v23/demaeseneer.html)

ここに、バスケスがなぜ結論を示さないのかについての答えを探ることができる。

先に述べたように、バスケスは本作品においてもう一つの歴史を描き出す試み、すなわち、既存の歴史を解体して異なる視点から新たな歴史を描きだす試みを行なっており、それはまさにバスケスが言うところのある物事を探究する手順そのものであり、言いかえれば真実を探るためのプロセスである。つまりバスケスは、真実とは何かという根源的なテーマを本作品の土台に据えていると言えよう。

だが真実とは唯一のものではない。どれを真実とするかは人それぞれであり、また状況によって真実は変化する。当然ながら、真実の探求は必ずしも定まった答えを導き出すことへとはつながらない。それゆえにバスケスは本作品において、新たな歴史を描き出すというプロセスを通じて読者に、真実は何かという問題提起はするものの、その答えについては読者個人に委ねているのであり、それはまた、本作品の大きな特徴ともなっている。

もう一点、本作品においてしばしばその名が登場するデモステネスとその弁論集『冠について』に簡単に触れる。デモステネスは、紀元前四世紀にアテナイにおいて活躍した政治家にして弁論家である。ギリシアの民主政と真の自由を守るという御旗のもとで反マケドニア的政策を推進し、カイロネイアの戦いにおいても、フィリッポス二世率いるマケドニア軍に戦いを挑むことを決議している。だがこの戦いでギリシア連合軍は惨敗を喫し、デモステネスはその責任を追及される。しかし、未曾有の国難に際しそれを乗り切るために粉骨砕身する姿に市民は心を打たれ、その献身的働きに対して市民クテシポンが、デモステネスへの授冠の提案を行なう。ところが授冠は政敵のアイスキネスの違法提案告発によって差し止められてしまう。その時点でクテシポンの提案の違法性について陪審廷の判断が問われることになり、裁判が開かれることになる。アイスキネスがクテシポンによるデモステネスへの授冠提案の違法性を突いた裁判。しかしデモステネスは、それが実際にはカイロネイアの戦いの是非を問うものであることを誰よりもよく知っていた。敗戦と、それにより何よりも尊いはずのギリシアの自由の喪失を招いた責任をデモステネスに問うアイスキネス。それに対し、敗戦の政治的責任が自らにあることをわかりながらもまさにギリシアの自由のために闘ったと信じるデモステネスは、裁判において、カイロネイアの戦いへの参加を、自由の旗手として、民主政という崇高なものの守り手としてのアテナイの使命であったと位置づけ、敗戦については、人間の関知し得ない力による悲劇的必然だったとする弁論を展開して圧倒的勝利を収め、それにより宿敵アイスキネスはこののちアテナイを追われることになる。このときのデモステネスの弁論を収めたものが、『冠について』である。

こうした、完膚なきまでに言葉によって相手を打ち負かすデモステネス像とはまさに、本作品において、言葉の力を誰よりも信じる〝密告者〟として登場するガブリエル・サントーロのそれに重なるものなのである。また、本作品の最後にエンリケが、ガブリエルの起こした交通事故の責任が己にあるかどうかを自らに問いかけるシーンで、最終的に、それを法廷裁判に見立てて自分に罪はないと弁論する件《くだり》についても、あるいは作者がこのデモステネスの裁判を念頭に置いて書いたのではないかとの可能性を考えることができよう。

いずれにしても、本作品においてデモステネスとその弁論集『冠について』が重要な役割を果たしているのは間違いないことである。

2　現代ラテンアメリカ文学史における本書の位置づけ

第二次世界大戦後の混乱期も過ぎた一九六〇年代、ラテンアメリカではガブリエル・ガルシア＝マルケス、カルロス・フエンテス、マリオ・バルガス＝リョサ、フリオ・コルタサルといった偉大な作家たちが次々と優れた作品を世に送り出していた。そうした作家らがテーマとして取り上げたのは主に、ラテンアメリカ諸国が当時実際に経験していた独裁政権下での少数グループへの弾圧、ネオコロニアリズムによる負の影響、貧富の格差、異文化の混在といった、社会・政治的な問題であり、現代ラテンアメリカ文学史的観点から言えば、それらの作品群は、ラテンアメリカ文学独自のアイデンティティの形成および、こののちに訪れるいわゆる「ラテンアメリカ文学ブーム」の基盤づくりに寄与するものであったと言えよう。

このブームの時代の作品については、先に挙げたようなラテンアメリカの作家たちが冷戦時代のイデオロギーの衝突などを経験したことで、ラテンアメリカの地政学的な特徴、あるいはラテンアメリカの独自のあり方についてをさらに深く追求するようになり、それにつれて作品もそうした視点を反映させたものになっていったということが言えよう。また、このブームの時代の作品群をもっとも特徴づけるのが「魔術的リアリズム」の文学的手法であり、ことに『百年の孤独』の作者であるガルシア＝マルケスは、この「魔術的リアリズム」の第一人者と称されている。

日本でも八〇年代に入ると、「ラテンアメリカ文学ブーム」の時代の作品が次々に翻訳出版され、多くの読者の関心を集めた。これらの作品に共通するのは、ラテンアメリカ諸国における植民地の時代、植民地支配からの独立後の不当な政治のありかた、アメリカをはじめとする大国による新植民地政策がラテンアメリカ諸国に及ぼす社会的・経済的悪影響といったものを、繰り返される歴史の波として捉えている点である。そしてそれはとりもなおさず、「ラテンアメリカ文学ブーム」時代の作家たちが、そうしたラテンアメリカ諸国が背負う負の部分をあえて描きだし、その真実を世界に訴えることについてある種の義務感を有していた、ということでもあろう。

今から約二十年前、チリ人作家アルベルト・フゲットとセルヒオ・ゴメス編集による短篇小説集 *McOndo*（マックオンド）が出版された。この本に収められた作品は、一九六〇年以降生まれの若手作者らの手になるもので、二人がその出版により目指したのは、脱「魔術的リアリズム」の立場から、今のラテンアメリカ社会に生きる若者たちの現実の姿を描くことによる新たなラテンアメリカ文学のアイデンティティの形成であった。おそらくそうした若手作家らの意識のなかには、自分たちはすでに「ラテンアメリカ文学ブーム」時代の先輩作家らとは異なった現実を生きており、作り出す作品についても、いつまでも過去の文学を基準にして評価されたくないという思いがあったのであろう。

この *McOndo* の試みは、ラテンアメリカ文学の新時代を築きあげるまでの成果をもたらすことにはならなかったものの、多くの有望な作家がラテンアメリカに存在し、さまざまなテーマの作品を世に送り出していることを示すきっかけになったことは間違いない。また、同書に収められた一連の作品においては、それまでのラテンアメリカ文学が国の政策あるいはラテンアメリカ共通の歴史の振返りや、それらに対する批判をテーマにしてきたのとは異なり、むしろ、身近な問題を通して社会批判などを行なうといった傾向がみられる。こうしたことは、若手作家たち自身の、作家としての役割や社会での地位についての認識の変化を象徴するものなのではないだろうか。とはいえ一方では、彼らが、「ラテンアメリカ文学ブーム」と距離を置くことを目指しながらも、結局はガルシア＝マルケスやバルガス＝リョサの影響からは逃れられないでいるというのも、また事実なのである。

バスケスは、*McOndo*の一員ではない。それでもまちがいなく、*McOndo*の作家たちと同じ世代に属し、彼ら同様に、ラテンアメリカ文学の新時代を切り開く者として注目を浴びている。しかしながら彼らと異なるのは、バスケスの場合は、「ラテンアメリカ文学ブーム」の影響を肯定的に受け入れているという点であろう。とりわけバスケスが賞賛するのは、バルガス＝リョサの名作『世界終末戦争』であり、ガルシア＝マルケスの『百年の孤独』である。また、両作品による影響は、この『密告者』にも色濃く表れている。

『世界終末戦争』は、十九世紀末のブラジルで実際に起こった狂信的宗教集団カヌードスの反乱をテーマにした作品で、放浪する宗教者アントニオ・コンセリエイロとともに近代化を推し進める時の政権に対抗した小さな楽園（コミュニティ）の悲劇的運命が描かれている。そしてそこから読み取れるのは、ブラジル政府によって強引に押し進められた近代化の陰で泣く弱者たちの存在と、国の近代化政策に抗《あらが》う者たちを容赦なく弾圧する政権に対する批判である。つまりバルガス＝リョサは、歴史的事実を元にした同作品を通じて、当時の政治、社会を批判するとともに、全体主義というものの危険性についても訴えているのである。また同時に、同作品は、ラテンアメリカに共通の問題である西洋的近代化がもたらした負の影響について語ったものだということも言えよう。

バスケスが賞賛するもう一つの作品であるガルシア＝マルケスの『百年の孤独』は、Macondo（マコンド）というコロンビアの架空の村を舞台に、その創設者ブエンディア一族の百年にわたる歴史を描いたものであり、この物語は、コロンビアのみならずラテンアメリカの歴史を象徴するものともなっている。すなわち、ある一族が何もないところから村を築き上げ、やがて一族のメンバーが自ら課せられていた禁を破ったことで村が滅びていく姿は、ラテンアメリカの歴史そのものなのである。

この両作品の共通点は、一方は歴史上の出来事を通して、もう一方はマコンドという架空の小さな村を舞台にしてという違いはあるものの、ともに、ラテンアメリカ諸国にしばしば見受けられる、政権に反対する者たちへの弾圧、権力者たちがほしいままにするその絶対的権威、暴力の継続性、新植民地主義によるすさまじいまでの影響、先住民やマイノリティや弱者らへの冷酷な対応といったことがらについて、批判を行なっているところにあると言えよう。つまり、二人の作家はそれぞれの作品の中で、ミクロコスモスに焦点を当てながら社会、政治、歴史を振り返ることで、ラテンアメリカ全体に共通するさまざまな問題点の根本となる部分を暴きたて、同時に、それについて読者に考えるきっかけを与えているのである。

本書『密告者』もまた、コロンビア史の特定の部分に焦点を当てて書かれた作品である。具体的には、第二次世界大戦下での、コロンビアを始めとするラテンアメリカ各地に亡命したドイツ人、コロンビアにとっての「敵国」であったイタリア人や日本人が、差別や迫害を経験した時代を取り上げている。だが残念ながら、ここで取り上げられている歴史的事実についての認識はラテンアメリカにおいてはまだまだ薄い。そこに着目したのがこの作品であり、その点はまさに、本作品における「ラテンアメリカ文学ブーム」の時代の作品群の影響を象徴するものと言えよう。しかし、バスケスの場合は、歴史へのアプローチの仕方が少々異なる。本作品では、ブームの時代の作品群とは異なり、〝ガブリエル・サントーロの密告によりコンラート・デレッサーがブラックリストに入れられてしまい、その後財産を奪われ、家族に見捨てられて悲惨な人生を送った〟という個人的なストーリーを通して、当時のコロンビア政府が行なっていた「敵国人」に対する非人道的扱いを批判する、といったような描き方はなされていない。むしろ、この歴史のひとこまを通して、どのようにさまざまな登場人物が係わり合い、その渦に巻き込まれていったのかを描いた作品であり、言葉を変えれば、本作品においては、現実に起こった悲劇を通して歴史というものがさまざまな友情、家族、人間関係に及ぼした影響が描かれているのである。つまり、マクロからミクロコスモスへと掘り下げていく形式の作品と言えよう。繰り返しになるが、「ラテンアメリカ文学ブーム」の作家たちとは異なり、バスケスは本作品において、国やラテンアメリカ全体としての政治、社会、あるいは歴史への批判を行なっているのではなく、歴史、社会、政治がどのように個々の人生を左右するかをテーマにしているという点を強調しておきたい。

ここで、バスケスのインタビューなどでもたびたびその名が挙がるイギリスの小説家ジョセフ・コンラッドと本作品との関わりについても触れることにする。

同作家の名作の一つ、『闇の奥』の影響もまた、この作品には垣間見ることができる。コンラートという名前が『密告者』に現れるのは、偶然でないだろう。ことに、真実の追求という点では両作品に共通するものがある。一九〇二年に出版された『闇の奥』は、植民地時代のアフリカで西欧諸国が行なっていた政策を批判した作品として世に知られている。その物語の中で殊に注目したいのは、主人公で船乗りのマーロウが象牙交易で絶大な権力を握る人物であるクルツが病に侵されていると聞き、クルツを救出するためにアフリカの奥地へ入っていく件だ。マーロウはクルツの居場所に到着すると、そこで、巷の噂が作り上げていたクルツの人物像の裏に潜む真実と直面することになる。とりわけ、クルツの婚約者がイメージとしてクルツに抱いていた理想的な人物像と、マーロウが知ることになるクルツの本来の人間性との隔たりが需要な点であろう。本書『密告者』においても同様に、他者、すなわち世間が抱くガブリエル・サントーロ教授についてのイメージと、その裏に潜む密告者としての顔との矛盾、不一致が際立って描かれている。また、作中でそのガブリエル・サントーロの真実の顔が明らかにされていくのも、コンラッドの『闇の奥』と重なる部分である。表に見えている人間像とその奥に潜む闇の部分を描き出しているという意味で、『密告者』は『闇の奥』の影響を受けていると言ってもいい。

『闇の奥』の原題は*Heart of Darkness*である。この原題については、同作品の内容を鑑みるなら、邦訳のタイトルである『闇の奥』のほかに、「心の闇」という日本語訳を充てることもできる。そしてこの二つのタイトルはそのまま、『密告者』の内容を表したものともなっている。すなわち、本作品もまた、歴史の〝闇の奥〟を描いたものであると同時に、ガブリエルの〝心の闇〟を描いたものなのである。

以上のような「ラテンアメリカ文学ブーム」あるいはコンラッド作品からの影響という点を踏まえながら本書を読むと、本書が有する文学の継続性や伝統（トラディション）といった面が浮かび上がってくる。バスケスを含めて、新しい世代のラテンアメリカの作家たちは、それこそがラテンアメリカの文学の象徴とも言えるような、歴史を振り返り、政治や社会の負の部分を批判して独自のアイデンティティを探り、よりよい未来へと希望を当てるという理念に基づいて作品を世に送り続けている。むろん、形態や手法はさまざまであり、また、伝統的路線とは違う方向を目指す作品も多々ある。しかしながら根本的には、よりよい社会を追求する、人間としての正しいあり方を探るという文学の重要な要素の一つを代々担ってきているというのは、間違いないことであろう。バスケスも例外なく、『密告者』を通して、コロンビアの歴史の陰に隠れた悲惨な出来事を公にし、その出来事における人権侵害を訴え、政府が関与したブラックリスト作成や強制収容所設置などの政策について強く批判している。とはいえ、ここで指摘すべきは、バスケスの作品において描かれるのは国による政策への批判のみに留まらないという点であろう。むしろ、歴史がその時代に生きた市井の人々へ与える影響の方に重点が置かれている。それについては、本作品において、この歴史的事実によって多くの者が翻弄され、家族関係、友情関係までもが破壊され、本来最も身近で信頼すべき人々が密告しあい、人間の奥に潜んだ真実が暴かれ、隠していたことがさらけ出されていくということからも理解できよう。すなわちバスケスは、本作品では、国レベル、あるいは大陸レベルでの歴史を論ずるのではなく、あえてあまり認識されていない歴史上の事実を取り上げて、そこから歴史がどのように個人の生き方や人間関係に浸透しているのかを問いかけるという文学的手法をとっているのである。そしてそれこそがまさに、「ラテンアメリカ文学ブーム」の作品群におけるのとは異なるアプローチ方法であり、いわばバスケスは、人間の表と裏、表に見えるものと隠された真実について、歴史というものをフィルターにして読者に問いかけていると言えよう。

以上述べたように、バスケスはラテンアメリカ文学の新たな発展へ貢献しつづけており、それを象徴するのが本作品である。『密告者』はコロンビアという特定の場所の、第二次世界大戦下の「敵国人」に対して非人道的政策が行なわれていた特定の時代を背景にした作品にはとどまらない。というよりむしろ、普遍的なテーマを掲げている作品であると言うべきであろう。そしてそのテーマとはすなわち、どの時代のどの状況においても人間の心の奥に常に存在し得る裏切りへの願望、妬み、秘密志向、といったものなのである。知っていたはずの身近な人物が、実は思っていたのと違う人であった、それによって自分が今まで見てきて経験したことが覆されるという体験が、さまざまな登場人物に起こるというのがこの小説の一つの面白みである。また、幾層もの語りを元にサントーロという人物の真実に迫るという手法は、バルガス゠リョサの『ラ・カテドラルでの対話』を思い起こさせる。

3　作家バスケスについて

最後に、作者バスケスの紹介を行なう。

バスケスは一九七三年にコロンビアの首都ボゴタに生まれ、ロサリオ大学で法律を専攻。しかし小説家を目指すことを決意し、一九九六年にパリに渡る。バスケス自身の言葉によると、そのときのバスケスは、「小説家になる決意をしたのではなく、常に小説家であり続けることと、その妨げになるものを人生から取り除く決意をした」のである（*El último pasillo*、二〇一二年一月十五日）。

またパリを目指したことについては、ブームの時代のラテンアメリカ出身の作家たちがパリを目指したこと、バスケスの作家になる決意に大きな影響を与えた二人の作家、ジェイムズ・ジョイスとガルシア＝マルケスがともにパリに暮らしていたことからバスケスとしては当然の選択だったと言えよう。

パリのソルボンヌ大学でラテンアメリカ文学の博士課程に進んだバスケスは、二十三歳のときに最初の小説*Persona*（『人』）を、二十五歳のときに二作目の*Persona y Alina suplicante*（『人と嘆願者アリーナ』）を出版した。だがバスケス本人はあえて、*Los informantes*を自らの最初の小説と呼んでいる。その理由については、先の二作が作品として成熟したものではなかったから、とバスケスは述べている（*La realidad irreal*、二〇一二年一月十八日）。

とりわけ二作目についてはバスケス自身が失敗作と評しており、また、同作が出版される直前にその出来に満足していないことに気づいたために精神的危機に陥ったことを明かしている（*La realidad irreal*、二〇一二年一月十八日）。

一九九八年末、その精神的危機がきっかけでバスケスはパリを離れ、パリで知り合ったロウレンティィ夫妻を訪ねてベルギーのアルデンヌに向かい、夫妻の勧めるまま約一年間を夫妻の自宅で過ごした。その間のことについてバスケスは、「自分はどんな作家になりたいのか、また、どういった種類の作品を読むことがなりたい作家になる助けになるのかを見つけようとしていた」（*La realidad irreal*、二〇一二年一月十八日）と述べている。本作品の献辞に名前が挙げられているフランシス・ロウレンティィとは、同夫妻の夫の名前である。

そうして自分自身を見つめ直すための一年をベルギーで過ごしたバスケスは、コロンビアには戻らず、一九九九年、バルセロナに居を移し、文化ジャーナリスト、コラムニストとしての活動を開始した。また同時に翻訳にも携わるようになり、ジョン・ハーシー、ビクトル・ユーゴー、E・M・フォスターの作品の翻訳を行なっている。

二〇〇一年には短篇集『すべての聖人たちの愛人』(未邦訳)、二〇〇四年に『密告者』、二〇〇七年『コスタグアナ秘史』(久野量一訳、水声社)、二〇一一年『物が落ちる音』(柳原孝敦訳、松籟社)、二〇一三年『名声』(未邦訳)、二〇一五年『廃墟の形』(未邦訳)を出版。ノンフィクションとしては、『歪曲の芸術』(未邦訳)を二〇〇九年に出版し、シモン・ボリーバル・ジャーナリズム賞を受賞している。

バスケスの評価としては、本格派の作家という言葉をよく目にする。その評価の通り、*Los informantes*も、重厚という形容が相応《ふさわ》しい作品である。おそらくバスケスはこれからも、人間が抱える普遍的な問いに真正面から取り組みながら、作品を生み出し続けるのであろう。この作家のますますの活躍に期待をしたい。

なお本訳書のタイトルについては、原タイトルの*Los informantes*の一般的な訳語である「情報提供者」ではなく、あえて「密告者」とした。それは、父ガブリエルの行なった行為が単なる情報提供ではなく、身近な人物に対する裏切り、すなわち密告行為であり、本作品においてはその密告行為が物語全体を回す軸となっているからである。

エピグラフおよび本文中に登場するデモステネスの弁論については、訳出にあたり、George Kennedy, *The Art of Persuasion in Greece* (Princeton University Press, 1963):『ギリシャの説得術』並びに、デモステネス『弁論集2』「冠について(クテシポン擁護)」(木曽明子訳、京都大学学術出版会、二〇一〇年）を参考にさせていただいた。

本書の訳出作業は、主に服部が日本語訳を担当し、スペイン語を母語とする石川が、原文と突き合わせながら訳文のチェックを行なった。

本書の邦訳出版に当たっては、作品社編集部の青木誠也氏に大変お世話になった。三年という年月を待っていただいたことも併せて、心よりの感謝を申し上げる。

二〇一七年八月

服部綾乃・石川隆介

【著者・訳者略歴】

フアン・ガブリエル・バスケス（Juan Gabriel Vásquez）
1973年、コロンビアの首都ボゴタに生まれる。ロサリオ大学で法学を学び、その後フランスに留学、ソルボンヌ大学でラテンアメリカ文学の博士課程に進む。23歳のときに最初の小説『人』を、25歳のときに第二作『人と嘆願者アリーナ』を出版した。2001年には短篇集『すべての聖人たちの愛人』を、2004年には『密告者』（本書）を刊行。他の小説作品に、『コスタグアナ秘史』（2007年、邦訳・久野量一訳、水声社）、『物が落ちる音』（2011年、アルファグアラ賞受賞、邦訳・柳原孝敦訳、松籟社）、『名声』（2013年）、『廃墟の形』（2015年）がある。また、ノンフィクション『歪曲の芸術』（2009年）でシモン・ボリーバル・ジャーナリズム賞を受賞している。

服部綾乃（はっとり・あやの）
翻訳家。訳書にアウグスト・モンテロッソ『黒い羊』、『全集その他の物語』（書肆山田）、エドゥムンド・パス・ソルダン『チューリングの妄想』（現題企画室、すべて石川隆介と共訳）などがある。

石川隆介（いしかわ・りゅうすけ）
1974年メキシコ生まれ。ラテンアメリカ文学博士（カリフォルニア大学バークレー校）。現在、カリフォルニア州立大学Fullerton校教授。

密告者

2017年9月25日初版第1刷印刷
2017年9月30日初版第1刷発行

著　者　フアン・ガブリエル・バスケス
訳　者　服部綾乃・石川隆介

発行者　和田肇
発行所　株式会社作品社
〒102-0072　東京都千代田区飯田橋2-7-4
TEL.03-3262-9753　FAX.03-3262-9757
http://www.sakuhinsha.com
振替口座00160-3-27183

装　幀　水崎真奈美（BOTNICA）
本文組版　前田奈々
編集担当　青木誠也
印刷・製本　シナノ印刷株式会社

ISBN978-4-86182-643-6 C0097

【作品社の本】

ボルジア家

アレクサンドル・デュマ著　田房直子訳

教皇の座を手にし、アレクサンドル六世となるロドリーゴ、
その息子にして大司教／枢機卿、武芸百般に秀でたチェーザレ、
フェラーラ公妃となった奔放な娘ルクレツィア。
一族の野望のためにイタリア全土を戦火の巷にたたき込んだ、
ボルジア家の権謀と栄華と凋落の歳月を、
文豪大デュマが描き出す！

ISBN978-4-86182-579-8

メアリー・スチュアート

アレクサンドル・デュマ著　田房直子訳

三度の不幸な結婚とたび重なる政争、
十九年に及ぶ監禁生活の果てに、
エリザベス一世に処刑されたスコットランド女王メアリー。
悲劇の運命とカトリックの教えに殉じた、孤高の生と死。
文豪大デュマの知られざる初期作品、本邦初訳。

ISBN978-4-86182-198-1

人生は短く、欲望は果てなし

パトリック・ラペイル著　東浦弘樹、オリヴィエ・ビルマン訳

妻を持つ身でありながら、
不羈奔放なノーラに恋するフランス人翻訳家・ブレリオ。
やはり同様にノーラに惹かれる、
ロンドンで暮らすアメリカ人証券マン・マーフィー。
英仏海峡をまたいでふたりの男の間を揺れ動く、運命の女《ファム・ファタール》。
奇妙で魅力的な長篇恋愛譚。フェミナ賞受賞作！

ISBN978-4-86182-404-3

【作品社の本】

迷子たちの街

パトリック・モディアノ著　平中悠一訳

さよなら、パリ。ほんとうに愛したただひとりの女……。
2014年ノーベル文学賞に輝く《記憶の芸術家》
パトリック・モディアノ、魂の叫び！
ミステリ作家の「僕」が訪れた20年ぶりの故郷・パリに、封印された過去。
息詰まる暑さの街に《亡霊たち》とのデッドヒートが今はじまる――。

ISBN978-4-86182-551-4

失われた時のカフェで

パトリック・モディアノ著　平中悠一訳

ルキ、それは美しい謎。
現代フランス文学最高峰にしてベストセラー……。
ヴェールに包まれた名匠の絶妙のナラション（語り）を、
いまやわらかな日本語で――。
あなたは彼女の謎を解けますか？
併録「『失われた時のカフェで』とパトリック・モディアノの世界」。
ページを開けば、そこは、パリ

ISBN978-4-86182-326-8

ランペドゥーザ全小説　附・スタンダール論

ジュゼッペ・トマージ・ディ・ランペドゥーザ著　脇功、武谷なおみ訳

戦後イタリア文学にセンセーションを巻きおこした
シチリアの貴族作家、初の集大成！
ストレーガ賞受賞長編『山猫』、傑作短編「セイレーン」、
回想録「幼年時代の想い出」等に加え、
著者が敬愛するスタンダールへのオマージュを収録。

ISBN978-4-86182-487-6

【作品社の本】

分解する

リディア・デイヴィス著　岸本佐知子訳

リディア・デイヴィスの記念すべき処女作品集！
「アメリカ文学の静かな巨人」の
ユニークな小説世界はここから始まった。

ISBN978-4-86182-582-8

サミュエル・ジョンソンが怒っている

リディア・デイヴィス著　岸本佐知子訳

これぞリディア・デイヴィスの真骨頂！
強靭な知性と鋭敏な感覚が生み出す、
摩訶不思議な56の短編。

ISBN978-4-86182-548-4

話の終わり

リディア・デイヴィス著　岸本佐知子訳

年下の男との失われた愛の記憶を呼びさまし、
それを小説に綴ろうとする女の情念を精緻きわまりない文章で描く。
「アメリカ文学の静かな巨人」による傑作。
待望の長編！

ISBN978-4-86182-305-3

【作品社の本】

ヤングスキンズ

コリン・バレット著　田栗美奈子・下林悠治訳

経済が崩壊し、
人心が鬱屈したアイルランドの地方都市に暮らす無軌道な若者たちを、
繊細かつ暴力的な筆致で描きだす、ニューウェイブ文学の傑作。
世界が注目する新星のデビュー作！
ガーディアン・ファーストブック賞、ルーニー賞、
フランク・オコナー国際短編賞受賞！

ISBN978-4-86182-647-4

孤児列車

クリスティナ・ベイカー・クライン著　田栗美奈子訳

91歳の老婦人が、17歳の不良少女に語った、あまりにも数奇な人生の物語。
火事による一家の死、孤児としての過酷な少女時代、ようやく見つけた自分の居場所、
長いあいだ想いつづけた相手との奇跡的な再会、そしてその結末……。
すべてを知ったとき、少女モリーが老婦人ヴィヴィアンのために取った行動とは——。
感動の輪が世界中に広がりつづけている、全米100万部突破の大ベストセラー小説！

ISBN978-4-86182-520-0

名もなき人たちのテーブル

マイケル・オンダーチェ著　田栗美奈子訳

わたしたちみんな、おとなになるまえに、おとなになったの——11歳の少年の、
故国からイギリスへの3週間の船旅。それは彼らの人生を、大きく変えるものだった。
仲間たちや個性豊かな同船客との交わり、従姉への淡い恋心、
そして波瀾に満ちた航海の終わりを不穏に彩る謎の事件。
映画『イングリッシュ・ペイシェント』原作作家が描き出す、せつなくも美しい冒険譚。

ISBN978-4-86182-449-4

ハニー・トラップ探偵社

ラナ・シトロン著　田栗美奈子訳

「エロかわ毒舌キュート！　ドジっ子女探偵の泣き笑い人生から目が離せません
（しかもコブつき）」——岸本佐知子さん推薦。
スリルとサスペンス、ユーモアとロマンス——一粒で何度もおいしい、
ハチャメチャだけど心温まる、とびっきりハッピーなエンターテインメント。

ISBN978-4-86182-348-0

【作品社の本】

ストーナー

ジョン・ウィリアムズ著　東江一紀訳

「これはただ、ひとりの男が大学に進んで教師になる物語にすぎない。
しかし、これほど魅力にあふれた作品は
誰も読んだことがないだろう」トム・ハンクス。
半世紀前に刊行された小説が、いま、世界中に静かな熱狂を巻き起こしている。
名翻訳家が命を賭して最期に訳した、
“完璧に美しい小説”第1回日本翻訳大賞「読者賞」受賞！

ISBN978-4-86182-500-2

黄《よ》泉《み》の河にて

ピーター・マシーセン著　東江一紀訳

「マシーセンの十の面が光る、十の周密な短編」青山南氏推薦！
「われらが最高の書き手による名人芸の逸品」ドン・デリーロ氏激賞！
半世紀余にわたりアメリカ文学を牽引した作家／ナチュラリストによる、
唯一の自選ベスト作品集。

ISBN978-4-86182-491-3

夢と幽霊の書

アンドルー・ラング著　ないとうふみこ訳　吉田篤弘巻末エッセイ

ルイス・キャロル、コナン・ドイルらが所属した
心霊現象研究協会の会長による幽霊譚の古典、
ロンドン留学中の夏目漱石が愛読し短篇小説の着想を得た名著、
120年の時を越えて、待望の本邦初訳！

ISBN978-4-86182-650-4

被害者の娘

ロブリー・ウィルソン著　あいだひなの訳

同窓会出席のため、久しぶりに戻った郷里で遭遇した父親の殺人事件。
元兵士の夫を自殺で喪った過去を持つ女を翻弄する、苛烈な運命。
田舎町の因習と警察署長の陰謀の壁に阻まれて、迷走する捜査。
十五年の時を経て再会した男たちの愛憎の桎梏に、絡めとられる女。
亡き父の知られざる真の姿とは？　そして、像を結ばぬ犯人の正体は？

ISBN978-4-86182-214-8

【作品社の本】

ゴーストタウン

ロバート・クーヴァー著　上岡伸雄、馬籠清子訳

辺境の町に流れ着き、保安官となったカウボーイ。
酒場の女性歌手に知らぬうちに求婚するが、
町の荒くれ者たちをいつの間にやら敵に回して、命からがら町を出たものの——。
書き割りのような西部劇の神話的世界を目まぐるしく飛び回り、
力ずくで解体してその裏面を暴き出す、
ポストモダン文学の巨人による空前絶後のパロディ！

ISBN978-4-86182-623-8

ようこそ、映画館へ

ロバート・クーヴァー著　越川芳明訳

西部劇、ミュージカル、チャップリン喜劇、『カサブランカ』、
フィルム・ノワール、カートゥーン……。
あらゆるジャンル映画を俎上に載せ、解体し、魅惑的に再構築する！
ポストモダン文学の巨人がラブレー顔負けの過激なブラックユーモアでおくる、
映画館での一夜の連続上映と、ひとりの映写技師、そして観客の少女の奇妙な体験！

ISBN978-4-86182-587-3

ノワール

ロバート・クーヴァー著　上岡伸雄訳

“夜を連れて”現われたベール姿の魔性の女《ファム・ファタール》「未亡人」とは何者か!?
彼女に調査を依頼された街の大立者「ミスター・ビッグ」の正体は!?
そして「君」と名指される探偵フィリップ・M・ノワールの運命やいかに!?
ポストモダン文学の巨人による、
フィルム・ノワール／ハードボイルド探偵小説の、アイロニカルで周到なパロディ！

ISBN978-4-86182-499-9

老ピノッキオ、ヴェネツィアに帰る

ロバート・クーヴァー著　斎藤兆史、上岡伸雄訳

晴れて人間となり、学問を修めて老境を迎えたピノッキオが、
故郷ヴェネツィアでまたしても巻き起こす大騒動！
原作のオールスター・キャストでポストモダン文学の巨人が放つ、
諧謔と知的刺激に満ち満ちた傑作長篇パロディ小説！

ISBN978-4-86182-399-2

【作品社の本】

マラーノの武勲

マルコス・アギニス著　八重樫克彦、八重樫由貴子訳

「感動を呼び起こす自由への賛歌」——マリオ・バルガス＝リョサ絶賛！
16～17世紀、南米大陸におけるあまりにも苛烈なキリスト教会の異端審問と、
命を賭してそれに抗したあるユダヤ教徒の生涯を、
壮大無比のスケールで描き出す。
アルゼンチン現代文学の巨匠アギニスの大長篇、本邦初訳！

ISBN978-4-86182-233-9

ほどける

エドウィージ・ダンティカ著　佐川愛子訳

双子の姉を交通事故で喪った、十六歳の少女。
自らの半身というべき存在をなくした彼女は、家族や友人らの助けを得て、
アイデンティティを立て直し、新たな歩みを始める。
全米が注目するハイチ系気鋭女性作家による、愛と抒情に満ちた物語。

ISBN978-4-86182-627-6

海の光のクレア

エドウィージ・ダンティカ著　佐川愛子訳

七歳の誕生日の夜、煌々と輝く満月の中、
父の漁師小屋から消えた少女クレアは、どこへ行ったのか——。
海辺の村のある一日の風景から、
その土地に生きる人びとの記憶を織物のように描き出す。
全米が注目するハイチ系気鋭女性作家による、最新にして最良の長篇小説。

ISBN978-4-86182-519-4

地震以前の私たち、地震以後の私たち

それぞれの記憶よ、語れ

エドウィージ・ダンティカ著　佐川愛子訳

ハイチに生を享け、
アメリカに暮らす気鋭の女性作家が語る、母国への思い、
芸術家の仕事の意義、ディアスポラとして生きる人々、
そして、ハイチ大地震のこと——。
生命と魂と創造についての根源的な省察。
カリブ文学OCMボーカス賞受賞作。

ISBN978-4-86182-450-0

【作品社の本】

無慈悲な昼食

エベリオ・ロセーロ著　八重樫克彦、八重樫由貴子著

「タンクレド君、頼みがある。ボトルを持ってきてくれ」
地区の人々に昼食を施す教会に、
風変わりな飲んべえ神父が突如現われ、表向き穏やかだった日々は風雲急。
誰もが本性をむき出しにして、上を下への大騒ぎ！　神父は乱酔して歌い続け、
賄い役の老婆らは泥棒猫に復讐を、聖具室係の養女は平修女の服を脱ぎ捨てて絶叫！
ガルシア＝マルケスの再来との呼び声高いコロンビアの俊英による、
リズミカルでシニカルな傑作小説。

ISBN978-4-86182-372-5

顔のない軍隊

エベリオ・ロセーロ著　八重樫克彦、八重樫由貴子訳

ガルシア＝マルケスの再来と謳われるコロンビアの俊英が、母国の僻村を舞台に、
今なお止むことのない武力紛争に翻弄される
庶民の姿を哀しいユーモアを交えて描き出す、傑作長篇小説。
スペイン・トゥスケツ小説賞受賞！
英国「インデペンデント」外国小説賞受賞！

ISBN978-4-86182-316-9

逆さの十字架

マルコス・アギニス著　八重樫克彦、八重樫由貴子訳

アルゼンチン軍事独裁政権下で警察権力の暴虐と
教会の硬直化を激しく批判して発禁処分、
しかしスペインでラテンアメリカ出身作家として初めてプラネータ賞を受賞。
欧州・南米を震撼させた、アルゼンチン現代文学の巨人
マルコス・アギニスのデビュー作にして最大のベストセラー、待望の邦訳！

ISBN978-4-86182-332-9

天啓を受けた者ども

マルコス・アギニス著　八重樫克彦、八重樫由貴子訳

合衆国南部のキリスト教原理主義組織と、
中南米一円にはびこる麻薬ビジネスの陰謀。
アメリカ政府と手を結んだ、南米軍事政権の恐怖。
アルゼンチン現代文学の巨人マルコス・アギニスの圧倒的大長篇。
野谷文昭氏激賞！

ISBN978-4-86182-272-8